CIESSE
EDIZIONI

*Dall'Autore de "La Bibbia oscura" e "L'Arca dell'Alleanza"*

# Carlo Santi

# Il quinto Vangelo

### III Edizione

ISBN **978-88-6660-308-5**

**IL QUINTO VANGELO**
**III Edizione**
Autore: **Carlo Santi**

© **Carlo Santi & CIESSE Edizioni**

www.ciessedizioni.it
info@ciessedizioni.it - ciessedizioni@pec.it

III Edizione stampata nel mese di **aprile 2019**

Impostazione grafica e progetto copertina: © **CIESSE Edizioni**

Collana: **Black & Yellow**
Editing a cura di: **Sonia Dal Cason e Pia Barletta**

PROPRIETA' LETTERARIA RISERVATA

*Ai miei figli*
**Denny e Nicolas**

# I

Primo giorno

*Città del Vaticano, ore 03.00*

A quell'ora tutte le strade si erano svuotate tranne che per pochi ritardatari di ritorno da una serata in discoteca o in giro a bere qualcosa con gli amici. Con quella pioggia torrenziale non si vedeva a un palmo dal naso, solo i lampi illuminavano a tratti il cielo con i rombi di tuono in rapida successione, sintomo che il temporale trovava lì la sua maggiore forza.

La notte ideale per dare inizio all'orrore.

Gli uomini del commando si muovevano sicuri nei lunghi corridoi che conducevano al più incredibile tesoro che il mondo intero riconosceva come unico, dal valore inestimabile quanto misterioso: la Biblioteca Apostolica Vaticana.

Il custode di turno, il Vice Prefetto Monsignor Paolini, era intento nel suo lavoro di studio e archiviazione di nuovi importanti documenti, protetto dall'avveniristico impianto d'allarme e da due guardie svizzere poste innanzi al portone d'ingresso. Le due guardie caddero quasi in contemporanea, senza un lamento. Solo le loro alabarde, prese al volo da due uomini del commando che le adagiarono a terra per evitare il fragore, produssero un impercettibile tonfo. All'interno dell'archivio regnava il silenzio assoluto e le orecchie attente del Vice Prefetto captarono quel rumore attraverso l'interfono sempre acceso e in contatto con l'esterno. Tutti i custodi avevano l'ordine di non aprire mai il portone se non dopo una complessa operazione di sicurezza. Il portone, blindato con una spessa lamina di acciaio di oltre sessanta centimetri, si apriva tramite un congegno controllato da un computer ed era azionabile solamente dall'interno o dal centro di controllo della Gendarmeria. Allarmato, chiamò le guardie tramite l'interfono: nessuna risposta! Monsignor Paolini prese quindi il telefono che però non emetteva alcun suono. Prima ancora di rendersi conto di cosa stava succedendo, sentì la testa girare e fu assalito da un senso di nausea che lo fece vomitare. Poi cadde a terra sentendo la vita che fuggiva lontana da quel vecchio corpo, non prima, però, di intravedere le facce dei suoi assassini che lo osservavano. Un uomo con un respiratore in bocca gli si avvicinò; Paolini conosceva quegli occhi, ma non riusciva ad attribuirgli un volto, la mente troppo annebbiata. La cosa che lo fece sobbalzare era il manoscritto che quel misterioso uomo teneva fra le mani.

«No, non quello!» Paolini sentì che la morte lo stava chiamando; raccolse le sue ultime forze. «Non potete... toccare quel libro... non capite... quello che potrebbe succedere... no...»

Monsignor Paolini morì in quell'istante.

*Ore 07.00*

Mai si erano visti così tanti visitatori al Vaticano. La recente beatificazione di Papa Giovanni Paolo II induceva i fedeli a rendere omaggio al Pontefice scomparso pochi anni prima, colui che aveva segnato così tante tappe importanti per il genere umano. In fila per ore, ogni persona di Fede attendeva il momento di pregare e lasciare un fiore sulla sua lapide e, perché no, delle offerte sostanziose che ogni buon cristiano non lesinava alla giusta causa cattolica. Passate oltre due ore, un bambino, assieme alla sua mamma, arrivato davanti alla lapide del Beato notò quella vicina che, leggermente discostata dalla sua naturale sede, lasciava intravedere una fessura buia. Il bimbo fece notare la cosa alla mamma che lanciò un grido subito soffocato con una mano. Uno dei custodi chiamò alla radio la sicurezza e fece evacuare i visitatori che, non essendosi accorti di nulla, protestarono a gran voce senza però ottenere alcun risultato. Nel frattempo, in Piazza S. Pietro e all'interno della Basilica la folla era sempre più numerosa. Per questo la sicurezza fece transennare l'intera Basilica e, chiamati i responsabili, presero a verificare cosa fosse successo. La lapide si presentava fuori dall'alloggiamento e non era sigillata come avrebbe dovuto essere. Non senza timore reverenziale, un operaio del Vaticano fece leva con un attrezzo per aprirla e rimasero tutti sconvolti dalla macabra scoperta. Ai piedi dell'antico Papa, giaceva il corpo senza vita di Monsignor Paolini: il Vice Prefetto della Biblioteca Apostolica Vaticana.

# 2

L'auto si aprì un varco tra la folla. L'abilità dell'autista, il lampeggiante e la sirena intimavano alla gente di spostarsi e, senza intoppi, la macchina si fermò ai piedi della scalinata principale della Basilica. Di scatto l'autista scese dall'auto e aprì la portiera a Tommaso Santini che emerse con tutta la sua imponente figura, alta oltre un metro e novanta. Gli occhi color ghiaccio ben si sposavano con i capelli brizzolati del cinquantenne che doveva all'assidua pratica sportiva la sua forma perfetta. Nella Basilica erano rimasti solo la sicurezza della Santa Sede e la Polizia di Stato Italiana che, per accordi fra i due Stati, offriva il supporto e la collaborazione che le veniva richiesta, di volta in volta, dagli inquirenti Vaticani. Tutti i fedeli, invece, erano ancora raccolti in piazza San Pietro, anche se gli altoparlanti ripetevano, ossessivamente, che quella mattina non avrebbe avuto luogo alcuna funzione e nessuna visita sarebbe stata permessa all'interno della Basilica. Nonostante la situazione fosse anomala, nessuno si lamentava o commentava l'accaduto, di contro, il Museo Vaticano e ogni altro settore della Città erano accessibili così che i visitatori potessero appagare la propria voglia di turismo cristiano. Santini passò indenne i primi controlli, ma venne fermato poco dopo il portone d'ingresso che consentiva l'accesso alla navata centrale della Basilica. Una vera e propria scena del delitto: Polizia e gendarmi ovunque, gli uomini della sicurezza vaticana e della Polizia scientifica italiana perlustravano ogni centimetro della Basilica, in cerca di qualsiasi dettaglio. Aleggiava una strana atmosfera: quella Basilica, centro della cristianità mondiale, non era mai stata così vuota e proprio nel giorno dedicato al ricordo e in onore della beatificazione di Papa Giovanni Paolo II che, quindi, prevedeva il massimo di affluenza.

Un poliziotto si avvicinò a Santini chiedendogli i documenti che lui presentò con fare distratto. L'agente scrutò la foto che poco somigliava al suo possessore e il nome riportato era quanto di più anonimo potesse esistere per un italiano: *Mario Rossi*, come il *John Smith* americano. Ma fu la sigla dell'organizzazione di appartenenza che lasciò dubbioso l'agente: *I.S.R.C.*

«Signor Rossi» disse l'agente, «questo documento non indica che siete autorizzato a entrare, la zona è circoscritta alla sicurezza vaticana e alla Polizia. Qui c'è scritto che lei fa parte dell'ISRC. Mi perdoni, ma non conosco quest'agenzia.»

«La sigla sta per *Investigazioni per la Santa Romana Chiesa*, anche se la traduzione non è del tutto fedele, agente» rispose il Rossi della situazione «ma chiami pure l'Ispettore Generale Wolfang della Gendarmeria Vaticana. Non è certo a lei che devo spiegare il mio grado poiché ci troviamo sul suolo del mio Stato.»

Il poliziotto si rigirò il documento tra le mani, era evidente che era indeciso su come comportarsi. Nel dubbio fece per chiamare qualcuno alla radio, ma la scena era stata seguita dall'Ispettore Generale, Aaron Wolfang, che lo fermò.

Con un marcato accenno tedesco si rivolse a Santini. «Ti stavamo aspettando, Tom. Agente, lo lasci passare.»

La stretta di mano che si scambiarono avrebbe stritolato chiunque.

«Che è successo, Aaron?» chiese Santini, «mi avete fatto venire qui pubblicamente e in violazione del protocollo con il rischio di bruciare la mia copertura.»

«Lo so!» rispose Wolfang portandosi l'indice alle labbra, come per zittirlo, mentre s'incamminavano lungo la navata. «È una dannata emergenza, amico mio, eccezionale emergenza. Tu sai che devo chiedere l'autorizzazione diretta del Santo Padre per condurre indagini di omicidio all'interno dello Stato ed è stato proprio Lui che mi ha chiesto di chiamarti. Non ho avuto scelta.»

«Un omicidio proprio in Vaticano, incredibile!» Santini era perplesso. «Ma perché il Santo Padre ha chiesto qui la mia presenza, con tutta questa gente? Lui conosce la mia posizione e, a dirla tutta, non credo abbia avuto una grande idea.»

«E invece vuole che tu sia presente e questo vale anche per me e, tanto per ricordartelo, il Papa non può essere messo in discussione. A proposito» proseguì il tedesco, «che storia è quella dell'*I.S.R.C.*?»

«Ah! Ho con me solo quella tessera e l'unica cosa che mi è venuta in mente è stata quella di inventare un'agenzia investigativa del Vaticano. Di solito funziona. O avresti voluto che gli dicessi chi sono?»

Wolfang rise a denti stretti. «No, certo! Ma che diavolo significa quella sigla?»

«*Istituto Superiore Ricerche Comunitarie!* Non ho trovato una spiegazione diversa dell'acronimo. A quanto pare, però, ha funzionato.»

Wolfang si lasciò andare a una sana risata. «Hahaha! No che non ha funzionato, quello stava per chiamare rinforzi.»

Giunsero alla scalinata che portava alle tombe vaticane e Wolfang si fermò prendendo sotto braccio l'amico, sussurrandogli all'orecchio. «Da questo momento tu sei della Gendarmeria. Inventati un nome di fantasia, uno qualsiasi e che non dia nell'occhio. Evita di chiamarti Mario Rossi, non ci crederebbe nessuno e, mi raccomando, non fare o dire cazzate, intesi? Qui c'è mezza Polizia di Roma e anche alcuni Magistrati italiani.»

Santini era scettico. «Ma qui siamo nella nostra giurisdizione, perché questo intervento massiccio di esterni? Ce la possiamo cavare benissimo da soli e tu lo sai. Digli che prendiamo noi in mano l'indagine e che vadano per la loro strada.»

«No, Tom» riprese Wolfang. «La legge vaticana prevede che i casi di omicidio siano di competenza della magistratura italiana. Abbiamo meno di ottocento abitanti su cui cade la nostra giurisdizione, su qualsiasi reato che non comprenda l'omicidio. È il terzo caso di omicidio in tutta la storia dello Stato, ma questo è un omicidio eccellente, Tom, che rischia di destare sospetti interni. Dobbiamo collaborare con gli inquirenti italiani per fare in modo che non ficchino troppo il naso. Se pensano che chi ha commesso tutto questo possa essere qualcuno all'interno del Vaticano, qui mettono le tende e il Segretario di Stato mi ha già fatto intendere che, questo, è meglio evitarlo.»

«Capisco» rispose. «Ho ricevuto il messaggio, forte e chiaro.»

I due presero a scendere le scale, la zona della lapide incriminata si trovava alla fine della scalinata e all'inizio del corridoio. Anche lì c'erano almeno una ventina di poliziotti, Polizia scientifica e gendarmi, tutti intenti a fotografare la scena e cercare indizi. Di fronte alla lapide due persone discutevano animatamente. Santini ne riconobbe una, era il Commissario Giorgio Ayala, l'ufficiale della Polizia italiana autorizzato al collegamento con la Gendarmeria vaticana, l'altro era certo un magistrato, anzi, una magistrata. E proprio la donna suscitò in lui maggiore curiosità. Capelli neri e corti; come la gonna, corta abbastanza da far risaltare le gambe da urlo sostenute da un tacco di media altezza che contribuiva a renderla così sexy. Poi riuscì a ritornare in sé ma, soprattutto, riprese coscienza del luogo Santo in cui si trovavano e dell'occasione che non poteva certo definirsi la più adatta ad alimentare idee strampalate che, per un attimo, gli avevano sfiorato la mente.

Wolfang lo presentò ai due. «Questi signori sono il Commissario Giorgio Ayala della Questura di Roma e la dottoressa Sonia Casoni, Sostituto Procuratore, della Procura del Tribunale di Roma. Lui è...»

«Giovanni Rana, della Gendarmeria Vaticana» intervenne Santini, «piacere di conoscervi.»

Wolfang fece un gesto di stizza e, congedandosi cortesemente dai due, prese sotto braccio l'amico portandoselo in disparte.

«Ma che cazzo hai intenzione di fare?» gli chiese.

«Non capisco!» rispose Santini.

«Non capisci?» tuonò infuriato Wolfang. «Non sai che Giovanni Rana è quello dei tortellini?»

«Certo che lo so» rispose Santini con la faccia da ingenuo, «mi hai detto tu di usare un nome di fantasia e Giovanni Rana mi sembrava adatto per sviare qualsiasi sospetto.»

«Ah sì? Bravo!» gli fece eco l'amico. «Immagino che nessuno faccia caso che ti chiami come un produttore di tortellini famoso in tutto il mondo. Dai, non fare lo stronzo e lascia stare i nomi, evita che è meglio.»

Tornarono dai due mentre il Commissario Ayala si era allontanato dal gruppo per dare disposizione ai propri uomini.

Wolfang prese in mano la discussione. «Il corpo è stato trovato verso le ore nove, dopo che un bambino e sua madre avevano notato che la lapide era spostata fuori dalla sua sede. Abbiamo provveduto subito a isolare il settore e, aprendola, ci siamo trovati di fronte a questo scenario.»

Il corpo ben conservato dell'antico Papa appariva nella posizione classica: ben vestito con le mani incrociate e avvolte da una collana d'oro con un antico crocefisso in cui vi erano incastonate pietre di valore inestimabile. Ai piedi di quel Santo eminente, l'altrettanto eminente Monsignor Angelo Paolini giaceva sul fianco sinistro in posizione fetale. I due cadaveri trovavano agevolmente posto all'interno della grande tomba, abbastanza lunga da contenerli entrambi per via della loro piccola statura. Sembravano quasi addormentati: uno appariva ben conservato per l'imbalsamazione e l'altro non presentava alcun segno particolare o ferita. Il colore roseo del volto del Monsignore poteva indicare che il rigor mortis non era ancora iniziato, ma poteva anche essere causato da quell'ambiente freddo e assai scarso di umidità. Per conoscere la causa della morte, però, andava eseguita un'autopsia. Lo Stato Vaticano odiava le autopsie sui propri membri illustri e Santini era certo che la Chiesa si sarebbe opposta con tutte le forze.

«Sua Eminenza è morto altrove» proseguì Wolfang indicando una macchia scura sulla parte alta del volto, «questa ecchimosi dimostra che ha battuto la parte destra della testa sul pavimento mentre ora è stato riposto sul fianco sinistro, in ordine e con gli abiti puliti.»

«Tracce?» chiese Santini.

«Nessuna!» rispose la magistrata con voce ferma e il chiaro intento di riprendere il controllo dell'indagine. «Abbiamo fatto setacciare dalla scientifica ogni zona della Basilica. Non abbiamo trovato nulla, a parte i segni lasciati da almeno qualche milione di scarpe; non è certo facile isolare eventuali tracce utili in un posto come questo. Chi ha fatto questo sapeva il fatto suo. Questo posto immagino non sia mai completamente deserto? Non si comprende come abbiano fatto a muoversi senza essere scoperti e nemmeno come è morto e dove.»

«Non qui!» sentenziò Santini. «Non l'hanno ucciso qui, ma lo hanno portato percorrendo, tra l'altro, un sacco di strada.»

«Che vuoi dire?» chiese Wolfang.

«Sua Eminenza era uno studioso, uno scienziato» proseguì Santini, «patito del suo lavoro ed era uno dei custodi della Biblioteca Vaticana.»

Pensò un attimo, poi chiese: «Dov'è il Bibliotecario?»

Wolfang rispose che immaginava fosse, come al solito, presso l'archivio della Biblioteca. Le caratteristiche e l'incarico dei custodi prevedevano che potessero uscire raramente dal perimetro di loro competenza, vivendo quasi sempre nell'archivio. Tutti e tre i custodi avevano le loro stanze all'interno di quell'area, inoltre il loro giuramento imponeva di non parlare con nessuno del proprio lavoro. Solo il Bibliotecario della Santa Romana Chiesa, il Cardinale Joseph Mhouza, era autorizzato a condurre rapporti esterni.

«Rintracciamolo, dobbiamo ispezionare la Biblioteca!» fu la richiesta perentoria della dottoressa Casoni.

«Non è possibile» precisò Wolfang, «per entrare nell'archivio serve l'autorizzazione diretta del Papa, poi quella della Commissione e del Bibliotecario. Inoltre, ci si deve dotare di un abbigliamento particolare, per via dell'aria rarefatta e le condizioni ambientali sfavorevoli, altrimenti si rischia di contaminare il suo contenuto.»

«Beh, ora ci sono le condizioni per chiedere che le regole vengano accantonate, almeno per il momento.» Fece notare Santini indicando il cadavere del Vice Prefetto.

«Capisco le vostre leggi e regole, signor Wolfang» riprese la dottoressa Casoni, «ma qui siamo in presenza di un omicidio di un eminente esponente del vostro Stato con giurisdizione del caso in capo alla magistratura italiana. Potrei emettere un mandato...»

«Non mi faccia ridere, dottoressa» tuonò Wolfang alterandosi non poco, tanto che pareva Hitler in persona, «lo Stato Vaticano è sovrano e nessun mandato potrà mai esservi concesso, tanto meno per entrare in un luogo così importante.»

«Calma, Aaron! La dottoressa ha ragione.» Intervenne Santini sedando gli animi. «Dobbiamo capire se Monsignor Paolini è stato in Biblioteca, cosa ha fatto e dove è andato, dobbiamo ricostruire tutti i movimenti delle sue ultime ore di vita. Chiamiamo il Bibliotecario, lui saprà agevolarci per ottenere le autorizzazioni necessarie senza infrangere alcuna regola. Siamo in una situazione eccezionale, l'hai detto anche tu e dobbiamo ottenere queste informazioni. Per fare questo» rivolgendosi alla magistrata, «non sarà necessario alcun mandato.»

Wolfang si calmò acconsentendo, dando così l'impressione di dover obbedire a un ordine, piuttosto che a una convinzione personale. Avvicinò il microfono al viso e diede disposizioni sussurrandole in una lingua incomprensibile. Qualcuno, dall'altro capo, rispose in tedesco.

La magistrata assunse un'aria interrogativa.

Santini puntualizzò. «È tedesco! La Gendarmeria e le guardie svizzere parlano solamente in tedesco. Però quando ci si rivolge ai monsignori, ai cardinali o al Papa, si deve usare il latino. È la regola!»

Alla Casoni non sembrò importare di quella breve lezione, ma per la prima volta, da quando l'aveva incontrato, gli rivolse un sorriso.

Santini sapeva che la sua stazza e lo sguardo erano inquietanti, per non parlare degli occhi color ghiaccio. Gli davano un'aura quasi spettrale e misteriosa, per cui prese quel sorriso come un segno di simpatia. Certo, però, il nome di Giovanni Rana era talmente falso da suonare come una presa in giro che di certo a lei non sarebbe andata a genio.

Quasi gli avesse letto il pensiero, la magistrata gli chiese.

«Il suo nome è molto conosciuto, signor Rana, tratta anche prodotti alimentari?»

«Hahaha! A lei non la si fa, vero?» rispose lui sorridendo con più denti di quanti avesse mai pensato di possedere, quasi fosse stato scoperto nel compiere chissà quale marachella. Quindi, ammise: «Avrei dovuto immaginare che alla magistratura italiana non si possono raccontare le bugie.»

Santini guardò Wolfang in faccia e rise, mentre proseguiva. «In realtà mi chiamo Tommaso Santini e sono... no! Questo proprio non glielo posso dire. Comunque non volevo mentirle, è stato l'Ispettore Generale che mi ha detto di fornire un nome falso.»

Wolfang lanciò a Santini una di quelle occhiate che avrebbero incenerito chiunque e si accinse a precisare. «Le chiedo scusa dottoressa, il mio collega è alquanto bizzarro, per non usare un'altra definizione. Però si dovrà accontentare di questo. Come dicono tutti: questioni di sicurezza nazionale!»

La Casoni fece una smorfia, come a dire:

*Non c'è niente di meglio che la sicurezza nazionale per destare immediatamente la mia curiosità.* Stava per ribattere quando la radio riprese a parlare tedesco.

«Hanno trovato il Bibliotecario e il Prefetto» comunicò sconvolto Wolfang quasi balbettando, «nelle loro stanze... anche loro morti!»

# 3

*Che curiosa sensazione di impotenza!*

Questa riflessione accompagnò Santini per tutto il tragitto che dalle tombe dei Papi portava alla Biblioteca. Meandri di corridoi, decine di porte da aprire, centinaia di metri da percorrere, il via vai di persone. Perché uccidere i custodi? Perché tutti e tre e, soprattutto, perché due nelle loro stanze e l'altro all'interno di un sepolcro papale? E poi, perché proprio quello specifico del Santo Papa? Che analogia potevano avere quella tomba, quel posto e quel Papa? E, ancora, perché Monsignor Paolini era stato deposto in posizione fetale? Il Bibliotecario di Santa Romana Chiesa e il Prefetto della Biblioteca vaticana erano stati trovati morti, entrambi nel proprio letto, senza strane composizioni o segni di lotta: sorpresi nel sonno. I tre custodi dell'archivio Vaticano morti nel medesimo momento, forse per la stessa ragione, probabilmente per mano dello stesso o degli stessi assassini, però con un *modus operandi* diverso solo per uno di loro. La Biblioteca Apostolica Vaticana si reggeva su queste tre figure importanti, autonome e indipendenti. Il Bibliotecario della Santa Romana Chiesa, Cardinale Joseph Mhouza, responsabile assoluto dell'archivio. Uomo di cultura eccezionale, un principe della Chiesa che deteneva il potere del sapere e che rispondeva solo al Papa del proprio operato. Beh, era assodato che tutti dovessero rispondere al Papa, di fatto la Chiesa è una monarchia assoluta. Anche l'ONU, pur riconoscendo e rispettando lo Stato Vaticano, non lo ammetteva in alcune commissioni perché si trattava di uno Stato privo di democrazia in quanto non concedeva e non professava la libertà di religione. A parte questo, il Bibliotecario era uomo potente non solo all'interno della Chiesa, di fatto, era il tenutario del sapere universale, unico depositario di una raccolta inimmaginabile di cultura, unico e riverito custode di un meraviglioso e invidiabile tesoro. Il Prefetto, professor Anthony Glamour, non era un seguace della Chiesa, ma un illuminante e simpatico professore dell'università di Cambridge, che si era distinto presso la comunità scientifica per il suo vasto bagaglio di conoscenza. La figura del Prefetto, per regola ecclesiastica, era l'unica concessione che la Chiesa garantiva alla comunità scientifica: affiancare il Bibliotecario nei suoi compiti studiando il materiale che solo lui decideva di mettere a loro disposizione. In pratica la Chiesa condivideva solo le informazioni che riteneva opportune e nel momento che più le aggradava. Ma non le regalava a tutti, bensì solo ai soggetti che possedevano eccezionali conoscenze e requisiti, soprattutto di Fede. Per cui, di volta in volta, la comunità scientifica proponeva il candidato e lo stesso Bibliotecario, sentita la commissione preposta, confermava la nomina dopo una miriade di verifiche accademiche e cristiane. Solo lui, quindi, dopo una severa istruttoria, sceglieva fra questi il candidato per ricoprire la carica di Prefetto e la durata del suo mandato. Il Prefetto, inoltre, doveva sottoporsi a complessi giuramenti affinché usasse la conoscenza che gli era stata concessa solo a scopi scientifici e pacifici. Era lui, infine, che affiancava il Bibliotecario nei rapporti con la comunità scientifica. Il vero assistente del Bibliotecario era, però, il Vice Prefetto, il povero Monsignor Paolini, anch'egli uomo di vasta cultura che ricopriva quel ruolo importante all'interno della gerarchia ecclesiastica. Tutti e tre persone estremamente pacifiche. *Allora perché?* La Polizia scientifica aveva decretato la causa della morte: avvelenamento da monossido di carbonio! Gas inalato nelle stanze in quantità letali e fulminanti, i tecnici ne avevano trovato abbondanti tracce nell'aria così da fugare ogni dubbio: omicidio! I tre cadaveri erano stati trasportati all'obitorio dell'ospedale Vaticano, a disposizione degli inquirenti con le modalità che sarebbero state discusse nell'incontro convocato dal Segretario di Stato Vaticano, Cardinale Federico Oppini. A parte la Biblioteca, il resto del territorio Vaticano era stato riaperto al pubblico che, come ci si poteva immaginare, sarebbe stato un vero e proprio fiume in piena per effetto delle varie *dighe* che la Polizia e la sicurezza avevano eretto attorno alla Basilica. Nessuno aveva saputo o sospettato nulla, avrebbero appreso la notizia nei notiziari quella sera stessa con eccezionale risalto mediatico perché, in Vaticano, questi omicidi plurimi non erano mai accaduti. Ai giornalisti, le autorità investigative dei due Stati avrebbero illustrato in seguito come stavano collaborando per trovare i responsabili e garantirli alla giustizia. A nessuno fino a quel momento, però, era passato per la testa di andare a dare un'occhiata all'interno dell'archivio della Biblioteca Vaticana.

# 4

Il Segretario di Stato Vaticano, Cardinale Federico Oppini, convocò Wolfang e Santini oltre che la dottoressa Casoni e il Commissario Ayala. Questi ultimi attesero pazientemente di essere ricevuti, mentre i due inquirenti dello Stato Vaticano furono fatti accomodare subito.

La Casoni e il commissario sapevano bene che si trovavano all'interno di un territorio particolare, dove la loro giurisdizione era limitata e, per certi versi, i rituali, la burocrazia e le regole risultavano loro incomprensibili. Tra l'altro, non era nemmeno una cosa inusuale, anzi, era scontato che il Segretario di Stato consultasse i propri incaricati prima di quelli *stranieri*, per usare un eufemismo caro all'Ispettore Generale della Gendarmeria. Nel frattempo, la magistrata aveva trovato quanto le era congeniale: quella piccola sala circolare era circondata da quadri e arazzi di rara bellezza, il soffitto a volta riproduceva un dipinto della creazione che avrebbe tolto il fiato a qualsiasi appassionato di arte. Si destò da quell'ammirazione quando si aprì il mastodontico portone che segnava l'ingresso di una grande sala, altrettanto sfarzosa e colma di antiche arti.

Le guardie svizzere spostarono di scatto le alabarde per far passare l'assistente del Segretario di Stato che si rivolse ai due. «Sua Eminenza vi sta aspettando e si scusa per il ritardo. Vogliate cortesemente seguirmi.»

Li introdusse in un salone dove, comodamente disposti nelle sontuose poltrone attorno a un tavolo ovale, sedevano Santini, Wolfang e, naturalmente, il Segretario di Stato. La Casoni notò subito le loro posizioni: Santini alla destra del Cardinale Oppini, Wolfang alla parte opposta del tavolo. E notò anche che loro due erano stati fatti sedere vicino a Wolfang. Era chiaramente una disposizione gerarchica interna; la Casoni pensò di non aver sbagliato, quel Santini era qualcosa di più di un semplice gendarme. Lei, Ayala e Wolfang avrebbero dovuto rispondere all'autorità che, da come si era capito, era rappresentata proprio da Santini e dal Cardinale Oppini. Questi due conversavano sotto voce, alla magistrata parve di aver compreso qualche parola in latino, ma il fatto strano era che non sembravano nemmeno gerarchicamente diversi, bensì davano l'impressione di considerarsi alla pari. Eppure il Segretario di Stato era un Cardinale, un Principe della Chiesa, inferiore solo al Papa e Santini non sembrava di certo un Cardinale. Anzi, aveva notato come poco prima le avesse guardato le gambe. Per questo pensò che non si trattasse nemmeno di un prete. *Ma allora chi è?* Pensò lei. La sua istintiva curiosità prevalse e tentò di rivolgersi a Wolfang il quale non le diede il tempo nemmeno di fiatare; aveva già letto, nell'espressione del suo volto, il quesito che gli avrebbe posto.

«Gliel'ho già detto, dottoressa! Questioni di sicurezza nazionale.» Le disse Wolfang innalzando un muro verso quella domanda, ma che lei registrò nella mente.

Il Cardinale Oppini non perse tempo in convenevoli e si rivolse al gruppo dei tre sul lato opposto del tavolo.

«Sono costernato dall'accaduto» esordì con calma e con il tono di uno che non può essere contraddetto, «ma devo rendervi edotti della situazione. Ho parlato con il Presidente della Repubblica, il Ministro dell'Interno e il Presidente del Consiglio Italiano: mi hanno assicurato che, seppur le indagini siano sotto la giurisdizione della magistratura italiana, sia questa sia la Polizia dovranno affiancare i nostri inquirenti nell'indagine, ma non si potrà accedere in luoghi che si trovano all'interno dello Stato Vaticano. Quello sarà il compito della Gendarmeria e della Guardia Svizzera; entrambe le strutture saranno autorizzate a condividere ogni informazione con la dottoressa Casoni e il suo staff. Il reato è giurisdizione della legge vaticana, il compito del procedimento penale è di quella italiana. Sia chiaro che il Vaticano è, però, uno Stato indipendente e sovrano con le sue leggi e regole che andranno rispettate.»

«Dovrò ricevere le dovute istruzioni dai miei superiori, Sua Eminenza.» Esordì irriverente la dottoressa Casoni. «Ma questo potrebbe influenzare negativamente le indagini che, se permette, sono una mia responsabilità.»

«Vedremo, dottoressa, vedremo» concluse Oppini come a non voler tenere conto del suo pensiero, «nel frattempo fate riferimento all'Ispettore Generale Wolfang mentre lei, Ispettore, sa benissimo a chi deve rispondere. Ora, se permettete, altri importanti impegni mi attendono. Grazie della vostra collaborazione, signori.»

Il Segretario di Stato sussurrò qualcosa a Santini e fu aiutato ad alzarsi dall'assistente, quasi gli avesse letto nel pensiero. Lasciò la sala senza altri convenevoli.

«Credevo dovessimo fare il punto della situazione» disse la Casoni, «invece Sua Eminenza sembrava più interessato a sollecitare il nostro allontanamento.»

«Andiamo nel mio ufficio.» Propose Wolfang quando, alzandosi di scatto, fece capire che era giunto il momento di andare.

La Casoni e Ayala, non senza commenti e lamentele, seguirono Wolfang lungo i tortuosi corridoi del Vaticano, fino alla Gendarmeria che era posizionata appena fuori dalle mura dello Stato. Era regola che qualsiasi forza militare non potesse avere sede all'interno dello Stato, a parte le guardie svizzere che sono il corpo di difesa personale del Papa e dei Cardinali. Per accordi con l'Italia, il Vaticano autorizzava l'uso della Polizia Italiana e dei Carabinieri solo per meri compiti di vigilanza e controllo sul proprio suolo, ma ogni corpo militare non poteva aggirarsi nello Stato Vaticano senza la supervisione della Gendarmeria. Anche la Gendarmeria Vaticana era, comunque, considerata un'arma militare. Pur godendo di ampia giurisdizione, quale forza di Polizia e di pubblica sicurezza, aveva però la propria sede posizionata all'esterno dei confini. Il compito di vigilare l'interno della Città Vaticana, invece, era competenza esclusiva della Guardia Svizzera. Santini, nel frattempo, si era congedato dal gruppo adducendo una scusa che non aveva convinto nessuno. I pensieri della magistrata su di lui erano di tutt'altro contenuto e quindi non fece caso alla giustificazione.

# 5

L'attuale Pontefice aveva ereditato il posto lasciato da uno dei più grandi Papi che la storia della Chiesa avesse mai avuto: Giovanni Paolo II, alias Karol Josez Wojtyla. Giovanni Paolo III, così si era fatto chiamare in onore dei suoi due predecessori e per dare un significativo segnale di continuità nell'opera pontificia straordinaria fin lì condotta. In effetti, fin da subito si rivelò un grande Pastore del suo gregge e un punto di riferimento di tutto rispetto riconosciuto da governanti e comunità religiose dell'intero pianeta. Questo Papa avrebbe fatto fare alla Chiesa numerosi passi in avanti, modernizzando il concetto cattolico e religioso, aiutando gli oppressi e gli indifesi, contribuendo al superamento dei tempi bui a cui si stava andando incontro.

L'ottantenne Papa pareva ansioso di vedere Santini, lo aveva fatto chiamare senza curarsi del protocollo che lui stesso aveva, fino a quel momento, sempre applicato. Sapeva benissimo che il vero compito di Santini doveva restare un segreto tra lui, il Segretario di Stato e l'Ispettore Generale della Gendarmeria Vaticana. Era un rischio, ma l'interesse mediatico per quegli orrendi omicidi era di tale portata che qualsiasi precauzione sarebbe stata incauta e di intralcio. Ma così facendo stava esponendo ai media anche quel secolare segreto, comunque fosse, promise a se stesso di trovare una soluzione anche per quel problema. Ma a tempo debito.

Per quanto potesse sembrare inusuale che il Papa desse disposizione di far accomodare Santini nella sua residenza personale, nessuno discusse la sua decisione. Il Santo Padre non attese oltre, andò incontro a Santini. Quando giunse al suo cospetto, Santini s'inginocchiò in modo reverenziale, il Papa lo afferrò per le mani invitandolo ad alzarsi convinto che, in quell'occasione, fosse lui a dover portare reverenza a Santini a causa di quello che gli avrebbe chiesto.

«Amico mio» esordì il Pontefice, «non offrirmi la tua reverenza, non sono sicuro di poterla accettare.»

Le guardie svizzere chiusero la porta della residenza papale con l'ordine di non far entrare nessuno. Seppur ottantenne, il Papa era pieno di salute ed energia fisica. Non disdegnò, quindi, di offrire al suo ospite un calice di vino rosso, un corposo Nero d'Avola di quattordici gradi, aprendo personalmente la bottiglia. Santini rimase sorpreso per quella infrazione al protocollo, le suore a cui era affidata la cura del Papa, di solito, lo assistevano in ogni sua necessità compreso il servizio dei pasti o, appunto, la semplice apertura di una bottiglia di vino. Il Papa, però, era intenzionato a rimanere solo con Santini.

«Come ti dicevo, Tommaso» riprese, «quello che esigerò è una cosa che mai avrei pensato di arrivare a chiederti.»

Santini assaporò quel vino centellinandolo in quanto il suo stomaco reclamava cibo, piuttosto che alcolici.

Con tranquillità rispose: «Sua Santità! Niente di quello che Voi intenderete chiedermi verrà disubbidito e nemmeno posto in discussione.»

«Sì, sì, lo so!» rispose il Pontefice agitando la mano come per allontanare un fastidioso insetto. «Per favore togliamoci di torno i convenevoli che, tra l'altro, non si addicono al momento. Dimmi dei custodi, cosa ne pensi?»

Il Papa ascoltò in silenzio il racconto di Santini; il ritrovamento del corpo del Vice Prefetto nella tomba di Papa Pio X, il Bibliotecario e il Prefetto morti con il monossido di carbonio. Espresse anche i suoi sospetti: uno o più assassini conoscevano la conformazione strutturale dell'intero Stato Vaticano per cui sospettava che esistesse almeno una talpa o addirittura dei complici che, conoscendo l'organizzazione della sicurezza interna al punto da poterla eludere, avessero accesso agevole nel territorio. Ma Santini era convinto che la base di partenza dell'indagine fosse l'archivio. Non avrebbero ucciso i tre custodi se non fosse stato quel luogo il loro vero obiettivo. Il Papa aveva bevuto tutto il suo vino e si apprestava a versarsene dell'altro.

«Hai ragione, Tommaso» precisò il Papa, «è stato l'archivio il loro obiettivo e hanno anche trovato quello che cercavano!»

Santini rimase sconvolto, il Papa dava l'impressione di conoscere tutti i fatti, appariva molto più informato lui di tutti gli investigatori che avevano lavorato al caso in quelle ore.

La sua domanda fu scontata. «Voi sapete ogni cosa, vero?»

«No!» rispose il Pontefice. «Non so chi possa essere stato, ma conosco il perché. Hanno sottratto un manoscritto; un manoscritto molto antico, molto importante, rarissimo e, soprattutto, segreto.»

Fece una pausa quasi a scacciare dei pensieri disastrosi e riprese. «Gli assassini hanno ucciso una guardia all'esterno e le due guardie svizzere all'ingresso dell'archivio, quelle che dovevano dare loro il cambio le hanno trovate uccise.»

Santini intervenne senza curarsi di interromperlo. «Ma nessuno ci ha avvisato!»

«Taci!» tuonò il Santo Padre sconvolto. «Sono stato io a ordinare di non divulgare la notizia. Non voglio che anche questo fatto sia di dominio pubblico o che la Chiesa appaia così indifesa da attacchi criminali.»

Ora il tono era furibondo e alzò la voce. «Ci hanno derubato, Tommaso, ci hanno derubato in casa nostra e nel forziere più difeso al mondo, hanno rubato un testo Santo, indispensabile per la cristianità e i suoi equilibri. Vuoi che lo sappiano tutti?»

Dopo lo sfogo, il Papa crollò sulla poltrona riprendendo il controllo di sé.

«No, amico mio, la terremo per noi questa notizia, serberemo il segreto perché non tutto ancora è perduto. Sono certo che i saccheggiatori vorranno usare le conoscenze di quel manoscritto contro la Chiesa, dobbiamo impedirlo, a tutti i costi ma senza pubblicità.» Bevve altro vino e proseguì. «Hai una missione, Tommaso, il recupero del manoscritto! Farai affidamento su Wolfang, lui sarà il tuo angelo custode nel caso in cui avessi bisogno di muoverti lì fuori, ma solo noi due conosciamo la verità, non una parola con nessuno, tanto meno con Wolfang. Riferirai solo a me tramite il canale sicuro che conosci e mi porterai il manoscritto.»

Santini sapeva come svolgere i suoi compiti, ma volle precisare meglio: «Che regole mi posso permettere, Santità?»

Il Pontefice si alzò agilmente. «Avrai l'indulgenza plenaria, Tommaso! Qualsiasi cosa tu dovrai fare, falla! Mi affido a te, portami quel manoscritto, dovesse costarti la vita, ecco il sacrificio che ti sto per chiedere e ti ordino di adempiere il tuo dovere con ogni mezzo che riterrai opportuno, nessuno escluso.»

Santini rimase impassibile mentre lo sguardo del Papa esprimeva determinazione ma anche paura. La dottrina dell'indulgenza era un aspetto della Fede cristiana, affermato dalla Chiesa cattolica, che si riferiva alla possibilità di cancellare una parte ben precisa delle conseguenze di un peccato, detta pena temporale, dal peccatore che avesse confessato sinceramente il suo errore e fosse stato perdonato per mezzo del sacramento della confessione. L'indulgenza poteva essere parziale o plenaria, era disciplinata dai documenti *Indulgentiarum Doctrina* o Manuale delle indulgenze. Sovente, in passato, l'indulgenza plenaria o parziale veniva garantita in maniera discutibile ai regnanti o ai nobili, previo versamento alla Chiesa di ingenti somme di denaro, ma ben presto quest'usanza era venuta meno per le forti opposizioni interne alla Chiesa stessa, eppure tale istituto ancora esisteva. Solo il Papa, o un suo incaricato, poteva garantire l'indulgenza plenaria previo pentimento e l'espiazione di una pena da parte di chi la riceveva. Non molto tempo addietro per pena s'intendeva l'autolesione tramite fustigazione oppure l'uso di un cilicio. Santini aveva già ricevuto due volte l'indulgenza plenaria dal precedente Papa e la pena non era mai stata così tremenda; il compito di infliggerla era affidata a un anziano frate, su indicazione papale: Fra Pasquale, un simpatico padre francescano relegato in un piccolo monastero della Provincia di Padova, il Monastero del Monte della Madonna sui Colli Euganei. Fra Pasquale era anche il sostegno spirituale di Santini, oltre che il suo miglior amico e confidente. Conosceva tutto sul ruolo e i compiti di Santini da decenni. Lo accoglieva sempre volentieri soffrendo assieme a lui per la pena che doveva sostenere cosciente che quell'uomo, indipendentemente dall'indulgenza, avrebbe dovuto convivere con i peccati che, a differenza della Chiesa, la sua mente non aveva cancellato. Ma il vecchio frate non sapeva che Santini detestava di più potare gli alberi del Monastero o curare il giardino; quella sì che era una vera sofferenza, lui non aveva mai avuto il coraggio di dirglielo perché la sua compagnia lo ritemprava sia nel fisico sia nell'anima. Santini immaginava anche la grandissima sofferenza e lo sforzo del Santo Padre nel chiedere aiuto proprio a lui: il Risolutore. Per quanto necessario fosse, la chiamata in causa proprio del Risolutore, figura così estrema, significava che il recupero del manoscritto era essenziale. Santini era stato nominato, da Papa Giovanni Paolo I fin dal 1978, con l'incarico di Risolutore, quindi a capo del *Sanctum Consilium Solùtionum* o, per traduzione, Santo Consiglio per le Soluzioni. L'SCS era un Organismo Ecclesiastico dei più segreti, istituito da Papa Bonifacio I nel V secolo che aveva nominato il primo Risolutore e, questi, i suoi seguaci. Da allora ogni Papa aveva appreso, all'atto della nomina, tra gli altri segreti che venivano tramandati, anche l'esistenza del Risolutore e del ruolo da questi ricoperto. Di fatto, il Consiglio aveva il compito di difendere gli interessi ecclesiastici della Chiesa con qualunque mezzo. Non solo una difesa fisica o militare, bensì la difesa della Fede e del suo fondamento; incarico, quindi, delicato e determinante che spettava al Papa il quale poteva avvalersi del Risolutore per l'utilizzo di mezzi a lui personalmente meno appropriati. Quindi Santini era un prete, sollevato dai suoi compiti ecclesiastici, ma pur sempre un prete. Non poteva recitare messa ma poteva impartire i Sacramenti. Era tenuto all'astinenza ed era nel pieno del suo mandato ecclesiastico. Non poteva, altresì, rinunciare al giuramento di segretezza, fedeltà al Papa e al Consiglio nonché alla sua carica di Risolutore, pena la scomunica papale. Per questo avrebbe svolto, come sempre, gli ordini del Papa. La risolutezza e la preoccupazione del Pontefice, che dopo la morte dei custodi diveniva l'unico testimone ufficiale del segreto contenuto nel manoscritto, convinsero Santini a non porre troppe domande. *Altri conoscono questo vitale e pesante fardello, altrimenti non avrebbero rubato solo quel documento*, pensò Santini che chiese: «Chi è il nostro nemico, Santità? Sapete chi, oltre a Voi, è a conoscenza di un simile segreto?»

«Vi è una sola organizzazione che conosce la storia di quel manoscritto» rispose il Pontefice, «si chiama *Il Crepuscolo*. Sono loro che l'hanno trovato e consegnato alla Chiesa più di mille anni fa, prima era custodito nel Monastero di Santa Caterina, sul Monte Sinai, in Egitto. Si dice che lì si trovino ancora alcune pagine, infatti, quel Santo documento risulta ancora incompleto, il Bibliotecario aveva recuperato parte di quei frammenti da un ricco collezionista tedesco che possedeva poche pagine e non era riuscito a tradurlo. Ma per un testo così imponente, anche poche pagine sono un patrimonio incalcolabile.»

Il Santo Padre si fece triste, scostò la tenda e guardò fuori dalla finestra. «Joseph, insomma, il Bibliotecario, era intento a catalogare i frammenti per inserirli cronologicamente nel manoscritto in modo da dare continuità alla lettura. Quel manoscritto è stato scritto utilizzando un codice, senza di quello non è possibile tradurlo. Quel codice, Tommaso, si trovava nella tomba di Papa Pio X, proprio la tomba che è stata profanata e dove avete trovato Monsignor Paolini. A quegli assassini servivano le impronte digitali e la cornea di Paolini per aprire la cassetta blindata in cui era deposto il codice. Non potevano attendere troppo tempo perché il congegno di apertura verifica anche la temperatura corporea. Quindi il povero Paolini doveva essere vivo oppure appena deceduto o, comunque, sufficientemente caldo.»

Si girò guardando Santini. «L'hanno ucciso e portato con loro perché dovevano fare in fretta, servivano solo alcune parti del corpo di Paolini, per cui l'avranno trascinato fino alla tomba e lasciato lì. Profanatori oltre che assassini.»

Prese fiato, l'amicizia che lo legava al Bibliotecario e al Vice Prefetto sembrava averlo scosso al punto di farlo apparire debole, ma si riprese quasi subito. «Vedi amico mio, questo è quanto posso dirti, per ora. Verrai a conoscenza di cose che potrebbero sconvolgere la tua mente, ma se riuscirai a recuperare il manoscritto, dovrai fare affidamento su tutta la tua forza per aprirti a quel sapere.»

Il Papa afferrò le mani di Santini quasi per affidargli le proprie. «Conta sulle tue capacità, ma non perdere mai la Fede. Dovrai venire subito da me con il manoscritto, senza pensare ad altro per nessuna ragione. La tua vita varrà meno di niente, ti daranno la caccia per strapparti quel manoscritto, solo qui potremmo metterlo al sicuro. Darò disposizioni all'Ispettore Generale Wolfang di impiegare ogni risorsa della Gendarmeria, ovunque ti dovessi trovare, per scortarti qui e garantire la tua incolumità. Quel manoscritto ti renderà la persona più importante al mondo per la Chiesa, ma il più bersagliato per il Crepuscolo. La Chiesa custodirà il segreto mentre quella diabolica setta vorrà usarlo contro di noi e l'intera umanità. Ora sai cosa ti aspetta, mio caro amico.»

Il Santo Padre lasciò le mani di Santini e raccolse un anello da un cassetto nascosto in un mobile di antico splendore.

«Prendi questo» disse infilandoglielo al dito, «mostralo a ogni autorità ecclesiastica, ovunque ti trovi questo sarà il segno che hai la mia benedizione e che agisci in mio nome. Chiunque ti renderà obbedienza. Vai ora, oggi ho molto da farmi perdonare.»

Santini prese la mano del Papa e se la fece passare delicatamente sulla guancia, la baciò con reverenza. Con quel gesto confermava la sua dedizione e obbedienza. Senza aggiungere altro, venne congedato. Il Santo Padre lo accompagnò con lo sguardo mentre usciva impartendogli la sua benedizione.

# 6

La Casoni e Wolfang erano seduti nella sala emergenze della Gendarmeria, disposti attorno al grande tavolo di vetro impegnati a consultare foto, documenti e rapporti della scientifica. Carte ovunque mentre dodici schermi al plasma mandavano di continuo le immagini delle telecamere di sorveglianza. Da quanto ne capiva Santini erano immagini che non lasciavano ben sperare e, dopo le spiegazioni ricevute dal Santo Padre, era certo che gli assassini avessero eluso la sorveglianza. Perché di quello si trattava, un commando al soldo di quella organizzazione finora a lui sconosciuta: *il Crepuscolo*. I due erano intenti a terminare la videoconferenza con il Commissario Ayala, che era tornato in Questura per un briefing con il Procuratore Capo della Repubblica del Tribunale di Roma e, addirittura, con i Ministri degli Interni e degli Esteri. La notizia doveva essere rivelata alla stampa e le implicazioni, anche politiche, sarebbero state devastanti per entrambi gli Stati: l'Italia perché aveva il dovere di difendere i confini del Vaticano; il Vaticano perché aveva subito tre omicidi sotto il naso della efficientissima Gendarmeria. Santini si accomodò su una sedia lontana e prese a controllare quale tramezzino, fra quelli rimasti, avrebbe incontrato i suoi gusti; scelse quello con pomodoro e mozzarella, pensò che l'avrebbe mangiato anche la magistrata considerando che gli dava l'impressione di essere una di quelle donne perennemente a dieta.

«Bentornato, Tom!» esordì Wolfang alzando lo sguardo verso l'amico.

La Casoni lo fulminò con lo sguardo, prima di rivolgersi a Santini. «Spero che adesso mi spiegherete come stanno veramente le cose. Chi è lei, Santini? Qual è il suo ruolo? L'Ispettore Generale qui mi risponde sempre che lei è una sorta di sicurezza nazionale, ma se deve fare parte dell'indagine io devo sapere con chi ho a che fare.»

La magistrata si alzò e iniziò a passeggiare su e giù per la sala in attesa di una risposta. Incrociando lo sguardo dell'amico, Wolfang comprese che Santini aveva ricevuto disposizioni; attese quindi che fosse lui a prendere le redini della situazione. E così Santini invitò la magistrata a sedersi con l'impegno di raccontarle una versione quanto più credibile possibile.

«Le chiedo scusa, dottoressa, ma anche noi abbiamo necessità di ricevere precise disposizioni dai nostri superiori.»

Wolfang impallidì alla sola idea che Santini rivelasse più del necessario, ma si tranquillizzò quando sentì il resto.

«Sono l'assistente del Segretario di Stato Vaticano.» A tanta sfacciataggine persino Santini stesso non ci credeva, comunque avrebbe ricevuto l'indulgenza plenaria anche per qualche piccola bugia. «E non sapendo se ero autorizzato a far conoscere la mia identità, mi sono permesso, con l'obbligata complicità dell'Ispettore Generale Wolfang, di non rivelargliela subito.»

E bravo il nostro Tom! Sembrava dire l'espressione sbalordita di Wolfang.

Santini aveva trovato una scusa che giustificava la sua vicinanza al Segretario di Stato e che non sminuiva l'autorità dell'Ispettore Generale della Gendarmeria. Di fatto, come assistente personale del Cardinale Oppini, poteva essere visto come un rappresentante dell'autorità di Governo, sicuramente superiore a qualsiasi forza militare o di Polizia Vaticana.

Di fronte all'aria perplessa della magistrata, rincarò la dose.

«Ora posso dirle che da questo momento l'Ispettore Generale Wolfang è ai suoi ordini, ho qui il documento firmato dal Segretario di Stato che autorizza la Gendarmeria a collaborare, senza alcun limite, con le autorità italiane.» Santini pensò di aver concesso troppo e precisò: «Una cosa soltanto, dottoressa. All'interno dei confini dello Stato Vaticano chiunque potrà accedere solo se accompagnato dall'Ispettore Generale o da un suo uomo e non saranno previste autopsie sui corpi dei nostri eminentissimi custodi della Biblioteca, ma ci si dovrà accontentare della relazione medica dei nostri incaricati. Questa decisione credo le sarà comunicata a breve.»

Non fece in tempo a finire la frase che il cellulare della magistrata prese a suonare, era il Procuratore Capo che confermava le parole di Santini e la invitava nel suo ufficio per fare il punto della situazione e organizzare la conferenza stampa congiunta di quel pomeriggio che si sarebbe tenuta presso la sala stampa del Vaticano. Vi avrebbe preso parte il Presidente del Consiglio Italiano, il quale riteneva che un simile delitto meritasse la totale attenzione della massima autorità governativa d'Italia perché il mondo intero sarebbe inorridito di fronte a una tale tragedia su cui avrebbe preteso che fosse fatta luce. A Santini bastava solo togliersi di mezzo la seccatura di quella magistrata e tirò un sospiro di sollievo quando Wolfang la accompagnò all'auto della scorta che l'aspettava fuori dai cancelli della Gendarmeria. *È andata!* Pensò. Non immaginava quanto, invece, stesse sbagliando.

# 7

Il capo della dottoressa Casoni era impossibilitato a partecipare alla conferenza stampa in Vaticano, e lei sorrise al pensiero che un egocentrico come lui mai si sarebbe perso un'occasione per mettersi in mostra, figuriamoci quella in cui lo avrebbero visto sulle televisioni di tutto il mondo. Ne approfittò per interrogare l'archivio della Procura sul misterioso signor Tommaso Santini; convinta che le avessero mentito sulla sua identità, era decisa a saperne di più. Il computer elaborò per un paio di minuti restituendo un bel messaggio del tipo: nessun risultato. *Poco male!* Pensò, quella era una ricerca semplice su un archivio che avrebbe fatto fatica a trovare anche il suo nominativo dato che pure lei era coperta da un certo livello di protezione. Da come la vedeva, Santini era un soggetto importante, magari una sorta di governante, per cui la segretezza era scontata. Chiamò il Capitano Andrea Baresi, responsabile della Polizia Giudiziaria della Procura e suo assistente, per farsi accompagnare alla centrale operativa. Lì avrebbe avuto a disposizione gli archivi di tutte le Polizie e delle Agenzie di Intelligence del mondo. Inoltre, essendo lei un magistrato, poteva tenere per sé i motivi della sua indagine senza rendere conto a chicchessia. Baresi accorse e la accompagnò nella sala computer della centrale, chiusero la porta e presero posto al terminale riservato ai dirigenti, quello con le più alte autorizzazioni di accesso, e digitò il nominativo di Tommaso Santini. Questa volta il computer ci mise più di dieci minuti per dare la risposta; scansionare un così vasto archivio dati necessitava di un certo tempo di elaborazione. Stessa risposta anche se il testo, stavolta, era in inglese: *not found*.

«Ma certo!» esclamò picchiettandosi la testa con l'indice. «È un cittadino dello Stato Vaticano, loro hanno documenti diplomatici e non sono presenti in nessun archivio.»

Baresi la corresse. «Potrebbe anche essere vero, ma non può essere nato in Vaticano, nessuno nasce in quello Stato: possono essere cittadini, ma non dalla nascita. Deve esistere in archivio; alla nascita sarà stato registrato da qualche parte del mondo. Se non dovessimo trovarlo vorrebbe dire che Tommaso Santini non è il suo vero nome.»

La Casoni tirò fuori dalla borsa un bicchiere di plastica, deposto in un sacchetto delle prove e disse: «È quello in cui ha bevuto Santini, riesci a tirare fuori le impronte o il DNA?»

«Dannata donna!» risero entrambi. «A volte mi terrorizzi proprio. Certo che ti trovo chi è il tuo misterioso Santini, dammi solo poche ore per analizzare il reperto e ti dirò anche se ha fatto miracoli.»

«Mi raccomando» implorò la Casoni, «nessuno deve sapere di questa ricerca.»

Baresi incrociò gli indici portandoseli alle labbra. «Giurin giuretta.»

La magistrata gli diede un bacio in fronte prima di ritornare al suo ufficio in attesa del responso che non si fece attendere. Due ore dopo Baresi correva per i corridoi della Procura sventolando un pacco di documenti in mano. Si fece largo a spintoni fra la folla per raggiungere la magistrata nel suo ufficio. Appena sulla soglia spalancò la porta, dalla foga sembrava quasi destinato a cadere giù dalla finestra sul lato opposto. Riuscì a fermarsi prima del tragico evento e si lasciò andare sulla poltrona del salottino allargando le braccia e tentando di recuperare fiato. Fissò la Casoni senza proferire parola attendendo la fatidica domanda che arrivò all'istante.

«E allora?»

«Nulla! Niente di niente, il tuo uomo non esiste.»

Per nulla turbata la Casoni precisò: «Non è un gran mistero! È chiaro che Tommaso Santini è un nome inventato per non far conoscere la sua vera identità.»

«Non è proprio così» precisò il capitano, «sul bicchiere di plastica vi sono due particolarità: la prima è il DNA, come immaginavo l'archivio non ha scovato un bel niente, ma va bene così perché la prova del DNA è entrata in uso negli anni novanta quindi gli archivi sono aggiornati da quel momento in poi; la seconda sono le impronte, quelle sì che è da tempo che vengono usate, ma non è nemmeno questo il problema! Le impronte digitali, se sei incensurato, non si trovano nei database della Polizia, ma se hai fatto la visita militare allora sì che sei schedato. Da quanto mi hai detto, questo Santini dovrebbe essere attorno alla cinquantina, quindi deve almeno essere stato sottoposto a visita militare. Non lo si dice a nessuno, ma in archivio ci sono tutte le persone che si sono sottoposte alla visita o che hanno fatto il militare in ogni parte del globo, il che vuol dire che ti trovo almeno tutti i maschi fino al 2002, anno in cui il servizio militare non è stato più obbligatorio.»

«Ebbene?» lo incalzò la Casoni incuriosita.

«Ebbene!» Baresi fece una pausa per aumentare la suspense. «Non c'è niente, non esiste. Per essere chiaro, quando dico che non esiste non dico che non esiste Tommaso Santini, dico che non esiste un tipo con quelle impronte digitali.»

La Casoni si fece pensosa. «Non può essere un caso? Nel senso che se tutti i maschietti vengono sottoposti alla visita o hanno fatto il militare, ci sono anche quelli scartati oppure quelli che non prestano servizio per esubero di leva o per motivi familiari. Ci deve essere un'altra soluzione, magari è nato o vissuto all'estero, in tal caso avrebbe fatto il militare altrove.»

«No, no!» replicò lui. «In ogni caso le impronte sarebbero registrate. Ho in archivio qualsiasi cosa possa riguardare pure il Papa, dalle impronte al DNA e persino quando ha fatto indigestione, a che ora si è coricato ieri sera o quando ha fatto l'ultima scorreggia. Il tuo uomo non esiste, Sonia! Bada bene, non esiste non tanto perché non vi è traccia, bensì perché non è mai esistito! Non so se mi spicgo. Se mi dai ascolto, almeno una volta nella tua vita, beh, questa è roba da servizi segreti, quindi frena la curiosità e continua la tua vita in serenità e prosperità. Per quanto mi riguarda, ho il culo abbastanza scoperto con questa tua trovata, ogni ricerca viene registrata in capo a chi la fa, ho cancellato ogni traccia, ma ho il dubbio che mi verranno chieste spiegazioni. Dammi una scusa da fornire e chiudiamola qui se non vogliamo finire tutti e due a ricercare le pecore smarrite in Barbagia.»

La Casoni si alzò e iniziò ad andare se e giù per l'ufficio. Il capitano la conosceva benissimo, aveva chiesto lui il trasferimento a Roma quando lei aveva ottenuto quel posto di Sostituto Procuratore nella città eterna. Assieme avevano lavorato alla Procura di Torino meritandosi elogi e onori nella lotta alla criminalità internazionale, avevano operato centinaia di arresti eccellenti, addirittura evitato anche due attentati, in uno dei quali il capitano era rimasto ferito per farle da scudo. Quando la Casoni camminava così, sapeva che era la calma prima della tempesta; sembrava che in quel modo si caricasse come una molla e, una volta terminata la carica, la rabbia sarebbe esplosa come una mina antiuomo. E non aveva torto.

«Col cazzo!» tuonò inferocita. «Non me ne frega un fico secco dei servizi segreti o degli accidenti di misteri del Vaticano o dei suoi abitanti! Ho un'indagine da condurre, che lo vogliano o no e questo è intralcio alla giustizia!»

«Frenaaaaaaaaaaaaa!» il capitano la prese per un braccio e la fece sedere nella poltrona accanto. «Ma ti rendi conto di cosa stai dicendo? Vuoi andare in Vaticano e arrestare un'eminente autorità governativa per intralcio alla giustizia? E se quelli ti dicessero che la giustizia tua e del tuo Paese non conta un cazzo per loro, pensi che avrebbero torto? O meglio ancora, se ti accusassero di aver infranto la loro legge, pensi che l'arresto eccellente cadrà su Santini o su di te? Ma dai, su!»

Aveva ragione il capitano, pensò, era accecata dalla rabbia per il fatto di aver capito che il Vaticano avrebbe fatto di tutto per evitare che lei avesse campo libero, avevano giocato bene le loro carte, non c'era che dire. Di fatto erano esclusi dalle indagini. Come si sarebbe potuto indagare senza fare l'autopsia sui corpi dei tre custodi? E come si sarebbe potuto indagare sul luogo del delitto se avevano già fatto sparire corpi e tracce? Peggio ancora, se nessuno poteva mettere piede all'interno dello Stato Vaticano se non era scortato dalla Gendarmeria? Un controllore più che un collaboratore! Era incazzata nera, ma aveva ragione Baresi, lei era una insignificante magistrata rispetto ai poteri forti che la Chiesa avrebbe messo in campo.

Tirò un sospiro e, fissando gli occhi di Baresi, disse: «Hai ragione, scusami.»

«Brava!» disse sollevato il capitano. «È l'unica cosa saggia da fare, sapevo che saresti stata d'accordo con me.»

«Ah no, mio buon amico» si rialzò in piedi, «hai ragione, non possiamo scontrarci, dobbiamo agire d'astuzia, con discrezione e intelligenza!»

«Dobbiamo?»

«Sì! Dobbiamo, tu e io!»

Baresi si accasciò sulla poltrona con un sospiro profondo. «Tu sei completamente pazza!»

Aveva già visto quello sguardo deciso nell'amica, era la determinazione di chi non vuole arrendersi alle prime difficoltà, per cui le chiese: «Che cos'hai in mente, perché tu hai qualcosa che ti frulla per la testa, non è vero? Spara!»

La Casoni si illuminò in volto. «Prima di tutto analizziamo per bene tutta la dinamica di quanto è accaduto.» Fece spazio sul piccolo tavolo riunioni, gettò via tutte le carte, distese in ordine gli appunti e le foto che avevano scattato in Vaticano. «Qui è dove è stato trovato il corpo di Monsignor Paolini.»

Dispose le foto che ritraevano la tomba di Papa Pio X in cui aveva trovato posto il corpo del Vice Prefetto, sistemato ai piedi della salma in posizione fetale appoggiato sul fianco sinistro. Di certo un segno della professionalità del commando, l'intuito della

Casoni stabiliva che i colpevoli erano senza dubbio interni al Vaticano; per questo, ne era convinta, avevano usato una sorta di reverenza per quel povero vecchietto.

Condivise i pensieri con il capitano. «Lo hanno ucciso con un gas inodore, il monossido di carbonio, lo stesso usato con il Bibliotecario e il Prefetto, ma di loro parleremo dopo. Se fosse stato ucciso nei sotterranei, in un luogo così ampio, il gas si sarebbe disperso in pochi istanti, inoltre, cadendo, si sarebbe sporcato gli abiti, per via della polvere sul pavimento.» Scartò alcune foto, scelse l'ingrandimento del lato destro del viso di Monsignor Paolini e proseguì. «Vedi qui, vi è un ematoma sulla tempia destra, significa che è caduto e ha battuto la testa da quel lato, invece nella tomba è stato trovato sul lato sinistro. Gli abiti erano puliti e questo vuol dire che non ha lottato e non è caduto lì per un semplice fatto: perché sono quasi certa che il Vice Prefetto si trovava altrove, ancora non so dove ma, comunque, in un luogo pulito e chiuso. L'hanno ucciso con il gas e poi l'hanno trasportato da un posto abbastanza vicino e comodo ai sotterranei, altrimenti con tutta la sicurezza che c'è in Vaticano, ventiquattro ore su ventiquattro e soprattutto in Basilica, li avrebbero scoperti o, quanto meno, sarebbero stati registrati dalle telecamere dislocate ovunque. Invece le telecamere non hanno rilevato nulla e quella posta nei sotterranei, rivolta verso la tomba, era difettosa. Ecco perché l'hanno deposto proprio lì, gli assassini sapevano che non funzionava! Ho già verificato due o tre luoghi che possono fare al caso nostro, da quei posti ai sotterranei non vi sono telecamere, a parte quella danneggiata, a mio avviso da qualcuno all'interno.» La Casoni prese fiato e guardò la faccia del capitano per accertarsi che la stesse seguendo, quindi continuò. «Altro fatto certo è che lo hanno deposto con riguardo, insomma, lo hanno adagiato in posizione fetale, con un maniacale rispetto del suo corpo e di quello del Papa lì sepolto che risulta non sia stato nemmeno sfiorato. Quindi, una tale reverenza sta a significare che?»

E fece una pausa per lasciare rispondere il capitano.

«Che è stato qualcuno all'interno del Vaticano» rispose lui convertendosi a quella logica, «anzi, uno o più figure ecclesiastiche: un prete o uno di loro. Questo spiegherebbe tutto, perché i custodi o, almeno il Vice Prefetto e il Bibliotecario, erano due loro simili, due eminenti personaggi che meritavano rispetto per la condivisione della Fede di appartenenza, giusto?»

«E bravo il mio Andrea» esultò la Casoni, «proprio così! E se vogliamo fare nomi, ne ho uno bello e pronto!»

Baresi sussultò. «Oh mio Dio, non dirmelo. I tuoi poteri telepatici lo stanno inviando al mio fragile cervello: Tommaso Santini?»

«Quando fai così ti sposerei.» Concluse vittoriosa la magistrata. «È lui! Magari per ordine di qualcuno che lo protegge, ma è lui che ha condotto il gioco, ci scommetto la carriera.»

«E la carriera te la giocherai davvero, se ti sbagli, assieme alla mia.» Le precisò Baresi.

Lui posò una rassicurante mano sulla spalla dell'amica prima di lasciarla alle sue incombenze. «Sono con te! Dimmi come vuoi che ci organizziamo, cosa e quanti uomini ti servono.»

# 8

*Gendarmeria Vaticana, in quello stesso istante*

L'Ispettore Generale Wolfang aveva riunito lì tutti i suoi ufficiali più fidati. La Gendarmeria contava oltre duecento uomini nella Città del Vaticano e più di duemila in tutto il mondo e svolgeva il compito e le funzioni di Polizia per la sicurezza dello Stato, nonché di Polizia giudiziaria e di Polizia stradale. Il Corpo era alle dirette dipendenze della Pontificia Commissione per lo Stato della Città del Vaticano ed era una dei più organizzati al mondo, dotato di strumentazione all'avanguardia e l'addestramento dei suoi uomini era di alto profilo militare. Era comandato dall'Ispettore Generale Aaron Wolfang o, in sua assenza, dal suo Vice Ispettore Vicario o Vice Ispettore. Era sua quindi la responsabilità della disciplina e della migliore funzionalità della Gendarmeria; in particolare doveva curare l'attenta esecuzione di quanto prescritto dalle leggi, dai regolamenti e dalle disposizioni delle superiori Autorità, dirigere tutti i servizi del Corpo, curare la formazione tecnico-professionale e culturale dei propri dipendenti, firmare i rapporti di pubblica sicurezza e di Polizia giudiziaria e ogni altro atto d'Ufficio. L'ammissione in ruolo tra gli Agenti avveniva dopo un periodo biennale di prova e il superamento di uno speciale esame di idoneità. Le promozioni da una qualifica all'altra della carriera esecutiva potevano aver luogo in due modi: dopo sette anni di effettivo servizio prestato in ciascun livello, mantenendo lo stato di *ottimo,* oppure nel caso il soggetto si fosse distinto per atti compiuti in servizio di straordinaria eroicità. Volendo adottare una mera percentuale, si potrebbe affermare che esiste un poliziotto ogni quattro abitanti. Ciononostante, considerando che la Città del Vaticano era frequentata da centinaia di migliaia di fedeli ogni giorno, in situazioni particolari anche un tale organico poteva rivelarsi insufficiente. Per questo lo Stato Vaticano aveva concordato con quello Italiano l'uso delle Forze di Polizia all'interno del Vaticano stesso, seppur con compiti limitati alla salvaguardia del patrimonio e all'ordine pubblico. Ma la giurisdizione per i reati gravi, come l'omicidio o il terrorismo, era un compito lasciato alla Magistratura italiana, tra l'altro, con convinzione del Vaticano visto che vi era solo una prigione nel territorio dello Stato, posta a Castel

Sant'Angelo. Quindi non era poi così anomalo il fatto che gli inquirenti italiani, compresi i magistrati, avessero giurisdizione sul caso degli omicidi dei custodi dovendo comunque sottostare alla collaborazione delle Forze di Polizia Vaticana. Anche in presenza di fatti così inquietanti, quindi, lo Stato Vaticano non avrebbe permesso troppa interferenza. A volerla fare semplice, il principio era del tipo: *fai tutte le indagini che vuoi, fai tutti i processi del caso, noi collaboriamo con te per schiaffarli nelle TUE prigioni, ma stai a casa tua.* Questo sacrosanto principio, dal punto di vista della Santa Sede, era accettato anche dal Governo Italiano che aveva sempre tollerato e rispettato questo tipo di filosofia. Santini conosceva bene questo aspetto, perciò era convinto che la bella magistrata avrebbe compiuto tutte le sue indagini seduta comodamente davanti alla propria scrivania e, al massimo, le avrebbero consentito qualche telefonata o lo scambio di documenti con l'Ispettore Generale Wolfang via e-mail o per fax. Con quella convinzione Santini aveva esordito in quel consesso. I presenti, a parte Wolfang che conosceva il suo vero ruolo, lo consideravano una sorta di rappresentante della Pontificia Commissione. Ma non lo avevano mai visto e solo il rispetto dell'autorità e, soprattutto, il naturale riconoscimento del ruolo di superiore che l'Ispettore Generale gli riservava, aveva distolto chiunque dal formulare domande in merito. Santini e Wolfang, quindi, illustrarono ai presenti gli avvenimenti della mattina con dovizia di particolari analizzando assieme migliaia di foto, documenti e filmati trasmessi sui dodici schermi che circondavano la sala emergenze del Quartier Generale. Sottolinearono i fatti come erano stati venduti anche alla stampa: i tre omicidi erano avvenuti con il gas, due dei quali nelle camere del Bibliotecario e del Prefetto mentre il terzo, quello del Vice Prefetto, era probabilmente avvenuto altrove e poi il corpo era stato trasportato in quella tomba papale. Il sospetto che ci fosse una talpa o più complici determinava la necessità di indagare in quel senso. Trovare, quindi, ogni possibile traccia dei traditori: questo era il compito della Gendarmeria Vaticana garantendo, al contempo, ampia collaborazione alla magistratura italiana perché gli assassini non restassero impuniti. Wolfang diede istruzioni a ognuno degli ufficiali. Niente fu lasciato al caso: i mezzi impiegati, l'organizzazione e le risorse di uomini riflettevano la miglior strategia investigativa delle più evolute forze di Polizia al mondo. Dopo tutto, i tre custodi della Biblioteca erano personaggi di un tale lustro internazionale nonché eminenti autorità della Santa Sede che quasi l'intera Gendarmeria sarebbe stata impegnata in quell'immane compito. A tale ragione furono richiamati altri uomini in Vaticano, anche se in servizio presso altre sedi, quale rinforzo finalizzato a garantire un normale standard minimo di sicurezza dello Stato. Terminata la riunione, gli ufficiali furono congedati e Wolfang, rimasto solo con Santini, lo invitò a farsi una birra e una passeggiata nei giardini interni al Vaticano. Con una birra fresca in mano i due passeggiavano lungo i sentieri del maestoso parco, in completa solitudine perché gli appartenenti alla Santa Sede, unici autorizzati all'ingresso al parco, erano tutti impegnati a seguire la conferenza stampa. A quell'ora del pomeriggio aleggiava una fresca brezza primaverile e le foglie degli alberi secolari producevano un fruscio rilassante, anche in quella circostanza tragica. Il rumore del traffico di Roma, sempre incessante, era stranamente calmo e i due poterono parlare indisturbati.

«Ho visto che hai cancellato tutte le registrazioni delle telecamere, come ti avevo chiesto» esordì Santini, «ti ringrazio della fiducia, amico mio.»

Wolfang tracannò mezza birra in un sol colpo e disse: «Non c'è di che, Tom, sai che ripongo in te la massima fiducia, devo a te il posto che occupo oggi e ti ho sempre considerato un grande amico, oltre che mio maestro d'armi, ma dammi una spiegazione migliore di quella che ti ho sentito dire in riunione. Ci sono troppe domande che vorrei farti, anche perché sono convinto che tu sai molto più di quello che mi hai finora detto.»

«Hai ragione, Aaron» rispose l'amico, «ma devo chiederti di pazientare ancora un po', ti basti pensare che quello che è successo è molto più grave degli omicidi stessi, sono in gioco le fondamenta della Chiesa universale, il Papa mi ha affidato l'incarico di andare fino in fondo alla vicenda e, fino ad allora, accontentati della mia parola.»

«Non ti invidio, Tom» riprese l'altro, «il tuo è un compito immane e ti darò tutto il sostegno di cui avrai bisogno, però dimmi cosa hai visto nelle registrazioni, almeno dammi un elemento certo, una pista da seguire.»

Santini fermò l'amico e lo fissò a lungo prima di rispondergli. «Un commando di sei persone è entrato alle tre di questa mattina dal lato ovest, dietro le Poste Vaticane. Ha ucciso la guardia prendendogli le chiavi di ingresso della porta sul retro della Biblioteca e ha immesso il gas nelle stanze del Bibliotecario e del Prefetto al piano superiore, è sceso e ha ucciso le due guardie del portone d'ingresso dell'archivio.» Riprese a camminare e proseguì. «Non so come abbiano fatto a entrare nell'archivio, l'apertura è permessa solo dall'interno o dalla Gendarmeria, dal video si vede che hanno introdotto un tubo, immagino quello con cui hanno immesso il gas, poi si vede che il portone blindato si è aperto, sono entrati in due con un respiratore e hanno preso il corpo del Vice Prefetto. Ci ha messo pochi secondi per morire, quei maledetti avranno sparato una quantità spaventosa di gas. Il resto lo sai, hanno trasportato il corpo del povero Monsignor Paolini alla tomba papale nei sotterranei. Le telecamere hanno filmato tutto il tragitto, ma i sei erano incappucciati e indossavano tute larghe e nere. Avevano anche scarpe con i tacchi di varie misure per evitare che si potessero delineare statura e corporatura. Erano professionisti dannatamente preparati, hanno impiegato meno di quattro minuti a entrare e altri sette minuti per sparire.»

«Perché tutto questo mistero» chiese Wolfang, «perché il Papa in persona ha interesse a tener segreto questo fatto? Quei video potrebbero aiutarci a rintracciare gli assassini!»

Wolfang fu bruscamente interrotto dall'amico.

«Hanno rubato una cosa, Aaron» quasi sussurrò Santini, «una cosa che solo noi dobbiamo e possiamo recuperare.» Si corresse appoggiando le mani sulle spalle di Wolfang. «Io la devo recuperare anche a costo della vita. Ne va dell'intera esistenza della Chiesa. Adesso capisci, amico mio, perché il Papa mi ha chiesto di recuperare quella cosa e perché io ti sto chiedendo di aiutarmi e di fidarti senza fare troppe domande?»

Wolfang non capiva, ma non poteva mettere in dubbio le parole del suo amico, lui era il Risolutore, conosceva quell'incarico e il potere che in lui aveva riposto il Papa stesso e riconosceva l'anello papale che Santini portava al dito, lo aveva notato subito dopo l'incontro con il Papa. Il possessore di quell'anello agiva su indicazione del Papa, in sua vece ed era sorretto dalla benedizione del Santo Padre. A tutti i servitori della Chiesa era fatto obbligo di obbedire a quell'uomo. E Wolfang era un convinto servitore della Chiesa, onorato di farne parte e portatore di Fede, non certo come un prete, ma pur sempre come un cristiano impegnato. Avrebbe obbedito anche solo all'amico, figuriamoci all'incaricato del Papa.

# 9

Il ristorante era meno affollato del solito. Senza la divisa, Wolfang sembrava un distinto signore sulla sessantina con un discreto fascino e un portamento austero. La sua scorta era sapientemente disposta nei tavoli circostanti; uomini e donne[1] in allegra compagnia in modo da non far capire chi e quanti fossero. La loro disposizione garantiva la tranquillità della cena dell'Ispettore e del suo ospite, Santini. La discussione riguardava il caso, ma ricordarono anche i vecchi tempi andati con le avventure e le sventure di quando erano giovani scavezzacolli. Un tempo in cui Wolfang era una Guardia Svizzera e Santini, seppur coetaneo, già Ufficiale pluridecorato dell'allora Corpo di Vigilanza, oggi Gendarmeria, in servizio estero in luoghi che mai aveva potuto svelare all'amico. Solo dopo essere diventato Ispettore Generale, Wolfang era venuto a conoscenza della vera identità dell'amico. Si erano incontrati la prima volta nell'ottanta, ed era stato proprio Santini a proporgli di entrare nel Corpo di Vigilanza dove, tra l'altro, aveva fatto una carriera veloce per via di alti meriti. Gli era apparso così strano che un suo coetaneo avesse tutto quel potere, poi aveva scoperto che era il Risolutore già da oltre due anni. A quell'epoca, non solo Santini lo aveva proposto all'ambito incarico, ma lo aveva anche preso sotto la sua ala protettrice addestrandolo all'uso delle armi. Negli anni quell'amicizia si era saldata e quando Wolfang, per via della sua carica, aveva conosciuto l'identità di Santini, aveva rabbrividito al pensiero del peso psicologico, spirituale e fisico che da anni l'amico si portava dentro. Lo addolorava il pensiero della solitudine che accompagnava la vita di quel *fratello di sangue*, come si definivano i due, costretto a vivere nell'anonimato. Un uomo che esercitava il suo compito al servizio della Chiesa, con qualsiasi mezzo fosse necessario per il raggiungimento dello scopo, anche quelli estremi: il braccio armato, colui che si sporcava le mani per un credo, una Fede. *Come fa un uomo a uccidere un suo simile, anche solo per adempiere il suo dovere e vivere comunque nella Fede e in serenità?* Si era sempre chiesto. Ma a quella domanda

---

[1] Anche le donne erano entrate a far parte della Gendarmeria fin dalla riforma del Corpo del 2002.

non aveva mai trovato una risposta e, le rare volte che entravano in argomento, l'amico glissava, quasi volesse scacciare quel pensiero. Tutto sommato Santini appariva sempre allegro e riusciva a trasmettere una tranquillità inusuale per uno che uccide per mestiere. Nessuno avrebbe potuto reggere un simile peso per così tanto tempo, nemmeno dopo l'indulgenza plenaria né con l'idea consolatoria del bene che trionfa sul male. E, invece, l'amico reggeva da trentadue anni, cioè da quando ne aveva venticinque; un'enormità al confronto di tanti altri Risolutori che duravano al massimo dieci o quindici anni e la loro dipartita raramente avveniva per vecchiaia. I nemici di Santini erano gli stessi della Chiesa, dannatamente occulti, fanatici religiosi deviati da assurde teorie che avrebbero potuto porre in pericolo non solo i fondamenti della Fede, ma anche una parte considerevole dell'umanità. Il Risolutore, per i suoi incarichi, poteva contare su un altro importante e segreto organismo: l'SCS, il Santo Consiglio per le Soluzioni. Organismo paragonabile a un'agenzia governativa di controspionaggio, finalizzato a garantire la sicurezza della Cristianità Universale, ma anche dello stesso Stato Vaticano, contro i nemici di sempre: il diavolo e i suoi seguaci con le loro interpretazioni, sfaccettature o diramazioni con cui si presentano al mondo. Organismo soprattutto di garanzia perché il Risolutore doveva essere sostenuto e supportato da un team di soggetti scelti da lui stesso. Questi seguaci dovevano essere uomini e donne di Chiesa con alto senso del dovere. L'SCS, quindi, analizzava il crimine, lo perseguiva, lo giudicava ed esprimeva la sua condanna, anche a morte. Condanna che veniva eseguita dal Risolutore, forte di una sentenza determinata dal Santo Consiglio per le Soluzioni e investito del mandato papale. Organizzazioni segrete, sette sataniche o solo uomini fanatici che ostentavano odio nei confronti della Chiesa; questi erano i nemici di Santini e del suo Consiglio; per questo e non a caso, veniva considerato *Santo*. Wolfang sapeva tutto dell'amico e, ogni volta che gli veniva affidata una missione, temeva per la sua sorte perché i nemici erano organizzati, forti e taluni disponevano di mezzi e conoscenze illimitate. L'Ispettore avrebbe sempre garantito a Santini il massimo dell'impegno suo e della Gendarmeria, ovunque fosse stato necessario.

Santini non aveva raccontato ogni aspetto della sua missione e Wolfang non chiese nulla di più di quanto avesse appreso.

«Ti ho organizzato un volo privato per Bologna questa sera stessa.» Disse Wolfang intento a tagliare un pezzo di filetto fin troppo al sangue per i suoi gusti. «Poi dovrai arrangiarti per conto tuo. Non capisco perché ti ostini a non dirmi dove si trova la base del Santo Consiglio, ti ho sempre detto che vorrei mettere a disposizione una squadra di scorta per te e per gli altri membri. Siete in pericolo; da alcune intercettazioni ambientali, abbiamo appurato che molti dei nostri nemici sanno che esiste una sorta di organizzazione come la tua, e temiamo che possano scovarvi. Per questo fate in modo che io vi possa dare una mano per garantire la vostra incolumità.»

«Ti ringrazio Aaron.» Santini propose un brindisi. «Potresti anche garantire l'incolumità mia e dei miei uomini, ma non la segretezza. Quanti agenti dovresti mettere a disposizione? Almeno due per ognuno di noi: siamo in cinque quindi significa dieci uomini a turno per tre turni. Ci vorrebbero almeno trenta agenti, a quel punto tutto diventerebbe un segreto di pulcinella che non varrebbe un soldo. Solo tre persone al mondo oggi conoscono l'esistenza dell'SCS e tutti occupano incarichi di alto profilo e autorità mentre solo il Papa e il Segretario di Stato Vaticano conoscono l'ubicazione della nostra base, due persone che hanno tutto l'interesse a mantenere il segreto. Andare oltre queste figure mette in pericolo la segretezza, non posso rischiare. Se sarà opportuno, chiederò al Segretario di Stato di smantellare la base trasferendola altrove.»

Il filetto aveva rilasciato tanto di quel sangue che Wolfang non riuscì a finirlo, ripose le posate sul piatto e lo spostò lontano dalla sua vista. In quel momento si udirono in strada rumori di brusche frenate, numerose auto si erano fermate di fronte alla vetrata del ristorante. Miriadi di luci lampeggianti si riflettevano all'interno del locale quando fecero irruzione due uomini e una donna. Immediatamente da tre tavoli si alzarono dodici agenti della Gendarmeria, che si posizionarono in modo da fare scudo a Santini e Wolfang impugnando delle armi che sembravano spuntate dal nulla. I tre arrivati erano la Casoni e la sua scorta: il capitano Baresi e il commissario Ayala che subito, per protezione, la spinsero fuori estraendo le armi di ordinanza mentre gridavano il loro nome e grado sventolando i tesserini di riconoscimento. Altri due agenti di Polizia posizionati all'esterno entrarono per dare man forte al capitano e al commissario, mentre un terzo restava fuori a protezione della magistrata. I pochi commensali estranei a tutta quella confusione erano impietriti. Se l'idea della Casoni era quella di prendere in contropiede Wolfang e Santini o di fare la più spettacolare entrata della storia, di certo era rimasta delusa. La superiorità numerica degli agenti della Gendarmeria non lasciava dubbi su chi dovesse ritirare la minaccia per primo. Fatto sta che i poliziotti riposero le armi nel tentativo di tranquillizzare i loro colleghi Vaticani che fecero altrettanto. Gli agenti della Gendarmeria ripresero il loro posto, l'espressione sulle loro facce ribadiva però che ogni loro muscolo sarebbe rimasto in tensione, pronti a riprendere la *discussione*, se fosse stato necessario. La Casoni fu fatta rientrare, e si avvicinò furiosa al tavolo di Wolfang e Santini. Fulminò prima uno e poi l'altro con lo sguardo, strattonò la sedia ove trovava posto un Gendarme invitandolo, senza alcuna delicatezza, ad alzarsi e andare al diavolo. Si sedette al tavolo dei due.

«Siete due stronzi!» esordì senza aggiungere altro.

Santini guardò l'amico che, come lui, aveva seguito tutta la confusione di qualche minuto prima e per cui si erano pure divertiti. Santini, che in quel momento sfoggiava una faccia identica al culo, le chiese: «Prego?»

La Casoni non si fece pregare e chiarì meglio il concetto appena espresso. «Stronzi! Ho detto che siete due stronzi, anzi, grandi stronzi, non piccoli o minuscoli, proprio due grandissimi stronzi. Non v'è chiaro il concetto? Peccato che non conosco il tedesco o il latino altrimenti vi farei la traduzione, però ditemi pure quale parte degli stronzi non vi è chiara.»

I due amici si fissarono e scoppiarono a ridere.

«Tranquilla, dottoressa Casoni» rispose Wolfang, «abbiamo capito benissimo e la preghiamo di accettare le nostre scuse. A proposito, beve qualcosa?»

«Un mojito.» Disse lei senza calare il tono incazzato e l'aria minacciosa.

Wolfang ordinò a un Gendarme di offrire qualcosa anche ai poliziotti che, però, rifiutarono restando in piedi all'ingresso del locale.

Santini propose un brindisi alla gradita ospite. «A cosa dobbiamo la sua visita, dottoressa?»

«A dire il vero, per una banalità» rispose lei, «niente di speciale: mi bastano le copie dei filmati delle telecamere.»

Wolfang ebbe un tremito impercettibile. «Dottoressa, le abbiamo dimostrato che la telecamera dei sotterranei, quella posizionata sulla tomba papale, era danneggiata. L'abbiamo sostituita oggi pomeriggio, ma l'altra non ha ripreso nulla.»

La Casoni era imperturbabile. «Oh beh! Non ci sono problemi, quindi, se le chiedo i filmati di tutte le altre telecamere presenti in Vaticano e in Basilica, a me bastano solo le ultime ventiquattro ore.»

Santini prese l'iniziativa. «Ma certo, vero Aaron, nessun problema. La nostra collaborazione sarà a tutto campo, abbiamo già visionato i filmati e non troverà granché, dottoressa, diversamente l'avremmo già avvisata. Comunque faccia pervenire la richiesta formale all'Ispettore Wolfang che le consegnerà ogni cosa in mattinata. Ora, se non le dispiace, dovremmo proseguire la nostra conversazione.»

La Casoni si alzò e, senza salutare, uscì dal ristorante; salita in auto, il corteo della scorta si allontanò a sirene spiegate.

«E adesso, che facciamo?» chiese Wolfang a Santini. «Che filmati diamo a quella fanatica se abbiamo cancellato tutto, il cartone animato del *Gobbo di Notre-Dame*?»

# 10

Secondo giorno

*Aeroporto di Bologna, ore 01.30*

L'aereo privato prenotato dalla Gendarmeria atterrò all'aeroporto di Bologna. Santini si era registrato con il nome di Giovanni Rana, non sapeva perché gli piacesse quel nome, e aveva sopportato stoicamente l'amico Wolfang che gliene aveva dette di tutti i colori. Si erano lasciati da poco, dopo aver concordato come evitare le interferenze della magistratura italiana sui fatti interni in Vaticano. Appena Santini scese dagli scalini del piccolo jet, trovò ad attenderlo Nicola Fanti, il suo braccio destro, l'allievo predestinato a succedergli nella carica di Risolutore; a tempo debito, pensava.

Fanti era il miglior elemento del Consiglio, un giovane diplomato che sei anni prima aveva voluto arruolarsi nei paracadutisti partendo volontario per l'Afghanistan dopo un duro addestramento militare. Lì si era distinto per coraggio e capacità, come sottoufficiale comandava un gruppo di assaltatori che, durante un'imboscata, erano stati trucidati tutti, si era salvato solo lui, sebbene ferito gravemente. Quell'episodio lo aveva mandato fuori di testa, il senso di colpa lo aveva fatto avvicinare alla Chiesa fino a portarlo in seminario e in pochissimo tempo era stato ordinato prete. Non desiderava altro che tornare in zona di guerra, ancora in Afghanistan, ma stavolta come Cappellano Militare; voleva restare vicino ai suoi vecchi commilitoni aiutandoli nello spirito piuttosto che con le armi. Era il suo modo di rimediare a un errore che mai aveva commesso e per effetto del quale aveva trovato la giusta strada dedicandosi a Dio. Ma due anni prima si era ritrovato nella medesima situazione di un tempo, mai dimenticato: i Talebani avevano attaccato il convoglio militare con cui viaggiava.

Aveva visto ancora l'inferno della morte, i compagni che cadevano come birilli sotto quel martellante fuoco nemico. Fanti aveva pregato con tutta la sua forza perché un simile massacro avesse fine, ma invano. Quando un militare gli era caduto addosso, scaraventato da un colpo di mortaio, aveva visto gli occhi di quell'uomo agonizzante pieni di terrore e le budella fuoriuscite. Aveva tentato di rimetterle nel ventre squarciato, senza rendersi conto che era già morto, forse per tentare di rimettere ordine in quel corpo martoriato. Con le mani insanguinate aveva afferrato il mitra del ragazzo ed era corso verso il gruppo di militari intenti a una difesa disperata. Aveva cominciato a sparare come un militare addestrato, a colpo sicuro, aiutava i commilitoni a rialzarsi, gridava ordini, e pregava a gran voce incitando i compagni a fare altrettanto. Gli altri, sorpresi da quel prete coraggioso, avevano recitato il Padre Nostro mentre continuavano a sparare.

Avevano resistito due giorni e due notti, continuando a sparare e pregare finché non erano arrivati i rinforzi per porre fine al massacro. Degli ottanta militari, erano rimasti in sette: sette sopravvissuti sostenuti e incitati da quel coraggioso cappellano. Il fatto, seppur riconosciuto eroico, almeno da come la vedevano i riconoscenti compagni di sventura di Fanti, non era stato ben tollerato dalla Chiesa che lo aveva convocato in Vaticano per essere sottoposto a un duro processo. Santini aveva interpretato il gesto di Fanti come un messaggio divino: le preghiere erano state ascoltate e il miracolo si era compiuto. Intervenuto direttamente sul Papa e ottenuta clemenza, Santini aveva proposto a Fanti di entrare nel Santo Consiglio. Cosa che Fanti, una volta compreso il delicato compito e l'onore di cui gli era stato fatto dono, aveva accettato con entusiasmo diventando ben presto uomo di punta e fidato allievo dello stesso Santini. Un abbraccio sincero sottolineava il forte legame tra i due.

«Fatto buon volo, maestro?» chiese Fanti mentre faceva salire Santini in auto.

Santini rispose: «Sì, Nic, grazie. Hai avvisato gli altri?»

«Certo, Maestro, sono già tutti alla base in attesa di vederti e di fare il punto della situazione. Abbiamo già elaborato le immagini satellitari e i filmati delle ultime ventiquattro ore, quando arriveremo avremo la situazione aggiornata e tutti gli elementi in ordine.»

L'auto a noleggio correva sull'autostrada quasi deserta, direzione Padova, verso la base dell'SCS. La base aveva sede sul secondo monte più alto dei Colli Euganei. Da un'altezza di circa seicento metri sovrastava la pianura padana dove, in giornate particolarmente limpide, si poteva vedere anche uno scorcio di laguna veneziana, a oltre cinquanta chilometri di distanza. Una posizione invidiabile e una copertura ancor più sorprendente: la base si trovava all'interno della montagna, sotto il Monastero del Monte della Madonna, in territorio della Chiesa.

Il Monte della Madonna era noto principalmente per il Monastero mariano che sorge sulla vetta. Antica meta di pellegrinaggi e dimora di uomini alla ricerca di Dio nella preghiera e nella solitudine. Era uno dei più antichi centri di devozione mariana della diocesi di Padova. La vita spirituale del Monastero non aveva conosciuto interruzioni nella sua storia plurisecolare; nel corso dei secoli, si era instaurata una forma particolare di eremitismo individuale, detto anche irregolare, perché non seguiva nessuna delle grandi regole monastiche. Il primo documento, attestante l'esistenza del Monastero, risaliva al secolo XIII; si trattava del testamento di un ricco mercante padovano che donò alcuni dei suoi beni alla Chiesa *Santa Maria del Monte*, da quel momento il Colle prese il nome di *Monte della Madonna*. Papa Giulio II, con la bolla del 15 giugno 1508, affidò ai Frati Benedettini di Praglia la Chiesa del Monte. Il Monastero, quindi, diventò la dimora di otto simpatici Frati Benedettini che non uscivano quasi mai da quel consesso, a capo dei quali vi era Fra Pasquale, amico e sostegno spirituale di Santini. La leggenda conosciuta dai pochi depositari del segreto narrava che Fra Pasquale fosse stato il sostegno spirituale di ben tre Risolutori prima di Santini e che a sua volta fosse stato un Risolutore, molti anni addietro. Fosse stato vero, sarebbe anche l'unico rimasto in vita. Ma era leggenda o realtà? Di quell'amatissimo frate non era dato di sapere l'età, ma era certo che avesse superato il secolo da quasi un decennio. Fra Pasquale aveva una grande forza spirituale, donava, a chi lo ascoltava, perle di saggezza e serenità seppur fossero rare le occasioni di apertura al pubblico del Monastero dove non tutti potevano avere accesso senza l'autorizzazione della Confraternita Benedettina. Il fabbricato si ergeva sulla punta del colle e la strada a senso unico finiva innanzi al cancello del Monastero; l'obelisco in pietra a fianco del cancello citava in latino:

*"SOLO I PORTATORI DEL SIGNORE CALCHERANNO QUESTO SUOLO".*

All'interno del perimetro trovavano posto due enormi edifici pieni zeppi di paraboliche. Da decenni tutti sapevano che quelle strutture appartenevano alla RAI TV e alla Telecom, invece erano la struttura per le comunicazioni e la gestione satellitare del Santo

Consiglio. Fanti uscì al casello di Terme Euganee, direzione Teolo per proseguire verso la frazione di Villa e iniziare la lunga salita per il Monte della Madonna. La telecamera posta sopra al cancello del Monastero inquadrò l'auto che stava sopraggiungendo, Fanti lampeggiò in modo da segnalare la propria identità e il cancello si aprì. L'auto percorse poche decine di metri e si fermò davanti a due pilastri di cemento di circa un metro attraversati da una enorme catena, i pilastri si abbassarono per dare modo all'auto di proseguire lungo il sentiero. Lasciarono alla loro destra il Monastero immerso nel buio e girarono a sinistra lungo un sentiero pavimentato da lastre di pietra secolari. Dopo pochi metri raggiunsero una roccia che, spostandosi, lasciava intravedere una struttura con pareti di acciaio, entrarono mentre una lastra, dietro di loro, si abbassò chiudendo il rifugio.

Erano arrivati nella sede del Santo Consiglio.

# II

Mai avrebbe pensato che la Gendarmeria Vaticana fosse organizzata con un'attitudine militare di quel genere. Al ristorante la
magistrata intendeva lanciare un segnale forte e chiaro: la legge
sono io. Invece si era presa una strizza paurosa, quel nugolo di gendarmi aveva spianato le armi senza nemmeno fiatare, efficiente
come la miglior Polizia. Se fossero stati criminali, i suoi uomini
avrebbero avuto sicuramente la peggio. Immaginava che la Gendarmeria fosse un Corpo di Polizia flaccida e annoiata, invece si
era dovuta ricredere. Ritornata in Procura, la Casoni aveva riunito,
nella sala del terzo piano, il suo staff della Polizia Giudiziaria. Ne
faceva parte il suo buon amico capitano Baresi, il commissario
Ayala e altri tre agenti della scorta. Erano ore che analizzavano
ogni elemento girando attorno al nocciolo del problema: nessuna
traccia, niente impronte né corpi da analizzare, niente di niente.
Mancavano i video della sorveglianza, ma avrebbero dovuto attendere alcune ore prima di poterne avere copia, anche se, ne erano
convinti, non avrebbero aggiunto alcuna novità. La Casoni continuava a pensare che quel Santini sapesse molto di più, o meglio,
fosse implicato lui stesso negli omicidi dei tre custodi con la copertura sia del Vaticano sia di quell'antipatico dell'Ispettore Wolfang.

«Ci siamo» nella sala entrò Baresi con dei fogli in mano, «Santini ha preso un volo privato, un jet della Alpi Eagle, alle ore 23.25
di ieri sera. La prenotazione l'ha fatta la Gendarmeria Vaticana.»
Si rivolse alla Casoni. «Prova indovinare a che nome?»

«Mario Rossi!» rispose subito la magistrata.

«Sbagliato! Giovanni Rana.»

La Casoni sorrise. «Che fantasia. Non mi pare che questo Santini sia poi così sveglio, poteva tenersi Mario Rossi per non dare
nell'occhio. Va beh! Che hai scoperto poi?»

Baresi riprese. «Dicevo che è partito con il jet privato senza passare per i controlli, l'ho scoperto dal piano di volo che il pilota ha
comunicato alla torre di controllo; Santini era l'unico passeggero.»

«Cazzo!» esclamò la Casoni. «Ne hanno di soldi da spendere in
Vaticano. Quindi è proprio un pezzo grosso!»

«Lasciami finire, Sonia.» Baresi la fulminò con lo sguardo e lei
ammutolì, quindi riprese il discorso. «Santini è stato scortato da

un'auto della Gendarmeria sulla pista dell'aeroporto di Roma Fiumicino alle 23.25 di ieri sera ed è sceso all'aeroporto di Bologna verso l'una e mezza circa, poco più di un'ora fa. Lì era atteso da un uomo e fatto salire su di una Chrysler nera risultata a noleggio dalla Avis. Prova a indovinare a che nome?»

«Giovanni Rana!» disse sicura la Casoni.

«Sbagliato! Roberto Antinori.»

La magistrata fu sorpresa, ma lasciò proseguire il capitano.

«Hanno preso l'autostrada in direzione Padova, sono usciti a Terme Euganee e si sono diretti verso la zona dei Colli Euganei, in un colle chiamato Monte di Santa Maria o della Madonna a Teolo, poi abbiamo perso le tracce, a un certo punto il satellite non è più riuscito a inquadrare la zona.»

«Cosa c'è in quel posto?» chiese il commissario Ayala.

Baresi specificò. «Da una ricerca su internet, il tragitto che porta al Monte della Madonna è una strada chiusa che finisce in un Monastero sul punto più alto del colle, oltre non si può proseguire.»

La Casoni saltò dalla sedia. «Cazzo! Non sarà mica un frate?»

Le rispose uno dei poliziotti della scorta. «Che ci sarebbe poi di male, non mi pare che sia un mistero che Santini sia uomo di Chiesa, non sorprende che possa essere un prete o un frate! Per come la vedo io, è solo un sacerdote.»

«No no!» ribadì Baresi. «Un semplice prete o frate non gira con un jet privato da diecimila euro all'ora e non siede accanto al Segretario di Stato Vaticano se non è anch'esso un'autorità. Sono d'accordo con Sonia, Santini non è quello che dice di essere, ma è pur sempre un uomo di Chiesa.»

La Casoni sperava nell'aiuto dell'amico quindi diede le disposizioni.

«Dobbiamo seguirlo, controllare i suoi spostamenti. Quest'uomo è spuntato dal nulla e noi dobbiamo sapere ogni cosa possa servirci per incriminarlo o lasciarlo stare, poi vedremo. Datevi da fare, inseritemi nei vostri turni, voglio essere della partita; il Procuratore Capo mi ha dato carta bianca e la precedenza su questa indagine, quindi ho tutto il tempo che serve. Fatemi avere delle foto, devo sapere chi è e cosa fa chiunque frequenti il Monastero o Santini e voglio delle cimici nell'edificio perché dobbiamo sentire cosa dicono. Visto che non abbiamo giurisdizione all'interno dei siti ecclesiastici, lo faremo in segreto. Se non troveremo nulla, allora amen, per restare in tema, lasceremo in pace Santini per concentrarci da un'altra parte, ora seguiamo questa pista. Siete con me?»

Tutti annuirono convinti. Solo Ayala aveva un quesito da porre a Baresi. «Perché dici che il satellite non è riuscito a inquadrare la zona?»

Baresi rifletté sulla domanda: «In effetti, hai posto una buona domanda, Giorgio, non ci avevo fatto caso.»

Prese il telecomando del lettore inserendovi il cd del video registrato dal satellite, premette *avanti veloce* e poi *play*. La scena riprendeva l'auto nera che saliva sul colle, Baresi premette più volte il tasto *avanti veloce* per arrivare alla sequenza che più interessava. Le immagini del satellite, grazie agli infrarossi per la visione notturna, erano di alta definizione; si vedeva l'auto giungere nei pressi di una graziosa piazzetta e girare a destra verso una salita ripida. Dopo pochi minuti il video restò misteriosamente fermo, l'auto passò oltre il campo visivo del satellite che ne perse le tracce. L'inquadratura, per qualche istante, rimase fissa su quella immagine per poi riprendere la registrazione in un'altra insignificante zona. L'auto di Santini era sparita. Fermato il video, i sei si guardarono attoniti.

«Che sarà successo?» chiese la magistrata.

Baresi alzò le spalle. «Non ne ho idea, in alcuni casi capita che il satellite venga colpito da un meteorite: probabilmente si è spostato dalla sua traiettoria.»

La Casoni si alzò di scatto. «Certo ragazzi che questa è proprio sfiga!»

*Sede dell'SCS Monte della Madonna, ore 03.00*

Appena Santini e Fanti scesero dall'auto, le luci si accesero illuminando quella grande rimessa. Nel locale c'erano quindici auto, alcune avevano adesivi indicanti una ditta di noleggio, altre di grossa cilindrata e con targa diplomatica della Città del Vaticano; poi vi erano tre furgoni, moto e motorini, qualche bicicletta e attrezzature non identificate. Uno stretto corridoio terminava davanti all'ascensore protetto da un circuito elettronico dotato di telecamera; Santini avvicinò il viso e una luce rossa prese a salire e scendere scansionandogli l'occhio destro, era lo scanner per il riconoscimento della retina.

Poi una sensuale voce femminile chiese: «Prego, controllo vocale.»

«Tommaso Santini.»

Il controllo elettronico confermò l'identità. «Controllo effettuato, riconoscimento valido. Benvenuto Risolutore Tommaso Santini, capo del Santo Consiglio per le Soluzioni, Eminentissimo Maestro supremo, Saggio condottiero dei giusti.»

E la porta dell'ascensore si aprì subito dopo, salirono entrambi e Santini, poggiando un dito sul sensore che gli avrebbe verificato le impronte, si rivolse a Fanti: «Ricordami di dire a Jon che gli cavo gli occhi se non modifica quella stronzata del controllo elettronico.»

La sede si articolava su vari livelli: al primo vi era una struttura abitabile, con tanto di cucina, sala da pranzo, camere da letto e bagni. Al secondo livello si trovavano i laboratori, mentre al terzo c'era il vero cuore della base: la centrale operativa a oltre trenta metri di profondità. L'ascensore scese al terzo livello in una manciata di secondi. All'apertura delle porte ciò che si presentava alla vista era una gigantesca sala rettangolare alta più di dodici metri, un corridoio sopraelevato percorreva l'intero perimetro e su ogni parete si apriva una porta per accedere alla sala dei server. Dalla piattaforma, appena fuori l'ascensore, si poteva scendere per le scale che conducevano a un grande salone. Vi erano delle scrivanie separate da eleganti pareti di vetro e tubi di acciaio, degli schermi circondavano la sala, ognuno dei quali trasmetteva immagini diverse: dai telegiornali al perimetro attorno al Monastero o la strada di accesso. Attorno al mastodontico tavolo di vetro erano sedute quattro persone: tre uomini e una donna.

Jonathan Weston, detto *Jon*, americano di origine irlandese. Venticinque anni, ragazzo prodigio, centosettantotto di quoziente intellettivo, laureato al MIT[2] a soli dodici anni. Ingegnere informatico, collaborava come ricercatore presso il medesimo istituto da quando aveva quindici anni, inventore del sistema operativo a comando vocale. A lui si doveva la tecnologia touch screen o schermo a sfioramento. Illuminante matematico, proprio la sua dedizione a questa materia lo aveva portato, sempre giovanissimo, a incontrare Dio. Secondo le sue ricerche, applicando un'articolata formula matematica, aveva avuto la prova dell'esistenza di Dio, quale unica base a fondamento della Creazione di ogni cosa, terrena o meno. Chimica, medicina, informatica, ogni scienza si basava su

---

[2] Massachusetts Institute of Technology.

algoritmi matematici complessi e variabili; con tali conoscenze l'uomo poteva tutto, ma solo perché esisteva la matematica. Dio, quindi, era il Creatore della matematica, da ciò derivava tutto il resto. Per via della sua genialità, il ragazzo aveva vissuto nella solitudine più buia; incompreso e discriminato dai suoi coetanei, si era rifugiato nella Fede, aveva preso i voti e Santini lo aveva reclutato per le sue immense potenzialità.

Malika Sick Maratha, detta *Mali*, originaria dello Sri Lanka. Quarantadue anni, suora e laureata in medicina, poi specializzata in patologia legale, si era distinta nell'aiuto al suo popolo colpito dallo tsunami che qualche anno prima aveva spazzato via ogni cosa, compresa la sua famiglia e i suoi amici più cari come pure la Fede, messa a dura prova da quelle tragedie. Durante una missione lei e Santini avevano parlato a lungo e Mali aveva apprezzato la grande forza e spiritualità dell'uomo che subito le aveva proposto una nuova opportunità di servire la Fede all'interno del Consiglio. Era anche l'unica che viveva alla base quasi in totale solitudine.

Robert Plumbert, detto *Rob*, francese. Trentotto anni, ma ne dimostrava molti di più seppur in forma smagliante. Uno dei criminali più pericolosi di un tempo, ricercato dalla Polizia di mezzo mondo, era fuggito arruolandosi nella Legione Straniera servendo quella causa per oltre dodici anni. Profondamente pentito e vissuta l'esperienza dolorosa di guerre combattute per chissà chi o cosa, si era avvicinato alla Fede ma non aveva potuto mai prendere i voti né ricevere ammenda per i suoi peccati. Santini lo aveva voluto con sé garantendogli una futura indulgenza plenaria del Papa. Ma non subito! Avrebbe dovuto compiere un grande sacrificio, sincero e spontaneo, affinché potesse espiare le sue colpe e dimostrare il vero pentimento; ma non era ancora pronto.

Denny Ching, detto *Denny*, un giovane e promettente monaco Shaolin. Ventinove anni, *prestato* a Santini perché integrasse la sua formazione di combattente. Denny non usava armi da fuoco, si avvaleva in combattimento solo della mente, dello spirito e del fisico. Le sue armi le realizzava utilizzando i quattro elementi naturali: terra, acqua, fuoco e aria. I più potrebbero pensare che quegli elementi non garantissero di evitare le pallottole. Niente di più sbagliato! Intelligente, coraggioso, taciturno.

Nicola Fanti, detto *Nic*, completava il Santo Consiglio a capo del quale vi era appunto Santini: il Maestro verso il quale, tutti loro, si rapportavano con la dovuta reverenza.

Ora si trovavano riuniti in quel luogo che chiamavano *rifugio*: la base segreta del Santo Consiglio per le Soluzioni. Il rifugio era stato costruito nel 1956 e, da allora, era rimasto segreto; aveva visto l'alternarsi di tre Risolutori e di oltre sessanta Consiglieri, dotato di apparecchiature all'avanguardia, alcune delle quali ideate da Jon con una tecnologia di esclusivo utilizzo dell'SCS. In un'altra struttura, situata a poche centinaia di metri e in una posizione più bassa del colle, trovava posto l'armeria dotata di ogni possibile arma moderna e non. I frati del Monastero, invece, garantivano la manutenzione degli impianti, le pulizie, la cucina e ogni altra incombenza. Pur rimanendo loro oscuro il senso di quella sede, il giuramento fatto e la vita eremitica a cui erano sottoposti, garantivano il mantenimento del segreto. Alla vista del maestro i quattro si alzarono in piedi quasi sull'attenti, il primo che fece il gesto di proferire parola fu proprio Jon, subito zittito da Nic che gli fece il segno del tagliagole: pollice mosso da sinistra a destra sulla gola per significare che il maestro gli avrebbe tagliato la carotide. Ma Santini era di tutt'altro avviso.

«Mi è piaciuto il nuovo riconoscimento elettronico, Jon» disse salutando il resto del gruppo, «immagino sia opera tua. Preparate il materiale, io vado a rinfrescarmi.»

E si infilò nella porta laterale del suo ufficio e alloggio; una volta entrato le vetrate si oscurarono gradualmente fino a che il suo interno non fu più visibile dalla sala. Rimasti soli, i cinque si abbracciarono stringendosi le mani, ognuno di loro era arrivato lì dal pomeriggio del giorno prima. Quando era scattata l'emergenza, il maestro aveva chiesto la loro convocazione subito dopo aver ricevuto l'incarico dal Papa. In attesa del suo ritorno si sarebbero raccontati ogni cosa successa loro durante l'ultimo mese di libertà dopo la precedente missione. Mali, visto che alloggiava nel rifugio, fungeva anche da segretaria del gruppo, li aveva avvisati ponendoli a conoscenza di alcuni aspetti della missione, avevano elaborato i documenti e tutti attendevano ulteriori informazioni e ordini.

# 12

Santini prese posto al tavolo rotondo e dopo qualche scambio di battute diede inizio alla riunione ragguagliando la squadra su quanto sapeva in merito alla vicenda dei tre custodi. Volle analizzare la situazione visionando tutti gli elementi in loro possesso. Chiamò all'ordine. «Jon!»

«Sì, maestro.» Jon si avvicinò a un punto preciso del pavimento, sistemò all'orecchio destro un piccolo microfono e diede un comando vocale al computer. Come dal nulla apparve a mezz'aria un ologramma. Jon cominciò a interagire manualmente: apriva cartelle, allargava fotogrammi e riposizionava icone dimostrando un'abilità così sorprendente che, attraverso un eccezionale controllo manuale unito a comandi vocali, faceva risaltare ogni immagine come fosse stata una sua creatura, mentre la tridimensionalità dava l'illusione di essere nel luogo rappresentato. Quando fu pronto fece partire il filmato: erano le riprese delle telecamere di sorveglianza che avevano registrato ogni avvenimento della notte prima. Jon aveva compiuto un lavoro di filtraggio delle immagini per cui apparivano lineari e sapientemente montate, senza buchi o inutili spazi vuoti. Il video mostrava l'arrivo del commando composto da sei uomini, dal lato ovest della Città Vaticana, zona sprovvista di una adeguata sorveglianza e scelta sicuramente per quello.

I sei sorpresero la guardia esterna al fabbricato della Biblioteca tagliandole la gola e nascondendo il corpo senza vita in un angolo buio e ben isolato. Poi aprirono il portone in pochi secondi e, muniti di respiratore, entrarono nei locali della Biblioteca; due uomini salirono al piano superiore, negli alloggi dei custodi per immettere il gas mortale nelle stanze del Bibliotecario e del Prefetto attraverso il buco della serratura mentre gli altri quattro fecero irruzione nella biblioteca. Questi ultimi incontrarono le due guardie svizzere nei pressi del portone blindato che dava accesso all'archivio e lanciarono a terra due bombe fumogene che liberarono il monossido di carbonio. Le guardie morirono all'istante. Il video proseguiva con un'angolatura anomala da cui non si riusciva a comprendere come avessero fatto ad aprire il portone blindato. Ampliando e modificando l'immagine in ogni modo possibile, l'inquadratura non era mai abbastanza chiara, quindi, la dinamica più probabile fu anche quella più logica: forse era stata aperta dallo stesso Vice Prefetto che si sentiva soffocare per via del gas immesso attraverso i condotti d'aerazione. La squadra di Santini valutò l'ipotesi dopo che la registrazione si concentrò all'interno dell'archivio; le immagini trasmettevano il Vice Prefetto, Monsignor Paolini, che arrancava verso il comando di apertura e al citofono per tentare di telefonare per chiedere aiuto. Cadde quasi subito, boccheggiando in cerca di ossigeno che non trovò. Sempre verso l'interno si vedeva il portone aprirsi facendo entrare due uomini che percorsero alcuni metri prima di raggiungere il tavolo di lavoro.

«Ferma, Jon, torna indietro» ordinò Santini, «fammi rivedere dal momento dell'apertura del portone.»

Jon trafficò per qualche istante e il video riprese dal punto indicato dal maestro, in cui i due uomini del commando entravano nell'archivio e si avvicinavano al tavolo.

«Ecco, avete visto?» disse Santini eccitato.

Nessuno aveva notato nulla e lo avevano scritto in faccia.

Santini tirò un lungo sospiro e ordinò: «Riprendi dallo stesso momento e vai avanti rallentato.»

Jon fece riprendere la scena a una velocità inferiore, le facce rimasero le stesse. A quel punto Santini non ebbe altri dubbi, fece notare la cosa. «Quello di destra zoppica, leggermente ma zoppica! Sembra ferito.»

In effetti, osservando con attenzione, si vedeva che il tipo zoppicava sensibilmente ed era un particolare tutt'altro che trascurabile. «Cataloga questa parte come indizio e proseguiamo.» Ordinò Santini.

Avanzando nella visione si notò che l'altro uomo aveva preso un grosso e, all'apparenza, antichissimo libro. *Il manoscritto!* Pensò Santini. Il tizio con il libro si avvicinò a monsignor Paolini che disse qualcosa, purtroppo il video non aveva l'audio. Il Vice prefetto sembrava impaurito, ma alla vista di quell'uomo appariva ancor più terrorizzato. *Lo conosceva. Paolini conosceva quell'uomo! Gli sta dicendo qualcosa!* Pensò mentre le immagini continuavano a scorrere.

«Torna indietro, inquadra il labiale e ingrandisci.» Chiese.

Jon trafficò manualmente sulle immagini, modificò inquadrature e si concentrò ingrandendo la zona delle labbra di Paolini, dai movimenti lesse quasi certamente:

*"NO – NON – QUELLO – NON – POTETE – TOCCARE – QUEL – LIBRO – NON – CAPITE – QUELLO – CHE – POTREBBE – SUCCEDERE – NO."*

Poi lo videro esalare l'ultimo respiro. La trasmissione proseguì con il trasporto del corpo di Paolini presso la tomba papale per l'operazione di recupero del codice. Santini sapeva che il resto dei video, quelli in cui era ripreso l'intervento diretto del Papa una volta avvisato dell'accaduto, erano stati cancellati per ordine del Santo Padre. L'ologramma fu spento e Jon riprese il suo posto. La squadra restò in silenzio, quando il maestro stava riflettendo nessuno osava interferire con i suoi pensieri. Dopo qualche secondo Santini chiamò Mali.

La suora fu pronta. «Maestro, ho seguito le tue disposizioni, mi sono presentata all'obitorio dell'ospedale Vaticano come suora e assistente infermiera. Ho avuto modo di partecipare all'esame dei corpi dei tre custodi. Come immaginavo non è stata fatta alcuna autopsia e i rilevamenti sono stati superficiali. Non sono emerse grandi novità, a parte l'ecchimosi sulla tempia destra del Vice Prefetto, causata dalla caduta.»

Anche Mali recitò un comando vocale al computer che fece apparire l'ologramma di una serie di foto in cui era ripreso Paolini in posizione fetale ai piedi del Papa. Proseguì ponendo un quesito ai presenti: «Nessuno ha capito i motivi per cui Monsignor Paolini sia stato deposto in quella posizione?»

«Lo hanno restituito alla madre» sentenziò Santini, «quella posizione è la medesima tenuta dal feto nel grembo materno, segno che chi lo ha deposto così ha voluto riverirlo e onorarlo restituendolo all'adorata madre.»

«Che significa, maestro?» chiese curioso Nic.

«Che chi lo ha deposto è un uomo di Fede, forse addirittura un prete o una carica ecclesiastica ancora più importante. Non è rimasto insensibile al crimine che ha compiuto, per cui avrà pensato di onorarlo componendo le sue spoglie in modo che, pur non avendo ricevuto l'assoluzione del malato, potesse tornare alla madre la quale lo avrebbe accolto nel suo grembo guidandolo in Paradiso dove Ella di certo si trova.»

Tutti restarono perplessi, non avevano capito fino in fondo le parole del maestro, ma pregarono in silenzio per il povero Monsignore.

*Paolini conosceva il suo assassino!* Fu il pensiero di Santini. *E il suo assassino conosceva lui, altrimenti perché onorarlo?*

Si riscosse riprendendo la concentrazione su altro. «Mali!»

«Nient'altro, maestro, dai corpi non è emerso altro, ma ho già detto che l'analisi è stata superficiale, qualcuno ha ordinato ai medici di lasciar stare tutto e di restituire i corpi alle famiglie. Non ho idea di cosa fosse successo, sono dovuta andarmene anch'io.»

Santini aveva la risposta. *Il Papa! È stato suo l'ordine!* Non ne fece parola. Chiamò, invece, nuovamente Jon.

«Ah, ehm! Certo maestro.» Jon crollava dal sonno, ma si riprese subito. «Ho verificato i movimenti e analizzato le conversazioni telefoniche di tutti e tre i custodi dell'ultimo periodo. Risultati assai scarsi perché nell'ultimo mese non si sono mai mossi dalla Biblioteca e hanno telefonato raramente e per inezie, ma c'è stata una telefonata strana del Bibliotecario, una chiamata che è stata fatta dall'archivio, criptata.»

«Criptata?» gli chiese Santini.

«Sì, maestro, una comunicazione cifrata per proteggere da eventuali intercettazioni. La criptazione permette l'invio di dati audio resi incomprensibili che, per essere uditi, devono essere decodificati tramite apposito hardware o software. Permette di cifrare le chiamate in modo tale che...»

Santini lo fermò all'istante. «Jon, so cos'è una telefonata criptata, la mia era una domanda che presuppone sorpresa nell'uso di tale tecnologia da parte di un Cardinale e non perché ignoro l'argomento.»

«Ok, ok! Scusa maestro. Stavo dicendo? Ah sì, dunque, ho intercettato la telefonata che, ho detto che era criptata? Sì, penso di sì, scusate, ma sono a pezzi, comunque non sono riuscito a decifrarla.»

Tutti si trattennero dal ridere.

Per fortuna Jon si fece quasi serio e riprese il discorso. «Ma ho rintracciato chi era all'altro capo della telefonata, lui non era criptato per cui sono riuscito a scoprire il luogo.»

E si mise a guardare i suoi compagni in attesa di un riconoscimento che mai sarebbe arrivato per via dello sguardo terrorizzante di Santini che non preannunciava niente di buono. Fu costretto a proseguire. «Va bene, non fa niente. Il Bibliotecario ha telefonato in Egitto, sul Sinai e precisamente a qualcuno all'interno del Monastero di Santa Caterina!»

Santini trasalì. Facendo mente locale ricordò le parole del Santo Padre. *Vi è una sola organizzazione che conosce la storia di quel manoscritto. Si chiama Il Crepuscolo. Sono loro che l'hanno tro-*

vato e consegnato alla Chiesa più di mille anni fa, prima era custodito nel Monastero di Santa Caterina, sul Monte Sinai, in Egitto. Si alzò e prese a camminare per la sala iniziando a ragionare a voce alta.

«Il Monastero di Santa Caterina. Mah! Il manoscritto era lì prima che in Vaticano, il Crepuscolo? Che c'entrano loro con il manoscritto? Come facevano ad averlo se era del Monastero? E che c'entrano loro con il Monastero?»

Gli vennero in mente altre parole del Papa. *Si dice che lì si trovino ancora alcune pagine, infatti, quel Santo documento era incompleto, seppur chiaro nella sua composizione, il Bibliotecario aveva recuperato parte di quei frammenti acquisendoli da un ricco collezionista tedesco che possedeva poche pagine e non era riuscito a tradurlo. Ma per un testo così imponente, anche poche pagine sono un patrimonio incalcolabile.* Santini riprese la riflessione a voce alta.

«Il Bibliotecario e i frammenti recuperati!» si girò verso la squadra stranamente attenta, sebbene fosse quasi l'alba e il sonno e la stanchezza si facessero sentire. «Il Monastero, lì forse troveremo le risposte. Il Santo Padre mi ha riferito che un'organizzazione detta *Il Crepuscolo* ha consegnato il manoscritto al Vaticano più di mille anni fa e che frammenti di questo dovrebbero trovarsi ancora presso il Monastero di Santa Caterina, nel Sinai. Quei frammenti e il manoscritto sono troppo importanti per la Chiesa, come anche per i monaci ortodossi che abitano nel Monastero. Il Bibliotecario ha acquisito dei frammenti da un collezionista tedesco. Questo tizio come ne era venuto in possesso? Un simile tesoro deve avere un valore inestimabile e nessun uomo di Fede avrebbe ceduto un sacro scritto perché si perda nel mondo.»

Santini si voltò verso il gruppo. «Dormiamo un paio d'ore, poi partiremo per l'Egitto, Sinai. E tu, Jon, trovami traccia della transazione che il Bibliotecario ha avuto con il tedesco, quella riferita all'acquisto dei frammenti del manoscritto. Voglio il nome e dove si trova.»

Congedata la squadra, a Rob venne in mente un particolare. «Maestro, ci siamo dimenticati di dirti che abbiamo intercettato un satellite, qualcuno vi stava registrando durante il tragitto da Bologna al rifugio. Io e Jon lo abbiamo bloccato e deviata la traiettoria inserendoci nel controllo militare. Da un controllo approfondito sappiamo che il suo uso è stato richiesto dalla Polizia Giudiziaria della Procura di Roma. La tua amica magistrata ti controlla.»

«Ci hanno scoperto?» chiese Santini.

«No.» Rispose Jon. «Ci siamo inseriti anonimamente nei server militari del Monte Venda.»

«Bene! Organizzate la copertura del rifugio.» Ordinò. «E toglietemi di torno quella magistrata, non fatela avvicinare a noi.»

La copertura era l'isolamento della zona da ogni possibile vista satellitare, civile o militare che fosse, inoltre, garantiva la criptazione di ogni comunicazione audio-video e la impossibilità di rilevare, con gli infrarossi o altra tecnologia similare, suoni o immagini dall'esterno del rifugio. Nessuna tecnologia conosciuta sarebbe mai stata in grado di infrangere quella difesa.

# 13

Santini non voleva dormire, si era riposato a sufficienza durante le due ore di volo del giorno prima, uscì dal rifugio attraversando un corridoio che sbucava nei pressi della cantina sotterranea del Monastero benedettino. I primi raggi di sole illuminavano i Colli Euganei e l'aria frizzantina profumava di primavera, pronta a presentarsi da lì a pochi giorni. Il panorama, oltre le basse mura di cinta, era spettacolare. A spezzare il silenzio solo gli scrosci di un ruscello che s'infrangeva sulle rocce e il canto degli uccelli: un piccolo Paradiso. Il vecchio Fra Pasquale distribuiva becchime alle galline. I frati del Monastero curavano l'orto e gli animali perché erano la principale fonte di sostentamento. La vastità di quell'appezzamento di terreno e la quantità di animali domestici garantivano ampia scelta di cibo e il duro lavoro offriva un buon metodo di riflessione spirituale; coltivavano e producevano frutta, verdura, vino, miele e altri prodotti.

Fra Pasquale, ultracentenario, era dotato di un orecchio fine. Sentì subito Santini avvicinarsi e, senza distogliersi dal proprio lavoro, lo salutò. «Salve, figliolo.»

«Ciao, maestro!»

Si diceva che Fra Pasquale fosse stato un Risolutore molto prima di Santini, nessuno ne era certo, Santini sì. Il Risolutore precedente era morto in missione subito dopo che lui era stato scelto per entrare a far parte dell'SCS. Ciò aveva fatto sì che gli fosse affidata la carica da giovanissimo e, per questo, non ancora pronto e inesperto. Solitamente era il Risolutore che sceglieva e addestrava il suo successore, ma la morte improvvisa del maestro di Santini aveva costretto il Papa a chiedere a Fra Pasquale di preparare quest'ultimo al suo imponente compito. Quel vecchio frate era l'unico Risolutore rimasto in vita in tutta la storia secolare dell'SCS, e il maestro rimane tale anche dopo aver concluso il suo compito. Il frate distese la schiena indolenzita. Stoico, senza lamentarsi si girò verso Santini, la barba bianca e lunghissima incorniciava il volto di simpatico vecchietto e gli occhi, brillanti e lucidi, gli conferivano un'aura di dolcezza antica.

«Non dovresti lavorare ancora, maestro» esordì Santini, «alla tua età dovresti riposare e farti aiutare dai tuoi frati.»

«Me lo dici sempre, Tommaso, sei ripetitivo e non ti rendi conto che diventi sempre più pedante.»

«Ho bisogno della tua benedizione, maestro, ho una nuova missione da compiere, da cui potrei anche non tornare.»

Il frate si fece scuro in volto. «Figliolo, ti onoro e ti rispetto da tanti anni, sei nel mio cuore e nelle mie preghiere. Hai la mia benedizione, come sempre, ma l'anello che porti al dito mi dice che dovresti essere tu a benedire questo vecchio frate! Con quello sei portatore della benedizione del Santo Padre, nessuno potrebbe darti di più.»

Santini lo prese sotto braccio e fecero una passeggiata nel bosco di alberi secolari che circondava il Monastero. L'auricolare che portava all'orecchio registrò la chiamata di Mali.

«Maestro, ci sono problemi, ho già chiamato gli altri.»

Rientrato nel rifugio trovò tutta la squadra al suo posto, i componenti erano freschi e riposati come avessero dormito un giorno intero invece di tre ore scarse. L'ologramma trasmetteva le immagini del perimetro esterno al Monastero e l'unica strada di accesso.

«È suonato l'allarme meno di quindici minuti fa.» Esordì Mali.

«È arrivata un'auto» disse Nic, «è della Polizia, un uomo e una donna, hanno parcheggiato e ora sono davanti al cancello d'ingresso.»

Nic diede alcuni comandi vocali e l'ologramma spostò la visuale sull'auto.

«Maledizione!» imprecò Santini quando riconobbe i due. «Proprio ora che dobbiamo prepararci a partire. Quei due sono la dottoressa Casoni e il capitano Baresi della Procura di Roma.»

«Bene! Allora sappi che non è finita qui, maestro» annunciò Rob che stava controllando la videosorveglianza, «i sistemi hanno rilevato una squadra di altri quattro uomini appostati a un centinaio di metri dalla strada, in mezzo al bosco. Ho visto il bagliore dei binocoli e i loro movimenti. Come avranno fatto a scoprirci?»

Santini si accarezzò il mento. «Non ci hanno scoperto o, almeno, non ancora. Però mi stanno alle costole e non ne capisco il motivo. Di sicuro avranno seguito il percorso della nostra auto, ricordate il satellite? Beh, l'avrete anche deviato, ma avrà trasmesso le immagini della nostra auto fino a quando abbiamo raggiunto la piazzetta, alla base del colle, da lì ci sono altri quattro chilometri e la strada porta al Monastero per cui non ci vuole un genio. Dobbiamo liberarcene in fretta.»

Santini pensò che era stata un'imprudenza uscire allo scoperto, lo aveva detto a Wolfang che sarebbe stato un errore, ma il Papa l'aveva fatto chiamare e a lui non si poteva certo disobbedire. Comunque la situazione era quella e ne dovevano uscire, quindi, decise di andare incontro alla magistrata per sviare i sospetti. *Conoscono solo me!* Indossò gli abiti da prete e pensò di sfruttare il buon vecchio Fra Pasquale dando disposizione alla squadra di preparare l'attrezzatura necessaria per la partenza. Utilizzando il corridoio collegato al Monastero, raggiunse il frate, preparandolo mentre procedevano lungo il sentiero che conduceva all'ingresso, oltre il quale la magistrata e il capitano passeggiavano avanti e indietro. Camminando lentamente per studiare i comportamenti dei due sgraditi visitatori, Santini capì che il capitano stava fotografando la zona, infatti, toccava sovente il medesimo bottone della giacca cambiando posizione, in una sorta di puntamento. *Dilettante!* Arrivati al cancello fu la Casoni a salutare per prima, in tono così naturale da far parere che fosse passata lì per caso. *Mi stanno controllando, devo capire il motivo. Mica penseranno che sia un sospettato, per la malora. Se così fosse sono degli idioti, se solo sapessero!* Pensò mentre rispondeva al saluto della magistrata con un sorriso smagliante.

«Lei vive qui, signor Santini?» la magistrata era abituata agli interrogatori, non al dialogo e quella domanda era stata fatta con un tono da interrogatorio.

«Oh, no! No davvero! Ogni tanto passo a trovare il mio amico, mio Dio, mi perdoni la sbadataggine. Le presento Fra Pasquale, un buon amico e mio personale confessore.»

Attraverso il cancello, la Casoni tese la mano che il frate non afferrò.

«Non l'ha vista! È cieco e quasi sordo.» Disse indicandole a gesti un'ipotetica cecità del frate. Santini urlò a squarciagola rivolgendosi all'amico. «Fra Pasquale, questa signora è la dottoressa Casoni, un magistrato di Roma.»

«Ah sì sì... Roma, mi piace Roma, sai. Piacere signora, piacere.» Il frate si girò verso Santini. «Come si chiama la signorina? Me lo avevi anche detto, ora è andata via? Potevi offrirle qualcosa.»

Santini lo tranquillizzò e, aperto il cancello, lo fece accomodare su una panchina di pietra chiedendogli, anzi, urlandogli di attenderlo senza muoversi. L'idea era di dare l'impressione che il frate fosse rimbambito, cieco come una talpa e sordo come una campana; niente di più falso! Quel benedetto frate aveva sensi belli svegli, mente lucida, intelligenza brillante, vista da falco e udito finissimo. Seduto sulla panchina avrebbe ascoltato e visto tutto quello che il capitano avesse fatto o detto mentre lui si *lavorava* la magistrata. Non fece entrare la donna perché la regola del Monastero era che chiunque, per poter accedere a quel sacro luogo di preghiera, dovesse avere un abbigliamento casto. Lo disse alla magistrata precisandole che la gonna era leggermente fuori da quei canoni regolamentari.

La Casoni non se ne curò, presero a passeggiare lungo la strada deserta quando chiese: «Mi dica, Santini, che tipo di prete è lei? Non è un Monsignore e nemmeno un Vescovo, o un Cardinale, però siede a fianco del Segretario di Stato Vaticano e impartisce ordini al capo della Gendarmeria. Da quel che conosco Wolfang è uomo influente, con ampi poteri. La faccenda è assai curiosa, quantomeno per me.»

«Lei mi affibbia un potere oltre misura, dottoressa. Posso chiamarla Sonia?» chiese lui.

La Casoni annuì.

Santini riprese. «Sono un semplice assistente del Segretario di Stato Vaticano, è naturale che Wolfang rispetti il mio compito, di fatto nei confronti di terzi rappresento il capo del mio Governo, tra l'altro, Aaron è mio buon amico e, per di più, siamo coetanei. Ma mi creda, Sonia, sono un umile servitore della Chiesa a cui garantisco i miei servigi senza il possesso di chissà quale carica altisonante. Mi dica in cosa posso esserle utile, non avrà fatto tutta questa strada solo per chiedermi questo?»

«No, no certo. Sono di passaggio, ho un'udienza a Venezia e così ho pensato di venire a salutarla. Ho controllato il suo viaggio di ieri sera, ha prenotato un volo usando sempre quel bizzarro nome falso e così mi ha incuriosita per cui l'ho fatta seguire da agenti in borghese da Bologna a qui. Mi spieghi perché usa sempre nome falsi e la finiamo qui.»

*Agenti in borghese? Chiamano così il satellite?* Pensò lui.

«Sicurezza, soltanto per sicurezza. Ricordi che sono l'assistente del Segretario di Stato Vaticano, anche lei ha la scorta e avrà pure delle protezioni, giusto?»

«Giusto!» rispose la Casoni.

In quell'istante Fra Pasquale si alzò dalla panchina e con passo incerto si diresse verso il lato opposto della strada oltre il quale vi era un crepaccio. Santini iniziò a correre verso il frate urlando a squarciagola, avvisandolo che rischiava di cadere. Il capitano Baresi, per fortuna, lo intercettò bloccandolo proprio sul ciglio del burrone.

Santini, ancora ansimante per la corsa, si rivolse alla magistrata.

«Credo sia meglio che porti Fra Pasquale al sicuro, sono stato fin troppo imprudente. Dovevo chiamare qualcun altro per controllarlo, spesso, se lasciato solo, si ferisce perché non vede nulla e sente ancora meno. Non riesce a evitare i pericoli.»

«Sì, sì, capisco! Non si preoccupi, noi andiamo e grazie delle precisazioni.»

La magistrata e Baresi si congedarono da Santini che, preso sotto braccio il frate, si incamminò verso il Monastero. Vide l'auto della Polizia lasciare lo spiazzo e prendere la strada del ritorno.

Fra Pasquale lanciò uno sguardo d'intesa a Santini. «Il tizio, quel capitano, parlava con qualcuno, aveva un auricolare. Riferiva tutto quello che stavate facendo tu e la magistrata. Faceva delle fotografie, anche delle antenne del rifugio e dell'armeria, assai ingenuo, sappiamo che da quelle non capiranno nulla. Poi sono andato a controllare verso il crepaccio e a circa duecento metri sono appostati quattro uomini con dei binocoli per la visione notturna, segno che vogliono restare nei pressi anche stanotte. Uno dei quattro era il capo perché impartiva ordini e si faceva servire una bevanda calda da un thermos. Aveva i capelli neri, con una leggera calvizie e obeso.»

*Il commissario Ayala!* Capì subito Santini.

«Gli altri tre sono giovanissimi, circa trent'anni, uno l'ho visto bene in faccia, ma gli altri erano girati da un'altra parte.» Precisò il frate.

*Ne ha visto uno bene in faccia, a duecento metri?* Santini non condivise il pensiero.

«Accidenti!» si congratulò. «Hai fatto un ottimo lavoro, maestro, davvero ottimo. Sei il mio mito.»

Santini rientrò al rifugio, si fece portare degli abiti civili e diede disposizioni.

«Rob, tu resterai qui con Mali a coordinare le comunicazioni ed elaborare i dati che ti invieremo. Nic, Denny e Jon con me in Egitto, prendiamo i passaporti diplomatici dell'ONU riservati al Vaticano, saremo in missione umanitaria. Usciremo dal lato dell'armeria, dall'altro versante del colle, così quelli che ci stanno osservando non noteranno che usciamo assieme, poi sono certo che tenteranno di tutto per rintracciarmi, ma a quel punto noi saremo già partiti. Io e Nic prenderemo un volo privato da Bologna, Nic lo hanno già visto e non serve che manteniamo tutto questo segreto. Jon e Denny, voi prenderete un volo di linea da Venezia con l'attrezzatura. Appuntamento fuori dall'aeroporto di Sharm El Sheik. Tutto chiaro?»

Annuirono.

Rivolgendosi a Rob. «Quando avrai scoperto chi è il tedesco che ha venduto i frammenti del manoscritto al Bibliotecario, vai ovunque si trovi e avvertimi immediatamente, dovrai seguirlo come fossi la sua ombra. Attenderai il nostro arrivo, devo sapere com'è venuto in possesso di quei documenti!»

Partirono subito con due auto a noleggio, uscendo dal versante opposto del colle e, come speravano, non furono seguiti.

Santini, in auto con Nic, approfittò per fare una telefonata a Wolfang. «Pronto, Aaron! Sono Tommaso. Sì! Il volo è andato bene, nessun problema. Ti volevo aggiornare sulla situazione.»

Gli disse che era stato individuato dalla Procura di Roma, che la magistrata lo stava seguendo. Fu accorto a non accennare al luogo del rifugio e all'intercettazione satellitare, per evitare di rivelare la zona poiché sperava che la Polizia demordesse quanto prima dal controllo del colle. Lo informò anche che la Casoni aveva dubbi nei suoi confronti e, per questo, si trovava limitato negli spostamenti, gli accennò del loro viaggio in Egitto senza però dirgli il motivo e la destinazione.

«Devi togliermela di torno» aggiunse, «e garantirmi un passaggio sicuro all'aeroporto di Bologna.»

# 14

Santini aveva l'impressione di essere seguito.

*Possibile che la magistrata mi abbia fatto seguire fino a qui?*

Questa impressione partiva proprio da Bologna! Wolfang era stato di parola, appena lui e Nic erano entrati in aeroporto l'altoparlante aveva gracchiato che il signor Santini doveva recarsi al box informazioni. Era atteso da un agente della sicurezza privata che li aveva fatti accedere direttamente sulla pista ove era pronto un jet privato diretto a Sharm El Sheik insieme ad altri otto passeggeri. Nessun controllo, nessuno che avesse chiesto loro alcun documento. *Bel lavoro, Aaron!* Ma il suo istinto lo aveva messo in allarme e raramente sbagliava: gli era parso strano che l'agente della sicurezza avesse telefonato a qualcuno appena saliti sul jet. Non tanto per la telefonata, ma non nel bel mezzo di una pista di decollo. La direttiva dell'Aeronautica imponeva il divieto dell'uso dei cellulari una volta usciti dal gate e proprio uno della sicurezza doveva tenerne conto. Invece quell'uomo dava l'impressione di dover comunicare il prima possibile. Istinto o diffidenza che fosse, fatto sta che l'aereo non partì subito come preannunciato, ma dovette attendere l'arrivo di un nuovo passeggero che, da quanto si era capito, sarebbe salito senza aver prenotato il volo in tempo utile. Certo, era pur sempre un jet privato; se uno arriva all'ultimo momento e paga, nessuno ha nulla da ridire; ma non quando la torre di controllo, come sembrava, ha già dato l'autorizzazione al decollo. Al di là di tutti i pensieri che affollavano la sua mente, Santini sentiva di diffidare del nuovo compagno di viaggio. Ebbe, però, la certezza di essere seguito quando atterrarono a Sharm. Troppi occhi addosso, non li vedeva ma era certo che fossero lì. Lasciando scorrere quei pensieri, si rese conto che lui e Nic erano arrivati prima degli altri. *Il privato batte il low cost uno a zero!* Pensò. Si guardava intorno all'esterno del piccolo aeroporto, l'aria era calda e secca, il termometro segnava trentotto gradi, pochi se paragonati ai quasi cinquanta che sarebbero stati registrati da lì a pochi mesi, ma era pur sempre caldo. L'aeroporto di Sharm El Sheik era considerato internazionale per il fatto che era anche l'unico. Contava un paio di piste che servivano sia per il decollo sia per l'atterraggio e gli addetti della torre di controllo avevano un gran daffare per smistare i numerosi voli nel periodo dell'alta stagione turistica. Tutto attorno, il nulla rappresentato dal deserto: immensità di sabbia e roccia. Nic e Santini dovettero attendere un'ora abbondante prima che gli altoparlanti dell'aeroporto annunciassero l'arrivo del volo da Venezia.

«Finalmente!» Nic era impaziente e annoiato. «Non ne posso più di questo accidenti di caldo.»

Attesero un'altra mezz'ora prima di essere raggiunti da Denny e Jon, il tempo di recuperare le valigie e l'attrezzatura. Jon era a pezzi.

«Alla faccia» disse proprio Jon, «altro che taciturno, non mi ha dato respiro, sempre a parlare dell'arte della guerra e scemenze simili. Avrei voluto dormire, ma lui niente, insistente come una puzzola.»

«He he he! Si dice insistente come una pulce. La puzzola puzza, ma non insiste!» precisò Denny.

Santini e Nic si guardarono stupiti.

*Denny che fa battute?* Pensarono all'unisono.

*In quello stesso istante*

Dietro una colonna all'interno dell'aeroporto, l'uomo aveva spiato ogni attimo, dall'orecchio spuntava un filo trasparente che spariva nella camicia. Stava comunicando con qualcuno.

«Ecco!» disse parlando in un microfono nascosto nella manica. «Ne sono arrivati altri due.»

Diede una dettagliata descrizione di ogni componente della squadra di Santini.

Dall'altro capo il misterioso contatto dell'uomo domandò: «Pensi che ci siano tutti?»

«Mi sembra di sì! Si stanno muovendo ora.»

«Non perdeteli di vista ma attenti a non farvi notare. Sono sospettosi, abili e pericolosi, soprattutto Santini.»

«Ricevuto!»

Il pullman era pieno zeppo di turisti, in buona parte italiani e molti russi, questi ultimi assai rumorosi. Le valigie della squadra furono imbarcate nella zona bagagli, ma l'enorme borsone delle armi fu fatto salire assieme al gruppo, Denny non le avrebbe mai lasciate incustodite. Per via dei passaporti diplomatici le valigie non furono controllate, cosicché le armi passarono la dogana senza problemi. La prima tappa era l'Oberoi Hotel di Naama Bay, località famosa per il centro pedonale pieno zeppo di negozietti e mercatini in cui veniva venduto di tutto e di più. Raggiunto l'hotel, i quattro attendevano di scendere dall'autobus. Di fronte alla porta vi erano tre egiziani che con mano aperta indicavano una richiesta ben precisa: *euro, euro, mancia, mancia!* La mancia diventava quasi obbligatoria, non certo per legge, ma per la sapiente insistenza degli egiziani. Quando fu il turno di Denny, uno dei tre fece per prendergli il borsone delle armi.

Per quel poveretto fu un errore, un grande errore!

Nessuno riuscì a capire cosa fosse accaduto perché nessuno notò nulla; gli unici indizi certi erano le urla dell'egiziano mentre, a terra, si contorceva dal dolore a causa di una frattura esposta al braccio destro. La gente, riunita in gran numero attorno al malcapitato, spinse Santini e i suoi a valutare che era meglio levarsi di torno, per cui si costrinsero a una strategica fuga all'interno dell'hotel. Santini folgorò Denny con lo sguardo, nemmeno lui si era accorto di nulla, ma gli era venuto in mente un terribile sospetto.

«Sei stato tu?» gli chiese Santini.

«Voleva rubarmi il borsone delle armi!» rispose Denny senza alcun rimorso.

«Oh, mio Dio, ma l'avete sentito?» esclamò Jon.

Poi rivolgendosi a Denny. «Quello voleva solo aiutarti! È un facchino, anzi, era un facchino perché non sarà più in grado di alzare nemmeno una caramella.»

«Io non mi faccio rubare le armi.» Confermò sempre più convinto Denny.

«Va bene, basta così!» Santini li zittì. «Stiamo dando spettacolo. Quando saremo al sicuro chiederemo all'albergo di informarsi sull'identità di quel povero ragazzo e gli garantiremo una mancia sufficiente per convincerlo a non denunciarci.»

«Maestro, nessuno può avermi visto, ho usato la presa del...»

Santini lo avrebbe ammazzato lì, in quell'istante. «Sì, sì, va be'! Lascia stare la storia della presa, va bene così, per oggi.»

*Venezia, ore 12.00*

Sonia Casoni era davvero a Venezia, non tanto per l'udienza in Tribunale che non esisteva, ma perché aveva sempre voluto visitare la città lagunare e pensava che così ne avrebbe avuta l'opportunità. Dal suo ufficio, si era fatta recapitare in albergo le registrazioni della videosorveglianza inviate dalla Gendarmeria del Vaticano. Non poteva certo accorgersi che Wolfang aveva fatto consegnare i video delle ventiquattro ore prima modificando la data. Come immaginava, quindi, le registrazioni non portavano a nulla, ogni telecamera inquadrava una monotona miriade di corridoi, stanze, sale e locali dello Stato, movimentate solo dall'andirivieni degli uomini del servizio di sicurezza, perfettamente identificabili, adibiti al controllo del territorio. *Davvero impressionante, avrò contato almeno settanta agenti solo all'interno!* Si disse, pensando anche al servizio di sicurezza all'esterno delle strutture da parte della Polizia di Stato Italiana. Continuando a scrutare il video sul portatile, pensava che l'utilizzo massiccio degli uomini della sicurezza fosse, tutto sommato, normale; in Vaticano vi erano opere di valore eccezionale e un patrimonio artistico dei più vasti esistenti al mondo, senza contare che, in quel piccolo Stato, trovava dimora il Papa, uno degli uomini più potenti della terra e a capo di una religione professata da quasi un miliardo e mezzo di persone. Comunque era impressionata, da quanto verificato nelle registrazioni nessuno sarebbe potuto entrare o uscire da quei luoghi senza essere scoperto. Ciò la rendeva sempre più convinta che quel Santini fosse implicato come non mai. *Chi poteva eludere una simile sorveglianza e chi avrebbe avuto modo di uccidere tre eminenti personaggi all'interno di un posto simile, se non qualcuno che avesse piena libertà di movimento?* Per lei quelle domande avevano una sola risposta, sempre la stessa: Tommaso Santini. Oltre a lui andava aggiunto quel tizio che lo attendeva sulla pista dell'aeroporto di Bologna, colui che lo aveva accompagnato fino al Monastero, su quel Colle padovano. Siccome era convinta che gli omicidi dei tre custodi avessero a che fare con questioni interne allo Stato Vaticano, magari per fatti tenuti segreti ai più, si convinse che Santini poteva essere una specie di esecutore materiale, all'ordine di chissà quali mandanti. Ovunque quei ragionamenti l'avessero portata, la conclusione rimaneva sempre la stessa: Santini e compagno. Emerse dai pensieri quando squillò il cellulare. Era il capitano Andrea Baresi.

«Hanno lasciato lo Stato, Sonia» le comunicò, «da poco più di un'ora.»

«Chi?» chiese la Casoni.

«Santini e l'altro, sono partiti da Bologna diretti a Sharm El Sheik, in Egitto, atterreranno per le ore quindici o giù di lì.»

«Porca vacca!» imprecò lei. «Quelli si stanno dando alla fuga proprio sotto i nostri occhi. Chiama gli altri, Andrea, non vale la pena perdere tempo a controllare il Monastero visto che ci hanno fottuto. Io penso a prenotare il primo volo per Sharm El Sheik, ci vediamo fra mezz'ora in aeroporto.»

«Ok, Sonia, a dopo.» Baresi terminò la conversazione.

La Casoni era furibonda. *Non mi lascio prendere in giro da quell'uomo!* Si disse.

# 15

I componenti della squadra di Santini avevano approfittato di quel pomeriggio per riposare qualche ora o, come Denny e Santini, per dedicarsi all'addestramento fisico e spirituale su uno sperone di roccia sulla spiaggia. Si era fatto buio da oltre un'ora, l'ideale per non dare troppo nell'occhio, i pochi turisti rimasti sulla spiaggia ammiravano i movimenti fluidi dei due uomini intenti nell'arte del combattimento a mani nude, negli esercizi di Yoga e nel *Wushu*. Il Wushu aveva radici millenarie, era considerata non solo un'attività sportiva complessa e benefica, bensì una risorsa storica e culturale della Cina che, come per l'arte della calligrafia o la medicina tradizionale, era diffusa e fruibile solo tra chi si era dimostrato degno. L'esercizio del Wushu si basava sia sulla forza fisica sia sulla capacità mentale di coordinazione del proprio corpo, dando vita a un'incredibile eleganza nei movimenti lenti alternati a fulminei scatti. La potenza dei colpi inferti era pari alla capacità del corpo di assorbirli; con un avversario non addestrato a quella tecnica il risultato era scontato. Le svariate forme di Wushu, in migliaia di anni di evoluzione, avevano determinato le regole basilari del combattimento a corpo a corpo: *quanyong* per significare pugni e coraggio; *shoubo* per combattere con le mani; *jueli* per provare la forza; *xianggao* per sopraffarsi l'un l'altro; *jiji* per attaccare; *wuyi* per l'arte della guerra e altro ancora. Santini era incaricato di integrare l'addestramento del giovane; incarico ricevuto dal vero maestro di Denny, suo amico, ma su basi diverse, non certo sul Wushu. Quindi, decise di approfittare lui stesso, in una sorta di vicendevole scambio. Ma per Santini era dura, troppo dura; Denny era nato per quella disciplina, o meglio ancora, era nato combattendo; raramente un avversario non addestrato si sarebbe reso conto di chi lo avesse colpito e da dove fosse arrivato il colpo. Il corpo di Denny poteva far esplodere un pugno in faccia a qualcuno in una frazione di secondo e dare l'impressione d'immobilità. Il povero facchino egiziano, probabilmente, avrebbe passato anni a chiedersi cosa potesse essergli successo. Terminarono l'addestramento con i saluti rituali, in onore e rispetto dell'avversario. Santini si sentiva ritemprato nello spirito; nel corpo, invece, niente da fare: avrebbe di sicuro consumato l'intero tubetto di pomata per attenuare il dolore al fianco destro. Stavano per prendere le loro cose quando furono interrotti da quattro egiziani della Milizia.

In un perfetto italiano, quello che appariva il superiore si rivolse ai due. «Chi di voi è Tommaso Santini?»

*Strano! Abbiamo usato altri nomi, come fa a conoscermi?* Pensò Santini fra sé.

«Si sta sbagliando agente, non conosciamo nessuno con quel nome.»

«Oh, non si preoccupi!» Li tranquillizzò l'agente. «Il mio nome è Mohamed Hassan Ben Halì, sono il comandante della stazione locale della Milizia. Condividiamo un'eccellente conoscenza comune: l'Ispettore Generale della Gendarmeria Vaticana, il dottor Aaron Wolfang. Lui mi ha detto che eravate qui a Sharm e ha chiesto il mio aiuto per fornirvi assistenza.»

I due si rilassarono. Santini volle capire meglio. «Ah beh! Se è così la ringrazio. Mi dica del buon Aaron, che le ha riferito?»

L'agente gli chiese di parlare a quattr'occhi, lo prese in disparte lasciando gli altri tre uomini in compagnia di Denny, incuriositi da quello strano orientale.

«Il nostro Aaron» proseguì l'egiziano, «mi ha chiamato oggi pomeriggio riferendomi i nomi fasulli che avete usato. Qui non avete molto campo libero, siete in un paese mussulmano, ma io sono cristiano, una rarità per questi posti. Gli ho promesso che vi avrei dato il mio appoggio accompagnandovi nel vostro viaggio, conosco la vostra missione e vorrei rendermi utile. Sono in debito con lui e, comunque, lo faccio volentieri.»

*Grazie Aaron, aiuto inaspettato ma prezioso.* Santini accettò volentieri la proposta dell'agente. Arrivare da soli al Monastero avrebbe potuto insospettire qualcuno, quel qualcuno che sentiva ancora addosso e che gli stava alle costole. L'istinto, che lo aveva sempre aiutato, gli suggeriva che una scorta della Milizia egiziana avrebbe fatto passare la squadra per un gruppo di facoltosi turisti *fai da te* che non voleva aggregarsi alla mandria di turisti comuni. Ringraziò l'agente e con Denny se ne tornarono all'hotel per una doccia e la cena. Poi tutti a nanna, partenza programmata per il Sinai all'indomani presto.

*Sharm El Sheik, ore 22.00*

La dottoressa Casoni fu l'ultima a passare il controllo dei documenti e dei bagagli all'aeroporto, il commissario Ayala, il capitano

Baresi e gli altri tre poliziotti non avevano trovato difficoltà grazie al riconoscimento dei loro tesserini alla dogana e per aver chiesto la collaborazione della Milizia egiziana prima della loro partenza. Seppur insistente nel precisare che la Casoni era una magistrata italiana e che faceva parte della loro trasferta, la Milizia egiziana impiegò una buona mezz'ora prima di lasciarla passare perché la tessera della Procura non era considerata un documento di identità valido. *Maledizione a me che non ricordo mai di prendere i documenti!* La Casoni riuscì a riunirsi al gruppo e usciti dalla struttura incontrarono un'aria decisamente calda persino per quell'ora. Baresi aveva controllato i nominativi dei passeggeri del jet privato atterrato lì nel pomeriggio, quello in cui, presumeva, aveva trovato posto Santini e l'altro tizio usando nomi diversi. Era stato un colpo di fortuna individuarli, ogni occupante del jet aveva prenotato un diverso albergo, solo due di loro avevano una prenotazione presso il medesimo hotel, all'Oberoi Hotel a Naama Bay dove anche loro si sarebbero diretti. Chiesero la stanza centodiciotto, quella accanto a Santini, per poterla utilizzare come base di appoggio in cui installare i microfoni, oltre ad altre stanze per loro al secondo piano, riuscendo a ottenere la riservatezza necessaria per restare anonimi. La centodiciotto sarebbe stata liberata solo la mattina seguente, decisero di prenotarla comunque. Il gruppo si era domandato più volte come facessero Santini e compagni a prenotare voli privati, camere d'hotel e quant'altro senza mai lasciare la minima traccia di pagamenti o, almeno, dell'uso di un qualche telefono. *Usano metodi da servizi segreti!* Fu l'idea più logica. E non erano poi andati così lontani: dal rifugio Mali riusciva a comunicare, effettuare prenotazioni o qualsiasi altra operazione nell'anonimato più assoluto. I necessari fondi economici dell'SCS erano depositati in un conto cifrato e anonimo presso una banca, controllata dal Vaticano, con sede ad Aruba, nei Caraibi. Le transazioni venivano effettuate tramite server anonimo che inviava i dati rimbalzando in centinaia di altri server sparsi in tutto il mondo, impossibili da individuare. Non a caso Jon aveva dedicato tutta la sua genialità ed esperienza per creare una così complessa e ingegnosa informatizzazione.

*Quella stessa sera*


Santini e Nic cenarono da soli, Denny e Jon erano seduti a un tavolo vicino, intenti a litigare e stuzzicarsi. Sembrava che i due

74

non si sopportassero, invece erano amici inseparabili, così diversi e così legati. Il cellulare di Santini suonò, uscì dalla sala e si diresse verso la piscina esterna: era Rob.

«Ho individuato il tedesco, quello che ha venduto i fogli del Manoscritto al Vaticano. Si chiama Karl Weiber, ora mi trovo a Bonn, in Germania, lui abita qui.»

Rob spiegò come aveva fatto a rintracciare l'uomo; la transazione era avvenuta nell'anonimato da parte del tedesco, ma non per quanto riguardava il Vaticano. Il Bibliotecario aveva segnato ogni cosa, nome e numero di telefono, appunti che non lasciavano dubbi sull'identità dell'individuo. *Il Bibliotecario sapeva bene che ogni transazione del Vaticano avveniva tramite le banche vaticane. In qualunque parte del mondo fossero erano assolutamente inviolabili.* Fu il pensiero di Santini. Rob, quindi, era subito partito per Bonn per controllare gli spostamenti del tedesco.

«Ottimo lavoro, Rob.»

«Non è tutto! C'è un altro particolare.» Precisò Rob facendo una piccola pausa. «Il nostro signor Karl Weiber zoppica!»

# 16

Terzo giorno

*Sharm El Sheik, ore 02.30*

I sei uomini del commando erano pronti, avevano ricevuto ordini chiari ed era giunto l'ora di eseguirli. Appostati sul tetto dell'Oberoi Hotel aspettavano solo il momento giusto. In quel preciso istante il capo del commando ordinò: «Ora!»

All'unisono si calarono dal tetto con l'ausilio di robuste corde, scesero fino al primo piano, in corrispondenza delle camere occupate da Santini e compagni. Giunti all'altezza delle finestre, iniziarono a sparare migliaia di colpi di mitra. Il frastuono, unito al rimbombo che ne ampliava gli effetti, cancellò la calma della notte. I vetri andarono in frantumi, una miriade di frammenti di vetro volarono nella sottostante piscina, altri schizzarono nelle camere conficcandosi nei muri, porte e mobili. I muri in cartongesso delle camere si squarciarono sotto quella pioggia di pallottole, in un'eruzione di schegge; i tubi dell'acqua colpiti rilasciarono una tale quantità di liquido che, in un attimo, iniziò ad allagare le stanze. Le piume dei cuscini e dei materassi fluttuavano nell'aria rendendo impossibile la visuale. Seguirono istanti di silenzio, i sei si dondolarono sulle corde finché trovarono la giusta angolazione per saltare nelle stanze e accertarsi che il lavoro fosse stato portato a termine positivamente. Una volta entrati nelle stanze ripresero una sparatoria che, però, finì presto. Avevano onorato il loro compito in modo efficace e nei tempi programmati. Uscirono nel corridoio. Al tremendo rumore creato dall'attentato si aggiunsero le grida di aiuto di altri ospiti dell'hotel che, semi svestiti, scappavano convinti che da lì a poco i banditi sarebbero giunti anche da loro. Il timore che accomunava gli ospiti dell'hotel era quello di trovarsi di fronte a un attentato ai danni degli stranieri alloggiati nell'albergo. In quella zona di Sharm El Sheik, in altre occasioni, i seguaci di Al Qaeda avevano colpito i turisti stranieri. La pausa fra le sparatorie dava a intendere che gli attentatori fossero impegnati nel passaggio da una camera all'altra per riproporre la medesima esecuzione. Anche Baresi e Ayala, che occupavano la stessa camera al secondo piano, condivisero questo pensiero. Avvisarono gli altri tre agenti invitando la dottoressa Casoni a rimanere in camera e lasciando uno dei tre a sua protezione. I quattro impugnarono le armi d'ordinanza, uscirono dalle stanze con le orecchie bene aperte cercando di capire in quale piano fosse avvenuto quel finimondo mentre i sei uomini del commando si erano riuniti nel corridoio, appena fuori dalle stanze di Santini e compagni. Ovunque regnava il panico, gli ospiti dell'hotel uscivano dalle loro stanze ma appena vedevano i sei incappucciati tornavano indietro nel tentativo di fuggirgli. Senza concedere scampo, il commando aprì il fuoco su quella folla impaurita, in molti caddero a causa di ferite mortali, altri riuscirono a rifugiarsi di nuovo in camera o nell'ascensore per scendere al piano sottostante. Solo due dei cinque occupanti l'ascensore raggiunsero il piano terra, malconci ma vivi. Gli uomini del commando, scambiandosi una rapida occhiata soddisfatta, decisero che era ora di andarsene e si incamminarono verso la tromba della scala di emergenza che si trovava in fondo al corridoio. Avevano fatto pochi passi quando Santini e Nic tagliarono loro la strada mentre, alle loro spalle, spuntò Denny. Di Jon nessuna traccia. Il seguito accadde in un lampo! Santini e Nic ne disarmarono due e usarono quelle stesse armi contro di loro, uccidendone uno. Il resto del commando sparò altri colpi, tutti a vuoto grazie alla velocità e abilità dei tre dell'SCS. Denny sferrò un calcio all'arma dell'uomo a lui più vicino, lo aggirò, gli strinse da dietro la testa in morsa e si udì lo schianto dell'osso del collo; l'uomo si afflosciò come un sacco di patate, morto ancor prima di toccare terra. Denny non esitò nemmeno un secondo e lanciò un altro calcio violentissimo a piede rovesciato sul ginocchio dell'altro uomo che si trovava di fronte facendolo crollare a terra tra urla di dolore, un osso della gamba piegata in maniera innaturale sbucava dalla tuta. Denny colpì ancora, un pugno all'altezza del cuore, così forte da penetrare la cassa toracica fratturandogli le costole; il cuore del malcapitato non resse. Intanto Santini ne aveva messo fuori combattimento un altro, le dita conficcate negli occhi fino ad accecarlo, gli aveva inflitto una tremenda testata; una volta messo fuori combattimento, gli prese il braccio a cucchiaio[3] e glielo spezzò. L'uomo si contorse dal dolore e si chinò in avanti agevolando Santini che gli torse la testa fino a spezzargli l'osso del collo. Nic, nel frattempo, aveva appena disarmato i due assalitori ancora in vita quando fu interrotto dal rumore di alcuni colpi sparati in aria da Baresi e Ayala in compagnia dei due agenti che apparvero con le

---

[3] Infilando il suo braccio sotto quello dell'avversario.

armi in pugno bene in vista. Baresi intimò di rimanere fermi, l'ordine valeva per tutti. Santini e i suoi alzarono perplessi le mani, non tanto in segno di obbedienza, bensì perché sorpresi dalla loro presenza. *Accidenti! Che diavolo ci fanno qui questi seccatori?* Fu il primo pensiero di Santini. Approfittando di quell'attimo di confusione, i due uomini del commando si rialzarono di scatto iniziando a correre verso la scala di emergenza. Baresi e i suoi fecero fuoco ferendone uno alla schiena mortalmente. L'ultimo fuggitivo, con un guizzo da acrobata, saltò dalla finestra frantumandola, cadde sulla piattaforma della scala di emergenza da cui scese correndo per completare la fuga. *Dobbiamo prenderlo!* Si disse Santini e si concentrò sul da farsi; come avrebbero potuto inseguire quell'uomo con le pistole di Baresi e compagni pronte a far fuoco su di loro? Dovevano fare qualcosa, avevano un'unica occasione per prendere quell'uomo e interrogarlo: capire com'erano giunti fino a loro, le intenzioni, cosa volevano; capire se erano gli stessi che avevano ucciso i tre custodi e perché. *Troppe domande! Ora devo uscire da questa situazione.*

Santini si rivolse a Baresi e compagni. «Dobbiamo inseguire quell'uomo, ci potrebbe condurre ai suoi mandanti.»

*Avranno notato che i cattivi erano quelli incappucciati e vestiti di nero, spero!* Pensò in attesa di un riscontro positivo.

«Non muovetevi, voi non inseguirete nessuno finché non capisco che diavolo sta succedendo.» Minacciò Baresi.

*Stronzo!* Gli disse mentalmente Santini. La sua preoccupazione, come non bastasse quell'imbarazzante situazione, era che una buona parte della squadra si stava scoprendo. Dare spiegazioni a Baresi avrebbe fatto loro capire ogni cosa, avrebbe dovuto rivelare cose che i laici non sarebbero stati in grado di comprendere. *No! Non devono sapere, non da me e non ora.* Il segreto del Santo Consiglio andava difeso a oltranza, non doveva fallire proprio in questo. *Pensa, per Dio, pensa!* Ayala e Baresi farfugliavano ora ordini che Santini, concentrato sul da farsi, non sentiva o non voleva sentire: ordini del tipo *gettatevi a terra* o *gettate le armi*, roba che si sentiva anche nei film polizieschi. Gli venne in mente il suo fallimento; il Risolutore che si era scoperto al punto da porre il Consiglio stesso in pericolo. *Devo ucciderli?* Si chiese. No, lui aveva ucciso sempre gente che meritava di morire, durante le sue missioni uccideva solo per difendersi o per una giusta causa. Uccidere lo addolorava, ma in certi frangenti non poteva evitarlo: uccidere per non essere uccisi, era uno dei suoi principi fondamentali. *Pensa, per Dio, pensa!* La sua mente era un vortice di pensieri. *Qui è diverso! Qui rischia il Consiglio stesso. Devo ucciderli, se ci sono Baresi e Ayala, da qualche parte ci sarà anche la magistrata. Devo uccidere anche lei?* Santini si voltò verso Nic e Denny e notò i loro occhi impassibili, per nulla intimiditi e, soprattutto, pronti. *Loro attendono te, caro Risolutore da strapazzo.* Apparivano tranquilli, certi che il maestro sapesse cosa fare, sicuri della sua forza; gli avevano affidato le loro vite e le loro speranze. Il tempo pareva si fosse congelato, eppure erano passati solo pochi minuti. In quel mentre si sentì il campanello dell'ascensore, segno che la sua corsa finiva su quel piano. Baresi e i poliziotti si voltarono di scatto con le armi puntate verso quelle porte che si aprivano: apparvero la Casoni e l'agente di scorta.

Baresi urlò alla magistrata nell'intento di proteggerla, non era certo che Santini fosse il buono della situazione: «Non uscire dall'ascensore, Sonia! Chiudi le porte!»

Santini impartì l'ordine con lo sguardo, Denny si mosse fulmineo. Si sentì un primo sibilo, poi altri tre quindi i quattro distratti poliziotti videro le loro armi volare per aria: qualcosa li aveva colpiti. I dardi lanciati da Denny avevano raggiunto le pistole, ferendo la mano a due di loro. Santini e gli altri balzarono fuori dalla finestra, caddero sulla piattaforma delle scale di emergenza e si misero a correre verso il centro di Naama Bay con l'obiettivo di inseguire l'attentatore sopravvissuto. I poliziotti, ripresisi dalla sorpresa, alzarono lo sguardo: Santini e i suoi erano spariti. Scesero la scala di emergenza, si guardarono intorno ma nulla. Da quando l'attentatore era fuggito, erano passati appena quattro minuti.

*Che colpo di fortuna!* Aveva tante domande in mente e tutte attendevano una risposta ma Santini in quel momento voleva solo acciuffare il fuggitivo. E di fortuna si era trattato anche quando, prima dell'attentato alla loro vita, aveva dato ascolto all'istinto. Infatti, non riusciva a prendere sonno, aveva sempre quella strana sensazione di essere seguito: tutto era iniziato all'aeroporto di Bologna per poi essere confermato arrivati in Egitto. Quella sensazione lo avevo indotto a uscire dalla sua camera per un sopralluogo e, nel contempo, farsi una rilassante passeggiata nel parco dell'hotel attorno alla piscina. Nel rientrare, salendo le scale aveva sentito delle voci. Si era nascosto e aveva visto sei uomini vestiti di nero, a volto coperto che stavano salendo ai piani superiori, dotati di mitragliatori automatici del tipo militare. *Come il commando del Vaticano!* Aveva seguito il gruppo che si muoveva agile e silenzioso. *Peccato! Se avessero detto qualcosa, almeno avrei potuto capire la loro provenienza e le loro intenzioni.* Quando li aveva visti salire sul tetto e installare l'attrezzatura, cercando il punto migliore dai cui calarsi con le corde, aveva capito subito che era loro intenzione raggiungere la sua camera e quelle degli altri della squadra. *Sono qui per noi? Come diavolo avranno fatto a sapere e cosa sanno, poi?* A quelle domande avrebbe pensato più tardi, in quel momento era più urgente avvisare gli altri e tenersi pronti; una volta comprese le intenzioni di quel commando, avrebbero agito di conseguenza. Si erano nascosti nella lavanderia del primo piano dove si trovavano le loro camere. A Jon, con il suo portatile, l'incarico di garantire il supporto informatico e le comunicazioni fra loro e il rifugio. Lui era un genio informatico, non un combattente, per cui era rimasto lontano da quel che sarebbe successo da lì a poco.

Ora Santini aveva due obiettivi: il primo era prendere il fuggitivo, il secondo indagare sul commando e, per farlo, doveva ritornare in albergo e partecipare alle indagini o almeno fotografare le facce degli attentatori morti per verificare chi erano e da dove venivano. Ma in albergo c'erano la magistrata e Baresi. *Anche loro, che ci fanno in Egitto? Mi hanno seguito o erano sulle tracce del commando? Se fosse così, perché allora non hanno voluto seguire quello che è fuggito?* Santini accantonò quei pensieri. Attraverso l'auricolare, ordinò a Jon di rimanere nell'hotel e di mischiarsi agli ospiti come un normale turista in attesa della Milizia. Nonostante tutto quel trambusto, nessun poliziotto egiziano si era ancora presentato all'hotel, mentre in lontananza si sentivano le sirene delle ambulanze. Nessuno conosceva Jon, per questo gli ordinò di svolgere l'indagine sul posto e fare delle foto stando attento a non destare sospetti e avvisandolo che in hotel c'era la Casoni con alcuni poliziotti.

Una volta ricevute le istruzioni, Jon si rivolse alla squadra: «Sono riuscito finalmente a contattare Mali al rifugio, le ho comunicato le coordinate di Naama Bay, fra pochi minuti potrò collegarmi al satellite.»

Santini, Nic e Denny erano corsi lontano dall'hotel e si erano nascosti in una via isolata del centro di Naama, in attesa che Jon gli indicasse la posizione del fuggitivo. Ma quel benedetto satellite, prima di ottenere un qualsiasi risultato, doveva essere posizionato in modo corretto e questo lo poteva fare solo Mali dai terminali del rifugio: una volta in posizione, avrebbe trasmesso le immagini al portatile di Jon che, a sua volta, le avrebbe ritrasmesse al palmare in dotazione alla squadra.

«Dille che faccia presto.» Ordinò Santini impaziente.

Per fortuna Mali aveva già posizionato uno dei satelliti a disposizione proprio in quella zona, per dare il supporto che si fosse reso necessario alla squadra nella missione al Monastero di Santa Caterina.

«Ancora un secondo.» Rispose Jon. «Tre, due, uno, ecco! Vi invio i dati.»

Santini controllò il palmare e confermò: «Ok! Ora li riceviamo. Vai e mischiati con gli ospiti, ci sentiamo più tardi.»

Mali governava egregiamente quell'incredibile strumento d'osservazione; si vedeva l'uomo che correva verso il centro di Naama attraverso le viuzze dei mercatini, a quell'ora deserte.

«È lui! Così vicino lo prendiamo di sicuro!» confermò Nic.

«Ok, dividiamoci» disse Santini, «dobbiamo circondarlo. Nic, tu vai a est, io a ovest. Tu, Denny, sei in grado di seguirlo dai tetti? Ci serve una visione dall'alto.»

«Nessun problema, maestro!» rispose l'orientale.

Denny saltò da una parete all'altra salendo velocemente sul tetto dell'edificio; da lì lo videro saltare da un tetto all'altro.

«Diamoci una mossa!» suggerì Santini.

Santini e Nic tolsero la sicura alle pistole, controllarono che i caricatori fossero pieni e iniziarono a correre con l'obiettivo di accerchiare e catturare il fuggitivo.

# 17

Cinque dei banditi uccisi si trovavano nel corridoio del primo
piano dell'Oberoi Hotel di Naama Bay, a Sharm El Sheik. Altri otto
cadaveri giacevano vicino all'ascensore dello stesso piano, tutti crivellati da colpi di arma da fuoco alla schiena, segno di un tentativo
di fuga. Altri due corpi si trovavano ancora all'interno di uno dei
tre ascensori. Le ambulanze erano arrivate venti minuti dopo la
sparatoria mentre la Milizia egiziana aveva fatto registrare ben oltre un'ora di ritardo. Nella hall, davanti alla portineria, erano stati
riuniti tutti gli altri ospiti rimasti illesi mentre tredici feriti erano
già stati trasportati nel vicino ospedale cittadino; dei quindici
morti, dieci erano turisti. Una carneficina. Sul posto, a capo della
Milizia egiziana, vi era il colonnello Abdhul Aziz. Baresi e gli altri
poliziotti italiani, in compagnia della magistrata, una volta presen-
tate le loro credenziali, si erano offerti di collaborare alle indagini;
offerta rifiutata da Aziz per mancanza di giurisdizione nel loro
Paese. Dai loro controlli, risultava che la Casoni e gli altri avevano
richiesto la collaborazione della Milizia egiziana per un'indagine
internazionale che stavano conducendo, ma senza specificare di
cosa si trattasse. Quindi, visto che la Polizia italiana manteneva riservata la propria indagine, Aziz avrebbe fatto altrettanto, inoltre,
aveva tutta l'intenzione di capire le circostanze in cui si erano svolti
i fatti e il ruolo ricoperto da quei poliziotti, di cui aveva diffidato
subito. Tuttavia, dall'interrogatorio sommario di alcuni ospiti,
erano emerse testimonianze che attribuivano proprio a loro il merito di aver ucciso i cinque del commando. Seppur convinto che la
maggioranza degli intervistati raccontasse gli eventi di quella notte
tra contraddizioni dettate per lo più dalla confusione e dal panico,
quei racconti persuasero Aziz a farsi accompagnare da Baresi e
dalla Casoni al primo piano affinché dessero la loro versione in
considerazione del fatto che erano stati i primi a intervenire sulla
scena del crimine. La Casoni convinse Baresi a lasciare Ayala e gli
altri tre agenti in portineria, loro salirono al primo piano, insieme
ad Aziz e ad altri tre miliziani: il corridoio sembrava un mattatoio,
il sangue aveva cosparso il pavimento e imbrattava buona parte
delle pareti; più avanti, alla fine del corridoio e vicino alla finestra
che si apriva dal lato opposto agli ascensori, giacevano i quattro

assalitori. Ancora oltre, il bandito ucciso dai poliziotti di Baresi. Tutti e cinque si trovavano nella stessa posizione in cui erano caduti, ancora incappucciati.

«Cos'è successo qui?» chiese il colonnello Aziz a Baresi.

Mentre scavalcavano i corpi degli ospiti per arrivare a quelli del commando, Baresi raccontò per filo e per segno ciò che avevano visto e udito: erano alloggiati al secondo piano, avevano sentito verso le due e mezza degli spari provenienti dal primo piano, poi raccontò il loro inutile intervento.

Quando stava per parlare di Santini e compagni, fu interrotto dalla Casoni. «Quando siamo scesi al primo piano, appena entrati in corridoio abbiamo visto gli ospiti a terra.» Indicando i quattro più avanti. «Quei quattro erano già morti mentre altri due erano ancora vivi, in piedi davanti a noi. Abbiamo visto i loro occhi e le loro reazioni, erano sorpresi di vederci e quando gli abbiamo intimato di alzare le mani sono fuggiti verso la finestra in fondo. Il capitano Baresi e i suoi uomini hanno dovuto aprire il fuoco contro il quinto uomo, quello vicino alla finestra. Il sesto, purtroppo, è riuscito a fuggire.»

Aziz si rivolse a Baresi. «E non lo avete inseguito?»

Baresi non comprendeva il gioco della magistrata, ma ne seguì il ragionamento, quindi rispose: «Abbiamo voluto aiutare e assistere gli ospiti a terra, controllare se erano ancora vivi pensando di poterne salvare qualcuno. È stato tutto così veloce e confuso.»

*Perché non vuole dire di Santini?* Si chiese Baresi. Passarono davanti alle stanze che prima erano occupate da Santini e i suoi, risultavano distrutte da centinaia di proiettili con l'acqua che zampillava dai tubi tranciati nei muri.

«Chi occupava queste stanze?» chiese Aziz a un miliziano ordinandogli di rintracciare il direttore dell'albergo con la lista degli ospiti e la disposizione delle camere da loro occupate. Dopo appena tre minuti, il direttore salì al piano, vide i corpi trucidati e il sangue tutto attorno e non riuscì a trattenere i conati. Il miliziano che lo aveva accompagnato, temendo una contaminazione della scena del crimine, fu veloce a prenderlo di peso e spingerlo sulle scale, dove il poveretto vomitò anche l'anima, quindi si presentò da Aziz con la lista in mano.

«L'ho fatto ritornare di sotto» disse l'agente, «non era nelle condizioni di venire, comunque ho il plan dell'albergo: le stanze centodiciannove, centoventi e centoventuno erano occupate da quattro stranieri.»

Aziz parlava italiano in modo comprensibile, ma gli altri miliziani parlavano l'arabo, la Casoni e Baresi non capirono nulla di quello che si stavano dicendo.

La Casoni, curiosa come sempre, gli chiese: «Cos'ha scoperto?»

L'uomo rispose: «Erano tutti in possesso di passaporto diplomatico dell'ONU.»

La Casoni e Baresi si guardarono perplessi. *Non ci capisco un cazzo!* Fu il pensiero di lei, ma entrambi contavano di valutare più approfonditamente quelle informazioni una volta rimasti da soli. I poliziotti proseguirono oltre e si fermarono davanti ai corpi dei primi quattro terroristi. Un malvivente era stato ucciso da un numero imprecisato di colpi di arma da fuoco, però solo più tardi, dopo le autopsie, avrebbero capito che era morto a causa del fuoco amico, forse un errore di uno di loro. Non avrebbero mai scoperto, invece, che l'uomo era stato ucciso da Santini e Nic, dopo aver disarmato due di loro. Gli tolsero il cappuccio scoprendogli il volto: bianco, capelli a spazzola biondi e occhi celesti, rimasti ben aperti. *Nord Europa!* Comprese la Casoni. Aziz fu sorpreso nel constatare che gli altri tre non mostravano segni di arma da fuoco, erano stati uccisi a mani nude, ma da chi? Il capo della Milizia era uno che conosceva bene il suo lavoro, un militare esperto e un poliziotto meticoloso. Si chinò sul primo cadavere, poi si avvicinò al secondo e, infine, al terzo. Li ispezionò con attenzione, sembrava avesse compiuto una autopsia visiva. Poi si alzò e si diresse verso il corpo in fondo al corridoio. In effetti, contò almeno cinque pallottole conficcate nella schiena e altre sette nel muro di fronte, senza contare quelle sparate in direzione della finestra che si erano sicuramente disperse all'esterno. Una volta tolti i cappucci, tutti rivelarono l'origine europea. Tornò sui suoi passi, disse qualcosa all'orecchio di un miliziano che scattò sugli attenti e si diresse alle scale per andare chissà dove, poi si rivolse a Baresi.

«Siete stati voi a ridurli così?» chiese Aziz indicando i tre cadaveri senza ferite da armi da fuoco.

«Oh no! No di certo.» Precisò Baresi. «Quello lì dietro, come questi tre, era già a terra quando siamo arrivati noi. Abbiamo sparato al quinto, quello lì, vicino alla finestra. Lo abbiamo colpito mentre stava per fuggire assieme al complice, l'ultimo, quello che è scappato.»

Aziz fissava gli occhi di Baresi. *Mente!* Si disse.

Il capo della milizia condivise la sua teoria con Baresi e la Casoni. «Chi li ha ridotti così non era solo! Dovevano essere almeno quattro o cinque.»

Indicò i primi tre. «Questi sono stati uccisi a mani nude da gente che sa il fatto suo, esperta nel combattimento corpo a corpo. Avranno decine di ossa rotte!»

Aziz si chinò sul corpo del terrorista con il torace sfondato. «Guardate questo: gli hanno sfondato la cassa toracica e spappolato il cuore, probabilmente nemmeno un calcio potrebbe fare un danno simile. Il tizio che ha fatto una cosa simile doveva essere grosso il doppio di Mike Tyson.»

*L'orientale assieme a Santini! Eppure sembrava uno mingherlino.* Pensò subito Baresi mentre gli veniva in mente che un esperto di arti marziali poteva uccidere a mani nude anche senza avere un fisico massiccio, ma non pensava certo che potesse ottenere un simile risultato.

«Se non siete stati voi e i vostri uomini» concluse Aziz, «allora non mi resta che ipotizzare che siano stati i quattro occupanti delle camere dalla centodiciannove alla centoventuno, quelli che si sono spacciati per diplomatici dell'ONU.»

Aziz rispose alla radio, era il miliziano che aveva mandato via pochi minuti prima. Diede alcune disposizioni in arabo e si rivolse alla Casoni. «Mi confermano che degli occupanti delle tre stanze non vi è traccia. Sono scomparsi.»

Subito dopo alcuni miliziani circondarono Baresi e la Casoni.

«Mi spiace, ma dovrete seguire i miei uomini alla centrale.» Disse Aziz.

Scattarono le manette. «Lì spiegherete perché mi state mentendo e come mai due vostri colleghi sono feriti alle mani.»

*Nello stesso momento*

Jon capì subito che qualcosa stava andando storto, si trovava nella hall dell'albergo assieme agli altri ospiti intento a controllare i movimenti delle forze di Polizia. *Ho fatto bene a posizionare le videocamere nel corridoio del primo piano!* Si disse compiaciuto. Aveva visto e sentito tutta la scena avvenuta poco prima ma lui, a differenza della Casoni e Baresi, conosceva l'arabo. Aveva capito che Aziz sospettava della Casoni e del suo gruppo così come si era reso conto che anche loro erano dei sospettati. Come se non bastasse aveva visto la milizia arrestare prima la Casoni e Baresi, al primo piano, poi l'arresto si era esteso anche nei confronti del commissario Ayala e degli altri tre poliziotti italiani, rimasti al piano terra. Da quel che aveva intuito, Aziz aveva dei dubbi sulla versione dei fatti come l'avevano proposta la Casoni e compagni, così come nutriva forti perplessità anche su come si fossero feriti alle mani i due poliziotti. Ciò che non riusciva a spiegarsi era il motivo che aveva spinto la Casoni a non dire nulla di Santini e degli altri componenti dell'SCS. Comunque, non erano quelli i suoi problemi più urgenti, lui ne aveva uno solo in quel preciso istante: sparire prima di essere riconosciuto da qualche addetto dell'hotel che lo avrebbe identificato come un occupante di una delle camere per cui degno di essere sospettato. Chiuse il portatile e lo ripose nella borsa, se la mise a tracolla e tentò di sgattaiolare da una delle tante uscite facendo attenzione a non incrociare nessun miliziano. Si diresse verso il parco e le piscine, passò indisturbato lungo un paio di corridoi, si fece largo fra la gente che piangeva e urlava la perdita o il ferimento di un amico o di un congiunto, vide una porta a vetri isolata e decise di orientarsi verso quell'uscita. Appena messo piede fuori dalla porta, un miliziano gli gridò di fermarsi, lui fece finta di non aver capito e proseguì a passo svelto. Quando capì che il miliziano armato gli gridava in arabo che avrebbe sparato se non si fosse fermato, Jon alzò le mani e farfugliò frasi in inglese del tipo: «Non capisco!»

Il miliziano, gentile ma determinato e in un buon inglese, intimò. «Si fermi signore! Non può uscire dall'hotel. Mi faccia vedere i suoi documenti.»

Jon presentò il passaporto diplomatico dell'ONU, nella speranza di dimostrare di essere una sorta di intoccabile. Il miliziano chiamò i suoi superiori alla radio e Jon capì cosa stavano dicendo.

«Ho trovato uno degli occupanti delle camere al primo piano. È qui davanti a me.»

Dall'altra parte della radio, sempre in arabo, sentì anche la risposta: «Fallo portare in centrale.»

A Jon venne un colpo.

# 18

*Sharm El Sheik, poco prima*

Il fuggitivo aveva compreso che doveva tentare il tutto per tutto se voleva salvarsi, imboccò la prima stradina a sinistra; Santini l'aveva quasi raggiunto e svoltò anch'egli in quella direzione. All'improvviso una tremenda mazzata all'altezza del torace gli mozzò il respiro. Il tizio, voltato l'angolo, si era nascosto dietro il banco di frutta di un commerciante e appena l'aveva visto arrivare gli si era proiettato contro a braccio teso. Santini, intontito dal colpo, vide solo un'ombra che riprendeva la fuga. Nello stesso istante, sopraggiunsero Nic e Denny.

«Il satellite indicava che il fuggitivo era qui pochi secondi fa.» Disse Nic.

«Già...» rispose Santini tossendo. «L'avevo quasi beccato e, invece, mi ha sorpreso colpendomi al torace. Un male!»

Nell'attesa che il maestro riprendesse fiato, Nic e Denny controllarono sul palmare la direzione presa dal fuggitivo: una stradina laterale che sfociava in pieno centro di Naama Bay, nei pressi del piccolo porto. *È in trappola, lì c'è il porto e a fianco un piccolo promontorio roccioso.* Pensò Santini. I tre ripresero a correre in quella direzione, a quell'ora erano agevolati per via delle strade deserte, se fossero stati in piena stagione turistica avrebbero incontrato in giro un sacco di gente, ma a fine marzo la notte egiziana era ancora troppo fredda per andarsene a passeggio o per fare shopping. Raggiunsero una piazza, a sinistra il porto e di fronte la piccola montagna indicata dal satellitare in cui si trovava un grazioso bar scavato nella roccia con un'infinità di gradini, anch'essi scavati nella roccia, che arrivavano fino in cima. E, su quei gradini, videro il loro uomo arrampicarsi arrancando.

Nic prese la mira ma Santini lo fermò: «Lo voglio vivo!»

Continuarono la loro corsa verso la scala rocciosa e si impegnarono nella salita. Santini perse il conto dei gradini, si guardò attorno e vide che ne aveva saliti meno della metà. *Ma quanti sono!* Il fiato corto gli consigliava una pausa mentre l'orgoglio lo incitava a proseguire. Ma il cuore prese il controllo della situazione e decise per Santini che fu costretto a fermarsi. *Qui ci rimani, caro il mio vecchio Risolutore. Se resto vivo questa sarà la mia ultima missione. Troppo vecchio?* Non era proprio così, si rese conto che aveva affrontato appena duecentocinquanta gradini e ne rimanevano altrettanti per arrivare in cima. Quando si accorse che, poco più in alto, anche Nic era ansimante, si rimangiò quei pensieri e riprese subito a salire. Chi, invece, non aveva mai ceduto nemmeno per un attimo, era Denny, quella sorta di ninja sembrava non sapesse il significato della parola *fatica*, anzi manteneva il vigore iniziale. Fatto sta che a lui mancavano pochi gradini, mentre il fuggitivo era già arrivato in cima. Con uno sforzo inumano, Santini raggiunse Nic e, poco dopo, arrivarono in vetta. *Che accidenti di scarpinata.* Il promontorio su cui si ritrovarono sembrava estendersi all'infinito. Nic e Santini sentirono delle urla poco lontane da loro, riconobbero la voce di Denny, poi il silenzio. Si diressero verso le voci correndo con il poco fiato che gli restava.

Udirono l'avvertimento di Denny: «Attenti, c'è un burrone che finisce in mare. Quell'uomo è caduto di sotto, sulle rocce.»

I tre raggiunsero una ringhiera di legno che delimitava la zona di sicurezza, oltre la quale si intravedevano il burrone e le rocce su cui il mare infrangeva le onde spumeggianti.

«L'avevo preso» Denny era amareggiato, «lo tenevo a terra, non pensavo che si sarebbe gettato di sotto!»

Non fece in tempo a finire la frase che sentirono il rumore del motore di un motoscafo, le deboli luci si avvicinavano veloci alle rocce illuminando il corpo del loro fuggitivo. *Si muove. È ancora vivo!* Alcuni uomini, raggiunte le rocce, presero il corpo dell'uomo e lo caricarono sull'imbarcazione che partì a gran velocità verso il mare aperto spegnendo le luci che ne permettevano l'individuazione. Nic puntò verso il rumore del motoscafo e, alla cieca, sparò l'intero caricatore contro quell'ombra che appariva sempre più piccola, convinto di aver bucato solo l'acqua. Dall'alto di quella posizione si vedeva l'Oberoi Hotel circondato da una miriade di luci lampeggianti mentre le strade si stavano riempiendo di camionette della Polizia locale creando dei posti di blocco.

«Ci cercheranno» disse Santini sedendosi a terra per riprendere fiato, «quando troveranno le camere vuote e Baresi racconterà di noi, ci daranno la caccia. Sarà dura spiegare tutto questo casino.»

In quell'istante arrivò un segnale di emergenza che apparve contemporaneamente sul video dei palmari dei tre.

«È di Jon, dice che è stato arrestato dalla Milizia.» Disse Nic.

Santini reagì subito, senza aggiungere una parola digitò alcuni numeri sul palmare e si mise in contatto con Mali, al rifugio. «Mali, abbiamo un'emergenza.»

«Sì, maestro, ti ascolto, cosa ti serve?»

«Tre cose!» esordì Santini. «Ci hanno appena soffiato un uomo, dovevamo prenderlo e invece si è gettato in mare, dei complici lo stavano aspettando con una piccola imbarcazione. Scopri dove sono approdati. La seconda cosa, la Milizia ha arrestato Jon, ha il portatile e l'attrezzatura con sé, devi far intervenire il nostro contatto ONU, raccontagli quello che vuoi, ma digli di intervenire presso il Governo egiziano affinché lo lascino andare senza interrogarlo o perquisirlo. Deve aver presentato le credenziali diplomatiche, ma potrebbero anche fregarsene.»

«E la terza cosa?» chiese Mali.

«Intercetta il cellulare di Sonia Casoni, aggiornami sempre sui suoi spostamenti e registra tutto quello che dice con quel dannato telefono!»

«Si potrebbe accorgere che lo stiamo facendo, maestro!»

«Tu fallo e basta!» Santini chiuse la conversazione.

Nic gli si avvicinò e disse: «Stiamo commettendo un errore, se intercettiamo la magistrata lo scopriranno, avrà sicuramente il cellulare sotto controllo per questioni di sicurezza.»

«Lo so!» rispose Santini. «Ma devo sapere perché mi sta così addosso. Non può pensare che io abbia un ruolo nell'assassinio dei tre custodi, allora ci deve essere un altro motivo che mi sfugge. Scopriranno che è sotto controllo, ma non da dove parte l'intercettazione. Penseranno che sia qualche cellula terroristica o mafiosa per colpa delle sue indagini.»

Ripreso il palmare, Santini fece un numero e, in un perfetto arabo, chiese: «Devo parlare urgentemente con il comandante Mohamed Hassan Ben Alì.»

L'uomo all'altro capo chiese di sapere chi lo voleva e che il comandante era molto occupato perché c'era un'emergenza.

*La conosco quell'emergenza.* «Gli dica che sono l'amico di Wolfang, vedrà che vorrà parlarmi.»

Quando Mohamed rispose, presero a parlare italiano in viva voce affinché anche gli altri potessero ascoltare. Santini lo mise a conoscenza dei fatti così come li avevano vissuti quella notte, compresa la corsa vana per catturare il fuggitivo, e gli chiese se poteva evitare l'arresto di Jon. Mohamed assicurò che aveva ricevuto ordine dal Comando Generale di lasciare andare il ragazzo per questioni diplomatiche a lui imprecisate. Poi si misero d'accordo per la partenza verso il Monastero di Santa Caterina, viaggio che avrebbe intrapreso quella stessa mattina, alle prime luci dell'alba. Il comandante gli precisò che gli avrebbe garantito quattro dei suoi migliori uomini; lui, invece, non poteva accompagnarli, come avrebbe voluto, perché impegnato con l'indagine sugli attentatori. Santini chiese, infine, che la squadra fosse aiutata a evitare i controlli della Milizia, poi fece alcune domande sulla magistrata italiana.

«Oh beh!» rispose Mohamed divertito. «La dottoressa Casoni e i suoi uomini sono in attesa di una telefonata dall'Ambasciata Italiana in Egitto, penso che li lasceremo andare, dopotutto è chiara la dinamica dell'attentato: eravate voi il loro obiettivo e gli ospiti hanno confermato la versione della Polizia italiana. Non abbiamo nulla a loro carico.»

*Già! Eravamo noi l'obiettivo, me ne sono accorto.* Si disse Santini che fece un'altra domanda: «La dottoressa Casoni ha parlato di noi?»

«Assolutamente no! Come avrebbe potuto?»

*Come avrebbe potuto? Ci ha visti in faccia!*

Il comandante proseguì. «I poliziotti italiani e la dottoressa hanno riferito che quando sono intervenuti era già successo il finimondo, hanno visto i cadaveri di quattro malviventi e i due ancora vivi. Quando hanno tentato di scappare, uno di loro è stato colpito dagli agenti italiani.» Il comandante Mohamed fece una domanda. «Vuole, per caso, che trattenga la dottoressa Casoni e i suoi per qualche ora dopo la vostra partenza?»

A Santini non parve vero. «Può farlo?»

«Certo che sì!» rispose il comandante. «I telefoni della centrale sembrano impazziti, la telefonata dell'Ambasciata potrebbe arrivare molto tardi.»

«Lo faccia! Sì, lo faccia!»

*Diavolo d'un uomo! Dove l'avrà scovato Wolfang questo qui?* Prima di salutare, Mohamed gli consigliò di non muoversi da quel colle; avrebbe mandato i quattro miliziani con due jeep per guidarli e scortarli nel viaggio.

Le comunicazioni interne alla squadra avvenivano attraverso trasmettitori dotati di microfoni auricolari miniaturizzati, per le comunicazioni esterne usavano, invece, dei palmari; quegli aggeggi erano dei veri microcomputer ad alta prestazione e di incredibile velocità di calcolo. Tutte le comunicazioni erano criptate e protette. Nic controllava i movimenti della Milizia attraverso le immagini satellitari che continuavano ad arrivare. Sul piccolo schermo apparve un allarme anomalo.

Nic avvisò Santini. «Maestro, qualcuno ha tentando di intercettare la tua chiamata.»

«Sarà la Milizia» rispose lui in tutta sicurezza, «è di prassi, non ci riusciranno.»

«No, non è la Milizia!» Nic trafficava sull'apparecchio. «Il segnale arriva dal mare, a due miglia di distanza.»

«Dal mare?» Santini era perplesso.

*Il motoscafo? Ma allora non è approdato a terra.*

Chiamò subito il rifugio. «Mali, controlla il satellite! Hai ancora il motoscafo a video?»

«Sì, maestro, si stanno dirigendo in mare aperto.»

«Guarda se c'è una nave a due chilometri da noi.»

«Ce ne sono due, maestro: un grande mercantile e un piccolo Yacht.»

*Approderanno sullo Yacht.* «Controlla se dallo Yacht stanno tentando di intercettare il mio palmare.»

Santini attese impaziente la risposta di Mali. Era possibile scoprirla perché la fonte dell'intercettazione invia dei segnali di forte intensità creando grandi campi magnetici perfettamente individuabili.

«Dal mercantile, il segnale è forte e chiaro. È da lì che parte.» Sentenziò Mali, poi diede un'altra notizia. «Il motoscafo è arrivato al mercantile, gli occupanti sono stati fatti salire.»

«La nave? Che diavolo!» Santini fece una veloce riflessione. «Beh! Rimarranno delusi quando capiranno che è impossibile intercettare le nostre comunicazioni.»

«Mi spiace, maestro.» Rispose Nic continuando a consultare preoccupato il suo palmare. «Invece ci sono riusciti, hanno ascoltato la chiamata. Quelli sanno chi siamo e probabilmente sanno anche cosa cerchiamo.»

A Denny venne un dubbio e lo condivise. «Forse, anche loro sono sulle tracce del manoscritto!»

«No!» Santini ragionò a voce alta. «In quella nave c'è qualcuno che conosce la nostra missione e vuole impedirci di portarla a termine, quindi, ci deve eliminare. Perché? Significa che siamo sulla strada giusta, ci vogliono impedire di arrivare al Monastero di Santa Caterina perché lì potrebbe trovarsi la risposta?»

*Il Papa sapeva? Perché non mi ha detto nulla?* Tentando di mettere in ordine i pensieri, gli rimbalzava in mente la stessa frase: *Il manoscritto ti renderà il più bersagliato per Il Crepuscolo.*

*Ma certo!* Stentava a crederci, ma ora tutto gli apparve logico. *Mi ha messo sull'avviso e non ho colto. Ecco perché avevo la sensazione di essere seguito. Non era solo una sensazione, ma una convinzione mentale perché il Papa mi aveva avvisato: sarei stato il più bersagliato per il Crepuscolo. Non intendeva dire che sarei stato il loro bersaglio solo nel caso di un eventuale recupero del manoscritto, intendeva precisare che 'sono' il bersaglio sia nel caso riesca a recuperarlo sia che ci provi.* Si alzò da terra e appoggiò le mani sullo steccato di legno, guardò verso il mare immaginando quel mercantile lontano che non riusciva a vedere per colpa del buio. Pensava ai suoi occupanti, a quegli uomini; assassini senza pietà, uomini che solo poche ore prima avevano ucciso vittime innocenti e ignare, morti a causa di un documento misterioso che sarebbe dovuto essere considerato sacro. Uomini che avevano tentato di uccidere lui e la sua squadra. *Come sapevano della nostra missione e dove eravamo diretti?*

Proseguì la riflessione a voce alta. «Sono loro, quelli del Crepuscolo! Non stanno cercando il manoscritto, lo hanno già. Sono gli stessi che lo hanno donato alla Chiesa più di mille anni fa e ora lo hanno ripreso, rubandolo. E sempre loro sono i mandanti dei sicari alla Biblioteca.» Sempre più convinto e con la tristezza nel cuore disse: «Sono entrati in Vaticano e hanno ucciso i tre custodi.» Fece una pausa e guardò in faccia Nic e Denny. «Per quanto ci riguarda, il Crepuscolo vuole *solo* impedirci di arrivare alla loro organizzazione. Hanno paura che li troviamo e, soprattutto, che ritroviamo il manoscritto.»

# 19

La Casoni era imbufalita, era passata più di un'ora da quando il colonnello Aziz aveva fatto arrestare lei e la sua squadra. Li avevano caricati su un mezzo della Milizia diverso da quello su cui erano stati trasportati Ayala e i tre agenti della scorta. Giunti alla centrale erano riusciti a incontrarsi solo di sfuggita e per pochi minuti, sufficienti comunque per scambiarsi veloci informazioni nel tentativo di accordarsi sulla versione dei fatti senza citare Santini e i suoi. In seguito erano stati interrogati separatamente per vedere se le storie combaciavano, ma loro, seppur con qualche leggera contraddizione, non avevano mai rivelato la presenza di Santini. La Casoni aveva richiesto con insistenza di poter telefonare a un funzionario dell'Ambasciata Italiana in Egitto, al Cairo, ma le veniva sempre risposto che le linee telefoniche della centrale erano sovraccariche e non si riusciva a prendere la linea con l'esterno. In effetti, i telefoni di quel fatiscente edificio suonavano in continuazione, anche se nessuno pareva interessato a rispondere. Come non bastasse, oltre agli interminabili squilli, vi era un continuo andirivieni. Ai miliziani si mischiavano una ventina di malviventi comuni, loschi figuri che sembravano appartenere alla peggior feccia che si potesse mai incontrare. Era imbufalita anche per quello. Lei, una magistrata, Baresi e compagni agenti della Polizia italiana trattati alla stessa stregua dei delinquenti.

Ma il colonnello Aziz non li aveva fatti arrestare per aver commesso chissà quale crimine, a lui era chiara la dinamica di quanto accaduto all'Oberoi Hotel. I terroristi miravano alle tre camere occupate dai quattro diplomatici dell'ONU. L'unico aspetto che non riusciva a comprendere erano i motivi che avevano spinto quel commando ad attentare alla vita di quattro diplomatici e come avrebbero fatto, gli stessi, a stendere gli attentatori che sembravano avessero ricevuto un addestramento militare, sia per via delle armi automatiche utilizzate sia per l'attrezzatura trovata sul tetto dell'hotel. Da come la pensava Aziz, i diplomatici, come qualsiasi funzionario governativo, dovevano essere tutti dei burocrati flaccidi, invece quelli erano combattenti esperti e, soprattutto, avevano la capacità di uccidere a mani nude. Non erano tanti in grado di fare una cosa simile e contro persone altrettanto addestrate.

Aziz si era fatto un'idea di come si erano svolti i fatti: il commando era entrato in azione, ma gli occupanti delle tre camere se lo aspettavano e si erano nascosti in attesa del momento giusto per intervenire. Quando avevano capito che quel momento era arrivato, avevano agito in modo da creare l'effetto sorpresa e ciò aveva garantito il vantaggio. Altro aspetto, limpido e chiaro come l'acqua, era l'intervento dei poliziotti italiani che aveva portato al ferimento a morte di uno degli attentatori. Dalle descrizioni degli ospiti dell'albergo, i sei italiani avevano raccontato una versione corrispondente alle dinamiche accertate. C'era solo un piccolo particolare che, tra l'altro, l'aveva convinto ad arrestare la magistrata e il suo seguito: non gli pareva possibile che i poliziotti italiani, una volta intervenuti sulla scena, avessero incrociato solo gli attentatori superstiti e non anche i protagonisti, cioè i quattro famigerati diplomatici. Non gliela stavano raccontando giusta. Il colonnello era convinto che i poliziotti italiani avessero impedito ai funzionari ONU di finire il lavoro e che, alla loro vista, sia i malviventi superstiti sia i diplomatici che li stavano massacrando, se la fossero data a gambe. Aziz di certo non conosceva i motivi degli attentatori, ma aveva capito che le vittime avevano rovesciato quella situazione a loro vantaggio. Per questo, quindi, quei diplomatici potevano essere considerati degli eroi che, grazie al loro intervento, avevano scongiurato altre morti. Avrebbero potuto invocare la legittima difesa, invece, erano spariti assieme al sesto attentatore. *Molto strano!* Pensò Aziz che si era convinto a scatenare una vera e propria caccia all'uomo: voleva prendere anche i governativi per capire la reale dinamica degli avvenimenti. Fino a quel momento, però, nessuna traccia. Ma non disperava, aveva predisposto talmente tanti posti di blocco attorno a Naama Bay che era sicuro non potessero sfuggirgli ancora a lungo. Il fatto era, però, che i motivi dell'attentato, la conclusiva reazione di quelli che dovevano essere le vittime predestinate e la versione, alquanto lacunosa, della magistrata e dei poliziotti italiani, facevano apparire la vicenda come un bel mistero.

Altri pensieri, invece, affollavano la mente della Casoni. Lei non aveva visto il filmato originale dell'assalto alla Biblioteca Vaticana per cui non mise in relazione la sparatoria dell'Oberoi Hotel con l'assassinio dei custodi, ma le vennero in mente una serie di dubbi su Santini mentre stava riordinando i pensieri.

*Chi è veramente quell'uomo? Perché quegli uomini volevano uccidere lui e gli altri? E poi, chi sono gli altri? Come fa uno che dice di essere un semplice prete, assistente del Segretario di Stato*

*Vaticano, a ridurre così degli avversari? Cosa lo ha portato in Egitto e, soprattutto, che sta succedendo qui?*

Queste e altre domande le rimbombavano in testa, ma non trovava le risposte: buio totale. *Se mi fossi sbagliata su Santini?* Le scoppiava la testa e non ne veniva a capo. *Tutto così assurdo! Datti una regolata, bella mia.* Fu il suo ennesimo pensiero. Attendeva la benedetta telefonata dell'Ambasciata, quando venne accompagnata in una dignitosa saletta ove, poco prima, erano stati fatti accomodare Baresi e i suoi uomini.

«Eravamo preoccupati per te, non ci hanno voluto dire che fine avessi fatto!» Baresi si alzò per salutare l'amica.

«Mi hanno interrogato come fossi una delinquente!»

«Mi spieghi una cosa, Sonia» Baresi era incuriosito, «perché hai voluto che tacessimo su Santini e sugli altri? Uno l'ho riconosciuto, era il tipo delle fotografie, quello che attendeva Santini all'aeroporto di Bologna, ma quell'altro orientale indemoniato non l'avevo mai visto.»

«Non lo so, non so più niente!» la Casoni era spossata. «Ho solo pensato che Santini fosse implicato nell'omicidio del Vaticano e stesse sfuggendo alla giustizia, ma adesso questa ipotesi sta vacillando. Ho voluto tacere perché ho bisogno di riordinare le idee che, allo stato attuale, sono assai confuse.»

Fu Ayala ad azzardare un'ipotesi su basi logiche. «Io sono convinto che il Vaticano sappia esattamente quello che è successo e non lo voglia dire. Un mistero per noi incomprensibile, uno dei tanti misteri della Chiesa intrisi di fanatismo religioso a cui siamo sempre stati abituati.»

Baresi seguì il collega. «Alludi a cose del tipo le dicerie di un tempo, quando hanno fatto passare la morte di Papa Luciani come naturale quando, invece, alcuni hanno asserito che fu un omicidio premeditato dopo trentatré giorni di Pontificato? Ancora oggi quel decesso risulta avvolto nel mistero.»

«Proprio tipo quello. O di altre vicende che ora non mi vengono in mente.» Gli rispose Ayala. «Ma dai, ragazzi, non sempre la Chiesa ha raccontato le cose come stanno veramente. Hanno i loro segreti e sanno mantenerli benissimo. Non fanno fare le autopsie, non ti fanno entrare se non ti scortano così ti mostrano solo quel cazzo che vogliono. Suvvia, mi sembra logico: non ci vogliono fra i coglioni e stanno facendo quel che gli pare. È un loro casino e solo loro ci capiscono qualcosa.»

Lo ascoltarono con interesse, un po' scandalizzati per la sua colorita opinione sulla Chiesa, ma lo lasciarono proseguire.

Ayala azzardò altre ipotesi. «Non sono convinto che Santini sia quello che ha detto di essere, ma sono certo che ha la copertura della Chiesa. Da quel che ho visto e per la mia esperienza, quelli sono addestrati anche a uccidere a mani nude. Ma ci pensate? Io sono andato dallo psichiatra tutte e due le volte che ho sparato a qualcuno. Non ti abitui mai all'idea di aver ucciso un uomo. Quelli no, ragazzi miei, quelli avevano l'occhio assassino, erano determinati e hanno frantumato corpi, non gli hanno dato solo calci nelle palle, hanno fracassato ossa, in poche parole, amici miei, quelli sono killer! E non killer di merda, ma killer del cazzo che fanno fuori a mani nude altrettanti killer incappucciati del cazzo.»

Ayala si afflosciò sulla poltrona, aveva la faccia di uno che pareva dire: *ecco... l'ho detto!* La Casoni era sconvolta da quella furiosa analisi, ma non si sentì di dare spiegazioni alternative, almeno una che potesse incrinare quella teoria basata sui fatti di cui si erano resi testimoni. A nessuno venne l'idea di porre in discussione quello che aveva appena detto Ayala; troppa enfasi, troppo azzardato o assurdo, ma non tanto lontano dalla realtà dei fatti. La Casoni continuava a meditare su quella sfuriata, ma avrebbe voluto che qualcuno la confutasse.

«Cazzo!» esclamò. «Sarà anche vero tutto quello che hai detto, Giorgio, ma torniamo lucidi per favore. Evidentemente Santini e i suoi misteriosi compagni si sono difesi da un attentato alle loro vite. Magari da noi si chiamerebbe *eccesso di difesa*, ma chi potrebbe biasimarli? È altrettanto vero che si sono dimostrati abili nell'uscire da una situazione simile, quindi, è certo che sono addestrati a farlo. Adesso dobbiamo riordinare le idee per farcene venire almeno una che sia il più possibile vicino alla realtà. Non mi convince un mistero della Chiesa, come diceva Giorgio, ma sono certa che il Vaticano ci stia nascondendo qualcosa. Una minaccia, un ricatto, un regolamento di conti. Insomma, voglio dare per scontato che non siamo di fronte a una guerra fra malviventi all'interno della Chiesa.»

Baresi fece un'ulteriore riflessione.

«È accaduto un fatto importante: l'omicidio di tre eminenti personaggi della Chiesa.» Proseguì pacato nei toni. «La cosa è alquanto sconvolgente. Tenendo presente che il Vaticano è, a tutti gli effetti, uno Stato autonomo e indipendente, ragionerei da Stato. Cosa farei io se mi trovassi nella stessa situazione, se fossi stato attaccato nei miei valori, nel cuore del mio Paese o se fossi colui che governa il "popolo" di quello Stato? Vorrei scoprire chi è quello che mi ha fatto questo e farei giustizia, con le mie leggi e regole: le regole del mio Paese.»

Ipotesi interessante, almeno per la magistrata che aggiunse: «Quindi affiderei l'incarico al mio uomo migliore per stanare i nemici del mio popolo e garantire che la giustizia possa trionfare?»

Baresi, compiaciuto dell'acutezza dell'amica, confermò: «Proprio così! E non permetterei a nessun altro di farlo al mio posto!»

*In quello stesso istante*

A Jon non piaceva tutta quella confusione e, tanto meno, gli piaceva quel posto. La centrale della Milizia egiziana non sembrava un posto di Polizia, bensì una serie di mattoni posti uno sopra l'altro destinati a crollare da un momento all'altro. Fosse stato solo quello il suo problema! Invece, era preoccupato di non resistere all'interrogatorio che, pensava, avrebbe dovuto subire da lì a poco. Temeva che lo avrebbero torturato e incriminato per chissà quale nefandezza. Lui si sentiva a proprio agio solo nel rifugio, con i suoi computer che considerava alla stessa stregua dei *figli* per un genitore: da educare, amare e coccolare. Non era certo il suo posto una fetida prigione, dispersa nel bel mezzo del deserto con tutti quei miliziani che lo osservavano in attesa di scatenare su di lui la loro violenza. Gli pareva addirittura di averne visto uno con strumenti di tortura attaccati ai pantaloni, manette strane, mai viste prima, ma pur sempre manette. Non era di certo un coraggioso, un uomo addestrato a tutto, lui era un matematico con un quoziente intellettivo pari a centosettantotto, la sua intelligenza superava la soglia della genialità di trentotto punti. In quel posto si sentiva timoroso e, soprattutto, solo. Gli venne un colpo quando entrò un uomo. Pensò fosse giunta la sua ora. Si strinse al petto la borsa, come per difendere il portatile, auspicando che qualcuno potesse ascoltare le sue preghiere. *Sono morto!*

«Lei è Daniele Montini?»

Chiese in italiano l'uomo, ma con una disarmante gentilezza se rapportata alla considerevole stazza fisica e serietà scolpita sul volto. Ci volle un po' per realizzare il nome che quel tizio aveva pronunciato e si riprese all'istante.

*È il nome scritto sul passaporto diplomatico, il mio nome.* «Sì, sono io.» Disse con quanta timidezza aveva in corpo.

«Sono il comandante Mohamed Hassan Ben Alì, a capo della Milizia di Naama Bay.»

Si strinsero la mano, Jon si rilassò.

«Ho appena parlato con il suo capo, il dottor Santini. Devo accompagnarla da lui.»

*Il vero nome del maestro, come fa a conoscerlo?* Jon si irrigidì, nuovamente diffidando dell'uomo.

«Non si preoccupi» riprese Mohamed, prese il cellulare e lo passò a Jon, «è lui in linea.»

Al telefono era proprio il maestro, gli chiese di ascoltare, ma di non rispondere perché quel cellulare non era protetto. Gli disse solo di seguire il comandante Mohamed e di fidarsi di lui. Uscì dalla stanza con l'ufficiale, si incamminarono per i corridoi della centrale passando davanti al salotto dove trovavano posto la magistrata e i poliziotti italiani intenti in un'animata discussione. Mentre si allontanavano, a Jon parve di sentire il nome del maestro nominato da un poliziotto senza, però, capire il senso della frase. Uscire dall'edificio fu più semplice di quanto avesse immaginato, sicuramente era stato determinante il fatto che ad accompagnarlo fuori era il capo della Milizia. Fuori li accolse l'alba, esaltata dall'immensità di ciò che li circondava; quell'orizzonte, fatto di deserto e piccole montagne rocciose, lasciava filtrare il nuovo sole che lentamente raggiungeva il suo culmine in un cielo terso. Il calore si stava già diffondendo nell'aria, segno che da lì a poco sarebbero esplosi i quasi quaranta gradi promessi dalle previsioni meteorologiche della sera prima. Jon e il comandante si incamminarono su una stradina di sabbia fino a raggiungere una specie di deposito, Mohamed aprì il pesante portone ed entrarono. Era il deposito degli automezzi, ad attenderli vi erano quattro miliziani che scattarono sull'attenti. In arabo, il comandante diede una serie di precise indicazioni che Jon capì perfettamente, aveva ordinato di accompagnare quattro persone importanti a cui andava garantita massima riservatezza. Avrebbero dovuto farsi passare per turisti facoltosi con la scorta in un viaggio nel deserto in direzione del Monastero di Santa Caterina, al centro del Sinai. Mohamed concluse indicando dove avrebbero trovato gli altri tre del gruppo, compreso il loro capo Santini a cui avrebbero dovuto obbedire come se gli ordini venissero direttamente da lui. Jon fu sollevato nell'apprendere che il maestro e i suoi amici stavano bene, era anche curioso di sapere come si era conclusa la vicenda e di mostrare loro le riprese delle telecamere che aveva piazzato in albergo, del sopralluogo che aveva condotto la Milizia dopo l'attentato di poche ore prima. Occuparono due jeep, nel breve tragitto superarono quattro posti di blocco senza alcun problema. Attraversarono buona parte del centro di Naama Bay, ancora deserto, e iniziarono una ripida salita su un colle che si protendeva verso il mare. Il pallido sole di quell'ora garantiva una discreta luce, Jon non ebbe difficoltà a riconoscere il maestro, Denny e Nic. Tirò un sospiro di sollievo. *Che nottata!* Pensò fra sé.

# 20

Santini e la squadra erano riusciti a recuperare il borsone delle armi che Jon aveva nascosto nei pressi dell'Oberoi Hotel e, scortati dai quattro miliziani armati, uscirono da Naama Bay, diretti in pieno deserto. I quattro della squadra di Santini erano saliti tutti assieme su uno dei due mezzi, davanti a loro i miliziani facevano da guida. Si misero al corrente a vicenda sugli avvenimenti di quella notte, Jon relazionò con dovizia di particolari la sua traumatica esperienza carceraria. A sentire lui sembrava fosse stato incarcerato per decenni, che avesse subito chissà quali angherie o torture. Denny e Nic non riuscivano a smettere di ridere e di prenderlo in giro.

Fu Santini a riportarli alla ragione: «Sappiamo che gli uomini del Crepuscolo ci stanno alle costole e sappiamo anche che hanno intercettato la mia telefonata con il comandante Mohamed, quindi sanno dove siamo diretti. Dobbiamo aspettarci di tutto, occhi aperti.»

Jon prese il portatile e si collegò con Mali, affinché gli trasmettesse le immagini del satellite poiché voleva verificare i movimenti in quella zona. Ormai, Santini aveva intuito che la magistrata era lì per lui, di fatto, lo stava seguendo. Anzi, tutta quella gente che aveva alle calcagna non gli andava proprio così tanto a genio. Si chiedeva come mai la Casoni e compagni non avessero fatto nessun accenno su di loro.

«Sicuramente la magistrata si starà chiedendo chi siamo e cosa stiamo facendo.» Disse il maestro. «Poco male! Ci siamo esposti troppo e, forse, abbiamo fatto qualche errore, ma non riuscirà a capire nulla di noi e della nostra missione.»

Jon intervenne. «Alla centrale della Milizia ho sentito che parlavano di te, maestro. Loro ti conoscono solo perché ti hanno visto in Vaticano, noi siamo rimasti nell'anonimato. Ho chiesto a Mali che faccia un controllo sui terminali della Procura di Roma, avendo cura di non essere intercettata. Il risultato è che nessuno di noi è sotto controllo, a parte te, maestro; non so come abbiano fatto, ma la Casoni ha il tuo DNA e le impronte digitali, ho a video i risultati.»

Santini diede un'occhiata. «Beh, non hanno trovato nulla, io non esisto per i loro archivi. Ma non riesco a capire come se li sono procurati.»

Jon riprese la sua analisi. «Comunque non mi preoccuperei più di tanto, quando siamo usciti, lei e gli altri erano ancora alla sede della Milizia, non possono seguirci in mezzo al deserto e non sono nelle condizioni di agire nei nostri confronti.»

«Ah no, questo no!» rispose Santini. «La Casoni non ha nulla in mano per accusare me in Italia, tanto meno qui che non ha giurisdizione. Ma una voce mi dice che la rivedremo presto.»

*Stesso istante*


Il colonnello Aziz si presentò alla Casoni con un telefono cordless in mano: all'altro capo il Vice Ambasciatore Italiano in Egitto, chiamava dal Cairo. Il funzionario le confermò che l'Ambasciata era intervenuta presso il Ministero degli Interni egiziano e che la cosa era chiarita. Le riferì anche che avrebbe dovuto mettersi in contatto con il Procuratore Capo di Roma. *Vorrà rompermi i coglioni, quello stronzo!* Non aveva voglia di sentirlo, ma l'avrebbe chiamato ugualmente. Dopo quella telefonata ne arrivò un'altra, questa volta era per Aziz, dal Ministero degli Interni egiziano. A conferma dell'impegno del Vice Ambasciatore, Aziz ricevette l'ordine di lasciare andare la magistrata e il suo seguito. Finalmente liberi, la Casoni e compagni ritornarono in albergo quando erano quasi le otto e mezzo. Nonostante tutto il trambusto successo quella stessa notte in hotel, numerosi operai avevano rimosso ogni maceria e frammento di vetro. Dei teloni di nylon coprivano la facciata esterna in corrispondenza delle camere distrutte e, a parte una decina di furgoni delle varie televisioni nazionali ed estere piombati lì una volta appresa la notizia, il resto dell'hotel appariva normale. Ascoltando i cronisti, i giornali avrebbero divulgato la notizia di un attacco terroristico, compiuto da seguaci di Al Qaeda, ai danni di turisti stranieri.

La Casoni era perplessa. *Ma non è vero, li abbiamo visti in faccia, quelli erano nordeuropei, altro che Al Qaeda! Perché dicono delle stronzate simili?*

Le autorità egiziane non erano certo propense a farsi pubblicità negativa, fino al completamento delle indagini e le verifiche sui corpi degli assalitori, avrebbero dato alla stampa quello che più era gradito ai media in quei periodi di lotta al terrorismo internazionale: Al Qaeda. Quando la comunità internazionale sentiva parlare di Al Qaeda non faceva troppe domande e non metteva in imbarazzo nessun Governo, infatti, chi poteva osare criticare qualcuno quando nemmeno gli Stati Uniti erano riusciti a sconfiggere quel tremendo nemico comune? Le reazioni del mondo occidentale erano state di solidarietà alle vittime e molti Stati avevano offerto la massima collaborazione alle autorità egiziane. Quelle del mondo arabo, invece, furono reazioni contrarie, di plauso all'azione terroristica. Centinaia di comunicati, di fantasiose sigle di organizzazioni terroristiche mai sentite prima, fecero pervenire notizie alle televisioni e ai giornali le più assurde rivendicazioni politiche e si vantavano di essere gli autori materiali di quel massacro. Le autorità locali avrebbero rallentato le indagini, anche quelle autoptiche sui corpi degli attentatori, avevano capito subito che non si trattava di gente di origine araba, per cui decisero di lasciare che i giornali e le televisioni si scatenassero con quello che credevano uno scoop, nell'attesa che l'episodio perdesse interesse. Trascorso qualche giorno, assodato che nessuno avrebbe richiesto la restituzione dei corpi, avrebbero dato la notizia che il commando era formato da soggetti di razza bianca di origine sconosciuta, tanto una genericità simile non avrebbe fatto insorgere nessuna nazione, amica o nemica che fosse. Visto che non avevano trovato addosso alcun loro documento, che indicasse la nazionalità, ben presto il tutto sarebbe passato nel dimenticatoio; l'episodio sarebbe stato solo un dato nella statistica mondiale che continuava a giustificare la lotta al terrorismo. La Casoni si convinse che era proprio vero il fatto che i giornali non sempre garantivano il diritto di cronaca, ma anch'essi sfruttavano le notizie e, molte volte, venivano sfruttati. I poliziotti e la magistrata salirono in camera per darsi una rinfrescata, concordarono l'appuntamento nella hall mezz'ora dopo per valutare il da farsi. Ormai avevano capito che quell'uomo non era il responsabile dell'uccisione dei tre custodi vaticani, bensì forse la persona incaricata dallo Stato Vaticano a perseguire gli assassini. Chiamò il Procuratore Capo, lo tranquillizzò relazionando sugli avvenimenti, lo fece partecipe del dubbio su Santini che, sempre usando il beneficio del dubbio, poteva essere una sorta di poliziotto del Vaticano.

«Non mi interessa chi è Santini» rispose il magistrato, «l'indagine è nostra. Ho parlato proprio ora con il Ministro di Grazia e Giustizia, mi ha sollecitato di concludere le indagini con qualsiasi mezzo. Lo Stato Italiano non vuole fare una brutta figura con il Vaticano. Quindi hai la mia totale autorizzazione, fai quello che devi, ma questo caso ha la priorità su tutto il resto e voglio risultati. Santini è un problema che non esiste o, almeno, non è il nostro e nemmeno il tuo, chiaro? Non voglio uno scontro con il Vaticano, quindi lascialo stare e porta a termine la tua indagine.»

Senza nemmeno salutare, il Procuratore Capo chiuse la conversazione. La Casoni imprecò contro quel leccapiedi del suo capo, lo immaginava al telefono con il Ministro di Grazia e Giustizia. *Ma certo, Eccellenza! Come vuole lei, Eccellenza! Senz'altro, Eccellenza! Sarà fatto, Eccellenza! Mi saluti la sua signora, Eccellenza!* Pensò lei.

«Ah sì! Mi pareva proprio molto preoccupato per noi, razza di rivoltante lecchino» disse mentre si preparava per la doccia, «e pure stronzo! Fai quello che devi? È proprio un idiota. Ma si sente quando spara cazzate quel deficiente?» Non si rendeva conto che stava parlando a voce alta. «E che cazzo ci posso fare io? Qui c'è chi ammazza come fosse la cosa più naturale del mondo, si sparano addosso delle quantità interminabili di colpi, hanno fatto talmente tanto casino come fosse capodanno e spezzano ossa a mani nude. Qui ci vuole l'esercito, non una magistrata con quattro gatti. Vieni tu qui a farti sparare. Ma vaffanculo, pezzo di merda!»

Finita la doccia, indossò l'accappatoio e uscì dal bagno. *Cosa dovrei fare?* Si chiese. L'unica traccia che aveva era quella di Santini quando lo credeva coinvolto; ora, invece, la situazione le stava sfuggendo di mano. *Ma no! Che stupida! Se Santini fosse veramente l'uomo giusto del Vaticano e se riuscisse a trovare gli assassini dei tre custodi, lui porterà anche me alla stessa conclusione. E se unissimo le nostre forze?* Seguì il pensiero e si convinse che non aveva molte altre piste da seguire, oltre a quella. E si stava anche convincendo che non conosceva grandi cose delle questioni della Chiesa per cui poteva anche avere ragione Ayala quando asseriva dei misteri del Vaticano o della religione, ma era decisa a fidarsi del suo istinto. *Santini non è un nemico!* Le venne in mente un'idea; si mise a cercare il taccuino sperso nei meandri di quella borsa ove trovava posto anche l'impossibile. Cercò il numero di telefono, prese il cellulare e fece partire la telefonata.

«Aaron Wolfang?» esordì. «Sono la dottoressa Sonia Casoni.»

# 21

Ai piedi del monte Sinai[4], a millecinquecento metri di altezza, sorgeva il monastero fortificato di Santa Caterina, abitato da oltre quindici secoli da una piccola comunità di monaci greco-ortodossi. Fu costruito per volere dell'imperatore Giustiniano nel VI secolo e fu denominato monastero della Trasfigurazione. Solo nel IX secolo prese il nome di Santa Caterina in onore della martire di Alessandria morta nel IV secolo. Convertitasi al cristianesimo, Caterina fu accusata di adorare idoli pagani e, per questo, condannata a morte. Si raccontava che, al momento della decapitazione, il corpo venne prelevato dagli angeli e portato su un monte del massiccio del Sinai dove, qualche secolo dopo, venne ritrovato perfettamente conservato dai monaci che l'avevano vista in sogno. I suoi resti erano ancora seppelliti nella basilica del monastero. Il complesso religioso era formato da numerosi edifici di epoche differenti: la moschea per i viandanti musulmani, la chiesa della Trasfigurazione sovrastata da un alto campanile le cui campane, ogni mattina e secondo la tradizione, battevano trentatré rintocchi simboleggiando gli anni di vita di Cristo e per annunciare un nuovo giorno. La parte più antica del monastero era costituita dalla cappella del Roveto Ardente, costruita nel punto esatto dove a Mosè comparve il roveto in fiamme. Sicuramente di notevole valore e rarità era la Biblioteca che ospitava una vasta collezione di manoscritti antichi. Conteneva la seconda più grande raccolta di codici e manoscritti del mondo, superata solo dalla Biblioteca Apostolica Vaticana. Nel Museo si trovavano più di tremilacinquecento volumi in greco, copto, arabo, armeno, ebraico, georgiano, siriaco e altre lingue. Tra questi capolavori spiccava fra tutti una Bibbia del VI secolo. Gli altri tesori del Museo erano opere d'arte uniche, tra cui mosaici, icone russe e greche, paramenti religiosi, calici e reliquiari. Nel monastero, altresì, era conservato un documento scritto di pugno da Maometto con il quale accordava protezione al monastero che l'aveva accolto e protetto dai nemici. All'interno delle sue mura era stata costruita una moschea che, però, non avevano mai aperto al culto perché, per errore, non era stata orientata verso la Mecca. Durante il VII secolo

---

4 Detto anche "Gebel Musa".

i monaci furono dispersi, ma il monastero sopravvisse perché ben protetto da quelle mura possenti. L'unico accesso era una piccola porta. Sul Sinai vi era un'altra possibilità di vivere un'esperienza spirituale e religiosa: la salita fino alla cima del monte, circa duemilatrecento metri. Due le strade di accesso: quella chiamata il *cammino di Mosè*, formata da una scalata di quasi quattromila gradini e quella, meno faticosa, che consisteva nel percorrere un primo tratto solitamente a dorso di cammello e il secondo a piedi per *soli* ottocento gradini. Il Monastero era aperto ai visitatori tranne i giorni festivi e di venerdì, giornata festiva per i mussulmani. La maggior parte degli egiziani professava quella religione, per cui le guide turistiche o gli autisti dei pullman non lavoravano e nessun tour operator prevedeva le escursioni. Anche i monaci del Monastero, in tali giorni, si prendevano il giusto riposo e si dedicavano ai loro compiti senza grande disturbo. Per questo Santini e compagni notarono l'insolita assenza di turisti che, a quell'ora e in giorni diversi, affollavano numerosi il sacro sito religioso. *Meglio così!* Fu la loro riflessione. Il viaggio era durato quasi due ore, le jeep erano il mezzo più consono per attraversare il deserto fuori pista. Le rocce e le buche avevano contribuito a una serie interminabile di scossoni costringendo il povero Jon a diverse pause obbligate per dargli modo di poter vomitare in pace. Però, negli ultimi chilometri, considerando che avrebbero dovuto fermarsi almeno un'altra decina di volte, i compagni lo avevano costretto a fare quel che doveva durante la corsa. Erano convinti di dover aggirare le strade battute da migliaia di turisti, ma una volta arrivati e resosi conto che era un giorno festivo, Jon maledisse ogni chilometro che avevano percorso. La strada di accesso al Monastero si strinse circa un chilometro prima, quindi, si fermarono poco lontano sistemando le jeep in un'oasi artificiale creata dai monaci in cui crescevano alberi di grandi dimensioni. Vi era un'ampia area verde, un grande orto e, soprattutto, ombra in abbondanza.

Jon scese dalla jeep, bianco come un lenzuolo appena lavato dalla migliore delle lavatrici e si mise a vomitare anche l'anima. I soliti Denny e Nic intenti a ridere e il solito Santini che li sgridava perché le qualità intellettuali di Jon non dovevano essere messe in discussione solo perché era fisicamente il più debole della situazione.

«Debole nel corpo, acciaio nella mente!» disse Jon fra un conato e l'altro.

Denny e Nic si guardarono in faccia poi controllarono il maestro che, nemmeno a dirlo, era scuro in volto, ma non riuscirono a trattenersi e risero ancor più forte di prima.

E Santini fece altrettanto, poi disse a Jon: «Certo che sei forte! Con tutta la fatica che avevo fatto per convincerli alla tua superiorità mentale, li vai a stuzzicare ulteriormente.»

«Scusa, maestro, condividevo la tua analisi e intendevo sostenerla.» Abbozzò Jon.

Fu Santini a ridere per primo e lasciò fare altrettanto agli altri.

«Bene! Ora basta!» Riportò all'ordine il gruppo. «Nic e Denny con me mentre tu, Jon, starai qui assieme ai miliziani. Mi serve la copertura satellitare, assicuriamoci di non essere stati seguiti e resta in contatto con il rifugio. Parleremo solo con i radiomicrofoni senza usare i palmari.»

I tre si cambiarono di abito indossando una particolare tuta che garantiva libertà di movimento e in cui era inserita una finissima rete metallica più efficace di un semplice giubbotto antiproiettile e che garantiva un'adeguata traspirazione della pelle. Santini e Nic armarono le loro pistole e scelsero un'ulteriore arma: la mitraglietta Uzi. La scelta era dettata dalla maneggevolezza, poteva essere tenuta con una sola mano, al pari di una pistola, ma era devastante come un mitragliatore. Era la preferita di Santini. Denny si mise ovunque dei bizzarri pezzi di metallo, armi da lui fabbricate che potevano non aver alcun senso per un profano, ma che in mano a un combattente come lui erano micidiali. Non pago di tutta quella ferramenta, si infilò nel cinturone un enorme coltello e prese una sorta di balestra dotata di frecce non più lunghe di dieci centimetri. A sentire lui potevano essere sparate a oltre cinquecento metri colpendo il bersaglio con la stessa potenza di un colpo di fucile.

«A che vi serve tutta quella ferraglia se lì ci sono dei monaci pacifici?» chiese ingenuamente Jon.

Santini era concentrato e non rispose subito, diede invece disposizioni ai quattro miliziani di scorta di stare attenti all'orizzonte e fare riferimento su Jon che avrebbe controllato il perimetro. Guardò Jon e gli mise una mano sulla spalla.

«Gli uomini del Crepuscolo non tarderanno ad arrivare.» Disse ancora, con estrema preoccupazione: «Le armi serviranno per quel momento, sperando che siano sufficienti.»

Jon deglutì a fatica, sentiva che un altro conato stava affiorando dallo stomaco, ma lo trattenne. Rovistò nel borsone e prese anche lui una pistola agganciandola alla cinta. Santini e gli altri due si misero in marcia verso il monastero; distava da loro almeno un altro chilometro. Una distanza per nulla impegnativa ma che, in pieno deserto, poteva affaticare anche il miglior podista della terra. Il monastero era circondato dalla montagna e solo un lato era abbastanza livellato così da garantire l'unica strada d'accesso. Quella fortezza aveva resistito per secoli a grandi attacchi e se l'era sempre cavata egregiamente, anche perché quella via d'accesso era facilmente controllabile dall'alto delle sue mura. Il sole aveva raggiunto la massima elevazione, il cielo terso garantiva una quarantina di gradi con un tasso di umidità inusuale per il deserto, amplificato dalla scarsa circolazione d'aria causata dallo sbarramento delle montagne che non permettevano certo un veloce ricambio d'aria. Ogni passo dei tre, unito alla tensione provocata dalla convinzione del pericolo passato e futuro, produceva un'enorme quantità di sudore. Come al solito Denny appariva fresco e rilassato, cosa che causava forti imbarazzi al *vecchio* Santini, mentre Nic se la stava cavando discretamente.

Nic volle approfondire la situazione e chiese: «Maestro, cosa pensiamo di trovare nel monastero?»

Santini prese fiato e bevve un po' d'acqua prima di rispondere: «Il Papa dice che in quel monastero fu conservato per secoli il manoscritto. Poi, più di mille anni fa, il Crepuscolo lo donò alla Chiesa.» Un altro sorso e precisò: «Voglio sapere perché mille anni prima il manoscritto era custodito nel monastero e come ha fatto il Crepuscolo a entrarne in possesso per poi donarlo alla Chiesa. Tra l'altro, ancora oggi alcuni frammenti di quel documento si trovano qui, rendendolo incompleto. Se fossi uno del Crepuscolo, dopo averlo rubato alla Chiesa, ruberei anche i frammenti che mi mancano.»

Denny fu perspicace nel chiedere: «Quindi, maestro, se non ho capito male, tu credi che il Crepuscolo venga a prendersi anche i frammenti, così da completare l'intero documento?»

Santini rispose: «In parte! Il tuo ragionamento fila, ma io non ne sono così convinto. Il Papa ha precisato che alcuni frammenti sono stati venduti al Vaticano meno di un mese fa da un ricco collezionista tedesco che, guarda caso, si chiama Karl Weiber di Bonn e, guarda anche un altro caso, il signor Weiber zoppica come il tizio del commando registrato dalle telecamere della Biblioteca la notte in cui furono uccisi i tre custodi. Strano o no?»

«Effettivamente!» risposero i due.

«Ho il sospetto che qualcuno non mi abbia detto tutta la storia, ma il Santo Padre mi ha raccontato del monastero di Santa Caterina e, se ci pensiamo, tutto ci conduce sempre e solo in questo luogo.»

Nic e Denny non riuscivano a seguirlo.

«È alquanto logica la deduzione: il manoscritto mille anni fa dove si trovava?»

Fu Nic a rispondere. «Qui a Santa Caterina.»

«Esatto! Ma andiamo avanti. Chi ha donato alla Chiesa il manoscritto mille anni fa?»

«Il Crepuscolo.» Fu la volta di Denny.

«Esatto! E dove l'avevano preso mille anni fa quelli del Crepuscolo?»

A questa domanda i due furono indecisi, tentò sempre Denny. «Qui a Santa Caterina.»

«Evvai! Ora la domanda più difficile: perché il Crepuscolo aveva il manoscritto, chi gliel'ha dato?»

I due restarono in silenzio.

«Va be', questa è troppo difficile. Dove si trovano alcuni frammenti del manoscritto?»

«Qui a Santa Caterina.» Rispose all'istante Nic, perché si sentiva come in un quiz televisivo dove chi suonava per primo il campanello, vinceva.

«Bene, bene! Ora il bello: chi ha venduto alla Chiesa alcuni frammenti del manoscritto?»

«Il tedesco!» stavolta risposero entrambi.

«Ma se erano custoditi presso il monastero!»

«Oh Signore. Non capisco più nulla.» Concluse Nic.

«Ecco! Siamo qui per capire.» Precisò Santini. «Dobbiamo capire il perché di molte cose» riprese il cammino vedendo avvicinarsi sempre più le mura del monastero. «E qui troveremo le risposte.»

# 22

Prima di raggiungere le mura della fortezza, vi era un ossario, un piccolo edificio in cui erano conservate le ossa e i teschi dei monaci rimasti uccisi a causa degli attacchi durante la dominazione araba e prima della *benedizione* Maomettana. Alla sua destra una piccola oasi offriva un po' d'ombra, si sedettero su una roccia sotto un gigantesco albero che provocò un'escursione termica che fece rabbrividire la schiena di Santini. Ben presto, però, si rese conto che quel tremito non era dettato dal freddo bensì da una sensazione di pericolo, quella indefinibile percezione che le donne chiamavano sesto senso, qualcun altro poteri sensoriali, altri ancora veggenza. Santini la chiamava istinto di conservazione. Lo percepiva non come una cosa imminente, ma più come una cosa già accaduta. Balzò in piedi e prese a correre saltando, come una gazzella, gli scalini di roccia scavati dai monaci. Denny e Nic si guardarono stupiti e non videro altre soluzioni se non quella di seguirlo. In breve Santini arrivò alle mura, la porticina alla sua sinistra.

I sensi all'erta, fece segno a Denny e Nic di fermarsi e restare in silenzio. «Sentite?»

Fu Denny per primo a rendersi conto dello stato d'animo del maestro, anche lui aveva avvertito quella stessa sensazione.

«Cosa? Io non sento nulla!» disse Nic.

Rispose Denny. «Appunto! C'è un silenzio troppo strano.»

«È un silenzio quasi soprannaturale... di morte.» Sentenziò il maestro estraendo la Uzi, così fece anche Nic mentre Denny prese a caricare la balestra con una delle sue frecce.

«Seguitemi!» ordinò Santini.

Si posizionò ai margini delle mura e si diresse verso il lato ovest della fortezza, raggiunto l'angolo si sporse per vedere se c'erano pericoli da quel lato. Notò due corpi distesi a terra, immobili. Dagli abiti si rese conto di chi si trattava. *Due monaci!* Attivò le comunicazioni e a voce bassa chiese: «Jon, stai controllando la zona con il satellite?»

Jon rispose subito. «Sì, maestro, nessuna novità.»

«Controlla dentro le mura del monastero, dimmi se vi sono segni di movimento.»

Jon diede il comando per ampliare la visuale puntando sul monastero e quasi gli venne un infarto, quindi avvisò gli altri. «Maestro, vedo voi tre, siete sul lato sud delle mura e vedo due corpi a terra davanti l'ingresso a ovest. Diavolo! Altri in un corridoio interno, almeno una decina. Nove, ne conto nove. Sembrano... sono tutti morti!»

Santini imprecò. «Accidenti! Jon, resta in allerta, qui la situazione non quadra. Devi condurci con il satellite, seguici costantemente e avvisa se vedi movimenti strani. Noi entriamo.»

«Ricevuto.»

Santini diede il segnale ai due di seguirlo, si mantenne accostato alle mura e girò l'angolo, verso la porticina d'ingesso. La raggiunse in un baleno, in quella posizione aveva davanti a sé i due corpi trucidati, la gola tagliata. Il sangue fuoriuscito dai corpi era rappreso, segno che erano stati uccisi alcune ore prima. La porta era spalancata, diedero una rapida occhiata oltre la soglia e l'ingresso risultava libero.

«Jon, movimenti?» chiese alla radio.

«Niente, per ora.» Rispose Jon. «Ma dall'alto del satellite riesco a vedere uno spazio che, dall'entrata, sfocia in un corridoio. Troverete un edificio piccolo a destra e uno più grande a sinistra.»

Entrarono e si trovarono nel piccolo spazio descritto da Jon. A destra una porta chiusa, a sinistra l'edificio più grande. Il suo ingresso era coperto da una specie di tenda fatta con un lenzuolo; piena di schizzi di sangue.

Nic fece notare agli altri: «Sembra che il sangue provenga dall'interno.»

Santini diede disposizioni a gesti, lui e Denny sarebbero entrati nell'edificio di destra, Nic in quello di sinistra. Le comunicazioni via radio avrebbero permesso alla squadra di rimanere in contatto anche con Jon e di poter parlare a voce bassa.

«Ora!» comandò Santini.

Nic scostò la tenda ed entrò nella stanza buia, accese la torcia e vide sangue ovunque, ma il locale era vuoto. «Qui non c'è nessuno, è tutto pieno di sangue per terra e sulle pareti, almeno la quantità che potrebbero contenere due o tre corpi.»

Denny aprì con cautela la porta della stanza di destra con i sensi all'erta mentre Santini entrava. Quello che vide lo fece rabbrividire, accennò un segno per indicare a Denny e Nic che non vi era pericolo e di raggiungerli. La scena li fece inorridire. Davanti a loro due monaci accatastati uno sopra l'altro, mutilati delle mani e dei piedi, sui corpi i segni numerosi di bruciature, sembrava fossero state fatte con una fiamma ossidrica. La scarsa quantità di sangue lasciava pensare che non erano stati conciati così in quel luogo; chi aveva fatto quella carneficina li aveva trasportati lì quando erano già cadaveri.

«Li hanno torturati» disse Santini, «sono morti dissanguati. Ma dov'è il resto del sangue?»

«Nell'altra stanza» Nic capì subito cosa poteva essere successo a quei due poveretti, «il sangue di questi due è tutto lì, saranno stati almeno sei litri. Li hanno torturati e poi li hanno trasportati qui, forse per nasconderli alla vista degli altri.»

«Chi può aver fatto tutto questo?» chiese Denny.

Santini si era già posto quella domanda, tutto faceva pensare che di mezzo ci fossero gli uomini del Crepuscolo. Quelli erano sulle loro tracce, avevano attentato alla loro vita e sapevano che sarebbero andati al Monastero. Troppo addestrati per essere dei semplici dilettanti, erano disposti a tutto per non far recuperare il manoscritto, anche a uccidere in modo così brutale. A Santini vennero in mente le parole del Papa. *Sarai il più bersagliato, per il Crepuscolo!* A quel pensiero quasi gli uscivano gli occhi dalle orbite, da quanto li aveva spalancati. Sesto senso o istinto di sopravvivenza, gli venne un acuto timore.

Gridò agli altri: «È una trappola! Forse si trovano qui e ci stanno aspettando per attaccarci. Fuori di qui, subito!»

I tre balzarono verso la porticina e uscirono dalle mura correndo più veloci del vento verso la zona a sud della fortezza arrivando alla piccola oasi nei pressi dell'ossario. Si nascosero dietro una roccia con le armi ben spianate e pronte a fare fuoco. Erano convinti che gli uomini del Crepuscolo li avessero preceduti, fossero giunti al Monastero alle prime luci dell'alba e si fossero nascosti attendendo il loro arrivo. Santini considerò che quelli del Crepuscolo, se veramente si trovavano nascosti in attesa di coglierli di sorpresa e una volta vista la loro fuga, avrebbero pensato che la trappola era fallita e che erano stati scoperti; in tal caso li avrebbero visti spuntare da lì a poco. Non li avrebbero trovati impreparati. Invece non sopraggiunse nessuno, attesero quasi cinque minuti prima di riprendere la calma e di liberarsi della tensione nervosa.

Santini chiamò Jon alla radio. «Noti dei movimenti dentro o nei pressi del Monastero?»

«No maestro, ve l'avrei comunicato. Vi ho visto correre come il vento, che è successo lì dentro? Vi hanno attaccati?»

«No, almeno non ancora.» Disse il maestro. «C'erano altri due cadaveri mutilati e torturati in una stanza appena entrati, ho come il presentimento che quelli del Crepuscolo attirati in una trappola, magari ci attendono nascosti in qualche edificio all'interno del Monastero.»

«Io continuo a non vedere movimenti.» Confermò Jon.

Effettivamente, dopo ulteriori minuti di attesa, Santini si rese conto che persisteva un silenzio quasi spettrale. I quaranta e più gradi del deserto non si notavano quasi più, il sudore che correva lungo le loro schiene era di ghiaccio per la tensione; sapere che qualcuno li stava aspettando non li avrebbe dissuasi dal portare a termine la missione: dovevano entrare. Jon voleva chiedere ai quattro miliziani di intervenire in supporto ai suoi amici ma Santini rifiutò, dovevano restare a controllare la strada di accesso al Monastero e fare da scorta a Jon.

«Bene! Trappola o meno, dobbiamo ritornare dentro e capire cos'è successo.» Decise Santini.

Sarebbero entrati senza fermarsi di fronte ai corpi, la priorità era setacciare la zona e di avvisare anche di fronte al minimo segno di pericolo. Si sarebbero divisi nella perlustrazione mantenendosi in contatto radio; in caso di pericoli, l'ordine era di ritirarsi fino a quando non si fossero riuniti. Santini prese dalla tasca la planimetria del Monastero e assegnò a ognuno un edificio precisando che la Chiesa era dotata anche di sotterranei. Chiariti tutti gli obiettivi e assegnate le zone, i tre si diedero il *cinque* e si alzarono ben caricati e pronti. Si avvicinarono di nuovo alle mura sul lato sud, passarono al lato ovest, diedero una veloce occhiata ai due cadaveri fuori dalla porticina d'ingresso ed entrarono. I due edifici all'ingresso li avevano già visitati, passarono oltre e sopraggiunsero, dopo qualche metro, a un viottolo che aggirava la piccola Chiesa del Monastero in mezzo alla fortezza. Santini andò a destra superando, da un lato, il pozzo di Mosè. *Non ho mai avuto l'occasione di visitare il Monastero di Santa Caterina, non pensavo mi sarebbe capitato in un contesto simile!* Superato il pozzo, il corridoio proseguiva a sinistra, passato l'angolo vi era un edificio a due piani; al piano terra la porta era spalancata e fuoriusciva un odore metallico. *Sangue!* Vi erano pochi gradini per salire al piano superiore, lungo un terrazzo di legno si arrivava a un'altra porta che risultava chiusa. Santini sporse la testa oltre l'angolo, per avere la visuale del corridoio di sinistra quando vide tre corpi di monaci a terra, immersi nel loro sangue. *Gli hanno sparato alla schiena.*

*Hanno tentato di sfuggire ai loro assassini.* Come per gli altri monaci, anche su quei tre il sangue era rappreso. Era evidente che tutti erano stati uccisi dalle quattro alle sei ore prima. *Possibile che il Crepuscolo ci stia aspettando da così tante ore?* La Uzi bene impugnata, entrò con cautela nell'appartamento attraverso la porta aperta del piano terra; in quella che sembrava fosse la cucina, si trovò davanti altri due monaci. *Pallottole pure per loro, in pieno petto.* Passò oltre dirigendosi verso le stanze da letto e il bagno: vuote. Tornò indietro e salì le scale, quella che a terra sembrava una porta chiusa era stata, invece, forzata, per cui risultava appena accostata. Entrò e non fu sorpreso di vedere altri tre monaci uccisi con armi da fuoco, a terra e in camicia da notte: uno di schiena rivolto verso il bagno in fondo al piccolo corridoio, gli altri due all'altezza delle camere. *Sono stati uccisi questa notte, questi tre stavano dormendo e si saranno svegliati per il rumore.* Nella mente di Santini si stava delineando una nuova teoria: i monaci erano stati uccisi fra l'una e le due, quindi, almeno sei o sette ore prima. Se fossero stati veramente gli uomini del Crepuscolo, avrebbero dovuto agire con un'azione coordinata, da veri militari d'assalto, come una squadra d'élite. Dalla posizione dei corpi, sembrava che gli assalitori li avessero colti nel sonno, almeno quelli che non erano rimasti svegli fino a quell'ora tarda e si erano trovati fuori dagli alloggi. Come nel caso dei due monaci fuori dalle mura che probabilmente erano di guardia all'ingresso oppure i tre a terra nel corridoio interno al Monastero, i quali avevano tentato un'improbabile fuga verso il nulla considerando che il Monastero aveva una sola e piccolissima entrata e le mura erano alte più di trenta metri. Di certo, chi aveva causato tutte quelle morti, lo aveva fatto in pochi minuti. Santini riordinò le idee, ormai convinto che quel commando di delinquenti non si trovasse più in quel luogo testimone di morte. *Erano in tanti, almeno una dozzina. Hanno sorpreso i due monaci a guardia dell'ingresso, li hanno uccisi fuori dalle mura tagliando loro la gola, poi sono entrati assieme, si sono divisi e hanno sparato a tutto quello che si muoveva. Perché allora la mutilazione e la tortura dei due nella stanza all'ingresso?* Dalle informazioni che aveva ricevuto, il Monastero era abitato da venticinque monaci greco-ortodossi. *Due fuori, due nella stanza all'ingresso, tre nel corridoio interno, due nell'alloggio sotto e tre in questo: finora fanno dodici. E siamo solo all'inizio!* Uscì dall'alloggio e scese a piano terra, si diresse verso la Chiesa al centro del Monastero superando i tre corpi stesi a terra nel corridoio centrale; la Chiesa era chiusa, il cancello di ferro battuto fermato da una grossa catena con un lucchetto senza nemmeno un graffio. Fece per chiamare alla radio il resto della squadra.

Fu preceduto da Nic. «Sono Nic, ho finito la mia zona, è libera. In questo posto sembra che non ci sia più nessun essere umano ancora in vita, nessuna traccia di pericolo. Però i monaci sono tutti morti per colpi di arma da fuoco, i responsabili di una simile carneficina credo abbiano usato fucili Steyr AUG. Roba forte che costa parecchio, da squadra d'assalto professionista. Secondo me non erano meno di quindici uomini.»

Santini chiese: «Quanti corpi?»

«Ne ho trovati quattro in tre alloggi e uno su un terrazzino, quello voleva scappare gettandosi di sotto, poveretto, colpito alla schiena.»

*E fanno diciassette.* Pensò.

«Sono Denny, zona libera. Stessa dinamica, tutti morti per colpi di arma da fuoco, colpiti tutti alla schiena in un tentativo di fuga mal riuscito lungo il corridoio ovest: sei in tutto.»

*E fanno ventitré. Ne mancano due.* Santini fece il suo rapporto e chiese ai due di raggiungerlo all'ingresso della Chiesa di fronte al cancello chiuso dalla catena.

«Questa catena è nuova, non è mai stata usata prima.» Fece notare Santini.

Oltre il cancello vi era un portale di legno antichissimo, uno dei numerosi pezzi d'arte fra i tesori dal valore inestimabile che trovavano posto in quel luogo e la Chiesa era il loro forziere con l'arte messa a disposizione del pubblico. I sotterranei, a quanto si era appreso nei secoli, si diceva che contenessero l'intero e ricco archivio di manoscritti, pergamene, mappe e icone. Non tutti, però, conoscevano l'ampiezza e la struttura di quei sotterranei. Mille anni prima, quei sotterranei conservavano il sacro manoscritto, poi passato in mano al Crepuscolo non si sapeva come, mentre alcuni frammenti trovavano posto tuttora in quel luogo. Santini era lì per quei frammenti, per capire di cosa trattavano. Doveva capire tanti misteri e ottenere molte risposte. Chi gliele avrebbe fornite ormai? Erano tutti morti o quasi, mancavano due monaci. *Magari erano fuori e non sono ancora rientrati al Monastero.* Ma l'ordine della Chiesa greco-ortodossa aveva imposto ai monaci di custodire il Monastero senza mai lasciare la fortezza se non per recarsi presso i villaggi vicini per piccoli scambi commerciali o per procurarsi le provviste alimentari che non coltivavano loro direttamente. Mai nessun monaco si sarebbe allontanato per tutto quel tempo e, soprattutto, di notte.

«Possibile che siano dentro la Chiesa?» si interrogò Nic.

A Denny sembrava credibile tale ipotesi. «Forse i due sono sopravvissuti perché sono riusciti a salvarsi chiudendosi davvero dentro la Chiesa.»

Santini era perplesso. «Qui abbiamo un commando, molto probabilmente il Crepuscolo, che trucida gli abitanti del Monastero. Due mancano all'appello e due sono stati mutilati e torturati. Perché?»

Riordinarono le idee e Nic precisò: «A mio avviso gli assassini hanno torturato i due per farsi dire dove trovare qualcosa o qualcuno così importante da ammazzare come cani dei monaci pacifici e indifesi.»

«Sono d'accordo» rispose Santini, «ma se la dinamica dell'attacco è stata improvvisa, veloce e precisa, significa che prima hanno ucciso quasi tutti i monaci, sorprendendoli nel sonno o intenti nelle loro abituali attività. Poi, però, si sono presi del tempo per mutilare e torturare quei poveretti. Cosa cercavano? Lo hanno trovato? E perché si sono presi tutto il tempo necessario per torturare qualcuno mentre due di loro erano latitanti?»

«Ma certo! Volevano farsi dire dove si erano nascosti i due.» Disse Denny.

«No! Troppo semplice» Santini non era convinto, «se fosse vero che dei monaci si erano rintanati in Chiesa, chiudendosi dentro, non serviva torturare in quel modo gli altri, avrebbero rotto la catena e sarebbero entrati facendoli fuori.»

I tre, per quante ipotesi avessero vagliato, non raggiunsero alcuna conclusione. Il mistero si infittiva sempre di più, quando Santini ipotizzò un collegamento tra i due avvenimenti: l'attentato a loro presso l'Oberoi Hotel alle due e mezza di quella mattina e l'attacco omicida al Monastero di Santa Caterina con l'uccisione dei propri occupanti forse, pensò, un paio d'ore dopo. Se così fosse stato, non vi erano dubbi che a compiere quella carneficina potessero essere stati quelli del Crepuscolo. Avevano tentato di ucciderli per impedirgli di raggiungere il Monastero? Tenendo presente che qualcuno aveva intercettato la telefonata di Santini al comandante della Milizia Mohamed, il Crepuscolo aveva, di certo, scoperto dove si sarebbero diretti quella stessa mattina. Quindi, tutto faceva supporre che il Crepuscolo avesse commesso quella strage solamente per impedire a Santini di scoprire il mistero che legava il manoscritto al Monastero di Santa Caterina. *Qui troverò le risposte!* Si disse convinto e prese la decisione.

«Dobbiamo entrare in Chiesa! Vedere se troviamo i due monaci che mancano all'appello. Non sappiamo se i poveri monaci torturati hanno parlato, immagino che avranno resistito, visto come li hanno conciati. Gli hanno tagliato un arto alla volta per costringerli a parlare; potrei scommettere che sono morti senza aver detto nulla. La Fede è forte in questi monaci e la Fede è portatrice di un coraggio inimmaginabile!»

All'improvviso si sentirono dei rumori provenire dalla Chiesa, quasi dei lamenti. Santini e i suoi si misero in allerta e puntarono le armi verso il portale che, lentamente, si aprì solo di pochi centimetri lasciando trasparire una lieve luce indistinta.

«Aiutatemi!»

La voce era soffocata e sofferente.

«L'Arcivescovo, è ferito gravemen...»

Poi il silenzio!

# 23

Karl Weiber stava bevendo una disgustosa brodaglia nera che molti tedeschi si ostinavano a chiamare *caffè*. Era mezz'ora che Rob lo seguiva, da quando Weiber era uscito dall'albergo per fare colazione in quel grazioso bistrot posizionato appena fuori dall'hotel. Nello stesso hotel aveva pernottato anche Rob, nella camera vicina alla sua per registrare eventuali conversazioni telefoniche, ma a parte un assordante russare, il tedesco non aveva fatto o detto nulla per tutta la notte. A Rob quell'individuo non sembrava un ricco collezionista come gli era stato detto, così facoltoso da potersi permettere di entrare in possesso dei frammenti del sacro manoscritto che il Santo Consiglio stava cercando. Frammenti che, a quanto sapeva, dovevano valere una fortuna; per questo gli sembrava strano che potessero essere stati rivenduti in seguito alla Chiesa solo per qualche euro. Gli suonava molto strana tutta quella vicenda, ma il suo compito era controllare i movimenti dell'uomo. Attese paziente che Weiber si decidesse a finire quel caffè nella speranza che non restasse lì impalato per tutto il giorno. Con un apparecchio, Rob avrebbe sentito nell'auricolare tutto quello che l'uomo avesse detto compreso le telefonate. A sua volta, Rob era monitorato da Mali che, dal rifugio, archiviava digitalmente quanto registrato dal collega. Mali gli aveva già riferito nei particolari lo scampato attentato subito dal maestro e dagli altri e gli aveva raccomandato la massima cautela perché Weiber era sicuramente un componente del Crepuscolo. Sulla figura e il ruolo del tedesco si erano delineati una serie di fattori: era la persona che aveva venduto i frammenti al Bibliotecario ed era sempre lui l'uomo zoppicante inquadrato dalla telecamera, presso l'archivio della Biblioteca Vaticana, la notte in cui erano stati uccisi i tre custodi. Troppe coincidenze che lo rendevano un attore principale del Crepuscolo. Finalmente Weiber ricevette una telefonata, all'altro capo una voce di donna; una voce sensuale ma dura, sicura di sé.

«Sono Angela» esordì la donna, «hai quello che ci serve?»

«Sì, mia signora!»

«Raggiungici dove sai.» E interruppe la conversazione.

Weiber selezionò un nome sulla rubrica del cellulare e fece una telefonata a un complice indicandogli dove si trovava perché passasse a prelevarlo. Dopo meno di dieci minuti, davanti al bistrot si fermò una Mercedes S500 nera blindata e con vetri oscurati, l'autista uscì dall'auto e fece salire Weiber sul sedile posteriore. Ritornato alla guida, partì e svoltò nella prima strada a sinistra. A Rob venne da imprecare, ma si trattenne. *Devo seguirli, ma come?* Si guardò attorno, vi erano alcune auto parcheggiate lungo la strada, ma non aveva il tempo di rubarne una e partire all'inseguimento; gli venne più semplice scegliere il tipo con l'auto che si era fermato allo stop. Rob, avvicinatosi, sferrò un pugno al finestrino che andò in frantumi, prese di peso il suo ignaro occupante che fece in tempo solo a borbottare qualche frase incomprensibile, salì alla guida e si infilò nella stessa strada in cui era andata la Mercedes. Dallo specchietto vide il malcapitato che tentava di rialzarsi imprecando frasi irripetibili verso la sua direzione. *Scusami!* Disse fra sé. A Rob vennero mille dubbi per quel furto, immaginava che non era certo quello il "sacrificio" che il maestro gli aveva sempre chiesto per intercedere la concessione della sua indulgenza, ma riteneva che non avesse altra scelta per non perdere di vista Weiber. Si rese conto, però, che aveva impiegato solo pochi minuti a raggiungere la Mercedes. *Incredibile! Una Porsche. Ho rubato una Porsche e con il pieno, addirittura. Grande Rob!* Il tragitto durò a lungo: usciti dal centro di Bonn, presero l'autostrada fino a Kòln, si diressero a Bergheim poi raggiunsero Maastricht per tornare indietro fino ad Aachen. Avevano preso la strada più lunga, ma forse intendevano far perdere le loro tracce nell'eventualità che qualcuno li avesse seguiti e Rob si compiacque perché era riuscito a non farsi notare per l'intero percorso. La Mercedes entrò nella piazza antistante la bellissima ma sconsacrata Cattedrale di *Aquisgrana.*

La Cattedrale di Aquisgrana, detta anche imperiale, era la più antica Nordeuropea, costruita con tecniche architettoniche di vari periodi. Fu Carlo Magno che diede inizio alla sua costruzione nell'VIII secolo; alla sua morte, nel secolo successivo, venne sepolto proprio lì. Quando Papa Ottone III fece aprire la cripta di Carlo Magno, nell'XI secolo, ne trovarono il corpo in ottimo stato di conservazione, seduto su un trono di marmo, vestito con abiti imperiali, con la corona in testa, i Vangeli aperti in grembo e lo scettro in mano. Oltre a Carlo Magno, anche altri grandi personaggi furono inumati lì e fu la Chiesa prescelta, per la loro incoronazione, da oltre trenta regnanti del Sacro Romano Impero. Dieci anni prima la Cattedrale di Aquisgrana subì un incendio ove persero la vita numerosi fedeli presenti alla funzione domenicale. Morì in quel rogo anche il Vescovo che stava recitando la Messa e tutti i preti che lo assistevano, solo pochi fedeli si salvarono. Stranamente il fuoco, divampato all'improvviso e con ferocia all'interno della navata centrale, si spense dopo pochi minuti e non rovinò nulla del suo contenuto. I pochi sopravvissuti testimoniarono che il Diavolo era apparso sull'altare proprio durante la Messa. Turbato, Papa Giovanni Paolo II volle credere a quella testimonianza sostenuta anche dall'annuncio di un fatto simile da alcune antiche profezie, per questo si vide costretto a sconsacrare la Cattedrale che venne svuotata di ogni oggetto di valore distribuendo quanto recuperato alle altre Chiese tedesche, comprese le salme dei personaggi che lì, per secoli, avevano trovato dimora. La Cattedrale perse il suo valore cattolico e venne venduta a una società straniera offshore, con sede alle Cayman, della quale non era dato di conoscere la compagine sociale. Considerato luogo maledetto, non venne più visitata da nessuno, anzi, chiunque si guardava bene dal passarle vicino tanto che il Comune di Aachen varò un piano regolatore stabilendo che nessun insediamento industriale o civile fosse permesso entro un raggio di cinquecento metri. Alcuni fanatici, appartenenti a sette sataniche, furono attirati a entrarvi per rendere omaggio a Satana o per consumare lì i propri folli riti, ma la Cattedrale era stata sigillata a tal punto che non vi erano accessi conosciuti.

Rob non era a conoscenza di quei fatti, ma Weiber sembrava proprio di sì; scese dall'auto e si diresse verso una porta laterale del fabbricato, prese il cellulare e chiamò qualcuno. Non ricevette alcuna risposta, però la porta si aprì e lui entrò chiudendosela alle spalle. Rob era nascosto dietro alcuni alberi del bosco nei pressi, aveva lasciato la Porsche a oltre un chilometro di distanza, aveva seguito l'arrivo della Mercedes alla Chiesa grazie a un binocolo; controllò il palmare. *Non ha chiamato nessuno, però ha formato un numero 354673546. Non sembra il numero di un cellulare, ma un codice.* Contattò Mali al rifugio mettendola al corrente della situazione, le disse anche che avrebbe tentato di entrare per scoprire cosa ci fosse in quella Chiesa. Attese che non ci fosse nessuno nei paraggi e si mise a correre come un centometrista; raggiunse la porta in meno di un minuto. Digitò sul palmare il numero *354673546* e premette *invia chiamata*. La porta si aprì, aveva ragione, quello era un codice di sblocco, e lui entrò. Fece una contro prova: digitò di nuovo il codice, ma non successe nulla. *Una volta entrati il codice non funziona! Accidenti, questo è un guaio. Pazienza, troverò il sistema di uscire quando sarà il momento.* Rob si trovava nella navata laterale destra, quella centrale era imponente ma vuota. Vi era l'altare, ma non riusciva a vedere cosa ci fosse dietro; nessuna panca, nessun quadro, nessun oggetto che potesse identificarsi sacro. *Sembra sconsacrata.* Pensò a ragione. In fondo alla navata di sinistra vide una cripta e oltre un ingresso che portava a quella che un tempo era la sacrestia con la sala delle preghiere, da lì arrivavano alcune voci indistinte. Rob scrisse sul palmare un messaggio per Mali, ma si accorse che non c'era campo, la struttura era troppo spessa o il segnale troppo debole. Invece la struttura era stata trattata con materiale speciale che non permetteva alcuna penetrazione, né segnali radio né altri strumenti di controllo; ma Rob non sapeva nemmeno questo. Si avvicinò alla cripta e si nascose in un antro buio da dove godeva di una buona visuale, mentre l'ampiezza e la conformazione del soffitto a volta della sala faceva ridondare il suono delle voci dei suoi occupanti che, per questo, gli giungevano forti e chiare. Attorno a un tavolo di marmo trovavano posto dodici donne e un uomo. Considerando il tipo di seduta imponente, al posto d'onore vi era una donna molto più anziana delle altre, alla cui destra era seduto proprio Karl Weiber. L'anziana signora si chiamava Michela Rostellini, una delle donne più ricche al mondo a capo della *Fondazione Turatti.* La Fondazione era stata costituita pochi anni prima, cioè quando aveva deciso di ritirarsi dagli affari e passare le redini del gruppo editoriale, che aveva creato e diretto per oltre quarant'anni, alla nipote Angela Turatti. Il gruppo editoriale della Rostellini contava al suo attivo le dieci più famose riviste di moda al mondo. La mamma di Angela era la sorella gemella di Michela Rostellini, morta assieme al marito in un incidente stradale pochi anni prima. Tale lutto era stato determinante nella sua decisione di ritirarsi, sia perché le sorelle erano anche socie e legate da un forte affetto sia perché l'età avanzata non le garantiva più il sostegno necessario per continuare a svolgere l'attività da sola. Essendo Angela la sua unica parente, non aveva avuto dubbi a prendersi cura di lei e, non senza timori, aveva deciso di darle fiducia trasferendole i poteri decisionali della compagnia, sebbene avesse solo ventiquattro anni. Brillante e intelligente, Angela Turatti a quattordici anni aveva iniziato a fare la modella, adorata soprattutto dal pubblico maschile, aveva raggiunto subito le vette del successo diventando ricchissima. Il gruppo ora era denominato *Turatti &*

*Rostellini Group Ltd* e Michela Rostellini ricopriva la carica di Presidente Onorario, a cui spettava sempre l'ultima parola. Ma all'anziana donna non interessava più quella vita, aveva iniziato a dedicare il suo tempo e i fondi della Fondazione alla salvaguardia del patrimonio culturale e in difesa dei bambini nel mondo diventando, anche grazie alle donazioni milionarie, ambasciatrice dell'Unicef. Rob riconobbe lei, ma non la nipote Angela. Ma non stavano discutendo dell'azienda miliardaria di famiglia o della Fondazione, bensì quella era una riunione dei componenti del consiglio del Crepuscolo. E quella Cattedrale ne era la sede. Come se non bastasse Rob intuì dai loro discorsi che stavano parlando proprio del maestro e dell'SCS. *Sanno chi siamo!* Fu il pensiero di Rob.

Purtroppo, quel pensiero fu anche l'ultimo.

# 24

I tre rimasero sconcertati, domandarono più volte all'uomo cosa intendeva dire, ma da dietro il portale della Chiesa nessuna risposta. Santini decise di sparare alla catena che saltò al secondo colpo di mitraglietta. Spalancarono il cancello di ferro e fecero fatica ad aprire il portale perché bloccato dal corpo del ventiquattresimo monaco. Entrati in Chiesa, Nic e Denny fecero un veloce sopralluogo dell'edificio mentre Santini si dedicava al monaco. Il cuore era debole, il monaco stava morendo.

«Libero, non c'è nessuno qui.» Disse Denny.

Santini si alzò in piedi. «Posso solo accompagnare la sua anima. Cercatemi dell'olio, presto!»

Nic e Denny si guardarono stupiti.

Santini ripeté l'ordine, stavolta precisando: «Cercate l'olio di una lampada.»

Tornarono con una lampada, nel fondo c'era un olio scuro.

«Non è di oliva, ma andrà bene lo stesso. Ora in ginocchio e pregate con me.»

Santini, in silenzio, dispose le mani del monaco morente a forma di croce e gli impose le sue sulla fronte, prese l'olio e gli unse capo e mani tracciando una croce.

Recitò a bassa voce: «*Per istam sanctam unctionem et suam piissimam misericordiam, adiuvet te Dominus gratia Spiritus Sancti. Amen! Ut a peccatis liberatum te salvet atque propitius allevet. Amen!*»[5]

Denny e Nic, facendosi il segno della croce, risposero all'unisono: «Amen!»

Si alzarono quando il monaco esalò l'ultimo respiro.

Santini, rivolgendosi all'entità spirituale che si sarebbe innalzata dal corpo per il suo definitivo viaggio, recitò una strana formula. «L'Unzione che ho elargito sulla fronte raffigura la purificazione della memoria, della fantasia, dell'intelligenza e della volontà mentre quella sulle mani vuole raffigurare la purificazione di

---

[5] Per questa Santa Unzione e la sua piissima misericordia ti aiuti il Signore, con la grazia dello Spirito Santo. Amen! Liberandoti dai peccati ti salvi e nella sua bontà ti sollevi. Amen!

tutta l'attività umana. Sono io il Ministro di Dio che ti ha portato l'Olio santo! Tu mi hai ascoltato quando, ungendoti la fronte, ho detto che l'Anima ha peccato per mezzo del corpo ma Gesù misericordioso ti guarisce e ti disegna la perfezione dell'anima affinché diventi un capolavoro del Signore in modo che possa presentarsi candida, luminosa e serena al tribunale di Cristo Dio.»

A quel punto si fece il segno della croce, poi riprese la situazione in mano e disse: «È morto anche lui, due pallottole: una lo ha sfiorato alla tempia, ecco il perché di tutto quel sangue sulla faccia, l'altra in pieno torace, è morto dissanguato.»

«Ma... puoi farlo?» chiese Nic profondamente colpito.

«Fare cosa Nic? Garantirgli l'estrema unzione?» rispose con tono pacato. «Ricordati che sono sempre un prete come te ma, a differenza tua, io conservo le prerogative quale ministro del Signore e posso impartire i Sacramenti.» Poi aggiunse come nulla fosse successo. «Ha parlato di un arcivescovo, sono sicuro che si riferisse al responsabile del Monastero, mi pare che abbia detto che era ferito gravemente, ma non mi sembra che sia qui. Avete tralasciato qualche edificio.»

«No, maestro» assicurarono entrambi, ancora turbati.

Non avevano mai saputo che il maestro potesse esercitare il sacerdozio. Denny non era prete, per cui l'argomento non lo riguardava, ma Nic sì. Purtroppo, dopo l'avventura accadutagli in Afghanistan, il Vaticano lo aveva reintegrato nel sacerdozio però con l'ordine di non esercitare; quell'episodio lo aveva portato a entrare nel Santo Consiglio per intercessione proprio del maestro. Nic era curioso, aveva tante domande da porre al maestro, ma si trattenne riservandosi di riprendere il discorso in tempi migliori. Santini ordinò ai due di fare un altro giro nel tentativo di capire se avessero tralasciato qualche porta o un antro nascosto. Quando furono all'altezza del portale li fermò.

«I sotterranei» disse, «lì non ci siamo stati.»

La Chiesa non era grandissima, era divisa ufficialmente su due piani: al piano terra la piccola navata e l'altare, al piano di sotto, collegato per mezzo di scale all'interno di un corridoio molto stretto, un minuscolo archivio aperto al pubblico ove erano mostrati pezzi di antiche reliquie e una delle collezioni di icone più rare al mondo. Da lì si accedeva ai sotterranei, ma nella planimetria che aveva Santini non erano indicati né l'ubicazione né l'accesso. I tre scesero al piano inferiore, si divisero con l'intenzione di trovare l'ingresso dei sotterranei. Dopo qualche minuto, Denny chiamò gli altri, aveva trovato una botola di cemento sotto un prezioso tappeto, al centro c'era il buco di una serratura.

Ordinò: «Uno di voi vada di sopra a perquisire il monaco. Deve avere la chiave.»

Nic fece presto a ritornare: «Eccola! Avevi ragione, la portava legata al collo.»

Santini inserì la chiave nella toppa, si sentì lo schiocco della serratura che liberava il blocco. Sollevarono la pesante botola che rivelò una scala buia e profonda. Vi entrarono con le torce e, dopo una trentina di scalini scavati sulla roccia, arrivarono a un bivio di tre inquietanti corridoi. *Odio queste cose all'Indiana Jones.* Fu il pensiero di Santini quando prese quello di destra. Alla fine si trovarono in una caverna di dimensioni eccezionali, anche se non riuscivano a vedere oltre con le loro torce, si capiva che si trattava dell'archivio del Monastero. Presero a chiamare nella speranza che vi fosse il sopravvissuto e che potesse dare qualche segnale. Che non tardò ad arrivare.

«Sono qui.» La voce era flebile, ma non troppo lontana e aveva risposto in latino per cui la capì solo Santini.

Una luce improvvisa abbagliò i tre; l'Arcivescovo Franciscus Dominas, a capo del Monastero di Santa Caterina, aveva acceso le decine di lampade alogene che fecero apparire l'archivio in tutto il suo splendore fatto di rarità sacre e religiose nonché opere d'arte millenarie. L'Arcivescovo era seduto su una poltrona di legno e oro massiccio, ricoperta da una seta di così rara bellezza che doveva valere una fortuna. Il capo dei monaci sembrava illeso ma la lunga barba bianca era intrisa di sangue che, però, non pareva provenisse da ferite sul suo corpo, piuttosto sembrava quello di qualcun altro. *Il monaco di sopra?* Si chiese Santini.

«Chi siete voi? Non siete degli *altri*?» chiese in latino.

Santini si avvicinò lentamente, calibrando i movimenti per non sembrare pericoloso, nonostante l'arsenale che gli spuntava dagli abiti.

«Mi chiamo Tommaso Santini e sono un inviato del Papa.» Gli rispose in latino mostrando l'anello ricevuto dal Santo Padre.

«Il sacro sigillo papale!» esclamò Dominas, emozionato. «Oh mio Signore, erano secoli che non lo vedevo. La mia Chiesa non lo riconosce, ma io conosco il suo significato. Ti devo obbedienza.»

«Oh, no! No davvero, non è obbedienza che cerco» lo tranquillizzò Santini «ma risposte, eccellenza.»

«Risposte di che tipo?»

«Un manoscritto, i suoi frammenti, questa carneficina.»

«Capisco!» Dominas risultava lucidissimo. «Bene! Ormai tutto è finito! Ma forse l'anello che porti significa che la Chiesa e la Cristianità non hanno ancora perso la speranza. Tu conosci il segreto di quello che stai cercando?»

«No, eccellenza, ma il Papa mi ha indicato di venire qua per capire e, immagino, anche per parlare con lei.»

Dominas si alzò con notevole sforzo, Santini lo aiutò.

«Solo tu» disse l'anziano arcivescovo, «quale portatore del sigillo papale, sarai in grado di ascoltare quello che ho da dirti... che devo dirti prima che sia troppo tardi.»

# 25

Santini ordinò a Nic e Denny di uscire e controllare la zona, nei sotterranei non c'era campo e le trasmissioni radio con Jon si erano interrotte quando erano scesi al primo livello seminterrato. Aveva sempre il timore che il Crepuscolo potesse arrivare da un momento all'altro e non voleva restare un minuto più del necessario in quel posto. E poi doveva portare l'Arcivescovo al sicuro, non poteva certo lasciarlo lì.

Rimasti soli fu Dominas a iniziare. «Spero che tu apra la mente e che la tua Fede sia abbastanza forte.»

*Le stesse parole del Papa.* Pensò annuendo.

«Bene, ho poco tempo» si scostò dalla posizione e lasciò vedere una larga macchia di sangue sulla poltrona, «mi hanno colpito, la pallottola l'ha presa il mio assistente Beniamino facendomi da scudo, ma lo ha trapassato colpendo anche me. A proposito, lui come sta, vi ha chiamato?»

Santini lo informò che era morto e che non era stato lui a chiamarli, ma era riuscito comunque a salvargli la vita nascondendolo. Gli spiegò quanto successo in Vaticano la notte prima, al Monastero non erano certo informati perché mancava la televisione, per questo Dominas fu colpito dagli avvenimenti, la situazione era peggiore di quello che pensava.

Prese fiato e si mise a parlare in perfetto italiano. «Se le cose stanno così, allora non c'è altro da fare, sei tu quello a cui devo tramandare il segreto, *Risolutore*.»

«Come, come ha detto?» ora era Santini il sorpreso.

«Oh! Non sorprenderti di questo vecchio monaco, conosco il significato del sigillo papale che porti, conosco tante di quelle cose che la tua mente ne potrebbe sopportare forse la metà. Ma lasciamo stare i convenevoli.» Dominas chiese a Santini di ascoltarlo e capire con il cuore e la Fede. «Il manoscritto è un Vangelo: il quinto!»

«Il quinto? Eccellenza, la Chiesa e la storia ne hanno riconosciuti quattro, gli altri sono apocrifi o gnostici!»

Dominas non aveva voglia di stare a disquisire, quindi proseguì senza ascoltarlo. «Lasciami andare avanti. Quel Vangelo è autentico, te lo posso giurare perché l'ho studiato tutta la vita. È stato scritto da Maria Maddalena, la compagna di Gesù.»

L'Arcivescovo lesse stupore e rabbia negli occhi di Santini per cui lo interruppe prima che potesse obiettare qualcosa. «Ti fornirò prova, Risolutore, ma fammi dire.»

Dominas iniziò il racconto con sorprendente lucidità. Spiegò che Maria Maddalena era la compagna e moglie di Gesù di Nazareth; ma anche che non era né una prostituta né una poco di buono che Gesù aveva preso con sé per salvarla da chissà quale peccato. Lei era un Apostolo, come gli altri, e aveva scritto la sua verità in quel manoscritto. Attraverso quel Vangelo, il quinto, Ella spiegava la storia di Cristo, così come lui stesso le aveva raccontato per anni e come le aveva chiesto di scriverla. Per cui quel testo era autentico ed era stato vergato usando un codice, ideato da Gesù in persona. Quel codice era custodito a Roma, in Vaticano.

*Già! Proprio quello rubato e che era custodito nella tomba papale di Pio X. Quest'uomo sta dicendo la verità.* Pensò Santini.

Dominas spiegò che solo chi conosceva quel codice poteva decifrare il manoscritto e lui era uno di quei pochissimi. Da quel che sapeva condivideva quella conoscenza con soli altri tre uomini viventi al mondo: il Bibliotecario della Chiesa Apostolica Romana, il Vice Prefetto dell'Archivio Vaticano e il Papa.

«Solo chi conserva i frammenti mancanti può determinare il completamento definitivo dell'opera, altrimenti si rischia di non comprendere il vero senso di quel che vi è stato scritto.»

Proseguì il racconto asserendo che il Vangelo di Maria Maddalena descriveva la vita di Gesù durante tutti i suoi trentatré anni; precisò anche che nessuno l'aveva mai descritta così accuratamente, mentre Ella sì e con dovizia di particolari. La descrizione della vita di Cristo, quindi, era stata scritta sotto dettatura da Gesù stesso per cui quello era l'unico Vangelo che si potesse definire completo. Nel testo si evidenziava che gli Apostoli erano dodici, ma con il suicidio di Giuda rimasero in undici; ma non era esatto! Gesù aveva investito ancora prima Maria Maddalena, quale Apostolo, perché sapeva del tradimento imminente di Giuda. E Maria Maddalena fu anche quella che Gesù incaricò di fondare la sua Chiesa, non Pietro che, per questo, ne fu geloso. Il Vangelo di Maria Maddalena riportava fedelmente ciò che la Chiesa aveva sempre voluto ignorare prendendo spunto dai quattro Vangeli che più si addicevano alla propria politica, non quella cristiana, ma quella della

Chiesa. Santini stava riflettendo su quelle parole e Dominas lesse la perplessità che appariva chiara sul suo viso.

«Ti stai chiedendo se vaneggio o sono pazzo, rifletti Risolutore. Pietro fu quello che rinnegò Gesù Cristo per tre volte prima del canto del gallo, ricordi?»

Santini annuì.

«Per cui è legittimo pensare che proprio lui non potesse essere l'unico meritorio per fondare la Chiesa di Cristo?» attese la risposta di Santini che non arrivò. «No, non rispondere. Invece Maria Maddalena fu la donna che Gesù amò al pari di...»

Questa volta la risposta di Santini non si fece attendere: «Di sua Madre Maria, la Madonna e suo Padre Dio!»

«Vedi, Risolutore, senza volerlo hai citato un'Entità unica: Dio è la Madonna, Dio è la Madre e il Padre di Gesù.»

Santini non capiva.

«Apri la tua mente e ascolta.» L'Arcivescovo riprese la storia del quinto Vangelo: «Ella fu la prescelta di Gesù per fondare la sua Chiesa perché era parte di lui, perché Egli l'amava con tutto l'amore che si concede alla propria compagna.»

Dominas lasciò stare le fantasiose chiacchiere che dicevano che avrebbero avuto dei figli e che da qualche parte del mondo vi era la sua stirpe o altre belle storie fantastiche. Lui volle restare sul sacro testo. «Aspetta, aiutami ad alzarmi.» Chiese a Santini e, a fatica, prese uno scrigno d'oro e glielo consegnò. Si rimise a sedere mentre il sangue, che gli era uscito copioso, si fermò quando appoggiò la schiena alla poltrona, in modo da tamponare la ferita. «Lì dentro ci sono i frammenti del Vangelo di Maria Maddalena. Devi recuperare anche il manoscritto originale per completarlo, non è questa la tua missione? Qui non possono restare, sarebbe troppo pericoloso.»

«Ci sono altri frammenti» disse Santini mettendolo a conoscenza di quell'ulteriore fatto, «un tedesco li aveva venduti al Vaticano, credevo esistessero solo quelli custoditi qui, al Monastero.»

«Karl Weiber, si chiama così il tuo tedesco, Risolutore?»

«Sì, ma come fa a sapere il suo nome?»

«Semplice, gli ho consegnato io quei frammenti.»

Santini non capiva.

«O meglio, una copia falsa, ma quell'uomo non lo sapeva.»

«Non capisco, perché gli ha consegnato i frammenti o copie che fossero?»

«Perché aveva le credenziali della mia Chiesa, la Greco-Ortodossa, aveva il permesso di studiarli. Ma io non gli ho creduto e temevo per i miei monaci, quell'uomo ha gli occhi del diavolo, è un uomo crudele. Così ho pensato di dargli i falsi: non si possono tradurre se non si possiede anche il codice.»

Santini stava ricevendo le risposte che cercava, i suoi dubbi si stavano dipanando. *Ma quando hanno rubato il manoscritto hanno preso anche il codice per cui si sono accorti del falso. Quindi il Crepuscolo non ha attaccato e ucciso i monaci per me, per paura che scoprissi la verità! Sono stati qui perché quando hanno scoperto che i frammenti erano falsi, sono tornati a prendere quelli originali. Ecco perché le torture ai due poveri monaci, volevano farsi dire dove erano tenuti nascosti.* Chiese di sapere tutto di quel Vangelo, solo così sarebbe giunto alla conclusione. Dominas non si fece pregare. Proseguì il racconto precisando che Maria Maddalena era incorsa nelle gelosie degli altri Apostoli, alla morte di Gesù Ella era stata isolata e sminuita al punto di non essere nemmeno citata nelle sacre scritture da parte degli altri. L'avrebbero schernita e descritta come, appunto, una prostituta o una poco di buono e, soprattutto, avevano fatto sparire il suo Vangelo e il codice nascondendolo al mondo mentre Pietro avrebbe ricoperto nei secoli un compito che non era il suo: quello su cui ancora oggi la Chiesa si fonda da ben due millenni.

Dominas si portò una mano al petto. «Nel V secolo, Papa Bonifacio I venne in possesso del manoscritto completo e il codice per decifrarlo. Quando lo rese leggibile, non ne volle accettare le conclusioni in quanto difforme dai Vangeli dichiarati autentici. Bonifacio I, quando costituì il Sanctum Consilium Solùtionum nominando il primo Risolutore, diede loro il compito di proteggere e custodire i documenti più *scomodi* per la Chiesa, mantenendo il segreto più assoluto: fra questi vi era anche il Vangelo di Maria Maddalena.»

Santini era sconvolto da quelle rivelazioni.

«Ti ho detto che conosco molte cose, Risolutore.» Disse Dominas mentre Santini restò in silenzio, affascinato da quel racconto incredibile. Poi proseguì. «Bonifacio I si era reso conto della pericolosità di quel Vangelo, non tanto per il ruolo di Maria Maddalena, ruolo estorto da Pietro almeno da quanto asseriva il manoscritto, bensì per effetto di un'altra visione delle cose: nel suo Vangelo, Maddalena individuava la figura di Dio come *Madre* e non principalmente come Padre. Il concetto partiva da un'elementare e logica conclusione: non vi era *concepimento* ovvero *creazione* che potesse essere concettualmente interpretata o individuata in un Padre. Il concepimento o la creazione della vita, in ogni sua coerente sfaccettatura sia religiosa sia scientifica, esprime un concetto più da Madre che da Padre. Per cui la conclusione di quel Vangelo è che Dio sarebbe Madre. Era della Madre la responsabilità della creazione, era della Madre la responsabilità del concepimento e della nascita di Cristo: per cui Dio è e Madre. Colui che è, di fatto, è Madre.»

Dominas precisò meglio il concetto. «Maria Maddalena, secondo quanto Gesù le aveva insegnato, ebbe conoscenza che Dio era Madre e Padre, colei che concepiva e donava la vita attraverso la gestazione e la nascita. Gesù era il figlio di Dio: sua Madre e suo Padre assieme.»

«Mio Dio, Eccellenza, mi sta dicendo forse che Maria Maddalena ha scritto che la Madonna non esiste e lo Spirito Santo non fu il responsabile del concepimento di Gesù?» chiese Santini quasi vacillante.

«No, non scrisse questo» rispose pacato Dominas, «ma che Dio è tutto e può tutto, che senso avrebbe vedere Dio intento a usare un corpo fisico, sia pure con l'intervento divino e spirituale contenuto nello Spirito Santo, per dare vita al proprio figlio? Maria Maddalena scrisse che Gesù è figlio di Dio il quale lo concepì, lo ebbe in gestazione e lo fece nascere con la forza del solo Dio, senza bisogno d'altro. La Madonna era Dio, Risolutore, questo scrisse Maria Maddalena. Ed Ella era colei che Gesù amava e alla quale diede il compito di fondare la sua Chiesa, quindi, non una pazza fanatica e disorientata.»

*Assurdo!* Pensò, ma era intenzionato a sentire il resto. Dominas non precisò molto di più di quel Vangelo che, a suo dire, poneva una grande attenzione nei confronti del principio di Dio Madre asserendo che, allo stesso modo e nello stesso tempo, Ella fosse anche quella che conosciamo come la Madonna.

«Altro passaggio emblematico era il fatto che il compito di fondare la Chiesa di Cristo fu affidato a Maddalena e non a Pietro; non a caso le narrazioni evangeliche ne avevano delineano la figura constatando quanto, Ella, fosse una delle più importanti e devote discepole di Gesù. Era una delle tre Marie che accompagnarono Gesù anche nel suo ultimo viaggio a Gerusalemme, dove furono testimoni della crocifissione, Maria Maddalena rimase presente anche alla morte e alla deposizione di Gesù nella tomba. Il Vangelo di Giovanni testimonia l'evento: *Stavano presso la croce di Gesù sua madre, la sorella di sua madre, Maria di Clèofa e Maria di*

*Màgdala.»* Dominas preciso ancora. «Fu ancora lei, di primo mattino nel primo giorno della settimana, ad andare al sepolcro portando unguenti per ungere il corpo di Gesù. In quell'occasione Gesù le apparve quando, annunciando la sua resurrezione, le diede il compito di fondare la sua Chiesa e proseguire la sua opera. Ho studiato tutta la vita, quel Vangelo, lo conosco come le mie tasche.»

Dominas ricordò alcuni passaggi emblematici, precisando anche che le scritture di altri Vangeli riportavano fedelmente quanto fin lì asserito: «Nel giorno dopo il sabato, Maria di Màgdala si recò al sepolcro di buon mattino, quand'era ancora buio e vide che la pietra era stata ribaltata dal sepolcro. Maria di Màgdala andò subito a dare l'annunzio ai discepoli: *"Ho visto il Signore!"* E raccontò anche ciò che le aveva detto.»

Maria Maddalena era diventata così la prima testimone della resurrezione; nel suo Vangelo riportava fedelmente l'apparizione di Gesù.

«Quando Gesù le parlò, lei lo volle trattenere.» Dominas precisò la risposta del Signore: «*Non mi trattenere, perché non sono ancora salito al Padre mio; ma va' dai miei fratelli e dì loro: Sto ascendendo al Padre mio e al Padre vostro, al Mio Dio e al vostro Dio.* Questo fatto rese furente Pietro» proseguì Dominas lucidissimo, «colmo di invidia e gelosia. In seguito al racconto di Maria, Andrea e Pietro manifestarono la loro incredulità riguardo al fatto che il Salvatore potesse aver rivelato a una donna ciò che a loro non aveva rivelato. Per tale episodio gli Apostoli rimasero tristi e piangenti costringendo Maria Maddalena a tranquillizzarli dicendo loro: *Non piangete, fratelli, non siate malinconici e neppure indecisi. La sua grazia sarà con voi tutti e vi proteggerà. Lodiamo piuttosto la sua grandezza, avendoci Egli preparati e mandati agli uomini.»*

Dominas fece una pausa, quasi di riflessione.

«Questo fatto non è in contestazione nemmeno negli altri Vangeli riconosciuti, Maria Maddalena ha assistito Cristo Gesù in ogni fase del suo calvario. Nel Vangelo Ella descrive di essere stata assieme a Dio Madre, che riconobbe in Maria e fu sofferente assieme a lei, unite nel dolore: l'una per la perdita del Figlio, l'altra per la perdita dell'amato.» Dominas spiegò: «Anche Pietro, pur nel pieno della sua ira, ebbe a dubitare di essere il prescelto quando si chiese: *ha forse Egli parlato in segreto a una donna prima che a noi? Ci dobbiamo ricredere tutti e ascoltare lei? Forse egli l'ha anteposta a noi?* Maria Maddalena fu prescelta su qualsiasi altro.»

Il religioso non aveva dubbi. «Pietro si vide costretto a orto-dosse posizioni che negarono la validità della rivelazione di Maria Maddalena come pure negò l'accaduto gettando fango su di lei in un rifiuto mentale che dava autorità alle donne di insegnare la scuola di Cristo. Questo, Risolutore, dimostra che Pietro non fu meritorio di fondare la Chiesa di Cristo poiché Egli apparve, prima di ascendere in cielo, alla persona amata, parlando con lei, confidando nella sua lealtà e amore.»

Dominas considerava Maria Maddalena una vedova, più che una serva o quant'altro professato poi da Pietro, non a caso, rimarcò come la Chiesa si fosse pentita, in seguito, rendendola comunque Santa, quasi per voler *rimediare* a un torto.

«Ma tutta questa impostazione» seguitò a dire, «all'epoca di Papa Bonifacio I, avrebbe scatenato la fine della Chiesa così come la si conosce tutt'ora. Se fosse stata davvero Maria Maddalena la fondatrice della Chiesa, la logica avrebbe imposto una devastante conseguenza: la presenza delle donne nella vita ecclesiastica. Ma non solo, gli insegnamenti contenuti in quel Vangelo avrebbero perseguito liberamente il principio della creazione, della gestazione e della nascita di ogni buon cristiano e ministro della Chiesa: non il celibato e la castità. Quindi, Papa Bonifacio I fece sparire il manoscritto dichiarandolo eretico e rendendolo segreto. Lo divise: codice, manoscritto e frammenti. L'SCS lo conservò e difese per secoli e, molto tempo dopo, consegnò il codice alla Chiesa Romana Apostolica; il manoscritto alla Chiesa Greco-Ortodossa e i frammenti a quello che allora si chiamava Monastero della Trasfigurazione o, come chiamato attualmente, di Santa Caterina. In seguito la Chiesa Greco-Ortodossa consegnò anche il manoscritto ai monaci di Santa Caterina affinché questi potessero custodire l'intero sacro testo senza, però, possederne il codice.»

Sul viso di Dominas apparve una smorfia di dolore, ma continuò: «Entrambe le Chiese custodirono i vari pezzi per secoli mantenendo il segreto, almeno fino a pochi giorni fa. Nell'anno mille, il manoscritto fu rubato dal Monastero, ma non i suoi frammenti. A seguire si seppe che gli autori del furto erano membri di un'organizzazione potente, una frangia della Chiesa Apostolica Romana chiamata *Il Crepuscolo*, che compì il sacrilegio su ordine diretto di Papa Pio X.»

*Eccoli che ritornano!*

Dominas sentiva che la vita stava per lasciarlo, volle accelerare il racconto. «Papa Pio X garantì al Crepuscolo, seguaci da sempre di Maria Maddalena, di far conoscere al mondo cristiano la verità di quel Vangelo. Quando il Crepuscolo, fiducioso di quella promessa, consegnò il Vangelo nelle mani del Papa, questi fece trucidare tutti i componenti dell'organizzazione e secretò il manoscritto.»

*Il codice era proprio nella tomba di Papa Pio X. Che coincidenza!*

«Ma alcuni componenti del Crepuscolo riuscirono a sottrarsi alla ferocia di Papa Pio X ed entrarono in clandestinità con l'obiettivo di creare una nuova Chiesa fondata proprio sul Vangelo di Maria Maddalena. Ma serviva la prova dell'esistenza e del contenuto del manoscritto da divulgare al mondo; senza di quello nessuno li avrebbe ascoltati. Per mille anni hanno tentato di recuperarlo in tutti i modi. Ora che ce l'hanno faranno di tutto per recuperare anche i frammenti e la tua vita varrà meno di niente per loro.»

Dominas si portò una mano al petto ed emise un lamento. A Santini vennero in mente le parole del Papa. *Sarai il più bersagliato, per il Crepuscolo!* L'uomo si stava dissanguando e non ne avrebbe avuto ancora per molto, ma stoicamente resisteva per portare a termine il racconto.

«Quelli odiano la Chiesa al di sopra di tutto e la vogliono distruggere, ora hanno il manoscritto e il codice.» Fece l'ultimo incredibile sforzo. «Ma non hanno i frammenti, senza di quelli non potranno usarlo come vorrebbero.» Prese tra le mani il viso di Santini e gli disse: «Gli uomini del Crepuscolo sanno chi sei e che sei qui, li ho sentiti parlare, ti cercano e vorranno impedirti di recuperare i frammenti del manoscritto. Quando capiranno che ti ho consegnato quello che cercano ti uccideranno senza pietà.» Raccolse le ultime forze rimaste. «Devi andartene e difendere lo scrigno, non deve cadere nelle loro mani. Segui i comandamenti per salvarti. Tu sarai degno, promettimi di...»

Dominas svenne. Santini gli sentì il polso, debolissimo. *Che cosa voleva dire?*

«Non posso fare altro per te, arcivescovo.» Usò lo stesso olio utilizzato sull'altro monaco per impartirgli l'estrema unzione, fu costretto a lasciarlo lì perché non poteva fare altrimenti. «Se mi stavi chiedendo di prometterti di difendere i frammenti del manoscritto, ci puoi contare e ti ringrazio dell'onore che mi hai fatto.»

Poi, quel coraggioso monaco, morì. A Santini parve sereno. Prese con sé lo scrigno con i frammenti e uscì. *Un grande onore, ma certo! Farsi ammazzare non sarà poi tutto 'sto grande onore.* Pensò ritornando alla ragione e ricordando lo scampato attentato di quella mattina. Uscito all'aria aperta respirò a pieni polmoni l'afoso ossigeno, per quella mezz'ora l'arcivescovo lo aveva affascinato, la storia narratagli pareva assurda ma vera; l'aveva quasi convinto che il Vangelo di Maria Maddalena fosse autentico, ne aveva la prova. *Ora ho io la prova di quel Vangelo.* Si sentì caricato di una responsabilità pesantissima condita da forti dubbi. *Forse era questa la prova di Fede che mi ha chiesto il Papa? Fare atto di Fede nel non credere a quanto sarei venuto a conoscenza, oppure nel crederci?* Denny e Nic, intanto, discutevano e osservavano preoccupati il palmare, quando videro il maestro e gli andarono incontro.

«Maestro, ci sono problemi» disse Nic, «e grossi anche!»

«Di che genere?» chiese Santini ancora con la mente al Vangelo. Nic gli passò il palmare e vide le immagini satellitari: vi erano tre fuoristrada neri a pochi chilometri dal Monastero.

*"Quelli del Crepuscolo, stanno venendo qui per noi."* Santini notò anche che c'erano altri mezzi, due jeep, che stavano sopraggiungendo da un percorso opposto agli altri.

«E questi chi sono?» chiese.

Nic rispose con una faccia da beota. «Non indovinerai mai maestro!»

Prese il palmare dalle mani del maestro e diede i comandi dello zoom, ingrandì fino a mostrare chiaramente i cinque occupanti, si trattava di una jeep con il tettuccio aperto, quindi lo porse nuovamente a Santini che riconobbe subito la donna seduta accanto al guidatore.

«Accidenti! Ma quella è la magistrata!»

# 26

Rob tentò di aprire gli occhi, ma si rese conto di non riuscirci. Il dolore era intenso, il colpo alla testa gli aveva fatto perdere i sensi e ora si acuiva in modo esponenziale. *Che mi è successo! Qualcuno mi ha colpito.* Non fece in tempo a capire com'era finito in una situazione simile, che nella stanza entrò qualcuno. L'uomo e la donna accesero la luce, Rob rimase abbagliato per qualche istante.

«Benvenuto fra noi, signor Robert.» Esordì l'uomo.

Rob lo percepiva come un'ombra scura poiché la vista era ancora annebbiata. «Chi siete? Come sapete il mio nome, cosa volete?»

*Brutte domande.* Si disse poi.

«Direi che dovrebbe rispondere lei a queste domande» disse la donna con voce sensuale, «non siamo a casa sua, è lei che si è intrufolato di nascosto e ci stava spiando.»

*Ecco, appunto, brutte domande!* Gli stava tornando la vista, ma la testa gli girava come una trottola, non riusciva a concentrarsi su qualche risposta decente.

«Sono entrato in Chiesa per confessarmi.» Disse Rob. «Ho sentito delle voci e credevo di trovare un prete disposto a darmi la benedizione.»

«Molto spiritoso, davvero.» Riprese la donna.

Rob sentì il colpo sulla gamba destra, appena sotto il ginocchio, gridò con quanto fiato aveva in corpo. Il dolore lancinante gli fece roteare gli occhi. Si guardò la gamba: risultava fratturata di netto, tibia e perone, con le due ossa esposte al lato del muscolo. Il corpo di Rob fu attraversato da un tremore incontrollato fino a quando il dolore lo fece quasi svenire di nuovo. Alzò lo sguardo verso i suoi aguzzini e riconobbe Karl Weiber nell'uomo mentre non conosceva la donna: lei era Angela Turatti, la nipote dell'anziana Michela Rostellini, Rob l'aveva vista seduta al fianco della zia durante la riunione che stava spiando poco prima. L'aveva colpito alla gamba proprio Weiber con una mazza di ferro che sembrava piena e pesante.

«Credo le convenga rispondere alle domande della signorina.» Fu il consiglio di Weiber.

Resistendo al dolore disse: «Me la può ripetere, allora?»

«Come è arrivato fin qui e qual è il motivo della sua visita?» chiese la Turatti.

«Immagino che la storia della confessione non la posso più usare, vero?» rispose sarcastico Rob.

Non fu una buona idea e Weiber non gliela perdonò, gli inflisse un altro colpo devastante, stavolta sulla gamba sinistra. Rob svenne e si riprese pochi minuti dopo prendendo coscienza che per lui era la fine; anche fosse stato risparmiato, avrebbe vissuto senza poter usare quelle gambe fracassate.

*Dio misericordioso, dammi la forza!* Rob si sentiva perso. Weiber e la Turatti riproposero la domanda alla quale Rob non volle rispondere.

Fu la Turatti a spiegargli la situazione. «Spero si renda conto che non le sarà facile uscire vivo da questo posto, se non collabora. Non è lei che vogliamo, ma Santini, quello che chiamate il Risolutore, il capo del Santo Consiglio. Vede, mio caro Robert, non mi deve dire nulla di quel che so già, a me basta che racconti come siete arrivati a noi e cosa sa Santini. Non mi sembra di chiederle poi molto!»

Rob guardò in faccia i due aguzzini con occhi pieni di terrore. *Forse è questo il sacrificio che il maestro mi ha chiesto*, pensò, *resistere senza tradire. Il maestro e i miei amici non saranno scoperti o traditi. Non per colpa mia.* Prese coraggio, il coraggio di chi sapeva che si stava profilando il proprio destino; in un atto di umiltà e sacrificio iniziò a pregare, invitando i suoi aguzzini a farlo assieme a lui.

«Pregate con me, io vi perdono. Padre nostro, che sei...»

La violenta mazzata di Weiber colpì Rob in pieno volto.

*Rifugio del Monte della Madonna, in quello stesso istante*

Mali aveva perso ogni contatto con Rob ormai da un paio d'ore e stava tentando di capirne i motivi tecnici pensando che le sarebbe stato utile Jon per questo compito. A ogni componente dell'SCS era stata impiantata una capsula dentale dotata di un microchip che permetteva la trasmissione della loro posizione e del loro stato di salute. Tutti erano controllati e seguiti dai terminali del rifugio e Rob, dai dati sul computer, si trovava nello stesso punto ove Mali lo aveva sentito nell'ultima chiamata. Si tranquillizzò in attesa di riprendere il contatto. Dopo pochi minuti, la sala di controllo del rifugio venne invasa da un allarme assordante, Mali corse al terminale a controllare cosa fosse successo. L'allarme indicava i parametri vitali di uno dei componenti dell'SCS: la luce intermittente rivelava, senza possibilità di smentita, la dura realtà. Mali sprofondò sulla sedia portandosi le mani alla testa. Le lacrime uscivano copiose mentre non riusciva a controllare i singhiozzi. Passò qualche istante prima di procedere a un ennesimo controllo, sperando in un errore, invece vide solo che il segnale, implacabile, insisteva nella sua sentenza. Era il segnale riferito a Rob. Il componente dell'SCS Robert Plumbert, chiamato Rob, era morto nello stesso istante in cui la luce intermittente aveva preso a lampeggiare.

# 27

«Che diavolo ci fa qui la Casoni, come ha fatto a sapere che eravamo al Monastero?» chiese meravigliato Santini, non senza vigilare anche sull'altro convoglio, di certo molto più pericoloso. Dai calcoli approssimativi sulla distanza dei due gruppi era palese che entrambi avrebbero raggiunto il Monastero quasi in contemporanea. Santini era preoccupato, se gli uomini del Crepuscolo li avessero attaccati, la magistrata avrebbe rischiato la vita assieme agli altri che di certo erano impreparati a una simile evenienza. *Devo avvertirla del pericolo, ma come?* Pensava che la magistrata avesse con sé una radio o un cellulare, quindi, cercò di mettersi in contatto con Jon per dirgli di rintracciare qualsiasi segnale radio proveniente da occupanti vicini alla magistrata nel tentativo di avvisarli del pericolo. Jon, però, non rispondeva, anzi, le comunicazioni sembravano interrotte o disturbate.

«Sta succedendo qualcosa di...» Santini si bloccò.

Non fece in tempo a finire la frase che si sentirono rumori di una sparatoria, assai violenta. Il frastuono era vicino, molto vicino, forse a poche centinaia di metri. Nic e Denny controllarono il palmare alla ricerca dell'immagine della zona circostante e videro il convoglio degli uomini del Crepuscolo a circa dieci chilometri di distanza dal Monastero, altresì, la magistrata e i suoi a una distanza quasi identica, seppur provenienti dalla parte opposta. Nic elaborò i dati del satellite affinché potesse inquadrare l'area in cui si trovavano Jon e i quattro miliziani, ma appariva tranquilla.

«Qui vicino non c'è nulla di anomalo» disse Nic, «allora da dove arrivano questi spari?»

«Fammi vedere!» Santini volle verificare lui stesso le immagini satellitari.

«Accidenti!» esclamò. «Le immagini sono ferme nello stesso punto di mezz'ora fa. Hanno intercettato il segnale, per questo le comunicazioni con Jon non funzionano.»

Gli venne quasi un collasso. «Sono già qui! Quei diavoli del Crepuscolo stanno sparando a Jon, ci hanno ingannato.»

I tre, capito l'inganno, presero le loro cose e le armi, poi uscirono di corsa dal Monastero per raggiungere l'amico sotto attacco. Il caldo e l'afa, questa volta, non influenzarono le loro condizioni fisiche, corsero con quanto fiato avevano in corpo, Santini si sentiva il cuore in gola, ma non restò certo indietro rispetto ai suoi due giovani allievi. Una volta usciti dalla gola d'ingresso videro, ancora troppo lontani, una decina di uomini su un piccolo colle di roccia alla loro destra e il gruppo di Jon al riparo di una sporgenza abbastanza ampia da offrire una discreta copertura. Gli uomini del Crepuscolo stavano sparando centinaia di colpi in direzione del gruppo, per cui i tre accelerarono la loro corsa. Mancava ancora qualche centinaio di metri per raggiungere l'oasi dove erano asserragliati il loro compagno e la milizia, ma il percorso era sprovvisto di ripari e di certo sarebbero stati avvistati. Non potevano avanzare oltre.

«Fermi!» ordinò Santini. «Non riusciremo a passare inosservati.»

In quello stesso istante, una gragnola di pallottole fece alzare una nuvola di polvere dal terreno. Riuscirono a schivarle per un pelo. Quegli uomini stavano calibrando la mira per riprendere il tiro al bersaglio, ma con parametri più precisi. Santini si guardò attorno, in quel piccolo slargo di deserto non vi era nulla che potesse fornire un antro difensivo se non una misera roccia acuminata.

«Dietro quella roccia» disse, poco convinto che ci sarebbero stati tutti e tre, «non è un granché, ma è meglio di niente.»

Vi si gettarono al volo e, come aveva intuito, come riparo era assai limitato. Ma la seconda mitragliata, seppur con effetti devastanti nella zona circostante, si fermò innanzi a quel piccolo rifugio che svolse al meglio il suo compito. Risposero al fuoco, ma la distanza era troppa.

«Siamo troppo lontani» disse Nic, «non riusciremo a beccarne uno da qui.»

Santini annuì. «Già! Dobbiamo trovare un sistema per avvicinarci.»

Dalla borsa prese un potente binocolo e inquadrò il gruppo del Crepuscolo. «Saranno una dozzina. Armi automatiche, ben coperti. Riesco a malapena a vedere le canne delle armi.»

Poi si spostò leggermente per controllare la situazione di Jon e compagni; quello che vide lo paralizzò. Jon e due miliziani erano ben posizionati dietro a un avvallamento del terreno, coperti in buona parte dalla vegetazione, ma ne mancavano due all'appello, Santini non riusciva a vederli. Stavano rispondendo al fuoco, vedeva anche Jon che, con la pistola impugnata con perizia, si difendeva con coraggio. Spostando l'obiettivo vide i corpi insanguinati dei due miliziani, a terra immobili.

«Porc!» si fermò in tempo nell'imprecare. «Due miliziani a terra. Sembrano morti. Jon e gli altri due resistono, ma non ci riusciranno ancora per molto.»

Stava per riorganizzare le idee quando gli parve di vedere, con la coda dell'occhio, qualcun altro accanto a Jon.

Mise a fuoco. «Per la miseria! Il capitano Baresi e uno dei poliziotti che abbiamo visto in hotel, questa poi! C'è anche la magistrata; stanno dando man forte a Jon.»

Nel frattempo un'altra raffica di mitra si infranse sulla roccia, cosa che costrinse Santini a coprirsi; attese qualche secondo per riprendere il binocolo. Mentre trafficava con la messa a fuoco, illustrò la situazione anche a Nic e Denny; non vedeva il commissario Ayala. Da quel che aveva visto sulle immagini satellitari il convoglio della Casoni contava cinque elementi, oltre alla magistrata, quindi, ne mancavano tre. *Spero non siano feriti. O peggio!* Era una situazione disperata, il tratto di strada per raggiungere Jon era piatto, ai lati si innalzavano le montagne con delle pareti rocciose che non avrebbero mai potuto scalare perché si sarebbero mostrati ai loro nemici. Le uniche strade percorribili erano quella che arrivava a Jon oppure quella che sfociava al Monastero.

«Non c'è scelta» disse Santini, «dobbiamo ritornare al Monastero, barricarci dentro e resistere fino a quando non troveremo una soluzione. Se rimaniamo qui ci facciamo ammazzare; quei bastardi si sono appostati in modo da controllare la zona, ma non riusciranno ad anticiparci, se torniamo indietro.»

L'idea di ritornare sui loro passi sembrava l'unica possibile; la strada di accesso era stretta da una sorta di gola circondata da alte pareti di roccia. Se fossero riusciti ad arrivare fino a quel restringimento, sarebbero stati fuori dalla vista degli uomini del Crepuscolo e, quindi, fuori portata delle loro armi. Nel frattempo la sparatoria non dava segni di cedimento, il rumore rimbalzava sulle pareti delle montagne; dovevano fare in fretta, altrimenti sarebbero stati sopraffatti.

«Dobbiamo comunicare con Jon.» Santini si confrontò con i due. «Fargli capire che potremmo barricarci dentro le mura del Monastero. Hanno resistito per secoli a ogni tipo di attacco, resisteranno anche a questo!»

Nic prese il palmare per controllare se le comunicazioni fossero state sbloccate: niente, nessun segnale. «Quelli del Crepuscolo stanno ancora disturbando le comunicazioni, non c'è campo né segnale satellitare.»

*Bella la tecnologia quando non c'è segnale!* I tre pensarono anche a un sistema diverso da quello tecnologico, ma qualsiasi soluzione era fattibile solo se Jon si fosse accorto che erano a meno di trecento metri. Quindi, le alternative che vagliarono, seppur molto meno tecnologiche, furono di gridare a Jon le istruzioni con quanto fiato avevano nei polmoni, fare segnali di luce comunicando con l'alfabeto morse o, ancora, correre veloci da lui e poi organizzare la fuga di tutti al Monastero. Dopo una veloce analisi, le scartarono tutte e tre. La prima perché il rumore degli spari avrebbe coperto le loro voci o, peggio ancora, li avrebbero sentiti pure i loro nemici mandando in fumo strategia e sorpresa. La seconda pareva una buona idea, ma nessuno dei tre conosceva l'alfabeto morse o qualche altro segnale luminoso. La terza perché i nemici li avrebbero fatti fuori prima di arrivare da Jon, inoltre avrebbero poi dovuto fare la stessa strada al contrario con l'aggravante che sarebbero stati più numerosi e, quindi, bersagli ancor più facili. Fu Denny a proporre una soluzione valida, anche se assurda.

«Non riusciremo a muoverci da qui. Voglio provare a scalare la montagna da quel lato» indicò una via sulla roccia più indietro, «così li prendo alle spalle. Non si aspetteranno, di certo, una mossa simile.»

«Ah sì, stai sicuro che non se l'aspettano proprio» disse Nic, «è pura follia, ti stenderanno in tre secondi.»

«Ha ragione Nic.» Disse Santini a Denny. «Piuttosto potremmo correre verso i nostri sparando in direzione della montagna per coprirci la corsa. Saranno trecento metri, in meno di un minuto raggiungeremo quella collina e potremmo dare man forte al nostro Jon e agli altri.»

Denny non volle sentire ragioni. «Voi fate così, se siete in due e correrete zigzagando non sarà facile per loro colpirvi. Io salgo sulla montagna e li colgo alla sprovvista. Nella confusione che creerò avrete modo di correre verso il Monastero assieme a Jon e agli altri. Non ci sono alternative, maestro, lasciami tentare.»

«Non esiste, Denny, tu non vai da nessuna parte e staremo uniti, costi quel che costi.» Replicò Santini determinato a precisare che quello era un ordine.

Denny non gli diede ascolto, si alzò in piedi e si mise a correre come il vento verso il punto precedentemente individuato. Non sortirono alcun risultato le grida di Santini e Nic per tentare di convincerlo a ritornare indietro, appena si sporsero per tentare di raggiungerlo, furono dissuasi da una ennesima raffica di mitra che alzò una nube di sabbia tale da far perdere loro la visione dell'amico. La nube si posò lentamente e, quando ritornò la visuale, Denny era sparito.

«Andiamo Nic, corri!» gridò Santini.

Non avevano alternative, Santini si alzò imbracciando la UZI, subito seguito da Nic. Presero a correre verso la postazione di Jon sparando all'impazzata in direzione del colle in cui si trovavano gli uomini del Crepuscolo. Fu un attimo e si scatenò l'inferno: la risposta al loro fuoco sembrava provenire da un reggimento di fanteria. Le pallottole fischiavano vicino alle orecchie dei due, l'unica fortuna era la nube di sabbia che le pallottole stavano alzando da terra in modo che, a metà strada da Jon, Santini e Nic vi sparirono dentro ponendo in serie difficoltà anche gli uomini del Crepuscolo che sparavano alla cieca. Jon e gli altri non capirono subito cosa stava succedendo, si erano accorti che i nemici avevano aumentato la potenza di fuoco, ma non sembrava verso la loro posizione.

«Non stanno sparando a noi.» Disse Jon.

Il gruppo si girò verso il rumore degli spari, non provenivano dalla montagna, ma dal percorso che portava al Monastero. Immediatamente Jon capì che qualcuno stava arrivando da quella direzione; qualcuno che stava rispondendo con le armi.

«Non sparate! È di certo il maestro.» Ordinò.

Non aveva torto, pochi secondi dopo Santini e Nic apparvero a gran velocità e, senza accennare a rallentare, si tuffarono dietro la collina ove trovavano riparo Jon e compagni. I due atterrarono duramente: non riuscendo a rimanere in equilibrio per colpa della velocità, rotolarono lungo il leggero pendio fermandosi solo quando Nic finì la sua corsa contro una roccia, seguito da Santini che, però, atterrò morbido proprio sopra l'allievo. Nic rimase senza fiato. Impolverati e doloranti si ripresero in fretta, ma restarono fermi per riprendere fiato.

«Maestro?» chiese Nic con un filo di voce.

«Sì! Nic, tutto a posto?» rispose Santini.

«Beh! Non proprio.» Precisò Nic.

«Sei ferito?» chiese Santini.

«No!» rispose il ragazzo.

«E allora, che hai?» Riprese a chiedere il maestro.

«Mi stai con il ginocchio sulle...» disse Nic, «ehm! Non so se mi sono spiegato.»

# 28

*In quell'istante*

Denny riuscì a raggiungere la parete rocciosa. La zona offriva un angolo invisibile agli occhi dei nemici che non si accorsero di lui. I membri del Crepuscolo avevano visto due uomini correre verso l'altro gruppo, non immaginavano che ve ne fosse anche un terzo. Denny mise a tracolla la balestra e controllò l'attrezzatura e le armi, poi prese a scalare la parete. Il colle non era molto alto, forse più o meno centocinquanta metri, ma la parete di roccia offriva pochissimi appigli e la scalata si fece sempre più difficoltosa. Arrivato a circa cinquanta metri dalla vetta, Denny non vide più nessun appiglio disponibile; si guardò intorno per cercare un percorso alternativo che, però, non riuscì a scorgere. *Non posso tornare indietro.* Fu il suo pensiero. Si piazzò in modo da avere almeno una mano libera con cui rovistò nella borsa che aveva a tracolla per cercare qualsiasi cosa potesse risultargli utile e fargli venire in mente un'idea. Fra tutta quella ferraglia, armi che solo lui poteva utilizzare come tali, vi era una sorta di uncino e una finissima corda, per giunta troppo corta. Non si perse d'animo, con la mano libera e l'uso della bocca, riuscì a fare un nodo in cui inserì quella specie di uncino di metallo. Poco lontano da dove si trovava, vi era una zona della parete rocciosa con alcuni appigli, indispensabili per proseguire la sua scalata. Fece roteare la corda, alla cui estremità aveva annodato l'uncino come fosse una sorta di lazo, dopo una decina di giri indirizzò il tutto verso una roccia sporgente tenendo ben saldo l'altro capo della corda. Il primo tentativo andò a vuoto, ne seguirono altri sei senza risultato, ma l'ultimo colpo centrò il bersaglio: l'uncino si era incastrato nella fessura naturale della roccia. *Perfetto! Ora la parte più difficile.* Mentre calcolava lo slancio da prendere si dondolò avanti e indietro fino a quando, afferrata la corda anche con l'altra mano, si lasciò andare. La corda si tese fino quasi a spezzarsi sotto il suo peso ma resse fino a quando Denny andò a sbattere di schiena contro la parete rimanendo senza fiato; in quello stesso momento la corda si ruppe facendolo precipitare. Con un colpo di reni, riuscì a girarsi allungando una mano con cui riuscì a prendere un nuovo appiglio fermando la caduta; la sola mano che, tra l'altro, lo stava sostenendo nel vuoto. Riprese fiato, si guardò attorno mezzo intontito e si concentrò. Riuscì a trovare nuovi appigli che gli consentirono di riprendere la salita in tempi abbastanza rapidi. Arrivato in cima si sdraiò per riposarsi, prese il binocolo e controllò il perimetro sotto di lui. Vide il gruppo di Jon, ancora intento nella sparatoria e vide anche Nic e il maestro. *Bene! Ce l'hanno fatta.* Dalla sua posizione non riusciva, però, a vedere gli assalitori; la collina si alzava di un paio di metri per cui dovette fare un bel po' di strada prima di riuscire ad avvicinarsi al gruppo del Crepuscolo. Quando udì vicino il rumore degli spari si gettò a terra e prese ad avanzare strisciando con l'accortezza di evitare qualsiasi rumore. In quel momento la sparatoria era quasi cessata, segno che il commando era convinto di avere la situazione sotto controllo. A quelli del crepuscolo non serviva far fuoco all'impazzata, avevano costretto i nemici a restare riparati nel loro nascondiglio, se avessero tentato di fuggire, avrebbero potuto finire il compito per cui si trovavano lì. Ma non si attendevano di certo che qualcuno potesse sorprenderli alle spalle. *Più facile a dirsi che a farsi.* Pensò Denny studiando la situazione. La sua posizione risultava ottima, dall'alto poteva vedere ogni componente del commando, aveva contato undici uomini, ma volle attendere qualche minuto prima di entrare in azione, per controllare che non ve ne fossero altri. Con il binocolo ne scorse anche uno che trafficava con un portatile. *Forse è con quello che stanno intralciando le nostre comunicazioni!* Si tolse la borsa dalla spalla, prese la balestra e dispose in ordine i dardi, poi sistemò altri attrezzi e dieci coltelli senza manico, con le due estremità perfettamente bilanciate e affilate. Studiò la scena, la zona, le posizioni, il percorso e gli uomini. L'arte del combattimento Wushu prevedeva tre parametri, su cui Denny faceva affidamento nel combattimento: l'intelligenza, la forza e il coraggio. Le tre variabili non sempre viaggiavano assieme, ma anche ne fosse mancata una delle tre, l'avversario perdeva sempre. *Questi sono in undici, però!* Mentalmente ripassò quello che avrebbe dovuto fare in una sorta di prova generale. *Ne posso colpire due in cinque secondi: lancio il primo dardo, tre secondi per ricaricare e due per prendere la mira e lanciare di nuovo. Gli altri nove si renderanno subito conto che qualcuno di loro è stato colpito, ma ci vorranno almeno altri quindici secondi per individuare la provenienza dei colpi. In quindici secondi potrei riuscire a farne fuori altri tre. Ne rimangono quattro. E poi?* Pensò e ripensò a ogni possibile variabile, partendo dal colpire uno invece di un altro ovvero uccidere quelli più vicini cosicché alla fine rimanessero solo i soggetti più lontani. Comunque, rimanevano sempre quattro o cinque uomini che, passata la prima sorpresa, avrebbero fatto fuoco incrociato su di lui: era quella la situazione che non riusciva a sbrogliare e non vedeva possibilità di cavarsela. *Dovrò combattere contro quattro o cinque armati di tutto punto.* Dopo qualche minuto prese la decisione che gli avrebbe consentito di ucciderne ben sei in meno di trenta secondi, poi avrebbe combattuto: lui contro cinque uomini armati. Era con il maestro perché il suo addestratore lo aveva affidato a lui, non era un credente o un uomo di Fede. In quel momento, però, pregò come gli aveva insegnato Santini. *Bene! Sono pronto!* Si preparò, prese la mira con la balestra inquadrando l'uomo più lontano e trattenne il respiro. *Uomo di destra.* Scoccò il primo dardo. La potenza inferta al colpo gli permise di colpire l'uomo alla schiena con violenza, il dardo riuscì ad attraversare il giubbotto antiproiettile e incunearsi nella carne fino al cuore che smise di battere all'istante senza che la vittima producesse alcun lamento. Prese il nuovo dardo e caricò la balestra. *Quello di sinistra.* Scoccò. Medesimo risultato, preso al cuore. Ma, come aveva previsto, gli altri uomini del commando si erano accorti che c'era qualcosa che non andava e si avvicinarono tutti ai corpi dei primi due. *Pessima idea.* Pensò Denny. Quella situazione lo avrebbe avvantaggiato, caricò la balestra in un lampo, prese la mira e scoccò il colpo; ricaricò subito e scoccò, ricaricò ancora e scoccò un terzo dardo. Il risultato fu scontato: altri tre uomini del Crepuscolo caddero a terra senza vita. Denny fece in tempo a ricaricare ancora una volta la balestra e a scoccare un nuovo dardo che colpì il sesto uomo; nessuno si era ancora reso conto di quel che stava succedendo. La previsione di Denny era esatta, in quel momento i cinque sopravvissuti iniziarono a sparare contro di lui con una potenza di fuoco incredibile. I cinque del commando erano inferociti per essersi fatti sorprendere così ingenuamente e avrebbero fatto di tutto per vendicarsi. Convinti che chi li aveva attaccati fosse un nucleo numeroso, non risparmiarono di certo sui colpi a loro disposizione, spararono verso la sporgenza in cui era posizionato Denny avanzando con cautela. *Ora o mai più.* Denny si alzò in piedi e si mise a correre incontro al gruppo di nemici. Impugnava i due coltelli a doppia lama che lanciò con violenza colpendo uno del Crepuscolo alla gola e un altro in piena fronte. Caddero a terra entrambi: morti all'istante. Mentre tentava di ricaricare la balestra venne colpito alla coscia destra, questo gli fece perdere l'equilibrio per cui cadde rovinosamente. Rialzatosi con un'agilità incredibile, riuscì a scoccare un nuovo dardo che si conficcò nella gola di un altro nemico. Nel frattempo, dei colpi all'addome e alla spalla andarono a sommarsi a quello sulla gamba. A quel punto Denny aveva ucciso ben nove uomini in meno di cinque minuti, poi crollò a terra semincosciente. Erano rimasti in due; si avvicinarono a Denny e lo colpirono allo stomaco con un calcio e sulla tempia con il fucile facendogli perdere i sensi. Uno dei due tirò fuori la pistola e gli sparò in testa un colpo a bruciapelo.

Non pago, gli sputò in faccia imprecandogli contro.

# 29

Santini e Nic si ricomposero al riparo, Jon li aveva raggiunti e stava abbracciando il collega sapendo che quelle smancerie doveva evitarle con il maestro, non le avrebbe gradite. Santini capì allora la reale portata della situazione; vide un miliziano, la Casoni e Baresi oltre a lui, Jon e Nic. Dei quattro miliziani di scorta ne era rimasto vivo solo uno, mentre del gruppo della magistrata risultavano in vita lei e Baresi; il commissario Ayala e gli altri tre agenti giacevano poco distante immersi nel loro sangue, colpiti da una miriade di pallottole in quell'inferno. Chiuse gli occhi. *Perché tutte queste morti?*

Jon gli si avvicinò. «Maestro, la dottoressa Casoni e il capit...»

«Non ora!»

Santini si riprese, non si era dimenticato che Denny avrebbe assaltato da solo, da lì a poco, il commando del Crepuscolo in cima al colle e doveva preparare gli altri al piano che aveva pensato.

«Fra poco Denny ci darà la possibilità di arrivare al Monastero, dobbiamo essere pronti. Ho bisogno che mi ascoltiate tutti.» Disse il maestro. Mise al corrente Jon del piano assurdo di Denny, che era la loro unica opportunità per raggiungere il Monastero e chiudersi al riparo delle sue mura in attesa di escogitare altre alternative.

«Cosa?» tuonò Jon. «Denny è andato da solo e voi non gliel'o avete impedito, siete impazziti forse? L'avete mandato a morire!»

Fu Nic a fermare l'amico. «Jon taci! Non puoi rivolgerti così al maestro. Denny saprà cavarsela egregiamente, ma non permetterti più di mancare di rispetto e...»

Santini mise una mano sulla spalla di Nic. «Lascia stare, ha ragione Jon.» Rivolgendosi a entrambi. «Denny si è sacrificato per noi, per tutti noi, ci darà la possibilità di salvarci e forse se la caverà, quello è un diavolo, se ci si mette. Ora chiamate gli altri che dobbiamo prepararci alla corsa più incredibile della nostra vita.»

La Casoni e Baresi avevano mille domande da fare, ma con Jon avevano già chiarito alcuni aspetti di tutta quella vicenda per cui erano ben convinti di fare quello che veniva loro ordinato, in modo da salvare la pelle. Sapevano, inoltre, che Santini e i suoi erano perfettamente a conoscenza della situazione, sapevano perché erano lì e chi erano quegli uomini mentre loro erano all'oscuro di tutto. La Casoni era sicura che, seguendo Santini, questi li avrebbe portati sulla pista degli assassini dei tre custodi della Biblioteca Vaticana. In effetti, se quelli che stavano sparando a loro fossero stati implicati in quegli omicidi, allora si rendeva conto di aver sottovalutato l'intera vicenda. Increduli e frastornati per la morte dei compagni, quindi, si affidarono volentieri in attesa di ricevere maggiori delucidazioni. Santini spiegò la strategia di Denny, badando bene a non farsi sfuggire nulla in merito all'identità dei loro assalitori. Spiegò che, arrivato il momento giusto, tutti avrebbero dovuto correre più veloci del vento per quasi un chilometro, senza mai fermarsi voltarsi verso il Monastero. Anzi, precisò meglio, nessuno avrebbe potuto fermarsi per aiutare gli altri, anche fossero stati in difficoltà. Quella che stava descrivendo era la corsa per la vita o per la morte; chiunque avesse rallentato doveva essere abbandonato a se stesso per non rischiare di mettere in pericolo gli altri. Una volta raggiunto il Monastero si sarebbero contati.

La Casoni fu l'unica a fare una domanda: «Come faremo a sapere che è giunto il momento giusto per iniziare a correre?»

«Lo capirete, statene certi.» Rispose Santini.

## 30

Santini aveva compreso la strategia del commando, in quel momento non sparavano più perché credevano di averli in pugno. Sia la strada che portava al Monastero sia quella che li avrebbe condotti fuori dal perimetro erano aperte, ben visibili e, soprattutto, comode per un tranquillo gioco di tiro al bersaglio. Ma non immaginavano certo di trovarsi di fronte una furia umana come Denny, a Santini spuntò un sorriso pensando alla sorpresa che avrebbe fatto loro quel campione, ma si rattristò pensando all'eventualità paventata da Jon con il suo giusto rimprovero di poco prima. *Non ce la potrà fare da solo.* Santini scrutò il suo gruppo; lui, Nic, Jon e Denny avevano un compito, una missione conosciuta, i pericoli erano previsti nel computo delle probabilità, era una loro scelta. Ma quei tre poliziotti italiani e il commissario Ayala erano innocenti, delle brave persone, magari con moglie e figli a casa che li stavano aspettando. Morti in un deserto africano per una causa di cui nemmeno conoscevano l'esistenza. E pensava alle parole dell'arcivescovo, a quei frammenti che ora custodiva nella sua borsa, al Vangelo di Maria Maddalena. *Maria Maddalena, possibile?* Colei che avrebbe dovuto reggere le sorti della Chiesa, per incarico diretto di Cristo, aveva scritto un Vangelo utilizzando un codice insegnatole da Gesù. *Il quinto Vangelo, come lo ha definito l'arcivescovo.* I Vangeli ritenuti autentici erano quattro, se quello di Maria Maddalena fosse stato riconosciuto, sarebbe diventato il *quinto.* Vi erano altri testi considerati apocrifi o gnostici che perciò non erano mai stati considerati affidabili dalla Chiesa. Che fossero veri o di dubbia provenienza e originalità, almeno a quanto era dato di sapere, nessuno dei Vangeli era stato scritto direttamente dagli Apostoli di Cristo, bensì da alcuni loro seguaci o da chi li assisteva e tutti, comunque, non erano stati scritti prima del secondo secolo dopo Cristo, cioè dopo la loro morte. Quel manoscritto, invece, pareva fosse stato scritto di pungo da Maria Maddalena, sotto dettatura di Gesù Cristo, l'unica degli Apostoli che sapeva leggere e scrivere, l'unica che aveva visto Cristo prima dell'ascensione, l'unica che gli aveva parlato e, soprattutto, l'unica che aveva ricevuto il compito di fondare la Chiesa.

Meditò bene sulle parole del Papa: *Sono certo che i saccheggiatori vorranno usare le conoscenze di quel manoscritto contro la*

*Chiesa. Dobbiamo impedirlo, a tutti i costi e senza tanta pubblicità.*

*Se il manoscritto è vero, perché senza pubblicità?* Fu la sua riflessione. Le parole del Santo Padre, pronunciate solo il giorno prima, ora rimbombavano nella sua mente in modo molto più chiaro. *Allora anche il Papa è convinto dell'autenticità del Vangelo di Maria Maddalena, ma lo vuole tenere segreto. Perché?* Santini era confuso e, per la prima volta, la sua Fede vacillò. Accantonò quei pensieri e tornò a concentrarsi sulla situazione, secondo i suoi calcoli Denny avrebbe dovuto essere arrivato in cima al colle di fianco a quello in cui si trovavano gli uomini del Crepuscolo. Si tenne pronto e fece preparare anche gli altri convincendoli a lasciare lì tutte le cose che non sarebbero servite.

Vide la Casoni determinata, davvero impressionato le si avvicinò e le disse: «Avrei voluto avvisarti, Sonia, ma le comunicazioni erano disturbate.»

Lei sorrise, un sorriso spento dalle tragedie di quell'ultima ora, ma pur sempre un sorriso.

«Non è colpa tua» gli rispose, «anche le nostre comunicazioni sono andate in tilt. Non capisco tutto questo disastro, ma non voglio che i miei uomini siano morti invano, giuro che ti caverò la verità dalle budella se non mi dici che cazzo sta succedendo!»

*E io che volevo mostrarmi gentile.* Si disse mentre andava a dare le ultime disposizioni agli altri. Gli uomini del Crepuscolo iniziarono a sparare, ma non verso di loro. Denny di certo li aveva colti alla sprovvista, si udiva meno potenza di fuoco, ciò significava che gli aggressori erano inferiori a prima.

«Ora!» gridò Santini.

Attese che gli altri partissero di corsa verso il Monastero, la prima fu proprio la magistrata, seguita da Baresi, dal miliziano, Jon e Nic. La temperatura al sole era di oltre cinquanta gradi, la preoccupazione maggiore di Santini era proprio quella: con quel caldo non sarebbero riusciti a correre abbastanza veloci senza perdere fiato o farsi scoppiare il cuore. Appena partiti nessuno dava segni di cedimento e i loro nemici non stavano sparando verso la loro posizione. *Diavolo di un Denny! Vuoi vedere che lo troviamo al Monastero intento a bersi dell'acqua con un'aria fresca e riposata.* Non sapeva ancora, purtroppo, quanto si stava sbagliando. Per raggiungere la strozzatura mancavano solo poche centinaia di metri, tutte in salita: il primo a cedere il passo fu il miliziano che venne sorpassato in un baleno. Santini lo raggiunse e lo prese per un braccio nell'intento di aiutarlo quando il poveretto, allo stremo delle proprie forze, gli urlò in arabo di lasciarlo stare, di abbandonarlo lì e di fare in modo che gli altri fossero in grado di salvarsi mentre lui non ce la faceva più.

«Non esiste, ti porterò in spalla se necessario.» Gli disse Santini.

Subito dopo dalla collina ripresero gli spari, questa volta indirizzati a loro, un proiettile colpì il miliziano a terra, poi un altro e altri ancora ferendolo a morte. Santini riprese a correre maledicendo quelli del Crepuscolo, sperando che Denny, una volta finito l'attacco a sorpresa fosse fuggito verso il Monastero. Il gruppo davanti a lui si era ben distanziato, quindi aumentò la corsa spronato anche dalle pallottole che sentiva fischiare vicino alle orecchie. Stavano finalmente per arrivare alla prima tappa di quella folle corsa: la strettoia. Oltre quella, i loro assalitori avrebbero dovuto spostarsi per poterli raggiungere; per farlo, però, avrebbero anche dovuto interrompere la sparatoria che, invece, proseguì ininterrotta, segno che stavano appostati per prendere la mira. Continuando a correre, impugnò la mitraglietta UZI e sparò una raffica in direzione degli assalitori, non pensava certo di riuscire a colpirli, ma li avrebbe costretti al riparo. Così fu, infatti. Gli altri avevano già attraversato la strettoia, fuori tiro ma non ancora fuori pericolo, almeno per il momento. Stava per farcela anche Santini quando un proiettile lo colpì alla schiena.

Cadde a terra.

Nic se ne accorse e si fermò: «Maestro! No!»

«Corri, non fermarti.» Gli gridò Santini tossendo.

Il colpo lo aveva preso in piena schiena, ma anche dove il giubbotto antiproiettile era più difeso; considerando la distanza, il proiettile aveva perso buona parte della sua spinta bucando il giubbotto e penetrando nella carne per pochi millimetri; nulla di più. Santini si rialzò in fretta e riprese a correre in modo disorientato e lento, ma raggiunse la strettoia oltrepassata la quale si riposò qualche secondo. Dovevano fare in fretta, i loro nemici avrebbero cercato una visuale migliore per farli fuori. Ormai il gruppo stava solo camminando, il calore insopportabile e le risorse idriche perse con una simile corsa stavano esaurendo le loro forze, ma erano vicini alla meta. Santini li aveva raggiunti ponendosi alla loro testa, arrivato alle mura girò l'angolo arrivando per primo alla porticina a ovest. I corpi dei due monaci erano ancora lì dove li aveva lasciati, a Santini sembrò fosse passata un'eternità da quando avevano scoperto quella carneficina, invece era accaduto meno di un'ora prima.

«Non vi piacerà quello che vedrete.» Disse mentre teneva aperta la porticina facendo entrare tutti e sprangando la porta con una sbarra di acciaio. Una volta all'interno si sentì più rincuorato, quelle mura li avrebbero protetti anche contro un esercito.

*Dove sei, ragazzo?* Pensò a Denny.

Poi si rivolse a Nic. «Prendi Baresi e andate sulle mura, da lì potrete controllare tutta la zona.»

Baresi era contrariato. «Io non prendo ordini da te!»

Gli occhi di ghiaccio di Santini si accesero di una luce dura, lo afferrò per il collo con una delle sue mani enormi e quasi lo alzò da terra.

«Sì, tu lo farai, se vuoi vivere!»

Baresi sentì la forza dell'uomo, la sicurezza che trasmetteva, il coraggio negli occhi. Lo ammirava, lo aveva ammirato da subito, si rese conto di quello che gli aveva detto e se ne pentì; Santini era decisamente un combattente con attitudine al comando e Baresi era un poliziotto, abituato al rispetto dei superiori. E quell'uomo, per Baresi, era misteriosamente considerato come un superiore; non si meravigliò del perché i suoi uomini lo chiamavano *maestro*, Santini aveva la capacità di attirare su di sé una forza interiore incomprensibile, un fatto che portava gli altri a rivolgersi a lui con la reverenza e il rispetto dovuto, appunto, a un maestro: a colui cui affidi la tua vita, il tuo futuro e destino, all'uomo che ti condurrà ovunque insegnandoti a vivere e, soprattutto, a sopravvivere.

«Va bene!» disse con un filo di voce. «Scusami, sono ancora sconvolto, scusami davvero, io...» balbettò Baresi.

Santini aveva già mollato la presa. «Non fa nulla, ora vai!»

Fu la volta della Casoni. «Ora che si fa?»

«Aspettiamo Denny.» Rispose Santini. «Jon! Segnali dal satellite?»

«Niente, maestro e non riesco a mettermi in contatto con il rifugio.»

«Rifugio? Che rifugio?» chiese la magistrata.

Santini avrebbe fulminato Jon, rispose alla Casoni. «Niente che ti possa riguardare.»

«Senti, brutto stronzo!» esordì proprio così. «Vedi di andartene affanculo tu e i tuoi segreti. Se ci troviamo qui è per colpa tua, razza di troglodita dal vago aspetto umano. Adesso ti degni di spiegarmi in mezzo a che razza di storia mi trovo e perché ho perso quattro dei miei uomini e, soprattutto, perché sono qui in mezzo a questo deserto del cazzo a prendermi un sacco di proiettili nel deretano?»

*Ecco... l'ho detto.* Tirò fuori la pistola e gliela puntò nelle parti basse: «E se mi metti le mani addosso, ti faccio un buco così che cagherai in un sacchetto per il resto dei tuoi giorni.»

«È scarica!» precisò Santini senza muovere ciglio.

«Cosa?»

«La pistola. È scarica!»

La magistrata, colta impreparata, tolse il caricatore della pistola per controllare. In un lampo Santini le prese la pistola e il caricatore, lo svuotò dei proiettili, ne erano rimasti tre, poi lo reinserì nell'arma e gliela consegnò. Tutto in cinque secondi.

«Visto!» disse lui divertito. «L'avevo detto che è scarica.»

La Casoni lo volle morto all'istante, ma le venne da ridere. «Oddio, che cretina. Mi hai trattato di merda e io te ne ho dato l'opportunità. Va bene, grand'uomo, mi arrendo. Ma voglio che tu mi dica tutta la verità, questa storia è assurda e non mi va di essere in pericolo senza sapere il motivo.»

«Ti dirò tutto, ma non ora, abbiamo cose più urgenti da fare.» Le disse, avvisandola anche che, una volta che si fossero inoltrati all'interno del Monastero, avrebbe visto l'orrendo massacro dei monaci.

«Cercavano questo.» Tirò fuori lo scrigno contenente i frammenti del Vangelo di Maria Maddalena, senza dirle di cosa si trattasse. «Contiene un documento prezioso, di vitale importanza per quegli assassini.»

Si prese un momento di riflessione, sapeva che le avrebbe raccontato tutta la storia, o quasi, ma non si fidava totalmente di lei. Aveva ragione di credere che se la sarebbero cavata in qualche modo, per cui non gli andava a genio dirle cose che potevano diventare più un male che un bene, oltre a questo, non era sicuro che la magistrata avrebbe capito la questione.

Si tenne sul vago. «Appartengono allo stesso gruppo che ha ucciso i tre custodi della Biblioteca in Vaticano.»

«Lo sapevo.» Disse la Casoni. «L'avevo detto che tu sei una specie di investigatore sulle tracce degli assassini, aveva ragione Ayala a dire che lo Stato Vaticano vuole arrangiarsi da sé per sistemare le sue cose interne e segrete. All'inizio pensavo fossi l'assassino, troppo misterioso, ma il dubbio mi è passato, fossi stato tu non avresti avuto tutta la copertura che sembra tu abbia da parte della Chiesa e Wolfang non ti aiuterebbe così.»

«Che c'entra Aaron adesso?» chiese Santini.

«Beh! C'entra, visto che è stato lui a dirmi che ti avrei trovato qui.» Rispose la magistrata. «All'inizio non si sbottonava, poi, quando gli ho spiegato che avevo capito che sei dalla parte dei buoni, è risultato più disponibile e mi ha detto che stavi venendo al Monastero e che avresti avuto bisogno di aiuto.»

Santini rimase perplesso. «Aaron è un buon amico, ma forse doveva starsene leggermente zitto. Comunque grazie dell'aiuto, senza il vostro intervento ora saremmo messi peggio. Mi spiace per i tuoi uomini.»

Furono interrotti da Jon e dal suo inseparabile portatile mentre disse: «C'è segnale ora.»

Santini gettò un'occhiata allo schermo, quando gli apparve l'immagine fece quasi un salto. «Ma quello è Denny!»

Nelle immagini si vedeva chiaramente Denny che barcollava mentre scendeva a fatica la parete di roccia proprio di fronte all'ingresso ovest del Monastero.

«È qui fuori.» Nello stesso istante Nic e Baresi urlarono che stavano vedendo Denny scendere dal lato ovest del Monastero, invitando il maestro ad aprirgli la porta, cosa che Santini e la Casoni fecero subito togliendo la pesante sbarra. Santini si precipitò all'aperto arrampicandosi sulla lieve salita rocciosa, Denny cadde a terra in una pozza di sangue.

Santini lo raggiunse. «Che ti hanno fatto ragazzo mio?»

Lo prese in braccio, aveva la faccia mezza distrutta, probabilmente gli avevano sparato a distanza ravvicinata, ma aveva anche numerose ferite in tutto il corpo. Stava morendo, anzi, si chiedeva come non fosse già morto con quelle ferite.

Denny si riprese e, facendo una fatica immane, disse: «Li ho uccisi tutti, maestro, ce l'ho fatta.»

Continuando a camminare, Santini si sentiva in colpa. «Non ti sforzare, Denny, fra poco saremo in salvo e ci prenderemo cura di te.»

«No, maestro» disse Denny sempre più debole, «non ce la faccio più, mettimi giù per favore.»

Santini allora si fermò e lo adagiò a terra, gli prese il capo facendo attenzione a non fargli male.

«Erano in undici» riprese Denny, «nove li ho uccisi quasi subito, ma sono riusciti a colpirmi; gli altri due mi hanno sparato in faccia, hanno creduto fossi morto. Quando mi sono ripreso sono riuscito a trascinarmi fino a qui, li ho visti mentre vi stavano raggiungendo: ho ucciso anche loro e ho distrutto un apparecchio, quello che ci ha disturbato le trasmissioni.»

Santini pianse con le poche lacrime di cui poteva disporre a causa della disidratazione. «Sei stato fantastico Denny, io...»

Il ragazzo respirava a fatica. «Mi spiace, maestro, non ho finito il mio addestramento, ti chiedo perdono.»

Santini urlò, era distrutto dal dolore e dal senso di colpa. A parte Baresi che rimase di guardia dall'alto delle mura sopraggiunsero anche gli altri compagni che si strinsero attorno all'amico morente. Jon gli prese la mano e la strinse con forza per fargli sentire la sua vicinanza. La Casoni era sopraffatta dall'emozione, non sapeva nulla di quel ragazzo, ma le appariva così giovane e sofferente; era piena di riconoscenza perché sapeva che il merito della loro salvezza andava tutto a luo. Nic piangeva disperato camminando nervosamente su e giù per il colle.

«Non hai bisogno di ulteriore addestramento» gli disse il maestro, «sei pronto e io sono orgoglioso di averti avuto come mio apprendista.»

Denny sorrise guardando in faccia Jon. «Non piangere Jon, sei il migliore amico che abbia mai avuto.»

Chiese a Santini di aiutarlo a togliersi il ciondolo che portava sempre al collo, un dente di squalo che il suo maestro gli aveva donato quando aveva vinto la sua prima competizione di Wushu dicendogli che aveva combattuto come uno squalo e meritava di portarne una parte con sé per ricordargli di rimanere squalo anche nella vita.

Lo donò a Jon e gli disse: «Resta vivo, amico mio, io sarò accanto a te.»

Senza smettere di piangere, Jon gli disse: «Scusa se ti ho preso sempre in giro, non lo farò più, te lo prometto.»

Denny tentò un sorriso, poi si rivolse a Santini. «Mi voglio confessare, maestro. Voglio che tu mi dica le stesse parole che hai recitato oggi al monaco, mi avevano dato serenità.»

Santini chiese agli altri di allontanarsi perché la confessione era un fatto spirituale privato. Lo confessò rendendolo libero dal peccato.

Gli chiese: «Sei pentito dei tuoi peccati, figliolo, e vuoi tu convertirti alla Fede cattolica, a onorare e amare il Dio nostro, il Dio tuo?»

Denny rispose di sì, che lo voleva con tutto se stesso. Era un monaco shaolin, un buddista, ma i tre anni con il maestro lo avevano di fatto convertito a quella religione, quindi, ne era convinto. Santini fece avvicinare gli amici, incrociò le mani di Denny e chiese a Nic e Jon di prendergliele, lui gli sistemò il capo sopra la propria borsa, a mo' di cuscino.

Prese l'olio di lampada che aveva conservato, con quello gli fece il segno della croce sulla fronte e sulle mani, quindi recitò: «*Per istam sanctam unctionem et suam piissimam misericordiam, adiuvet te Dominus gratia Spiritus Sancti. Amen! Ut a peccatis liberatum te salvet atque propitius allevet. Amen!*»

Santini non volle attendere oltre e recitò la formula. «L'Unzione che ho elargito sulla tua fronte raffigura la purificazione della memoria, della fantasia, dell'intelligenza e della volontà mentre quella sulle mani vuole raffigurare la purificazione di tutta l'attività umana. Sono io il Ministro di Dio che ti ha portato l'Olio santo! Tu mi hai ascoltato quando, ungendoti la fronte, ho detto che l'Anima ha peccato per mezzo del corpo, ma Gesù misericordioso ti guarisce e ti disegna la perfezione dell'anima affinché diventi un capolavoro del Signore in modo che possa presentarsi candida, luminosa e serena al tribunale di Cristo Dio. Amen.»

Denny sorrise sollevato. «Grazie! Grazie a tutti voi, non piangete per...»

Non riuscì a finire la frase. Santini gridò come un animale ferito a morte. Gli occhi pieni di rancore e odio, fissò così intensamente gli altri fin quando nessuno ebbe più il coraggio di sostenere il suo sguardo. Si calmò vedendo il dolore negli occhi dei suoi ragazzi e quelli tristi e dolcissimi della magistrata.

«Portiamolo dentro!» disse dopo aver ripreso il controllo. Raggiunsero il Monastero e si barricarono dentro organizzando di passare lì la notte, il sole stava calando e concordarono che sarebbero partiti la mattina dopo. Ma le cose non andarono come avevano previsto. Altro orrore avrebbe preso il sopravvento sulle loro sorti.

# 31

Ognuno stava svolgendo in silenzio il proprio compito. Jon smanettava con il portatile nel tentativo di ripristinare le comunicazioni con il rifugio mentre il satellite inviava le immagini della zona senza alcun problema tecnico. Ma le comunicazioni risultavano sempre mute. Baresi e Nic erano andati a recuperare due Jeep all'oasi trasportando i cadaveri dei miliziani, di Ayala e gli altri tre poliziotti. Li raggrupparono assieme ai corpi dei monaci in uno degli alloggi; fra questi c'era anche quello di Denny. La Casoni aveva appena finito di pulire il corpo del ragazzo, si sentiva in debito con lui, garantire la dignità di quel corpo martoriato dalle ferite, le era sembrato il minimo. Poi raggiunse Santini seduto davanti al Roveto, in contemplazione di quella millenaria pianta e immerso nei suoi pensieri.

«Mi dispiace per Denny, doveva essere un bravo ragazzo.» Disse accomodandosi vicino a Santini.

Lui le fece spazio. «Sì, proprio così, un gran bravo ragazzo e come lui ne ho persi tanti, troppi.»

La magistrata si scusò per le parole di poco prima, quando gli aveva inveito contro, ma ribadì la necessità di una spiegazione. Santini non aveva scelta, la Casoni aveva perso quattro uomini senza nemmeno aver capito perché, inoltre, stava rischiando ancora la sua vita e quella di Baresi perché lui sapeva che quelli del Crepuscolo non avrebbero mollato la presa su di loro e, soprattutto, sui frammenti del Vangelo. Le trasmissioni non erano ancora state ripristinate, ciò significava che Denny forse aveva distrutto l'apparecchio che disturbava il satellite, ma non quello che impediva le comunicazioni. Non potevano fare altro che attendere mattina e mettersi in marcia prima possibile per tornare al rifugio e mettere al sicuro lo scrigno; poi avrebbero seguito la pista che aveva portato Rob in Germania, nella speranza che quella fosse la strada per arrivare al manoscritto e al codice. Avrebbe avuto bisogno di Wolfang e della Gendarmeria, era certo che poteva contare sull'amico, ma forse poteva anche puntare sulla magistrata, in effetti si era già dimostrata un'alleata perfetta. Tanto, ormai, lui era bruciato. La sua copertura era saltata nel momento in cui aveva messo piede in Vaticano; sapeva che quella era l'ultima missione, che avrebbe mollato le redini dell'SCS a Nic. E si vedeva già a coltivare l'orto, a tagliare l'erba e pregare assieme al vecchio e buon Fra Pasquale. *Sì, ormai devo dirglielo.*

Si decise. «Il mio nome è veramente Tommaso Santini, so che hai verificato il mio DNA e le impronte. Non hai trovato nulla perché io non esisto, non sono mai esistito.»

Spiegò tutto, contravvenendo alla prima elementare regola impostagli dal giuramento che aveva fatto molti anni prima, ma non gli interessava più di tanto, sapeva che parlare di un simile argomento gli avrebbe causato conseguenze, forse sarebbe stato condannato a morte per alto tradimento, se la fiducia riposta nei confronti della magistrata si fosse rivelata un errore. Ma doveva fidarsi; raramente sbagliava nei confronti delle persone, e sentiva che su di lei avrebbe potuto contare.

«Faccio parte di un'organizzazione segreta dello Stato del Vaticano.» Spiegò lui. «La sua sigla è SCS ovvero *Sanctum Consilium Solutionum*, il Santo Consiglio delle Soluzioni, se vogliamo tradurlo per comodità: è un'organizzazione che esiste fin dal VI secolo dopo Cristo per custodire e difendere i segreti della Chiesa, io sono quello che i pochi conoscono come Il Risolutore, carica che viene conferita direttamente dal Papa e di cui sono a conoscenza solo il Segretario di Stato Vaticano e l'Ispettore Generale della Gendarmeria.»

La Casoni era sorpresa, ma nemmeno poi tanto, aveva capito che quell'uomo aveva delle particolarità che si avvicinavano a quelle degli agenti segreti o delle spie, seppur sembrasse un governativo, con poteri decisionali e gerarchicamente importante. Fece notare la cosa a Santini che le spiegò che la sua posizione poteva essere definita così: il suo grado e i suoi compiti gli permettevano di rispondere solo al Papa e, per quanto di sua competenza, poteva ricevere cieca obbedienza da ogni soggetto che ricopriva una qualsiasi carica ecclesiastica o anche da un semplice credente. Per farle capire meglio, le mostrò il sigillo papale. La Casoni iniziava a trovare la storia affascinante.

«Sei una sorta di agente segreto?» chiese curiosa.

«Oh no, veramente no.» Rispose lui. «Piuttosto una sorta di conservatore dei segreti di Stato e quando ci sono problemi misteriosi, irrisolvibili o di sicurezza della Chiesa, chiamano me. Non a caso sono Il Risolutore: colui che risolve o, almeno, che dovrebbe.»

«E Denny, Nic e Jon? Sono anche loro dei Risolutori?»

«No, loro sono i Consiglieri del Santo Consiglio. Ogni Risolutore sceglie la propria squadra e la mantiene segreta, almeno tenta di farlo, solo io e il Papa possiamo sapere chi sono i membri del Consiglio.»

«Il Monte della Madonna, a Padova, è quello il *rifugio*?»

*Accidenti, questa mi massacra di domande.* Su questo Santini volle glissare, non confermò né smentì, da esperto diplomatico riuscì, non senza fatica, a distoglierla da quella curiosità, certo com'era che sarebbe tornata presto sull'argomento.

«E quelli che ti stanno alle costole, anche loro sono un'organizzazione della Chiesa?»

Santini si alzò in piedi e guardò il Roveto pensando da quanti anni quella pianta era lì.

«No, loro sono alcuni dei tanti nemici della Chiesa» disse voltandosi verso la donna, «hanno ucciso loro i tre custodi in Vaticano, ma c'è una cosa che non sai e che il Vaticano non ammetterà mai pubblicamente, ma devi promettermi di tenertela per te, di non dirla nemmeno a Baresi.»

La magistrata fece una faccia poco convinta.

«Va be'!» disse Santini scrollando le spalle. «Ormai, anche se vorrai dirlo a chicchessia, sappi che la Chiesa farà di tutto per screditarti e farti passare per una pazza furiosa, deciderai secondo coscienza. L'omicidio dei tre custodi era finalizzato al compimento di un furto ai danni dell'archivio della Biblioteca Vaticana: hanno rubato un manoscritto che possono usare contro la Chiesa e che la potrebbe annientare in un attimo.»

Attese una reazione che non arrivò, la Casoni era rimasta a bocca aperta in attesa che proseguisse con il racconto. Santini le raccontò che la Chiesa non voleva si sapesse del furto all'interno delle mura Vaticane, nuoceva allo Stato e alla fama della imponente sicurezza che sempre la Chiesa aveva dimostrato nei secoli. Rubare in Vaticano non era cosa di tutti i giorni e i media avrebbero ingigantito la notizia nella speranza di far presa sul pubblico sempre a caccia di scoop.

*Ayala aveva ragione, la Chiesa sta custodendo un segreto e vogliono cavarsela da soli.* La Casoni non dava tutti i torti allo Stato Vaticano che, per quanto complesso, era pur sempre uno Stato con oltre un miliardo e mezzo di seguaci nel mondo. Condivideva dunque quella scelta, trovava logico che un qualsiasi Stato, piccolo o grande che fosse, e il Vaticano le appariva enorme, reclamasse il diritto di mantenere i propri segreti. Comprendeva benissimo tutta quella riservatezza. Era giunta all'epilogo della sua indagine, avrebbe classificato i tre omicidi come una questione di Stato estero autonomo e indipendente. Quindi, al suo rientro a Roma, avrebbe chiesto al Procuratore Capo di interpellare il Ministro di Grazia e Giustizia affinché il fascicolo potesse essere secretato quale, appunto, segreto di Stato. Questa sarebbe stata la sua conclusione, così avrebbe potuto proseguire le indagini senza troppa pubblicità e garantendo la riservatezza a Santini. Sentiva che quell'uomo era sincero, anche se le creava una sorta di inquietudine, lui le piaceva, forse anche troppo. Ma nel frattempo era lì, elettrizzata e, soprattutto, curiosa, le storie misteriose l'avevano sempre affascinata; i suoi occhi invitavano Santini a continuare.

Egli non la deluse: «Per l'uso che ne vogliono fare i nostri nemici devono completare il manoscritto con i frammenti mancanti custoditi qui. Per questo motivo i monaci sono stati uccisi, per recuperarli.»

«Cazzo!» fu l'espressione colorita della Casoni che era ormai entrata nella parte. «Ora hanno anche i frammenti, quei grandissimi figli di puttana!»

Santini sorrise, quella donna era di una bellezza straordinaria, ma quando si incazzava era addirittura strabiliante. Prese lo scrigno, l'oro con cui era forgiato brillava sotto le cupe luci del Monastero.

«Aprilo!» le disse porgendole la chiave.

«È stupendo. Un pezzo meraviglioso che varrà una fortuna. Di cosa si tratta?»

«Aprilo!» ripeté lui.

Lei lo aprì con delicatezza reverenziale e dentro vide dei papiri arrotolati all'interno di una bolla di vetro. I papiri erano ben conservati e immersi in un liquido bluastro, la magistrata immaginò che quel liquido fosse un intruglio chimico per mantenere l'integrità del suo contenuto. Quei papiri dovevano essere preziosi in modo stratosferico.

«I frammenti!» esclamò. «Oh, merda! Non dirmi che sto tenendo in mano i frammenti di un antico manoscritto!»

Li restituì subito a Santini che li ricompose nello scrigno, chiudendolo con la chiave che si mise poi al collo.

«Sì, Sonia» rispose Santini, «l'arcivescovo Dominas era riuscito a nasconderli ai suoi assalitori e me li ha consegnati. La mia missione, ormai l'avrai capito, è recuperare anche il manoscritto.»

Santini non le disse del codice come non le disse nemmeno di cosa parlava il manoscritto; lo avrebbe taciuto a chiunque, questo l'aveva promesso al Papa. Ma le spiegò che i nemici della Chiesa erano un'organizzazione millenaria denominata il Crepuscolo che combatteva la sua guerra da centinaia di anni nel più assoluto riserbo.

Santini concluse. «Ma questa barbarie, le stragi, gli omicidi, questo disumano sprezzo della vita di molti innocenti e di questi poveri monaci... mai nella sua storia il Crepuscolo ha manifestato tale comportamento.»

A Santini, ascoltando e valutando le sue stesse parole, venne un dubbio che condivise con la Casoni. «Sembra quasi che il Crepuscolo abbia all'improvviso cambiato strategia, come se il leader fosse cambiato con l'idea di perseguire una nuova strada!»

«Ah sì! L'ho notato.» Fu la riflessione immediata e cruda della Casoni. «Una strada irta di morti.»

# 32

Il gigantesco palazzo di vetro faceva a pugni con l'ambiente circostante. Il porto di Montecarlo, famoso per accogliere le imbarcazioni più imponenti e costose esistenti sulla faccia della terra, splendeva in quella giornata primaverile. La collina del principato sovrastava quel porto circondato da fabbricati eleganti, tra cui spiccava un palazzone, come era definito dai monegaschi, cioè la sede della *Turatti & Rostellini Group Ltd*. Le dimensioni e la struttura geometrica particolare risaltavano su ogni altro edificio della zona, di fatto, era questa la strategia del gruppo editoriale della Rostellini, ma era pur sempre un pugno in un occhio a scapito della bella collina monegasca. Il gruppo, fondato dalle sorelle Rostellini, era approdato nel principato negli anni novanta, anni in cui aveva conosciuto il massimo splendore, mai tramontato fino a quei giorni. Pubblicavano le dieci riviste di moda più famose al mondo con tirature superiori a decine di milioni di copie all'anno. Questo significava potere, soldi, successo e, soprattutto, rispetto. Le sorti dell'impero editoriale erano sorrette da Angela Turatti, la nipote di Michela Rostellini la quale le aveva trasferito tutti i compiti della gestione del gruppo, pur rimanendo in carica come presidente Onorario e mantenendo i poteri decisionali. La Rostellini, quindi, si era ritirata per curare gli interessi della Fondazione che portava il suo nome e quello dell'adorata e scomparsa sorella gemella, madre di Angela. La donna girava il mondo, finanziava organizzazioni umanitarie e si curava della difesa dei bambini quale ambasciatrice dell'Unicef. Ricca e affascinante, era da tutti conosciuta come una benefattrice amata e rispettata. Diversamente, la nipote Angela si era imposta alla guida del gruppo editoriale con intelligenza, ma anche con spietatezza. Tutte caratteristiche che l'avevano vista vincente contro ogni avversario interno al consiglio di amministrazione, una volta preso il controllo aveva eseguito un vero e proprio "repulisti", quasi delle esecuzioni sommarie. Ben presto, quindi, le redini del comando delle società erano state assunte esclusivamente da lei che aveva richiamato a sé ogni potere esecutivo. Angela era appena arrivata a Montecarlo, viaggiando da Bonn con il suo jet privato.

Appena entrata nel suo immenso e lussuoso ufficio, la segretaria le annunciò una visita. «L'amministratore delegato è arrivato, signora. Lo faccio accomodare?»

«Sì, fallo entrare.» Rispose.

Karl Weiber fece il suo ingresso nell'ufficio, la segretaria chiese se avessero bisogno di qualcosa, ma risposero entrambi di no, per cui chiuse la porta e tornò al suo posto. Weiber fece alcuni passi, Angela lo raggiunse a metà strada e i due si baciarono. Un bacio lungo e appassionato, Weiber strinse la donna con forza mentre le infilava le mani ovunque. La cosa andò oltre, i due fecero l'amore con violenza e passione sul divano di pelle, sulla scrivania e sul costoso tappeto fino a rimanere esausti e soddisfatti di quel rapporto carnale quasi animalesco. Nei pressi dell'ufficio vi era un ampio bagno con doccia e una cabina armadio con centinaia di vestiti. Approfittarono entrambi della doccia per riprendere da dove si erano interrotti poco prima e fecero nuovamente l'amore per poi ricomporsi come se nulla fosse successo. Mentre si vestivano emergeva la grossa ferita sul polpaccio destro di Weiber, la causa del suo zoppicare, colpa di un incidente di barca. Weiber era molto più vecchio di Angela, il loro era più un rapporto di complicità e sesso, non vi era amore, anzi, ognuno aveva la propria vita e le proprie esperienze con l'altro sesso in tutta libertà, ma i due condividevano da un lato la passione sessuale e dall'altro interessi molto più lucrativi e pratici. Di certo la moralità non era cosa che faceva per loro, mentre la fedeltà, almeno da come la vedevano, significava complicità e legame economico, piuttosto che sentimentale. La storia andava avanti da anni, Weiber era il manager dell'Angela quando faceva la modella, quindi, ancor prima di prendere le redini dell'azienda di sua madre e della zia. Una volta salita ai massimi vertici, Angela lo aveva nominato amministratore delegato del gruppo. Si accomodarono nel salotto dell'ufficio e si versarono da bere; uno scotch per lui, una tonica per lei.

«Come sta procedendo il piano?» chiese la Turatti.

Weiber bevve tutto d'un fiato il suo scotch prima di rispondere. «Sono in attesa che mi chiamino dall'Egitto. Le cose non sono andate per il verso giusto finora, spero che i nostri uomini siano riusciti a trovare i frammenti del manoscritto e che Santini e i suoi siano stati eliminati.»

La Turatti si alzò in piedi e fissò il porto fuori dalla grande vetrata. «Quell'Ayala è stato un duro, non ha detto nulla a proposito di Santini e delle sue intenzioni. Non dovevi ucciderlo così presto, potevamo farlo parlare, capire se Santini sa di noi, a cosa mira, che intenzioni ha.»

Weiber intese precisare il suo punto di vista. «No! Non avrebbe parlato, gliel'ho letto negli occhi. Quelli dell'SCS sono dei fanatici, non avrebbe mai tradito il suo capo e non avevamo certo bisogno di tenerlo nascosto proprio all'interno della Cattedrale. C'era tua zia, si sarebbe insospettita, se viene a sapere cosa stiamo combinando ci fa la pelle a tutti e due, lo sai.»

«Quando questa storia sarà finita» disse la Turatti, «dobbiamo trovare il modo di eliminarla, senza che possano arrivare a noi.»

A Weiber venne un colpo. «Vuoi uccidere tua zia, sei pazza?»

«No, mio caro» rispose lei, «non sono pazza. È ora che facciamo del Crepuscolo una organizzazione potente, che diventi una società segreta che possa condizionare le sorti dei Paesi più ricchi. A me, della storia di Maria Maddalena, non frega un bel niente! Voglio vendere il manoscritto al miglior offerente, la Chiesa lo pagherà miliardi di euro e con tutti quei soldi potremo fare quello che vogliamo, ricattare Stati, fomentare disordini, comprare funzionari e fare altri soldi, soldi a palate.»

Weiber sosteneva Angela in tutto e per tutto, ma eliminare la zia lo considerava un errore. «Ti suggerirei di attendere gli eventi, di valutare bene quello che vuoi fare, poi vedremo. Ora tua zia è troppo potente, ha ancora la maggioranza delle azioni e potrebbe toglierti la presidenza. Stai attenta, Angela, a come ti muovi.»

Tornando alla realtà la Turatti corresse il tiro. «Sì, hai ragione, non è ancora il momento, ma verrà, te lo assicuro. Ora dimmi la situazione.»

«Stamattina i nostri uomini hanno fallito l'attentato a Santini.» Spiegò Weiber. «Non so come abbiano fatto a saperlo, ma hanno sorpreso i nostri. C'era anche la magistrata italiana, la dottoressa Casoni, lei è sulle tracce di Santini, lo crede implicato nell'assalto alla Biblioteca Vaticana, ma ora avrà capito che il problema è più grande di quello che pensa.»

«Dobbiamo sistemare anche lei?» chiese la Turatti.

«Penso proprio di sì.» Rispose l'uomo. «Il nostro contatto ci ha riferito che è partita, oggi a mezzogiorno, per il Monastero di Santa Caterina, quindi cadrà nella trappola organizzata per Santini: due piccioni con una fava.»

«Per la miseria, Karl» la Turatti si infuocò, «dobbiamo recuperare quei frammenti prima possibile altrimenti rischiamo che l'intero piano salti.»

Il Crepuscolo aveva ideato il piano perfetto: Weiber aveva venduto i frammenti al Bibliotecario Vaticano, anche se non sapeva ancora che Dominas gli aveva consegnato dei falsi. Con i frammenti recuperati era logico pensare che i custodi della Biblioteca avrebbero fatto uscire anche il manoscritto originale, conservato nel segreto più assoluto da quasi un millennio nell'archivio blindato del Vaticano. Rubare il manoscritto, fuori dall'archivio, sarebbe stato un gioco da ragazzi.

«Il nostro contatto è stato prezioso» precisò Weiber, «ci ha permesso di eludere la massiccia sorveglianza della sicurezza, evitando di essere scoperti e ci ha agevolato facendoci uscire dai confini Vaticani attraverso dei sotterranei che ci hanno condotto fino a Castel Sant'Angelo.»

La storia di Castel Sant'Angelo coincideva con quella di Roma, nasceva come sepolcro voluto dall'imperatore Adriano in un'area periferica dell'antica capitale. Nel XIV secolo le chiavi dell'edificio vennero consegnate a Papa Urbano V, da quel momento in poi Castel Sant'Angelo legò inscindibilmente le sue sorti a quelle dei pontefici, che lo adattarono a residenza in cui rifugiarsi nei momenti di pericolo. Grazie alla sua struttura solida e fortificata e alla sua fama di imprendibilità, il Castello ospita tuttora l'Archivio e il Tesoro Vaticano, ma venne adattato anche a tribunale e prigione. Un complesso intrico di sotterranei, ambienti, logge, scale e cortili, che costituisce l'attuale assetto del Castello, collegava tale edificio ad altri posti all'interno dello Stato Vaticano. Era stato facile, per il commando, uscire dai suoi confini attraverso i cunicoli che si collegavano al Castello; per farlo, però, avevano utilizzato un prezioso contatto interno.

«L'assalto al Monastero di Santa Caterina» proseguì Weiber, «non ci ha portato a nulla, non abbiamo trovato i frammenti e l'arcivescovo Dominas ci è sfuggito nascondendosi non si sa dove.»

Angela Turatti si infuriò. «Devi uccidere tutti! Santini e quella Casoni non devono vedere la luce del sole domani. E recupera i frammenti, ne va della tua vita!»

«Non minacciarmi Angela.» Tenne a precisare. «In questa storia affonderemo entrambi, se dovessimo fallire. Quindi i nostri destini sono legati fino in fondo.»

Weiber aprì la porta e uscì.

# 33

La disperazione di Mali si era ben presto trasformata in confusione mentale. Rob e il "piccolo" Denny, come lo chiamava in modo affettuoso, erano morti; Mali aveva pianto a lungo. La fine delle funzioni vitali di Rob prima e quelle di Denny subito dopo, però, stavano anche a significare che il Santo Consiglio era in pericolo, le comunicazioni erano in tilt da ore e questo era un segnale preoccupante. Doveva recuperare lucidità, reagire. *Ma come?* Aveva bisogno di Santini, dei suoi consigli, della sua forza spirituale e mentale, della sua intelligenza. Pensò di rivolgersi a Fra Pasquale, era noto a tutti loro che il vecchio frate era stato un Risolutore, molti anni prima, anche se nessuno lo aveva mai confermato. *Tentar non nuoce.* Prese il corridoio interno che portava alla cantina del piccolo Monastero, il frate stava dicendo messa ai suoi confratelli, quando la vide, con gli occhi arrossati e la preoccupazione sul volto, finì la funzione all'istante. Le si avvicinò e le si sedette accanto.

«Rob e Denny sono morti, Fra Pasquale, poche ore fa.»

Il vecchio frate conosceva tutti i ragazzi di Santini, si rattristò comprendendo perché Mali si stesse rivolgendo a lui. «Sai bene il compito che vi è stato affidato, tu accetta il destino che volontariamente hai scelto.»

«Lo accetto, ma sono preoccupata per gli altri, loro sono in pericolo e le comunicazioni si sono interrotte da ore. Non so che fare!»

«Prega con me, Mali.»

La piccola suora capì che forse stava commettendo un errore, aveva sbagliato opinione su quel vecchio frate, non era certo un Risolutore, ora ne era convinta. Non era di preghiere che aveva bisogno, lei cercava una soluzione logica, uno spiraglio in cui inserirsi per aiutare i suoi compagni, non un prete confessore o una preghiera, ne aveva già recitate tante, ora serviva qualcosa di più terreno. Si alzò senza dire una parola e scese le scale per rientrare al rifugio.

Giunta alla cantina, Fra Pasquale la stava aspettando. «Andiamo! Non credo di avere ancora garantito l'accesso, mi serve che sia tu ad aprire il rifugio.»

Mali fu felice di essersi sbagliata, quell'uomo ora le appariva davvero come un Risolutore di altri tempi, non certo un umile fraticello. Digitò il codice, si fece leggere la retina e rispose al controllo vocale, entrarono entrambi nell'ascensore. Arrivati alla sala di controllo il vecchio frate ne fu entusiasta.

«Capperi, guarda che roba!» esclamò. «Ai miei tempi non c'erano tutte queste trappole!»

Si guardò intorno meravigliato da tutta quella tecnologia, non era mai stato al rifugio, gli avrebbe risvegliato troppi ricordi, alcuni certo felici perché era giovane e scavezzacollo, altri molto più tristi. Non trovava quello che cercava.

«Non c'è un telefono qui dentro?» chiese il frate.

«Beh, sì!» rispose stupita Mali.

Il frate scrutò ogni postazione: «Benedetta figliola, non vedo nessun apparecchio!»

Mali si rese conto di aver dato per scontato alcune cose alle quali il frate non era abituato. «Ehm, ha ragione maestro! Qui quasi tutto funziona a comandi vocali, insomma, si telefona con i computer.»

«Maestro?» disse stupito il vecchio frate. «È Tommaso che ti ha detto di me?»

«Oh, no! Noi tutti lo sospettavamo da tempo» rispose Mali, «e poi il maestro, cioè Tommaso, la chiama così; noi abbiamo solo tirato le conclusioni.»

«Va bene! Ma non chiamarmi maestro, non ho più alcun merito per fregiarmi di quel titolo. Ora passami la cornetta di questo computer che devo telefonare al Papa.»

Mali tentò di spiegare al frate che il computer non aveva nessuna cornetta, che il sistema avrebbe riconosciuto il comando vocale, ma si arrese all'evidenza, il vecchio frate non avrebbe mai compreso.

«Non sono autorizzata a chiamare il Papa.» Disse Mali.

«Io sì! Quindi chiama e stai zitta!» le sorrise.

Diede il comando vocale e furono collegati con la Santa Sede, rispose un agente della Gendarmeria. L'agente vide sul monitor che la provenienza della chiamata era criptata e proveniva da un numero con i più alti livelli di autorizzazione per cui non indugiò nel passare la comunicazione a un altro interno, da lì ci furono altri due passaggi, all'ultimo rispose il Papa.

«Mio buon amico» rispose il Santo Padre convinto che fosse Santini, «cosa posso fare per te, hai novità?»

«Santo Padre» precisò il frate, «sono Giovanni, Giovanni Santini!»

Mali sussultò nel sentire quel nome.

# 34

Il gruppo si era rifocillato all'interno di una delle abitazioni del Monastero. La Casoni non aveva sonno e si mise a passeggiare lungo i corridoi interni pensando alla giornata trascorsa. Quando passò vicino al pozzo di Mosè vide Nic e Jon che conversavano con Baresi, scherzando del più e del meno. Stava proseguendo oltre, quando Nic la fermò.

«Le posso parlare, dottoressa?»

Si spostarono di qualche metro, giusto lo spazio per girare l'angolo e non farsi sentire soprattutto da Baresi. «Che intenzioni ha, dottoressa?»

La Casoni non capiva: «In che senso?»

«Le chiedevo se ha intenzione di rivelare il nostro segreto.»

La magistrata era imbarazzata, a dire il vero non ci aveva ancora pensato, era combattuta a quell'idea, ma ne approfittò per cercare di capire da Nic. «Devo sapere chi è veramente Santini e cosa fate prima di prendere la mia decisione.»

«Il maestro è la persona giusta per lo Stato Vaticano e per la Chiesa.» Rispose Nic. «Se rivela la nostra identità verrà rimosso dall'incarico e, forse, anche condannato per alto tradimento, significherebbe la morte per lui e la fine per noi tutti.»

La Casoni era perplessa e le venne spontaneo chiedere: «La morte? Ma che Chiesa sarebbe la vostra se uccide le persone?»

«Non capisce?» replicò Nic. «Noi siamo soldati al servizio del nostro Stato e solo con la riservatezza possiamo salvare vite umane, cosa che non potremmo più fare se venissimo allo scoperto. I media andrebbero a nozze con la notizia che la Chiesa usa un'organizzazione come la nostra. Noi siamo per la pace, certo, abbiamo ucciso e uccideremo ancora, ma per difenderci e per difendere quello in cui crediamo, quello per cui abbiamo donato le nostre vite e il sacrificio delle nostre famiglie. I nemici della Chiesa sono spietati, guardi cosa hanno fatto quelli del Crepuscolo, uccidono persone innocenti, come pensa si possa fermare gente simile, con le preghiere o perdonando l'avversario? Noi non siamo mercenari, la prego di comprendere, dobbiamo combattere la nostra guerra perché di questo si tratta e nella nostra autonomia.»

Sì, lei comprendeva l'ideologia di quell'uomo, anche lei avrebbe sacrificato la vita per il suo Paese e anche lei era stata costretta, una volta, a sparare per difendersi quando era stata vittima di due attentati: in quell'occasione aveva sparato per uccidere, per non essere uccisa.

Nic proseguì. «Ogni Paese ha il suo esercito e non ha bisogno di nasconderlo, non si vergogna di loro, anzi, ne è orgoglioso. La Chiesa non può stare senza esercito come non può apertamente dire che ne ha uno. Siamo in tanti nell'esercito della Chiesa, tutti ottimi soldati, crediamo in quello che facciamo, non rovini tutto perché non comprende, cerchi di sforzarsi di conoscerci, ci critichi, se vuole, ma non ci tradisca.»

Li comprendeva e li ammirava, quel giovane aveva ideali da vendere e sembrava proprio un bravo ragazzo.

«Non si preoccupi, Nic» rispose convinta, «ho capito e lei potrà contare sulla mia riservatezza, ma a una condizione.»

«Quale?»

«L'ha detto lei» disse lei, «mi dia la possibilità di osservarvi e di conoscervi. Solo così la mia coscienza di magistrato si renderà conto che la vostra è una organizzazione legittima, non mi interessa se siete autorizzati dal vostro Stato, a me basta che non abbiate compiuto reati nel mio. Se così è, non ha di che preoccuparsi: né di me né di Baresi, per lui rispondo io.»

Nic si era tranquillizzato.

«Grazie, dottoressa.» E tornò con gli altri.

Santini aveva sentito tutto.

«Cosa credi di aver fatto, Sonia?» esordì severo.

Alla donna venne un colpo, le luci soffuse del Monastero e tutti quei cadaveri, visti in ogni dove, le avevano allertato i sensi, quindi, non era certo quello il modo e il luogo per presentarsi a sorpresa.

«Che?» disse deglutendo.

«Credi di aver fatto un piacere al ragazzo?» Disse Santini. «Di aver recitato la parte della magistrata indefessa che valuta il bene e condanna il male, credi di essere al di sopra di tutto, quella che decide secondo la legge per il potere divino da cui sei stata investita grazie alla tua carica? Credi che conoscere sia l'unico modo per comprendere e una volta che hai gli elementi giusti spari la tua sentenza? No, cara la mia magistrata, tu non sai proprio nulla!»

«Ma che grandissimo figlio di puttana!» la Casoni ci mise pochi secondi a esplodere. «Con chi credi di avere a che fare, superuomo da strapazzo? Sono qui che rischio il culo per niente e tu mi vieni a dire queste stronzate del secolo. Secondo te io sarei qui per giudicare te e il tuo gruppo? Ho perso quattro dei miei uomini oggi per te!»

«Per me? Ma ti senti quando parli?» Santini fu spietato. «Non hai pensato che io sono quello che sono per volontà del mio Stato e del mio Popolo, che sono al servizio di qualcuno che non sei tu o il tuo bene amato Paese? Non hai pensato che i tuoi quattro morti devi sentirli sulla tua coscienza visto che mi hai seguito perché sospettavi di me, sbagliando come una novellina? La grande magistrata che prende un abbaglio e se la prende con il resto del mondo per difendere la sua integrità da strapazzo. Chi sei tu, piccola donnicciola arrogante! Io già combattevo guerre che nemmeno immagini quando tu eri sul seggiolone e vieni a fare la morale a me? Questa è la mia guerra, ricordalo, non la tua e se sono autorizzato a fare quello che faccio non è a te che devo rispondere, Dio sarà il mio giudice, a cui ho offerto la mia vita, non tu, sbarbatella da quattro soldi!»

*Ha ragione! Ha maledettamente ragione, è mia la colpa della morte di Ayala e degli altri.* Con quel pensiero la Casoni si lasciò andare a un pianto disperato. Ma Santini non demordeva, gli occhi di ghiaccio lo trasformarono in una creatura quasi disumana, inquietante. La magistrata volle reggere quello sguardo, non senza problemi.

«Tu non hai nemmeno la più pallida idea di chi siano i nostri nemici» proseguì imbufalito Santini, «questa cosa è più grande di te e di me messi insieme, serve altro per sconfiggere il male. Io non combatto criminali come fai tu, quelli me li mangerei la mattina con il cappuccino, questi sono bestie, portatori del diavolo, fanatici religiosi che torturano, ammazzano preti e monaci, agiscono nell'ombra e nella tranquillità più assoluta, magari con la complicità di Paesi come il tuo che lo hanno comprato con il denaro.»

Santini girò le spalle e vide Nic, Jon e Baresi in piedi e scuri in volto, in segno evidente di rimprovero.

«Che avete da guardare? Andatevene via!» gridò.

Si rese conto di aver esagerato, anche lui era sconvolto, i fatti avevano messo a dura prova anche il suo controllo spirituale. Si avvicinò alla magistrata e la strinse a sé.

«Dai, su! Ti chiedo scusa, sono stato proprio stronzo, come dici tu.»

«No!» rispose singhiozzando. «Sono io la stronza, ho fatto uccidere io i miei uomini per averti sospettato e seguito, sbagliando di brutto. Hai ragione su tutti i fronti, vorrei solo non averti mai incontrato, stai sconvolgendo la mia vita. Ma non riesco a darti la colpa di niente, tu e i ragazzi, il povero Denny, oggi ci avete salvato la vita e io vi ripago sospettando cose assurde. Perdonami Tommaso.»

La Casoni alzò il viso e incrociò gli occhi di Santini, brillavano di luce propria.

«Io...» si stava avvicinando alle labbra dell'uomo, lui non fece nulla per impedirlo. Le porse le sue labbra, Santini la agevolò, i due si sfiorarono così in un tenero e leggero bacio.

La Casoni si scostò subito. «Oh mio Dio, scusami!»

«Non è successo niente, non devi scusarti.»

«Ma tu sei un prete!» si era resa conto dell'assurdità del gesto. «No, no! Non può andare così, non devo, oh mio Dio!»

«Non devi?» chiese Santini.

«No! Lascia stare, me ne vado a dormire, buonanotte Tommaso.»

Concluse la discussione andandosene. Santini non aveva capito nulla, rimase seduto fino a quando sentì tossire.

«Bella donna, vero?» chiese Baresi.

Santini confermò. «Sì, ma non ti devi preoccupare per me, Andrea.»

«In che senso?»

Santini pensava a Baresi come all'innamorato della magistrata, vedeva come la guardava e il rapporto di fiducia e fedeltà con cui erano legati.

«Nel senso che non te la voglio portare via.» Ripose Santini. «Quel bacio non significa niente, era disperata e mi è sembrato un modo garbato per tranquillizzarla.»

Baresi fu diretto, anche se poco convinto. «Tu non mi piaci Santini, non mi sei mai piaciuto, Sonia è come una sorella per me e le sono affezionato, ma lei ci tiene a te, non riesco a capire il perché, comunque ci tiene. Non trattarla più in quel modo.»

«Senti, ragazzo» Santini lo interruppe, «non me ne frega niente di te e di lei, mi siete giunti fra i piedi senza che vi avessi chiesto nulla. Vedi di andare a minacciare qualcuno alla tua portata, con me rischi solo di farti del male!»

«Sei arrogante, lo sai?» sentenziò Baresi.

«Lo so!» rispose seccato Santini.

Si alzò per andare nel suo alloggio con il pensiero di rimettersi a dormire. Passando a fianco di Baresi gli posò la mano sulla spalla.

«Per questo sono ancora vivo!»

# 35

## Quarto giorno

Nic lo aveva già chiamato un paio di volte, lo scosse di nuovo in modo brusco. Santini quasi cadde a terra, era abituato a dormire con un occhio aperto, in qualsiasi situazione si sarebbe svegliato al solo respiro di qualcuno nella stanza, ma gli avvenimenti di quei due giorni e la mancanza di riposo l'avevano spossato. Nic era in piedi di fronte a lui.

«Che c'è?» chiese il maestro.

«Stanno arrivando!»

Stentava a riprendersi, la mente si stava avviando come una lampada al neon, ci avrebbe messo un po' prima di illuminarsi.

«Chi?» chiese nella confusione del risveglio traumatico.

«Ma maestro, gli uomini del Crepuscolo» rispose Nic, «sono almeno una ventina, in meno di quindici minuti avranno raggiunto il Monastero.»

«Ma porc!» tenne a freno la lingua. «Sveglia gli altri.»

Ma gli altri erano già belli svegli, tutti intenti a controllare le immagini satellitari sul portatile di Jon: quattro Hammer cariche di uomini stavano raggiungendo la strada d'accesso al Monastero. Quando sopraggiunse, Santini studiò la situazione.

«Ma come fanno questi a entrare nel Paese senza problemi e armati di tutto punto?» Fu la prima domanda che si pose. «Dobbiamo andarcene da qui, subito!»

La Casoni precisò: «Questo è poco, ma sicuro. Non possiamo prendere le jeep, però, rischiamo di capitargli fra le mani. Come faremo ad affrontarli, siamo in quattro gatti e loro sono cinque volte più di noi?»

Santini rifletteva, aveva ragione la magistrata, il commando era troppo vicino per pensare di fuggire con le jeep, li avrebbero visti e inseguiti. Tra l'altro, i mezzi degli uomini del Crepuscolo erano veicoli da deserto, potevano arrivare anche a centoventi chilometri orari mentre le loro jeep, probabilmente, avrebbero sostenuto una velocità di molto inferiore, forse addirittura meno della metà.

«I sotterranei.» Propose Santini. «La leggenda dice che Mosè passò attraverso il monte del Sinai usando caverne e percorsi sotterranei.»

La Casoni lo guardò perplessa. «Ma è una leggenda! È stato mai provato che si possa fare?»

«No, mai. Ma non si può mai sapere, dove c'è una campana che suona c'è sempre anche una Chiesa.»

Fu Baresi a precisare il proprio punto di vista. «Per me sei fuori di testa, Santini. Rischiamo solo di intrappolarci dentro a delle grotte, così quelli ci raggiungono subito e ci fanno fuori.» Poi si rivolse a Nic e Jon. «Voi che dite?»

«Noi seguiamo il maestro.» Risposero in coro i due ragazzi.

*E ti pareva!* Pensò Baresi.

«Bene!» sentenziò Santini. «La maggioranza vince, prendiamo le armi e le nostre cose.»

Il gruppo si avviò verso la Chiesa, entrarono e chiusero l'antico portale di legno. Scesero al livello inferiore e aprirono la botola per accedere all'archivio segreto nei sotterranei. Attraversarono i lunghi corridoi fino a raggiungere il vero e proprio archivio. Santini accese le luci e apparve l'immenso tesoro ivi custodito; in fondo alla grotta vi era ancora il corpo senza vita dell'arcivescovo Dominas. Appena la Casoni lo vide si trattenne dall'urlare per lo spavento.

«Era l'arcivescovo Dominas» spiegò Santini, «il custode dell'archivio e il capo dei monaci. Mi è morto fra le braccia dopo avermi consegnato i frammenti.»

Proseguirono fino a uno snodo di quattro corridoi, Jon frugò nella borsa e porse a ognuno una torcia.

«Non funzionano a pile» spiegò anche per tranquillizzare, «ma usano un prodotto chimico che non si consuma. Almeno non dovremo preoccuparci di restare al buio.»

La Casoni si era ripromessa di specificare, prima o poi, che lei non era una cacasotto, come pensava il buon Jon, ma in quell'istante era timorosa più delle ragioni di Baresi che non di quelle illusorie di Santini.

«Quale prendiamo?» chiese Nic a Santini.

«Non so, proviamo il primo a destra.»

Si incamminarono lungo quel budello di roccia, fecero solo pochi passi e alla prima curva incontrarono un muro.

«Bene!» disse Baresi. «Mosè avrà richiuso la strada dietro di sé, una volta attraversata la montagna.»

«Era una battuta?» chiese Santini a Jon.

Jon annuì. «Mi è sembrato di sì, maestro.»

«Ah! Anche a me pareva. Bene, lo spirito non ci manca, quindi, torniamo indietro e proviamo con il secondo cunicolo.»

Santini condusse il gruppo al punto di partenza e prese il secondo cunicolo. Camminarono per un'ora. Immaginavano che gli uomini del Crepuscolo fossero già arrivati al Monastero e speravano in un colpo di fortuna: cioè che non scoprissero la botola che conduceva ai sotterranei. Si accorsero che erano tornati allo snodo iniziale ritrovandosi punto e a capo: dopo quasi due ore di camminata non si erano mossi di un millimetro. In più, sentivano che l'aria, rarefatta e umida, li stava sfinendo. La Casoni si volle riposare sedendosi su una piccola roccia, era intenta a bere quando intravide sopra la terza entrata una scritta sulla roccia, incomprensibile.

Lo fece notare agli altri. «C'è una scritta qui, mi è apparsa all'improvviso. Prima non c'era!»

Santini le si avvicinò. «È in ebraico» disse scrutandola, «so pronunciarlo, ma non tradurlo.»

«Ci penso io» disse Jon aprendo il portatile, «se mi dici come scriverlo lo trasporto su un programma di traduzione.»

A Santini parve una buona idea, si fece fare luce e iniziò a declinare quella scritta mentre Jon trascriveva. Ogni tanto Santini dovette precisare la corretta sintassi, ma ben presto ebbero il risultato. Jon fece leggere la traduzione.

1. *IO SONO IL TUO SIGNORE, COLUI CHE TI HA FATTO USCIRE DAL PAESE DI EGITTO, DALLA CONDIZIONE SERVILE.*

«Che significa?» chiese la Casoni.

«Non lo so» disse Santini concentrandosi sulle parole. «Sembra alluda all'esodo degli ebrei quando Mosè li liberò dalla schiavitù del Faraone d'Egitto. La frase il tuo Signore è certamente riferita a Mosè, fu lui a rendere possibile l'esodo.»

«Una scritta per ricordare agli ebrei chi fu il loro salvatore, forse?» aggiunse Nic.

«Ma non fu Mosè a...» Santini si interruppe mentre gli vennero in mente le parole dell'arcivescovo: *Segui i comandamenti per salvarti. Sarai degno!*

«Segui i comandamenti per salvarti!» Santini esplose a quel pensiero condividendolo con gli altri che, però, non capirono. «Ma certo, quella scritta è uno dei comandamenti, non fu Mosè a salvare gli ebrei, ma Dio: il tuo Signore è Dio.»

La Casoni replicò: «Ma quella scritta non è un comandamento; non ne esiste uno così.»

«Hai ragione, Sonia.» Precisò Santini. «Infatti tu non potresti essere degna. L'arcivescovo mi ha detto che sarò degno perché credo e leggo con il cuore di un credente pieno di Fede.»

«Continuo a non capire.»

«Perché è scritto in ebraico» spiegò lui, «Mosè era ebreo e i comandamenti sono stati tradotti dall'ebraico. Gli ebrei, a quel tempo, erano analfabeti, quindi Mosè tradusse i comandamenti non solo indicando i capitoli, ma spiegandoli.»

Santini si fece ripetere da Jon la traduzione.

*IO SONO IL TUO SIGNORE, COLUI CHE TI HA FATTO USCIRE DAL PAESE DI EGITTO, DALLA CONDIZIONE SERVILE.*

«Io sono il Signore Dio tuo! Non avrai altro Dio fuori di me.» Recitò. «Questa è la traduzione letterale del primo comandamento. È Dio che ha liberato gli ebrei dalla schiavitù, non Mosè, lui li ha fatti uscire dall'Egitto. Mosè, per quanto importante, era uno strumento individuato da Dio per condurli alla Terra Promessa, infatti, vagarono quarant'anni nel deserto prima di trovarla e a Mosè non fu permesso entrarvi.»

Santini contagiò anche uno scettico come Baresi, infatti, il ragionamento non faceva una piega.

«Seguiamo i comandamenti» disse convinto, «come mi ha suggerito l'arcivescovo e interpretiamoli come li spiegò Mosè. Quella è la strada degna!»

In effetti, Santini aveva ragione, dopo qualche centinaio di metri uscirono dal quel cunicolo e si trovarono di fronte ben nove gallerie.

«Cerchiamo la scritta.» Disse.

I cinque guardarono sulle pareti delle nove gallerie senza, però, trovarne alcuna.

«Non c'è nulla» disse Baresi, «ti sei sbagliato di brutto.»

«No, no!» Santini ne era convinto. «Ci deve essere, guardate anche in alto, per terra, più avanti, deve esserci!»

Tornarono a controllare in ogni più angolo, per terra, sulle pareti, sul soffitto e anche percorrendo alcuni metri.

«Ho trovato.» Disse Nic.

«Cazzo! Anche qui c'è una scritta.» Era naturalmente la Casoni.

Santini ne trovò una anche lui e condivise l'informazione. «E qui un'altra.»

«Che facciamo?» chiese Baresi. «Quale sarà quella giusta?»

«Beh» Santini stava riflettendo. «I comandamenti, almeno come li conosciamo oggi, sono: Non avrai altro Dio fuori di me; non nominare il nome di Dio invano; ricordati di santificare le feste; onora il padre e la madre; non uccidere; non commettere atti impuri; non rubare; non dire falsa testimonianza; non desiderare la donna d'altri; non desiderare la roba d'altri. Troviamo l'interpretazione logica che più si avvicina a questi.»

Santini si mise a dettare a Jon la prima scritta, partendo dal corridoio di sinistra verso destra, poi le altre. Infine le tre scritte furono tradotte.

1. *NON TI FARAI IDOLO NÉ IMMAGINE ALCUNA DI CIÒ CHE È LASSÙ IN CIELO, NÉ DI CIÒ CHE È QUAGGIÙ SULLA TERRA, NÉ DI CIÒ CHE È NELLE ACQUE SOTTO LA TERRA.*

2. *NON TI PROSTRERAI DAVANTI A QUELLE COSE E NON LE SERVIRAI. PERCHÉ IO, IL SIGNORE TUO DIO, SONO UN DIO GELOSO CHE PUNISCE LA COLPA DEI PADRI NEI FIGLI FINO ALLA TERZA E ALLA QUARTA GENERAZIONE PER QUANTI MI ODIANO, MA USA MISERICORDIA FINO A MILLE GENERAZIONI VERSO COLORO CHE MI AMANO E OSSERVANO I MIEI COMANDAMENTI.*

3. *NON PRONUNZIERAI INVANO IL NOME DEL SIGNORE, TUO DIO, PERCHÉ IL SIGNORE NON LASCERÀ IMPUNITO CHI PRONUNCIA IL SUO NOME INVANO.*

«La terza mi sembra la più coerente.» La Casoni fu subito sicura. «Si avvicina a non nominare il nome di Dio invano.»

Santini annuì, ma specificò un passaggio importante che avrebbero dovuto tenere conto nel prosieguo dell'esplorazione.

«C'è una differenza tra le varie tradizioni religiose, riguardo la suddivisione dei comandamenti» disse a precisazione, «concretamente la differenza sta nella suddivisione tra primo e secondo e, di conseguenza, tra nono e decimo.»

Spiegò che sia per l'ebraismo che per la Chiesa Ortodossa, oltre ad alcune chiese evangeliche e ai Testimoni di Geova, il secondo comandamento iniziava dove c'era la prescrizione di non farsi immagini di Dio, di non doversi prostrare di fronte a esse e di non adorarle. Di conseguenza, anche il comandamento riguardante il non desiderare la moglie del prossimo era tutt'uno con quello che riguarda il non desiderare le cose altrui. Invece la Chiesa Cattolica latina considerava la prescrizione sull'adorazione delle immagini come parte del primo comandamento. Inoltre, nella tradizione ebraica il primo comandamento era la premessa dei comandamenti cristiani, ma il secondo corrispondeva al primo cattolico e luterano mentre non corrispondeva al primo protestante non luterano perché sdoppiato.

«Seguendo questa logica» aggiunse, «anche la prima e la seconda descrizione potrebbero essere giuste. Chi ha pensato a queste iscrizioni non voleva certo far capire agevolmente quale fosse la giusta strada. Da come la vedeva l'arcivescovo solo chi è degno riuscirà a trovare la salvezza.»

Baresi non aveva capito nulla. «E quindi? Il signore *so tutto io* ha deciso quale galleria prendere?»

«Seguiamo quella del terzo testo, la quarta da sinistra.» Fu la decisione sicura di Santini.

Questa volta la galleria era lunghissima, ci volle più di un'ora per attraversarla, ponendo il gruppo in forte difficoltà fisica e mentale, oltre al fatto che Baresi aveva sempre da ridire su un ipotetico errore di traduzione. Ma le preoccupazioni di Santini non erano le polemiche di Baresi, anzi, le battute che gli proponeva lo divertivano più che infastidirlo. L'aria rarefatta e umida rendeva il percorso sempre più faticoso. Usciti finalmente dall'ennesima galleria, approdarono in un ampio spazio ove l'aria era molto più respirabile. Grazie alla forma perfetta, Santini e Nic se la stavano cavando senza accusare il minimo disturbo, anche la Casoni si presentava in buone condizioni, ma Baresi e Jon erano due stracci e decisero di riprendere fiato. Bevvero in abbondanza, ma stabilirono che da lì in avanti avrebbero dovuto razionare l'acqua, per via dell'umidità nell'aria e dell'esagerata sudorazione, altrimenti avrebbero rischiato la disidratazione. Santini, Nic e la Casoni andarono a controllare le cinque gallerie innanzi a loro, solo su tre di esse trovarono le scritte, la cui traduzione fu più difficoltosa. Definito ogni passaggio e controllato un paio di volte il testo, poi furono consultabili sul portatile di Jon.

1.  *RICORDATI DEL GIORNO DEL SABATO PER SANTIFICARLO.*

2.  *DURANTE SEI GIORNI LAVORERAI E COMPIRAI OGNI TUA OPERA MA IL SETTIMO È GIORNO DI TOTALE CESSAZIONE DEL LAVORO E DEDICATO AL SIGNORE DIO TUO.*

3. *NON FARAI ALCUN LAVORO NÉ TU NÉ TUO FIGLIO NÉ TUA FIGLIA NÉ IL TUO SCHIAVO NÉ LA TUA SCHIAVA NÉ IL TUO BESTIAME NÉ IL FORESTIERO CHE SI TROVA NELLA TUA CITTÀ POICHÉ IN SEI GIORNI IL SIGNORE CREÒ IL CIELO E LA TERRA, IL MARE E TUTTO CIÒ CHE CONTENGONO, RIPOSÒ NEL SETTIMO GIORNO E PER QUESTO IL SIGNORE HA BENEDETTO IL SETTIMO GIORNO SANTIFICANDOLO.*

«Sembra che dicano la stessa cosa.» Fece notare Baresi.

«Ricordati di santificare le feste! Dicono tutte la stessa cosa.» Fece eco la Casoni.

«Forse la seconda o la terza» disse ancora Baresi sconvolgendo tutti in quanto, fino a quel momento, era stato il più scettico, «direi che la prima va scartata perché indica il sabato e non la domenica, il settimo giorno.»

Santini precisò. «Dobbiamo tenere presente che, per la legge mosaica, viene rispettato il sabato. I dieci comandamenti sono stati ritenuti fondamentali anche nel Cristianesimo, ma spesso sono stati interpretati in modi diversi: ad esempio non considerando il sabato, ma la domenica.» Concluse con un avvertimento. «Qui rischiamo di sbagliare, io sarei più propenso al primo, visto che parliamo del periodo mosaico.»

Nic disse la sua: «Io credo che Baresi abbia ragione. Se è vero, com'è certo vero, che gli ebrei a quel tempo erano analfabeti, questo fatto costrinse Mosè a dover interpretare i comandamenti, quindi, mi sembra logico che il terzo appare il più completo e chiaro, quello che spiega meglio il concetto della santificazione della festa, con molti particolari che non portano di certo ad altre interpretazioni.»

«Sono d'accordo con Nic» fu la decisione della Casoni.

Baresi, nemmeno a farlo apposta, era anche lui convinto dell'analisi di Nic mentre Jon era allineato con il maestro.

«Bene.» Decretò Santini. «Come ho già detto una volta, la maggioranza vince.»

Per via del caldo torrido, si tolsero i capi di abbigliamento non necessari; i tre dell'SCS i giubbotti antiproiettile mentre la Casoni tolse la camicia rimanendo con la maglietta che la rese ancor più sexy. Baresi fu il primo a prendere la seconda galleria da destra, quella ove era stata trovata la terza scritta, la prescelta dalla maggioranza. Avevano percorso appena mezzo chilometro quando si resero conto che c'era qualcosa che non andava. Jon fu il primo a crollare a terra, seguito dalla Casoni mentre gli altri avvertirono che il cuore batteva all'impazzata e un senso di soffocamento che provocava forti capogiri.

«È gas! C'è un gas qui dentro, torniamo indietro, presto!» gridò Santini mentre si accingeva a prendere in braccio la magistrata, Baresi fece altrettanto con Jon e, assieme a Nic, corsero fuori fino allo spiazzo di partenza. Arrivati lì, adagiarono a terra i due compagni e iniziarono a tossire fino a quando crollarono anch'essi, svenuti. Passarono due ore prima che Santini tornasse in sé, subito dopo si prese cura degli altri quando, uno a uno, si risvegliarono con un fortissimo mal di testa, ma vivi.

«Che è successo?» chiese Baresi.

«Siamo stati vittime di un gas potentissimo che ci ha fatto perdere i sensi.»

«Cazzo che mal di testa» disse la Casoni, «sembra come se mi martellassero il cranio.»

«Ma tu quella parola la dici prima di ogni frase?» chiese Jon alla Casoni.

«Cazzo? Beh! Qualche volta, ti turba?»

Jon fece segno di no e si mise a ridere.

«Bene! Direi che la maggioranza è stata battuta» ironizzò Santini, «quindi adesso la scelta cade obbligatoriamente sulla prima scritta. Come dicevo, nel periodo mosaico era cons...»

«Sì, sì, va bene!» Baresi intervenne stoppandolo. «Facciamo come dice il signor saccente. Forse hai ragione tu.»

La prima scritta corrispondeva alla terza galleria, quella che si apriva in mezzo alle altre. Si alzarono, non senza problemi di equilibrio, e si incamminarono. Degli uomini del Crepuscolo non vi era alcuna traccia, segno che non avevano trovato la botola segreta o che non erano riusciti a trovare le giuste gallerie. *Un problema di meno.* Pensò Santini. Non incontrarono grosse difficoltà e, fra battute e chiacchiere poco impegnative, furono subito fuori da quel cunicolo di media lunghezza. Si trovarono di fronte un ampio spiazzo.

«Mi sembra di esserci già stata qui.» Osservò la Casoni.

«In effetti!» confermò Santini. «Siamo tornati allo stesso punto di prima.»

Avevano girato in tondo fino a ritornare all'uscita della seconda galleria, di fronte avevano ancora le cinque opzioni, tra cui quella del terzo comandamento. Fecero ammenda, avevano sbagliato tutti e cinque, per cui non rimaneva altro che la seconda ipotesi, l'unica che era stata scartata.

«Io l'avevo detto, se conta qualcosa» fece osservare Baresi divertito, «avevo detto o la seconda o la terza ipotesi. Quindi, avevo ragione io!»

Santini si complimentò sarcasticamente con Baresi. «La prossima volta, però, cerca di far pesare la tua opinione con più convinzione, se vuoi che ti ascoltiamo.» Gli assestò una pacca sulla spalla.

Si incamminarono per la seconda galleria da sinistra, corrispondente alla seconda ipotesi. Questa volta la scelta si rivelò esatta, ma la camminata fu resa ancor più difficile dall'umidità e dalla rarefazione dell'aria che costrinse il gruppo a forzate soste per riprendersi dalla fatica. Dopo un'altra ora furono fuori, quello che si presentò ai loro occhi li fece sussultare.

«Cazzo!» esclamò la Casoni.

«Cazzo pure io!» le fece l'eco Jon al quale Santini fece arrivare il peggiore dei suoi sguardi.

La grotta era enorme anche in altezza, non si riusciva a inquadrare le misure. All'interno vi erano due sorgenti in cui scorreva acqua cristallina e, all'apparenza, potabile. La Casoni, Baresi e Jon si spogliarono di borse e vestiti nell'intento di bere tutto quel ben di Dio e farsi un bagno ristoratore.

Ma Santini lì bloccò subito gridandogli contro. «Non sappiamo se quell'acqua è potabile, dovremmo analizzarla.»

«E come facciamo ad analizzarla?» chiese Baresi. «Mica abbiamo gli strumenti adatti.»

Santini si chinò sulla sommità della fonte e la stava controllando attentamente, vi mise la mano dentro muovendola a destra e sinistra. Dopo pochi secondi ritirò la mano di scatto.

«È potabile!» disse.

«In che senso è potabile?» chiese stralunato Baresi.

«Nel senso che è potabile, quale parte di *potabile* non ti è chiara, Andrea?» scherzò Santini.

A Baresi era più che sufficiente e non perse tempo a capire oltre, a lui serviva un rinfresco e quelle acque così limpide erano un invito troppo allettante. Rimasto con i soli boxer si immerse nell'acqua, fu attraversato da brividi in tutto il corpo, ma la freschezza di quel liquido lo stava ritemprando.

«Fantastico!» disse invitando gli altri a seguire il suo esempio.

Jon non se lo fece ripetere, si spogliò gridando come un bambino di fronte a un luna park e si tuffò in quel laghetto. Nic sorrise al maestro, cosa che notò anche la Casoni.

«Che scherzo ci state combinando voi due?» chiese.

I due non risposero, da come si muovevano Baresi e Jon, Santini sapeva che era giunto il momento. Infatti, Baresi urlò terrorizzato, uscì subito dall'acqua con un serpente attaccato alla coscia destra; la bestiola non dava l'impressione di voler mollare la presa troppo in fretta. Ridendo di gusto Santini gli si avvicinò, prese per la testa il serpente e gli applicò una piccola pressione che gli fece aprire la bocca.

«Oddio, è velenoso?» chiese Baresi sconvolto.

«Oh, sì, molto!» gli rispose Santini continuando a ridere, seguito anche dagli altri. Nic e Santini si spogliarono e si immersero nell'acqua invitando la magistrata a fare altrettanto in quanto il *pericolo* era passato, infatti, se c'era il serpente, significava che l'acqua era potabile. Passarono una buona mezz'ora a nuotare e bere finché ritennero che fosse il momento di riprendere il loro viaggio, certi di essersi rinfrescati a sufficienza. La Casoni emerse dall'acqua in tutto il suo splendore, il fisico tonico e scolpito, segno di ore passate in palestra o in altre attività sportive, fece presa sui maschietti del gruppo; anche il tenebroso Santini accusò il colpo. *È stupenda!* Pensò apprezzando la generosa femminilità della magistrata. Si rivestirono e fecero un giro veloce all'interno di quell'enorme spazio e trovarono due scritte all'inizio di sei gallerie. Analizzando le scritte, le traduzioni di Jon furono le seguenti:

1.  *LA TUA VITA SIA LUNGA E TU SII FELICE NEL PAESE CHE IL SIGNORE TUO DIO TI DÀ.*

2.  *ONORA TUO PADRE E TUA MADRE, COME IL SIGNORE DIO TUO TI HA COMANDATO.*

«Il secondo, mi pare semplice.» Sentenziò la Casoni.

Tutti annuirono, era davvero la versione più realistica e fedele, non vi erano dubbi. Presero la terza galleria da sinistra e dopo un breve tragitto sbucarono in un nuovo snodo di tre gallerie. Non fu semplice da trovare, ma risultava un'unica scritta, persero solo poco tempo a confermare la logica sequenza.

1.  *NON UCCIDERE.*

Avanzarono senza sosta lungo quella galleria, l'aria si rese ancor più rarefatta e gli effetti ristoratori del bagno di poco prima erano ormai un ricordo lontano. Uscirono dal cunicolo incrociando sette gallerie, due avevano le scritte.

1. *NON COMMETTERE ERRORI CONTRO IL PROSSIMO TUO.*

2. *NON COMMETTERE ATTI IMPURI.*

«Il secondo.» Fu una decisione unanime. Superarono anche la sesta galleria. La settima sarebbe stata scelta tra le tre che gli stavano di fronte. Ognuna aveva una scritta.

1. *DIO TI COMANDA DI NON PRENDERTI GIOCO DEL PROSSIMO.*

2. *DIO VUOLE CHE TU CREDA NEL TUO SIGNORE E CHE LA TUA FEDE SIA PURA, VIVI L'UMILTÀ COME LA TUA FORZA.*

3. *NON PRENDERTI LE COSE ALTRUI.*

«La terza equivale a non rubare: è questa!» disse Santini. Proseguirono ormai allo stremo delle forze. Jon fu il primo a crollare, Santini se lo caricò sulle spalle. Avevano finito l'acqua oltre ad aver perso le speranze di riuscire a fare altri passi, la Casoni iniziava a dare segni di cedimento e Baresi stava trascinando i piedi. Altre tre gallerie.

1. *NON PRONUNCIARE FALSA TESTIMONIANZA CONTRO IL TUO PROSSIMO.*

2. *NON PERDERE LA SPERANZA.*

Santini era tentato di seguire la seconda, in quanto a speranza erano quasi rimasti a secco, ma era evidente che la prima scritta era quella giusta. Raggiunsero un nuovo spiazzo con due gallerie, due scritte.

1. *NON DESIDERARE LA MOGLIE DEL TUO PROSSIMO. NON DESIDERARE LA CASA DEL TUO PROSSIMO, NÉ IL SUO CAMPO, NÉ IL SUO SCHIAVO, NÉ LA SUA SCHIAVA, NÉ IL SUO BUE, NÉ IL SUO ASINO, NÉ ALCUNA DELLE COSE CHE SONO DEL TUO PROSSIMO.*

2. *NON DESIDERARE NIENTE DI PIÙ DI QUANTO DIO HA CREATO, NELLA SUA IMMENSA SAGGEZZA.*

Santini si rese conto che la prima scritta raggruppava il nono e il decimo comandamento. «Il primo sembra che ne racchiuda due: il nono, non desiderare la donna d'altri e il decimo, non desiderare la roba d'altri. È da notare che il testo biblico non riportava la numerazione dei comandamenti come nemmeno era dato di sapere, almeno nell'originale ebraico, se conteneva la punteggiatura, o gli a capo. La suddivisione nei dieci punti non appartiene al testo biblico, inoltre, dobbiamo tenere presente che la suddivisione in versetti venne formulata nel secondo millennio cristiano per facilitare il lavoro di individuare le citazioni bibliche. Quindi questo è l'ultimo comandamento e, se non mi sbaglio, sarà anche l'ultima galleria.»

Gli animi si fecero più risoluti, erano spossati e disidratati. Jon stava male, febbricitante e con le labbra screpolate; Santini pensava che sarebbe toccata la stessa sorte a ognuno di loro. Si fecero forza e presero la galleria corrispondente al testo esatto, nella speranza che quello fosse l'ultimo passaggio per l'uscita. Camminarono tre ore, disorientati, stanchi. Santini portava sulle spalle la Casoni, ormai allo stremo delle forze, mentre Nic trasportava Jon, messo peggio anche della magistrata. Baresi, invece, stentava a portarsi da solo. Finalmente uno spiraglio di luce, uscirono in pieno deserto quando il sole già dava inizio alla sua discesa per fare posto al tramonto. Avevano percorso tutte quelle gallerie in oltre quindici ore. Si lasciarono cadere al suolo sfiniti, nonostante il pericolo di essere allo scoperto.

# 36

*Molte ore prima*

Karl Weiber atterrò all'aeroporto di Sharm El Sheik a mezzanotte in punto. Non gli andava a genio che i suoi uomini non fossero riusciti a uccidere Santini e la magistrata, i dodici del commando si erano fatti annientare da un solo uomo, da come aveva potuto vedere nel video registrato dal satellite. Era stato astuto Santini a prenderli di sorpresa, era evidente che aveva perso parecchi uomini, ma la sortita li aveva salvati. Aveva visto la scena della loro folle corsa all'interno delle mura del Monastero, non voleva fallire. Quindi aveva preso il primo volo diretto per l'Egitto per prendere parte all'operazione. Il piccolo elicottero lo prelevò sulla pista, evidentemente i soldi spesi per alcuni influenti esponenti del Governo egiziano avevano portato a un buon risultato nel garantire una certa agibilità territoriale. Il pilota fece un volo di pochi minuti e atterrò sul ponte della nave al largo di Naama Bay. Weiber scese sotto coperta dove lo stava aspettando il comandante per accompagnarlo nella sala di controllo. La nave batteva bandiera canadese e ufficialmente trasportava materiale elettrico; questo faceva in modo che le onde radio prodotte fossero considerate normali, seppur di una portata di molto superiore al consentito. Qualsiasi controllo della capitaneria della milizia egiziana avrebbe registrato quell'alto tasso di onde radio, ma la registrazione del particolare carico trasportato, avrebbe evitato degli inutili controlli. Ciò garantiva la possibilità di usare tutto il potenziale necessario per le intercettazioni satellitari e non, compreso l'uso di apparecchiature per destabilizzare le comunicazioni. Erano in grado di non essere scoperti o ascoltati e potevano disturbare le comunicazioni degli altri a loro piacimento.

«Benvenuto a bordo, signore.» Disse il comandante. «Mi segua, la stanno aspettando.»

Il comandante gli fece strada fra quei corridoi e cunicoli, fino ad arrivare a una gigantesca sala in cui vi erano i più ricercati sistemi per le comunicazioni e che ospitava una ventina di uomini e donne intenti a svolgere il proprio compito.

Weiber non aveva tempo. «È pronta la nuova squadra?»

Chiese al comandante il quale fece un cenno a un giovane di colore. L'uomo si fece avanti e, rivolgendosi a Weiber, gli illustrò il piano. Venti uomini armati di tutto punto e quattro Hammer adatti a percorrere velocemente il deserto, in meno di due ore sarebbero arrivati al Monastero, avrebbero ucciso Santini e i suoi e trovato i frammenti del manoscritto. Dalla sicurezza ostentata, per quell'uomo l'operazione si sarebbe conclusa in modo da far ritorno alla nave prima dell'alba.

«Vengo anch'io con voi.» Ordinò Weiber.

«Non ci sono problemi, signore.» Rispose l'uomo.

Il commando si riunì per concordare gli ultimi dettagli, Weiber indossò una tuta e salirono su una barca che li accompagnò in una costa lontana dalle luci del porto di Naama Bay. Lì trovarono le Hammer, Weiber volle salire su quella che guidava la colonna, quindi partirono alla volta del Monastero di Santa Caterina. Il viaggio durò poco meno di due ore, alle due e quarantacinque erano già all'oasi, a meno di un chilometro dalla fortezza. Notarono delle jeep abbandonate, probabilmente quelle di Santini e della magistrata, poi scesero. Fecero saltare le jeep, per essere certi che non avrebbero potuto utilizzarle. Lasciarono due uomini di guardia alle Hammer, il resto si avviò in direzione del Monastero. Weiber, seppur zoppicante, camminava spedito, era abituato ai dolori che sentiva a ogni passo, per cui non tardarono a raggiungere le mura. Sapevano che Santini li avrebbe visti arrivare, sapevano anche che li stavano aspettando, quindi avanzarono cauti in quegli ultimi metri. Stranamente la zona appariva tranquilla ma Weiber si aspettava una reazione violenta, Santini aveva dalla sua il vantaggio di poter controllare l'unico accesso per entrare al Monastero; non sarebbe stato facile. Sul lato ovest della fortezza, ove trovava posto l'ingresso, erano parcheggiate altre due jeep, anch'esse furono distrutte con le stesse modalità delle altre. Il commando si avvicinò alla porticina d'ingresso, posizionò del plastico e si allontanò di qualche metro, attese l'esplosione che divelse il portale. La sequenza d'attacco fu fulminea: vennero lanciate alcune bombe sonore e sparati centinaia di colpi attraverso l'apertura. A gruppi entrarono nel Monastero con i visori notturni, vi era una luce flebile lungo il corridoio centrale e in molti punti dominava il buio. Si divisero, con l'ordine di setacciare ogni angolo, ogni posto, piccolo o grande che fosse. Weiber si diresse verso la Chiesa assieme ad altri due uomini alla ricerca dei frammenti. Nel silenzio i *libero* gridati dal commando rimbalzavano sulle pareti causando un'eco sinistra. Un uomo chiamò Weiber mentre questi era intento a valutare come fare per aprire il portale di legno della Chiesa; era troppo prezioso per farlo saltare con il plastico. Weiber lo raggiunse ed entrò in un alloggio, già da fuori capì di cosa si trattava, l'olezzo gli provocò dei conati di vomito che, però, trattenne. Lì erano stati deposti trentatré cadaveri: ventiquattro monaci, quattro miliziani, il commissario Ayala e i tre poliziotti italiani, infine, lo stesso Denny. Guardando tra i corpi, si convinsero quasi subito che sia Santini sia la magistrata non erano certo fra quelli e mancavano all'appello altre tre persone dell'SCS.

«Sono fuggiti!» imprecò Weiber. Non poteva permettersi il lusso di fallire anche lui, impugnò l'arma di uno degli uomini e sparò raffiche impazzite su quei poveri cadaveri. L'effetto fu devastante, oltre che inutile. Sfogata la rabbia, ordinò di setacciare la zona circostante il Monastero, alla ricerca anche della più piccola traccia. Nel frattempo fece mandare in frantumi una vetrata della Chiesa e, tagliata l'inferriata, entrarono da quella nuova apertura. Controllarono ogni interstizio: nessuna traccia di Santini e compagni. Ma trovarono la botola che accedeva ai sotterranei, la fecero saltare e vi entrarono. Alla vista di quel tesoro molti uomini furono assaliti dalla bramosia di prendere alcuni oggetti di valore, ma Weiber era contrariato.

«Il primo che prende anche la più piccola cosa qui dentro» disse con aria minacciosa, «lo ammazzo come un cane! Spero di essermi spiegato!»

Tutti annuirono, erano troppo ben pagati da quell'uomo e non avevano idea che anche il più insignificante di quei pezzi storici avrebbe reso molto di più della loro pur notevole paga. Passarono davanti al cadavere dell'arcivescovo che Weiber conosceva bene per averlo visto meno di un mese prima, era colui che gli aveva rifilato i frammenti falsi. Gli uomini del Crepuscolo, che avevano fatto irruzione la notte prima dentro il Monastero, erano certi che nessuno fosse scampato al loro attacco e che nessuno sapesse dov'erano i frammenti. Avevano detto che nemmeno sotto tortura avevano rivelato alcunché, invece l'arcivescovo era lì, scampato all'attacco. Weiber non si spiegava per mano di chi fosse morto, ma era evidente che si era rifugiato nell'archivio sottraendosi ai suoi uomini.

«Togligli la chiave che porta al collo.» Intimò a uno del commando.

Il tizio non era molto propenso, ma obbedì senza fiatare cercando una chiave che non trovò. «Non c'è.» Disse timoroso.

«Come non c'è?» Esplose Weiber. Trattenendo i conati di vomito si mise a rovistare ogni tasca fino a svestire quasi completamente quel povero monaco, senza trovare alcuna chiave. Si mise a imprecare prendendo a calci una preziosissima icona mandandola in frantumi; non si rese conto di aver distrutto un'opera d'arte dal valore di centinaia di migliaia di euro. *Questo significa che l'ha presa Santini! Ha ucciso lui il monaco. No, non ci credo, allora gliel'ha consegnata lui spontaneamente, quindi avrà con sé i frammenti.* Uno degli uomini, di ritorno da un'avanscoperta verso le gallerie, disse che aveva trovato delle tracce del passaggio di almeno cinque o sei uomini. Lo seguirono fino ad arrivare allo snodo in cui si incrociavano le quattro gallerie. Non ebbero altra scelta che entrare nella prima a destra, in quella in cui Santini e i suoi, tempo addietro, avevano trovato il muro. Tornando indietro presero la seconda, quella che li avrebbe riportati al punto di partenza dopo una buona mezz'ora di cammino. Infastiditi presero, quindi, la terza che si rivelò quella giusta, ma alla fine del cunicolo se ne trovarono ben nove di fronte. Si divisero a gruppi di due. Dopo quasi tre ore di cammino, si ritrovarono nello stesso snodo, senza fiato, stanchi e disidratati. All'appello dei diciannove uomini, entrati nel Monastero in quel momento, si contarono in undici, compreso Weiber. Degli altri otto uomini nessuna traccia. Si erano persi chissà dove e chissà come. Le scritte dei comandamenti ebraici a loro non erano apparse. Evidentemente, quegli uomini, non erano da considerarsi *degni.*

# 37

Quinto giorno

La prima a svegliarsi fu la Casoni, non riconobbe subito dov'era finita. La stanzina aveva le pareti di lamiera, era pulita e austera. Il caldo, però, era impossibile da sopportare. Si alzò da quel letto fatto di paglia e piume, poggiato su un terreno di roccia e polvere desertica ma, quando fece per uscire, un uomo le si presentò davanti facendole venire un colpo. Non capiva nulla di quello che le stava dicendo quell'individuo, ma non sembrava contento che lei uscisse da quella stanza, per cui si rimise seduta senza dire una parola. *Che cazzo di posto è questo? Dove sono gli altri?* Si chiese ancora frastornata.

Gli altri erano in una baracca poco lontano da lei, ancora intenti a dormire. Quando Santini si svegliò si pose le medesime domande della magistrata. Lui era con Baresi, Jon e Nic, questi ancora addormentati. Si alzò da quell'improvvisato giaciglio per uscire trovandosi, anche lui, un tizio che non gli ispirò certo tenerezza, anzi. *Beduini?* Rientrò nella baracca e tentò di svegliare gli altri, ci riuscì con tutti meno che Jon, il genio informatico sembrava fosse immerso nel miglior sogno della sua vita, aveva la faccia beata e rosea. *Buon segno.* Si disse.

«Dove siamo, maestro?» chiese Nic.

«Penso che ci troviamo in un accampamento beduino.» Rispose Santini. «Ma c'è un tizio che non mi ha lasciato uscire. Voi state bene?»

Baresi si stiracchiò con le ossa che scricchiolarono. «Io bene, anzi, mi sento in forma.»

Santini notò che non avevano più né le armi né le borse, immaginò che i beduini le avessero prese con l'intenzione di tenersele. Non sapeva ancora bene se erano capitati in un posto ostile oppure no, ma era chiaro che li avevano trattati con rispetto. I giacigli erano fatti con paglia e piume di uccello, una rarità per quei posti e un lusso che si potevano permettere solo i capi di grandi tribù beduine. Quindi non li classificò subito come ostili, era fiducioso che quella gente avrebbe restituito le loro cose e le armi in cambio di pochi euro, in caso contrario se le sarebbero riprese in altro modo, magari meno cortese. A differenza della baracca della magistrata, la loro era abbastanza fresca e arieggiata, certo, il caldo torrido non dava pace, eppure non sudavano perché l'aria risultava abbastanza asciutta.

«Notizie di Sonia?» chiese Baresi quando terminò di stiracchiarsi.

«Nessuna.» Rispose Santini. «Ma visto come hanno trattato noi, a lei avranno garantito maggiori comodità. I Beduini ritengono le donne persone risp...»

Non fece in tempo a finire la frase che sentì la Casoni gridare e inveire contro qualcuno che, sicuramente, le stava facendo del male. I tre balzarono fuori dalla baracca e subito furono fermati da una decina di beduini, armati di asce e coltelli. Si guardarono attorno, il villaggio si componeva di una dozzina di capanne, una ventina di uomini avevano abbandonato le loro occupazioni per guardare verso gli stranieri. Santini chiamò a voce alta la Casoni per capire cosa le stava succedendo, ma per tutta risposta vide uscire, dalla baracca vicina, un uomo che imprecava con mezza faccia insanguinata. Da lì a qualche secondo, uscì anche la Casoni, aveva quasi staccato la pelle dalla faccia di quel povero beduino a suon di unghiate.

«Me lo sono trovata davanti all'improvviso.» Disse con aria innocente.

«Stai bene, ti hanno fatto del male?» chiese preoccupato Baresi.

«No! Mi ha solo fatto prendere un accidente quel cazzone!» rispose tranquillizzando i tre. Il gruppo dei beduini spinse Santini e gli altri verso la loro baracca con l'intento di farli rientrare, Santini perse la pazienza e prese il braccio del più grosso e lo torse girandoglielo dietro la schiena, quasi glielo spezzò.

«Ora basta, mi avete stancato.» Disse.

La reazione degli altri uomini fu repentina, uno di quel gruppo diede una mazzata, con il manico dell'ascia, sul cranio di Baresi che cadde a terra. Nic lanciò uno sguardo d'intesa al maestro il quale annuì. Santini diede un'ulteriore torsione al braccio del suo uomo fratturandoglielo, si avventò subito sul secondo prendendogli la mazza dalle mani e colpendolo con una testata. Non pago diede una martellata sul piede della sua terza vittima mentre Nic ne stese due in un attimo, il primo con un tremendo calcio nelle palle e l'altro con un pugno in faccia che avrebbe ammazzato un bue. Gli altri uomini si mossero per dare man forte ai compagni quando un altro ancora gridò qualcosa in arabo; tutti si fermarono proprio quando Santini stava per colpire il suo quarto avversario.

Il nuovo arrivato era ben vestito, non era un beduino, ma da come si era fatto ubbidire era chiaro che esercitava una certa influenza sulla tribù. Santini aveva capito che l'ordine era stato dato perché li voleva vivi. La Casoni si unì al gruppo prendendosi cura di Baresi che si stava riprendendo, non senza un bel bozzo sul cranio. L'uomo misterioso si avvicinò a Santini.

«È lei il dottor Santini?» chiese in ebraico.

*"È israeliano."* Santini non conosceva l'ebraico per cui rispose in arabo sapendo che in Israele vigeva la doppia lingua: l'ebraico e, appunto, l'arabo.

«Sì, sono io. Chi è lei?»

Stavolta l'uomo rispose in italiano, non molto preciso, ma un buon italiano che capirono tutti. «Sono il maggiore Adam Smatar e sono del Mossad.»

«Del Mossad?» disse meravigliata la Casoni. «Lei è del servizio segreto israeliano? Che fortuna, l'ha contattata la nostra Ambasciata oppure il nostro Ministero degli Esteri? Io sono...»

«So chi è Lei, dottoressa Casoni.» Smatar precisò. «Il Governo italiano ha denunciato la sua scomparsa e quella di cinque agenti di Polizia che la scortavano; la notizia è apparsa su tutte le televisioni del pianeta. Tutti indicano che lei è stata rapita a Naama Bay. Ma no, non è il suo Paese che ha contattato il mio.»

«E allora chi?» chiese Baresi massaggiandosi la tempia sinistra.

«Sono autorizzato a parlarne solo con il dottor Santini.»

E non aggiunse altro.

# 38

Il maggiore Smatar e Santini si accomodarono in una baracca mentre la Casoni e gli altri furono invitati a non muoversi, guardati a vista dai beduini. Il maggiore spiegò a Santini che il Mossad era stato incaricato dal proprio Governo del loro recupero, su richiesta dello Stato Vaticano con intervento diretto del Papa al Primo Ministro israeliano. I rapporti diplomatici fra lo Stato Vaticano e quello Israeliano non erano sempre stati idilliaci, men che meno negli ultimi sessant'anni a causa della Shoah. Infatti, lo Stato ebraico aveva condannato aspramente i comportamenti di Papa Pio XII che, in pieno olocausto nazista, non aveva assunto, a loro dire, una ferma condanna lasciando campo libero alla Germania e alla politica nazional-socialista di Adolf Hitler. Negli anni successivi i rapporti con la Chiesa Vaticana erano stati improntati su un profilo freddo, per non dire glaciale. Non erano da meno le accuse che la Chiesa, da secoli, rinfacciava al popolo ebraico, che pesavano come un macigno storico di proporzioni bibliche: la responsabilità della morte di Cristo. Solo negli ultimi anni, merito delle capacità di mediazione di Papa Giovanni Paolo II, gli ebrei e la Chiesa si erano riconciliati e avevano iniziato a porre in essere corrette relazioni diplomatiche e religiose. In quel momento lo Stato Vaticano, seppur con una certa diffidenza, intratteneva elevati livelli diplomatici con lo Stato di Israele.

«Il mio Governo non ha potuto rifiutare la richiesta di aiuto dello Stato Vaticano.» Disse il maggiore.

Alle ulteriori richieste di chiarimento di Santini, Smatar non seppe rispondere. Precisò solo che aveva il compito di accompagnare lui e la sua squadra, vivi e vegeti, fuori dal territorio egiziano per evitare che potesse essere messa in discussione la loro missione. Poi li avrebbe fatti salire su un loro aereo, in direzione dell'Italia. L'operazione, però, non era delle più sicure: avrebbero dovuto attraversare il *Canyon Colorato*, una parte del deserto del Sinai di straordinaria bellezza frequentata dai turisti nonché pattugliata, proprio per quello, da numerosi miliziani che non avrebbero gradito l'invasione del Mossad nel loro territorio. Infine, avrebbero dovuto raggiungere la città di Eilat, al confine egizio-israeliano, attraversando delle grotte artificiali scavate da arabi filo-palestinesi, create per garantire il passaggio di armi in Giordania per poi arrivare nelle mani dei palestinesi. Seppur tenute segrete, da anni tali informazioni erano conosciute dal Mossad che, con l'aiuto dei beduini, riuscivano sovente a smascherare i trafficanti senza far trapelare alcuna notizia al riguardo, così da non allarmare i loro nemici che continuavano a utilizzare i medesimi percorsi senza destare sospetti. Per quei motivi poteva disporre dell'aiuto dei beduini che, di fatto, erano al soldo del Governo israeliano, ma la cosa doveva rimanere riservata. Disse, inoltre, che l'ordine riguardava solo Santini e i suoi, non la magistrata e l'altra persona che era con lei i quali, pertanto, dovevano rimanere presso il villaggio in attesa di ricevere ulteriori istruzioni dal suo comando. Il maggiore si prese l'impegno, una volta portato in salvo Santini e i suoi, di intervenire diplomaticamente nei confronti del Governo egiziano per il rilascio della magistrata.

«Non se ne parla proprio, maggiore!» rispose Santini. «Io non abbandono nessuno, se il suo compito è quello di garantirci incolumità, dovrà farlo anche per la dottoressa Casoni e il capitano Baresi.»

Smatar fece per insistere, gli israeliani o, peggio ancora, il Mossad, non erano ben visti dalle autorità egiziane e spiegò a Santini che rischiavano la condanna a morte per spionaggio se fossero stati catturati. Visto che i membri dell'SCS non risultavano schedati e quindi non vi erano loro informazioni, nemmeno al Mossad, al massimo se la sarebbero cavata con una semplice condanna a morte per spionaggio senza tante complicazioni. Ma la donna era una magistrata italiana e Baresi un poliziotto, la loro cattura, assieme a un agente del Mossad oltre che a un gruppo sconosciuto di nazionalità o etnia incerte, avrebbe scatenato un putiferio diplomatico fra Italia, Egitto, Israele di immani proporzioni, senza contare che sarebbe saltata la sua copertura, creata in anni di attività e contatti. Santini rimase inflessibile, lui se ne sarebbe andato a piedi, attraversando il deserto se fosse stato necessario, ma avrebbe portato con sé tutti i suoi compagni di sventura, nessuno escluso. Il maggiore chiese del tempo per contattare il suo comando e chiedere istruzioni, Santini ne approfittò per chiedere che le loro cose venissero restituite, comprese le armi. Domandò che i suoi venissero lasciati liberi e disse che voleva comunicare con il rifugio e con il Papa in persona. Il maggiore diede la massima disponibilità, aderendo a tutte le richieste di Santini il quale, subito dopo, si ricongiunse ai suoi compagni.

«Ma sappia che i vostri nemici hanno gli occhi puntati su di voi.» Concluse il maggiore.

*I satelliti?* Pensò subito Santini. Raggiunti gli altri si accorse che anche Jon era tornato fra i vivi. Riassunse la discussione avuta con il maggiore, compresa la vicenda della mancata autorizzazione a includere anche la magistrata e Baresi, nell'operazione di recupero.

«Ma come è possibile che il nostro Governo abbia dato la notizia di un rapimento.» Ebbe a dire la Casoni. «Il mio capo sapeva che...»

Si bloccò, fece mente locale, non ricordava più se aveva detto al Procuratore Capo dove erano diretti, le venne in testa di avergli telefonato dall'hotel dopo l'attentato. Lui le aveva risposto che non voleva problemi con il Vaticano e che doveva lasciare in pace Santini, poi aveva telefonato all'Ispettore Generale della Gendarmeria Vaticana, Aaron Wolfang. Wolfang le aveva detto che Santini era diretto verso il Monastero di Santa Caterina e lei aveva noleggiato le due jeep per inseguirlo, convinta che Santini l'avrebbe condotta dai responsabili dell'omicidio dei tre custodi della Biblioteca Vaticana.

«Cazzo!» ora ricordava. «Non ho detto a nessuno dove eravamo diretti. Questa storia mi costerà il posto!»

«Non mi ricordo bene» disse Baresi, «ma credo di avertelo detto fin dal primo momento che tutta questa storia ci avrebbe mandato in Barbagia a indagare sulle pecore smarrite. Ma tu niente, testarda come un mulo!»

La Casoni pensò che, in effetti, il suo amico non avesse tutti i torti. «Come faccio a chiamare il mio capo?» chiese a Jon.

Santini non era d'accordo. Se la magistrata avesse chiamato la Procura di Roma, avrebbe anche detto dove si trovava e con chi, inoltre, c'era il rischio di venire intercettati.

«Non esiste!» disse. «Tu non chiami da nessuna parte. Non diremo a nessuno dove ci troviamo.»

La Casoni non osava immaginare cosa le sarebbe capitato quando il suo capo avesse scoperto che non aveva comunicato le sue intenzioni di spostarsi da Naama Bay per andare nel Sinai o di aver affrontato un commando di criminali e di ritrovarsi sulle spalle la responsabilità della morte di un commissario di Polizia italiana e tre poliziotti della sua scorta. Senza contare, poi, che sarebbe stata recuperata addirittura dal Mossad in territorio egiziano, per arrivare fino in Israele. Aveva combinato proprio un bel casino e, da quel che sembrava, non era ancora finita: l'idea di essere catturata dalla milizia e condannata a morte per spionaggio non la allettava di certo. *Tra l'incudine o il martello.* Pensò.

«Da queste parti è tutto così complicato.» Disse Baresi.

«Già!» annuì lei. «Ovunque ti giri, è un cazzo di casino!»

Santini li riportò al momento. «Possiamo uscire dalla baracca, ma dovremo indossare vestiti arabi per confonderci con i beduini. Il maggiore mi ha informato che il Mossad ha individuato dei satelliti in zona, stanno verificando l'intero deserto del Sinai, uno di questi potrebbe anche essere del Crepuscolo.»

«Mi servirà il portatile, maestro.» Disse il risvegliato Jon.

«Certo, ci porteranno la nostra roba fra poco.»

E infatti, dopo poco alcuni beduini si presentarono alla baracca e consegnarono armi e bagagli. C'era tutto tranne lo scrigno dei frammenti, Santini chiese dell'oggetto a uno degli uomini fuori, senza ottenere risposta.

Rientrò nella baracca e ordinò: «Prendete la vostra roba e trovatevi un rifugio. Nic, con me.»

«Subito, maestro.» Rispose Nic

«Che sta succedendo?» chiese la Casoni.

«Non lo so ancora» disse Santini, «fra le mie cose non c'è lo scrigno con i frammenti, penso li abbiano presi questi uomini e non me li vogliono consegnare. Occhi aperti, non mi fido più di nessuno. Andrea, te la senti di stare con Sonia e Jon?»

«Certo, capo, nessun problema. Vai tranquillo.» Rispose sicuro Baresi mentre controllava le sue armi.

Santini e Nic si diressero alla baracca del maggiore Smatar, intento a concludere una telefonata. Santini gli prese il telefono satellitare, chiuse la conversazione e lo costrinse a voltarsi. Gli avvolse il braccio attorno al collo, con due dita esercitò una piccola pressione su un particolare nervo della spalla che lo immobilizzò, grazie alla tecnica Wushu, nel contempo gli puntò alla gola un grande coltello.

«Rispondimi seriamente» gli sussurrò all'orecchio, «credi di fregarmi?»

In quel mentre, entrarono tre beduini armati di fucile, Nic ne disarmò uno e puntò la sua mitraglietta UZI sui restanti. Santini impose una ulteriore pressione sul collo di Smatar che diede l'ordine a quegli uomini di uscire.

«Non so a cosa si riferisce.» Rispose il maggiore con un filo di voce.

«Lo scrigno d'oro, direi che mi appartiene e lo rivoglio.»

«Giuro che non ne so nulla.»

Prima di mollare la presa Santini volle essere sicuro, il maggiore insisteva nel dire che non ne sapeva nulla: appariva sincero. Concordarono che sarebbero andati assieme dal capo villaggio per chiarire la cosa, così fecero. Il capo fu chiamato in mezzo al villaggio, attorno a lui una ventina di uomini, silenziosi, ostili e, soprattutto, ben armati. Non faceva presagire niente di buono quando il capo si presentò; gigantesco, con due braccia che sembravano ognuna la coscia di Santini, il collo largo come una colonna portante di un palazzo a tre piani e una faccia da buzzurro. Il maggiore chiese spiegazioni sullo scrigno, disse che era contro i patti stabiliti con lui e che avrebbero dovuto consegnarlo a Santini. Il capo rispose che intendeva trattenerlo come pagamento del disturbo. A Santini si accesero gli occhi, gli si avvicinò con calma; lui, oltre un metro e novanta, appariva un nanerottolo da circo al confronto di quella bestia umana. Gli si piazzò davanti, con il naso a dieci centimetri dal suo torace. La Casoni, Baresi e Nic guardarono la scena. *Qui si mette male.* Pensò la magistrata.

«Hai dieci secondi per restituirmi quello che mi appartiene.» Disse Santini in arabo.

«Cosa gli ha detto?» chiese la Casoni a Jon. E Jon fece la traduzione simultanea di ogni parola. Il bestione rispose che non aveva nessuna intenzione di obbedire e spinse Santini con un colpo di torace sul naso. Fu un attimo, e il gigante si ritrovò con due dita ficcate nel naso e una gamba in mezzo alle sue. Un braccio lo cinse al collo da dietro e due dita gli strinsero un nervo sulla spalla fino a paralizzarlo. Ci fu qualche tentativo di reazione da parte dei compari del capo villaggio, subito sopita da una mitragliata in aria di Nic che invitò tutti alla calma.

«Di' ai tuoi uomini che mi portino lo scrigno!» intimò Santini.

L'uomo non rispose.

«Cambierai idea.» Disse Santini infilando un piede sotto quello destro dell'uomo, impresse una leggera torsione piegandosi in avanti per poi scattare diritto come una molla. Uno schiocco tremendo echeggiò in tutto il villaggio, poi la gamba perse la sua naturale mobilità fra urla atroci. Santini continuò a mantenere la presa.

«Ti ho causato lo strappo del tendine al ginocchio» gli sussurrò all'orecchio, «è una mossa Wushu chiamata *ginocchio del saltatore*. Il sovraccarico che ti ho trasmesso al tendine rotuleo ti ha danneggiato il quadricipite e anche l'estensore dell'articolazione, non camminerai più come prima, resterai storpio per tutta la vita. Dici che devo continuare?»

Santini non attese risposta e infilò il piede su quello sinistro dell'uomo.

«Va bene, basta!» gridò l'uomo distrutto dal dolore.

Ordinò ai suoi di consegnare lo scrigno a quel dannato uomo, ancora incredulo di essere stato battuto con tanta facilità.

Santini prese lo scrigno e si avviò verso la baracca, Nic controllava che non vi fossero reazioni indesiderate; ma nessuno osò intervenire, anzi, lasciarono passare Santini seguendolo con sguardi carichi di ammirazione. Quando entrò nella baracca, si stese sul giaciglio trattenendo la gamba che in quel momento prese a tremare. La Casoni gli diede un'occhiata ma Santini volle chiamare Nic.

«Mi serve una trazione alla gamba, tu non lo sai fare.» Precisò stringendo i denti e sudando per la tensione e il dolore. Per effettuare quella presa Santini aveva dovuto prima spostare in avanti il ginocchio per poi raddrizzare la gamba di potenza causando, in quel modo, una torsione alle articolazioni e facendo fuoriuscire il menisco e i tendini rotulei dalla loro sede. Il dolore era insopportabile, ma non poteva darlo a vedere, per cui aveva resistito stoicamente senza fiatare. Rischiava anche lui di perdere l'uso della gamba se non avesse rimesso in ordine il tutto. Nic stese con sapienza la gamba e, mentre Santini vedeva tutte le stelle del firmamento, gli torse di colpo l'articolazione rimettendo a posto rotula e tendini.

«Tu sei fuori di testa.» Gli disse la Casoni.

«Sei stato un mito!» Baresi gli strinse la mano. «Incredibile, mai visto nulla di simile. Mi rimangio tutto quello che ti ho detto, mi sei piaciuto, grand'uomo! Grande!»

«Bah! Gli uomini, tutti uguali.» Disse sprezzante la Casoni. «Avete in mente solo la lotta, lo sport e le misure del pene. Condividete solo questo e poi diventate amici inseparabili solo se vi massacrate di botte.»

«Sei arrabbiata con me?» chiese Santini.

Non rispose. No, non era arrabbiata, era preoccupata per lui, era angosciata per quell'uomo misterioso, disumano per certi versi, ma così disponibile e di animo nobile. Lui la confondeva, era troppo e niente, un mix impegnativo per le sue abitudini, lei aveva conosciuto solo uomini scialbi e poco interessanti che, tra l'altro, fuggivano di fronte alla sua intelligenza. Ma lui reggeva il confronto con chiunque: era affascinante, forte e bastardo quanto bastava, arrogante, violento e buono nello stesso tempo e ciò la faceva impazzire, era anche estremamente colto, spiritoso ma soprattutto intelligente. Lo ammirava, avrebbe voluto fuggire da quella situazione, restare sola con lui, come la sera prima, abbandonarsi in quelle braccia che l'avevano fatta sognare. E poi, quel bacio, casto e impercettibile, ma che l'aveva fatta vibrare come nessun uomo era mai riuscito prima di allora. *Oddio, no! Non posso essermene innamorata!* Si voltò perché stava arrossendo.

«Ehi! Ti ho chiesto se sei arrabbiata!» sollecitò Santini.

Lei si scosse dai pensieri. «No, no di certo, non è un mio problema se ti farai ammazzare, un giorno o l'altro!» rispose poco convinta, poi prese la borsa dei medicinali, scelse la pomata giusta e gli ordinò di togliersi i pantaloni per potergli medicare il ginocchio.

Nel frattempo, Nic controllò lo scrigno verificando lo stato dei frammenti. Jon, dopo vari tentativi, con il portatile ristabilì una linea sicura con il rifugio e riuscì a parlare con Mali, scambiando le ultime notizie, le morti di Rob e Denny. Dopo appena dieci minuti, Jon comunicò a Santini che vi erano delle novità, ma si trattenne dal dirgli quali a causa della presenza della magistrata e di Baresi. Santini pensò che non avesse alternativa, doveva fidarsi di loro, per cui autorizzò a mettere in viva voce Mali che, puntualmente, relazionò per filo e per segno gli ultimi movimenti di Rob, la storia dell'appostamento a Karl Weiber, infine, le ultime comunicazioni nei pressi della Cattedrale di Aquisgrana, a Bonn. Gli disse che Rob era entrato in quella Chiesa dopo aver scoperto che la porta si apriva con un codice che lei aveva registrato. Disse anche che, da quando Rob era entrato lì dentro, ogni comunicazione si era interrotta salvo poi verificare che i sensori avevano rilevato la morte del loro compagno. Santini ascoltò in silenzio trattenendo le lacrime, pensando all'amico, più che al Consigliere. *Rob, amico mio.* Chiuse gli occhi e rievocò il suo volto per l'ultimo saluto. Poi recuperò lucidità.

«Sei stata tu ad avvisare la Santa Sede di mettersi in contatto con il Governo Israeliano?»

Mali fu presa alla sprovvista.

«No, maestro, ho chiesto l'aiuto di Fra Pasquale, lui ha telefonato al Santo Padre chiedendo il suo intervento, ma non ho idea di cosa si trattasse.»

«Fra Pasquale?» chiese la Casoni mezza incazzata. «Il prete rincoglionito?»

*Te la sei cercata!* Santini pensò di essere stato imprudente a far sentire quella conversazione.

«Ehm, grazie Mali.» Tagliò corto. «Verifica le comunicazioni con Jon, voglio il massimo livello operativo prima possibile. Ah, dimenticavo, manda il rapporto di aggiornamento all'Ispettore Generale Wolfang, della Gendarmeria Vaticana, priorità due!»

Chiuse la comunicazione viva voce, Mali restò in linea per finire il lavoro con Jon, la magistrata, invece, era intenta a fasciare la gamba di Santini e aveva l'aria interrogativa.

«Che vuol dire priorità due?» chiese la Casoni.

Santini pose le mani dietro la testa. «La priorità due è la richiesta di assistenza senza essere in pericolo di vita.»

«Ah no, ma certo!» la Casoni si stava scaldando. «Perché, invece, non richiediamo una banale e semplice assistenza turistica, in questo caso cosa sarebbe? Priorità quattro, forse meglio cinque? Tanto, non c'è nessuno che ci corre dietro per farci la pelle, no? Possiamo fare tutto con calma, anzi, visto che dovremo passare per il canyon colorato, perché non fermarci a scattare qualche foto o farci un bagnetto? Ma sì, dai, chiama Wolfang e digli che noi qui stiamo tutti bene e in salute.»

Santini la fissò allucinato. «Ma che cavolo stai blaterando?»

Fu la goccia che fece traboccare il vaso.

«Tu sei tutto scemo!» la Casoni si imbufalì. «Abbiamo alle costole una delle organizzazioni segrete più devastanti che io abbia mai visto in vita mia e, bada bene, ne ho viste di cotte e di crude e tu chiami la priorità due, una cazzo di priorità due del cazzo? Assistenza senza essere in pericolo di vita? Ma cosa bisogna fare a te per farti sentire in pericolo di vita, me lo dici per favore? Ti serve un attacco termonucleare sul culo per chiamare una cazzo di priorità uno? *Uno* dovevi dire, anzi, *zero* o, meglio ancora, *sottozero*! Vaffanculo Santini e restaci, chissà, magari sarà la volta buona che la tua priorità passi a uno!»

Si guardarono, Santini si trattenne per quanto possibile, poi scoppiò a ridere e la Casoni fece altrettanto. Dopo che tutti furono usciti dalla baracca per farlo riposare, Santini prese dalla sacca un particolare telefono satellitare, non il solito usato dal gruppo. Fece il numero e subito vi fu la risposta.

«Tommaso, che gioia sentirti!» rispose l'uomo dall'altro capo dell'apparecchio.

«Anche per me è una gioia sentirla» rispose Santini, «Sua Santità.»

# 39

Santini e il maggiore Smatar misero a punto i particolari del viaggio che avrebbero affrontato la mattina dopo, decisero che era meglio partire sul presto per potersi spacciare per turisti agli occhi indiscreti dei satelliti. La partenza era prevista attorno alle sette, in groppa a sei cammelli avrebbero dovuto percorrere, in poco più di quattro ore, una settantina di chilometri nel deserto fino a un'oasi in cui erano attesi da altri due uomini del Mossad; da lì in avanti avrebbero usato dei mezzi di trasporto più consoni per giungere al confine israeliano, attraversando una zona desertica tra le più affascinanti: il canyon colorato. Dalle gallerie sotterranee del Sinai, il gruppo di Santini era sbucato al Passo El Watia mentre il villaggio ove erano ospitati si trovava nei pressi di Wadi Maghara, a novanta chilometri da dove erano stati trovati. Il loro obiettivo era arrivare fino a Eilat, a centoventi chilometri dal villaggio; poi, una volta attraversato il confine, sarebbero stati in territorio amico anche se, per effetto dell'ingente traffico d'armi fra Egitto e Giordania, la città di Eilat non era certo una delle più sicure.

Santini si prese un paio d'ore di pausa, approfittando dell'imminente tramonto che, nel deserto, risplende di straordinaria bellezza. Indossò la tuta Wushu che gli era stata donata da Denny, prese un coltello e un piccolo bastone d'allenamento e salì su una sporgenza rocciosa. Si mise seduto ad ammirare quel sole rosso che colorava il cielo terso, gli venne in mente Denny, se fosse stato lì in quel momento si sarebbero allenati assieme, naturalmente Santini le avrebbe prese di santa ragione, a quel pensiero sorrise. Si alzò e iniziò la sequenza di riscaldamento, la gamba non faceva più così male, Nic prima e la Casoni poi gliel'avevano sistemata a dovere. I movimenti fluidi e rallentati si alternavano a scatti fulminei, in un ritmo sempre più incalzante fino ad arrivare a tirare calci e pugni contro un nemico invisibile. Pianse pensando a Denny, a Rob e a tutti gli allievi che aveva perso in quegli anni da Risolutore, pianse in un vortice di violenza che esplodeva nel combattimento virtuale. Velocità coniugata con eleganza e fluidità, continuò per mezz'ora senza fermarsi, fino a quando crollò esausto. Riprese fiato e si rimise seduto, gambe incrociate nella posizione del *loto* e collocò davanti a sé il grosso coltello. Si tolse la casacca e rimase a torso nudo, pregò. Passati pochi minuti prese il coltello e iniziò a sfregiarsi il torace, dall'alto al basso, da sinistra a destra, lentamente fino a far fuoriuscire il sangue.

«No! Che fai?» urlò la Casoni.

Santini si girò di scatto con il coltello pronto, non l'aveva sentita arrivare, ogni muscolo in tensione pronto a scattare, le vene del collo pulsanti. Vista la donna, però, si calmò. *Grande errore!* Pensò, avendo capito che si era distratto. Con il sangue che fuoriusciva dalla ferita che si era inferto, si rimise seduto come nulla fosse successo.

«Siediti qui con me, Sonia» disse indicando con la mano una comoda roccia, «non è stupendo il tramonto nel deserto?»

Lei si accomodò e gli chiese: «Che cosa stavi facendo?»

«Dimentica quello che hai visto, non capiresti.»

«Prova a spiegarmelo, non prendermi per una stupida, voglio capire, devo capire.»

«Perché? Cosa ti può interessare, tu non mi conosci e non dovresti nemmeno sapere che esisto.»

«Perché? Perché non lo so, ma tu esisti per me, insomma.»

Si rese conto che stava parlando a vanvera, era sconvolta da quel che aveva visto e soffriva a vederlo in quello stato, aveva intuito che era in pena e voleva aiutarlo, consolarlo. Lo voleva. *Perché mi sto innamorando di te, pezzo di coglione!* Avrebbe voluto dirgli, forse tralasciando l'ultima parte, ma il concetto era quello. Non sapeva come uscire da quella situazione.

«Beh, sto dicendo cazzate adesso, non sono abituata.»

*Di male in peggio, bella mia!*

«Senti, fai come vuoi, io non ti sopporto proprio, me ne vado.» La magistrata si alzò di scatto e si incamminò verso il sentiero che scendeva dalla collinetta.

«Aspetta!» Santini la chiamò e lei tornò subito a sedersi.

«Chissà perché te lo dico, forse un giorno me ne pentirò.» Prese fiato e si confidò. «Devo scontare la mia pena.»

*Oh mio Dio, non mi dire che mi sto innamorando di un pazzo?* Si chiese la Casoni. Lo guardò attentamente, il tramonto era passato da una buona mezz'ora ed era quasi buio, notò che sul torace e sulla schiena Santini aveva delle vistose ferite, tutte lineari, quindi se le era inflitte da solo.

«Ho ricevuto due indulgenze plenarie.» Le spiegò il significato di quella pratica, della necessità del pentimento e di dover affrontare una pena dolorosa. «Solo affrontando il dolore e nel pentimento sincero posso alleviare lo spirito per ricevere una nuova indulgenza dal Sommo Pontefice.»

No, non era pazzo, conosceva il significato dell'indulgenza plenaria, non ne comprendeva il significato e nemmeno ne aveva mai sentito parlare direttamente, ma quell'uomo ci credeva, era un uomo di Fede, quindi forse più fanatico che pazzo.

«Ho capito, ma perché ora? Da quel che so, la pena dovrebbe essere espiata dopo aver ricevuto l'indulgenza, non prima.»

«L'indulgenza rimette i peccati, ma non i pensieri! Sento dentro la responsabilità dei miei compagni» le rispose lui, «le loro morti sono parte della mia lenta agonia, della mia pena. Sono tanti anni che vedo morire la mia gente, i miei ragazzi, mentre io sono ancora vivo, la mia vita è sempre stata spesa per loro, per Dio e per la mia Chiesa. Coloro che sono morti lo hanno fatto per lo stesso motivo, ma io sono ancora qui, loro no! È un dolore troppo grande, anche per me. Denny, Rob e tanti altri, tutte morti che mi pesano.»

Santini la guardò negli occhi, la vide piangere, anche lei doveva sentirsi in pena, responsabile della morte dei suoi uomini, lei capiva come si sentiva. Si mise la casacca, prese dalla borsa un panno pulito e si tamponò la ferita, poi la strinse a sé cambiando discorso.

«Mi hai chiesto di Fra Pasquale, oggi. Giusto?»

Lei si passò la mano sugli occhi per tentare di asciugare le lacrime. «Sì, te l'ho chiesto, però non mi hai risposto.»

«Hai ragione» disse Santini, «ti rispondo ora. Fra Pasquale è... Oddio non so nemmeno che grado di parentela possa essere. Beh! Il suo vero nome è Giovanni Santini, anche lui è stato un Risolutore, come me, ma più di settant'anni fa. Lui è il fratello di mio nonno, che parentela è?»

Lei sorrise, perché era fra le sue braccia, perché l'argomento era di certo più allegro, perché quell'approccio la divertiva o, forse, solo perché era assieme a lui. «Prozio!» suggerì senza togliere la testa dalla spalla di Santini.

«Ok, quindi è il mio prozio» proseguì, «non l'ho mai detto a nessuno, tu sei la prima e non voglio nemmeno chiedermi perché. Lui è stato il mio maestro; mi ha insegnato il latino, il greco antico, l'arabo e anche l'arte del combattimento. È lui che, quando mi sento a pezzi, mi prende con il cucchiaino e mi rimette a nuovo nel fisico e nello spirito. È anche il mio mentore spirituale. Lui è come un padre per me.»

«Ne parli come di un uomo eccezionale. A me sembrava un po' rincoglionito.»

Santini sorrise. «Beh, a dire la verità quando siete capitati al Monastero sul colle, lui ha recitato la parte del rincoglionito per... beh, meglio lasciar stare, ma ti assicuro che sarebbe in grado di stendere qualsiasi giovanotto, sentire anche un fruscio in mezzo al traffico di Milano e vedere una mosca a un chilometro di distanza.»

«Mi sembra impossibile, hai detto che anche lui era un Risolutore?»

«Sì! E dei migliori, anzi, è l'unico Risolutore che è riuscito a ritirarsi.»

La Casoni chiese come avesse fatto quel vecchio frate a intercedere per loro con il Papa, lui rispose che conosceva il segreto del Santo Consiglio visto che ne aveva fatto parte e che era molto apprezzato dal Santo Padre; le disse anche che i due si conoscevano ancora prima che il Papa fosse eletto Pontefice, da quando era monsignore. La Casoni si strinse forte a lui, gli prese la mano e chiuse gli occhi; non voleva dirlo, le pareva inopportuno e la risposta un dato scontato, ma non resisteva. E non capiva cosa le stesse succedendo, una cotta così le apparve infantile, neanche fosse stata una liceale. Forse voleva che la respingesse dandole l'alibi che le avrebbe permesso di convincersi che sarebbe stato un errore e non avrebbe sofferto inutilmente. O forse sperava che lui dicesse di sì, che avrebbero condiviso quel sentimento. Era combattuta, temeva di sbagliare. *Adesso o mai più!*

«Mi sto innamorando di te, Tommaso.»

In quei pochi secondi si sentì raggelare il sangue, si diede della stupida. *Hai rovinato tutto, Casoni dei miei stivali!* Avrebbe voluto tornare indietro, era troppo presto per dirglielo o forse era il solo pensiero di lui a suggerirle che era già troppo tardi. Santini era un prete, magari un po' bizzarro, visto come frantumava ossa e spezzava colli, ma pur sempre un prete. E i preti non si innamoravano, non si sposavano e, soprattutto, non facevano sesso: si rese conto che la sua era una situazione disperata in partenza. *Sono una stupida ragazzina, altro che magistrata indefessa!* Pensò, quasi volesse punirsi. Fissò gli occhi di Santini, voleva capire se ci fosse una minima speranza oppure se il mondo le sarebbe crollato addosso per la vergogna di aver solo osato proclamare quel sentimento verso l'uomo più sbagliato del mondo, ma che le stava spezzando il cuore. Vide Santini farsi serio mentre si alzava in piedi.

Lui, osservando la luna che saliva in cielo, si stava chiedendo dove avesse sbagliato con quella donna, sapeva che non doveva nemmeno farla avvicinare a lui. In altre occasioni qualcun altro si era avvicinato troppo alla verità, aveva tentato di indagare sul suo ruolo nella speranza di violare il segreto e la riservatezza del Consiglio, ma lui era sempre riuscito a far perdere le tracce e, per questo, in trentadue anni nessuno era mai riuscito a scoprire nulla. Con la magistrata non ci stava riuscendo e, fatto ancor più grave, non sembrava lo volesse, non voleva togliersela dalle scatole. *Perché con lei non riesco a farlo?* Si chiese combattuto. Non capiva, avrebbe dovuto evitarla come la peste bubbonica, invece in quel momento era lì, con lei che si dichiarava addirittura innamorata. Non avrebbe voluto dirglielo, ma non aveva alternativa.

«Non devi! Siamo due cose diverse, tu e io. No, non posso.»

Prese la sua roba e se ne tornò al villaggio, da solo. Lei rimase lì, in compagnia delle sue lacrime, disperata perché aveva perso l'unico uomo che, dall'inizio, sapeva di non poter mai avere. E pianse sul suo errore.

# 40

Il sontuoso ufficio nell'attico del palazzo di vetro le ricordava i giorni felici trascorsi con l'amata gemella. Michela Rostellini odiava quel palazzo, l'ufficio, i mobili, tutto quello che le ricordava la vita, passata da un trionfo editoriale all'altro assieme alla sorella. Dopo la sua morte era crollato tutto il bel mondo che aveva costruito, aveva perso lo spirito d'avventura e anche una buona parte di se stessa. In quel momento odiava anche attendere la nipote, perché la costringeva a stare troppo tempo in quei luoghi pregni di ricordi. L'unico suo scopo erano diventati i bambini, quale ambasciatrice dell'Unicef ne aveva amati tanti e continuava nella sua opera a loro difesa, oltre ovviamente al Crepuscolo, la nuova Chiesa, come la intendeva lei. Erano mille anni che il Crepuscolo cercava di rientrare in possesso del Vangelo di Maria Maddalena, quel testo li avrebbe portati alla ribalta, avrebbero dimostrato al mondo che la cristianità, come da sempre era stata professata dalla Chiesa ufficiale, era stata distorta nei secoli ingannando i fedeli. Era Maria Maddalena, pensava, l'unica titolata a fondare la Chiesa di Cristo, per sua diretta intercessione e volere, non Pietro, colui che rinnegò Gesù di Nazareth o altri che non ebbero nemmeno il coraggio di difendere Cristo, lasciandolo solo al suo destino. No, non era solo! La Rostellini pensava che con lui c'erano sua Madre, la Madonna, che altri non era che lo stesso Dio e lei: Maria Maddalena. Ora avevano il manoscritto, avevano il codice e fra poco avrebbero avuto anche i frammenti così da completare il Sacro testo. Lo avrebbero tradotto in ogni lingua conosciuta e parlata, lo avrebbero ostentato alla vista dei fedeli in tutto il mondo e diffuso la verità su Cristo, la sua volontà di costruire una Chiesa fondata su Maria Maddalena: una donna, la compagna di Gesù. La donna, simbolo di creazione e concepimento, come Dio che fu Madre e Padre, Colui che creò e concepì ogni cosa. La donna che avrebbe retto le sorti della Chiesa da quel momento in poi, fondando il suo Credo e la sua Fede sostenuta dall'ispirazione dell'unico e autentico Vangelo. La comunità scientifica, inoltre, lo avrebbe studiato nei minimi particolari, testimoniando al mondo la sua autenticità. Poi lei sarebbe stata il nuovo Papa, avrebbe rivendicato i beni della Chiesa

Cattolica, a partire da San Pietro, centro universale della cristianità per arrivare a possedere ogni altro bene e tesoro costruito in quei secoli da usurpatori della vera Fede. A seguire, avrebbe nominato Cardinali, Vescovi, Monsignori e preti, ma questi sarebbero state solo donne, in rispetto alla volontà chiara del Signore, Cristo Gesù. Così il Crepuscolo si sarebbe preso i meriti per aver mostrato la verità, gestendo la nuova Chiesa, più umana, umile e, soprattutto, senza il predominio maschile. E avrebbero corretto le falsità e le idiozie sempre professate dalla Chiesa su Maria Maddalena, avrebbero ricompensato quella Santa donna che amò Gesù e che vide ricambiato il suo amore. Non era scritto nel Vangelo, ma la Rostellini era convinta che Maria Maddalena e Gesù fossero sposati con dei figli, tanti figli. Non sarebbe stato possibile altrimenti, non esistevano a quel tempo le normalità aberranti di oggi: quale la convivenza o l'adulterio. Quindi, era convinta che Gesù avesse fondato la sua famiglia con la sua amata Maria Maddalena, l'unica persona meritoria della sua stima e rispetto, l'unica a cui volle apparire prima di ascendere alla destra della Madre, Dio suo e nostro, e unica testimone del suo testamento spirituale. Sì, voleva questo da quando le avevano proposto di diventare la *Grande Madre*, capo indiscusso del Crepuscolo, la sua unica e vera Chiesa che sarebbe diventata anche l'unica Chiesa del mondo. Il vangelo di Maria Maddalena non sarebbe stato considerato il quinto, bensì *l'unico*. Pensò anche che la prima bolla papale, che avrebbe varato subito dopo essere incoronata Papa, sarebbe stata il disconoscimento di tutti gli altri Vangeli: li avrebbe dichiarati apocrifi o gnostici. Avrebbe riscritto la Bibbia, avrebbe costruito nuove Chiese della natività, le piaceva chiamarle così. Come la Cattedrale di Aquisgrana, ribattezzata e consacrata dal Crepuscolo come la *Chiesa della Natività*. Si rendeva conto che quelle morti, i tre custodi della Biblioteca Vaticana, erano un tremendo prezzo pagato, però, in onore della donna che fu tradita, rinnegata e calunniata da uomini ciechi di gelosia e rabbia, invidiosi che una donna potesse essere centrale nella vita dell'umanità, che fosse una donna a impartire gli insegnamenti di Cristo e che fondasse, sul principio della creazione, una Chiesa gestita da donne, da madri. Quel piccolo contributo di morte sarebbe comunque stato onorato, nella riconoscenza e nel perdono. Aveva ordinato che i tre custodi fossero rispettati, loro non portavano le colpe della Chiesa, erano coloro che custodivano il segreto del Vangelo di Maria Maddalena, lo avevano studiato e trattato con cura. Per questo meritavano di essere onorati, nel loro sacrificio. Aveva richiesto che monsignor

Paolini venisse deposto in posizione fetale, lo avrebbe consegnato, così, nel grembo della madre, colei che lo avrebbe accompagnato di fronte alla Grande Madre: Dio! Sì, lo aveva voluto e ora, tutto questo, lo avrebbe realizzato. Spazientita, si versò del Bourbon quando fece il suo ingresso la bellissima nipote, Angela Turatti.

«Scusami, zia» disse subito, «mi hanno trattenuto alla contabilità, c'erano dei conti che non tornavano, ora è tutto a posto, ho licenziato il responsabile amministrativo, un vero coglione!»

*Che tristezza!* Pensò la Rostellini. Lasciare quell'impero editoriale in mano alla nipote era una tristezza, ma lei gestiva la compagnia con pugno di ferro mantenendo inalterato lo splendore imprenditoriale che avevano costruito lei e la sorella. Ma non accettava certi suoi atteggiamenti arroganti.

«Un giorno finirai con il farti odiare.»

Angela lasciò correre, a lei interessavano poco le critiche della zia, voleva solo che morisse, come sua madre, così si sarebbero riviste. *Vecchia megera!* Disse fra sé.

«Fai come vuoi» disse rassegnata la Rostellini, «dimmi, piuttosto, come procede l'acquisto dei frammenti del manoscritto di Maria Maddalena?»

«Bene.» Rispose Angela. «Abbiamo fatto un'offerta rilevante, l'arcivescovo Dominas era molto interessato, ci consegnerà i frammenti entro un paio di giorni al massimo, il tempo necessario per effettuare il bonifico dalla banca di Aruba al conto cifrato che ci ha indicato.»

«Mio Dio, speriamo che tutto si risolva presto.» Disse la zia. «Sono ancora turbata per la morte dei tre custodi, un prezzo enorme per la nostra comunità ma indispensabile. Dovremo fare ammenda e chiedere il perdono a Dio Madre per i nostri peccati.»

La Rostellini bevve d'un fiato il Bourbon e, mentre ammirava il paesaggio monegasco dall'alto del super attico, si rivolse alla nipote con un pensiero, quasi un ordine. «Non voglio che altre morti pesino sulla coscienza del Crepuscolo, non possiamo fondare la nostra nuova Chiesa su altre uccisioni.»

L'anziana zia non si accorse del sorriso che, in quel momento, la nipote faticava a trattenere.

«Ma certo, zia» le rispose Angela, «come desideri, Grande Madre!»

# 41

Sesto giorno

*Deserto del Sinai, ore 07.00*

Santini e il maggiore Smatar erano impegnati da un paio d'ore a sellare i cammelli, caricare le provviste d'acqua e i bagagli del gruppo. Due beduini li avrebbero accompagnati e recuperato gli animali una volta raggiunto il posto prefissato mentre il gruppo avrebbe proseguito con altri mezzi. Santini era andato a trovare il capo villaggio che, seppur con la gamba dolorante e distrutta, volle esprimere il suo rispetto. Senza rancore, i due si lasciarono con una vigorosa stretta di mano e una serie infinita di pacche sulle spalle, non senza soddisfazione del capo per la generosa consegna, da parte di Santini, del lauto compenso in euro per ripagare l'ospitalità offerta.

I due beduini e i sei del gruppo partirono dal villaggio alle sette precise accompagnati per un po' dagli altri abitanti che tirarono un sospiro di sollievo al veder partire il *grigio*, come era stato soprannominato Santini per via dei capelli brizzolati e il colore degli occhi. Jon, come al solito, fu l'unico a cadere dal cammello quando questi fece per alzarsi, infatti, nessuno gli aveva detto il modo che quegli animali usano per rialzarsi da terra, cioè prima con le zampe posteriori e poi quelle anteriori.

Il volo di Jon fu un breve intervallo di allegria, il viaggio sarebbe stato lento e irto dei pericoli tra cui quello più insidioso del deserto: il sole. Bardati con spesse tuniche di lana, l'unico vestiario possibile per avventurarsi nel deserto, lasciando scoperti solo gli occhi. La caratteristica particolare della lana era di riuscire a mantenere costante l'idratazione e la temperatura del corpo che, seppur considerevole, era sempre inferiore a quella che si sarebbe avvertita esponendosi al sole direttamente, soprattutto avrebbe evitato scottature. La Casoni si collocò subito vicino a Santini, in coda al gruppo.

«Volevo chiederti scusa per ieri sera» esordì, «mi sono comportata come una ragazzina al liceo.»

«Nessun problema, Sonia» rispose lui, «non devi scusarti per aver esternato i tuoi sentimenti, anche se, a mio avviso, non ti stai rendendo conto di quello che fai. Dovresti vivere le tue esperienze con qualcuno più alla tua portata e poi sono vecchio, potrei essere tuo padre.»

«E prete anche!»

«Già!» rispose Santini. «Ma non è questo il problema.»

«Ah no? E quale sarebbe il problema? Solo l'età o perché sei *fuori* dalla mia portata?»

«Sì, anche. Anzi no, non solo quella.» Santini era di poche parole e pure sconclusionate e l'argomento non rientrava nelle sue infinite capacità, in quello, purtroppo, era assai limitato.

«E se ti facessi comunque la corte?» la Casoni la mise sullo scherzoso, comunque, male che andasse, lo avrebbe sondato.

«Fallo pure, se ti diverte» rispose in tono seccato e scostante, «quando saremo in Israele le nostre strade si divideranno e tu tornerai alla tua vita dimenticandoti che esisto, come avrebbe dovuto essere fin dall'inizio.»

«Sei un fetente bastardo, Santini!» rispose incazzata.

*Dio quanto lo odio!* Si disse con scarsa convinzione. La Casoni diede una vigorosa pacca con i piedi al cammello, dondolandosi avanti e indietro per far capire all'animale di proseguire, di fuggire da Santini. Ma la bestia non cambiò di un millimetro la sua andatura con l'unico effetto di divertire Santini.

«Devi usare le briglie.»

«Fottiti!» fu la risposta decisa della Casoni che aveva preso a strattonare le briglie ottenendo lo stesso risultato di prima. Santini, allora, diede una leggera bastonata al cammello della Casoni che fece un balzo iniziando a correre.

*Golfo di Aqaba, in quello stesso istante.*


La scena non passò inosservata. Sul monitor appariva chiaramente la zona desertica con la sola presenza della carovana di otto uomini, appena uscita da un villaggio di beduini. La sala era gremita di uomini e donne che verificavano, attraverso le proprie postazioni, i dati riferiti al gruppo. Karl Weiber percorreva avanti e indietro il corridoio centrale che divideva le due file di computer e apparecchiature varie. Tutta quella tecnologia veniva impiegata per un solo uomo; il nemico giurato del Crepuscolo, l'unico che gli stava mettendo i bastoni fra le ruote: Tommaso Santini. La nave cargo era salpata molte ore prima, approfittando della notte aveva ripreso la navigazione lungo il Golfo di Aqaba, in direzione di Eilat e, in quel momento, si trovava all'altezza di Dahab, altra nota località turistica poco più a nord di Sharm El Shaik. Weiber aveva perso le speranze di riprendere Santini, oltre ad aver perso otto uomini nelle caverne dei sotterranei del Monastero di Santa Caterina; ma per fortuna il loro contatto era riuscito a individuare la posizione del gruppo presso un villaggio di beduini, nei pressi di Wadi Maghara. Si era chiesto come avesse fatto Santini a sfuggirgli, si chiese se avesse avuto maggior fortuna di loro nel percorrere quelle diaboliche gallerie del Monastero, loro non ne erano stati capaci, anzi, erano stati costretti a ritirarsi e rientrare alla base a mani vuote. Weiber non aveva avuto il coraggio di ammettere il suo fallimento, più volte non aveva risposto alle chiamate di Angela Turatti, se quella strega avesse saputo dell'ennesimo fallimento, lo avrebbe ucciso all'istante, quindi, si propose di non comunicare gli eventi fino alla soluzione del problema. Avrebbe parlato con la Turatti solo quando Santini e i suoi fossero morti e i frammenti recuperati, un fallimento gli sarebbe costato troppo. La nave doveva giungere nei pressi di Eilat entro mezzogiorno, in tempo per anticipare il gruppo di Santini e per mettere in atto il nuovo piano. Sapeva che doveva agire all'interno del territorio egiziano, se Santini fosse riuscito a passare il confine ed entrare in territorio israeliano, avrebbero fallito per l'ennesima volta. In Egitto Santini non poteva contare su alcun appoggio; il Risolutore, a capo del Santo Consiglio, non aveva uomini, seguaci o sostegni da chicchessia in un paese a maggioranza mussulmana. Ma passato il confine, entrati nel territorio israeliano, loro avrebbero dovuto abbandonare la missione perché là non avevano alcuna copertura mentre in Egitto le autorità avevano garantito una certa *agilità* di movimento, se così si poteva definire, grazie alle tangenti suddivise equamente fra i vari funzionari del Paese. In Israele Santini poteva, invece, contare sull'appoggio dell'intero Governo con il quale la Santa Sede, seppur non in idilliaci rapporti, godeva di ampio rispetto. Infine, se Santini e i suoi avessero passato il confine, era certo che sarebbero riusciti a rientrare in Italia dove, fra la Polizia italiana e la Gendarmeria Vaticana, le cose si sarebbero complicate ancora di più. Aveva saputo che la Casoni si era alleata a Santini e doveva fermare entrambi, la loro alleanza li avrebbe posti in enormi difficoltà. Ora che Santini era riuscito a recuperare i frammenti, sapeva anche che doveva recuperare l'intero Vangelo e il codice, e che non si sarebbe fermato fino a quando non avesse portato a termine la sua missione o fosse morto nel tentativo di compierla. La seconda ipotesi era quella che più gli aggradava, ma il Risolutore era un osso duro. Una volta rientrato in Italia, con il sostegno della Gendarmeria sarebbe arrivati a lui, alla Cattedrale di Aquisgrana, al Crepuscolo e avrebbero recuperato il maltolto: ciò avrebbe significato la loro fine. Doveva fermarlo in Egitto, ma doveva fare in fretta e, soprattutto, stavolta non poteva sbagliare. Accantonò i pensieri e si concentrò sull'operazione, per cui continuò a chiedere aggiornamenti ogni cinque minuti.

«Sono quasi giunti nella zona del canyon colorato, signore.» Precisò l'uomo al computer.

Sul terminale il gruppo appariva come un punto luminoso in una cartina geografica dettagliata del deserto del Sinai, l'operatore inquadrava la zona dall'alto dell'occhio vigile del satellite, nella fila dietro erano seduti gli uomini abilitati alle comunicazioni e alle intercettazioni.

Weiber chiese: «Stanno comunicando?»

«No, signore» rispose l'addetto, «l'ultima comunicazione rimane quella registrata ieri pomeriggio.»

«Siete riusciti a verificarne la provenienza?»

«No, signore.» Rispose l'addetto a un altro terminale. «La chiamata è stata effettuata con un codice di criptazione sconosciuto, abbiamo la registrazione della conversazione, ma non siamo riusciti a identificarne la provenienza.»

Weiber si infuriò. «Avevate la registrazione e non mi avete avvertito? Fammela sentire, idiota!»

Si rivolse a tutti gli uomini della sala. «Dovete avvertirmi di ogni cosa, sono io che decido se è importante o meno, voi eseguite i miei ordini!»

L'operatore delle comunicazioni avviò la registrazione, le voci di due uomini e una donna si diffusero per la sala attraverso gli altoparlanti. La conversazione era tra Mali e Santini, e si riferiva all'inseguimento e all'appostamento di Rob ai danni di Weiber e all'attacco al Monastero di Santa Caterina.

*Rob, è il soprannome del pirla che ho fatto fuori a Bonn?*

«Ferma la registrazione, torna indietro, la voglio risentire.»

L'uomo obbedì, la registrazione riprese dall'inizio. *Sa chi sono, della Cattedrale, del Crepuscolo! Santini sa tutto. Come è possibile?* Rimase sconvolto a quella scoperta, volle sentire tutto da capo. Non aveva idea che quel Santini e il suo SCS fossero così vicini a lui, che sapessero così tante cose. In pratica quel diavolo d'uomo conosceva ogni aspetto della vicenda di cui aveva fatto parte lo stesso Weiber: che era uno del commando del Vaticano, che aveva venduto i frammenti del manoscritto al Bibliotecario, poi rivelatisi falsi, ma questo a quel tempo non lo sapeva nemmeno lui. Santini conosceva il suo nome, aveva le sue foto, conosceva la sede del Crepuscolo.

In definitiva era la loro unica pista e, come segugi, lo avrebbero fiutato fino a scovarlo. Sì, ora era ancor più determinato. *Deve morire! Santini deve morire e con lui, quella puttana della Casoni.* Ordinò nuovamente di essere aggiornato.

*Deserto del Sinai, ore 08.30*

Un cammello può viaggiare a una media di diciotto chilometri orari, con una persona in groppa, per otto ore filate. Il gruppo di Santini avrebbe impiegato circa quattro ore e mezza per raggiungere il luogo d'incontro con gli altri agenti del Mossad, a circa settanta chilometri. Raggiunta l'oasi, ne avrebbero percorsi in jeep altri cinquanta, fino a raggiungere la città di Eilat, poi si sarebbero avventurati per altri centoventi chilometri per raggiungere l'aeroporto più vicino. Ma sarebbero stati in territorio israeliano, quindi al sicuro. Santini, quando aveva ordinato a Mali di aggiornare l'amico Wolfang, sapeva che la Gendarmeria avrebbe impiegato i propri uomini in territorio israeliano per recuperarli e condurli sani e salvi in Italia. Questo era il significato della priorità due, cioè il recupero in loco, qualunque fosse la loro posizione, la Gendarmeria li avrebbe rintracciati tramite il segnale satellitare che Jon si sarebbe premurato di inviare al momento opportuno. Santini non si fidava del Mossad, ma non disse nulla a Smatar. Non avrebbe accettato di salire su nessun aereo del mondo salvo quello del Vaticano. Aveva un unico problema, fino a quando non fossero stati a bordo di quell'aereo, la Casoni non avrebbe dovuto contattare nessuno; le sue comunicazioni non erano sicure, quindi rischiavano di essere scoperti dagli uomini del Crepuscolo. Santini aveva già avuto a che fare con la loro tecnologia, quasi la stessa utilizzata dall'SCS e dalle agenzie di intelligence di tutto il mondo, ed era certo che il Crepuscolo potesse contare su una grande quantità di denaro per dotarsi di una tale tecnologia d'avanguardia, al pari di uno Stato e di una forza militare di tutto rispetto. Era anche convinto che i satelliti fossero ben posizionati sulle loro teste. *Gran bella tecnologia!* Ma anche una gran bella seccatura. La sofisticatezza elettronica aveva invaso il mondo di una miriade di occhi e orecchie indiscrete. Telecamere, microfoni, intercettazioni, criptazione e satellite: tutto questo per cosa? Per controllare e vigilare su chiunque ovunque si trovasse? Fino a qualche anno prima, la tecnologia satellitare era al servizio di grandi eserciti, solo le risorse di uno Stato potevano utilizzare una simile innovazione; in quei giorni, invece, mancava poco che un satellite potesse essere alla portata di tutti, anzi, quasi poteva essere regalato a Natale anche al bimbetto viziato di cinque anni, figlio di qualche facoltoso genitore.

«Jon!» Santini si avvicinò al ragazzo.

«Sì, maestro.»

«Sei in grado di verificare se vi sono occhi indiscreti?»

«In zona ce ne sono trentadue, maestro.» Sorrise pensando al numero impressionante. «Siamo a pochi chilometri da Israele, qui mezzo mondo posiziona i propri occhi per verificare il traffico d'armi, la striscia di Gaza, cosa fanno i Palestinesi, gli Iraniani, gli Egiziani e cosa combina la Giordania. Siamo in Medio Oriente, chi non punta un occhio su questa zona perde la partita petrolifera.»

Impossibile stabilire se uno di quegli occhi fosse del Crepuscolo. Questo era il senso delle parole di Jon che proseguì. «Però il satellite ha visto qualcosa che ti potrebbe interessare, maestro.»

«Spara.»

«Nel Golfo di Aqaba c'è una nave cargo» precisò Jon, «sta navigando verso nord, piuttosto strano visto che non vi sono porti commerciali. Ma non è tutto! Poche ore fa la stessa nave era ferma al largo del porto di Naama Bay.»

«Maledizione!» esclamò Santini. «È del Crepuscolo! La nave da cui proveniva il segnale di intercettazione della mia telefonata con il comandante Mohamed.»

*Ci stanno seguendo, sanno sempre dove ci troviamo. Come diavolo fanno?*

«Non comunicare più con nessuno, Jon» ordinò il maestro, «silenzio radio completo, almeno fino a quando non abbiamo passato il confine. Penserò a una soluzione, tu continua a seguire quella nave e non dire niente.»

«Ok, maestro.» Jon avrebbe quasi vomitato, ma si trattenne. Chiuse la comunicazione con Mali, stavano chattando, se il maestro se ne fosse accorto lo avrebbe scannato e la sua carne data in pasto ai maiali allevati dai frati del Monastero del Monte della Madonna. In quel momento gli era venuto il dubbio di poter essere stato rintracciato, visto il timore del maestro, non avrebbe voluto essere il responsabile di un simile casino.

*"La prima cosa che faccio, se riesco ad arrivare vivo al rifugio, è controllare il protocollo di criptazione."* Si disse Jon. Ancora immerso nei pensieri, vide la Casoni che si avvicinava.

«Ci sono problemi?» chiese la magistrata.

«Lei ne ha?» rispose Jon convinto che domande del genere, alla fine, cercano tutt'altra risposta.

«Ehilà! Acidino il nostro Jon» disse lei, «avete preso tutti dal, com'è che lo chiamate? Maestro!»

Jon non aveva voglia di giochetti, stava ancora pensando al rischio di aver fatto un casino, che potessero averli individuati per colpa sua.

«Dottoressa, se ha pallottole spari diritto!» Jon tagliò corto.

La Casoni non era certo una che si potesse considerare vecchia o giurassica, come la chiamava la sua nipotina di quattro anni, ma quel linguaggio giovanile la metteva in difficoltà. Interpretò le parole di Jon come un invito a dire quello che effettivamente le passava per la testa, senza tanti giri di parole. Sperando di aver interpretato giusto riprese dall'inizio.

«Tu sei un prete? Insomma, uno che dice messa?» chiese con curiosità maniacale.

Jon volle stare al gioco, era curioso, chissà cosa gli avrebbe raccontato la bella magistrata su Santini, li aveva visti assieme la sera al Monastero e anche il giorno prima al villaggio, mentre il maestro si allenava. Non poteva giurarlo, ma gli era sembrato che fosse un po' meno bastardo del solito; il maestro non era abituato a portarsi dietro nessuno, tanto meno una donna, quindi, il suo comportamento era di tutt'altro tono rispetto al solito, più disponibile e tollerante. Quei due non la raccontavano giusta, c'era del tenero, pensava più dalla parte della dottoressa mentre il maestro lo vedeva scostante, ma non insensibile al fascino di quella donna che, in effetti, era un gran bel pezzo di signora. *Il maestro e la Casoni innamorati?* Una notizia intrigante da condividere con Nic e Mali, peccato però che non potesse chattare altrimenti la cosa sarebbe stata l'argomento del momento.

«Sì, sono un prete» le rispose, «no, non posso dire messa e nemmeno esercitare i compiti sacerdotali.»

La Casoni non riusciva a capire. «Quindi, come si fa a essere prete e non esercitare?»

Per la donna tutto il gruppo di Santini parlava a *spizzichi e bocconi*, mai chiari, fumosi e ogni risposta sembrava un intero cruciverba della settimana enigmistica.

«È una storia complicata, dottoressa» rispose seccato, «non mi va di parlarne, mi faccia la vera domanda e finiamola qui.»

*Oddio, tutti uguali al loro maestro questi qui!* Pensò lei.

«Bene, allora la faccio» la Casoni sembrava prepararsi al salto dal trampolino, «Santini, il maestro, come dite voi, potrebbe? Insomma lui ha mai avuto, come si dice? Una... dai, cazzo, lo so che hai capito! Me lo dici o no?»

«Non ho contezza della domanda, dottoressa.» Rispose con nonchalance.

«Non hai contezza?» era sfinita. «Ma come cazzo parli? Pensa un po', incredibile! Siete tutti strani voi.»

La Casoni non aveva ancora ben capito come funzionava la guida del cammello, tentò di fargli cambiare direzione per allontanarsi da quel genio stralunato, ma l'animale faceva quello che voleva, cioè andava solo avanti seguendo i suoi simili.

«Il maestro è un prete» Jon le volle dare un aiuto, «uno tosto, di quelli vecchia maniera, lui è nel pieno delle sue funzioni ecclesiastiche, lo avrà capito anche lei quando ha impartito l'estrema unzione a Denny, io non l'avevo mai visto in "azione" prima di allora. Ma non è obbligato all'esercizio, come tutti noi è esentato dal farlo. Legalmente, per la legge dello Stato Vaticano, il maestro potrebbe chiedere l'esenzione totale dagli obblighi sacerdotali senza che, per questo, venga posto in discussione. Il suo ruolo di Risolutore lo lega alla Chiesa e al giuramento di fedeltà ma, a differenza di noi, egli è libero di scegliere autonomamente il suo status giuridico.»

*Quindi, lui potrebbe...* La Casoni troncò lì qualsiasi altro pensiero. Jon, di contro, aveva un nuovo pettegolezzo da condividere con gli altri.

## 42

*Residenza Papale, Città del Vaticano*

Il Papa era intento nella lettura, seduto accanto al Cardinale Federico Oppini. Lo aveva invitato per porlo a conoscenza di un segreto millenario: un segreto che lui stesso aveva saputo solo dopo l'elezione a Papa. E l'uomo che glielo aveva confidato, a suo tempo, era il Cardinale Joseph Mhouza, Bibliotecario della Santa Romana Chiesa, ucciso pochi giorni prima assieme al Prefetto e al Vice Prefetto della Biblioteca. Quei pochi fogli che il Santo Padre stava leggendo a Oppini erano solo una piccolissima parte dei frammenti di un sacro testo. Lesse a voce alta per condividerne i passaggi salienti.

*Nel giorno dopo il sabato, Myriam si recò al sepolcro di buon mattino, quand'era ancora buio e vide che la pietra era stata ribaltata dal sepolcro. Si soffermò piangendo davanti alla porta della tomba; qui il Signore risorto le apparve, ma in un primo momento non lo riconobbe.[6] Solo quando venne chiamata per nome fu consapevole di trovarsi davanti al Signore e la sua risposta fu nel grido di gioia e devozione.*

*Lo volle chiamare: «Rabboni[7]!»*

*Avrebbe voluto trattenerlo, ma Lui glielo proibì.*

*Gesù le disse: «Non mi trattenere, perché non sono ancora salito al Padre mio; ma va' dai miei fratelli e dì loro: Sto ascendendo al Padre mio e al Padre vostro, al Mio Dio e al vostro Dio.»*

*Myriam, divenuta così prima testimone della resurrezione, corse a raccontare quanto accaduto a Pietro e agli altri apostoli, guadagnandosi l'appellativo di apostolo agli apostoli.*

*Myriam andò subito ad annunziare ai discepoli: «Ho visto il Signore.[8] Accadde che il Maestro mi consegnò queste parole: "L'esigenza è purezza e disciplina. Essa attraversa i mondi con l'essere che cerca il Cuore nascosto nel cuore, perché è anche volontà. Le deboli maschere non possono neppure intravedere la*

---

[6] Dal Vangelo secondo Matteo 28:1 e Marco 16:1-2, oltre che nell'apocrifo Vangelo di Pietro 12.

[7] Rabboni; "maestro buono".

[8] Dal Vangelo secondo Giovanni (20:17/20:1-2).

216

Porta del Nous. Non fanno appello all'esigenza ma guardano le altre maschere chiamandole deboli. Le maschere che giocano tra loro simulano la sete, mentre la loro terra è arida. Come vivere nell'aridità e nel rifiuto dell'acqua? È così che nascete alla morte, per debolezza della volontà".»

Andrea parlò più forte degli altri discepoli. Egli disse a Myriam, segnandola a dito: «Perché dovremmo crederti? Perché l'Insegnante avrebbe dovuto nutrirti in questo modo, Tu che sei una donna?»

Myriam lo guardò e rispose: «Dalle donne vengono le nascite. Per quale ragione la Nascita non dovrebbe venire da una donna?»

Il discepolo Simon Pietro si alzò allora e trovò queste parole per tutti: «Sorella nostra, queste parole ci frastornano e ci fanno paura. Tuttavia, parlaci ancora, perché tutti sappiamo che il Maestro ti ha incontrata spesso.»

Allora Myriam si tirò il velo sul volto e così parlò: «Il Beato mi ha insegnato il viaggio dell'anima che si scopre e si contempla. È il viaggio dalle cortecce verso la linfa. Quello che traccia la chiave della Porta del Nous.»

Ecco: l'anima visita i mondi della Collera. Essa scopre un primo stato che la trattiene. Esso si chiama Tenebra ed è amore della prigione.

Tenebra disse all'anima: «Perché mi hai amata, tu che sei scintilla?»

Quando udì questa domanda, l'anima pronunciò all'esterno queste parole: «Ti ho amata perché eri Separazione e la Separazione è il sonno nato dall'orgoglio.»

Allora, l'anima andò incontro al secondo stato. Questo si chiamava Bramosia.

Vedendosi attraversato, esso le chiese: «Non capisco come tu sia potuta scendere ora che ti vedo ascendere. Dimmi il perché della menzogna che nasce dall'orgoglio e dall'invidia giacché sei parte e nutrimento del mio essere.»

L'anima rispose: «Perché io ti ho intuito e tu non hai saputo riconoscere la mia verità. I tuoi occhi non hanno voluto imparare a distinguermi anche se ero mescolata e unita a te come a un abito.»

Quando ebbe detto questo, l'anima riprese la sua strada, più nuda e nella gioia finché attraversò il terzo stato, quello che si chiama Ignoranza.

*Ignoranza interrogò subito l'anima: «In che modo serpeggia il tuo sentiero? Non c'è, in te, una strana malattia? Infatti sei diventata schiava perché sprovvista della chiara visione.»*

*L'anima rispose: «Perché giudicarmi, io che in essenza non giudico, Io che ho accettato la dominazione senza aver dominato? Nessuno mi ha riconosciuta mentre io ho visto in me che ogni cosa costruita e non Una[9] verrà smontata sulle terre e nei cieli.»*

*Una volta uscita dal terzo stato, l'anima continuò la sua ascensione. Ci mise molto a scorgere il quarto stato e vi si attardò alquanto. Così, si enumerano i mondi della Collera attraverso i quali l'anima soffoca di interrogativi, perché la Collera è venuta dalla Ribellione e la Ribellione è Tenebra della Separazione. Sette sono gli stati, come sette sono le prove alle quali l'anima corre incontro. Il primo di essi si chiama Tenebra, il secondo Bramosia, il terzo Ignoranza, il quarto Veleno-Gelosia, il quinto Prigione Carnale, il sesto Saggezza Ebbra, il settimo Ira di Saggezza.*

*Collera chiese all'anima: «Qual è la tua origine, tu che hai imparato a uccidere? Qual è il tuo scopo, tu che ti sposti solo errando?»*

*Allora, l'anima rispose: «Tutto ciò che mi soffocava è stato prosciugato e tutto ciò che mi velava l'orizzonte con frontiere è evaporato perché ho voluto guardarlo. Così la mia bramosia se n'è andata così sono uscita dal cerchio dell'ignoranza e così l'orgoglio si è esaurito. Ecco, ho trovato l'uscita dallo scenario penetrando in un altro scenario. Un'immagine si è cancellata. Grazie a un'altra, più pura e più Una. È adesso che imbocco la via della quiete. La quiete annuncia la pace là dove il tempo si immobilizza nell'eternità. In verità, la mia via è una via di silenzio.»*

*Dopo avere così parlato Myriam tacque. Tutti videro allora come il Maestro le avesse insegnato.*

*Poi, fu Andrea a rivolgersi ai suoi Fratelli: «Ditemi il vostro pensiero su ciò che questa donna ha appena detto. Per quanto mi riguarda, non presto fede al fatto che il Maestro abbia potuto esprimersi in tal modo. Queste parole ci separano da ciò che abbiamo potuto avvicinare.»*

*Simon Pietro guardò Andrea e si alzò: «Accetteremo la possibilità che una donna abbia ricevuto simili parole dalla bocca del Maestro? Che Egli le abbia confidato dei segreti a cui non ab-*

---

[9] Una: nel senso di "unità singolare" ovvero "unica".

biamo avuto accesso? Dovremo cambiare sguardo e cammino accettando di aprire le orecchie a questa donna? Vi chiedo: è lei che Lui ha scelto, preferendola a noi?»

*Myriam allora si mise a piangere e disse a Simon Pietro: «Mio Fratello nello spirito, che cosa stai attraversando? Pensi che io abbia inventato questa visione e che a proposito del nostro Insegnante dica menzogne?»*

*Levi si alzò fra tutti e disse: «Simon Pietro, ti abbiamo sempre visto focoso. Perché ora ti ribelli contro la donna come se fosse un nostro avversario? Se il Maestro l'ha resa degna del suo cuore, chi sei tu per respingerla? In verità, l'Insegnante che la conosceva bene l'ha amata più di noi perché la sua anima ha fatto un grande viaggio. Guardiamo ora la nostra debolezza e sbrighiamoci a diventare totalmente umani. Lasciamo che l'umano metta radici dentro di noi e cresca come un albero perché è quello che il Maestro ci ha chiesto. Andiamo, senza più esitare, ad annunciare la Novella. Che nell'anima nostra non vi sia altra regola se non quella di cui Egli è il testimone.»*

*Quando Levi ebbe detto queste parole vi fu silenzio. Poi, i discepoli si alzarono insieme per andare a offrire la Parola.*

«Pietro aveva capito che era lei la prescelta, ma le fu contro» spiegò il Papa, «solo Levi volle rispettarla.»

Il Papa si tolse gli occhiali e posò quei pochi fogli, erano anni che non leggeva quei passi estratti e tradotti da quello che era il Vangelo di Myriam, o meglio, di Maria Maddalena. L'avevano tenuto segreto per quasi due millenni, ora quel Vangelo era caduto nelle mani dei loro nemici giurati che lo avrebbero usato per far franare la storia secolare della Chiesa. Non avrebbero retto. Il Papa spiegò al Cardinale che la parte che gli aveva letto era minima rispetto alla grandezza dell'intero manoscritto. Il Santo Padre lo volle fare partecipe del significato di quel parziale documento, anche se l'intero Vangelo di Maria Maddalena apriva enormi e universali conoscenze, teorizzava su nuove vedute, basate sull'evoluzione delle persone e delle coscienze: parlava di Fede e volontà. Quel Vangelo precisava che lo Spirito che ognuno aveva dentro di sé era puro, era un luogo di fiducia, sicurezza e amore che tutto sapeva e tutto conosceva poiché era parte della Mente Divina che ci pervadeva così come valeva per tutto l'Universo. Nell'anima la verità era chiara e il caos del mondo esterno non esisteva. Essa era senza nascita, senza morte e senza età; era eterna: esisteva, era esistita e sarebbe esistita per sempre. Il Papa lesse un altro capitolo.

*E Myriam confidò che il Rabboni le disse: «Dio parla in noi è la voce della verità che ci guida nel viaggio, la Mente Universale non conosce ostacoli, limiti o mancanze. Essa è il potere della Creazione ed esiste in noi, come noi siamo parte di Lei quindi tutte le risposte sono presenti nella nostra anima, ma è solo attraverso la volontà e la disciplina che possiamo lasciare la strada della collera, della frustrazione, della rabbia, cioè dei limiti che, creando separazione, ci dividono dall'Eterno e ci portano alla morte attraversando un cammino irto di difficoltà, perdita e mancanze. Poiché i nostri pensieri si manifestano nella nostra realtà, dobbiamo scegliere volontariamente il nostro percorso verso l'Unità, la felicità e la conoscenza.»*

Il Vangelo, come lo stava spiegando il Pontefice, avrebbe insegnato a usare la nostra meravigliosa mente. A poco a poco, paure e dubbi si sarebbero dissolti; saremmo stati grati per le benedizioni già presenti nelle vite dell'uomo così da velocizzare il manifestarsi dei nostri sogni, dei nostri desideri. Questo cammino non prescriveva che tutto passasse attraverso obblighi, rinunce e lotte, ma solo abbandonando l'anima alla pace e al silenzio del Divino, ascoltando la voce di Dio che parla dentro di noi affinché tutto sia possibile. Era una straordinaria verità; talmente straordinaria che il Papa non era sicuro della capacità mentale dell'uomo di recepirla. Inoltre, quel Vangelo metteva in risalto la figura della donna, come madre, capace di esprimere due semplici basi fondamentali dell'intero essere umano: la natività e la Creazione. Il Pontefice enunciò le altre teorie documentate nel Vangelo: questo descriveva un Dio Madre e Padre e su queste basi creò l'Universo e l'Uomo, poi gli disse che lei era la prescelta a fondare la Chiesa.

«In merito alle parole che Gesù disse a Maria Maddalena» precisò meglio il Papa, «*Non mi trattenere, perché non sono ancora salito al Padre mio; ma va' dai miei fratelli e dì loro: Sto ascendendo al Padre mio e al Padre vostro, al Mio Dio e al vostro Dio,* sarebbero riferite al compito a lei conferito. Il termine *fratelli* è riferibile agli Apostoli? Lui, però, li aveva sempre definiti allievi o discepoli, mai fratelli. Con la parola fratelli intendeva il suo prossimo. Quell'annuncio: *Sto ascendendo al Padre mio e al Padre vostro, al Mio Dio e al vostro Dio,* era un messaggio universale che Ella avrebbe dovuto tramandare all'intero genere umano, non certo solo a pochi intimi, anche fossero stati indispensabili e importanti.»

Il compito che le fu conferito da Gesù, quindi, era stato forte e chiaro, inequivocabile, non per niente Maria Maddalena fu definita *degna del Suo Cuore*.

«Vi sono citazioni in tal senso anche in altri Vangeli» disse infine il Papa, «apocrifi, gnostici o meno che siano, tutti portano alla stessa conclusione.»[10]

Si alzò in piedi e si avvicinò alla finestra che si affacciava verso la piazza di San Pietro, combattuto da numerosi pensieri. *No, non ancora! La Chiesa non è ancora pronta!* Pensò il Pontefice, al termine di quella breve riflessione. Il Cardinale Oppini era stato in reverente silenzio, quando capì che il Papa aveva finito si permise di condividere il suo pensiero.

«Quanto mi ha letto, Santo Padre» disse, «mi ha sconvolto. Quelle parole, quel fraseggio, rappresentano il percorso dell'anima intenta nell'ascesa al cielo, espletate in quel testo con eccezionale lucidità. Se quel manoscritto ci insegna così straordinarie rivelazioni, queste potrebbero cambiare il destino dell'Umanità intera, esse sveleranno finalmente il *segreto* che la Chiesa ha cercato per secoli.»

«Sì, Eminenza» gli rispose il Papa, «effettivamente è così, il *segreto dell'anima*, il percorso che questa entità misteriosa compie nel viaggio fino al Padre, la Chiesa lo cerca da millenni e Maria Maddalena lo aveva appreso da Gesù Nostro Signore.»

Il Cardinale era esaltato, pieno di entusiasmo.

«Dobbiamo recuperare quel manoscritto a tutti i costi» sentenziò, «e farlo studiare dai migliori teologi del mondo, ci rivelerà verità sacre sulle sorti dell'umanità, salveremo vite e...»

«Freni il suo entusiasmo, Eminenza» il Papa lo raggelò, «mai avverrà che quel Vangelo venga rivelato a chicchessia.»

Oppini si disperò a quelle parole, non credeva alle sue orecchie, l'affermazione del Papa non era un parere, era un ordine preciso, secco e inequivocabile.

«Non capisco, Santità» la voce tremante, «se quel documento è autentico, ci può rivelare la vera Fede, ci potrà donare il sapere infinito, il segreto della prosecuzione della vita dopo la transizione del corpo, ci aprirà al segreto del Nous[11] oltre a renderci ancor più

---

[10] I Vangeli di Matteo, Marco, Luca. I Vangeli apocrifi di Tommaso, Pistis Sophia, e nel Vangelo apocrifo degli Egiziani, etc.

[11] L'intelletto cosmico, o Nous (Nùs), traducibile con Pensiero o Intelletto, è un'espressione introdotta per indicare il motore originario dell'universo. Esso interviene a mettere ordine nel caos originario, ed è il responsabile della creazione e della differenziazione degli elementi. Il

forti, più grandi così da fare in modo che ogni religione esistente al mondo si pieghi al nostro sapere.»

«Oh sì, sì!» rispose pacato il Pontefice. «È autentico, assolutamente autentico, tanto quanto è pericoloso! Ma non capisce, Eminenza, non è l'autenticità che mi preoccupa, ma quello che vi è scritto porterà alla fine della Chiesa o, almeno, per come l'abbiamo professata da due millenni.»

Il Cardinale continuava a non capire.

«Quel Vangelo, quella verità dimostrerebbe che Pietro fu un impostore» il tono acceso, «invidioso e geloso di Maria Maddalena che la usurpò, la diffamò e la sottrasse al suo mandato: un mandato conferito direttamente da Gesù Cristo, apparsole prima di innalzarsi a Dio. Pietro sconfessò quel Vangelo, scritto da Maria Maddalena sotto dettatura di Gesù Cristo usando un codice che solo loro due conoscevano. In quel manoscritto Pietro viene definito come colui che aveva *rinnegato* Cristo per ben tre volte. Una bella descrizione, non c'è che dire: invidioso, geloso, falso, usurpatore, traditore di Cristo e delle sue volontà. Non ne verrebbe fuori bene uno che vanta simili meriti!»

Il Papa incrociò lo sguardo del suo Segretario di Stato.

«E il Papa? Io dovrei essere il successore di un uomo così?» tuonò. «Dovrei essere l'erede di un simbolo indelebile: il tradimento di Cristo? No, sarebbe anche peggio che essere il successore di Giuda Iscariota, almeno lui si tolse la vita dalla vergogna. Mi dica, Eminenza, risponda a questa semplice domanda: dovrei essere il seguito di un rinnegato, un invidioso e geloso uomo che tradì Gesù, la sua fiducia e la sua gente?»

Oppini non sapeva rispondere e non volle nemmeno replicare, aveva capito il problema: il manoscritto avrebbe fatto franare la Chiesa sotto il peso di quella verità.

«Amico mio» riprese il Pontefice, «so quello che c'è scritto in quel Vangelo, ho aperto il mio cuore e, per una grande parte, mi riconosco e lo condivido. Ci sono momenti in cui vorrei rimediare alle pesanti bugie che la nostra Chiesa ha professato per secoli, ma non me lo posso permettere. Ci sono passaggi nel testo che, se fossero resi pubblici, porterebbero alla logica conclusione che i Vangeli, almeno quelli riconosciuti autentici, siano testi di comodo che

---

Nous è intelligenza divina che non si mescola alla materia ma la domina e la dirigo dal di fuori, creando dal caos originale un cosmo nel quale si dispiegano la bellezza e l'ordine della natura.

la Chiesa ha usato a sua strumentale interpretazione. Verrebbe fornita la prova certa che Maria Maddalena era l'unica legittimata a ricoprire il sacro compito di fondare la Chiesa di Cristo con l'altrettanta logica convinzione che la Chiesa, maschilista da sempre, avrebbe dovuto adeguarsi a seguire una donna: di fatto, colei che è madre. Noi abbiamo creduto in Pietro e, come lui, siamo responsabili e ne rispondiamo a Dio; su questa convinzione abbiamo gestito la Fede e le coscienze dell'uomo. Che ne sarà di noi, Eminenza, se questo segreto venisse svelato? Come ci potremmo porre al cospetto di Dio se fossimo corresponsabili del tradimento ai danni del suo unico Figlio il quale aveva riposto la sua fiducia su colei che poi non venne creduta? La Chiesa e l'uomo dovranno fare ammenda di quello che le sto dicendo, ma non siamo pronti, non ancora, non ora.» Il Papa si mise a sedere, stanco sotto quel peso, disse: «E, forse, non lo saremo mai.»

Il Cardinale Oppini era uomo di Chiesa e uno statista di tutto rilievo, comprendeva la politica e i ragionamenti del Papa; finì per condividerli. Conclusero così l'argomento, entrambi confortati dalla decisione di recuperare il manoscritto: per porlo al sicuro e renderlo ancor più segreto. Dopo tale decisione discussero di un problema conseguente. Il Pontefice era stato informato da Santini, con dovizia di particolari, di tutti i fatti accaduti al Santo Consiglio in quei giorni. Santini ora conosceva buona parte del segreto, era divenuto il depositario della conoscenza tramandata da Dominas in persona. Con la morte di Dominas il segreto veniva ora condiviso dal Papa, dal Cardinale Oppini e dal vertice del Crepuscolo, ovviamente, che però aveva interessi opposti a quelli della Chiesa. Quella conoscenza rendeva Santini ancor più vitale per la Chiesa; se la sua Fede, fedeltà al Papa e alla Chiesa non fossero state messe in discussione, lui avrebbe potuto contare su una riconoscenza senza precedenti. Il Papa era anche intenzionato a far sì che Santini formalizzasse le sue esperienze sull'argomento, depositando il suo sapere quale illustre autore della moderna Santa Romana Chiesa, affinché potesse essere motivo di studio nei secoli a venire. Il ruolo e il nome di Tommaso Santini sarebbero stati impressi, quindi, in un documento custodito e secretato nell'archivio della Biblioteca Apostolica Vaticana.

«Il Risolutore è riuscito a recuperare i frammenti del Vangelo» il Papa introdusse l'argomento, «gli sono stati consegnati dall'arcivescovo Dominas. Anche se parziale, Santini si è fatto una chiara idea di cosa tratta l'intero Vangelo.»

«Possiamo fidarci di lui?» chiese Oppini.

«Nel modo più assoluto!» rispose il Papa. «Ne risponderò io stesso. Tommaso è un uomo rude, ma di animo nobile e ha con sé la Fede. Sapevo che avrebbe aperto la mente, è troppo colto e intelligente. Gli ho chiesto un sacrificio in questa missione e lui è partito senza fare domande e ha perduto due uomini del Santo Consiglio, ora dobbiamo dargli tutto l'aiuto possibile.»

«Ha obbedito al Papa, come biasimarlo!» fece notare il Cardinale.

«No! Tommaso non obbedisce» precisò il Papa, «fa quello in cui crede ed è pronto a morire per farlo.»

Si alzarono, l'udienza volgeva al termine. Il Segretario di Stato si inchinò e baciò l'anello del Pontefice, ma prima che avesse chiuso la porta dello studio, il Papa lo richiamò.

«Ah, un'ultima cosa, Eminenza.» Disse bloccandolo sull'uscio. «Informi l'Ispettore Generale che voglio la massima copertura e protezione per Santini e i suoi uomini. Da questo momento Santini è la priorità, a parte le condizioni minime di sicurezza della Santa Sede, tutta la Gendarmeria deve mettersi a sua disposizione.»

Oppini annuì, ma il Papa non aveva finito.

«Tommaso non deve essere lasciato solo e deve rimanere vivo» ora stava impartendo un ordine al suo Capo del Governo, «se gli succede qualcosa, qualunque cosa, sappia che ne risponderà lei, Eminenza. Lei e l'Ispettore Wolfang.» Dopo una riflessione, aggiunse: «E risponderete personalmente a questa sede Pontificia!»

Oppini deglutì mentre, finalmente, riuscì a chiudere quella benedetta porta.

# 43

L'elicottero era pronto al decollo e gli uomini ben organizzati. Avrebbero coperto il breve tragitto che li separava dal canyon colorato in meno di cinque minuti per terminare la partita con Santini, partita che si era rivelata più dura del previsto, ma che sarebbe stata vinta da Weiber, in nome e per conto del Crepuscolo. Li avevano avvistati meno di mezz'ora prima nei pressi di un'oasi del canyon; erano in otto e avevano viaggiato per oltre quattro ore in groppa ai cammelli dal villaggio beduino all'oasi. Subito dopo il gruppo si era diviso, tre persone con gli otto cammelli erano tornate indietro, mentre due jeep erano partite in direzione di Eilat. Weiber era sicuro che Santini e i suoi quattro compagni fossero su quelle jeep, doveva intervenire prima che attraversassero il confine. L'elicottero, con a bordo dieci uomini, Weiber e pilota compresi, si alzò in volo. *Cinque minuti e tutto sarà finalmente finito.* Non furono esattamente cinque minuti, ma quindici, e già stavano sorvolando le due jeep. Weiber diede istruzioni al pilota di atterrare a qualche centinaio di metri più avanti, in modo da tagliare la strada a Santini. Ordinò agli uomini di non sparare, a meno che non fosse strettamente necessario, onde evitare di danneggiare i frammenti. Il piano era di mettere fuori uso le jeep e fare finta di garantire l'incolumità di Santini e i suoi nel caso fossero stati disposti a collaborare consegnando i frammenti. Ovviamente non avrebbero mantenuto la promessa. Il pilota fu abile nella sua discesa rapida ma morbida, in due minuti gli otto uomini del commando erano già scesi a terra, le jeep stavano sopraggiungendo. Come era immaginabile, le videro fermarsi e cambiare direzione per evitare il conflitto diretto, ma il commando reagì e le raffiche di mitra raggiunsero il bersaglio ottenendo l'effetto sperato: con le ruote e i radiatori crivellati di colpi, i mezzi si fermarono dopo un centinaio di metri. Il commando le raggiunse e le circondò senza lasciare loro una via di fuga.

«Santini, hai finito di sfuggirmi» gridò Weiber, «consegnami i frammenti e ti garantisco che vi lasceremo andare per la vostra strada, vivi. Hai la mia parola.»

Dai vetri scuri delle jeep non era possibile vedere l'interno, per cui non si capiva cosa stesse succedendo. Calò un silenzio tombale per pochi secondi.

«Non lo ripeterò due volte» precisò Weiber, «vi concedo un minuto per uscire con le mani alzate e lo scrigno bene in vista.»

Passarono trenta secondi e le porte delle jeep si aprirono. Weiber attese impaziente di vedere in faccia questo famoso Santini, il Risolutore, colui che pensava di fargliela, sbagliando di grosso. Ne scesero tre uomini con il volto coperto. Weiber ordinò di far scendere gli altri rimasti all'interno. I tre si stesero a terra in segno di resa, gli uomini del Crepuscolo li presero in consegna e aprirono le jeep per catturare anche gli altri.

«Signore» disse uno del commando, «non c'è nessun altro a bordo.»

«Come?» Weiber era frastornato. Corse verso la prima jeep e volle controllare: nessuno! Fece pochi passi, nella seconda jeep stesso risultato: nessuno!

«Cazzo!» imprecò. Si avventò sul primo dei tre uomini che gli capitò fra le mani e gli tolse la kefiah[12] liberandogli il volto, incredulo fece altrettanto con gli altri due: erano tre beduini egiziani. Weiber si sentì perso, non si capacitava di essersi sbagliato, forse Santini era su un altro mezzo, nell'oasi c'erano anche altre persone e Santini poteva essersi confuso con un altro gruppo, poteva essere salito su uno degli autobus. Aveva sbagliato, non gli restava che rimediare, subito. Chiamò uno del commando, si fece portare il portatile e verificò eventuali altri movimenti che non avesse notato prima, nella speranza che gli fosse sfuggito qualche particolare. Sperava di vedere un qualsiasi mezzo in un perimetro di cinquanta chilometri, di più non ne avrebbero potuti percorrere in auto o in pullman in mezzo al deserto. Se avesse individuato dei movimenti collegabili a Santini, l'elicottero li avrebbe raggiunti in pochi minuti. I tre beduini pregarono in arabo Weiber di lasciarli andare, dissero che non avrebbero denunciato il fatto, che non avevano visto nulla e che sarebbero rimasti con la bocca cucita. Weiber diede l'ordine ai due uomini del Crepuscolo di sparare in testa ai tre, uccidendoli a sangue freddo.

«Non conosco l'arabo!» disse.

*Deserto del Sinai, in quello stesso momento*

---

[12] Copricapo tradizionale della cultura araba.

«Maestro» chiese Jon, «possiamo tirarci su, ora? Non resisto, mi sono venute le vesciche.»

«Sì, alzatevi» rispose Santini, «dobbiamo spronare i cammelli al galoppo, fra poco saremo al confine israeliano e potremo tirare il fiato. Non fermatevi per nessuna ragione. Via!»

Jon, Nic e Baresi erano legati sulla pancia del loro cammello mentre Santini, Casoni e il maggiore Smatar erano seduti comodamente in groppa. Il termine *comodamente* di certo non era il più appropriato, passare quasi sei ore in groppa a un animale che avanza dondolandosi a ogni passo, avrebbe fatto venire le vesciche anche in altri posti, però dovevano apparire sul satellite come fossero solo in tre, come fossero i beduini che facevano ritorno al loro villaggio. Santini aveva capito che la nave cargo, apparsa nel Golfo di Aqaba, altro non era che la stessa ancorata al largo di Naama Bay; a condurla c'erano gli uomini del Crepuscolo e li stavano raggiungendo. Non ce l'avrebbero fatta a scampare se non avessero tentato uno stratagemma; così, arrivati all'oasi avevano atteso la partenza di qualche turista con dei mezzi qualsiasi mentre loro, invece, si erano messi in marcia con gli otto cammelli prendendo prima la direzione del ritorno, poi proseguendo per la loro strada. Arrivati all'oasi avevano deciso che i due agenti del Mossad, che li stavano aspettando per accompagnarli al confine e i due beduini che li avevano scortati fino a quel momento, potessero tornare alle loro destinazioni senza alcun problema. Santini era convinto che il Crepuscolo avrebbe inseguito qualche altro malcapitato, ma pensava che l'avrebbe lasciato in pace una volta resisi conto dell'errore. Non avrebbe mai saputo quanto si era sbagliato. I sei stavano spronando al massimo quei poveri animali, il caldo era insopportabile e i fisici stavano subendo i primi cedimenti. La Casoni era silenziosa, non parlava da ore e Santini si chiese più volte i motivi, ma non volle interferire con i suoi pensieri. Mentre il buon Baresi, per tutto il tempo, si era avvicinato a Santini con atteggiamenti di ammirazione, si era caricato di entusiasmo e aveva precisato che l'avventura l'aveva addirittura divertito come non gli era mai capitato prima. Santini pensò che la gioventù di quel tempo cambiava facilmente opinione; fino al giorno prima lui era l'arrogante spaccone da evitare come la peste bubbonica e il giorno dopo era, invece, l'eroe dei cinque continenti. Baresi, altresì, aveva legato con Nic in maniera sorprendente, i due ormai si consideravano grandi amici. *Essere coetanei lega in fretta.* Jon gli aveva confidato che poche ore prima stava chattando con Mali e si sentiva in colpa per aver rischiato di essere individuato dal Crepuscolo, ma la criptazione che usava garantiva l'impossibilità di trovare il luogo di trasmissione, al massimo avrebbero captato cosa stavano scrivendo in chat e, poiché Santini era convinto che stavano scrivendosi delle banalità, non tanto per Mali che era una persona serissima, ma conoscendo Jon era certo che le banalità regnassero sovrane nella mente di quel simpatico folle genio. Il maggiore Smatar, invece, aveva dormito per tutto il tragitto, come se fosse cittadino di una galassia posta in una diversa costellazione. Santini si chiedeva com'era possibile addormentarsi in groppa a un cammello; lui aveva il dubbio che sarebbe rimasto paralizzato dalla vita in giù, non sentiva più le gambe, anzi, un fastidioso formicolio stava a significare che il sangue aveva preso altre direzioni, rinunciando a passare per gli arti inferiori. Gli unici pensierosi erano lui e la Casoni. Santini conosceva le ragioni del proprio silenzio: la perdita di Denny l'aveva sconvolto, ma sapere anche di Rob, no, non lo digeriva. Eppure sapeva che ogni missione era rischiosa, mai però aveva perso due Consiglieri nella stessa operazione; e non era ancora finita. Invece, della Casoni, non voleva pensare che i suoi silenzi fossero dettati dagli effetti del sentimento che gli aveva confidato, anche perché gli sembrava di essere stato chiaro. Il maggiore Smatar finalmente si riprese dal suo torpore, si stiracchiò i muscoli e, nel giro di qualche secondo, risultò in forma smagliante come avesse dormito nella suite regale dell'hotel Imperial di Vienna. Stavano giungendo al termine di quel faticoso viaggio, mancavano pochi chilometri per raggiungere il confine, poi avrebbero attraversato le gallerie sotterranee, superate le quali sarebbero sbucati a Eilat, in Israele.

«Fra meno di un chilometro troveremo l'ingresso del tunnel, è ben nascosto e dovremo proseguire a piedi.» Disse Smatar.

Santini pensò che dovevano sbrigarsi, quelli del Crepuscolo, a quell'ora, di certo avevano intuito lo scherzo che gli avevano fatto e avrebbero impiegato un minuto per capire che loro erano ancora in zona. *Al rifugio dovrò vagliare ogni particolare, devo capire come fanno quelli del Crepuscolo a conoscere tutti i nostri movimenti.* I loro nemici erano in possesso della migliore tecnologia possibile e immaginabile, potevano utilizzare i satelliti, ma per questo era obbligatorio conoscere la zona precisa per poter puntare gli obiettivi. Il satellite era una grande opportunità, ma senza un regista era come un occhio cieco, doveva essere programmato, si dovevano fornire le coordinate giuste, altrimenti avrebbe inquadrato la moglie del vicino intenta a cornificare il marito, ma niente di più. Quindi, gli uomini del Crepuscolo dovevano conoscere in anticipo la zona, le loro posizioni e i loro percorsi. *Qualcuno gli sta fornendo informazioni!* Fu la sua logica valutazione, ma la tenne per sé.

«Maestro» chiamò Jon, «movimenti a ore sei, un elicottero si sta dirigendo verso la nostra posizione.»

«Un elicottero?» esclamò il maestro.

Santini pensava che il pericolo del Crepuscolo sarebbe arrivato via mare. Eilat, infatti, era affacciata sul Golfo di Aqaba e si domandò come avessero fatto a nascondere in una stiva un elicottero. L'altro pensiero, non meno preoccupante, era che quell'elicottero fosse dell'esercito egiziano, magari in perlustrazione della zona nell'intento di prevenire il traffico di armi e munizioni fra l'Egitto e la Giordania.

«È per caso un elicottero militare» chiese a Jon, «egiziano?»

«Non lo so, maestro.» Rispose. «È anonimo, non vedo simboli o scritte, inoltre non sta comunicando per cui non riesco nemmeno a capire che frequenze usino o che lingua parlino.»

Non era di certo egiziano, se lo fosse stato, i militari avrebbero dovuto comunicare alla base che avevano avvistato dei sospetti ai confini israeliani e che si sarebbero fermati a controllare. Invece, gli occupanti di quell'apparecchio, mantenevano il silenzio radio. A Santini la situazione era ormai chiara.

«Sono loro!» disse al gruppo. «Dobbiamo trovare subito un riparo, qui siamo troppo esposti.»

Smatar li condusse in una zona all'apparenza piatta, che celava insenature e crepe sul terreno roccioso, quasi trincee naturali che offrivano un'ottima postazione di difesa. Quelle crepe avrebbero dato al gruppo un riparo abbastanza sicuro per resistere a uno scontro alla pari; Santini, però, pensava che sarebbe bastata una semplice granata per farli saltare tutti in aria in meno di due secondi. Guardandosi in giro, si accorse che non vi era altra soluzione, scesero dai cammelli, non senza problemi di deambulazione almeno all'inizio, quindi si rifugiarono all'interno delle profonde crepe. Attesero pochi minuti con le armi pronte, che parvero ore in attesa di una morte che stava per presentarsi al loro cospetto, una morte che portava due nomi, entrambi scolpiti nella testa di Santini: il Crepuscolo e Karl Weiber. Sentirono il rumore dell'elicottero che si stava avvicinando, il vorticare delle pale provocava un'alzata di polvere desertica: l'apparecchio giunse sulle loro teste poi si spostò di pochi metri per atterrare nelle vicinanze. Subito dopo udirono il rumore di altri due elicotteri che, oltre a provocare una tempesta di polvere, proseguirono oltre il loro viaggio, avanzando oltre la zona in cui erano rintanati. Il gruppo era sorpreso: possibile che Jon non si fosse accorto di nulla? E sì che sopra le loro teste si stava scatenando un via vai di apparecchi, non solo di elicotteri, ora spuntavano anche alcuni Hawk da assalto con lo stemma dell'esercito israeliano. Era il finimondo, da lì a poco sentirono l'inferno, un conflitto a fuoco ingaggiato contro qualcuno che per fortuna non erano loro; sembrava una zona di guerra. Dall'elicottero che poco prima era atterrato vicino alla loro posizione scese per primo un amico di sempre, Santini ne fu meravigliato e sollevato nello stesso tempo. Aaron Wolfang, dall'alto dei suoi due metri abbondanti, stava camminando spedito verso di loro circondato da sei uomini della Gendarmeria vaticana.

Santini si rivolse alla Casoni. «Ecco il significato della priorità due.»

Santini e Wolfang si strinsero in un abbraccio energico, scambiandosi pacche sulle spalle che avrebbero demolito un muro di cemento.

«Dobbiamo ritirarci, Tom!» suggerì Wolfang. «Non siamo autorizzati a stare qui, la milizia egiziana sarà già in allarme e non impiegheranno molto a capire cosa sta succedendo.»

In quel momento Wolfang riconobbe la Casoni. La donna, bardata come un beduino del deserto, si era tolta la tunica di lana, così come avevano fatto gli altri per il troppo caldo. Questo permise a Wolfang di riconoscere sia lei sia Baresi e ne fu sorpreso perché pensava di vedere la magistrata con un più ampio seguito. Quando la Casoni l'aveva chiamato dall'Oberoi Hotel di Naama Bay, gli aveva precisato che erano in sei; mancavano all'appello il Commissario Ayala e altri tre poliziotti di scorta. Inoltre, aveva appreso alla televisione che la magistrata e il suo seguito erano dispersi, forse catturati da bande di beduini anarchici che li avevano scambiati per turisti e, per mezzo dei quali, intendevano chiedere un riscatto dal Governo italiano. Per quanto riguardava il seguito di Santini, Wolfang non conosceva l'identità e il numero dei componenti del Consiglio e non sapeva nemmeno quanto era accaduto loro in quei giorni. Aveva solo ricevuto il rapporto e l'ordine perentorio del Segretario di Stato Vaticano, su richiesta del Papa, di recuperarlo e garantirgli l'incolumità assieme ai suoi uomini. L'aveva saputo direttamente dalla sede italiana del Mossad: le coordinate del caso e il collegamento con l'agenzia israeliana, una volta raggiunto il Paese. Nessuna altra informazione per via dell'intervento diretto di personalità troppo alte per avere diritto a fare domande. In quella occasione i protocolli di sicurezza e riservatezza dei movimenti del Risolutore e del Santo Consiglio erano stati ormai infranti in modo evidente.

«Sonia?» disse meravigliato mentre guardava Santini in cerca di chiarimenti. «Che ci fa lei? Era data per dispersa.»

«Lascia stare, Aaron» rispose l'amico, «ti spiego strada facendo, ma ora andiamocene da qui e in fretta.»

Nel frattempo era atterrato un altro elicottero senza identificazione, da cui scese un uomo mentre il pilota manteneva i rotori in funzione al massimo dei giri, pronto a riprendere il volo in un attimo.

L'uomo si presentò a Smatar. «Ben ritrovato signore, tutto come previsto, possiamo dare inizio al recupero.»

«Bene!» rispose Smatar. E in effetti l'operazione era andata bene, le forze israeliane avevano invaso i confini egiziani e ingaggiato una battaglia contro gli uomini a bordo dell'elicottero del Crepuscolo: battaglia iperveloce, visto il dietro front dei loro nemici. Ma anche l'esercito israeliano era stato costretto a ritirarsi in fretta, non potevano trattenersi a lungo senza creare un incidente diplomatico. Avrebbero pensato poi a giustificare quella piccola invasione come fosse stato un imperdonabile errore del capo squadra in esercitazione. Gli egiziani non avrebbero mai capito se tale conflitto facesse parte o meno dell'addestramento. Invece, in seguito a quello che venne successivamente definito come un "incidente" causato da un militare, subito sospeso dal servizio, il Governo israeliano avrebbe posto in essere le proprie ufficiali scuse agli "amici" egiziani proponendo loro un vertice per addivenire ad accordi di collaborazione per la lotta contro il traffico di armi. Intanto, Santini, Jon e Nic furono fatti salire su uno degli elicotteri assieme a Wolfang, mentre la Casoni e Baresi salirono sull'altro assieme a Smatar. Direzione: l'aeroporto internazionale di Tel Aviv.

# 44

Il Jet, bianco con in risalto lo stemma papale, era partito tre ore prima da Tel Aviv, sarebbe atterrato all'aeroporto di Roma Fiumicino in perfetto orario e senza complicazioni. Il breve viaggio di Santini e gli altri fu di una comodità assoluta, non a caso si trattava del Jet privato del Papa, pertanto i passeggeri si concessero il lusso di un meritato risposo. Lo scrigno d'oro, contenente i frammenti del manoscritto di Maria Maddalena, era stato posto al sicuro all'interno di una cassaforte super blindata e con un sofisticato sistema che ne avrebbe permesso l'apertura solo dopo alcune ore e con l'utilizzo di complessi codici criptati che non erano in loro possesso. Si sapeva solo che il Papa aveva ordinato che a capo della scorta della cassaforte vi fosse Santini, mentre Wolfang doveva coordinare le varie forze di sicurezza a protezione del carico.

Appena il Jet si apprestò ad atterrare, la macchina organizzativa si mise in moto; l'aeroporto gli aveva riservato una pista sicura. Dopo l'atterraggio, venne accerchiato da ambulanze, mezzi dei vigili del fuoco, Carabinieri, Polizia, Gendarmeria Vaticana; infine, proprio sotto la pancia dell'aereo si collocò uno speciale furgone blindato, del tipo usato di solito dagli artificieri del Comando dei Carabinieri. L'aeroporto di Roma Fiumicino fu posto in stato di allerta: tutti i voli in partenza e in arrivo rimasero in stand by al fine di garantire, a quel singolo aereo, l'assistenza necessaria ordinata dai massimi livelli governativi. All'esterno del Jet fu creato un cordone di sicurezza impenetrabile, a prevenire qualsiasi rischio e per evitare che giornalisti curiosi potessero capire di cosa si trattava. Il portello anteriore si aprì e fu posizionata la scaletta mentre una ventina di uomini del ROS in assetto antiterrorismo lo circondarono per un perimetro di cinque metri, come previsto dalle leggi internazionali. Le forze di Polizia italiana non potevano accedere all'interno, anzi dovevano rimanere entro uno spazio obbligatorio. Autorizzati a entrare all'interno dell'aereo, vi furono solamente due agenti della Gendarmeria che, invitando i passeggeri a non muoversi, si presentarono sull'attenti al loro Ispettore Generale: Aaron Wolfang.

«Ho ricevuto ordine di consegnare queste due buste, Ispettore» disse uno di loro consegnandole agli interessati, «contengono le disposizioni a cui dovrete attenervi: una è per lei e una per il dottor Santini.»

Alquanto stupiti, i due presero le rispettive buste che provenivano da Sua Santità il Papa, erano sigillate con la ceralacca con impressa l'effige dell'anello papale, simbolo che non poteva essere messo in discussione.

L'agente precisò ancora. «L'ordine è arrivato direttamente da Sua Santità, signore. Mi è stato ordinato di riferirvi che le lettere dovranno essere lette prima di scendere a terra, le dovrete leggere senza che l'altro sia presente e non potrete comunicarvi le informazioni ivi contenute.» L'agente precisò anche che sarebbe stato il Pontefice in persona a chiarire loro, più tardi, le ragioni di quella inusuale procedura. «Signore, noi abbiamo il compito di assicurarci che le lettere e le buste vengano distrutte, una volta che sarete a conoscenza del loro contenuto. Mi spiace, signore, le assicuro che mi sento in enorme imbarazzo nel dare ordini a lei in questo modo, potrà punirmi come riterrà opportuno, io accetterò qualsiasi sua decisione.»

Wolfang era orgoglioso di quel ragazzo. «Nessuna punizione, anzi, le fa onore aver servito il Santo Padre con tanta dedizione. So cosa significa per lei svolgere questo compito. Procediamo.»

Santini entrò nella cabina di pilotaggio scortato da uno dagli agenti della Gendarmeria che non lo perse di vista nemmeno per un secondo mentre Wolfang fu condotto dall'altro agente nella saletta bar, in coda all'aereo. Entrambi aprirono le loro buste e lessero il contenuto: vi erano dei codici alfanumerici. I due dovettero impararli a memoria, una volta metabolizzati, distrussero lettere e buste, sempre sotto attenta vigilanza dei due gendarmi. Alla Casoni, tutta la faccenda apparve non solo inusuale, ma addirittura pazzesca e ne capiva sempre meno; con tutto quello che avevano passato aveva solo voglia di tornarsene a casa e farsi una doccia per prepararsi al peggio.

Vedendola frastornata, Baresi cercò di darle una spiegazione. «Credo che il Papa abbia voluto dare a ognuno, Santini e Wolfang, un incarico riservato, senza comunicazioni radio o similari, forse è preoccupato per le intercettazioni o per timore di una fuga di notizie.»

La Casoni fu grata all'amico di quelle delucidazioni, ma non gliene fregava un bel fico secco, almeno in quel momento, pensava solo all'indomani quando avrebbe dovuto vedersela con il Procuratore Capo. Non aveva comunicato i suoi spostamenti quand'era in Egitto, vi era andata per seguire la pista di Santini che si era rivelata un fiasco e, soprattutto, si era resa responsabile della morte di un commissario di Polizia e di tre agenti della scorta. Durante il viaggio verso l'Italia, Wolfang le fece la telecronaca della loro vicenda: era stata data per dispersa costringendo il Ministero degli Esteri italiano a una mobilitazione diplomatica senza precedenti mentre tutti i giornali e le televisioni accusavano la Procura di Roma di aver mandato allo sbaraglio i propri magistrati migliori, in giro per il mondo e senza le dovute protezioni. Ma non solo, il Governo italiano aveva assicurato che avrebbe fatto di tutto per restituire i funzionari governativi alle loro famiglie sani e salvi, che avrebbe trattato con i sequestratori pagando, se necessario, qualsiasi cifra, inoltre, il Presidente del Consiglio e il Ministro degli Esteri avevano incontrato le mogli e le fidanzate dei poliziotti assicurando loro di fare l'impossibile per far tornare a casa i loro ragazzi, come furono definiti. Sonia Casoni, poi, era stata considerata un'eroina nazionale da parte di tutti i media perché era stata data la notizia che stava conducendo chissà quale operazione o indagine internazionale contro i terroristi di Al Qaeda. L'attentato all'Oberoi Hotel aveva fatto scalpore in Italia, tutti erano arrivati quindi a una logica considerazione. Visto che la magistrata italiana era, appunto, in quell'albergo e che le televisioni di mezzo mondo avevano addossato la colpa proprio ad Al Qaeda: era chiaro che l'obiettivo del commando terroristico fosse proprio lei. Erano state lanciate varie ipotesi: la Casoni era in Egitto per sventare una cellula terroristica internazionale; che stesse addirittura coordinando le agenzie d'intelligence di tutto il mondo occidentale, America compresa e, soprattutto, che per questo impegno lei fosse stata rapita da terroristi appartenenti alla stessa cellula che era intenta a combattere con così tanta determinazione. I familiari della Casoni, padre, madre e sorella, avevano fatto anche un appello su Al Jazeera affinché venissero liberati la loro adorata figlia e quei bravi ragazzi della scorta. C'era stata una fiaccolata a Roma, ove la magistrata lavorava, ma anche a Torino, sua città natale; in entrambe le manifestazioni avevano partecipato decine di migliaia di persone che sfoggiavano striscioni e cartelli con un unico slogan: *Giù le mani da Sonia* oppure *Sonia non cedere al terrorismo*. Wolfang le riferì anche che aveva sentito il Procuratore Capo, poiché quest'ultimo non aveva ricevuto più alcuna notizia. La Procura era imbarazzata nel rilasciare informazioni; il compito della Casoni era tutt'altro che il terrorismo, ma comunque riservato e non potevano di certo dichiarare la reale portata del compito affidatole, per cui avevano scelto il silenzio stampa. Questo, però, aveva creato l'effetto inverso, alimentando le illazioni sul compito anti-terroristico. Il Procuratore Capo si trovava talmente incastrato da non essere più in grado di dare risposte ed era sicuramente più preoccupato della notizia del sequestro piuttosto che dalle fantasiose ipotesi dei giornali.

Da quanto le aveva detto Wolfang, quindi, la Casoni aveva ottime ragioni per preoccuparsi. Si immaginava licenziata, sospesa, trasferita, arrestata, fatta a pezzi, mandata nel Tibet; comunque avrebbe accettato ogni punizione, si sentiva troppo in colpa per la morte di Ayala e dei tre poliziotti. Come se non bastasse tutto quel casino, le venne in mente che, per di più, Santini non la filava proprio. Quella vicenda le aveva mandato in frantumi la carriera e pure il cuore. *Proprio una situazione di merda!* In effetti, la vedeva assai dura. Venne scossa da quei pensieri quando vide uscire prima Wolfang poi Santini, separatamente.

Santini le si avvicinò e le disse: «Io devo andare in Vaticano, tu e Andrea sarete accompagnati dove volete dalla Polizia italiana, ma dovrete restare in aereo ancora per qualche minuto.»

Un groppo attanagliò la gola della magistrata, aveva giurato a se stessa che non avrebbe più voluto rivedere quell'uomo, ma ora separarsi da lui la terrorizzava; si sentiva abbandonata nel momento del bisogno.

Fino a quando Santini non le mise in borsa qualcosa. «Non guardarci dentro fino a quando non sarai al sicuro e, soprattutto, sola.» Poi fece un segno a Nic e Jon. «Svelti, con me!»

I tre scesero dall'aereo per primi, precedendo Wolfang e otto gendarmi. La Casoni e Baresi guardarono fuori dai finestrini e videro Santini subito circondato dagli uomini del ROS.

«Lo vogliono arrestare?» chiese la Casoni all'amico.

«No!» rispose lui. «Lo scortano, anzi, scortano lui e lo scrigno.»

Fuori dall'aereo i movimenti si fecero concitati, da quel poco che riuscivano a intravedere, stavano scaricando dalla stiva un'enorme cassaforte di acciaio che fu posizionata dentro il furgone degli artificieri, le porte furono sigillate con una catena su cui Santini appose uno strano lucchetto. Baresi prese il binocolo e inquadrò la scena. Il lucchetto era rotondo, non venne chiuso a chiave, ma sigillato con la fiamma ossidrica e marchiato; non aveva visto bene, ma era convinto che il marchio riportasse l'effige papale. Santini salì sul furgone assieme a Jon e a Nic, quest'ultimo alla guida.

«Perché non abbiamo usato un elicottero?» chiese Jon, «saremmo arrivati prima e senza tutto questo traffico!»

Santini gli diede un buffetto sulla testa. «Perché la cassaforte pesa un sacco, l'elicottero sarebbe caduto subito dopo il decollo, ammesso che fosse stato in grado di alzarsi!»

Diede ordine di muoversi, quattro moto della Polizia facevano da apripista, seguivano diverse auto di Polizia e Carabinieri, due piccoli pullman del ROS si misero a lato del furgone di Santini e dietro ancora altre auto di scorta, comprese quelle della Gendarmeria, due unità dei vigili del fuoco e ben quattro ambulanze. Una schiera imponente di protezione, una maglia impenetrabile in onore del carico che stavano trasportando: i frammenti di un Vangelo, originali e autentici, vecchi di quasi due millenni il cui valore non era nemmeno ipotizzabile, se non appena poco sotto l'infinito. Non era *solo* imponente quello schieramento di sicurezza, i tre si resero subito conto che le strade che portavano dall'aeroporto di Fiumicino fino al Vaticano erano deserte; cosa inusuale per quell'ora del pomeriggio.

«Non si è badato a spese in quanto a sicurezza» fece presente Nic, «significa che non sono baggianate quelle che stiamo trasportando.»

«Pensa a guidare, Nic» rispose Santini seccato, «non fiatare, non dire nemmeno una parola e neanche tu Jon. Non abbiamo controllato il furgone, non si sa mai!»

Da come la pensava, se il Papa lo aveva incaricato del trasporto, significava che non aveva grande fiducia in altri. Se da un lato questo lo confortava, dall'altro aveva messo in allarme quell'istinto che non sbagliava mai o raramente. Per tutto il tragitto si sentì il cuore in gola in attesa di qualcosa che poteva accadere, ma che non accadde. Infatti in meno di quarantacinque minuti, merito del traffico inesistente per via della chiusura delle strade, erano già all'ingresso della Città Vaticana.

A dieci minuti dalla partenza del convoglio di Santini, due agenti della Gendarmeria autorizzarono la Casoni e Baresi a scendere, tre auto di scorta della Polizia li avrebbero condotti in Procura. La Casoni fu fatta salire nell'auto blindata, Baresi davanti assieme al guidatore. Non riusciva più a controllare la voglia di vedere cosa le avesse lasciato Santini nella borsa. Frugò e si accorse che dentro quella benedetta borsa aveva di tutto e di più, quasi come una copia delle brache di *Eta Beta*, dalle quali poteva far apparire di tutto, pure un'automobile. *Cazzo!* Imprecò fra sé. La svuotò e fece un disastro fra i sedili e sul fondo dell'auto. *Niente, non mi ha messo dentro niente, grandissimo figlio di...* Non finì il pensiero che trovò un biglietto. *Che caz...* Imprecò di nuovo. Era la raffigurazione grafica del giardino interno al Monastero del Monte della Madonna, ma la Casoni non lo aveva ancora compreso.

*Biblioteca Vaticana, ore 20.00*

Il blindato si fermò all'entrata posteriore della Biblioteca Vaticana, la zona era stata fatta sgombrare e i lampeggianti del convoglio risaltavano sui muri in un gioco di luci e colori. Santini diede istruzioni affinché la cassaforte venisse caricata su di un muletto ed entrò nella struttura accompagnato da Wolfang, le porte di emergenza si chiusero dietro di loro e si sentirono tutti più tranquilli. Riposero le armi che, fino a quel momento, avevano tenuto strette in pugno. Di fronte all'ingresso dell'archivio vi era un buon numero di guardie svizzere, unica forza di sicurezza autorizzata all'interno dei palazzi Vaticani. La massiccia presenza non aveva solo lo scopo di scortare lo scrigno, ma di vigilare sulla presenza del Papa e del Segretario di Stato. Il muletto fu manovrato da una Guardia Svizzera, non avrebbero potuto chiedere a un semplice operaio di svolgere quella operazione così delicata. La guardia se la cavava egregiamente e percorreva il corridoio della Biblioteca, liberato da ogni impedimento, con lentezza e attenzione. Il Pontefice si fece avanti e visto l'amico gli andò incontro.

«Mio buon amico!» gli disse porgendo la mano.

Santini si inginocchiò e baciò l'anello in segno di reverenza, devozione e fedeltà.

«Santità» disse, «è una gioia incontrarla di nuovo.»

«Sono curioso di sentire il tuo racconto, Tommaso» gli disse il Pontefice, «ma ora dobbiamo mettere al sicuro i frammenti, poi salirai nel mio ufficio perché abbiamo molte cose di cui discutere. Cenerai con me, stasera.»

Santini annuì con un inchino di altri tempi. «Sarà un onore per me, Santità.»

A seguire, il Pontefice salutò Wolfang complimentandosi della brillante operazione di recupero mentre il Cardinale Oppini si lasciò andare a un affettuoso abbraccio con Santini, suo grande amico di sempre, approfittando del fatto che, in quel momento, il protocollo poteva anche essere disatteso. La guardia addetta al muletto abbassò delicatamente la cassaforte fino a terra. Il Papa si fece avanti e si rivolse a Santini e a Wolfang:

«Ricordate il codice contenuto nelle lettere che vi ho fatto pervenire?»

Entrambi annuirono.

«Bene!» disse il Pontefice. «Possiamo iniziare.»

Senza dire una parola, il Cardinale Oppini, attuale reggente Bibliotecario di Santa Romana Chiesa, si avvicinò alla cassaforte e inserì una tessera magnetica in una fessura. Si sentì un leggero ronzio quando si aprì uno sportello che mostrò una piccola tastiera e un lettore per le impronte digitali. Oppini lasciò spazio al Papa che posò l'indice destro sul lettore il quale iniziò la sua scansione, poi si accese una luce verde.

«Ora i codici!» disse il Santo Padre intento a digitare una lunga sequenza di caratteri alfanumerici. Un'altra luce verde si accese e fu la volta del Cardinale il quale digitò i codici in suo possesso.

«Tocca a voi!» disse il Cardinale a Wolfang e Santini i quali digitarono i loro codici. Una volta completata la sequenza e accese tutte le luci verdi, notarono che mancava una spia che segnava ancora luce rossa. Il Papa si avvicinò, si tolse il pesante crocifisso che portava al collo e lo inserì in un'altra fessura, poi lo girò tre volte a destra e due a sinistra: la cassaforte si aprì con uno sbuffo, segno che l'aria era penetrata violentemente al suo interno. Lo scrigno d'oro luccicava che era una meraviglia, da solo poteva valere una cifra enorme, ma sarebbe stato niente in confronto al suo contenuto; Santini lo prese. Il portone blindato dell'archivio fu aperto dalle guardie, da quel momento entrarono solo il Papa, il Cardinale Oppini, Wolfang e lo stesso Santini, poi le porte vennero rinchiuse alle loro spalle. Oltre a loro vi erano due guardie svizzere in borghese, i responsabili della sicurezza del Papa che si fermarono all'altezza di un vetro blindato al termine di un breve corridoio. Oppini digitò un codice su una tastiera posta all'esterno della vetrata, mise il pollice sullo scanner e, a seguire, fece l'esame della cornea in un altro dispositivo; solo dopo quella sequenza la porta a vetri si aprì permettendo loro di entrare nell'anticamera dell'archivio. I controlli non erano ancora finiti, in quella che sembrava una specie di ambiente posizionato fra i due ingressi vetrati, vi era una postazione in cui si trovavano due guardie. Santini notò i cambiamenti.

«Abbiamo modificato le procedure di sicurezza dopo il furto di pochi giorni fa.» Spiegò Oppini. Le due guardie azionarono alcuni comandi al computer.

«L'ambiente è sicuro» disse una delle due, «avete venti minuti.»

L'ultima porta finalmente si aprì e furono dentro l'archivio. Per ambiente sicuro la guardia intendeva che erano stati disattivati i controlli ambientali, cioè avevano immesso nell'archivio la corretta quantità di ossigeno e di umidità sopportabili per il fisico umano, ma quella situazione sarebbe durata al massimo venti minuti in modo che le opere contenute nell'archivio non ne risentissero. Ciò avrebbe permesso ai quattro di entrare senza un abbigliamento di sicurezza. Il Cardinale Oppini fece strada. L'ampiezza di quel posto era inimmaginabile; immenso al punto che non era possibile vederne la fine. Santini vi era già stato un paio di volte per consultare dei testi indispensabili alla sua cultura, ma non era ancora riuscito ad abituarsi alla sua vastità. Andava tenuto presente che l'archivio della Biblioteca Vaticana non era al piano terra, bensì a livello sotterraneo così che il suo sviluppo andasse ben al di là dei confini strutturali della Biblioteca, da come appariva in superficie. Quella struttura, oltre che per misure, sorprendeva per quantità e qualità del materiale contenuto. Il sapere dell'umanità abitava lì, in quello spazio, ogni opera era unica e particolare, nessuna mente avrebbe potuto nemmeno avvicinarsi alla conoscenza espressa da quell'archivio che, come era noto, non aveva pari al mondo. Santini aveva visto l'immenso archivio del Monastero di Santa Caterina, ma quello che in quel momento appariva davanti ai suoi occhi non era nemmeno lontanamente descrivibile. Si diceva che l'archivio del Monastero sul Sinai fosse secondo solo a quello Vaticano; fatto che corrispondeva alla verità, ma il paragone fra i due non reggeva il confronto. Seguirono in silenzio il Cardinale Oppini che marciava spedito fra i corridoi interminabili, in mezzo a quegli scaffali colmi di storia antica, fra testi memorabili e, per la maggior parte, sconosciuti o tenuti segreti da secoli, fino a raggiungere una zona in cui emergeva un prezioso vuoto. Quello spazio, poco tempo prima, era occupato da una delle opere più segrete e importanti al mondo: lì, fino a pochi giorni prima, trovava posto il Vangelo di Maria Maddalena, il manoscritto rubato alla Chiesa, il Sacro testo posseduto da quasi un millennio. Il Papa, di propria iniziativa, decise che quello era anche il posto in cui deporre lo scrigno in attesa che il manoscritto e il codice tornassero nelle mani della Chiesa, che potessero così ricongiungersi ai frammenti al fine di dare continuità e completezza all'opera. Santini depose lo scrigno con delicatezza reverenziale, quasi timoroso di danneggiarlo senza ricordarsi, però, che sia lui sia quell'imponente manufatto, ne avevano viste di tutti i colori nei giorni addietro. Intento nel suo compito, vide qualcosa che il suo istinto prima, la sua vista poi, lo fece trasalire. *Dio mio! Che stupido sono stato. Perché*

*non ci sono arrivato prima? Non ci posso credere!* Stava per parlare, ma l'istinto gli consigliò di trattenere quel pensiero fra sé.
Aveva capito, ora conosceva la verità! Adesso avrebbe dovuto *solo*
trovare le prove. Prove che lo avrebbero portato al manoscritto e
al codice.

# 45

«Chiederanno le mie dimissioni» pensò, «oppure mi manderanno diritta al Consiglio Superiore della Magistratura per qualche provvedimento disciplinare. Il trasferimento non credo che me lo chiederanno, ma...»

«Calmati, Sonia!» le disse Baresi. «Stai esagerando! Tu non hai colpe, non ti possono accusare di nulla, vedrai.»

La Casoni e Baresi erano in anticamera, la porta dell'ufficio del Procuratore Capo era stata chiusa appena entrato il Presidente del Tribunale e non riuscivano a sentire cosa stessero dicendo. Una volta scesi dall'aereo erano stati convocati d'urgenza in Procura, dovevano fare un rapporto dettagliato che non preannunciava niente di buono, ma quel summit fra il massimo dirigente della Procura e il Presidente di sezione penale del Tribunale di Roma faceva temere il peggio. La Casoni era a pezzi, nella sua brillante carriera ne aveva viste di cotte e di crude, ma aveva ragione Santini quando sottolineava che lei aveva sempre combattuto criminali comuni. Anche se spietati, quelli non avevano nulla a che vedere con quanto era accaduto in quei giorni in Egitto; quell'organizzazione, il Crepuscolo, aveva falciato tante vite innocenti, in modo così crudele. In quel momento non era sicura più di nulla, aveva la mente confusa e i sensi di colpa per la perdita dei suoi compagni. Voleva solo finire in fretta quella giornata, tornarsene a casa e piangere; finalmente piangere al pensiero della morte dei suoi compagni e su Santini. *Perché mi sono innamorata proprio di quello lì?* Il Presidente di sezione aprì la porta e se ne andò senza nemmeno guardare in faccia i due in attesa. Il Procuratore urlò alla Casoni e Baresi che potevano entrare. L'ufficio del dottor Marco Romualdi, Procuratore Capo della Procura di Roma, era ordinatissimo, mobili antichi senza un granello di polvere, un salottino di tutto rispetto, la tavola riunioni in mogano pregiato, una scrivania sgombra da carte che potessero turbare l'enormità della sua dimensione ma con in bella vista la cosiddetta "penna e calamaio", naturalmente di marca prestigiosa. Le due poltrone di pelle verde, poste di fronte alla scrivania di legno scuro e imbottite, si intonavano perfettamente all'ambiente. La Casoni conosceva bene quell'ufficio, c'era stata molte altre volte, in situazioni migliori di quella. *Si vede che non fai un cazzo dalla mattina alla sera, sempre a leccare qualche culo e basta!* Ogni volta che vi metteva piede il pensiero era sempre lo stesso, da anni ormai. Accanto al capo della Casoni vi era anche il Vice Questore di Roma, il dottor Enrico Simonelli, Baresi pensò che fosse lì per lui.

«Ragazzi» disse Romualdi con la faccia molto somigliante al culo, «sono felice che siate sani e salvi!»

*Fottiti! Passa al sodo e non dire cazzate.* Pensò la Casoni.

«Le siamo grati, Procuratore.» Disse invece.

Romualdi chiarì il motivo della presenza del Vice Questore: per quanto riguardava la morte dei quattro poliziotti, sia la Procura sia la Questura dovevano concordare una linea comune, per cui invitarono la Casoni e Baresi a raccontare loro le vicende di cui erano stati protagonisti. I due restarono vaghi, anzi, molto vaghi e, per quanto possibile, non entrarono nel merito del reale ruolo svolto da Santini, evitarono di raccontare del manoscritto, dei frammenti e di quant'altro erano venuti a conoscenza. Raccontarono solo, in modo molto confuso, che Santini era una specie di incaricato alle indagini per conto del Vaticano, che era sulle tracce degli assassini, che aveva subito un attentato all'Oberoi Hotel da "non si sa chi" e che loro lo avevano seguito nel deserto fino a imbattersi in una imboscata di un gruppo non identificato in cui avevano perso la vita Ayala e i tre poliziotti di scorta. Dissero, infine, di essere stati salvati proprio da Santini con il quale erano fuggiti ancora nel deserto dove erano stati ritrovati dai beduini che li avevano ospitati nel loro villaggio per poi accompagnarli ai confini israeliani. Lì avevano trovato Wolfang, della Gendarmeria Vaticana, che li aveva accompagnati all'aeroporto di Tel Aviv, dove si erano imbarcati su un aereo del Papa atterrando a Roma. Non menzionarono i fatti accaduti al Monastero di Santa Caterina, i sotterranei, insomma, dissero una serie interminabile di inesattezze e di contraddizioni. E ora erano lì, sottoposti a ciò che sembrava un processo sommario, se dovevano pagare per i loro errori, allora tanto valeva dire quel che capitava, senza entrare nel merito. *Cazzo! Abbiamo detto un sacco di fregnacce!* Si disse la Casoni. Il Procuratore Capo e il Vice Questore si guardarono in faccia, alquanto stralunati.

«Non mi risulta che la tua descrizione sia corretta, dottoressa Casoni.» Sentenziò Romualdi. «Anzi, mi sembra una fantasiosa interpretazione di comodo, ma consideratti fortunata.»

«Anche lei!» rivolgendosi a Baresi. «Siamo qui per concordare la versione migliore, quindi, per quanto ci riguarda, agevoleremo la vostra tesi.»

«No-non capisco!» balbettò la Casoni.

«Tu eri in missione in Egitto» riprese Romualdi convincendo se stesso più che i presenti, «sulle tracce di una cellula terroristica internazionale. All'Oberoi Hotel hai subito un attentato che ha avuto esiti disastrosi: la morte del commissario Ayala e dei tre agenti della tua scorta, morti da eroi nell'adempiere il loro dovere. A quel punto tu e Baresi siete stati sequestrati dai terroristi che hanno chiesto un riscatto.»

Era la volta della Casoni e Baresi, ora, di essere basiti.

Il Vice Questore riprese. «Riscatto che il Governo italiano non ha pagato, evidentemente. Questo perché, con l'aiuto delle forze militari egiziane e israeliane siete stati liberati e condotti in salvo con un volo aereo israeliano che vi ha trasferito a Roma Fiumicino, questa sera alle diciotto e trenta. Da lì siete stati scortati e condotti al sicuro, con l'impiego di ingenti forze di Polizia e Carabinieri, a causa di una nuova minaccia terroristica che avrebbe attentato di nuovo alla vostra vita.»

Si intromise Romualdi. «L'attentato è stato sventato dalla nostra intelligence assicurandovi protezione dal ROS e dalle altre forze di Polizia. Questo è tutto, attenetevi a questo se non volete essere silurati prima di dire mah!»

Nemmeno a farlo apposta la Casoni disse: «Mah!»

«Non mi fare incazzare di brutto, dottoressa Casoni» tuonò il buon Romualdi, «avete fatto un casino mostruoso, ritieniti fortunata invece di rompermi le palle, fosse per me ti manderei sulla luna a indagare sull'assenza di gravità. Attenetevi a quello che vi abbiamo detto e andatevene dalla mia vista!»

*Se ti sfoghi tu, idiota, allora lo faccio anch'io!* La Casoni non chiese di meglio.

«Che culo ha dovuto baciare, Procuratore?» esordì proprio così. «A lei non sarebbe parso vero di farmi fuori e, invece, che mi fa? Addirittura mi indica la strada della salvezza. Mi faccia capire cosa deve coprire; perché è certo che lei deve, anzi, voi dovete coprire qualcosa che per ora mi sfugge, ma se non la sputate fuori...» Ci pensò un attimo e volle tentare: «Forse dovrei parlare alla stampa, mi diranno qualcosa di più...»

«Calma, dottoressa» la fermò Simonelli, «le spiego io come stanno le cose.»

Le spiegò, infatti, che la versione che avevano elaborato si rendeva necessaria per due motivi. Il primo era quello riferito alla notizia, uscita su tutti i giornali, in cui si annunciava proprio la versione detta poc'anzi. La cosa reggeva bene perché la notizia dell'attentato all'Oberoi Hotel, che era stata data dalle autorità egiziane in pasto ai media internazionali, riportava proprio un attacco terroristico internazionale da parte di alcuni uomini di Al Qaeda. La concomitanza di questo fatto, avvallata con la presenza nello stesso hotel della magistrata, aveva convinto molti circa la tesi dell'attentato proprio per colpire lei e la sua scorta. La seconda riguardava un intervento, presso le massime autorità governative, da parte dello Stato Vaticano e persino di quello Israeliano. Sia il Procuratore che il Vice Questore sapevano, a grandi linee, come si era svolta l'operazione di "recupero" ai confini israeliani, la cosa era stata organizzata in collaborazione fra le intelligence della Santa Sede e il Mossad, per cui top secret.

«Lei sa che la Chiesa ha poteri inimmaginabili nel nostro Paese?» chiese Simonelli senza attendere la risposta che dava per scontata, per cui passò oltre. «E non è da meno l'amicizia che ci lega al popolo israeliano.»

L'intervento diplomatico dei due Stati aveva chiesto il silenzio stampa sulla vicenda e su ogni fatto accaduto in Egitto, per cui il Governo aveva invocato il segreto di Stato ponendo limiti alle indagini italiane che riguardavano le vicende interne del Vaticano e l'operazione israeliana.

«Come ben saprete» disse ancora il Vice Questore, «l'aereo con cui siete atterrati è di proprietà del Vaticano. Quello di cui non siete a conoscenza è che quell'aereo trasportava un carico di eccezionale importanza per la Santa Sede; talmente importante che qualcuno, per tentare di impossessarsene, ha compiuto un atto di violenza inaudita, una cosa che ha sconvolto tutto il mondo: qualcuno ha fatto trucidare ventiquattro monaci del Monastero di Santa Caterina, sul Sinai.»

*Venticinque, per l'esattezza.* Pensarono sia Baresi sia la Casoni, ma se lo tennero per loro.

«Questo gravissimo atto» proseguì Simonelli, «è stato compiuto da un gruppo di fanatici religiosi che, per fortuna, sono stati fermati in tempo dalla milizia egiziana che li ha uccisi.»

*Oddio! Questi si sono bevuti un sacco di cazzate e poi li ha fatti secchi, da solo, il povero Denny.* Pensarono all'unisono sempre i due.

«Quei delinquenti» intervenne Romualdi, «hanno fatto in tempo a uccidere tutti i monaci, ma non sono riusciti a mettere le mani su quello che cercavano. Da come l'abbiamo capita noi, dovrebbe essere una reliquia Sacra o roba del genere dal valore immenso per la religione, comunque hanno voluto mantenere il massimo riserbo, per cui non ne sappiamo più di tanto.»

I due dirigenti precisarono che erano stati informati che Santini aveva il compito di recuperare quell'oggetto misterioso custodito nel Monastero per portarlo al sicuro in Vaticano.

«Per cui» disse Romualdi, «ecco spiegato il mistero sul tuo Santini! Lui fa parte dei servizi segreti del Vaticano, si vede che anche loro ne hanno uno, quindi, non seguiva gli assassini dei custodi, ma aveva un altro compito e tu, mia cara, hai sbagliato l'obiettivo, proprio come immaginavo. E sì che ti avevo avvertita di lasciarlo perdere, ma quando arriverà il momento in cui riuscirai a darmi ascolto, almeno per una volta, sarò morto putrefatto da secoli.»

Intervenne subito Simonelli interrompendo una nuova scarica di litigi fra magistrati, era evidente che c'era ruggine fra i due della Procura anche se capiva benissimo la Casoni perché considerava Romualdi un coglione patentato.

«In effetti» riprese il Vice Questore, «Santini è una sorta di agente segreto, non esiste traccia su di lui, ma l'importante è che non ha nulla a che fare con l'omicidio dei custodi della biblioteca Vaticana, per questi motivi, quell'uomo è una pista che dobbiamo evitare come l'aids, anzi, dimentichiamoci addirittura che esiste.»

*Ah! È così che è rimasto nell'ombra tutti questi anni? Ci sanno fare in Vaticano, non c'è che dire!* Pensò la Casoni. Per concludere Simonelli precisò che la Santa Sede aveva chiesto al Governo italiano di organizzare un trasporto eccezionale con misure di sicurezza altrettanto eccezionali. Per mantenere la massima riservatezza, avevano ideato la versione del falso pericolo di attentato alla Casoni e Baresi da parte di terroristi. Così facendo avevano *coperto* il trasporto per conto del Vaticano e avvalorato la tesi della persecuzione terroristica ai danni della *coraggiosa* magistrata e del capitano.

«Due piccioni con una fava» disse ancora Simonelli, «abbiamo garantito massima efficienza in supporto al Vaticano, così da fare la nostra bella figura e ci siamo dati la copertura per i giornali.»

«Ah sì, sì! Siamo stati proprio efficienti.» Rispose sarcastica la Casoni.

«Inutile che fai battute, dottoressa» tuonò Romualdi, «tutto questo è stato fatto per coprire i casini che tu hai combinato e per non aver fatto morire invano Ayala e gli altri poliziotti. Come detto prima, è meglio per tutti che siano morti in tua difesa, così avranno gli onori che si meritano, da eroi, almeno daremo un po' di sollievo alle loro famiglie.»

Il Procuratore riprese a infuriarsi e chiese alla magistrata: «Ma lo sai dove sono stati trovati i corpi della tua scorta?»

*Dentro il Monastero!* Rispose mentalmente lei.

«Dentro il Monastero di Santa Caterina, nel Sinai!» Si rispose da solo Romualdi. «Pensa un po' che coincidenza, assieme a ventiquattro monaci trucidati e quattro soldati della milizia egiziana.»

*E Denny?* Pensò la Casoni.

«Ma dei banditi nessuna traccia» precisò il Procuratore, «la milizia egiziana non ha detto dove sono stati portati i cadaveri e non ha mai fatto vedere che fine hanno fatto i corpi dei responsabili dell'attentato all'hotel.»

«Per favore, signor Procuratore...» Simonelli volle interromperlo.

«Eh no! Cara la mia Casoni e Baresi» Romualdi era fuori di sé, «voi eravate là, sapete cos'è successo!»

«Ora basta!» il Vice Questore si irritò. «Non siamo autorizzati, né io né lei, a parlare della vicenda egiziana. Mi scusi, ma devo chiederle di calmarsi e di ritornare in sé altrimenti dovrò fare rapporto a chi sa!»

*Per Dio, un insabbiamento internazionale in piena regola, con tutti questi bellimbusti sull'attenti.* Si disse la Casoni. Romualdi si calmò porgendo le sue scuse. Da come la vedeva la magistrata, erano in presenza di interventi governativi di altissimo livello che avevano messo a tacere tutta la vicenda.

«A voi serve che io e Baresi ci allineiamo alla riservatezza, non è così?» chiese infine la Casoni.

«In effetti, sì.» Rispose Simonelli che sembrava più il cane da guardia del Governo nei confronti del reticente Procuratore. «Non le verrà mossa alcuna accusa, nessun mutamento delle mansioni, nessun provvedimento. Niente di niente se collaborerà.»

«Ma lei» disse la Casoni, «non può garantire nulla, la magistratura è indipendente e lei non può interferire.»

«Sì che può» le rispose Romualdi. «Il dottor Simonelli è del Sisde[13], certo che può! La vicenda egiziana è passata sotto la giurisdizione militare ed è considerata operazione di sicurezza nazionale, per cui ci taglia fuori. Io non ti piaccio, dottoressa, e nemmeno tu piaci a me, ma ti chiedo di accettare quanto abbiamo detto e di recitare la parte.»

---

[13] Servizio segreto civile italiano.

La Casoni rimase perplessa. «Perché indicate solo me? E Baresi?»

«Baresi sarà sospeso, però con diritto allo stipendio.» Precisò Simonelli. «Lui non è stato richiesto.»

Baresi restò in silenzio, sapeva come andavano le cose con il servizio segreto, lo avrebbero massacrato se avesse parlato fuori dal coro, quei due dovevano convincere l'amica, perché era una magistrata e godeva di una sorta di "immunità" dalle questioni militari, lui doveva attenersi agli ordini e il suo ordine era, appunto, il silenzio. Ordini che non potevano essere impartiti alla Casoni, quindi Baresi pensò, giustamente, che fosse lei quella che dovevano convincere, non lui in quanto sapevano che si sarebbe adeguato, obbedendo senza fare troppe domande.

«Che significa che Andrea non è stato richiesto?» domandò la Casoni incuriosita.

Romualdi si alzò in piedi quasi in segno di reverenza sulla base di quello che stava per comunicare alla sua sottoposta. «La tua presenza è stata richiesta in Vaticano» precisò il Procuratore, «in udienza privata dal Santo Padre, domani mattina alle nove in punto.»

«Dal Papa?» ripeté esterrefatta.

«Proprio così, dottoressa» concluse Simonelli, «e le consiglio caldamente di prepararsi, non a tutti è riservato un simile onore e privilegio; solo i Capi di Stato più potenti al mondo vengono ricevuti in udienza privata dal Papa.»

# 46

Santini chiese di potersi rinfrescare, non voleva presentarsi al Papa in pessime condizioni e gli fu assegnato un alloggio che di solito veniva usato dai Cardinali di passaggio, spartano ma decoroso. Poche ore prima, era rimasto d'accordo con Nic e Jon che loro sarebbero tornati al rifugio, dovevano darsi da fare per rintracciare Weiber e capire che fine avesse fatto Rob. Per questo, dovevano ricostruire ogni suo movimento partendo dalle comunicazioni effettuate e dal luogo in cui si trovava prima che scomparisse e cercare di capire quale fosse il legame fra il Crepuscolo e la Cattedrale di Aquisgrana. Si sarebbero rivisti il giorno dopo. In meno di mezz'ora era pronto, sbarbato e in forma smagliante quando qualcuno bussò alla porta.

Era il cerimoniere ufficiale del Papa. «Reverendissima Eccellenza, dottor Tommaso Santini, il Santo Padre, Sua Santità il Papa, l'attende nel suo studio.»

Nella Chiesa Cattolica, il titolo di Eccellenza era riservato a vescovi e arcivescovi. Sia per il titolo di Eccellenza sia per quello di Eminenza, il cerimoniale imponeva di anteporre sempre l'aggettivo *reverendissima*. Lo stesso titolo poteva essere riconosciuto a persone che si erano distinte per le loro azioni e dedizione alla Chiesa Cattolica. Il suo ruolo garantiva a Santini il diritto di essere componente attivo della Corte Pontificia, quale appartenente ai massimi ranghi dei Corpi Armati Pontifici. Tale Corte, di cui facevano parte solo il Papa, dodici Cardinali da lui indicati e il Segretario di Stato, poteva considerarsi come una speciale unità di crisi dove il ruolo di Santini poteva essere assimilato a una sorta di responsabile della sicurezza dello Stato. Lui era, quindi, una delle pochissime personalità che rivestivano particolari funzioni di stretta utilità per il Papa, per questo poteva fregiarsi del titolo di Eccellenza e gli veniva riconosciuto un discreto potere e il massimo del rispetto. Santini chiuse la porta dell'alloggio e seguì il cerimoniere lungo i corridoi attraversando straordinari saloni del palazzo apostolico.

«Reverendissima Eccellenza» iniziò a dire il cerimoniere, «la cena sarà servita alle ventuno e quarantacinque, con voi ci sarà anche il Segretario di Stato, Sua Eminenza il reverendissimo Cardinale Federico Oppini. La cena sarà a base di pesce, Sua Santità, l'altissimo Sommo Pontefice di Santa Romana Chiesa, mi ha riferito che le avrebbe fatto piacere.»

*Certo che questo tizio, ora che nomina tutti i titoli, ci mette mezz'ora a dire due parole!*

«Ringrazierò personalmente Sua Santità, il Sommo e altissimo Pontefice, per la squisita cortesia usatami.» Rispose Santini sentendosi una merdaccia poiché lo stava prendendo in giro e divertendosi anche.

«Oh, Reverendissima Eccellenza» ripeté il cerimoniere, «il Santo Pontefice, l'Altissimo e Amatissimo Papa, le è grato per i servigi che la sua Reverendissima persona garantisce alla Sacra Romana Chiesa.»

*Ma come si fa a sopportare uno così!*

Invece don Michele era non solo sopportato, bensì assai apprezzato. Quel giovane prete aveva ben sette lauree con lode al suo attivo ed era prossimo a prendere l'ottava, conosceva benissimo venticinque lingue e ne parlava discretamente almeno un'altra dozzina, per questo era anche il traduttore ufficiale del Papa. Al di là dell'eloquio forbito, forse apprezzato da regnanti di altri tempi, Santini si rese conto che stavano per raggiungere la zona riservata al Papa. Difatti si iniziava a vedere un gran via vai di assistenti, segretari, suore e, in particolar modo, guardie svizzere in divisa colorata e guardie in borghese che continuavano imperterrite a perlustrare ogni angolo del perimetro alla ricerca di cimici, microfoni, telecamere o quant'altro si potesse pensare. Ogni qualvolta che il Papa usciva dalle sue stanze e prima che vi rientrasse, venivano effettuati controlli ferrei e precisi. *Li ho consigliati io al Papa.* Santini pensò che, forse, aveva esagerato in merito, però male non facevano e il pensiero che il Papa potesse essere spiato non andava di certo a genio a nessuno, tanto meno a lui. Arrivati al portale di ingresso della residenza papale, Santini fu presentato in pompa magna: fra lui, Oppini e il Papa, quando don Michele ebbe finito, si erano fatte quasi le dieci, ma finalmente riuscì a entrare. I tre si accomodarono nella sala da pranzo privata, iniziarono una delle migliori cene a base di pesce che Santini avesse mai assaggiato. Nell'intento di trascorrere una serata rilassante, i tre parlarono del più e del meno, senza toccare grandi temi impegnativi.

Alla fine fu il Papa a riportarli all'ordine del giorno. «Vi ringrazio entrambi, amici miei. Mi avete fatto passare una serata piacevolissima e mi sono divertito a sentire voi due intenti a stuzzicavi come vostro solito.»

In effetti il Cardinale Oppini e Santini si conoscevano da tempo immemore, il loro era un rapporto confidenziale e rispettoso. A detta del Cardinale, era stato proprio il Risolutore a presentarlo al Papa, ancora prima che lo diventasse, dando modo ai due di apprezzarsi e diventare amici. Ed era stato proprio il cardinale Oppini quello che aveva dato il maggior sostegno all'attuale Papa riconoscendogli alti meriti. Il Papa lo aveva nominato subito Segretario di Stato, seconda carica della Chiesa, sempre che la si possa definire una gerarchia in quanto lo Stato Vaticano altro non è che una monarchia assoluta: il Papa viene considerato il Sovrano, quindi chi parla per la Chiesa lo fa sempre solo in suo nome e vece. A Santini quell'affinità risultava assai gradita, due menti eccelse che conducevano le conversazioni in un ambito di onestà intellettuale di tutto rilievo. Lui si sentì subito a suo agio, essere invitati a cena dal Papa era un onore riservato solo ai più intimi amici o parenti del Pontefice, nemmeno capi di Stato o regnanti del mondo potevano godere di quel privilegio. Invece, Santini aveva gustato ogni minuto di quei momenti, con una splendida cena e una straordinaria compagnia. Il Papa volle accompagnare i suoi due ospiti nel salotto facendo servire a ognuno un gustoso cognac riscaldato nell'apposito supporto.

Rivolgendosi a Santini gli precisò: «Ho dato disposizione affinché il corpo del ragazzo venga consegnato alla sua scuola.»

Il *ragazzo* era riferito a Denny, il Papa rese noto che era stato fatto un accordo tra il Vaticano, il Governo egiziano e la Chiesa Greco-Ortodossa. Tale accordo prevedeva che ognuno avrebbe recuperato i propri morti e tutti avrebbero mantenuto il massimo riserbo sulla vicenda. Sebbene il Vaticano non avesse grandi rapporti diplomatici con lo Stato egiziano, perché professava altra religione, i fatti riguardanti la strage dei monaci avevano scosso anche gli egiziani perché, da sempre, consideravano il Monastero di Santa Caterina un luogo santo e meritevole di rispetto e protezione. Per cui non era stato difficile arrivare a un onorevole compromesso. Altresì, la Chiesa Greco-Ortodossa, proprietaria dello scrigno contenente i frammenti del Vangelo, non aveva avuto nulla da obiettare sul fatto che tale reliquia potesse essere conservata nell'archivio Vaticano a patto che, una volta recuperato il manoscritto e il codice, vi fosse stata la possibilità di studiarlo tramite una commissione da costituire bilateralmente.

«Ho inserito anche il tuo nome, Tommaso» gli precisò il Papa, «sei l'erede della conoscenza che ti è stata trasferita dall'arcivescovo Dominas, una mente illuminata, uno studioso erudito sul contenuto del Vangelo di Maria Maddalena. Ma raccontami la tua versione sulla fuga dall'Egitto.»

Santini illustrò per oltre un'ora ogni particolare di quel che gli era capitato, ma fu il racconto dell'avventura ai sotterranei del Monastero che fece sbalordire il Papa.

«Sei riuscito a superare la *prova*?» disse sorpreso. «Sai cosa significa questo?»

«Sì, Santità. Significa che sono degno, me lo ha detto in punto di morte l'arcivescovo Dominas. Ma si sbagliava e io non ritengo di esserlo.» Rispose Santini abbassando lo sguardo.

«Oh, no! Mio buon amico, tu sei degno, eccome!» precisò il Papa. «Ma la strada sarà lunga e tortuosa, il cuore sopporterà uno sforzo immane, la stessa Fede sarà messa a dura prova, ma ne usciremo vincitori, grazie a te. Tu sei la *chiave* del segreto per iniziare il percorso alla conoscenza del Nous!»

«Il Nous, Santità?» chiese meravigliato Santini, «ma il Nous è il segreto che la Chiesa cerca da secoli. Se non ricordo male è l'entità pari all'intelligenza divina o, per meglio comprendere, quella che non si mescola alla materia, ma la domina e la dirige dal di fuori, creando dal caos originale un cosmo nel quale si dispiegano la bellezza e l'ordine della natura. È di questo che stiamo parlando, Santità?»

«Sì, Tommaso» rispose il Pontefice, «proprio quel Nous. Si dice che sarà degno del Nous colui o coloro che non solo conoscono e rispettano i comandamenti, ma che degli stessi conoscono ogni segreto e che dal superamento di questa "prova" appaia loro la luce: l'inizio alla conoscenza del Nous.»

*"In effetti, appena fuori dai sotterranei del Sinai, la luce del sole del deserto era alquanto accecante."*

Santini era perplesso. «Qui stiamo parlando dell'anima, del viaggio che deve compiere incontrando i sette stadi; lo spirito puro, sempre che si possa fare la sua conoscenza, dovrà superarli per arrivare al Nous, in pratica passiamo nell'argomento riferito alla Superbia, Avarizia, Lussuria, Invidia, Gola, Ira e Accidia[14]. Una

---

[14] I sette vizi o peccati capitali.

volta superati, fornendo le risposte, si arriva innanzi alla cono-scenza del Nous che permette di avvicinarsi direttamente a Dio Nostro che, a quel punto, apparirà nella sua forma originale: pura energia!»

Santini, mentre parlava, si rese conto del significato di quella discussione. «Oh mio Dio!» esclamò. «La Resurrezione, Santo Padre, mi sta parlando della resurrezione e la *chiave* sarei io? No, oh no! Mi permetta, Santità, di dissentire in maniera categorica!»

Il Papa si accese la pipa che una suora gli aveva appena conse-gnato carica di tabacco profumato, quel delizioso aroma invase l'ambiente. «Che le avevo detto, Eminenza?» il Pontefice si rivolse a Oppini sbuffando fumo. «È lui l'uomo giusto!»

«Incredibile, Santità!» Oppini si riprese da spettatore attento e balzò in sella alla discussione. «Ora ne sono certo, Tommaso è l'uomo giusto e, a quanto ho appreso, è anche pronto.»

Santini non capiva un bel nulla. Se Oppini lo riteneva pronto per via di quello che aveva appena detto, allora era ancor più stu-pito. La teoria del Nous era vecchia di secoli. Chiunque, a un livello culturale ecclesiastico medio, ne conosceva il significato teologico. Lo fece presente a entrambi.

«C'è una cosa che non sai, Tommaso» ora era il turno di Oppini, «non tutti hanno superato la prova di Mosè, per tua informazione ci riuscì solo Dominas.»

Oppini inforcò gli occhiali e prese un foglio da una cartellina posta sul tavolo fin da quando i tre si erano accomodati. Iniziò a leggere un breve brano scritto dall'arcivescovo Dominas che illu-strava, senza indicare la soluzione, il superamento dei sotterranei del Monastero di Santa Caterina.

|-| *E fui degno di incontrare la luce al termine del mio per-corso. Cristo mi fece apprendere le istruzioni e mi fornì l'ispira-zione, Dio mi diede il Comando.*[15] *Ascoltando il mio cuore e saldo nella Fede della Madre, fui in grado di non perdere la traccia da Ella stessa segnata incontrando Dio che parla in noi e che ci guida nel viaggio. Ho bevuto alla sorgente della saggezza, ivi ho im-merso il mio corpo; quel liquido di purezza assoluta, ebbro di Spi-rito Santo, mi ha fatto dono della vista oltre la Fede. Ho ricevuto le risposte dell'anima, attraversando un cammino irto di diffi-coltà, perdita e mancanze. La prova di Mosè ci impone di sce-gliere volontariamente il nostro percorso verso l'Uno, la felicità e*

---

[15] Intende i Comandamenti.

*la conoscenza del Nous per raggiungere l'essenza originale di Dio Madre e Padre.* |-|

«Queste parole sono state scritte dall'arcivescovo Dominas» disse Oppini togliendosi gli occhiali, «sono quasi identiche alle parole che Gesù Cristo disse a Maria Maddalena quando le apparve prima di ascendere alla destra del Padre e trovano testimonianza nel manoscritto, quando Ella intese descrivere un sogno. Ma Dominas, al tempo in cui attraversò le gallerie sotterranee e scrisse il suo resoconto, ancora non lo sapeva!»

Il Papa riaccese la pipa che si era spenta nel frattempo.

«Vedi, Tommaso» gli disse Oppini, «tu sei l'unico che ha superato la prova e per questo ne sei stato degno, ma il segreto dell'anima, il percorso per conoscere il punto più alto del Nous, la possibilità poi di arrivare alla vera essenza di Dio, lo ha descritto nei minimi particolari Maria Maddalena nel suo Vangelo. Un testo sacro che potrebbe essere il quinto riconosciuto dalla Chiesa o, addirittura, diventare l'unico, autentico testo a cui dovremmo affidare le nostre sorti. E tu sei anche il solo che ha potuto trovare la sorgente indicata da Dominas.»

*Non solo io!* Pensò Santini.

«Ma è anche un Vangelo» si intromise il Papa, «che farebbe franare quella Chiesa come noi oggi conosciamo, per via delle teorie su Dio che è Madre e Padre, della natività, della gestazione e, soprattutto, che non fu Pietro quello che avrebbe dovuto fondare la Chiesa di Cristo e così via. Non siamo ancora pronti, Tommaso, a far conoscere quello che è scritto sul manoscritto, dobbiamo recuperarlo e approfondire l'argomento.»

Il Papa spiegò che vi erano molte cose sconosciute di quel Vangelo, anche se era stato studiato da illustri sapienti. Quel testo indicava che raggiungere il Nous garantiva un solo concetto, illuminante quanto banale: l'anima andava considerata quale Uno, appunto, unica. Da sempre si sapeva che alla morte del corpo l'anima sarebbe salita al Cielo. Nelle sue immense conoscenze tramandatele da Cristo, Maria Maddalena aveva individuato che nell'universo l'anima era altro non era che la *guida* in un percorso che l'uomo, nel suo libero arbitrio, doveva cercare in mezzo a un cammino irto di difficoltà incorrendo nei suoi peccati che, una volta superati e conosciute le risposte, avrebbe permesso di raggiungere il Nous, cioè Dio. L'anima era presente in tutti noi, alla morte del corpo passava oltre, restava presente sugli altri e così via, in quello che a Santini pareva fosse la semplificazione del principio della reincarnazione, sempre professata dal buddismo attraverso la convinzione che il Dalai Lama era la reincarnazione di se stesso alla ricerca della perfezione, quindi sempre del Nous.

«Si dice» fece presente il Papa «che gli antichi Maya avessero scoperto il segreto dell'anima, trovarono la capacità di unirsi e percorrere assieme il viaggio indicato, arrivando a conoscere il Nous, la perfezione assoluta, la dominazione delle cose.»

Disse anche una cosa che fece trasalire Santini. «La civiltà Maya dominò l'America Centrale per quasi duemila anni. Il periodo che va dal III all'VIII secolo, considerato quale classico, coincideva con il momento di massima espansione demografica, con una popolazione di oltre tredici milioni di persone. Ma qualcosa lo interruppe e provocò un collasso che cancellò la civiltà dei Maya nel giro di pochi decenni. Le loro città, ricche di monumenti, come le grandi piramidi, furono abbandonate e invase dalla giungla. Che cosa accadde? Avevano raggiunto un elevato grado di raffinatezza culturale. Storici e archeologi hanno dibattuto da tempo sulle cause della fine di questa civiltà. Le teorie si sono sbizzarrite senza, però, dare una spiegazione scientifica, anche perché non c'è una spiegazione così materiale! Non si è estinta in maniera graduale, come di solito capita in casi simili, ma scomparsa dalla faccia della terra in un attimo, poi più nulla fu dato di sapere di quel popolo se non le tracce terrene ancora oggi visibili.»

«Hanno raggiunto il Nous?» tirò a indovinare Santini. «La conoscenza pura e sono saliti al Cielo incontrando Dio che li ha accolti a sé, nel mondo dei giusti, meritori del Paradiso. Hanno percorso la strada della resurrezione?»

Il Papa annuì. «Non è cosa provata, ma la loro improvvisa scomparsa proverebbe questa teoria, sappiamo tutti che la civiltà Maya non ha avuto eguali, a parte gli egizi. Anche quella civiltà si avvicinò al Nous senza, però, raggiungere quella completezza necessaria per un passaggio così importante.»

Oppini rivelò un altro concetto. «Gesù Cristo fu presente in terra santa per condurre l'uomo e il suo popolo affinché si potesse incamminare lungo la strada del Nous, ma non fu capito, anzi, fu mandato alla morte; fine che Lui accettò perché non furono considerati degni. Lui era venuto per liberare l'uomo dai peccati, per insegnare a sfidarli, conoscerli per poi superarli così che fosse pronto ad avvicinarsi alla conoscenza pura e dominante. Il libero arbitrio, con il quale siamo da sempre condannati, ci ha anche fatto errare mancando l'obiettivo.»

Da lì l'ipotesi che Giuda Iscariota non fosse traditore di Cristo, ma emissario di Lui perché il *fato si compiesse*, in quanto quel popolo non era ancora pronto al percorso di saggezza. La resurrezione di Cristo, quindi, era la prova che raggiungere il Nous era possibile e che esiste la vita dopo la morte. Questa conoscenza fu donata da Cristo proprio a Maria Maddalena affinché la insegnasse al mondo. Ma le cose non andarono così, lasciando che fosse il libero arbitrio a scegliere per l'uomo.

Santini era incredulo, ma comprendeva quei concetti, anzi, aveva l'impressione di averli sempre saputi.

*Significa che sono degno?*

«Gesù apparve ai Maya!» concluse Santini. «E loro capirono l'importanza della parola di Cristo per cui la seguirono e risorsero con lui, tutti loro?»

Fu il Papa a rispondere. «Come ho detto non è provato, ma sì, è una spiegazione plausibile. La loro civiltà e l'enorme sviluppo culturale e demografico farebbero pensare che a quel tempo ci fosse la presenza di una "guida", magari chiamando Cristo in altro modo, ma pur sempre una guida che li ha ritenuti "degni". Non scompare una civiltà così evoluta in un attimo, quindi, i Maya avevano raggiunto il Nous.»

«E voi siete convinti che Cristo potrebbe tornare fra...» Santini fu subito interrotto.

«Fra i degni. Volevi dire fra i degni?» il Papa sorrise. «Dio è misericordioso, la sua cognizione del tempo è inesistente e assoluta, per Lui i periodi intercorsi fra l'epoca degli Egizi, dei Maya e quella degli Ebrei non esistono. Se dovessimo fare un paragone, il tempo di sempre[16] scorre per Dio come per noi l'attimo. Quindi, Lui è colui che è e che sempre sarà, colui che può tutto ma, soprattutto, lo è senza guardare l'orologio; quello vale solo per noi. Direi che potremmo concludere la nostra conversazione, avremo altre opportunità per riprendere il discorso. Ora basti pensare che la via dell'illuminazione è contenuta nel Vangelo di Maria Maddalena, le sue indicazioni potrebbero darci il cammino per il segreto dell'anima, del Nous, ma dobbiamo studiarlo ancora. Più di prima, ora sì che diventa prioritario recuperare il manoscritto e il codice.»

«Quindi è questo lo scopo del Crepuscolo?» chiese Santini.

«Anche, ma non solo questo» rispose Oppini, «loro vogliono fondare la nuova Chiesa affossando l'attuale. Come vedi, stanno

---

[16] Inteso come "eternità".

giocando il tutto per tutto per ottenere i frammenti. Seppur incompleto, loro hanno in mano il sapere che spetta alla Chiesa e ai cattolici, non a pochi infimi personaggi, assassini della peggior specie. Per questo il suo recupero dovrà rimanere segreto, ci vorranno anni, forse secoli per raggiungere la perfezione del Nous, ma con l'aiuto di Dio e di quel Vangelo, potremmo diventare persone degne, come te, mio buon amico, pronte a ricevere la conoscenza dell'Uno.»

«Bene, Eminenza» disse, anzi, ordinò il Papa rivolgendosi a Oppini, «mi lasci solo con Tommaso, devo istruirlo sui prossimi compiti che lo attendono.»

Oppini salutò con ogni reverenza dettata dal protocollo e abbracciò l'amico Santini che rimase solo con il Papa.

«Capisci il valore di quel Vangelo, Tommaso» gli disse subito, «e il motivo per cui per secoli è rimasto così riservato. Ora potremo compiere il miracolo dei miracoli con quegli insegnamenti. Per farlo capire a Oppini ci ho messo giorni, tu ci sei arrivato quasi da solo. Hai aperto la tua mente e hai dimostrato di essere degno perché hai Fede, hai superato prove che credevo impossibili. Ora la Chiesa potrà iniziare il vero percorso, quello dei giusti, io sono di passaggio in questa terra, ma tu dovrai sacrificare la tua vita a questo compito. Ecco il sacrificio che ti avevo citato prima che tu partissi: recupera il manoscritto e il codice e questo sarà la più grande missione che mai ti sia stata chiesta, ma sappi, non finirai mai di portarla a compimento! Quindi, da questo momento decido di affidare al Risolutore un nuovo compito con l'emanazione di una bolla papale[17] secretata ai più. Colui che ricoprirà nel tempo la carica di Risolutore, a partire da ora, avrà la responsabilità dello studio e della custodia del Vangelo di Maria Maddalena, proprietà della Chiesa Apostolica Romana; lo difenderà con ogni mezzo, anche a costo della propria vita. Colui che sarà Risolutore verrà dotato dell'anello papale con il diritto all'obbedienza cieca e assoluta, per quanto attiene lo svolgimento dei compiti affidati. Il Vangelo sarà tenuto segreto fino a diversa decisione del Papa, anche in questo il Risolutore collaborerà a stretto contatto con i Pontefici che si succederanno e dei quali sarà la mano armata se diventerà necessario. Il segreto sul Vangelo sarà condiviso fra le seguenti cariche ecclesiastiche, presenti e future: a parte il Papa essi saranno il Segretario di Stato Vaticano e il Santo Consiglio delle Soluzioni il

---

[17] Documento papale emanato in forma di decreto o privilegio, solenne o semplice, munito del sigillo del Papa.

quale coadiuverà il Risolutore nei suoi compiti. Quando sarà il momento, trasferirà le sue conoscenze al nuovo Risolutore affinché tutto questo duri nel tempo. Quando saremo degni, trovata la strada della perfezione assoluta, quel Risolutore sosterrà il Papa di quel tempo nell'indicare all'uomo la strada per raggiungere il Nous.»

«Ma...» fu interrotto.

«Niente ma! Rifiuti l'autorità del tuo Papa?» glielo chiese sorridendo sornione.

*Sono fregato!* Santini rispose di no.

«Ora ti devo chiedere un'altra cosa» gli disse, «raccontami della magistrata italiana, quella dottoressa Casoni.»

Santini gli spiegò il malinteso iniziale, quando lei lo credeva l'assassino, e il Papa rise di gusto. Arrivò a raccontargli anche del bacio, della sensazione imbarazzante che aveva provato, del fatto che le aveva raccontato cose che mai avrebbe dovuto raccontare e che lei gli aveva detto di essersi innamorata.

«E tu lo sei di lei?» chiese il Papa.

«No, certo che no!»

«Suvvia, ragazzo mio! Non sei obbligato al sacerdozio» gli precisò il Pontefice, «e nemmeno alla castità, questa è considerata una virtù strettamente correlata alla temperanza, quindi è d'obbligo per un ecclesiastico comandato dal suo ministero. Tu, però, puoi rinunciare al ministero quando vuoi, sono altri i servizi che la Chiesa si attende da te, come avrai capito stasera, tutti altamente meritori e di vitale importanza. Rinunciando al ministero per te non cambierà nulla nel tuo rapporto con la Chiesa. Sarai libero in questa scelta, Tommaso.» Il Papa lo fissò negli occhi. «Non dirmi nulla, quando vorrai deciderti sappi che io benedirò la tua scelta, nel frattempo, approfitterò del fatto che domani ho un incontro con la dottoressa Casoni.»

Santini ne chiese i motivi, ma lo sguardo del Pontefice era già una risposta: erano fatti riguardanti solo il Papa e la Casoni. Decise di partire a quell'ora tarda, non vedeva l'ora di arrivare al rifugio; doveva prendersi un giorno di pentimento e di riflessione.

# 47

## Settimo giorno

*Città del Vaticano, ore 08.00*

Il Papa riceveva in udienza privata raramente e, nei più fortunati, questa circostanza creava una grande emozione. Alla Casoni era giunta, la sera prima, la telefonata di un certo don Michele che le confermava l'udienza privata e che le diede una serie infinita di istruzioni cerimoniose, di reverenza e tante altre cose che lei non ricordava più perché dopo mezz'ora di elenchi era andata in confusione. Le aveva anche detto di trovarsi in Vaticano almeno un'ora prima, sottolineando mille volte che il Papa non attende. Alle otto la Casoni entrò nel portale d'ingresso, delle guardie svizzere in borghese la fecero accomodare in una sala d'attesa posta appena dopo l'entrata, alla porta si piazzarono due guardie le quali, ogni tanto, la osservavano quasi a sincerarsi che non si movesse da lì.

Dopo mezz'ora le si presentò davanti don Michele. «Le porgo i saluti reverendissimi di Sua Santità, il sommo Pontefice Papa Giovanni Paolo III. Il Santo Padre attende con gioia il piacere della sua cortese e graditissima visita.»

*Ma come parla?* Fu il primo pensiero di lei.

«Grazie!» si sentì imbarazzata per quella risposta breve e concisa, ma non le era venuto in mente altro.

Si incamminarono lentamente lungo il corridoio, il prete guardava l'orologio ogni tre secondi, segno che doveva rallentare il passo perché in anticipo rispetto all'appuntamento.

*Certo che al Papa non piace aspettare, ma nemmeno anticipare, a quanto sembra!* Si disse la Casoni.

«Le signore in udienza privata dal Santo Padre» esordì don Michele mentre passeggiavano come lumache, «devono indossare un abito scuro, preferibilmente non nero. Lei porta la gonna nera e così sopra il ginocchio non va bene! Ma non si preoccupi, gliene forniremo una nuova. Ce l'ha un velo o un fazzoletto, ovvero un mantello?»

«Cosa?» la Casoni rimase basita.

«Sì, qualcosa per coprire il capo.» Precisò don Michele.

«Non mi riferivo al capo, per quello ho un velo, ma alla gonna. Come fate a fornirmene una nuova?»

Il cerimoniere la rassicurò. «Passeremo per il guardaroba, una suora le farà scegliere il modello che più le sarà gradito. Oh, non si preoccupi, dottoressa Casoni, potrà tenere il capo di abbigliamento scelto!»

*E bravo il don Michele, non indosso roba usata io!* Arrivati al guardaroba, tre suore gentilissime si misero subito a sua disposizione: la fecero accomodare in una saletta riscaldata al punto giusto; presero le misure, le fecero scegliere un tessuto e la lasciarono lì senza farle dire mezza parola. Dopo nove minuti si ripresentarono con una gonna grigio scuro, lunga e non troppo aderente. Guardandosi allo specchio, la Casoni la trovò perfetta, come fosse stata creata dalla migliore sarta esistente sulla faccia della terra. Ringraziò le suore e raggiunse il cerimoniere in paziente attesa fuori dal guardaroba.

«Le sta d'incanto» disse don Michele, «giusta per lei! Spero abbia gradito il lavoro effettuato dalle nostre sorelle, sono le sarte personali del Sommo Pontefice.»

*Alla faccia! Ho una gonna creata da quelle che vestono il Papa. Questa gliela voglio dire a mia sorella, morirà d'invidia!* Pensò la Casoni. Arrivati a un salone di una straordinaria bellezza, don Michele la fece accomodare in un elegante e antico divano di tessuto rosso e ornamenti in seta d'oro.

«Mi raccomando» spiegò don Michele mentre la squadrava, «niente gioielli, al massimo la fede nuziale, ma vedo che lei non è sposata, quindi siamo a posto. Niente perle e anche qui ci siamo, le calze sono perfette, le scarpe chiuse, bene, il velo ce l'ha, mi ha detto?»

«Sì!» rispose lei nel pallone per quel controllo.

«Bene!» riprese lui. «Lo indossi, la borsa la deve lasciare alla guardia, il cellulare lo deve spegnere e lasciarlo nella borsa.»

Le diede un'ultima occhiata. «Sì, può andare!»

*Può andare? Sono una strafiga da paura io, non una che può andare!* Pensò lei fulminandolo con lo sguardo.

Il giovane prete si rese subito di nuovo gradito quando, recuperando la battutaccia di prima, disse: «Lei è, se posso permettermi, di una bellezza spettacolare, dottoressa Casoni, le faccio i miei complimenti.»

*Ecco, bravo!* Pensò mentre arrossiva ringraziandolo per il complimento. Non aveva ancora finito quando il cerimoniere guardò l'orologio, quasi fosse giunta la sua ora, e spalancò gli occhi. La

Casoni guardò l'orologio a pendolo che aveva di fronte in quanto il suo era nella borsetta insieme al cellulare: erano le otto e cinquantacinque. *Perché appare stralunato?* Si chiese. Ora il cerimoniere appariva ansioso, preoccupato. La Casoni capì che a ogni appuntamento del Papa a quel prete prendeva un colpo per il timore di aver sbagliato qualcosa o che potesse succedere un imprevisto. *A ognuno la sua croce.* Si disse.

«Mi raccomando» prese a dire don Michele, «si deve comportare con naturalezza, non alzi la voce e non accavalli mai le gambe, tenga le mani appoggiate sopra le ginocchia, non le incroci per nessuna ragione. Se il Papa parla non lo interrompa, si sinceri che abbia finito e potrà parlare. Non lo chiami Papa, ma Santità o Santo Padre, non usi il lei, ma il Voi: Voi Santo Padre oppure Voi Santità. Ha capito?»

La Casoni annuì. Era già agitata di suo, non era una cosa da tutti i giorni incontrare il Papa e, per giunta, da soli. Quel cerimoniere era tanto caro e simpatico, ma le aveva propinato una serie di regole a cui non era abituata.

E quel benedetto don Michele le fece l'ultimo avvertimento. «Non risponda a gesti, esprima sempre la sua risposta in modo chiaro e inequivocabile ma, soprattutto, non risponda a una domanda con un'altra domanda. Faccia attenzione a non toccare o stringere la mano al Pontefice, non si usa, se offerta la si bacia sull'anello in segno di saluto e reverenza.» Sembrava che avesse finito, invece: «Ah, un'ultima cosa, dottoressa Casoni: se la caverà, ne sono sicuro!»

Lei sorrise poco sicura, con tutte quelle regole era convinta che ne avrebbe infrante almeno la metà. In quel momento udì un frastuono, le guardie al portale si scostarono battendo insistentemente le alabarde a terra, come fosse un segnale di *chissà che cosa e per chissà chi*, ci fu un via vai di assistenti e guardie da porte e portoni. La Casoni non capiva cosa stesse succedendo. Quando si aprì il portale dello studio del Papa uscirono quattro guardie che parlavano alla radio dando ordini in tedesco e poi apparve proprio lui: il Papa.

«Sua Santità le sta venendo incontro» disse eccitato don Michele, «è un grande onore e privilegio, si alzi per favore.»

Lei obbedì, l'atmosfera di quel luogo e il fare cerimonioso la rendevano insicura su quale pianeta fosse finita, quindi, obbedì come un automa. Il Papa la raggiunse, stampato in faccia un simpatico sorriso che la mise subito a proprio agio. Don Michele presentò il Papa con tutti i nomi con cui poteva essere chiamato, poi fu la volta delle presentazioni della stessa Casoni, con altrettante lungaggini di nomi, appellativi e quant'altro fosse necessario. Il Papa offrì la mano che la magistrata baciò con eleganza e raffinatezza.

«È un onore per me, Santità.» Disse lei con un inchino di altri tempi eseguito a perfezione mentre il cerimoniere gongolava a quel capolavoro di classe che, al suo pensiero, aveva contribuito lui a costruire.

«Ma scherza!» rispose in tono allegro il Papa. «Sono io che la ringrazio e la sua visita mi rende onore. Lei forse non avrà idea, ma passare alcuni momenti della giornata in compagnia di una bellissima donna, dotata della sua preparazione e cultura, è una gioia anche per questo vecchio Papa!»

*Fiuuu! Sembra simpatico.* Pensò. I due si accomodarono nel salotto dello studio papale, il portale venne chiuso mentre, da un'altra porta, entrarono due suore con caffè, tè, succhi di frutta, eccetera. Non vollero niente. La Casoni non sapeva che dire e il Papa restava in silenzio. Lei aveva la sensazione di sentirsi valutata, scrutata da quell'uomo.

«Si starà chiedendo perché ho chiesto di vederla?» esordì il Papa.

«In effetti sì, Santità!» ammise lei.

«Dottoressa Casoni, la posso chiamare Sonia?»

La Casoni prima annuì poi, ricordandosi le parole del cerimoniere, rispose di sì.

«Perfetto, Sonia» riprese il Papa, «lei ha ricevuto l'incarico di indagare sull'omicidio dei nostri tre custodi della Biblioteca, erano tutti miei cari amici e fidati collaboratori. Come le sarà stato riferito la cosa è stata classificata segreto di Stato, per cui non deve più occuparsi della vicenda.»

«Così mi è stato riferito, Santità.»

«Ma io voglio che lei continui a occuparsene!» sentenziò lui. La Casoni restò immobile. «Ha conosciuto Tommaso, vero?»

Le domande del Papa parevano una sorta di sondaggio per arrivare a un punto preciso della discussione, ma prima doveva superare delle prove.

*Spara le cagate che hai in testa!* Così avrebbe risposto in un'occasione *normale*, ma con il Papa era un'altra faccenda.

«Sì, Santità, l'ho conosciuto.»

«E cosa sa di lui?»

La Casoni narrò quello che le aveva raccontato Santini, il suo ruolo, il Santo Consiglio, il manoscritto, il Crepuscolo e altro ancora. Il Papa si rese conto che Santini le aveva detto anche troppo di lui, ma non aveva fatto alcun cenno alla reale portata e al contenuto del Vangelo. Se ne rallegrò pensando che poteva contare sulla discrezione anche della Casoni.

«Lei si rende conto» il Papa si fece severo, «che potrei chiedere il suo arresto se svela l'identità di Santini o di un qualsiasi segreto dello Stato Vaticano anche fosse solo parlare con qualcuno di quello di cui è venuta a conoscenza?»

La Casoni si trattenne dall'esprimersi come il suo solito, abbassò lo sguardo e rispose: «Sì, Santità. Sono stata informata anche di questo.»

«Le dispiace se fumo?» chiese lui facendole vedere la preziosa pipa. Alla Casoni non dava fastidio, rispose di no.

«Lei è diventata preziosa» ora il tono era pacato e rasserenante, «anche se ancora non se ne rende conto. Ha conosciuto un uomo importante, uno dei più alti dignitari dell'intera Chiesa di questi tempi: parlo di Tommaso, naturalmente. Lei è riuscita a entrare nelle sue confidenze e io mi fido di lui e, da quanto ho appreso, il nostro comune amico si è altrettanto fidato di lei, Sonia. Confidandosi, dividendo le sue emozioni, i suoi segreti e le sue debolezze, cosa che mai avrebbe dovuto fare, comunque sia, ora la rende particolare. La Chiesa deve trovare la giusta collocazione delle cose e io devo poter contare su di lei. Si sente pronta al compito che sto per affidarle?»

La Casoni non capiva e lo disse.

Il Papa le precisò con un ordine, più che una spiegazione. «Lei sarà il magistrato di collegamento fra la Giustizia Italiana e quella Vaticana. Proseguirà le indagini sugli omicidi dei custodi e, in caso di successo, il merito sarà soltanto suo. Risponderà del suo operato a questo Santo Pontificio ovvero al Segretario di Stato Vaticano e al Risolutore nei casi a lui affidati, tanto so che conosce il titolo di Tommaso. Da questo momento lei è distaccata a tempo indeterminato presso la Santa Sede. Dovrà mantenere il segreto su tutto quello che le sarà dato di conoscere, fatto salvo gli elementi necessari ai processi che verranno celebrati dal Tribunale della Rota Romana, in prima istanza e dal Supremo Tribunale della Segnatura Apostolica, in ultima e definitiva istanza. Giurerà fedeltà al Papa pur mantenendo lo status di magistrato italiano, per cui le sarà garantito il medesimo stipendio di magistrato con l'aggiunta di un compenso della Santa Sede. Quando parlo del magistrato di collegamento mi riferisco a tutti i casi che ricadono sotto la giurisdizione dello Stato Vaticano: quindi stiamo parlando di oltre centoventi Paesi nel mondo. In ogni caso potrà fare affidamento sulla stessa Gendarmeria Vaticana e, per quanto riguarda il territorio italiano, sull'Ispettorato generale di Polizia e pubblica sicurezza presso la Città del Vaticano. Ha capito adesso quello che le sto chiedendo, Sonia?»

«Sì, Santità!» rispose incredula la Casoni. «Ma io non ho potere di...»

Il Papa alzò la mano, un invito a non dire altro, tirò una corda posizionata vicino alla sontuosa tenda. Nel giro di pochi secondi entrò don Michele con una cartellina.

La porse al Papa il quale ne estrasse tre documenti dicendole: «Questo è il Decreto Ministeriale del Ministro della Giustizia Italiana, quest'altro è la delibera del Consiglio Superiore della Magistratura che la distacca alla Santa Sede.»

«E questo» il cerimoniere porse una stilografica al Papa, «è il mio decreto.»

Lo firmò davanti a lei, le fece leggere i tre documenti, quello del Papa era in latino per cui le venne tradotto da don Michele. La cartellina venne consegnata al cerimoniere affinché rendesse il documento legale con timbri, sigilli e per pubblicazione nelle disposizioni dello Stato della Città del Vaticano[18].

La Casoni era nel pallone. *Magistrato di collegamento distaccata presso la Santa Sede?* Pensò all'enormità di quel compito. Ma quell'incarico significava anche che avrebbe mandato a quel paese il suo capo, questo le piaceva. E non vedere nemmeno più quei palloni gonfiati dei suoi colleghi alla Procura, questo le piaceva ancor di più.

«Accetto!» disse determinata. «Ma a una condizione!»

Il Papa sorrise. «Non si possono dettare condizioni al Papa.»

«Beh! Io lo voglio fare ugualmente Santità.» Si ripropose lei giocandosi il tutto per tutto.

«Dica pure, Sonia» rispose, «debbo dire che la cosa è alquanto inusuale, ma inizia a divertirmi.»

«Con me voglio, ehm... mi perdoni, vorrei ci fosse anche un mio collaboratore da anni, di cui mi fido in modo assoluto.»

«Si chiama Andrea Baresi, vero?»

*Ma le sa proprio tutte?*

---

[18] Una sorta di "Gazzetta Ufficiale" dello Stato.

«Sì, proprio lui e non vorrei che Voi, Santità, insomma, che la prendeste come una condizione, forse non mi sono spieg...»

«Mi sono dimenticato di dirle un'altra cosa. Il capitano Baresi è stato nominato nuovo responsabile dell'Ispettorato generale di Polizia e pubblica sicurezza presso la Città del Vaticano. Credo che lo stiano avvisando proprio in questo momento.»

La Casoni esplose con un *wow* di felicità, ma si contenne subito. «I-io n-non so c-che dire» prese a farfugliare, «è un onore, anzi, un privilegio, macché, è una cosa straordinaria, fantastica!» Era al settimo cielo, le venne spontanea comunque una domanda: «Ma perché io, Santità?»

Il Pontefice riavviò la pipa e diede una serie di sbuffi. «Perché lei è diventata qualcosa che oggi non può capire, ma capirà a tempo debito.»

Sempre più sorpresa, la Casoni non capiva fino in fondo, le venne il dubbio che comprendere un personaggio di tale portata fosse più difficile di quanto potesse immaginare.

«Riguarda quello che abbiamo vissuto assieme a Tom, a Santini?» chiese andando per tentativi.

«Anche!» rispose il Papa. «Lui ha vissuto un'esperienza di una portata inimmaginabile! Si dovrà fidare di me, ora non le posso dire altro: lei e Baresi vi siete legati alla Chiesa nel momento in cui avete incontrato Santini e vissuto con lui la stessa esperienza che ho citato prima. Grazie al suo nuovo incarico lei verrà a contatto con conoscenze che non penserà possibili, quando sarà pronta le sarà dato modo di sapere perché è diventata così speciale. E lei Sonia, molto prima del capitano Baresi, si avvicinerà alla verità quando meno se lo aspetta.»

Si udì bussare, era di nuovo don Michele che annunciò al Papa che doveva prepararsi all'appuntamento con il Primo Ministro inglese. Il Papa si alzò per primo, come voleva il protocollo, fu imitato subito dopo dalla Casoni che baciò l'anello.

«Il suo cuore batte per qualcuno, Sonia?» la domanda ebbe l'effetto di una pugnalata.

*Gliel'ha detto lui, quel...* Si volle trattenere anche nei pensieri finché era innanzi al Pontefice. Abbassò la testa, arrossendo, imbarazzata e indifesa di fronte a una tale domanda.

Il Papa le alzò il mento in modo da vederle gli occhi.

«Dovrai scoprire da sola un modo diverso di amare Tommaso, se sarà lui la tua scelta.»

*Immediatamente dopo*

Il Papa si ritirò nello studio dove ad attenderlo c'era il Cardinale Oppini.

«Ha sentito tutto, Eminenza?» gli chiese il Pontefice.

«Sì, Santità.» Rispose l'altro. «Ma resto sempre convinto che non sia stata una buona idea, se me lo permette. Non riesco a comprenderne le ragioni per cui la Chiesa abbia dato un simile delicato incarico a una laica come la Casoni.»

Il Papa si accomodò alla scrivania e prese un documento: era il resoconto del viaggio di Dominas, lo stesso che la sera prima avevano letto a Santini.

*HO BEVUTO ALLA SORGENTE DELLA SAGGEZZA, IVI HO IMMERSO IL MIO CORPO; QUEL LIQUIDO DI PUREZZA ASSOLUTA, EBBRO DI SPIRITO SANTO, MI HA FATTO DONO DELLA VISTA OLTRE LA FEDE.*

Letto quel passaggio disse: «Eminenza, Tommaso è stato degno per aver superato la prova di Mosè, bevendo e immergendosi nella stessa acqua citata da Dominas. Assieme a lui c'erano altre quattro persone: due del Santo Consiglio, la Casoni e quel poliziotto, Andrea Baresi.»

«Lo so, Santità» rispose, «ma non ne capisco il significato.»

Il Papa si alzò in piedi e iniziò a passeggiare.

«Vede, Eminenza» gli disse voltando le spalle, «quella fonte, quell'acqua che Dominas sottolinea come *ebbra di Spirito Santo*, ha una funzione essenziale per la cristianità.»

«Quale, Santità?»

Il Papa si girò e lo fissò negli occhi. «Da quella fonte, da tempo immemorabile, trae giovamento una pianta. Quella pianta, da millenni, è sempre verde e viva, in pieno deserto.»

Oppini fu strabiliato. «Il Roveto Ardente?»

«Sì, il Roveto Ardente» precisò il Pontefice, «le sue radici trovano dimora e nutrimento in quella fonte. Ha presente la portata di questa cosa?»

«Dio Santissimo! L'elisir della giovinezza, la vita eterna, la...»

«Oh, no, Eminenza!» il Papa fermò l'impeto del Segretario. «Non esageriamo, se così fosse Dominas sarebbe ancora vivo e giovane. Ma se quella fonte è davvero ebbra di Spirito Santo e se Tommaso e gli altri l'hanno bevuta e vi si sono immersi, allora lo Spirito Santo è dentro quegli uomini e quella donna.»

Oppini aveva lo sguardo stralunato.

«Non conosco ancora che effetto avrà su di loro» concluse il Papa, «ma voglio tenerli tutti sotto osservazione, capire cosa succederà loro da oggi in avanti e, se si avvererà quello che immagino, saremo testimoni dell'inizio di una nuova era.»

# 48

Santini arrivò al rifugio la mattina presto, fece svegliare tutti per fare il punto della situazione per poi dividere compiti e incarichi: la caccia non era ancora finita, anzi, cominciava ora. Prima di iniziare pregarono per Denny e per Rob stringendosi la mano e recitarono in latino un salmo antichissimo, un canto che accompagnava l'anima del guerriero morto per la causa della Chiesa: salmo usato ai tempi dei templari e, ormai, dimenticato dai più, ma non da Santini. Poi si misero al lavoro, ascoltarono tutte le comunicazioni di Rob, analizzarono ogni elemento, valutarono le azioni da intraprendere e decisero le priorità. Vi erano due tracce da seguire: la prima si chiamava Karl Weiber, la seconda la Cattedrale di Aquisgrana. Di Weiber scoprirono che ricopriva la carica di amministratore delegato della famosa società editrice di moda *Turatti & Rostellini Group Ltd* con sede a Montecarlo.

Santini pose la domanda: «Michela Rostellini la conosco, è una benefattrice che non mi pare possa essere coinvolta con Weiber. La Turatti chi è?»

«Chi è?» rispose stupita Mali. «Angela Turatti è stata una delle modelle più strapagate al mondo fino a qualche anno fa. Quando morì la madre, sorella gemella della Rostellini, lei prese le redini della società editoriale che conta su fatturati miliardari a tutt'oggi.»

Santini precisò che a lui, delle modelle, non gliene fregava nulla; per cui rimase nella sua ignoranza contento che quello non fosse uno degli argomenti alla sua portata. Ma valutò anche di scartare le due donne, fra il numero dei sospettati, secondo lui erano troppo in vista. La Rostellini, tra l'altro, era ambasciatrice dell'Unicef e aiutava i bambini nel mondo, quindi, accantonò qualsiasi ipotesi di coinvolgimento. Aveva dubbi sulla Turatti, ma non sapeva darsi una ragione. Comunque la scartò perché la considerava troppo amante del denaro, il Vangelo di Maria Maddalena, anche valesse una fortuna inestimabile, non era di certo il movente economico che aveva animato il Crepuscolo. Sapevano di Weiber e, per questo, lo inserirono a capo del Crepuscolo con l'impegno, da lì a breve, di poter fare una vera e propria mappa dell'organizzazione. La Cattedrale di Aquisgrana, invece, era un mistero. Santini sapeva che era stata sconsacrata e abbandonata, quindi, non restava altro da fare che andare a darci un'occhiata.

«Nic e Jon» ordinò, «partite per Bonn, la Cattedrale è fuori dalla giurisdizione del Vaticano, quindi non potremo entrare perché ora è proprietà privata. Trovatemi ciò che potete su quel posto: disegni, leggende, curiosità, chi sono i proprietari, quando e come l'hanno acquistata, perché e con cosa l'hanno pagata. Chiedete in giro alla gente che cosa pensa o cosa ha visto in questi mesi. Insomma, voglio un rapporto dettagliato e completo, ma non dovrete avvicinarvi, né tanto meno entrarvi, attenderete che arrivi anch'io fra un paio di giorni; solo allora entreremo supportati dalla Gendarmeria e dalla Polizia tedesca. Io, nel frattempo, mi recherò alla Turatti & Rostellini: voglio vedere cos'ha da dire il buon Weiber.»

Liberato il gruppo, Santini si diresse verso il sotterraneo che portava al Monastero; lì lo attendeva Fra Pasquale, il suo amico e maestro di sempre.

«Sei pronto, amico mio?» chiese il frate.

«Sì, maestro!» fu la risposta immediata di Santini.

Fra Pasquale sapeva che quel giorno era dedicato al corpo, poi sarebbe toccato allo spirito. Il vecchio frate lo fece spogliare, aiutato da due confratelli che lo avrebbero seguito nel percorso che Santini avrebbe fatto da lì a breve. Entrarono in Chiesa e Santini, coperto solo da un panno, si stese a terra, sul pavimento di pietra. I due assistenti frati gli legarono le mani e i piedi, lo sistemarono in posizione vitruviana e legarono le estremità delle quattro corde ad altrettanti anelli di bronzo bloccati al pavimento, sistemati uno in ogni angolo della piccola Cappella. Fissate le prime due corde agli anelli corrispondenti alle braccia di Santini, si affrettarono a fare altrettanto con quelle dei piedi. Le due ultime corde furono fatte passare attraverso gli anelli e, con l'aiuto di due pesanti sbarre di acciaio, iniziarono a tirare con forza. Santini trattenne un grido di dolore, sapendo che era solo all'inizio di quella agonia. I due frati continuarono a tirare finché ritennero fosse sufficiente. Legarono la corda a un solo anello, sempre bloccato al pavimento, ma al centro della Chiesa. Santini, in quel momento, riusciva a resistere tendendo al massimo i muscoli ben allenati mentre le vene, di ogni parte del suo corpo, si ingrossarono quasi a scoppiare. Sapeva benissimo che la sua forza era imponente, come sapeva che non avrebbe resistito ancora per molto. In meno di un'ora i muscoli non sarebbero più riusciti a mantenere la tensione e avrebbero dovuto rilassarsi per il troppo acido lattico accumulato. Da quel momento, il suo corpo sarebbe stato attraversato da un dolore costante e insopportabile. Soprattutto se si pensava che doveva resistere, in quella scomoda postura, per non meno di ventiquattro ore.

## Ottavo giorno

Fra Pasquale era rimasto sempre accanto all'amico, aveva pregato e soffriva con lui. Le urla di sofferenza di Santini si erano susseguite per quasi tutto il tempo, mancavano ancora due ore alla fine della penitenza e ora non si lamentava più. Le mani e i piedi avevano smesso di sanguinare e il colore bluastro di prima sembrava volesse dare spazio a una sfumatura rosea, segno che il sangue aveva ripreso il suo cammino. Non poteva chiamarlo, parlargli o, peggio ancora, liberarlo. Quella forma di penitenza garantiva la libertà da ogni dolore psicologico e Santini ne aveva bisogno ogni volta che tornava da una missione in cui perdeva degli uomini. Ma aiutava pure il fisico, anche se poteva suonare strano. Il corpo aveva una grande capacità di adattamento, per cui i muscoli, i tendini o le stesse ossa e articolazioni, si sarebbero adattate a quella scomoda posizione. Il dolore sarebbe scomparso quasi completamente e Santini avrebbe avuto modo di riconciliare la carne e lo Spirito. Il silenzio dell'amico era sintomo che aveva raggiunto quella sorta di trance che gli avrebbe permesso di ascoltare se stesso dandosi le risposte che cercava, nella sofferenza e nella solitudine in cui era costretto. In quel momento uno dei frati si avvicinò e sussurrò qualcosa all'orecchio di Fra Pasquale che si alzò e uscì dando prima un'ultima occhiata all'amico che pareva sereno. Il frate comunicò a Fra Pasquale che c'era qualcuno al cancello: una certa dottoressa Sonia Casoni.

«Ha chiesto di Sua Eccellenza il Risolutore!»

«Vado io, fra Giovanni» rispose l'anziano frate, «tu occupati di Tommaso.»

Ci vollero pochi minuti affinché Fra Pasquale arrivasse al cancello, l'ultima volta che la Casoni l'aveva visto le sembrava assai rincoglionito, invece ora aveva di fronte un vecchietto arzillo, tutto nervi e con un passo da maratoneta.

«Che Dio la benedica, dottoressa Casoni.» Le disse mentre le apriva il cancello. «Lei è la benvenuta nell'umile casa del Signore.»

«Grazie, Fra Pasquale.» Rispose lei stringendogli la mano.

*Almeno lui non è il Papa!* Pensò. «Sbaglierò» aggiunse, «ma ho l'impressione che lei mi stesse aspettando.»

Il frate congiunse le mani. «La via della provvidenza è infinita, ma non ho certo il dono della preveggenza. Però leggo nei cuori.»

La Casoni non era avvezza alle questioni religiose, ma nei giorni di frequentazione di quei misteriosi personaggi, aveva come l'impressione che sapessero tutto di tutti e capissero ogni pensiero.

«Ha letto il mio, forse?»

«Oh, no! Il suo l'ho letto ora.»

*E dai con 'sta storia degli enigmi, allora che voleva dire prima?* Si disse.

Fra Pasquale la invitò per una passeggiata all'interno del Monastero, percorsero un sentiero circondato da una vegetazione talmente fitta che il sole non riusciva a scaldare quella zona ove la temperatura era più bassa di almeno cinque gradi. Parlarono del più e del meno, come si conoscessero da una vita. La Casoni gradiva quella compagnia, il vecchio frate la stava rilassando e si sentiva felice, serena e, dopo tanto, viva. Pensò alle poche chiacchierate fatte con Santini, lui le aveva detto che Fra Pasquale era il suo mentore, la sua guida spirituale, confidente e amico sincero. Lei sapeva che era stato anche lui un Risolutore, l'unico rimasto in vita ritirandosi in quel posto meraviglioso. E dalla vetta di quel monte si poteva ammirare un paesaggio stupendo, volgendo lo sguardo a trecentosessanta gradi. Passarono di fianco a una struttura, quella che tutti conoscevano come una stazione delle comunicazioni telefoniche, con i ponti radio e le trasmissioni satellitari della televisione.

La Casoni non resisteva, quindi fece la domanda: «È lì che si trova quello che chiamano il rifugio?»

Il vecchio frate sapeva tutto, era rimasto con Mali per seguire l'evoluzione della missione egiziana di Santini e sapeva che la magistrata era a conoscenza di molte cose sul Consiglio.

«Farà la sua domanda a Tommaso» rispose diplomaticamente, «è lui che potrà decidere il destino che vorrà.»

*Evvai! Un nuovo enigma da sbrogliare.*

«Lui dov'è, ora?»

«Sicura che lo vuole sapere?»

*Oddio, se non fosse simpatico lo ammazzerei.* Pensò la Casoni mentre annuiva. Fra Pasquale la prese per mano e tornarono al monastero fino alla porta sul retro della Chiesa.

Ora il vecchio frate iniziò a darle del tu. «Non fiatare, non dire una parola e non impressionarti, ma lo devi vedere.»

Entrarono in Chiesa e la Casoni vide Santini disteso, con la faccia a terra, le corde attorno a mani e piedi sanguinanti, il corpo madido. Soffocò un grido tappandosi la bocca con la mano e fece per avvicinarsi a lui quando Fra Pasquale la fermò.

«No!» sussurrò. «Non devi! Siediti con me e prega. Gli staremo vicini così.»

Era confusa, testimone di qualcosa di sconvolgente e incomprensibile, ma doveva restare lì, a far percepire la sua presenza a Santini, all'uomo che amava pur conoscendolo appena. Era lì per capire se ciò che provava fosse un'infatuazione o qualcosa di più profondo, se il sentimento che sentiva era vero e vivo. La risposta l'aveva già ricevuta dal momento che era entrata in quella Chiesa e dopo averlo visto soffrire in un modo così orribile. In quel momento abbandonò orgoglio, strategie e convenienze per dedicarsi alla sola voglia di lui, avrebbe lottato con tutta se stessa per cercare la conferma, la condivisione di Santini. Se dopo tutto lui l'avesse rifiutata, allora si sarebbe ritirata pur sapendo che lo avrebbe amato ugualmente, certa che non avrebbe potuto amare nessun altro. E si rese conto che stava pregando per lui, non una preghiera specifica, si stava rivolgendo a un'entità che sentiva dentro di sé. Non capiva, ma era una sensazione piacevole, anche la preghiera le risultava piacevole. *Che mi sta succedendo?* Trasalì al rintocco delle campane, suonavano le dodici, nello stesso momento entrarono due frati che allentarono le corde dagli anelli e poi liberarono Santini semicosciente. Lo alzarono senza troppi fronzoli e lo portarono in una stanza. La Casoni volle seguirlo.

«Non ora» disse Fra Pasquale. «Ora usciamo dalla Chiesa.»

Quando furono fuori, la Casoni si rivolse al frate: «Cosa gli avete fatto? Perché un simile martirio? Tutto questo orrore non può essere un volere di Dio, non può!»

E si abbandonò al pianto su una panchina scavata nella pietra. Il frate le accarezzò i capelli e si sedette al suo fianco.

«Capirai!» le disse. «Però era necessario che lo vedessi così, altrimenti non saresti stata mai in grado di capirlo. Questa è la vita del Risolutore, soprattutto di uno come Tommaso. Trentadue anni da solo, senza famiglia, senza amori se non per Dio, Cristo e la Chiesa. Lui ha conosciuto solo dolore e morte, da sempre combatte con demoni, sette, fanatici religiosi e criminali assassini delle peggior specie. Ha visto orrori e sfidato la paura e, nel farlo, ha perduto amici, decine di uomini che lo hanno seguito fino alla morte. Sono morti per lui, Sonia, coscienti che sacrificandosi avrebbero servito la loro Chiesa, dando la vita anche per tutelare quella del

Risolutore, il loro maestro. È questo il compito del Santo Consiglio, anche quello di dare la vita pur di evitare che sia posta in discussione quella del loro maestro e mentore. Perché credi che Denny si sia sacrificato? E ne hanno perso anche un altro nell'ultima settimana. Capisci ora? Tommaso si sente in colpa per aver perso degli amici, li ha mandati e li manderà ancora alla morte sapendo di non poter fare altrimenti. Questo è un peso insostenibile per qualunque essere umano.»

Lei guardava quel frate, anche lui amava Tommaso, sembrava quell'amore che lega un padre al proprio figlio e Santini, per quel frate, era il figlio che non aveva mai avuto. E anche lui era stato un Risolutore, quindi capiva quello stato d'animo meglio di chiunque altro.

Il frate concluse. «Quello che hai visto permetterà a Tommaso di ritrovare l'equilibrio spirituale, mentale e fisico, ci vorrà del tempo, ma ne è sempre venuto fuori. Poi dovrà fare sempre la solita cosa: mandare a morte ancora tanti altri ragazzi fino a quando sarà libero di morire anche lui oppure, riuscire a sopravvivere così a lungo che dovrà ritirarsi, ma questo non è mai successo a nessuno.»

«A parte a lei, padre» disse la Casoni con gli occhi arrossati.

«Intanto dammi del tu e non chiamarmi padre, ma Pasquale. Sì, a parte a me che, comunque, mi sono messo a disposizione di Tommaso e dei suoi ragazzi.» Le rispose sorridendo.

Lei aveva capito, riconosceva il peso e quel senso di responsabilità per aver perso degli amici, per colpa sua. Se fosse stato come la raccontava il frate, si sarebbe sottoposta a qualsiasi martirio per superare quel peso. La Casoni fu un vulcano, subissò di domande il frate ricevendo sempre risposte enigmatiche o evasive; poi fu diretta.

«Devo sapere» gli chiese, «devo capire se ho una speranza con lui!»

Il frate si fece serio. «Figliola, ho capito il motivo della tua visita e se Tommaso ti vorrà parlare, avrai le tue risposte. Ma attenzione, Sonia! Qualsiasi cosa il destino abbia in serbo per voi, capirai che sarai costretta ad amare in modo del tutto diverso.»

Lei, come per tutta quella discussione, era certa di non aver capito. Chiese di vederlo e fu accompagnata nella piccola stanza del monastero ove Santini si stava riprendendo, dopo essere stato medicato. Passando nel cortile interno vide un pozzo in mezzo al piccolo giardino, lo stesso raffigurato sul biglietto che le aveva dato

Santini. Lei era capitata al Monastero perché immaginava che Santini fosse lì, non aveva capito che lui le volesse indicare proprio quel luogo. *Anche lui mi vuole, lo sento!* Si disse. Attraversati alcuni corridoi stretti e bui, arrivati in prossimità della stanza, Fra Pasquale indicò la porta e si ritirò in silenzio; lei entrò. Santini era intento a vestirsi, le vistose fasce attorno ai polsi coprivano le ferite e probabilmente ne aveva altre due alle caviglie. Le pareva rilassato anche se stanco, fece per salutare, ma lui alzò la mano zittendola; le fece segno di seguirlo e uscirono in una piazzetta che si affacciava su un crepaccio permettendo la vista di quel panorama mozzafiato. Puntarono su una panchina di pietra quasi sull'orlo di un crepaccio. Alla loro destra vi era un piccolo ruscello, lo scroscio sembrava la colonna sonora ideale in quel posto immerso nella natura, animato solo da silenzio e pace.

«Vedo che hai capito il senso del biglietto.»

Lei sorrise. «A dire la verità non avevo capito proprio nulla, ho visto il pozzo e sono riuscita a collegare il biglietto a questo luogo. No, io sono venuta sapendo di trovarti qui, sono venuta per te, ti devo parl...»

Santini la zittì di nuovo. «So perché sei qui, ma non posso, non possiamo, comunque non ora. Io ho un compito da portare a termine e anche tu.»

«Ho parlato con il Papa, lui mi ha prop...»

«So cosa ti ha proposto il Papa.»

«Ma lo sai che mi stai scassando le palle, caro il mio Risolutore del cazzo!» Era infuriata. Non sopportava di essere interrotta continuamente e proseguì inveendogli contro. «So perché sei qui, so questo, so quello, ma chi cazzo sei? Il veggente di Babilonia? E lasciami parlare. Eccheccazzo!»

Santini la guardò, lei era la miglior cosa avesse mai visto in tutta la sua vita e, a parte la scurrilità a cui ormai aveva fatto l'abitudine, così infuriata le apparve ancor più bella. Rise e risero assieme.

«Ti chiedo scusa, Sonia, hai ragione, ti ho interrotta perché non ho voglia di parlare, mi serve del tempo per riprendermi. Ora vorrei immergermi in questo luogo; vuoi farlo con me?»

La Casoni come al solito non capiva, ma annuì. Lui la fece sedere sull'orlo del precipizio.

«Fidati!» le disse.

Lei si fidava, come mai aveva fatto prima con nessun altro, nel frattempo lui si sedette dietro di lei abbracciandola, quasi a volerla tenere stretta affinché non cadesse. In quel momento la magistrata fu al massimo della felicità, era lì con lui che la stava stringendo a sé, avevano un contatto fisico. Magari non come avrebbe voluto lei, ma era pur sempre un buon inizio e poi era curiosa, quell'uomo l'aveva sorpresa più volte, una volta in più non le avrebbe di certo fatto del male, anzi.

Le sussurrò nell'orecchio: «Chiudi gli occhi e concentrati su quanto ti sto per dire.»

Lei obbedì e chiuse gli occhi.

«Chiudi la mente a qualsiasi pensiero» iniziò a dire lui, «concentrati sulla natura, devi sentire solo i suoi suoni. L'acqua, il ruscello, le foglie che si muovono al vento, il vento stesso. Li senti?»

Si lasciò condurre, riuscì a isolare i pensieri e a concentrarsi sui suoni che in quel momento le sembravano amplificati, unici e rilassanti.

«Ora stringi le mie braccia e tieniti stretta» le sussurrò, «qualsiasi cosa succeda, non aprire gli occhi, io sono qui con te e non ti lascerò mai.»

Le venne un brivido lungo la schiena e si strinse a lui mentre sentiva la pelle del viso di Santini accarezzare il suo. Era in estasi, sentì i muscoli che si rilassavano, la mente sgombra, percepiva solo la natura attorno in un suono soave come se fosse una orchestra sinfonica e Santini ne fosse il direttore.

«Ora!» disse lui. «Lasciati andare al canto degli uccelli. Voleremo con loro, io sono sempre assieme a te, stringimi forte.»

Fu incredibile, meraviglioso. Lei ebbe la sensazione di volare attorno al monte, vedeva il Monastero e la vegetazione dall'alto, volava in circolo e la cosa durò un sacco di tempo. Dopo alcuni minuti che sembrarono ore, sentì di nuovo la voce di Santini che le sussurrava di tornare in sé, di svegliarsi e di aprire gli occhi. La Casoni si vide nello stesso posto di quando aveva chiuso gli occhi, incredula perché le era sembrato di vivere in tutt'altro mondo che non fosse quello terreno.

«Che mi hai fatto?» chiese annebbiata e confusa.

Lui l'aiutò ad alzarsi. «Ti ho accompagnata nel viaggio della mente, ti ho fatto abbandonare il corpo e sei diventata spirito per un attimo. Chiamala *esperienza extracorporea*[19].»

«È stata un'esperienza strabiliante, incredibile!» Si sentiva felice, serena e rilassata, rinvigorita nel fisico e nella mente. «Mi hai ipnotizzata, vero?»

---

[19] Sta ad indicare tutte quelle esperienze nelle quali una persona ritiene di essere "uscita" dal proprio corpo fisico, a volte racchiuso in un corpo etereo.

«No! Hai vissuto quello che più avresti voluto. Io ho solo agevolato il tuo pensiero.»

«Tu lo fai spesso?»

«Tutte le volte che posso, l'esperienza extracorporea rilassa il corpo e lo spirito. Se si sa come fare, diventa un'esperienza irrinunciabile per gli equilibri personali.»

La Casoni stava per replicare quando lui la prese tra le braccia, stringendola delicatamente. Lei sentì il suo profumo, intenso e deciso. Poi Santini si avvicinò adagio al suo viso e lei non si sottrasse, ansimava nell'attesa di quel che sarebbe seguito, il pensiero le tolse il fiato fin quando lui la baciò, delicatamente, ma con passione. Un bacio lungo, vero; un bacio significativo e decisivo. Fu anche un bacio rivelatore per la Casoni, colmo di quell'amore che lei cercava, che aveva sperato: era al settimo cielo.

«Hai ricevuto la tua risposta?» le disse lui. «Ora andiamo. Fra Pasquale avrà fatto la sua pasta miracolosa: la pasta con i piselli dell'orto.»

# 49

*Montecarlo, nello stesso istante*

Angela Turatti era su tutte le furie, camminava avanti e indietro lungo l'enorme ufficio immersa nei suoi pensieri. *Un fallimento! Un totale fallimento!* Pensò. I frammenti potevano essere considerati perduti: il loro recupero dall'archivio della Biblioteca Vaticana non era più nemmeno lontanamente pensabile. Il contatto li aveva informati delle ingenti misure di sicurezza adottate dal Vaticano per evitare che potesse accadere di nuovo un attacco, inoltre, la chiave per aprire lo scrigno contenente i frammenti era stata consegnata a quel Santini che l'aveva messa al sicuro chissà dove. Anche fossero riusciti a mettere le mani sullo scrigno, non lo avrebbero potuto aprire: il liquido bluastro che conservava i papiri si sarebbe mischiato con un'altra sostanza liquida creando una reazione chimica che avrebbe distrutto in pochi secondi l'intero contenuto. Senza i frammenti il Vangelo sarebbe stato incompleto, ma non inservibile allo scopo che si era prefissata: ricattare la Chiesa e il Vaticano. Ma, a quel punto, aveva due ostacoli: uno era Weiber, si era fatto scoprire e doveva eliminarlo prima che lo collegassero a lei; l'altro, il più difficile, era sua zia Michela Rostellini. La zia non le avrebbe permesso di portare a termine il suo piano perché voleva usare il Vangelo contro la Chiesa, fondarne una nuova, diventare il nuovo Papa e altri fanatismi vari. Per la Turatti era una follia che non portava denaro a nessuno; denaro che lei era intenzionata a garantirsi. *Con tutti i soldi che ho investito in questa operazione!* Si chiedeva dove fosse finito Weiber, se doveva farlo fuori, lo doveva trovare. Non solo aveva fallito il suo compito, ma le stava anche facendo perdere la nave, con tutta quella sofisticata tecnologia con cui l'aveva dotata spendendo milioni di euro, perché non potevano farla uscire dalle acque territoriali egiziane in quanto rischiavano il sequestro da parte dei paesi limitrofi, non certo loro amici dato che non li avevano comprati. Quindi doveva trovare una soluzione anche per quel problema, come non ne avesse abbastanza. Invece subito dopo che il loro elicottero era stato attaccato dalle forze militari israeliane, Weiber non aveva fatto ritorno alla nave, ma era stato visto allontanarsi chissà dove. Era furiosa! A tal punto che scaraventò un pesante posacenere contro la vetrata con l'unico effetto, però, di vederlo scoppiare spargendo centinaia di pezzetti di vetro in giro per l'ufficio. Fece chiamare Anthony Steiner, un oscuro soggetto austriaco che di professione faceva il killer. Il nome glielo aveva suggerito un vecchio amico dei servizi segreti francesi, invaghito di lei al tempo in cui faceva la modella. Lo attese impaziente, aveva fissato l'appuntamento con lui più di un'ora prima e non era abituata a simili ritardi: lei era una che si faceva attendere e che non attendeva. Ma quell'occasione era speciale, se quello Steiner avesse colpito l'obiettivo, sarebbe stata libera di portare a compimento i suoi piani. Finalmente la segretaria le annunciò che Steiner era arrivato, così lo fece accomodare nell'elegante ufficio. Lei si mise alla scrivania, voleva mantenere un distacco da quell'uomo che, nel frattempo, si era seduto davanti a lei. La Turatti lo immaginava anonimo, magari vestito da *SS nazista* con la svastica bene in vista, invece era di una eleganza ricercata e una raffinatezza da vero lord inglese. Si chiese se fosse veramente un killer, dall'aspetto sembrava una persona insospettabile. Lei volle chiarire subito.

«Il nostro comune amico ha garantito per lei» esordì, «io voglio assicurarmi che la scelta non sia un errore.»

Lui accavallò le gambe con nonchalance. «Il mio compenso è di due milioni di euro, uno prima che esca da questo ufficio e l'altro alla *consegna*.»

Lei aveva detto all'amico comune che aveva una sola *commissione* da chiedere, ma in quel momento erano diventate due. Weiber, però, pensava valesse meno.

«Va bene per un obiettivo» rispose la Turatti, «ma ne ho un altro di minor valore.»

«Sempre due milioni anche per l'altro *pezzo*» disse l'uomo che appariva la tranquillità fatta persona, «non lavoro con tariffe diversificate.»

*Porc! Quattro milioni, una cifra da paura!*

«Dovrà fare un'eccezione stavolta» precisò lei, «le assicuro che l'altro *pezzo*, come lo chiama lei, non vale quella cifra.»

L'uomo sorrise sarcastico. «Bene! Direi che non le servono i miei servigi.» Si alzò e fece per andarsene. «Addio! Signora Turatti.»

Per Angela Turatti ricevere quel rifiuto era una grande umiliazione. Non era abituata che qualcuno le dicesse di no, soprattutto non era abituata che a farlo fosse proprio un uomo.

«Aspetti!» gli disse quando era con la maniglia in mano e la porta semi aperta. Lui la richiuse e rimase in piedi sulla porta.

«Va bene!» disse lei sconfitta. «Le darò quella cifra.»

L'uomo si rimise seduto e chiese: «Chi sono i *pezzi*?»

La Turatti gli disse che i due erano sua zia, Michela Rostellini, e Karl Weiber, amministratore delegato della compagnia.

L'uomo sorrise. «Allora fanno otto milioni.»

«Cosa?» la Turatti fu basita a quella richiesta. «Ma è pazzo? È una cifra esagerata, una richiesta troppo esosa.»

«Senta» volle precisare Steiner, «lei è una ragazzina viziata e noiosa per i miei gusti. Con queste due morti diventa ipermiliardaria, crede che non mi informi prima di accettare un lavoro? Prendere o lasciare!»

Lei si sentiva in trappola. Avrebbe potuto chiedere a qualunque uomo del Crepuscolo di uccidere chicchessia, bastava che lo comandasse. Ma quegli uomini erano fedeli a sua zia e allo stesso Weiber, se voleva eliminarli doveva assoldare qualcuno al di fuori di quella cerchia; non ebbe scelta.

«E va bene! Mi dia i codici del suo conto che le invio subito i quattro milioni. Ma se tenta di fregarmi, sappia che potrei trovarla ovunque!»

«Non mi deve minacciare, signora Turatti. Anch'io potrei trovarla e allora vedremmo come va a finire.» Le rispose lui a tono.

*Maledetto bastardo!* Fu il pensiero di lei mentre attivava il suo conto segreto online. Eseguito il bonifico l'uomo prese la sua borsa e ne estrasse il portatile; una volta acceso digitò sulla tastiera e controllò che i soldi fossero registrati sul conto all'estero.

«Bene! Mi dica tutto dei due *pezzi* e mi fornisca delle foto.»

Restarono un'altra mezz'ora a discutere, la Turatti fornì ogni dettaglio che Steiner le chiese fino a dirgli che di Weiber non aveva notizie, ma a lui non interessava: l'avrebbe scovato da solo. Si alzarono per salutarsi e l'uomo la prese per un braccio e la avvicinò a sé.

La forza usata non le diede la possibilità di liberarsi mentre lui le disse: «Non resistere, so che muori dalla voglia!»

E la prese lì, sulla scrivania, con forza. Lei si abbandonò con passione costantemente convinta di riprendersi il *potere* di condurre il gioco ma, a ogni tentativo di prendere il controllo dell'amplesso, fu lui che la sottomise. Lei era abituata al comando, ma quell'uomo l'aveva disarmata, lo aveva desiderato dal momento in cui l'aveva visto entrare. Steiner era l'uomo giusto per il lavoro che gli aveva chiesto, glaciale, anche sessualmente. Umiliata e quasi violentata, ma s'inebriò di quella violenza. Fu sopraffatta da quella volgarità, dalla foga e, soprattutto, da quel dominio. Lei che dominava era stata dominata; una situazione nuova che però non le dispiacque, nemmeno un po'. Conclusero quel rapporto sessuale condito dal più lungo e intenso orgasmo di lei, violento come l'amplesso. Era senza fiato, lo scostò in malo modo.

«Non permetterti più di farmi una cosa simile!» gli disse mentre si ricomponeva. Steiner si rivestì, si guardò allo specchio della cristalliera, ricomponendo la cravatta prese la borsa.

«Fra una settimana ti darò il primo *pezzo*.» E uscì dall'ufficio lasciando interdetta la Turatti.

*Maledetto! Me la pagherai cara, figlio di puttana!* Disse senza convinzione. L'esperienza l'aveva segnata al punto che si era promessa di volerla riprovare. In quel momento pensava solo al giorno che l'avrebbe rivisto e non più che lo aveva mandato a uccidere sua zia e Weiber, il suo amante di sempre.

*Altrove, in quel medesimo istante*

L'uomo posò il binocolo e compose il numero sul cellulare, lasciò squillare qualche secondo finché dall'altro capo qualcuno rispose.

«Weiber!»

«Signore» disse l'uomo che aveva chiamato, «Steiner è uscito ora dall'ufficio della signora Turatti.»

«Bene!» rispose Weiber. «Seguilo e assicurati che non esca vivo dal Principato.»

«Ricevuto, signore.»

Weiber era rimasto nascosto in un locale dei sotterranei del palazzo della compagnia. Tramite i microfoni, che aveva fatto installare di nascosto nell'ufficio della Turatti, aveva ascoltato tutta la conversazione dei due compreso il finale. *La pagherai puttana, eccome se la pagherai!* Si collegò alla banca estera in cui vi erano i conti segreti, tra cui quello della Turatti, digitò alcuni comandi sulla tastiera annullando, di fatto, il trasferimento di denaro che poco prima lei aveva effettuato a favore di Steiner. *Ecco fatto! Mi spiace per te, caro Steiner, ma non vedrai nemmeno un soldo, come non vivrai a lungo per scoprire chi ti ha fregato!* Si disse soddisfatto. Ricevette un sms sul cellulare, lo aprì e lesse il contenuto.

Era il suo uomo: *Steiner sistemato.*

# 50

La pasta con i piselli di Fra Pasquale era stata all'altezza delle aspettative, invece il distillato di more una delle cose più alcoliche e imbevibili che la Casoni avesse mai assaggiato. Santini e la Casoni avevano pranzato assieme a Fra Pasquale e agli altri sette monaci che abitavano all'eremo. Poi i monaci avevano sparecchiato e se n'erano andati per l'ora del ritiro spirituale del pomeriggio, la cosiddetta *pennichella*, al tavolo erano rimasti i tre intenti a chiacchierare del più e del meno.

La Casoni raccontò dell'incontro avuto con il Papa e dell'incarico ricevuto, Santini sapeva già tutto, ma non volle interromperla, era così entusiasta che pensava le avrebbe fatto piacere essere ascoltata. E sapeva anche che Andrea Baresi era stato promosso Ispettore Generale di Polizia e pubblica sicurezza presso la Città del Vaticano. Ma ora aveva bisogno di uscire da quell'impasse derivata dalla presenza della Casoni, doveva riprendere la caccia a Weiber e sentire da Nic e Jon le novità della loro indagine a Bonn circa la storia della Cattedrale di Aquisgrana. E, soprattutto, doveva fare in modo che lei non scoprisse che lì si trovava il rifugio, ma non voleva allontanarla in malo modo. Per fortuna fu lei che si scusò dicendo che doveva partire per prendere possesso del suo nuovo ufficio alla Santa Sede. Santini tirò un sospiro di sollievo. La Casoni salutò con affetto il vecchio frate ringraziandolo dell'ospitalità.

«Aspetta!» le disse Fra Pasquale. Si volatilizzò lasciando anche Santini senza parole, poi ritornò quasi correndo e le disse: «Portalo con te.»

Le mise al collo una piccola croce di osso lavorato. Era di una bellezza straordinaria, con una raffigurazione del corpo di Gesù Cristo, le disse che l'aveva incisa quando aveva preso i voti, a occhio, almeno ottanta anni prima. La Casoni lo abbracciò e gli promise che la avrebbe portata sempre con sé e che sarebbe passata da quelle parti per salutarlo ogni tanto.

«Sì, ci credo!» disse il frate. «Verrai, ne sono certo, ma non per vedere questo povero vecchio.»

La Casoni, invece, era proprio convinta: quel frate era una gran bella persona e quella mezza giornata, seppur iniziata male per via di ciò che aveva visto, era passata in modo strepitoso. Tutto quello che aveva vissuto era stato di una intensità incredibile: era felice e appagata. Finalmente felice dopo anni di vita dedicata al suo lavoro di magistrata, blindata e sola. Ora amava sapendo di essere amata, forse iniziava anche a capire che cosa avesse inteso dire il Papa quando le aveva precisato che amare Santini le avrebbe fatto scoprire un nuovo modo di concepire l'amore. Immaginava che vivere il sesso con quell'uomo fosse un'esperienza meravigliosa come sapeva anche che, però, sarebbe stato un qualcosa di impraticabile. Ma era certa che ci fosse solo quel limite; l'esperienza della giornata le aveva aperto un'altra dimensione dell'amore, dove il sesso non contava o poteva essere un particolare irrilevante. Santini era una miriade di misteri messi assieme a cui se ne sommavano di nuovi di giorno in giorno, ma forniva le risposte per conoscerlo, capirlo e apprezzarlo con i suoi comportamenti, la sua grande personalità. Lui era essenza di vita e di puro spirito mentale, assai contagioso. Poteva uccidere con le sole mani, ne era stata testimone, ma era anche in grado di accarezzare con delicatezza e far vivere sogni e desideri. La Casoni capì i motivi che l'avevano portata a innamorarsi di quell'uomo: l'aveva presa nel cuore e nella mente, tra l'altro, proprio la mente si era abbandonata a lui ancora prima del cuore.

Santini l'accompagnò al cancello, appena fuori vi era la macchina di lei, presa a noleggio all'aeroporto. Le avevano negato la scorta dopo i famosi fatti egiziani, per cui era libera di viaggiare per conto suo. I due si diedero un leggero e timido bacio, non era quello né il momento né il luogo.

«Tieniti pronta» le disse lui, «domani avrò bisogno che mi raggiungiate tu e Baresi.»

«Sì, ma dove?» gli chiese.

«Lo saprete entrambi stasera, non prima.» Rispose lui chiudendo il cancello e avviandosi lungo il viale.

Lei lo seguì con lo sguardo fino a quando scomparve tra la vegetazione. *Wow, incredibile! Quell'uomo ti ha sistemata a dovere, bella mia!*

Era felice di essere stata *sistemata* in quel modo.

*Poco dopo*

Rientrato al rifugio, Santini trovò Mali nella sala di controllo, gli schermi alle pareti trasmettevano alcuni momenti passati di svago che i ragazzi avevano ripreso con la telecamera. Vi erano tutti, anche lui, serioso come sempre mentre gli altri si prendevano in giro, ridevano e scherzavano; fra loro emergevano Rob e Denny, sorridenti come li ricordava.

Mali spense gli schermi. «Scusami, maestro. Mi stavano tenendo compagnia, mi mancano.»

Santini la prese fra le braccia. «Anche a me mancano molto, mancheranno a tutti noi. Ora finiamo il nostro lavoro, anche per loro.»

Si rimisero all'opera.

«Notizie di Nic e Jon?» chiese lui.

Mali diede un comando vocale e si materializzò un ologramma con la piantina della Cattedrale di Aquisgrana che le era stata inviata dai due Consiglieri in loco.

Santini la analizzò attentamente: «Vi sono segrete o sotterranei?»

«No, maestro, la Cattedrale è su un singolo livello.»

«Impossibile!» Santini era perplesso. «Qualsiasi Chiesa prevede dei livelli inferiori, c'è solo questa planimetria?»

Mali gli rispose che erano piantine ricavate dall'archivio del Vaticano, la Cattedrale era sconsacrata, ma era stata costruita dalla Chiesa Cattolica che ne era rimasta proprietaria per secoli, inoltre, non risultavano modifiche o varianti nel corso degli anni. Santini non era convinto, ma accantonò la cosa.

«Movimenti?»

«Nessuno, maestro!»

*Cosa c'entra quella Cattedrale con Weiber e il Crepuscolo?*

«Tracce di Weiber?»

«Da un rapporto del Mossad» rispose Mali, «risulta che l'elicottero di Weiber non è atterrato sulla nave, ma ha proseguito fino in Giordania. Da lì se ne sono perse le tracce. La nave, invece, è sotto sorveglianza, attualmente è ancora nel Mar Rosso, in Egitto. Sembra che le autorità egiziane non abbiano intenzione di intervenire, quasi fossero degli intoccabili, ma se uscirà da quelle acque sarà sottoposta a sequestro.»

«Avranno pagato gli egiziani.» Sentenziò lui. «Tanto l'avranno già abbandonata, non mi meraviglierebbe se affondasse fra un po'. Mali, chiamami questo numero.»

Santini le passò un biglietto con scritto un numero di telefono con prefisso dell'Egitto, zona di Sharm El Sheik. La linea risultava libera.

«Comandante Mohamed, chi parla?» rispose in arabo dall'altro capo.

Santini si fece riconoscere e, dopo i primi saluti e commenti sulle vicende del Sinai, passarono alle cose serie. Mohamed chiarì che esistevano dei sospetti che gli armatori di quella strana nave avessero agganci in alto, a livello così alto che nemmeno lui riusciva a penetrare quella cortina di silenzi. Santini chiese se ci fosse la possibilità di salire a bordo con una scusa, per dare un'occhiata. Mohamed gli disse che avrebbe fatto un tentativo con l'impegno di dargli una risposta e si salutarono cordialmente.

*Non troverà nulla.* Però, era un tentativo che andava fatto.

«Mali, hai sentito Wolfang?»

«Sì, maestro!» Mali aveva predisposto il viaggio di Santini. «Quattro agenti della Gendarmeria sono già all'aeroporto di Treviso che ti aspettano, da lì partirete con un jet privato per Nizza dove troverai un elicottero che ti porterà a Montecarlo. Hai un appuntamento con Michela Rostellini fissato per le venti a nome Giacomo Vincenzi, noto imprenditore interessato a costruire un ospedale pediatrico nel Togo, in Africa occidentale. Le ho già fatto pervenire i progetti, tu chiederai un contributo alla sua fondazione.»

«Bel lavoro, Mali» disse il maestro, «non darà un centesimo, ma almeno mi riceverà perché comunque resterà entusiasta dell'iniziativa.»

Santini salutò Mali e prese la prima auto disponibile per andare all'aeroporto.

*Montecarlo, ore 19.30*


L'elicottero della Heli Air atterrò all'eliporto di Fontvieille mezz'ora prima dell'appuntamento con la Rostellini. Santini prese un'auto a noleggio presso la reception dell'eliporto e si diresse verso Montecarlo, al palazzo della *Turatti & Rostellini Group Ltd*. Una volta entrato fu sorpreso da quella ostentazione di sfarzo. I pregiati marmi delle colonne e del pavimento davano, però, l'impressione di un luogo freddo e, seppur elegante, quell'ambiente metteva comunque i brividi e incuteva timore, il timore del potere che schiaccia.

Dall'enorme salone di ingresso si vedevano i vari livelli del palazzo, in mezzo un'unica grande scala che, dopo qualche gradino, si divideva in due diramazioni che però portavano solo ai primi due piani. *Il terzo e il quarto saranno di certo quelli della presidenza.*

Infatti, vi erano tre ascensori, due dei quali arrivavano fino al secondo piano, quello di mezzo, invece, portava ai piani superiori. Si rivolse alla guardia alla reception e notò che vi erano numerose telecamere di sorveglianza che inquadravano ogni angolo sia all'interno sia all'esterno del palazzo. Vide guardie armate ovunque. *Normale!* Pensò. Si fece annunciare, consegnò i falsi documenti e fu fatto accomodare nel salottino fino a quando la segretaria personale della Rostellini non gli si presentò davanti, con il compito di accompagnarlo. Entrarono in ascensore e la tipa appoggiò l'indice sul pulsante del quarto piano. Santini notò una leggera luce rossa che le illuminò il dito.

*Scanner digitale!*

Arrivati al quarto piano presero un altro ascensore che li avrebbe condotti all'attico, appena oltre la porta vi era una graziosa reception con quattro segretarie, due uffici a destra e uno a sinistra, si diressero verso quest'ultimo. La segretaria bussò e attese la risposta che arrivò con voce ferma e chiara. L'ufficio era in tono con l'intero palazzo, sfarzoso e ricco di ornamenti lussuosi. La donna era seduta alla scrivania e non si degnò di alzarsi, dall'idea che si fece Santini doveva essere alta poco più di un metro e cinquanta, portamento fiero e austero, capelli grigi e rigorosamente tinti; una bella signora, elegante, ma dall'aspetto più vecchio dei suoi anni.

«Si accomodi, architetto Vincenzi.» Disse la Rostellini.

Santini volle entrare subito in argomento. «Mi era stato riferito che avrei trattato anche con il dottor Weiber. Lui non presenzia alla riunione?»

«Weiber non c'entra con la mia fondazione!» la Rostellini sembrava cadere dalle nuvole. «Lui gestisce il gruppo editoriale e, comunque, è all'estero. Chi le ha detto di Karl?»

*Non è qui, maledizione!* Imprecò fra sé. Santini fu pronto nell'elaborare una soluzione.

«So che il dottor Weiber è del settore editoriale.» Santini fu scaltro e preciso: «Ma avevo chiesto ai miei collaboratori che all'incontro fosse presente anche lui perché pensavo di prevedere una sfilata di moda, a Milano e Parigi, con le più grandi firme e modelle al mondo per una raccolta fondi a sostegno dell'ospedale pediatrico nel Togo. Quindi volevo assicurarmi la dovuta pubblicità in esclusiva nei vostri periodici, naturalmente sarei disposto a pagare qualunque cifra.»

Era vero che la Rostellini si era ritirata da tempo, ma era pur sempre il Presidente Onorario e la maggiore azionista della compagnia, il fiuto dell'affare l'aveva stuzzicata. Due sfilate nei principali centri della moda, Parigi e Milano, pubblicizzate in esclusiva dalle loro testate, tra l'altro, per un'opera di bene come un ospedale per i bambini dell'Africa occidentale, era un'occasione troppo ghiotta anche per lei. Significavano soldi, ma, soprattutto, pubblicità. Lei, prima dell'incontro, era intenzionata a dire di no, voleva rifiutare il contributo della sua fondazione a quel progetto, ma non voleva rifiutare un incontro che aveva una finalità benefica. Ora, però, la cosa iniziava a essere interessante. Volle conoscere il progetto dell'ospedale e come intendeva raccogliere i fondi necessari per poter eseguire l'opera. Santini precisò che la costruzione dell'ospedale era soprattutto una questione di sgravio fiscale, asserì che la società di cui faceva parte era stata troppo redditizia negli ultimi tre esercizi finanziari, che stava pensando di quotarla in borsa e che avrebbe preferito, piuttosto che pagare le tasse, fare della beneficenza così da garantire un forte risparmio fiscale, oltre al fatto che avrebbe anche contribuito al bene dei bambini.

La Rostellini aveva fatto le sue indagini sull'architetto Vincenzi, quindi disse: «Sì, mi hanno informato delle vostre incredibili performance finanziarie, davvero un buon risultato. Da perfetti sconosciuti avete aggredito il mercato delle grandi opere pubbliche ricevendo centinaia di incarichi miliardari dallo Stato. Si vede che lei ha qualche Santo in Paradiso.»

*Non hai idea di quanti!* Si disse sorridendo sotto i baffi. La Rostellini aggiustò la sua posizione sulla poltrona, Santini lo interpretò come un segno che la cosa la interessava.

«Senta, architetto» disse lei, «Karl Weiber non c'è, ma mi permetta di chiamare mia nipote Angela Turatti. Lei è Presidente della compagnia, così ragioniamo a tutto campo, che ne dice?»

A Santini andava più che bene, anche se il suo intento era quello di trovare Weiber, doveva stare al gioco se voleva sapere dove si trovasse quell'assassino. La Rostellini chiamò un interno e dopo qualche minuto apparve la Turatti che si presentò al Vincenzi della situazione.

*Porc! Che sventola!* Fu il suo pensiero poco edificante.

La Turatti era proprio come l'aveva descritta Mali: un pezzo di figliola da urlo, forse un po' troppo ingioiellata e sofisticata per il vecchio Santini, ma non era certo quella la parte che piaceva agli uomini. Tutto l'armamentario fisico della Turatti, il portamento, la voce, il viso, gli occhi e chi più ne aveva più ne poteva mettere, facevano avanzare oltre l'immaginazione. Ogni centimetro quadrato di quella donna annunciava al mondo quanto fosse desiderabile e poi, la minigonna *giropassera* lanciava il segnale di partenza a quel paio di gambe da spavento che se non fossero finite sulle scarpe di *Manolo Blahnik*, da dodici centimetri e un costo da oltre duemila dollari al paio, chissà dove sarebbero andate a finire.

Santini si ridestò da quella visione mozzafiato, redarguendosi per il migliaio di pensieri al secondo che aveva elaborato tali da dover fare penitenza, legato al Monastero di Teolo, per almeno venti giorni di fila per potersi *purificare* la mente.

«Incantato!» le disse eseguendo un baciamano dei più aristocratici possibili.

*Eh sì, incantato proprio, da scemo!*

La Rostellini riassunse l'iniziativa che l'architetto Vincenzi, o Santini, aveva in mente, trovando la nipote assai disponibile. Chiacchierarono per oltre un'ora e si diedero appuntamento per la settimana successiva, poi Santini venne congedato con più cordialità.

Quando Santini uscì dall'ufficio la Rostellini chiese il parere della nipote sulla discussione fatta poc'anzi, ancora entusiasta dell'iniziativa.

«Quell'uomo non è l'architetto Vincenzi, zia!» disse subito la Turatti. «Lui è Tommaso Santini dell'SCS. Ho visto delle sue foto che ci ha mandato il nostro contatto.»

*Pochi minuti dopo*

Santini scese le scale, voleva studiare la disposizione del palazzo, controllare come erano disposti gli uffici, nel caso ne avesse avuto bisogno in futuro. *Maledizione, un viaggio a vuoto.* Non terminò il pensiero quando vide la porta dell'ascensore chiudersi; fece in tempo comunque a vedere in faccia un uomo con una borsa voluminosa sotto braccio e un atteggiamento furtivo. Quando i loro sguardi si incrociarono l'uomo pigiò il pulsante con nervosismo, come a voler imprimere una maggiore velocità di chiusura delle porte che si serrarono dopo pochi attimi. *Weiber!* Santini ne era sicuro, rimase sorpreso e immobilizzato per un attimo. Subito si riprese e tentò di fermare la chiusura della porta dell'ascensore, ma era troppo tardi. Controllò sul display a che piano stesse andando e vide che stava scendendo nel seminterrato. *Sta sicuramente andando nei garage sotterranei.* Pensò, iniziando a correre giù per le scale. Dai monitor le guardie videro i movimenti sospetti di Santini e diedero un preallarme per verificare se vi fosse un pericolo da parte di quell'uomo che, seppur autorizzato a entrare, stava comportandosi in modo sospetto. Santini non fece in tempo a fare una rampa di scale che si trovò di fronte quattro gorilla con una pistola elettrica. *Accidenti, Weiber mi sfugge.* Precisò che doveva uscire, che aveva fretta, ma i quattro energumeni non vollero sentire ragioni, gli chiesero cosa avesse intenzione di fare e perché si stesse comportando in modo strano. *A mali estremi, estremi rimedi!* Non aveva scelta, il dialogo si doveva interrompere lì, in quel momento. Afferrò il braccio del primo che gli capitò a tiro, con uno strattone gli diede una violenta testata; quel colpo funzionava sempre, l'uomo cadde a terra svenuto senza dire nemmeno una parola. Un'altra guardia, vista la reazione, fu svelta a sparare con la pistola elettrica, Santini evitò il colpo spostando il corpo a destra e scalciando con la gamba sinistra colpì alle palle il secondo avversario. Si lanciò contro quello che aveva sparato, strisciando a terra e infilandosi fra le sue gambe, da quella posizione alzò le sue agganciandole al bacino dell'uomo e spingendolo a terra; il tizio andò al tappeto battendo la testa. Subito rialzatosi, Santini assestò un pugno all'inguine del quarto uomo che si piegò in due dal dolore, a quel punto fece la sua seconda mossa sferrandogli una gomitata, dall'alto verso il basso, che lo colpì alla cervicale stordendolo.

Non fece in tempo a compiacersi del risultato e della sua forma fisica quando si rese conto che il problema non era risolto, anzi. Con tutto quel trambusto la sicurezza aveva radunato tutte le guardie al piano, ne vide a decine pronte a circondarlo. Santini si guardò in giro alla ricerca di una via di fuga, non poteva certo combattere a mani nude contro tutte quelle guardie, urgeva una soluzione immediata; prese la prima porta e si chiuse dentro quel grande ufficio.

*Accidenti!*

Il locale non consentiva grandi vie di fuga, dietro di lui la porta da cui era entrato, davanti scrivanie e l'enorme vetrata che si affacciava sul porto di Montecarlo. Pensò, ma solo per un attimo, di sfondare la vetrata e gettarsi fuori.

*Ma dai, dal quarto piano?* Si disse sconfortato.

Forse per provare il salto o, meglio ancora, solo per darsi la definitiva risposta negativa, prese una poltrona e la scagliò contro la vetrata sulla quale non apparve nemmeno un graffio.

*Appunto!*

Fuori dalla porta sentiva le guardie che si erano radunate, tra poco avrebbero fatto irruzione, non aveva armi con sé, non sarebbe passato al metal detector all'ingresso, e non aveva nemmeno il cellulare che aveva lasciato alla reception. La situazione appariva, quanto meno, disperata.

*Vada come deve andare.* Si disse mentre decise di aprire la porta dopo che si era stampato in faccia il miglior sorriso ebete della storia. L'intento era quello di fingere che fosse tutto un malinteso, avrebbe chiarito la cosa e avrebbe cercato di capire dove fosse finito Weiber. Appena aperta la porta sentì una scossa elettrica che lo fece cadere a terra, poi un gran colpo alla testa lo mise a riposo forzato.

*Altrove, pochi istanti prima*

Weiber avrebbe atteso il momento migliore, restandosene nascosto in quella stanza dei sotterranei del palazzo fino a quando la maggior parte degli impiegati fosse uscita e prima del cambio della guardia per la notte in quanto, durante tale turno, vi era la maggior concentrazione di uomini della sicurezza. Aveva ascoltato tutta la discussione della Turatti con Steiner, i suoi sospetti erano fondati: lei avrebbe ucciso la Rostellini per ottenere il massimo lucro dal manoscritto, che poi avrebbe dovuto dividere con lui. Aveva capito che quella serpe di donna non voleva spartire con nessuno i proventi di quell'affare, tanto meno con lui che, tra l'altro, aveva fallito il recupero dei frammenti. Per questo la Turatti aveva deciso di eliminarlo. *Maledetta, ho rubato io il manoscritto e il codice. Io ho fatto il lavoro sporco per te! E mi ripaghi in questo modo!* Ormai odiava quella donna e odiava Santini che si era messo in mezzo e, soprattutto, era sulle sue tracce. Santini lo avrebbe trovato senza grandi difficoltà se gli fosse stata preclusa la copertura dell'organizzazione. Immaginava, infatti, che la Turatti avesse riferito ai suoi che lui sarebbe stato ormai inutile allo scopo, lo avrebbe isolato e, magari, lo avrebbe messo contro la stessa zia: a quel punto sarebbe diventato un morto che cammina. *Devo avvisare la Grande Madre! Dirle delle intenzioni della nipote, avvisarla che voleva ucciderla. Forse potrei rientrare nelle sue grazie dicendole che ero stato costretto a fare quello che ho fatto e, poi, ho fatto eliminare io Steiner. Ma come?* Si chiese. Non ne aveva idea, l'unica soluzione era avvicinare la Grande Madre per avere l'occasione di parlarle, ma avrebbe dovuto incontrarla da sola, senza la presenza della nipote. Decise, quindi, di attendere che la Turatti, impegnata a una cena di gala quella sera al palazzo del Principe, fosse uscita, così avrebbe raggiunto facilmente la zia. Essendo la Rostellini una donna pratica, le avrebbe fornito le prove di quello che intendeva dirle, gli avrebbe creduto con la conseguenza di rendere innocua la Turatti, magari avrebbe ricevuto lui stesso il soddisfacente incarico di sistemarla a dovere. Pregustava già l'idea di ridurla all'impotenza, battuta da colui che lei avrebbe voluto morto. Con il portatile riuscì a collegarsi al server e vide che la Rostellini aveva un appuntamento alle venti quindi era presente nel suo ufficio dell'attico. *Bene!* Attese che l'appuntamento avesse inizio e si incamminò verso i garage sotterranei, da lì prese l'ascensore che lo avrebbe condotto direttamente al quarto piano, in giro non c'era quasi più nessuno, solo qualche impiegato che si era attardato e pochi uomini annoiati della sicurezza. Nessuno lo aveva visto, quindi, prese le scale per raggiungere l'attico, ma si bloccò di colpo: vide la Turatti che usciva dal suo ufficio per entrare in quello della zia. Si nascose dietro a una colonna fino a quando lei non sparì dietro la porta che si chiudeva alle sue spalle. Weiber riprese a salire le scale e notò la segretaria alzarsi per andare a fare delle fotocopie. *Ora o mai più!* Scattò veloce come un fulmine, fece i pochi scalini che lo separavano dal piano e si rifugiò nel suo ufficio chiudendo la porta a chiave. Se l'avessero scoperto lì sarebbe morto, ma se non avesse fatto qualcosa il risultato non sarebbe stato differente, quindi attese che la Turatti uscisse dall'incontro con la zia e andasse a quella benedetta cena di gala. Attese una buona mezz'ora, socchiudendo di tanto in tanto la porta di quel poco sufficiente a dare un'occhiata verso l'ufficio della Rostellini, ma non uscì nessuno. Non poteva restare ancora per molto lì e ormai dubitava che la Turatti sarebbe andata via in fretta. *Forse è saltata la cena?* Si chiese sapendo che non si sarebbe mai persa una festa di gala, soprattutto se a organizzarla era il Principe in persona presso la residenza del Principato. Per la testa gli passarono varie ipotesi, una più catastrofica dell'altra, in quel momento doveva solo andarsene di lì, ci sarebbe stata un'altra occasione per parlare alla Rostellini, ma non poteva attendere ancora, troppo pericoloso. Diede un'occhiata al corridoio, la segretaria era ancora al suo posto. *Che ci fa ancora qui a quest'ora quella?* Attese ancora qualche minuto, poi si rese conto che era in trappola; anche fosse uscito non poteva evitare di essere visto da quella segretaria che avrebbe immediatamente dato l'allarme: in tal caso sarebbe stato ucciso. Ma se rimaneva ancora lì sarebbe stato scoperto dalle guardie del turno di notte che avevano l'ordine di controllare tutte le stanze del palazzo, compresi gli uffici di presidenza e dell'amministratore delegato. Doveva uscire da quella situazione, subito! Finalmente l'impiegata fu chiamata ed entrò nell'ufficio della Rostellini, Weiber ne approfittò per uscire. Dopo qualche passo, però, sentì di nuovo aprirsi la porta: la segretaria stava per ritornare al suo posto. *Porc!* Si guardò attorno spaesato, non ebbe altra soluzione che intrufolarsi proprio dentro l'ufficio della Turatti. Si chiuse a chiave sudando per la tensione. *Di male in peggio!* Non riusciva a venirne fuori, quella situazione gli stava sfuggendo di mano e non aveva idea di come se la sarebbe cavata. *Mi sono infilato nella tela del ragno da solo!* Doveva pensare, reagire, recuperare lucidità. Si guardò attorno nell'intento di trovare una soluzione e vide la cristalliera. *Ma certo! Che stupido.* Si diresse verso la scrivania, tastò sotto il mobile finché trovò il pulsante che premette subito. Si aprì una specie di cassetto in cui trovava posto una tastiera, sul vetro scuro della scrivania apparve una luce laser e l'ologramma si aprì davanti ai suoi occhi: chiedeva un nome utente. Weiber digitò *Myriam*. Il terminale chiese una password. Digitò *Màgdala*. Al terzo passaggio gli chiese un codice. Lui digitò *468ffGgt338*. Sentì uno schiocco: la cristalliera si mosse appena. Raggiunse il mobile e fece pressione finché la cristalliera non scivolò di lato facendo apparire una cassaforte di cui conosceva la combinazione, la aprì e dentro vi erano gioielli, molto denaro, documenti e una borsa nera; lui prese quest'ultima lasciando stare il resto e rimise tutto a posto. *Sì, sì! Questa è la mia salvezza!* Si disse eccitato.

Prese il cellulare, compose il numero e dall'altro capo la risposta non si fece attendere. «Sono Weiber, trovati fuori dal palazzo fra dieci minuti, resta con il motore acceso e aspettami.»

L'uomo all'altro capo annuì.

«Chiama gli altri» disse ancora Weiber, «il piano è modificato, ci sarà del nuovo lavoro da fare.»

Chiuse la telefonata, aprì la porta e controllò la situazione; la segretaria non c'era. *Sarà in bagno.* Si sincerò che non vi fosse nessuno e uscì di corsa, scese le scale del quarto piano e prese l'ascensore, pigiò il pulsante del garage sotterraneo. Le porte si chiusero lentamente quando incrociò lo sguardo di un uomo che stava scendendo le scale proprio in quel momento, entrambi si riconobbero subito. *Santini, cazzo!* Si disse sorpreso. Weiber pigiò insistentemente il pulsante con fare nervoso, sperando in una maggiore velocità di chiusura delle porte che, in effetti, si serrarono dopo pochi attimi. Sentì che Santini gli gridò qualcosa, ma l'ascensore iniziò la sua lenta corsa verso il sotterraneo. *Bastardo, mi ha seguito fin qui!* Uscito dai sotterranei trovò l'auto che lo attendeva, una volta salito presero la prima curva e, sgommando, sparirono nel traffico.

*Molto più tardi*

Santini si risvegliò con la testa che gli ronzava, la stanza girava e aveva un senso di nausea latente, comunque sotto controllo. Cercò di alzarsi, ma si rese conto che era saldamente incatenato a un tavolo di metallo, immobilizzato dal torace ai piedi. La stanza aveva pareti di cemento armato, nessuna finestra, solo una porta di ferro con una griglia nella parte alta, unica fessura che permetteva all'aria di entrare. Si ricordò che era stato abbattuto dalle guardie di sicurezza del palazzo della Rostellini e non si spiegò quell'accoglienza così poco *ospitale* dato che si era spacciato per un importante manager intento a fare affari con il gruppo dell'anziana signora. *Che diavolo...* Non fece in tempo a finire i pensieri che la porta si aprì ed entrarono due uomini incappucciati e vestiti di una tuta nera, di tutto sembravano, ma non erano di certo le stesse guardie private che aveva incontrato poco prima; si chiese chi potessero essere, ma non trovò una risposta immediata.

«Buonasera» disse in tono di scherno Santini, «debbo dire che non mi aspettavo la suite dell'Hotel de Paris, ma qui il servizio lascia a desiderare. Chiamatemi immediatamente il direttore, mi sentirà, eccome se mi sentirà!»

I due non si scomposero e controllarono che le catene fossero in ordine. Poi uno di loro uscì e riferì a qualcuno che attendeva fuori dalla porta che era tutto sotto controllo. Entrò, quindi, Angela Turatti assieme ad altri due figuri in nero. I quattro uomini si tolsero il cappuccio rivelando i loro volti che Santini, però, non aveva l'onore di conoscere. *Brutto segno, compare.* Si disse pensando non avessero l'intenzione di servirgli la cena.

«Ben ritrovato, architetto Vincenzi!» esordì la Turatti.

«Beh, lo ammetto» le disse, «lei mi piace, Angela! Ma se le piacevo così tanto anch'io bastava che me lo dicesse, non serviva costringermi a stare in sua compagnia in questo modo. Suvvia, adesso che ci siamo dichiarati che ne dice se uscissimo a cena assieme; solo io e lei. Poi andiamo a bere qualcosa di alcolico e chissà cosa potrebbe succedere dopo. So essere irresistibile, le giuro che non scappo, mi avrà tutto per lei!»

Lei non aveva l'aria allegra e i quattro ceffi ancora meno.

«Molto divertente, architetto» riprese lei, «davvero molto divertente, una vera sagoma. Purtroppo per lei io non la sto trattenendo e nemmeno vorrei uscire a cena assieme a lei, non mi piace mangiare con uno che puzza di cadavere!»

«Non è gentile, ah no!» rispose lui. «Chi le ha detto che non mi sarei lavato prima? Ora mi liberi e diamo inizio a tutte le spiegazioni del mondo, non mi sento tranquillo messo così.»

«Facciamola finita con questa buffonata» tuonò la Turatti, «mi dica perché è venuto qui e cosa cercava!»

Santini rispose che era un impresario edile in cerca di sovvenzioni da parte della zia e tutte le fandonie che, poco prima, aveva propinato a entrambe. Ma la Turatti era impaziente.

«Non mi incanta, signor Tommaso Santini.» Lui rimase allibito, ancora peggio quando la Turatti affondò il colpo. «O vuole essere chiamato Risolutore?»

*Mio Dio, questi sono uomini del Crepuscolo! Anche Angela Turatti ne fa parte? E io sono caduto nelle loro mani, come un novellino, porc!* I pensieri gli andarono in tilt, tentò di darsi risposte, ma era troppo sorpreso dalla notizia.

«Allora, questa risposta?» ripropose la Turatti. «Sappia che non ho voglia di attendere oltre, mi sta innervosendo.»

Gli occhi della donna erano di fuoco, Santini immaginò il diavolo con quegli occhi, non pensava che Lucifero fosse brutto e disgustoso, lui l'aveva di fronte in quel momento e, a parte la delicata e inopportuna situazione, era comunque di una bellezza incantevole: a riprova, Lucifero era stato pur sempre un angelo. Ma quell'angelo, anzi, quell'Angela si stava spazientendo.

«Non capisco cosa voglia da me» rispose ormai convinto che la commedia non potesse durare oltre, «ma, tanto per pareggiare i conti, non sapevo che il Crepuscolo fosse governato da una come lei. Certo che rifondare una nuova Chiesa con lei a capo, immagino, avrà pure il suo seguito, ma caschiamo proprio male!»

La Turatti diede un ordine e i quattro tolsero le catene a Santini, che tentò una reazione subito repressa con una sprangata in testa che gli fece perdere conoscenza. Si risvegliò dopo poco, era seduto con le mani legate dietro la schiena e i piedi alle gambe della sedia. La donna sempre lì assieme ai quattro uomini.

«Riprendiamo l'argomento» disse lei avvicinandosi e poggiando le mani sui braccioli della sedia, «cosa è venuto a fare qui?»

Santini la guardò senza rispondere, sfidando il suo sguardo; il ghiaccio contro il fuoco, questo fu il pensiero di lui. La Turatti si spostò e uno dei tizi diede un pugno in faccia a Santini, che non si spostò nemmeno di un millimetro.

«Avevo apprezzato maggiormente la sprangata di prima» disse in tono sfacciato, «potresti fare di meglio!»

E il tizio riprese a colpirlo, uno, due, tre e più pugni.

Santini sputò sangue. «Stai migliorando, ragazzo, un po' di applicazione in più e...»

E si prese altri sei o sette pugni, stavolta Santini li aveva sentiti, ma non si perse d'animo.

«Perché non ti fai aiutare anche dai tuoi amici?» sfidò lui.

E, anche in quel caso, lo accontentarono, ci furono pugni in quantità sufficiente a farlo svenire di nuovo. Gli gettarono dell'acqua per farlo riprendere e lui aprì l'unico occhio che sentiva di poter aprire. *Se me ne stavo zitto era meglio.*

La Turatti si riavvicinò a lui.

«Bene, signor Santini, ora mi dirà perché è venuto qui e dove l'ha nascosta?»

Santini rimase interdetto, la prima domanda l'aveva capita, la seconda gli sfuggiva. «Nascosto cosa?»

E un'altra razione di pugni gli fecero comprendere che alla Turatti non andava a genio che le si rispondesse con un'altra domanda.

«Non so nulla di quello che mi sta chiedendo, dove ho nascosto cosa?» non fece altro che ripetere la stessa risposta.

«La borsa» precisò lei, «ha capito ora? Dove l'ha nascosta?»

Cadeva dalle nuvole, forse erano i pugni che avevano mandato in tilt il cervello, ma si stava sempre più convincendo che quella donna o era pazza o lo stava provocando per chissà quale scopo. Ripeté che non ne sapeva nulla e prese altri pugni che lo fecero cadere in stato di semi coscienza per poi riprendere la discussione una volta tornato lucido, se così poteva definirsi la testa che continuava a vorticare. La Turatti insisteva e ormai Santini non la sopportava più.

«Mi dica della borsa e le assicuro che se ne andrà senza dolore.» Fece lei.

«Ma di quale borsa parliamo?» Santini era allo stremo delle forze e della sopportazione.

«Non faccia il finto tonto» disse lei, «la borsa con il codice. Dove l'ha nascosta?»

«Quale codice?»

«Non mi prenda in giro» la Turatti era furiosa, «il codice di Gesù, quello che serve per decifrare il manoscritto; lo ha rubato nella cassaforte del mio ufficio. Non so come faceva a conoscere le mie password, ma credeva che non me ne sarei accorta?»

*Il codice? Quello rubato in Vaticano, lo avevano qui? Magari c'è anche il manoscritto!* Riprese lucidità. Ma lui non li aveva presi, era rintronato ma cercò di sfruttare l'occasione.

«L'ho gettato dalla finestra» disse nel disperato tentativo di prendere tempo e studiare un piano, «di sotto c'era un mio uomo che attendeva.»

Vi furono altri pugni, meno violenti, segno della sopraggiunta stanchezza di quegli uomini; Santini li sentì appena.

«Non vi sono finestre negli uffici dove è stato trovato» rispose lei, «li ha nascosti da qualche parte qui dentro e noi li troveremo, ne stia sicuro. Nel frattempo rimarrà mio ospite!»

I quattro e la Turatti uscirono e chiusero la porta a chiave, Santini riprese fiato e analizzò la situazione. *Aveva il codice in ufficio e qualcuno glielo ha rubato? Ma chi?* Qualcosa gli stava sfuggendo. *Ma certo, Weiber! Aveva una borsa nera quando l'ho visto, magari conteneva il codice. Lo ha lui ora!* La cosa si stava complicando, se Weiber aveva rubato il codice alla Turatti, significava che il vertice del Crepuscolo si stava dividendo, le varie anime, rappresentate da Weiber e dalla Turatti, erano entrate in conflitto fra di loro. Era un buon segno, il nemico diviso è più facile da sconfiggere, ma questo significava anche che doveva recuperare il codice, oltre che il manoscritto. Prima pensava di recuperarli insieme, adesso li doveva cercare per due diverse strade. Due strade che non riusciva a capire dove lo avrebbero portato, ma che doveva seguire per forza di cose.

*Bene! Adesso devo solo uscire da qui!*

# 51

## Nono giorno

*Cattedrale di Aquisgrana, Bonn, ore 07.30*

«Non ce la faccio più!» Jon sbuffò come un toro. Lui e Nic erano arrivati il giorno prima nella città tedesca, erano riusciti a raccogliere tutte le informazioni che il maestro aveva chiesto, ma l'ordine di controllare i movimenti di quella Cattedrale li stava portando all'esaurimento.

«Pazienza, Jon» lo rassicurò Nic, «quando arriverà il maestro potremo entrare in azione.»

Mali aveva riferito loro le intenzioni del maestro, lui sarebbe andato a Montecarlo per parlare con la Rostellini nel tentativo di rintracciare Weiber, poi sarebbe partito, raggiungendoli a Bonn. Nel frattempo loro erano appostati a circa mezzo chilometro dalla Cattedrale, nascosti in un furgone anonimo nella fitta boscaglia senza aver visto, fino a quel momento, nemmeno il più piccolo movimento.

«Non c'è nessuno in quella Chiesa» ripeté Jon, «è abbandonata e si vede, che stiamo aspettando?»

Nic sbuffò a sua volta. «Il maestro, ecco chi stiamo aspettando! Smettila di lamentarti altrimenti ti stacco l'hard disk del portatile e lo brucio.»

Jon si zittì, non poteva certo permettere che l'amico gli rompesse il portatile, sarebbe stata una perdita immane per il genio matematico. Trascorsa un'altra ora videro due auto nere sopraggiungere dalla strada principale, l'unica che conduceva alla Cattedrale.

Nic scosse l'amico che si era addormentato. «Ehi! Sta arrivando qualcuno.»

Jon si svegliò di soprassalto e fu fulmineo a riprendersi, accese la telecamera e i microfoni direzionali puntandoli verso gli automezzi sospetti. Dai due furgoni, giunti fino alla Chiesa, scesero sette uomini mentre gli autisti ripresero la strada da dove erano venuti, scomparendo dopo poco. I sette uomini si avvicinarono alla porticina laterale di sinistra che si aprì ed entrarono nella Cattedrale richiudendosi la porta alle spalle.

Nic scattava decine di foto seguendoli con l'obiettivo della foto-camera. «Sono entrati!»

«Accendo il registratore» disse Jon, «sentiremo cosa si dicono.»

Il microfono direzionale era puntato correttamente, ma non si sentì alcun rumore. Jon regolò il volume in modo da normalizzare il suono, ma il risultato non cambiò di una virgola, a un certo punto sentirono solo le voci indistinte degli operai di un cantiere edile dietro la Chiesa e un gran disturbo per effetto del volume troppo alto.

«Non è possibile!» Nic era stupito. «Si dovrebbero sentire almeno i rumori dei passi, la conformazione della navata li amplierebbe.»

Jon provò a regolare in cento modi diversi le apparecchiature, ma niente: nessun risultato.

«Sembra schermata» disse, «la Chiesa è schermata!»

«Ma come è possibile?» chiese Nic.

L'amico non ne aveva idea, ma non vi era altra spiegazione. Nic pensava che avrebbero dovuto entrare, ma il maestro aveva ordinato di non fare nulla prima del suo arrivo, quindi non rimase altra scelta che restare lì, nella loro estenuante attesa. Dopo un'altra ora videro arrivare una macchina da cui scese un uomo, anche lui entrò in Chiesa dalla stessa porta.

Nic gli fece alcune fotografie e disse: «Mandiamole a Mali, forse lei troverà qualcosa su quei tizi.»

Jon collegò la fotocamera al portatile e fece copia dei file immagine che trasmise al rifugio. Si rimisero tranquilli, parlando del più e del meno o scherzando, per ingannare quella noia mortale.

In quel momento la radio trasmise un messaggio di Mali. «È Weiber, l'ultimo entrato è Weiber, gli altri non sono riuscita a identificarli, ma quell'uomo è Karl Weiber. Quello che ha certamente ucciso Rob.»

Nic e Jon si guardarono, se Weiber era lì, i loro sospetti erano una certezza: quel posto aveva a che fare con il Crepuscolo.

«Dobbiamo avvisare il maestro e la Gendarmeria» disse Nic, «serve circondare la Chiesa e prendere quel maledetto!»

«Ma bravi!» il portellone del furgone era stato aperto. Videro spuntare Karl Weiber assieme a tre uomini muniti di armi automatiche, sofisticate e moderne oltre che minacciose.

«Credo che abbiate altri problemi, ora!» disse Weiber. «È meglio per voi che mi seguiate senza tante storie.»

Mali non riusciva a ristabilire il contatto con Jon e Nic, non aveva nemmeno ricevuto notizie dal maestro. Era preoccupata. Mai una missione si era presentata con quelle caratteristiche, per la prima volta, dopo tutti gli anni passati all'interno dell'SCS, si rendeva conto di sentirsi sola e, soprattutto, in piena ansia. Dopo qualche minuto un allarme invase la sala. Non volle nemmeno considerare l'ipotesi, ma diede comunque un'occhiata agli schermi. Il computer fu spietato nella sua diagnosi: le funzioni vitali di Nic e Jon erano cessate nello stesso istante. Come per Rob, anche loro due erano andati incontro alla morte nella Cattedrale di Aquisgrana. *È finita!* Pensò in lacrime. *È tutto finito, ormai!* Si abbandonò a quel suono spietato. Gli schermi facevano scorrere le immagini che inquadravano sempre tutti loro, i ragazzi che rincorrevano il pallone e si scalciavano fra loro invece colpire la palla. Rob che faceva il portiere perché non aveva lo stesso fiato degli altri; Denny, il più atletico, non lo prendeva nessuno; Nic, il più spietato, menava chiunque gli passasse di fronte e Jon, il più mingherlino, che si spostava ogni volta che qualcuno gli correva contro. E il maestro li guardava come li stava guardando lei in quel momento: come dei fratelli a cui voler bene.

I numerosi pugni lo avevano ridotto gonfio e dolorante. Non riusciva ad aprire gli occhi, la bocca era tumefatta e aveva perso parecchio sangue mentre sentiva i denti che dondolavano allegramente nelle gengive, quasi a voler cadere solo per effetto della forza di gravità. Nell'ultima ora, però, aveva cominciato a sentirsi sempre meglio, non sentiva più il dolore lancinante di prima, pareva ristabilito quasi completamente. Santini si accorse anche che non aveva più il gonfiore tanto che poteva spalancare gli occhi, stava recuperando in fretta. Quella ripresa lo stupì, non sentiva più nemmeno il dolore per le ferite ai polsi e alle caviglie, dovuti alla penitenza del giorno prima. Non stette a farsi troppe domande su quella misteriosa condizione fisica, la archiviò convinto di avere un fisico allenato e una forza da macho. Concluse il pensiero con una battuta sentita in un film: *la forza è in te, Tommaso!* La stanza era quasi al buio, dal corridoio entrava una fioca luce che filtrava dalla griglia sopra la porta, gli occhi ormai si erano abituati a quella penombra, per cui studiò la conformazione del luogo alla ricerca di qualcosa per potersi liberare o che gli facesse venire in mente un piano, un'idea. Si guardò le caviglie, era legato con catene chiuse da un lucchetto e immaginò che anche le altre, che gli fermavano i polsi dietro la schiena, fossero identiche. Si ricordava gli esercizi che gli aveva insegnato Denny, quelli relativi alla flessibilità delle articolazioni e provò ad alzare le braccia in alto nel tentativo di ruotarle in avanti. Prese a roteare le spalle per riscaldarsi sentendo scricchiolare le articolazioni in un evidente aumento della flessibilità. Quando fu sicuro che la cosa potesse avere inizio alzò le braccia da dietro verso l'alto ma si rese conto che la faccenda era più complicata del previsto. Riprese fiato e riprovò più volte, ogni tentativo gli garantiva di aumentare il percorso, ma era ben lontano dal potercela fare, al massimo sarebbe riuscito a lussarsi una spalla.

*In effetti, così dovrei fare!* Riprese fiato, fece una serie di respiri profondi e strinse i denti. Facendo roteare al massimo la spalla destra riuscì a far uscire l'osso dalla sua posizione. Uno schiocco tremendo fu la ricompensa di quel tentativo andato a buon fine, trattenne un urlo di dolore mentre l'osso si trovava in una posizione anomala. Respirò a fondo e ripetutamente per riprendere colore, lo sforzo gli aveva fatto andare il sangue al cervello annebbiandogli la vista, il cuore batteva a mille. Rientrato nei parametri che ritenne accettabili, ritentò. Ancora una volta però, l'ampiezza del movimento non gli permise comunque di ottenere il risultato sperato, doveva sforzarsi di più. Il dolore persisteva, ma provò di nuovo, stavolta roteando fino a passare all'altezza della testa per poi far fuoriuscire anche l'osso dell'altra spalla. Strinse i denti e tese al massimo le braccia verso l'alto, fece roteare la spalla sinistra fino a che non sentì anche quello schiocco. Il dolore l'avrebbe fatto svenire, da lì a poco, per cui decise un ultimo sforzo e diede un energico slancio fino a quando non riuscì a passare le braccia davanti. Il dolore era lancinante, ma ce l'aveva fatta; solo che si rese conto di un piccolo problema: le braccia mostravano i gomiti rivolti verso l'interno.

*Impressionante!* Ora bastava far tornare le ossa al loro posto, più facile a dirsi che a farsi. Prese coraggio e si diede uno strattone muovendo in avanti le spalle facendo sì che il tutto ritornasse a posto.

*Mio Dio, tremendo!* Era sfinito, grondante sudore e sull'orlo di uno svenimento, ma l'effetto del dolore durò il tempo di riprendere la mobilità normale. Attese qualche minuto roteando le articolazioni per capire se era tutto a posto, prima lentamente poi prendendo sempre più velocità. *Fatta!* Si disse compiaciuto e molto più comodo di prima. Pensò alla nuova condizione della sua prigionia e non vide molti cambiamenti.

*Ah sì, fatto cosa? La differenza è che ora mi posso, al massimo, grattare il naso.* Pensò fra sé un po' scoraggiato. Poi gli venne in mente un tentativo, l'aveva visto nei film, ma volle provare lo stesso. Si tolse la cintura e usò l'ardiglione come fosse una chiave, tentò di inserirla nel buco della serratura del lucchetto, ma era troppo grossa, non entrava.

*Ma come fanno, nei film, a farcela al primo colpo?* Mise la cintura a terra, la tenne ferma con un piede e, con i piccoli movimenti che gli erano permessi dalla larghezza della catena, iniziò a strofinare l'ardiglione nel tentativo di ridurne lo spessore. Fu un lavoraccio lungo e alla fine quella sorta di chiave entrò nel lucchetto. Ma non si apriva comunque, andò avanti a tentativi per un buon quarto d'ora senza, però, alcun risultato.

*Oh Signore, fulmina questo deficiente incenerendolo all'istante!* Si disse incazzandosi da solo.

Poi si fece coraggio. *La forza è in te, Tommaso!*

Fece la prova con il lucchetto della catena sui polsi, anche in questo caso i movimenti erano limitati. Dopo qualche tentativo iniziò a perdere la pazienza e si mise a girare nervosamente l'ardiglione ma senza troppe illusioni.

*Ma vaffanc!* E il lucchetto si aprì d'incanto. *Questa poi!* Rise, incredulo per quella fortuna insperata, allora si fece coraggio e riprovò sull'altro lucchetto, quello alle caviglie. Stavolta aveva capito come fare, inserì di nuovo l'ardiglione nella fessura e iniziò ad agitarlo e girarlo violentemente, solo per tentativi senza chissà quale tecnica spionistica o da ladro professionista. Insistendo per un po', anche quel lucchetto si aprì: miracolo!

*Valli a capire quelli dei film, sbagliano sempre.* Era libero, magari non di andarsene quando e come voleva, ma aveva una remota possibilità di potersela cavare. Sentiva che dietro la porta vi erano due tizi che stavano facendo la guardia, pensò a come attirarli nella stanza per colpirli e fuggire. Non ci pensò a lungo, sentì dei passi lungo il corridoio e un uomo che diceva di aver portato qualcosa da mangiare al prigioniero.

*Dovrei essere per forza io il prigioniero!* Si disse.

I tre stavano scambiandosi battute, uno si mise addirittura a bere l'acqua che, in teoria, doveva essere destinata al prigioniero.

Santini, quando sentì che la chiave veniva inserita nella serratura della porta, si nascose dietro il battente.

La porta si aprì ed entrò l'uomo con il vassoio. «La signora ti manda...»

Si zittì alla vista, anzi, alla non vista del prigioniero. Fulmineo, Santini diede uno spintone alla porta che si richiuse dietro di lui, prese la testa dell'uomo e gli torse il collo, uccidendolo all'istante. Nel frattempo i due che stavano all'esterno entrarono con le armi spianate, Santini prese il vassoio di ferro e lo lanciò di lato con violenza, come un pugnale si conficcò nella pancia di uno dei due squarciandola di netto, l'altro sparò qualche colpo prima di essere disarmato e colpito con il calcio del fucile alla testa, un colpo che gli fratturò il cranio. Il secondo uomo era dolorante a terra, con lo stomaco squarciato da cui zampillava sangue, Santini gli si parò di fronte. Era uno dei suoi picchiatori, lo fissava con aria pietosa, quasi a chiedere aiuto nonostante prima l'avesse quasi ammazzato di botte.

«Ci si rivede» gli disse Santini, «salutami tanto la signora!»

E gli diede il colpo di grazia torcendogli il collo.

Diede una controllata veloce al corridoio.

*Nessuno!*

Prese il fucile e se lo mise a tracolla, ne prese un altro e controllò le munizioni, aveva il caricatore pieno per cui lo impugnò stretto, pronto a far fuoco su tutto quello che gli fosse passato davanti. Quegli uomini avevano ammazzato Rob e Denny, non avrebbe avuto pietà per nessuno di loro. Appena impugnato il fucile sentì un leggero *clic*, guardò alla luce il modello che aveva in mano e maledisse la tecnologia.

*Funziona con le impronte digitali, ma porc!* Era inservibile, il fucile riconosceva le impronte e le sue non erano certo fra quelle autorizzate.

*Nemmeno queste si vedono nei film!* Li gettò quindi dentro quella che era stata la sua cella e vi rinchiuse anche i cadaveri dei tre carcerieri, chiuse la porta a chiave e si fermò a pensare come uscire da lì. *Eh già! Ma dove sono? Sotto il palazzo della 'Turatti e Rostellini o da qualche altra parte?* Si guardò attorno, il corridoio era di quelli visti nei sotterranei dei palazzoni, quindi dedusse di essere ancora nell'edificio del gruppo editoriale, forse nei locali caldaia o di servizio per via delle tubature che gli passavano sopra la testa. *A destra o a sinistra?*

Scelse la destra e si avviò lungo il corridoio, vi erano delle porte su entrambi i lati, più avanti un muro; il corridoio finiva proprio lì. *Devono esserci delle scale da qualche parte!*

Cominciò ad aprire porta per porta, alcune erano chiuse a chiave, altre portavano a locali o magazzini, ma nessuna a una benedetta scala. Tornò indietro e scelse di andare a sinistra, questa volta. Anche lì la fine del corridoio era un bel muro, quindi riprese ad aprire porte: fra le chiuse e le inutili, il niente più assoluto. Si prese un minuto di riflessione.

*Quindi le scale sono dietro a una delle porte chiuse!* E pensò anche che quelle porte si somigliavano tutte, stesse caratteristiche e, sembrava, stesse serrature.

*La chiave della mia prigione!* Si illuminò, l'ipotesi era azzardata, ma provare non costava nulla, se non la libertà. Tornò indietro. *Porc!* Aveva spinto la chiave dentro la cella, dallo stipite, dopo averla chiusa a tripla mandata.

*Oh Signore, perché non mi hai fulminato prima?* Si gettò a terra sbirciando sotto la porta nel tentativo di vedere dov'era finita la chiave. Dentro la stanza era buio e dovette attendere qualche minuto prima di abituarsi, ma la vide, la stramaledetta chiave non era nemmeno così lontana. Provò a infilare la mano e riuscì a far passare solo le dita, ma non arrivava a prenderla. Spazientito si rimise in piedi e pensò che stava faticando più in quel momento, da libero, che non prima, quando era rinchiuso in cella incatenato alla sedia con le braccia dietro la schiena. Gli venne in mente la cintura.

*Ma quante cose potrò ancora fare con questa cintura?* Si rimise a terra e fece scivolare la cintura dalla parte della fibbia, la avvicinò alla chiave e cercò di tirarla verso di sé, ma la chiave sfuggiva. Riprovò molte volte, fino a che non ci riuscì, la prese e ritornò verso la prima porta chiusa. Niente! La seconda, ancora niente; la terza, nemmeno. *Bravo, bella trovata! E adesso?* Gli venne in mente che i suoi carcerieri di certo erano saliti e scesi dalle scale e se la porta di accesso alle scale era chiusa a chiave, allora l'avrebbe trovata in tasca ai suoi simpatici amici. Tornò alla cella, la aprì e scoprì che ognuno di loro era in possesso di una chiave identica. Le prese tutte e tre, per non sbagliare, e iniziò la sequenza dell'apertura delle porte. In una serratura la chiave andava bene, finalmente trovò le benedette scale che prese a salire giungendo a un pianerottolo munito di porta antincendio: la aprì e si trovò nei garage sotterranei del palazzo. In quel momento suonò un allarme, d'istinto guardò la porta tagliafuoco e vide i sensori: lo aveva fatto scattare lui.

*Un dilettante, sono diventato un dilettante da strapazzo!*

Vide le telecamere e immaginò che lo avessero già individuato, per cui doveva fare in fretta: entrò nel garage e iniziò a correre nella speranza di trovare una via di fuga. Il garage non era enorme e conteneva solo poche auto di lusso, forse dei dirigenti della compagnia, ma il suo problema, in quel momento, era un altro: da lì non poteva uscire, una lastra di acciaio chiudeva l'ingresso. Sentì delle grida e si nascose dietro una limousine guardandosi attorno per capire che margine di movimento avesse. Entrarono quattro agenti della sicurezza con le pistole elettriche, si divisero per controllare, cercandolo.

*Questi non sono del Crepuscolo!*

La cosa non lo consolò. Se avesse affrontato a mani nude quelli del Crepuscolo non avrebbe avuto problemi a ucciderli mentre verso quelle guardie stava iniziando a farsi degli scrupoli perché aveva paura di non riuscire a calibrare la forza, era troppo incazzato.

*Una cosa alla volta, Tommaso.*

Con la coda dell'occhio controllò i movimenti dei suoi avversari e ne vide uno avvicinarsi pericolosamente alla limousine dietro cui era nascosto. Girò attorno alla lunga autovettura fino a quando l'uomo non gli fu davanti, voltato dalla parte opposta. Fu un attimo. Santini lo prese per il collo e gli tappò la bocca piegandolo a terra, strinse la gola fino a fargli perdere i sensi, poi lo lasciò cadere come un sacco di patate accompagnandolo per non far rumore. Lo trascinò al coperto. *E uno!*

Controllò di nuovo la situazione e ne vide un altro che si stava avvicinando a una Bmw. Strisciando per terra raggiunse una colonna e vi si nascose, diede un'occhiata alle altre due guardie, dalle loro posizioni non lo avrebbero visto, così scattò, silenzioso come un serpente, fino alla Bmw. Stese l'uomo con lo stesso giochetto che aveva riservato all'altro. *E due!*

Gli ultimi due si erano allontanati troppo, Santini pensò di imboccare di nuovo le scale di prima, non aveva voglia di mettere fuori gioco ogni guardia esistente sul pianeta. Si rese conto di dover salire di qualche piano per poter uscire da quella situazione, anche se era convinto che da quel luogo, per di più di notte, avrebbe faticato a uscire vivo. Con un altro guizzo arrivò alla porta antincendio, attese che le guardie si girassero da un'altra parte e sgusciò di nuovo sulle scale. La telecamera era orientata nel verso opposto, ma si stava spostando a destra e a sinistra, segno che chi la manovrava voleva controllare ogni angolo. Evitò di essere inquadrato e salì un altro piano: altra porta antincendio. Nel frattempo gli allarmi avevano smesso di suonare, ma erano apparse luci rosse intermittenti ogni dieci metri, quindi la sicurezza era sempre in assetto di guerra. Santini dischiuse la porta e dallo spiraglio vide alcune guardie assieme a uomini vestiti con tute nere, come i suoi carcerieri.

*Sono quelli del Crepuscolo!*

Quella porta accedeva alla reception, ma vi erano troppi uomini, doveva salire ancora, se l'allarme era suonato nei sotterranei avrebbero inviato più uomini ai piani inferiori piuttosto che sopra, dove c'erano gli uffici. E pensò anche che la strategia di fuga abituale di un uomo in trappola era di scendere e non certo salire. Dal basso si può risalire, ma dall'alto ci si può solo buttare e spiaccicarsi sull'asfalto. Sapeva che tale strategia sarebbe stata quella seguita dai suoi avversari. Santini, contrario alle regole della coerenza strategica, decise di salire al secondo piano. Per proseguire verso l'attico avrebbe dovuto uscire e prendere un'altra rampa di scale o l'ascensore. Scartò questa opzione a priori. Uscì al secondo piano udendo gli ordini che gli agenti si stavano dando a livello terra. Da quel poco che riusciva a sentire e dal trambusto che stavano provocando, dovevano aver trovato le due guardie svenute nei garage e sentì che gli uomini della sicurezza stavano prendendo ordini da quelli del Crepuscolo.

*A quanto sembra sono di casa da queste parti!*

Santini non sapeva a cosa sarebbe andato incontro in quel piano, decise che doveva trovare qualcosa per difendersi, certo che si sarebbe imbattuto in qualche brutto ceffo prima di fuggire. Aprì la prima porta che gli capitò a tiro e vi entrò tentando di chiudersi dentro, ma non c'era la chiave nella toppa, quindi lasciò stare. Ci mise un po' per abituarsi al buio e si accorse che quella stanza era l'infermeria.

*Wow! Qui si possono trovare cose interessanti.*

Rovistò in lungo e in largo e si mise in tasca un paio di siringhe, dell'anestetico, delle garze e, soprattutto, tre boccette piene di etere etilico che aveva una duplice azione: poteva fungere da anestetico ed era altamente infiammabile. Verificò che non vi fosse nessuno all'esterno e uscì stando attento a non farsi notare, si avviò verso le scale diretto ai piani superiori. Mentre saliva i primi scalini sentì un chiacchiericcio fra due o tre uomini al terzo piano, parlavano di un tizio che, in quel momento, vagava nei sotterranei. *Parlano di me!*

Si nascose nel sottoscala, voleva ascoltare quello che stavano dicendo.

«Deve essere il complice dell'uomo di ieri sera» disse una delle guardie, «l'aveva detto la signora che non era solo. Quel tizio è stato furbo, si è intrufolato qui dentro spacciandosi per un imprenditore e invece voleva rubare un oggetto prezioso nella cassaforte dell'ufficio della signora Turatti.»

*Mi stanno dando del ladro, anche!*

«Ma voi sapete che fine ha fatto il tipo di ieri sera?» chiese una guardia alle altre due. Gli risposero che era stato strapazzato un po' da quelli in *nero* e portato chissà dove.

*Quelli in nero? Parlano certamente degli uomini del Crepuscolo!*

«Non mi piacciono quelli, mi fanno paura.» Disse uno. «Non penso che il ladro ne sia uscito vivo, quelli lì non fanno prigionieri.»

«Sssshhhh! Non farti sentire, idiota» prese a dire un altro, «nemmeno a me piacciono, ma ci conviene stare alla larga dai problemi tenendo la bocca chiusa.»

Ci fu una chiamata alla radio, una delle guardie rispose che al piano era tutto tranquillo e assicurò che stavano completando il giro, poi si sarebbero diretti al piano inferiore. La guardia poi disse agli altri: «Il tizio di ieri sera, i neri lo tenevano chiuso in una stanza dei sotterranei, ma sembra sia fuggito. È lui che stiamo cercando ora, non esiste un complice! Pare abbia ammazzato tre di loro, noi dobbiamo scendere di un livello e stare con gli occhi bene aperti, quell'uomo è pericoloso. Se è riuscito a far fuori tre di loro vuol dire che non è un ladruncolo da quattro soldi, meglio passare a prendere le armi, con quel tipo serve una pallottola e non una scarica elettrica.»

*Accidenti! Hanno fatto in fretta a trovare i miei amici di sotto.*

Santini attese che le tre guardie si allontanassero e ricominciò a salire fino al terzo piano, si nascose dietro a un grande divano prima che due uomini del Crepuscolo entrassero. Trattenne il fiato, erano così vicini che ne sentiva la puzza. Ai due venne la grande idea di fumare una sigaretta e sedersi proprio sul divano a parlare del più e del meno, poco inclini a togliersi di lì in fretta. Attese qualche minuto, nella speranza che, una volta finita la sigaretta, i due riprendessero il giro, ma rimasero seduti tranquillamente a chiacchierare. Santini sfilò dalla tasca la bottiglia di etere, trattenne il respiro e ne versò qualche goccia in due garze, poi si alzò e prese di sorpresa i due uomini premendo le garze sulle loro bocche, stando attento a includere anche il naso. I due si agitarono per pochi secondi, ma non riuscirono a liberarsi da quella morsa fino a quando non si addormentarono come ghiri. Li prese in spalla uno alla volta e li nascose dentro uno degli uffici del piano.

*Vai così che vai bene!* Si complimentò con se stesso.

Qualcuno si stava avvicinando, ma arrivava dalle scale che servivano a lui, si guardò attorno e vide l'unica via di salvezza: l'ascensore fermo al piano con le porte aperte. *L'ascensore, porc!* Non era la migliore delle soluzioni, se lo avesse usato, le guardie se ne sarebbero accorte e avrebbero visto sul display a che piano stava andando, ma non aveva alternativa. Entrò, aprì la botola in alto salendoci sopra per poi richiuderla e trovarsi, così, nella tromba dell'ascensore. *Dovrò usare le corde?* Iniziò la salita sperando che a nessuno venisse in mente di chiamare l'ascensore. Ci mise un sacco di tempo e fatica per raggiungere il quarto piano, puntò i piedi su una putrella di ferro e aprì le porte, non c'era nessuno in giro per cui riuscì a salire senza intoppi. Da lì all'attico lo separavano solo pochi gradini, che fece di volata. Si diresse verso l'ufficio adiacente a quello della Rostellini e lesse il cartello sulla porta: *A.D. Karl Weiber.* Entrò e chiuse a chiave. Dalle vetrate entrava una debole luce, si avvicinò alla scrivania e vide il terminale che mandava l'immagine di un salva schermo. D'istinto prese a muovere il mouse e si aprì la videata del sistema operativo. *Non ha password!*

Provò a cliccare su *esplora risorse*, ma il programma chiese una password, Santini digitò delle lettere a caso e, naturalmente, la risposta fu negativa, ci volle riprovare e niente. *Vaffan!*

Provò con la posta elettronica e il risultato fu identico, anche quella era protetta da password, quindi, si rassegnò a lasciare perdere. Stava per andarsene quando qualcosa lo incuriosì: il cestino del computer era pieno. Cliccò e vide una serie di file immagine. Aveva paura di cliccare su "ripristina", quel comando li avrebbe riposizionati nelle cartelle di origine, anche in quelle protette da password, rischiando, così, di perdere quell'occasione. Quindi, si mise trascinare i file sul desktop. Ora le foto erano disponibili sullo schermo. Selezionò la prima.

*Una ragazza nuda? È un pedopornografo?*

Una per una le aprì tutte finché non ne apparve una che lo fece inorridire. *Ma è Rob!*

Era proprio lui, orrendamente martoriato in volto, le gambe massacrate con fratture esposte, la faccia tumefatta e la bocca senza un bel po' di denti. Era morto, chiaramente morto.

*Maledetto assassino!*

Serrò le mascelle e i pugni. Guardò anche le altre foto, sempre di Rob in varie posizioni, sempre inquadrato da morto.

*Lo hanno fotografato come un trofeo! Che uso ne avrebbero fatto? Delle bestie, sono delle bestie immonde, povero ragazzo.*

A un tratto si accorse che in mezzo agli uomini del Crepuscolo, sempre vestiti di nero, c'era anche la Turatti, sorridente come fosse stata al cinema a vedere una commedia brillante.

*Bastarda!* Poi vide un'altra persona, rimase paralizzato, sconvolto. *No! Non è possibile.*

Si guardò attorno per poi ritornare alla foto. Non si dava pace, avrebbe voluto urlare il dolore per aver visto Rob in quello stato, ma non avrebbe mai pensato di vedere quella persona.

*Ancora quella, mio Dio, ma allora è proprio vero!*

Si lasciò andare sulla poltrona, continuando a guardare quella persona che lui conosceva bene. Doveva stampare le foto, procurarsi quelle prove, solo così avrebbero potuto credergli. Diede il comando per la stampa e si accorse che avrebbe inviato l'input a una stampante di rete, immaginò che fosse quella della segretaria alla reception del piano, quindi, vi rinunciò subito. Aprì il browser, sapendo che potevano intercettare la connessione, si sbrigò a entrare nel suo account di posta elettronica e spedì a se stesso le immagini. Sentì dei rumori fuori dalla porta, ma l'indicatore di upload era al trenta per cento. Qualcuno tentava di aprire la porta e si era accorto che era chiusa a chiave. Ci fu silenzio e poi il rumore della porta che veniva colpita, forse da un calcio; per i primi due colpi sopportò abbastanza bene. *Sessanta per cento!*

Altri colpi. *Ottanta per cento!*

Poi la porta cedette sotto il peso dei colpi e gli uomini entrarono con le armi puntate contro Santini. *Cento per cento!*

«Fai un passo e sei morto, Santini.» Ordinò la Turatti mentre entrava per ultima nella stanza, anch'essa armata di una Beretta.

Fu una reazione d'istinto o rabbia, di fatto prese il computer di Weiber e lo alzò sopra la testa, stava per scaraventarlo quando uno degli uomini in nero sparò una raffica e lo mandò in frantumi. Santini rimase con le mani alzate, in segno di resa.

*Perfetto, così non potranno scoprire cosa stavo facendo!*

«Chi non muore si rivede.» Disse Santini sarcastico.

«Sì! Ma tu, fra un po', rivedrai solo una pallottola in fronte.» Rispose lei. «Ho sbagliato una volta a lasciarti vivo, non farò lo stesso errore due volte!»

# 52

Nic e Jon, appostati nei pressi della Cattedrale di Aquisgrana, avevano individuato Karl Weiber e altri sette uomini del Crepuscolo arrivare poco prima ed entrare nella Chiesa. Avevano scattato delle fotografie e le avevano inviate a Mali che però era riuscita a riconoscere solo Weiber. I due del Consiglio stavano per avvisare la Gendarmeria Vaticana e il maestro quando furono sorpresi da quegli stessi uomini che, armi in pugno, li obbligarono a seguirli nella Cattedrale. Una volta entrati furono condotti fino all'altare e Weiber, premuto un comando nascosto, fece spostare di lato il grande tavolo di marmo che rivelò la presenza di un passaggio sotterraneo munito di una ripida scalinata. I due vennero fatti scendere, attraversarono interminabili cunicoli, fino a giungere presso una serie di porte, aperta una delle quali, furono rinchiusi dentro e poi incatenati mani e piedi a un anello sulla parete. Il più preoccupato era Jon, mentre Nic continuava a strattonare le catene nel tentativo inutile di liberarsi.

Weiber diede un ordine ai suoi uomini. «Togliete loro i trasmettitori.»

Due uomini costrinsero i due ad aprire la bocca ed eseguirono una scansione con una sorta di attrezzatura a raggi x, poi con una pinza da dentista strapparono loro il terzo molare inferiore. Su quei denti erano montate delle capsule con un trasmettitore che inviava al computer del rifugio la posizione in tempo reale e lo stato delle loro funzioni vitali; ogni componente del Consiglio ne era provvisto. Gli uomini passarono i denti estratti sotto la fiamma ossidrica in modo da bruciare il congegno elettronico. Nello stesso momento, i computer del rifugio interpretarono l'operazione come il segnale della fine di ogni funzione vitale di entrambi i Consiglieri.

«Abbiamo trovato quel maledetto congegno anche sul vostro collega» disse Weiber, «peccato averlo fatto solo dopo morto. L'avessimo saputo prima non avreste avuto modo di individuare la nostra base.»

«Maledetto» inveì Nic, «sei stato tu a uccidere Rob, la pagherai cara, stanne certo!»

Weiber non si scompose: «Ah! Rob, è così che lo chiamavate il francese, buono a sapersi. Non mi piace uccidere gli sconosciuti.»

«Cosa vuoi da noi?» chiese Nic.

«Oh, da voi nulla» rispose Weiber, «sarete lasciati qui a marcire per conto vostro. Non avete niente da darmi, a me interessa solo il vostro capo, Tommaso Santini, è lui che voglio.»

«Come fai a conoscere il nome del mae...» Jon non fece in tempo a finire la frase che Nic lo zittì.

«Hahaha!» Weiber rise. «Volevi dire il maestro oppure il Risolutore o il capo del Santo Consiglio? Queste cose le so, voi due non contate nulla e non potreste dirmi nulla che io non sappia già, quindi, non ho alcun interesse per le vostre vite. Però servirete a far cadere in trappola Santini. Lui verrà qui, lo so, vorrà tentare di liberarvi e di recuperare il manoscritto.»

Nic fu svelto a chiedere: «Quindi il manoscritto è nascosto qui, in questa Chiesa?»

«Molto divertente» rispose Weiber, «comunque no, non è qui. Sono desolato per te e la tua curiosità, ma il Vangelo di Maria Maddalena è conservato in un posto che nemmeno immagini, nessuno riuscirà mai a trovarlo perché non penserà certo a cercarlo dov'è adesso: il posto più sicuro al mondo.»

«Non capisco!» disse Jon. «Quale può essere il luogo più sicuro al mondo?»

«Mi spiace» rispose Weiber, «la conversazione è finita. Gradirete sapere che la temperatura di questa stanza è di trentasei gradi, per cui suderete parecchio. Per vostra informazione il sudore vi farà perdere i liquidi necessari all'organismo. Il vostro corpo reagirà per mantenere la temperatura corporea costante e, senz'acqua, non arriverete a domani.»

Weiber e i suoi uscirono, la stanza venne chiusa a doppia mandata lasciando Nic e Jon nello sconcerto. I due si scambiarono delle occhiate attonite, in effetti la calura e l'umidità di quel luogo li stavano già facendo sudare, di quel passo non sarebbero sopravvissuti più di ventiquattro ore.

«Il manoscritto non è qui» disse Nic, «dobbiamo trovare un modo per avvisare il maestro.»

«Ah sì, e come?» rispose Jon con una punta di ironia. «Usiamo la telepatia o gli andiamo incontro con il teletrasporto?»

Jon aveva ragione, tutto portava a credere che il manoscritto si trovasse proprio all'interno della Cattedrale che era anche la base segreta del Crepuscolo. Però gli uomini del Crepuscolo sapevano di essere stati scoperti per cui potevano essersi organizzati di conseguenza, quel posto era da considerarsi bruciato.

«Lo so, hai ragione» proseguì Nic, «ma dobbiamo uscire da questa situazione e trovare un modo per far sapere al maestro che qui non c'è più nulla che ci possa aiutare a trovare il manoscritto perché lo avranno nascosto altrove, dato che il loro segreto è stato scoperto.»

A Jon venne un dubbio: «Cosa avrà voluto dire Weiber affermando che nessuno l'avrebbe trovato perché è conservato nel posto più sicuro al mondo?»

«Non ne ho idea» rispose Nic, «ha anche detto che nessuno potrebbe immaginare dov'è, mi cascasse il naso se ci capisco qualcosa. Comunque non è qui!»

Proseguirono la discussione per un po' fino a quando si resero conto che si stavano disidratando. Si distesero a terra cercando di vagliare la situazione che, però, sembrava disperata.

«Speriamo che il maestro arrivi presto.» Disse Nic.

«Non riuscirà a trovarci.» Rispose Jon sconvolto.

«Non disperare, Jon» l'amico tentò di consolarlo, «il maestro non ci abbandonerà.»

«Ma ci crederà morti» Jon ne era convinto, «quando ci hanno tolto il microchip Mali avrà registrato la nostra morte e avrà informato il maestro, lui verrà qui e non ci troverà perché siamo nascosti sotto terra. Anche fosse, senz'acqua siamo senza speranza, Nic, è finita per noi!»

Nic sapeva che l'amico aveva ragione, erano imprigionati chissà dove nelle viscere della Cattedrale che, da quanto risultava dalle planimetrie, non erano conosciute ai più. Se anche Santini fosse arrivato fin lì, avrebbe dovuto prima entrare, poi trovare il congegno per l'apertura dell'altare, infine seguire la giusta direzione in quella moltitudine di corridoi; non sarebbe stato facile trovare la loro cella in quel maledetto labirinto. Nic si era impegnato a consolare l'amico, forse per non perdere le speranze pure lui, tentando in tutti modi di liberarsi delle catene. Trovarono per terra un sassolino acuminato con cui provarono a raschiare il muro attorno all'anello a cui erano fissate le loro catene, ma senza risultato. Anzi, ogni sforzo contribuiva a farli sudare e perdere liquidi preziosi arrivando, in brevissimo tempo, a soffrire di una sete terribile. Rinunciarono dopo pochi minuti. Con il passare delle ore le loro condizioni fisiche peggioravano, il caldo insopportabile li stava disidratando e oltre ai liquidi stavano perdendo sodio, elemento fondamentale per l'organismo. Iniziarono a sentirsi debolissimi, la vista si annebbiò e sapevano che rischiavano la perdita di coscienza e la morte.

«Non ce la faccio» disse Jon sfinito, «mi sento senza forze e ho sete.»

Lasciarono perdere ogni tentativo di resistere o di provare a liberarsi; lasciarono perdere anche l'idea di concentrarsi per trovare una soluzione. Decisero di distendersi a terra sperando di riprendere le forze e che la sete si placasse in qualche modo.

«Non dobbiamo pensare a bere» rispose Nic poco convinto, «dobbiamo resistere il più possibile. Solo così potremmo sperare che il maestro ci trovi.»

Jon non ne era molto convinto: «No, Nic. Non resisteremo ancora a lungo. Mi consola solo il pensiero che ci riuniremo a Rob e Denny, almeno potremo scherzare ancora con loro.»

Appena pronunciate quelle parole Jon perse conoscenza. Nic si sentì invadere da una rabbia mista a rassegnazione, chiamò più volte l'amico che, però, non rispose. *Che Dio perdoni i nostri peccati e che aiuti il maestro nella sua missione.* Fu questo il suo pensiero prima di perdere conoscenza a sua volta. I principali organi dei due stavano smettendo di funzionare correttamente, il cuore rallentò i battiti e la pressione calò. A breve un collasso cardio-circolatorio li avrebbe portati sempre più vicini alla morte. Nic e Jon sembravano privi di vita. Ma proprio in quel momento i loro corpi presero a brillare di una luce bianchissima e pulsante. La temperatura scese di parecchi gradi. Nella stanza prese forma un'entità evanescente, vagò nell'ambiente per pochi secondi prima di circondarli, come a proteggere i loro corpi indifesi e privi di energia.

*Montecarlo*

Santini teneva ancora le mani alzate, la Turatti e i suoi uomini gli puntavano contro le armi, era riuscito a inviare le foto di una ipotetica prova alla sua e-mail, ma era finito in trappola. Dietro di lui aveva solo la vetrata e oltre un salto di ben quattro piani e mezzo, visto che si trovavano nell'attico. L'ufficio di Weiber aveva un solo ingresso e, in quel momento, era ostruito dalla Turatti e da quattro dei suoi uomini in nero. Santini si guardava attorno, concentrato su una ipotesi di fuga che aveva pianificato prima di entrare nella stanza ma non aveva idea se la cosa potesse funzionare, non aveva avuto il tempo di pensarci. Se anche fosse andato tutto per il verso giusto avrebbe corso un rischio enorme, il contrario avrebbe significato che era spacciato con certezza matematica. Gli serviva tempo prima di dare inizio alle danze, mancava ancora qualche minuto per cui decise di far parlare la Turatti.

«Non ho rubato io il codice» esordì, «l'ha preso il tuo amico Weiber, l'ho visto con i miei occhi!»

«Sì, lo so» rispose lei. «Ho trovato le sue impronte nella mia cassaforte, ma questo non ti salverà dalla fine che meriti. Hai messo a rischio i miei piani, mi hai soffiato i frammenti, con quelli avrei potuto completare il Vangelo.»

«E cosa ne avresti fatto?» rilanciò lui, «Avresti fondato la nuova Chiesa sulle basi di quel testo? Avresti preteso che le donne dominassero la cristianità secondo le prospettive indicate dal Vangelo di Maria Maddalena a tua immagine e somiglianza? Mi sembra che pecchi alquanto di *superbia*, il maggiore dei peccati capitali: credere di somigliare a Dio.»

La Turatti fu presa dall'ira.

«Taci!» tuonò. «Non sai nemmeno quello che dici. Quel Vangelo non mi interessa per i motivi che pensi tu; io voglio il potere, quel potere che ti viene garantito dai soldi e il Vangelo ne vale tanti, tantissimi soldi! Il Vaticano pagherà miliardi per riaverlo, ma anche non fosse interessato ho già chi è disposto ad acquisirlo per una cifra che mi renderà ricca e libera di fare ciò che voglio.»

«Ah ah ah! È solo una questione di soldi, allora!» rise lui. «Ma che bella prospettiva, il Crepuscolo cerca il manoscritto da un millennio per costruire la nuova Chiesa, quella vera e giusta, per garantire la verità di Cristo e dei reali valori della religione e, invece, mi ritrovo tra le mani la classica e banale faccenda di sempre: il denaro, sempre e solo il denaro. Complimenti, sei entrata a far parte dei comuni mortali, quelli che detengono il libero arbitrio considerandolo un dono divino, piuttosto che il male di ogni male.»

«Ora basta, cane» furiosa la Turatti gli puntò la pistola alla testa, «mi hai stancato!»

Stava per premere il grilletto quando Michela Rostellini entrò nel locale. «Che succede qui? Mettete giù quelle armi, esigo una spiegazione!» l'ordine arrivò perentorio.

La Turatti non si aspettava l'entrata della zia, restò basita per un attimo e volle chiarire il suo punto di vista.

«Quest'uomo ci ha ingannato» si giustificò, «si è introdotto furtivamente nel palazzo, è un nostro nemico e dobbiamo eliminarlo altrimenti ci denuncerà.»

«È inaudito» tuonò la Rostellini, «anche se quest'uomo è un nostro nemico, il Crepuscolo non uccide a sangue freddo, noi dobbiamo seguire i comandamenti di Nostro Signore. Anche se ci siamo macchiati della responsabilità di tre morti, chiederemo grazia a Dio, ma questo non significa che proseguiremo nel peccato. Vi ordino di abbandonare le armi, non offendete la mia presenza!»

Gli uomini del Crepuscolo abbassarono i fucili in segno di obbedienza nei confronti di quella che consideravano la Grande Madre. Santini si rese conto che la donna era all'oscuro delle ultime vicissitudini, volle approfittarne, gli serviva ancora un bel po' di tempo prima della sorpresa che aveva in mente.

«Tre omicidi?» prese a dire. «Lei si riferisce sicuramente ai custodi della Biblioteca Vaticana, non sa nulla dei venticinque monaci del Monastero di Santa Caterina, dei dieci turisti dell'Oberoi Hotel, dei quattro poliziotti italiani, dei quattro miliziani egiziani o dei due beduini. Senza contare, poi, due dei miei uomini migliori, trucidati dai suoi uomini, il suo Crepuscolo, come lo chiama lei. Le sembra che la somma di tutti quei morti faccia solo tre?»

«Ma come?» la Rostellini cadde dalle nuvole. Rivolgendosi alla nipote. «Che sta dicendo quest'uomo, cosa c'entra l'Oberoi Hotel e il Monastero di Santa Caterina? Alla televisione avevano detto che era stata opera di terroristi.»

«Sì!» rispose Santini. «Terroristi come sua nipote. Si faccia dire della nave cargo al largo delle coste egiziane, a quanto ne so è stata acquistata da una delle società offshore che fanno capo alla vostra multinazionale, si faccia dare da sua nipote i documenti che provano quello che le sto dicendo, altrimenti chiami la Procura di Roma o la Gendarmeria Vaticana. Chieda a sua nipote dov'è andato a finire Weiber, quello che ha organizzato il tutto rubandovi il codice sotto il naso, dopo averlo sottratto al Vaticano.»

La Rostellini iniziò una furibonda discussione con la nipote e, per un attimo, Santini fu l'ultimo dei loro problemi. *È ora!* Si disse. Ai suoi piedi c'era un composto chimico d'eccezione: combinando l'etere etilico con il cisatracurium, un potente anestetico, aveva costruito un piccolo ordigno. Gli uomini del Crepuscolo erano distratti dall'alterco fra zia e nipote, Santini diede fuoco alla miccia della bomba artigianale posata ai margini della vetrata. Con un guizzo felino si tuffò dietro a un divano in pelle, istintivamente le guardie, spinsero le due donne fuori dall'ufficio e imbracciarono le armi puntandole contro Santini. Non fecero in tempo ad aprire il fuoco che la piccola bomba esplose mandando in frantumi la spessa vetrata e sparando ovunque migliaia di cocci taglienti come coltelli. Santini fu scaraventato contro il muro assieme al divano per effetto dello spostamento d'aria, ma il violento colpo fu assorbito soprattutto dall'imbottitura del sofà che fu crivellato da centinaia di pezzi di vetro. Due uomini del Crepuscolo furono feriti in modo grave, sia per l'esplosione sia per i vetri che si erano trasformati in micidiali pallottole trasparenti.

*Ora o mai più!* Santini approfittò della confusione, si tolse la cintura e iniziò a correre in direzione della vetrata che presentava un varco abbastanza ampio da permettere a un uomo di passarvi agilmente. Fu un salto impossibile, senza alcuna speranza. Santini sperava di aver preso le giuste misure, quando aveva pensato a quel salto. Restò sospeso in aria per un attimo, quasi volasse, poi iniziò la discesa, veloce e implacabile.

*Adesso!* Agganciò la cintura a un cavo telefonico che passava nei pressi del palazzo, al terzo piano. Fece fatica a mantenere la presa, i muscoli degli avambracci sembrarono esplodere, ma riuscì a restare ancorato sebbene la vicenda fosse ancora lontana dalla sua soluzione. Il cavo presentava una pendenza molto accentuata, una volta agganciatosi Santini prese a scivolare a grande velocità, ma la cintura, da lì a poco, si sarebbe consumata per il tremendo attrito che stava sopportando. Sperò nella fortuna e nella tenuta di quell'accessorio che gli aveva permesso prima di liberarsi dalle catene, poi di saltare verso quella che sperava potesse essere la salvezza. Come temeva, la cintura iniziò a sfilacciarsi. *Un altro secondo!*

Ormai non c'era più tempo, doveva saltare calibrando lo slancio prima che la cintura si spezzasse. Diede un colpo di reni che gli permise di spostarsi in avanti, sotto di lui oltre quindici metri di vuoto. Portò le ginocchia al petto attendendo l'impatto. Impatto che risultò tremendo e gli tolse il fiato, poi l'acqua della piscina e la profondità fecero da ammortizzatore. Sentì la schiena che sbatteva contro il fondo provocandogli un dolore lancinante, quando riemerse era tutto intero e ancora vivo, anche se non lo sarebbe stato per molto viste le pallottole che, dall'attico, arrivavano sibilanti da tutte le parti, verso la sua direzione. Non si era ancora ripreso dalla botta che fu costretto a fuggire zigzagando lungo il parco del condominio dove si trovava la piscina. Giunto in prossimità delle mura di cinta, le scavalcò riprendendo a correre verso il centro di Montecarlo. Mentre stava correndo un'auto gli frenò davanti, Santini fu costretto a fare un balzo per non essere investito.

Il finestrino dell'auto si abbassò e l'autista gridò: «Sali, cazzo! Presto!» aprì la portiera per farlo entrare, poi partì con una sgommata lasciando a terra mezzo pneumatico per ogni ruota.

«Ma quanto ci hai messo? Con tutti quegli allarmi e gli spari che ho sentito pensavo ti avessero fatto fuori!» disse l'uomo alla guida.

«Beh! Hanno voluto trattenermi, gradivano troppo la mia compagnia.» Rispose sarcastico Santini. Il guidatore era Andrea Baresi, lui e Santini si erano messi d'accordo, ancora prima della visita alla Turatti & Rostellini, che avrebbe dovuto attenderlo fuori dal palazzo. Quando Santini era entrato, Baresi pensava che avrebbe impiegato al massimo un paio d'ore e invece di ore ne erano passate ben dieci.

«Quando mi hai spiegato la tua idea» disse Baresi, «credevo che il volo dal quarto piano fosse solo uno scherzo, invece lo hai fatto davvero. Non sei normale tu!»

«Non era il quarto piano» precisò l'amico, «ma l'attico. Saranno tre o quattro metri più in alto, per essere precisi. E poi io non scherzo mai quando si tratta di saltare giù da un posto più alto di una sedia.»

Baresi stava per rispondergli con un'altra battuta, ma vide qualcosa di sgradito nello specchietto retrovisore.

«Oh oh!» esclamò. «Tre auto ci stanno seguendo!»

«Accidenti!» disse Santini girandosi per capire la situazione. «Hanno auto veloci, a quanto pare, sei in grado di seminarli?»

«Non ci sono problemi!» confermò Baresi con gli occhi sgranati. «Aspetta che arriviamo al prossimo snodo e vedrai.»

Era ormai l'alba, per le strade si iniziavano a vedere le prime auto dei monegaschi più mattinieri, ma il traffico avrebbe avuto il suo picco dopo il primo incrocio, una volta immessi nella strada principale. Lo sapevano anche gli inseguitori, che esplosero i primi colpi di mitragliatore. Il lunotto fu il primo pezzo dell'auto che andò in frantumi.

«Fra poco ci siamo.» Fece notare Baresi impegnato alla guida. Mancava poco al crocevia; dopo il quale, fra traffico e curve, sarebbe stato difficile mantenere quella velocità e avrebbero avuto bisogno di fortuna per seminare gli inseguitori. Le tre auto si stavano avvicinando, erano troppo veloci anche per la loro Audi TT coupé ma Baresi era un abile guidatore.

«Hai portato l'artiglieria?» chiese Santini.

«È tutto lì dietro!» rispose indicando un borsone sul sedile posteriore.

Santini diede un'occhiata e scelse un fucile mitragliatore Beretta ARX-160, tra i più micidiali. Si trattava di un fucile d'assalto tra i più elaborati e fornito agli eserciti del patto Nato.

«Per la miseria» esclamò Santini, «si fanno stragi con questo cannone. Bene, non potevi prendere arma migliore.»

Non disse altro, appoggiò il fucile sullo schienale dei sedili posteriori e iniziò a sparare contro le tre auto che, sorprese dalla reazione, sbandarono a destra e sinistra nel tentativo di evitare quella pioggia di proiettili ma senza demordere dall'inseguimento.

«Ora reggiti.» Suggerì Baresi. Erano giunti all'incrocio di Saint Michel, il traffico era molto più intenso, il numero delle auto in circolazione era di gran lunga superiore a quelle incontrate nelle strade percorse fino a quel momento, Baresi si inserì con facilità. Si diresse verso Moneghetti e iniziò a superare le auto a destra e a sinistra, senza mai frenare o decelerare. Santini sentì lo stomaco salirgli in gola e si tenne stretto alla maniglia della portiera. I tre dietro non acquistavano terreno ma nemmeno lo stavano perdendo, segno che l'abilità dei loro piloti era, quanto meno, pari a quella di Baresi e, per quanto ne capiva Santini, l'amico non era certo un novellino. Gli uomini del Crepuscolo continuarono a sparare contro l'Audi colpendo, però, anche altre autovetture che iniziarono a sbandare creando piccoli incidenti. Fortunatamente i continui passaggi di corsia, permettevano ai due di non essere colpiti.

«Ti sei accorto che ci sparano addosso?» gridò Baresi. «Rispondi al fuoco, per la miseriaccia ladra!»

«Non posso!» rispose Santini. «Ci sono troppe auto, rischio di colpire qualcuno. Accelera invece di rompere e poi, non dovevano esserci rinforzi?»

Baresi era intento a guidare e ci mise un po' prima di rispondere. «Sì, ma ci aspettano a Fontvieille. Mica credevo che combinassi tutto questo finimondo, io!»

Le auto stavano per raggiungerli, Baresi tentò una manovra azzardata: diede una sterzata di brutto e invase la corsia opposta. Da quel momento fu un susseguirsi di acrobazie, si spostarono sulla corsia di emergenza guidando contromano e sfiorando la catastrofe a ogni metro. La manovra rallentò i loro inseguitori. Baresi fece una nuova e repentina manovra per rientrare nella giusta corsia, ma nel farlo urtò contro un paio di auto causando un tamponamento a catena che causò il blocco del traffico nella corsia opposta. Presero l'uscita per La Condamine proseguendo, poi, in direzione Monaco Ville mentre i loro inseguitori rimanevano imperterriti alle loro calcagna.

«Non mollano mai questi, ma non avevi detto di essere un pilota provetto e che avrei visto quanto sei bravo?»

«C'è troppo traffico, non riesco a esprimere al meglio le mie infinite capacità di pilota, ci fosse una cazzo di sirena con il lampeggiante, allora sì che ti farei vedere i sorci verdi!»

«Sì, va beh!» rispose Santini. «È in mezzo al traffico che si nota la differenza tra un pilota mediocre e uno eccezionale. Vedi di stare attento, invece, non voglio provocare una strage!»

In breve arrivarono a Fontvieille con le tre auto degli uomini del Crepuscolo francobollate. All'improvviso le auto davanti frenarono per un ingorgo, Baresi fu costretto a sterzare a destra, peccato che altri conducenti avessero avuto la stessa idea. In una frazione di secondo accadde l'irreparabile, Baresi non riuscì a evitare lo scontro che fermò la loro corsa. Completamente rintronati i due videro arrivare a piedi gli uomini del Crepuscolo che, avendo assistito a tutta la scena, si erano fermati e scesi dalle auto. Giunti nei pressi dell'Audi i sei del Crepuscolo iniziarono a sparare raffiche di mitra crivellandola con centinaia di colpi.

# 53

Spinte fuori dall'ufficio di Weiber dagli uomini del Crepuscolo, le due donne sentirono un'esplosione tremenda che fece vibrare tutto il palazzo. La Turatti aiutò la zia a rialzarsi e vide Santini saltare oltre la vetrata distrutta dall'esplosione mentre due dei suoi si contorcevano dal dolore per le schegge di vetro conficcate nelle loro carni. In un attimo si scatenò l'inferno, le altre guardie si misero a sparare all'impazzata in direzione di Santini che, però, riuscì a salvarsi finendo il suo volo nell'acqua della piscina dell'elegante condominio a fianco.

«L'avete colpito?» chiese la Turatti. Gli uomini risposero di no, che era riuscito a scappare. «Inseguitelo, presto» ordinò la giovane donna, «non deve sfuggirci e rimanere vivo!»

I due uomini avvisarono i colleghi alla radio e ordinando di inseguire il fuggitivo; tre auto uscirono con sei uomini a bordo.

«Incredibile!» disse la Turatti alla zia. «Quell'uomo ha sette vite come un gatto.»

La Rostellini, però, la fissava con rabbia mista a orrore, la ragazza aveva gli occhi rosso fuoco e incuteva terrore al solo guardarla. La zia vedeva in lei una donna diversa da come se la ricordava e volle parlarle in privato. Si chiusero in ufficio.

«Mi vuoi spiegare una buona volta cosa stai combinando?» le chiese. «Sono vere le cose che ha detto quel Santini?»

La nipote ritornò cordiale, ma la zia notò subito la sua capacità di cambiare personalità e capì di aver fatto il peggior errore della sua vita ad affidarle la direzione della compagnia.

«Insomma, zia» rispose la giovane, «il Crepuscolo cercava il manoscritto da un millennio, io te l'ho portato, cosa vuoi di più?»

«Voglio che tu mi dica la verità» le chiese la Rostellini, «è vero che hai fatto uccidere tutta quella gente innocente, addirittura dei monaci indifesi?»

Alla Turatti brillavano gli occhi. «Sì, zia! Se non era per me saresti ancora a sognare chissà cosa, non si ottiene quello che si vuole senza un minimo di sacrificio. Il Vangelo è troppo importante per stare qui a discutere di poche inutili vite.»

«Taci!» tuonò l'anziana donna. «Che cosa stai dicendo, Dio misericordioso? Chi ti ha dato l'autorizzazione di impartire quegli ordini? Io sono la Grande Madre del Crepuscolo, tu dovevi obbedire a me. Come posso diventare il nuovo Papa di una Chiesa assassina, macchiata del più infamante dei peccati?»

«Ma piantala!» la nipote non sopportava di essere redarguita. «Sei solo una vecchia illusa e fanatica. Che vuoi che me ne freghi dei tuoi sogni da strapazzo, il manoscritto vale una fortuna, potremmo avere molto di più che non una Chiesa da gestire, non credi?»

La Rostellini stava per sentirsi male. «Non ti riconosco più, Angela» disse disperata, «vieni qui, lasciati abbracciare e chiediamo perdono a nostro Signore di tutti i nostri peccati.»

Le due donne si abbracciarono, la Turatti, però, lo fece solo per far terminare la predica della vecchia che stava diventando sempre più insopportabile. La zia la tenne stretta a sé nel tentativo di trasmettere quell'amore che aveva sempre provato per lei, poi la prese per mano e si accomodarono sul divano.

«Abbiamo già tanti soldi, piccola mia» le disse, «ho deciso di riferire al Vaticano come possono recuperare il manoscritto, del codice ormai non mi importa più nulla. Non mi sento di affrontare il compito che mi attende con tutti questi omicidi come premesse. Vedrai, cara, ci riprenderemo da questa storia e troveremo una soluzione a tutto.»

«No!» tuonò la Turatti alzandosi di scatto. «Non ti permetterò di rovinare i miei piani!»

Sembrava emanare fuoco dagli occhi, era piena di rancore e odio verso quella donna. La Rostellini pensò che la nipote fosse andata fuori di senno, disperava di farla ragionare e decise la soluzione più adatta: doveva renderla innocua e riprendere il controllo dell'organizzazione e della compagnia.

«Guardie!» chiamò gli uomini della sicurezza e, pochi secondi dopo, tre uomini armati entrarono nell'ufficio.

Si rivolse alla nipote. «Da questo momento il tuo mandato è terminato, Angela, riprendo io il controllo della compagnia e, per quanto mi riguarda, rimarrai senza un soldo e potrai tornare alla tua vita di sempre; potrai continuare a essere la sgualdrinella da due soldi che eri prima che ti prendessi con me. Ti avevo offerto un futuro migliore, ma lo hai voluto sprecare. Ho sopportato i tuoi vizi, tutti i tuoi rivoltanti amanti, ho coperto le tue nefandezze, ora basta, hai chiuso con me, con il Crepuscolo, con l'azienda. Mi hai deluso profondamente.»

«Portatela via dalla mia vista» ordinò la Rostellini, «toglietele l'accesso in modo che non possa più mettere piede dentro questi uffici!»

Gli uomini, però, non si mossero di un millimetro. Invece davano l'impressione di essere in attesa di ricevere gli ordini solo dalla Turatti. E, in effetti, fu proprio così, la giovane si fece consegnare una pistola e la puntò alla tempia della zia.

«Tu non conti più nulla!» disse minacciosa. «Cara la mia odiata zietta!»

Le sparò due colpi alla testa facendole schizzare il cervello. Michela Rostellini si accasciò sul divano, uccisa da chi aveva amato senza riserve. Quella nipote, figlia dell'amata sorella, aveva ucciso a sangue freddo non solo la zia, ma anche la *Grande Madre* del Crepuscolo, l'eletta a ricoprire la più alta carica della nuova Chiesa che aveva sognato di fondare tramite il Vangelo di Maria Maddalena. La morte dell'anziana donna sancì la fine del Crepuscolo come era stato concepito: un'organizzazione religiosa seppur contraria ai principi della Chiesa Cattolica. La Turatti, invece, in quel momento aveva in mente tutt'altro: il Crepuscolo sarebbe diventata una delle più potenti organizzazioni criminali esistenti al mondo.

«Faremo in modo» disse pulendo la pistola dalle impronte, «che la colpa di questo orrendo omicidio ricada su Tommaso Santini. Chiamate la Polizia monegasca e vendete la notizia dicendo che Santini si è introdotto nel palazzo per derubarci, ha incontrato la zia e l'ha uccisa, poi è scappato. Dite che i nostri uomini lo stanno inseguendo e che lo consegneremo alla giustizia una volta preso, anche dovesse riuscire a fuggire sarà ricercato in tutta Europa. Intanto fate preparare l'elicottero, dobbiamo andare a Bonn a sistemare anche quel traditore di Weiber.»

«Sì, signora!» risposero gli uomini all'unisono.

*E ora a noi due, mio caro Karl!* Si disse la giovane e bella Turatti.

*Mezz'ora dopo*


Salita sull'elicottero, diede disposizione al pilota di dirigersi a Nizza, da lì avrebbe preso il jet privato della compagnia e raggiunto Bonn, da dove si sarebbe diretta alla Cattedrale di Aquisgrana con un nugolo di uomini fedeli e disposti a tutto per accaparrarsi la lauta ricompensa che aveva promesso loro. Era stata informata che

Weiber si trovava alla Cattedrale. *Tanto non potrai mai recuperare il manoscritto!* Pensò la Turatti. Atterrata a Nizza, salì sul jet e fece subito una telefonata.

«Amore» disse quando all'altro capo ricevette la risposta, «è tutto a posto, la zia non è più un ostacolo e la colpa ricadrà su Santini. Fra un paio d'ore atterrerò a Bonn, dobbiamo prendere il codice che quel verme di Weiber ci ha sottratto, tu raggiungimi appena puoi.»

L'uomo all'altro capo rispose: «Sto partendo ora, ma dobbiamo fare in fretta, Santini e la magistrata italiana sanno della Cattedrale e hanno mandato degli uomini del Santo Consiglio a tenere sotto controllo la zona. So dove sono appostati e non sarà un gran problema eliminarli prima che arrivino Santini e gli altri.»

«Il manoscritto è sempre al sicuro?» chiese la Turatti. «Riusciremo a recuperarlo e fuggire in Brasile?»

«Ho già organizzato tutto» rispose l'uomo, «una volta recuperato il codice ed eliminato Weiber ci prenderemo il manoscritto e scompariremo dalla faccia della terra per rispuntare quando le acque si saranno calmate. Poi contatteremo il Vaticano e chiederemo almeno due miliardi di dollari, se rivogliono il manoscritto.»

«Non vedo l'ora, amore mio!»

*Cattedrale di Aquisgrana, ore 10.30*

Karl Weiber era riuscito a trovare il nascondiglio perfetto per il codice, lo avrebbe lasciato proprio all'interno della Cattedrale, in un luogo sicuro. Prima doveva recuperare il manoscritto, ma per quello gli serviva il suo contatto al Vaticano. Comunque era tranquillo, sapeva di poter contare sul sostegno del suo riferimento, non era quello il suo problema principale. Recuperato il manoscritto sarebbe ritornato a Bonn a riprendersi il codice. Dei frammenti si sarebbe preoccupato dopo, era certo che sarebbe stato in grado di recuperare da solo anche quelli, magari in un secondo momento. *Tutto a tempo debito!* Si disse. Una volta riuscito a mettere insieme tutti i pezzi del Vangelo di Maria Maddalena, avrebbe trattato con il Vaticano imponendo le sue condizioni. Però, adesso aveva due grossi problemi: Santini e la Turatti. Il primo gli dava la caccia perché lo considerava l'autore del furto alla Biblioteca e il responsabile di tutte le morti che aveva causato, mentre la seconda lo voleva morto per il tradimento: non era certo nella migliore delle posizioni. Decise, quindi, che il codice di Gesù era più al sicuro nascosto nella Cattedrale. Quando le acque si fossero calmate, una volta eliminato Santini e la Turatti e con l'aiuto del suo contatto, avrebbe recuperato manoscritto, frammenti e codice. *E diventerò ricchissimo!* Già pregustava il successo. Controllato che tutto fosse in ordine, guardò l'orologio.

«Cazzo!» disse a un suo uomo. «Non possiamo continuare a rimanere qui, Santini e i suoi potrebbero arrivare da un momento all'altro.»

Weiber iniziò a prepararsi, doveva uscire in fretta dalla Cattedrale, doveva sfuggire alla cattura altrimenti i suoi piani avrebbero subito un forte ridimensionamento. Erano tutti pronti, si riunirono e iniziarono a camminare verso una delle cripte della Chiesa. Da lì sarebbero scesi in un passaggio segreto che li avrebbe condotti fuori dal perimetro della Cattedrale, in pieno bosco. Quel percorso era stato creato dagli architetti del tempo, così da predisporre una via di fuga non inclusa nella progettazione ufficiale, motivo per cui non risultava in nessun documento. Scesi i primi gradini, Weiber riconobbe la voce, l'unica che non avrebbe voluto sentire...

«Vi conviene gettare le armi» ordinò la Turatti, «se ci tenete alla pelle.»

Angela Turatti era giunta alla Cattedrale con una squadra di undici uomini.

«Tu!» esclamò sorpreso Weiber. «Come hai fatto a sapere che mi trovavo qui?»

«Mai fidarsi dei propri uomini» rispose la Turatti, «ti possono sempre tradire.»

La donna puntò l'arma in faccia a uno degli uomini di Weiber e premette il grilletto uccidendolo a sangue freddo. Si avvicinò al cadavere e controllò se era ancora vivo, nel dubbio gli diede il colpo di grazia.

«Ti ha venduto lui» precisò la Turatti, «era solo un verme! Mi ha informato di tutti i tuoi spostamenti.»

La donna prese a camminare con fare provocante e sexy, voltando le spalle a Weiber.

«Come ben sai non tollero i traditori, indipendentemente dalla parte che hanno scelto, perché sono pronti a tradire di nuovo per il miglior offerente.» Concluse la donna.

Weiber non riusciva a capacitarsi, si sentiva perduto. Sembrava strano, ma in quel momento sperava nell'arrivo di Santini, solo così avrebbe avuto modo di salvarsi e portare a termine il suo piano. Doveva prendere tempo.

«I-io» disse balbettando, «credevo che fra noi, insomma, pensavo di essere qualcosa di importante per te.»

«Ma certo, come no!» rispose la Turatti. «Ho visto quanto mi sei stato leale! Hai rubato il codice sotto il mio naso. Sei proprio un bel pezzo di merda, altro che importante.»

Weiber tentò l'impossibile. «E allora tu? Hai assoldato nientemeno che un killer per farmi fuori insieme a tua zia! È lealtà anche questa?»

«Come fai...» la Turatti si rese conto di essersi tradita, ma non le importava.

«Come faccio a saperlo? Perché ho fatto seguire e uccidere Steiner, il tuo killer da quattro milioni di euro e giocattolino sessuale del momento. Ti ho registrata, cara la mia dolce Angela, ho tutta la tua conversazione registrata su un CD che ho fatto pervenire a gente di fiducia. La useranno contro di te, se mi succederà qualcosa.»

Fu la volta della Turatti a essere sorpresa, Weiber diceva la verità, lo conosceva troppo bene per non capirlo solo guardandolo negli occhi. Era convinta che avesse davvero quella registrazione, ma il peggio era che, nella sciagurata ipotesi che fosse stata usata, avrebbero trovato le tracce del bonifico e collegato il killer a lei. Veramente troppo rischioso. E se tutto ciò fosse emerso in una inchiesta?

«Stai pensando che potrebbero rintracciare il bonifico che hai fatto, vero?» disse Weiber convinto di avere in pugno la situazione. «Non preoccuparti, mi sono inserito nel tuo terminale e ho annullato l'ordine, non vi è traccia della transazione e non hai perso quei soldi. D'altronde tua zia non ne sarebbe stata felice. Restiamo alleati, Angela, metteremo tutte le cose a posto, senza discussioni, da buoni amici.»

La Turatti fece segno agli uomini. «Mia zia è morta, deficiente, e tu seguirai la stessa strada, io non tratto con i traditori.»

Colpiti da centinaia di colpi, Weiber e i suoi morirono all'istante.

# 54

L'Audi di Baresi e Santini venne crivellata di colpi dagli uomini che li avevano inseguiti fino al pauroso incidente. I sei uomini smisero di sparare solo quando si resero conto di averla bucherellata a dovere, compreso Santini e l'altro all'interno. Uno del gruppo sparò in aria per dissuadere gli ignari automobilisti coinvolti nell'incidente dallo scendere dalle auto. Vi fu un fuggifuggi generale. Gente che urlava e scappava in tutte le direzioni, donne e bambini insanguinati correvano verso il bosco a lato della strada. Alcuni scavalcavano le protezioni invadendo la corsia opposta. Alla vista di tutta quella gente impazzita, le auto frenarono per evitare di investirli aumentando il caos, gli scontri si susseguirono per chilometri, centinaia di auto coinvolte nel più grande incidente stradale del Principato. Vi furono morti e feriti gravi mentre in lontananza si udivano le prime sirene della Polizia e delle ambulanze che stavano sopraggiungendo. Per nulla preoccupato, l'uomo del Crepuscolo si avvicinò all'Audi e diede un'occhiata all'interno per vedere se per miracolo Santini fosse rimasto vivo, ma non vide nessuno.

«Porca troia!» imprecò. «Sono fuggiti, Santini e l'altro sono riusciti a fuggire! Dobbiamo trovarli!»

«Ma sei impazzito?» disse un altro. «Non senti le sirene? Fra poco qui sarà pieno di poliziotti, è meglio che alziamo i tacchi.»

«Io non rinuncio ai soldi» rispose il tizio, «quei due li voglio prendere. Chi è con me?»

Due degli uomini annuirono, gli altri tre rimasero indecisi.

«Io no, non me la sento di rischiare per quattro soldi!» disse uno, seguito dai restanti due.

«Bene! Allora non servite più.» E, senza nessuna avvisaglia, il capo aprì il fuoco contro i tre malcapitati uccidendoli di fronte a tutti. Poi prese la prima auto, fece salire i due complici e riprese la corsa passando per la corsia d'emergenza.

*In quello stesso istante*

Santini correva senza sosta nel bosco, saltando ostacoli ed evitando rami, ma Baresi faticava a tenere il passo e lo costringeva a fermarsi sovente ad aspettarlo.

«Dai, Andrea, possibile che alla tua età tu non riesca a stare dietro a un vecchietto come me?»

Annaspando Baresi rispose: «Aspetta, tu sei un vecchio diavolo, accidenti. Ma dove la trovi tutta questa energia?»

«Dobbiamo allontanarci da qui» gli rispose Santini, «quelli del Crepuscolo capiranno che siamo entrati nel bosco e ci seguiranno.»

Baresi accelerò il passo, ce la stava mettendo tutta per non deludere l'amico e se stesso, non avrebbe mai accettato l'idea di farsi fregare da uno più vecchio di vent'anni. Ma era stremato mentre Santini sembrava fresco come una rosa. D'un tratto sentì una gamba cedere e cadde in un dirupo con un urlo.

Santini si voltò di scatto, il grido proveniva da un crepaccio poco distante. Tornò sui suoi passi e lo vide in fondo al burrone, svenuto. Scese velocemente per raggiungerlo, notò subito una ferita alla testa ma soprattutto una gamba posizionata in modo anomalo, come fosse spezzata.

«Andrea!» prese a schiaffeggiarlo nel tentativo di rianimarlo. «Svegliati, per Dio!»

Ma non ci fu nulla da fare, Baresi non riprendeva conoscenza. A santini non rimase che caricarselo sulle spalle e proseguire la sua fuga, risalendo da dove il terreno era più agevole. Ciò lo rallentò di molto, ma non poteva certo abbandonare Baresi, se lo avessero scoperto quelli del Crepuscolo lo avrebbero ucciso senza tanti complimenti. Riprese a camminare nella boscaglia fino ad arrivare a un ampio spiazzo verde, dove volle riposare: adagiò l'amico a terra, prese una bottiglia d'acqua dalla borsa e gli bagnò le labbra, poi ne bevve un sorso pure lui. Diede un'occhiata alle condizioni di Baresi, sul lato destro della fronte emergeva un bel bozzolo, ma niente di grave. La gamba invece lo preoccupava. Gli era sembrata rotta in più punti e iniziò a tastarla dalla caviglia alla coscia. *Niente! Non è rotta! Strano, avrei scommesso che fosse una frattura scomposta.* Ci mise un po' prima di arrivarci, stava pensando alle botte che aveva preso la sera precedente, anche lui si era ristabilito in pochissimo tempo.

*Sembra che entrambi abbiamo delle capacità di recupero fuori dal comune! Che ci starà succedendo?*

Non aveva la risposta, ma un'altra preoccupazione lo assalì: stava arrivando una macchina che pareva identica a una delle tre che prima li stavano inseguendo. *Ci hanno trovato!* Santini era intenzionato a vendere cara la pelle, imbracciò il fucile d'assalto, il caricatore non era completamente carico per cui lo tolse, ne prese uno di ricambio dalla borsa e ricaricò l'arma. Si alzò in piedi e guardò attraverso il cannocchiale da tiro, in dotazione a quel modello di fucile. *Sono loro, maledizione!* Nascose alla meglio il corpo di Baresi e si preparò all'ovvio epilogo di quella storia.

*Fontvieille, Monaco*

La Casoni era in attesa dei due elicotteri che aveva chiesto. La Polizia di frontiera si era resa disponibile a fornire assistenza a lei e alle sue due squadre di uomini: quella di Baresi dell'Ispettorato generale di Polizia presso la Santa Sede e quella della Gendarmeria Vaticana, entrambe bene armate e pronte all'azione. Come magistrato di collegamento con il Vaticano non le era stato difficile ottenere i permessi necessari per un intervento in quello stato. Le autorità del Principato, però, avevano preteso che all'operazione partecipasse anche un magistrato monegasco.

Il dottor Philippe Le Blanc le si presentò stringendole la mano. «Mi ragguagli sull'operazione!» chiese mentre salivano a bordo.

Durante il volo la magistrata fece un riassunto approssimativo, in pratica disse che due loro inquirenti erano sulle tracce del commando che si era reso responsabile dell'omicidio dei tre custodi della Biblioteca Vaticana oltre a essere collegato con molte altre morti innocenti, tra cui gli episodi in Egitto. Le Blanc restò allibito quando vennero fatti i nomi di Angela Turatti e di Karl Weiber, elementi di spicco della mondanità monegasca. Il loro compito era fare irruzione nel palazzo della "Turatti & Rostellini Group Ltd" per arrestare tutti gli occupanti, alcuni dei quali erano i componenti del Crepuscolo, colpevoli di ogni tipo di reato internazionale possibile e immaginabile. Le prove a disposizione della Casoni, trasmesse a tutte le agenzie investigative d'Europa e del mondo, erano state raccolte grazie a Santini che, una volta entrato a palazzo, aveva disseminato microspie e piccole telecamere ovunque. Non solo, attraverso il microchip inserito nella capsula dentaria, era stato possibile registrare ogni conversazione avvenuta in sua presenza. Il segnale proveniente da Santini, però, in quel momento appariva molto vicino, segno che non si trovava più al palazzo, ma nei pressi della loro zona. La Casoni diede ordine al pilota di seguirne la traccia che appariva sul portatile. In pochi minuti raggiunsero Santini impegnato in una sparatoria con tre individui nascosti dietro un'auto, nel bel mezzo della boscaglia. Diede l'ordine di aprire il fuoco contro i tre sospetti, i poliziotti aprirono il portellone degli elicotteri e presero a sparare ferendo a morte gli uomini del Crepuscolo. Atterrarono e la Casoni scese per prima, in apprensione soprattutto per Baresi che appariva ancora svenuto e disteso a terra.

Santini abbracciò la magistrata. «Sono contento di vederti, vedo che Aaron ti ha dato le informazioni che gli avevo comunicato prima di partire.»

«Sì!» rispose lei. «Wolfang mi ha riferito tutto, anche quello che ti hanno fatto. Mio Dio, per un pezzo ho temuto di averti perso. Ero disperata, ma Wolfang mi ha assicurato che avevi programmato tu l'operazione e sapevi a cosa andavi incontro. Tu sei fuori di testa, ma sono contenta di ritrovarti vivo.»

Si erano quasi dimenticati di Baresi quando questi si riprese dal suo stato di incoscienza. «Ehi! Nessuno pensa a questo povero derelitto?»

«Andrea!» la Casoni gli si lanciò praticamente addosso facendolo cadere di nuovo a terra. «Sono stata in pensiero, ma tu sei ferito?»

«Oh no! Mi sento benissimo.» Disse lui toccandosi ovunque. «Ho solo preso una gran botta in testa. Che è successo?»

«Sei caduto in un crepaccio» gli rispose Santini, «se non era per me a quest'ora saremmo diventati carne da macello. E poi mica potevo abbandonarti, mi devi un euro, se ben ricordi.»

«Cazzo, la scommessa!» esclamò Baresi.

«Di che scommessa state parlando voi due pazzi scatenati?» la Casoni, anche in quel frangente, era la solita curiosa.

Baresi le rispose con aria sconfitta. «Io e Tommaso abbiamo scommesso che lui non avrebbe avuto il coraggio di gettarsi giù dall'attico del palazzo di Angela Turatti. Invece questo scavezzacollo lo ha fatto, eccome. Avresti dovuto vederlo, si è lanciato senza esitazioni, si è aggrappato a un cavo telefonico e ha fatto un tuffo in una piscina dall'altezza di oltre venti metri. Se avesse sbagliato poteva fare una frittata.»

Lei non era affatto contenta di quella descrizione, fulminò con lo sguardo quei due uomini, contenta di vederli ancora vivi, ma sempre troppo casinisti per i suoi gusti.

Santini riportò l'ordine, il lavoro non era ancora finito e dovevano sbrigarsi. Gli abiti ancora umidi per il tuffo in piscina, non vedeva l'ora di cambiarsi e, rivolgendosi alla Casoni, disse: «Sonia, tu sai cosa fare adesso! Aaron dovrebbe aver avvisato la Polizia monegasca di circondare il palazzo della Rostellini, aspettano solo te e il magistrato locale per fare irruzione.»

Le spiegò che nel palazzo avrebbe trovato l'anziana Rostellini ma non la Turatti, che a quell'ora doveva essere già in viaggio per Bonn, verso la Cattedrale di Aquisgrana. Fu anche costretto a rivelarle un altro segreto, l'esistenza del codice di Gesù, rubato da Weiber, che serviva per tradurre il manoscritto. Così la Casoni apprese la novità, anche se le sembrò normale visto che, ormai, quell'uomo l'aveva abituata a tanti misteri.

«Io e Andrea andremo a Bonn» disse Santini, «lì dobbiamo incontrare Jon e Nic e una squadra della Gendarmeria, ci sarà anche Wolfang. Ci aggiorneremo mentre siamo in volo.»

«Aspetta, Tommaso» la Casoni lo prese per un braccio, «la Rostellini è morta, volevo dirtelo. L'ha uccisa proprio la nipote, è stato tutto registrato, l'intera conversazione fra le due in cui emerge chiaramente la strategia di coinvolgerti nell'omicidio, ma la registrazione è una prova a tua discolpa. Comunque volevo sapessi che la Rostellini non era a conoscenza di molte cose architettate dalla Turatti: è lei l'anima nera del Crepuscolo. Ho appreso anche che il manoscritto è un Vangelo scritto da Maria Maddalena e contiene quanto le ha insegnato Gesù durante la vita. Ho capito solo ora l'importanza che ha quel testo per te e la tua Chiesa, scusami per averti ostacolato e per aver fatto tutto il casino.»

Lui la guardò negli occhi. «Non te la prendere, Sonia. Credevi di fare il tuo lavoro e ora hai la possibilità di rimettere le cose a posto. Mi fido di te e delle tue capacità, ricordatelo.»

Lei sorrise, avrebbe voluto restare con lui, parlare ancora di tutta la vicenda, conoscere ogni dettaglio, ma altri compiti li attendevano.

«Ora vai» gli disse la Casoni, «ma stai attento, quella donna è una serpe.»

Santini fece segno a Baresi di salire sull'elicottero e strinse la Casoni a sé.

«Quando tutta questa storia sarà finita, te la sentiresti di affrontare con me qualche idea futura che ho in mente?»

La Casoni annuì e baciò teneramente Santini prima che salisse sull'elicottero assieme a Baresi.

Il velivolo si staccò dal suolo e si diresse verso l'aeroporto di Nizza. La Casoni lo seguì con lo sguardo fino a che non diventò un puntino.

«Andiamo anche noi» disse agli uomini della sua squadra, «non facciamo attendere oltre l'auspicata fine del Crepuscolo.»

Anche l'elicottero della Casoni decollò, ma in direzione opposta, verso Montecarlo, diretto al palazzo della Turatti & Rostellini.

## 55

*In viaggio per Bonn*

L'arrivo a Bonn era previsto per le dieci, Santini calcolò che poteva raggiungere la Cattedrale di Aquisgrana in meno di mezz'ora, cioè quasi in contemporanea con la Turatti. Aveva fatto controllare il programma di volo della giovane e stavano viaggiando entrambi sulla stessa rotta. Era riuscito a contattare Wolfang, anche lui era in viaggio verso la città tedesca con una squadra di gendarmi, inoltre, l'ispettorato generale della Gendarmeria Vaticana aveva richiesto e ottenuto anche la presenza del famoso corpo d'élite della Polizia tedesca: il GSG9, l'unità speciale antiterrorismo. Aveva anche avuto modo di contattare Mali al rifugio, così aveva appreso della morte di Nic e Jon. La notizia aveva suscitato in lui una reazione violenta, ora doveva farla finita con Weiber e la Turatti a qualunque costo. Non lo avrebbe fermato nessuno, li avrebbe uccisi con le sue mani, se ne avesse avuto l'opportunità. Riprese subito lucidità, doveva rimanere concentrato, anche se l'istinto gli suggeriva di nutrire speranze per i suoi due ragazzi. *Sono vivi, lo percepisco.* Ciò che li aspettava erano due schiere di assassini, quelli legati a Weiber e quelli, non meno pericolosi, agli ordini della Turatti. Arrivati all'aeroporto di Bonn, Santini e Baresi si trovarono di fronte il massimo che potevano sperare, l'aereo era circondato da auto della Polizia tedesca, dagli uomini della Interpool agli ordini di Baresi, i furgoni del GSG9 e quelli della Gendarmeria vaticana agli ordini del comandante in servizio presso la sede distaccata tedesca e del suo grande amico Aaron Wolfang, giunto poco prima nel territorio tedesco. Tutti gli uomini avevano ricevuto ordini precisi in merito alla conduzione dell'operazione che avrebbe fatto capo esclusivamente a Santini. Le disposizioni prevedevano anche di non fare domande, l'azione era stata classificata come top secret. Al passaggio di Santini, poliziotti e gendarmi si misero sull'attenti. A un certo momento si presentò quello che sembrava il capo del GSG9, un biondino tutto muscoli con un collo enorme sul quale spiccava la classica collana dell'esercito utile per le trasmissioni interne fra l'unità e la centrale operativa.

L'uomo si rivolse a Santini in un discreto italiano. «Ho ricevuto l'ordine di mettere i miei uomini al suo comando, signore. Non so se si ricorda, ma ho avuto l'occasione di conoscerla nell'operazione

Walchiria di qualche anno fa, io non comandavo ancora l'unità, ma ho avuto modo di apprezzare la sua professionalità. Per me sarà un onore eseguire i suoi ordini.»

Santini non ricordava quel giovane, ma l'operazione Walchiria sì, eccome, all'epoca aveva fatto scalpore. Come in ogni missione, alla sua conclusione Santini si defilava lasciando il merito alla Polizia locale che, rispettando gli accordi, manteneva segreta la sua identità. Proprio quella operazione aveva garantito lustro e notorietà al GSG9, un vero successo.

Santini rispose a tono. «La ringrazio, capitano. Mi perdonerà se non mi ricordo di lei, ma se in quell'occasione era presente vuol dire che lei è il miglior uomo che potessi mai sperare di avere oggi.»

Avuta accortezza di passare in rassegna, per un doveroso ringraziamento, anche gli altri appartenenti alla squadra, Santini e Baresi furono dotati di giubbotto antiproiettile e dello stesso collare per le comunicazioni assegnati all'unità speciale tedesca; fatte le dovute prove di trasmissione, furono pronti a dare il via all'operazione. Salirono sulle auto della Gendarmeria e si mossero in direzione della Cattedrale di Aquisgrana. Il convoglio partì in pompa magna, con tanto di sirene e lampeggianti, il traffico venne interrotto finché non giunsero a destinazione, alle dieci e cinquanta. Attorno alla Cattedrale regnava il silenzio più assoluto, Santini dispose gli uomini, protetti dagli automezzi, molti dei quali blindati, in modo da circondare tutto l'edificio. Notarono il furgone di Jon e Nic, annerito dal fumo e inservibile come le attrezzature al suo interno.

«Li hanno sorpresi» disse Santini rivolgendosi a Baresi, «e li avranno costretti a seguirli dentro la Chiesa. Spero solo di non trovarli morti.»

Il capitano del GSG9, con un altoparlante, intimò agli occupanti di uscire, quindi attese qualche minuto e ripeté l'invito. Santini attese circa dieci minuti, si consultò con Wolfang e Baresi, poi decise che era giunto il momento di agire.

«Capitano!» disse. «Dia l'ordine di assaltare la Chiesa. Faccia saltare il portale e lanci delle granate soniche al suo interno. Li costringeremo ad arrendersi evitando spargimenti di sangue. Dovrebbero rendersi conto di essere circondati, sono certo che ci stanno osservando da quelle telecamere lassù.»

Santini indicò due telecamere appena sopra la vetrata centrale. Gli uomini del GSG9 eseguirono l'ordine, fecero saltare il portale principale della Chiesa e alla sua apertura notarono che era stato blindato dall'interno, questo impediva l'apertura completa. Vi era comunque spazio sufficiente per lanciare le granate soniche che crearono il loro bel trambusto. Un gruppo entrò in Chiesa e si distribuì lungo le navate, entrarono anche Santini e Baresi con i fucili ben impugnati e pronti a fare fuoco su ogni cosa dovesse capitare a tiro.

Ci fu un attimo di silenzio, poi un agente dell'unità speciale gracchiò alla radio. «Abbiamo dei corpi qui, almeno otto cadaveri, colpi d'arma da fuoco.»

I corpi si trovavano dietro l'altare, uno di questi venne riconosciuto immediatamente da Santini: era Karl Weiber.

«La Turatti è arrivata prima di noi» esclamò.

Accanto al corpo di Weiber c'era la stessa borsa che gli aveva visto portare quando avevano incrociato gli sguardi in ascensore nel palazzo della Rostellini. Frugò all'interno e non trovò nulla. *La Turatti avrà preso il codice?* Si chiese. In quel momento sentirono l'inizio di una feroce sparatoria, erano gli uomini della Turatti, spuntati da chissà dove. Vi fu un concentrarsi immediato di poliziotti nella zona dove provenivano gli spari. L'unità del GSG9, però, ebbe la meglio e in meno di cinque minuti uccise tutti i nemici destinati a soccombere contro quell'esercito formato da quattro diversi corpi di Polizia. Il risultato finale fu di undici uomini del Crepuscolo morti e solamente due agenti del GSG9 feriti. Il Crepuscolo aveva di certo subito una grave perdita, quindi era quasi vinto. *Ma a che prezzo?* Si chiese Santini. Centinaia di vite, molte delle quali innocenti, e solo per le mire assurde di una ragazzina viziata. Gli tornarono in mente tutti quei morti. La morte dei custodi aveva dato inizio a una serie di avvenimenti che aveva fatto inorridire il mondo intero: poi i turisti dell'Oberoi Hotel e i monaci del Monastero di Santa Caterina senza contare gli uomini del Crepuscolo o quelli del Santo Consiglio. Gli mancava solo di conoscere l'esito dell'irruzione della Casoni al palazzo Rostellini, poi avrebbe pensato di aver battuto finalmente il Crepuscolo, anche a costo di aver perso tutti i suoi uomini: Rob, Denny, Nic e Jon. *Un prezzo troppo alto, mio Dio!*

Passarono in rassegna i cadaveri, della Turatti nessuna traccia, eppure era certo che fosse stata presente, eccome! I cadaveri degli uomini del Crepuscolo e di Weiber potevano solo significare che lei era stata lì, aveva eliminato il traditore e i suoi seguaci e recuperato il codice che Weiber le aveva trafugato.

«Capitano!» ordinò Santini. «Faccia cercare un passaggio se-greto, sono sicuro che questa Chiesa sia dotata di sotterranei, an-che se i progetti non li indicano. E faccia uscire tutti gli agenti non appartenenti all'unità, compresi quelli della Gendarmeria, cer-chiamo Angela Turatti, dia una foto a ogni suo uomo. L'oggetto che quella donna ha con sé è proprietà esclusiva dello Stato Vaticano e voglio che nessuno si avvicini alla donna. Non mi interessa che sia viva o morta, vedetevela voi, ma sia chiaro: nessuno le si deve av-vicinare! Posso contare su questo, capitano, oltre che sulla sua ri-servatezza?»

«Certo signore, ci conti!»

Santini si rivolse a Baresi: «Sento qualcosa che non mi quadra, non riesco a fare mente locale. Tu segui l'unità speciale, vedi se riescono a trovare qualche passaggio che porti a un livello inferiore e assicurati che nessuno avvicini la Turatti, è ancora qui in giro, altrimenti i suoi uomini l'avrebbero seguita.»

Fece il giro della Chiesa, guardò in ogni anfratto, controllò ogni rientranza nei muri, nelle colonne, dietro l'altare. Percepiva che in quel luogo vi erano elementi fondamentali per capire molte più cose di quelle che finora avevano appreso. Si mise in mezzo alla navata principale, alle spalle il portale d'ingresso: da quella pro-spettiva vedeva l'intera struttura della Chiesa, scorse otto piccole cappelle ai lati della navata centrale, quattro a destra e altrettante a sinistra, nessuna delle quali aveva ornamenti religiosi, anzi, erano anonime.

Si mise a riflettere. *La Cattedrale è stata sconsacrata ed è stata recuperata ogni cosa che avesse un valore economico e religioso: quadri, simboli, icone, eccetera.* Si diresse alla prima cappella la-terale, la guardò attentamente. *C'era un grande dipinto qui, si ve-dono ancora i segni di contorno.* Poi proseguì presso la seconda più avanti. *Anche qui vi era qualcosa di simile, della stessa mi-sura. Forse anche dello stesso artista?* Si avvicinò alla terza ed ebbe la conferma. *E pure qui, stessa cosa, quadro e misura. Cosa...*

Fu bruscamente interrotto dalle grida di Baresi, aveva trovato un pulsante sotto il tavolo dell'altare che si spostò di lato facendo apparire una scala che portava a una zona sotterranea. Corse verso l'amico.

«La Turatti?» chiese.

«No!» rispose Baresi. «Ci sono delle cripte in questa Chiesa, avevi ragione tu e anche dei sotterranei. Gli uomini dell'unità spe-ciale tedesca stanno seguendo una galleria che è stata scavata in una delle cripte, ma c'è Wolfang con loro, io ho cercato in giro e ho trovato un congegno che ha aperto questo antro.»

«Avevo chiesto di far uscire tutti dalla Chiesa, compresi gli agenti della Gendarmeria di Wolfang.» Disse Santini.

«Beh» rispose Baresi. «Che male c'è se Aaron dà una mano ai tedeschi, lui conosce la Turatti meglio di loro.»

I due accesero le torce e iniziarono a scendere le scale fino all'inizio di interminabili corridoi, un vero labirinto. Camminarono per qualche minuto e si trovarono sempre dinanzi a un muro o a altri corridoi, per cui tornarono all'ingresso per capire come evitare di perdersi.

«Se la Turatti conosce questi sotterranei» ragionò Santini, «allora non la troveremo mai a meno che non facciamo setacciare ogni antro.»

In quel momento in una delle gallerie videro una lieve luce fluttuante, pareva muoversi lungo il corridoio.

«Che accidenti...» esclamò Baresi.

*Energia pura!* Fu il pensiero di Santini, sicuro di quel che vedeva. «Seguiamo quel corridoio.»

Dopo qualche centinaio di metri si trovarono di fronte a quattro porte di ferro con una finestrella dotata di spesse griglie di ferro. Guardarono dentro a ognuna finché videro Nic e Jon, legati con delle catene collegate a un anello conficcato nel muro. Sembravano morti. *Mio Dio, fa che non sia vero!*

«Nic, Jon!» gridò Santini attraverso la griglia con quanto fiato aveva in corpo. Poi si rivolse a Baresi: «Mi serve del plastico per aprire la porta e fai chiamare un'ambulanza, presto!»

«Ci penso io.» Baresi fece di corsa tutta la strada a ritroso tornando poco dopo con un agente dell'unità speciale tedesca. L'agente si avvicinò per piazzare la giusta quantità di plastico e fece saltare i cardini arrugginiti di quella porta che si aprì senza difficoltà. Appena entrati furono abbagliati da una luce violentissima che li costrinse a chiudere gli occhi. Rimasero accecati per qualche secondo fino a quando, un po' alla volta, furono in grado di vedere correttamente.

«Cos'è stato?» chiese uno degli agenti.

«Non capisco» rispose Baresi, «forse una scarica elettrica o qualcosa di simile.»

A Santini balenò un dubbio, anzi, quasi una certezza. In quel momento, però, gli fregava gran poco della scarica o di qualunque cosa si trattasse, corse per sincerarsi delle condizioni dei suoi uomini. Si avvicinò a Nic tastandogli subito il polso: era debolissimo.

Fece altrettanto con Jon: stesso risultato. Erano malridotti ma vivi. *Ti ringrazio, Signore!*

«C'è freddo in questa stanza» precisò Baresi, «fuori di qui c'è un caldo e una umidità insopportabili. Come può esserci una escursione termica simile nello stesso locale?»

Santini non stava a sentire, fece chiamare degli uomini affinché liberassero i due ragazzi dalle catene mentre lui e Baresi li facevano bere sperando di essere arrivati in tempo, infatti, i due apparivano disidratati.

«Come fanno a essere ancora vivi?» chiese Baresi più che altro a se stesso.

In quel momento Nic si riprese, trangugiò quell'acqua che gli sembrava nettare divino e aprì gli occhi: «Maestro!»

«Ssshhh!» fece Santini. «Non ti sforzare ragazzo mio, stai disteso e riprenditi con calma, sei fuori pericolo adesso.»

Arrivarono anche due infermieri e un medico che applicarono delle flebo ai ragazzi per riequilibrare la perdita di liquidi e per scaldare i corpi che facevano registrare una temperatura pari a ventisette gradi, al limite della ipotermia grave. Per questo entrambi vennero riparati da coperte riscaldanti mentre sopra di loro dispiegarono un telone d'alluminio che avrebbe preservato il calore senza disperderlo.

«Jon?» la domanda di Nic avrebbe dovuto essere più articolata, ma non era ancora nelle condizioni di farcela.

«Anche lui sta bene» rispose Baresi che stava aiutando un infermiere, «sta riprendendo conoscenza. Certo che mi dovrete spiegare come avete fatto a sopravvivere con questo freddo.»

«Freddo?» chiese Nic. «Ma se c'era un caldo del diavolo qui dentro.»

Man mano che riprendeva colorito, Nic si accorse che in effetti la temperatura era molto più rigida di quanto ricordava.

«Accidenti» disse meravigliato, «è vero! Fa molto più fresco di quando abbiamo perso conoscenza. Da quel che mi ricordo ci saranno stati almeno quaranta gradi, tanto che siamo collassati. Prima è svenuto Jon, io mi ricordo di una luce improvvisa, credevo fosse l'ingresso del Paradiso, poi ho perso i sensi, o ero morto?»

Sgranò gli occhi e tentò di alzarsi, si appoggiò a Santini. «Oh, scusami maestro, non volevo.»

Santini sorrise. «Non ti preoccupare, attaccati a me, forza.»

Con fatica, Nic si rimise in piedi e si staccò la flebo, nonostante le occhiate contrariate del medico.

«Che strano» disse. «Mi sento in piena forma. È stupefacente, ma è come se qualcuno mi stesse pompando dentro energia.»

«Anch'io» fece eco Jon alzandosi di scatto come fosse seduto sopra una puntina da disegno e seguendo la bravata dell'amico si tolse anche lui la flebo. «Mai stato meglio!»

I due amici si abbracciarono e si strinsero attorno a Baresi trattenendosi dal festeggiare con Santini, sapevano che lui non gradiva quel tipo di ringraziamento.

Infatti Santini era assorto. *Riescono a recuperare in fretta, incredibile. Sembra che noi quattro, improvvisamente, siamo in grado di ritrovare la forma fisica in modo repentino, del tutto misterioso.* Ma il suo pensiero si concentrò di nuovo sulla missione.

«La Turatti! Che fine ha fatto?»

Tornarono in superficie e si aggiunsero all'unità speciale setacciando ogni angolo di quella immensa e stupenda Chiesa.

Wolfang raggiunse Santini. «Non c'è, di lei nessuna traccia, ma abbiamo trovato un passaggio segreto all'interno di una delle cripte. C'è una galleria che conduce oltre il perimetro, si esce da una botola proprio in mezzo alla boscaglia, da fuori sembrava un normale pozzo dell'acquedotto, invece, da lì è fuggita la Turatti.»

«Sonia ha già diramato un ordine di cattura internazionale» disse Santini rivolgendosi sia a Wolfang sia a Baresi, «fate distribuire una sua foto, inviatela a tutti i distretti di Polizia del Paese, aeroporti, dogana e chi più ne ha più ne metta. Dobbiamo impedire che esca dalla Germania altrimenti chissà dove potrà andare quell'assatanata.»

Wolfang e Baresi andarono a dare le disposizioni, Santini prese Nic e Jon abbracciandoli entrambi.

«Mi siete mancati» disse, «ma non fatevi più sorprendere come dei babbei, mi sono spiegato?»

Subito dopo diede loro il cellulare satellitare per chiamare Mali al rifugio, le avrebbe fatto piacere sentirli direttamente. Santini la sentì che urlava di gioia, anche da quella distanza, ancora un po' e il cellulare sarebbe scoppiato per le urla della giovane suora, per lei i ragazzi erano come fratelli e sentirli ancora vivi le aveva ridonato vigore. Santini fece il gesto di stringere così chiusero la conversazione con una promessa: di prendersi qualche giorno da passare assieme quando la storia fosse finita, sempre se fossero riusciti ad arrivare alla fine.

«Fatemi una relazione di tutto» chiese Santini ai due, «non escludete nemmeno un particolare.»

Fu Nic a prendere la parola e spiegò gli avvenimenti, come erano stati sorpresi da Weiber, la loro cattura e la breve discussione avuta.

«Quindi il manoscritto non è qui?» chiese Santini.

«No, maestro» rispose Jon, «Weiber ha detto che è nascosto nel luogo più sicuro del mondo.»

«In che senso?»

Fu Nic a rispondere: «Nel senso che non possiamo nemmeno immaginare dov'è nascosto e che si trova in un luogo dove nessuno lo troverà mai.»

La mente di Santini elaborava centinaia di pensieri al secondo. «Fate uno sforzo, ditemi le parole esatte utilizzate da Weiber.»

I due si guardarono, dibatterono per qualche istante fino a mettersi d'accordo sulla corretta sintassi. Erano addestrati ad ascoltare e memorizzare qualsiasi tipo di informazioni, dati o parole scritte e dette.

Usando la tecnica mentale, imparata negli anni, Nic recitò le esatte parole di Weiber: «*Il Vangelo di Maria Maddalena è conservato in un posto che nemmeno ti immagini, nessuno riuscirà mai a trovarlo perché non penserà certo a cercarlo dov'è adesso: il posto più sicuro al mondo.*»

«Ecco, queste sono le testuali parole.» Confermò Nic.

Santini pensò a cosa potesse riferirsi quella frase, elaborò una mezza idea, ma la tenne per sé. Fece il giro della Chiesa. Ovunque vi era almeno un componente dell'unità speciale tedesca intento a perlustrare ogni centimetro alla ricerca di qualcosa, magari lo stesso manoscritto o il codice. Di certo non poteva lasciare quel luogo prima di essere sicuro che lì non si trovasse nulla di quanto cercava e doveva farlo in fretta, il coroner e la magistratura tedesca stavano attendendo fuori, ormai da ore, di poter effettuare i rilievi del caso oltre che rimuovere tutti i cadaveri. Andavano fatte le autopsie, anche se la dinamica dei fatti era chiara, c'erano adempimenti legali e procedure da seguire. La sua autorità era rilevante, ma non poteva permettersi il lusso di infrangere un numero così considerevole di codici comportamentali. Ritornò al punto dove era stato interrotto, prima che Baresi trovasse il passaggio sotterraneo, prese con sé Nic e Jon e si avviò nei pressi della navata centrale.

Spiegò ai due la sua convinzione. «Vedete queste cappelle, in ognuna trovavano posto dei quadri o dei dipinti, tutti delle medesime dimensioni.»

Proseguì precisando che ogni Chiesa Cattolica era dedicata a un Santo particolare. Alcune si ispiravano a qualche avvenimento religioso oppure a un momento sacro dedicando quadri, affreschi o dipinti e facendoli inserire in piccole cappelle minori, rispetto all'altare principale. Anche la disposizione di quella Cattedrale era particolare: la forma ricordava una grande croce, com'era per tante altre Chiese, ove l'altare principale veniva solitamente posizionato in centro, a due terzi della lunghezza complessiva della navata principale. Questo significava collocare l'altare all'altezza del torace di Cristo in croce, la parte del corpo che simbolicamente rappresentava il cuore di Gesù. Sempre prendendo a esempio la crocifissione, le Chiese usavano dotarsi di piccole cappelle laterali, ideologicamente riferite alle mani di Gesù crocifisso.

«Tali cappelle laterali» proseguì Santini, «sono dedicate a eventi legati alla storia di quella specifica Chiesa. Mi state seguendo?»

I due annuirono, ma Jon fece una domanda: «Ma questo che significa, maestro?»

«Buona domanda.» Rispose Santini sapendo che stava per fare il botto. «Sapete questa Cattedrale a chi è dedicata?»

I due risposero di no all'unisono.

«A Santa Maria Maddalena!» disse Santini. «Ecco perché quelli del Crepuscolo se ne sono impadroniti. Anzi, altro che fuoco dell'inferno e apparizioni del diavolo, mi viene quasi il dubbio che a dare fuoco a questa Chiesa siano stati proprio loro per potersene impadronire, seguendo la loro ideologica ispirazione e dedizione.»

I due ragazzi lo stavano ascoltando con interesse sempre maggiore.

Ma il punto non era quello, quindi precisò: «Se questo posto è ispirato a Maria Maddalena, allora anche le cappelle laterali sono state ideate sugli stessi presupposti.»

Infine diede un ordine. «Voglio sapere che dipinti erano posizionati sopra gli altari delle cappelle laterali di questo posto. E voglio conoscere l'esatto ordine in cui erano appesi con una foto ad altissima definizione della loro raffigurazione e lo voglio subito!»

# 56

*Roma, in quello stesso istante*

Il Segretario di Stato, Cardinale Oppini, camminava veloce verso la residenza pontifica, era atteso dal Santo Padre per valutare l'evolversi della situazione. Il Papa stava ricevendo le ultime novità attraverso le trasmissioni delle più importanti agenzie di stampa e televisive di tutto il mondo: parlavano di un'operazione in grande stile che stava avendo luogo in contemporanea nel Principato di Monaco e a Bonn. Un'indagine che era partita dalla morte dei tre custodi della Biblioteca Vaticana, uccisi da un commando terroristico fino a collegare gli stessi attentatori alla strage all'Oberoi Hotel e a quella dei monaci greco-ortodossi del Monastero di Santa Caterina.

L'operazione, chiamata *Crepuscolo*, doveva il nome a una organizzazione terroristica internazionale che, come veniva precisato dai giornalisti, aveva compiuto quegli attentati per ideali sovversivi al fine di creare una destabilizzazione fra paesi europei e arabi, ma anche contro la Chiesa greco-ortodossa e il Vaticano. L'azione si stava ormai concludendo brillantemente a seguito di imponenti conflitti a fuoco, infatti, risultavano numerosi terroristi uccisi dalle forze dell'ordine e importanti arresti, alcuni eccellenti per via del calibro dei personaggi al vertice dell'organizzazione terroristica. Il capo indiscusso sembrava fosse addirittura quella che era considerata la *benefattrice dei bambini*, la ricca e aristocratica Michela Rostellini, che risultava deceduta a seguito del conflitto a fuoco con la Polizia monegasca. Come anche Karl Weiber, l'amministratore delegato del gruppo editoriale, vittima del fuoco dell'efficiente squadra speciale antiterrorismo tedesca: il GSG9. Le notizie precisavano che Weiber aveva trovato rifugio in una Chiesa sconsacrata, la Cattedrale di Aquisgrana in Germania, un luogo definito maledetto e su cui aleggiavano molte leggende. Risultava ancora latitante la nipote della Rostellini, Angela Turatti, ex modella e attuale presidente della *Turatti & Rostellini Group Ltd.*

Il mondo rimase scioccato a quella notizia legata a nomi così illustri. I vari canali televisivi fornivano quasi la medesima versione, i giornalisti annunciavano che le indagini avevano visto il coinvolgimento di diverse agenzie di intelligence internazionali, fra cui principalmente l'Italia e lo Stato Vaticano, ma anche l'Egitto, la Germania, Israele e il Principato di Monaco. Un'operazione di Polizia senza precedenti. Le televisioni trasmettevano insistentemente le immagini dell'operazione, ancora in corso, che veniva trasmessa in diretta in contemporanea a Bonn e a Montecarlo. L'indagine era coordinata dalla ormai famosa magistrata Sonia Casoni della Procura Generale d'Italia. La Casoni aveva di recente ricevuto l'incarico di magistrato di collegamento con il Tribunale dello Stato Vaticano, incarico che aggiungeva la sua già consolidata credibilità e l'alto profilo professionale. A lei andava il merito di aver raggiunto l'importante risultato della giornata; un risultato storico, riconosciuto da tutti come eccezionale esempio di capacità investigativa, coordinamento delle varie forze dell'ordine e delle magistrature di una così vasta portata. A lei andavano anche i meriti e il plauso di molti capi di Stato. La Procura di Roma, ove la magistrata era considerata in distacco, e la stessa Santa Sede, erano subissate di telefonate di migliaia di persone da tutto il mondo che volevano congratularsi per la loro efficienza. Il Papa, attento spettatore televisivo, non amava attendere oltre un ragionevole lasso di tempo, doveva concordare interventi televisivi, rispondere ai giornali e alle televisioni, organizzare conferenze e comunicati stampa e Oppini ancora non si vedeva. Oppini, dal canto suo, era stato fermato a ogni passo per ricevere strette di mano, congratulazioni e richieste di maggiori chiarimenti, per cui riuscì, a malapena, a usare un minimo di diplomazia per rispondere a tutti ed evitarli allo stesso tempo. Accelerò il passo fino a quasi farsi scoppiare il cuore. Arrivato nei pressi della residenza si fece annunciare e, un attimo dopo, era seduto alla scrivania del Santo Padre, assorto nello zapping televisivo. Il Pontefice non guardò nemmeno in faccia il suo Segretario di Stato, anzi, fece chiaramente cenno di non avere tempo per i cerimoniali e i protocolli.

«Eminenza, non perdiamo tempo, mi riferisca la situazione.»

Oppini lo mise al corrente di tutta l'operazione, come realmente si era svolta poi si mise a piangere emozionato.

«Santità» si sforzò di trattenere il pianto, «è proprio quel Weiber l'assassino dei nostri tre cari custodi e il responsabile delle stragi al Monastero di Santa Caterina.»

Il Papa si alzò di scatto come fosse un ventenne.

«Dio misericordioso!» esclamò alzando lo sguardo. «Tu sia lodato. Quell'assassino ha ricevuto la giusta punizione per i suoi crimini.»

Il Papa chiese, anzi, ordinò a Oppini di continuare nella sua esposizione. Il Cardinale riferì per filo e per segno quanto gli era stato detto da Santini e dalla Casoni. Quest'ultima, in collaborazione con le forze di Polizia monegasche, aveva fatto irruzione al palazzo della Rostellini arrestando più di cento uomini e donne appartenenti al Crepuscolo. Una parte di essi aveva impegnato la Casoni e la Polizia in una furibonda battaglia, un gesto disperato per evitare l'arresto che, nonostante tutto, alla fine era stato portato a termine brillantemente. Purtroppo, si erano registrati altri morti fra i criminali e qualche lieve ferito fra le forze dell'ordine. La stessa Casoni era stata colpita di striscio.

«Santità» aggiunse Oppini con la voce rotta dall'emozione. «La dottoressa Casoni è stata ferita lievemente, ma in pochi minuti ha smesso di sanguinare e la ferita si è cicatrizzata.»

«Cosa?» il Papa fu colto alla sprovvista.

«Non solo» riprese Oppini, «anche Tommaso è stato duramente percosso durante la sua prigionia e poche ore dopo non portava più nessun segno di colluttazione. Baresi sembra sia caduto in un crepaccio ed è stato visto sano come un pesce.»

Il Cardinale si riprese dalla commozione e precisò ulteriormente: «Tommaso mi ha riferito che ha trovato due del Consiglio completamente disidratati, ma all'intervento dei sanitari, dopo appena pochi minuti, si sono ripresi. Dice che ha visto una luce abbagliante che avvolgeva i corpi dei due giovani per poi scomparire ai loro occhi, Tommaso ha capito che si trattava di una luce di energia.»

«Oh mio Dio!» esclamò il Papa. «La fonte delle grotte del Sinai: lo Spirito Santo è in loro, straordinario. Avevo ragione di pensare che sarebbe successo qualcosa di memorabile. È un miracolo, un segno divino; quelle persone saranno la nostra nuova linfa vitale. Dov'è Tommaso ora?»

«È alla Cattedrale di Aquisgrana» rispose Oppini, «sta cercando un indizio che gli sfugge. Ha chiesto che gli vengano inviate le foto dei dipinti che sono stati rimossi dalle cappelle laterali dopo che la Chiesa è stata sconsacrata.»

Il Papa aggrottò le ciglia. «Non gli sfugge niente, invece. Sta ricomponendo i pezzi della storia della Cattedrale.»

Oppini chiese al Papa cosa intendesse dire.

«Tommaso è uomo di cultura» rispose il Papa, «oltre che un combattente infaticabile. Avrà sicuramente scoperto che la Cattedrale è stata dedicata a Maria Maddalena. I dipinti che sta cercando raffigurano la vita della Santa, non ho idea di quello che sta tentando di capire, ma se esiste una soluzione lui la troverà, ne sono certo. Nel frattempo ha trovato il manoscritto o il codice?»

«Li sta cercando» precisò Oppini, «mi ha informato, però, che dubita che il manoscritto si trovi lì. Ha una mezza idea che non mi ha voluto dire al telefono, ho avuto come l'impressione che sapesse dove cercare. Comunque ha detto che riferirà solo a lei, Santità!»

Il Papa si rallegrò, conosceva l'uomo, gli era stato chiesto di recuperare il manoscritto e il codice e che avrebbe dovuto consegnarli solo al Papa. Santini avrebbe fatto così, fosse caduto il mondo, avrebbe consegnato il risultato della sua missione solo ed esclusivamente al suo Papa.

## 57

*Cattedrale di Aquisgrana, ore 14.00*

Il tempo trascorreva inesorabile, quell'attesa snervante faceva imbestialire gli inquirenti costretti ad attendere fuori dalla Chiesa che quello sconosciuto facesse i suoi comodi. Il magistrato tedesco, incaricato all'indagine, si lamentò con i suoi superiori, per tutta risposta ricevette l'ordine di non interferire per nessun motivo. La segretezza dell'operazione, però, fu molto difficile da far rispettare. La stampa era stata informata da chissà chi e i furgoni dei più quotati giornali e televisioni avevano piantato le tende a poche centinaia di metri dalla Cattedrale, subito bloccati da un cordone di sicurezza della Polizia che dovette ricorrere a rinforzi, per far fronte all'assalto mediatico. E da lì in poi le leggende metropolitane divennero assai fantasiose. Si narrò di una nuova apparizione del diavolo che avrebbe ucciso, almeno dalle prime confuse notizie, più di venti persone, si parlò dell'altrettanto fantasiosa notizia di un suicidio di massa di fanatici religiosi che si erano appropriati della Chiesa sconsacrata. Delle due divertenti ipotesi, Santini scelse la seconda, cioè quella che più corrispondeva alla realtà, di fatto, quelli del Crepuscolo si erano dimezzati eliminandosi a vicenda. Nel frattempo iniziarono ad arrivare le notizie degli arresti eseguiti presso il palazzo Rostellini: operazione, a detta delle televisioni, andata a buon fine grazie al coordinamento efficiente fra le forze dell'ordine italiane e monegasche.

*Come al solito noi si resta anonimi.* Sentì per telefono la Casoni e si rese conto che era in piena forma nonostante il ferimento. Arrivate finalmente le foto via e-mail, Santini radunò Nic e Jon, dotato di un potente portatile con schermo diciannove pollici e un programma fotografico professionale per una maggior definizione delle immagini. Valutarono la prima foto e la collocarono mentalmente nella prima cappella di destra a partire dall'entrata principale e così a seguire. Dalle illustrazioni emergeva che il soggetto principale dei dipinti riguardava solo un periodo particolare, molto intenso, della vita di Maria Maddalena. Santini rese edotti i due giovani del Consiglio, scrisse su un foglio la traduzione, dal latino, delle targhe che accompagnavano ogni dipinto.

Le prime quattro a destra.

1. *ELLA PRESSO LA CROCE DI GESÙ;*
2. *ELLA IN VEGLIA AMOROSA;*
3. *ELLA SEDUTA DI FRONTE AL SEPOLCRO;*
4. *ELLA ALL'ALBA DEL NUOVO GIORNO.*

Le altre quattro a sinistra.

1. *ELLA LA PRIMA A RECARSI DI NUOVO AL SEPOLCRO;*
2. *ELLA, IN LACRIME PER AVER SCORTO IL SEPOLCRO VUOTO E LA GROSSA PIETRA RIBALTATA;*
3. *ELLA CHE VIDE E RICONOBBE IL CRISTO RISORTO DA MORTE;*
4. *ELLA CON GESÙ QUANDO LE AFFIDA L'ANNUNCIO DEL GRANDE MISTERO.*

«Che significa, maestro?» chiese Nic.

«Non lo so ancora» rispose Santini concentrato, «dobbiamo capire ciò che voleva esprimere colui che commissionò il lavoro all'artista. Intanto va detto che il pittore è il medesimo per tutti e otto i dipinti, la metodologia è identica.»

Santini si concentrò sulla traduzione e passò in rassegna ogni cappella. *Ella presso la croce di Gesù. Il giorno stesso della morte per crocifissione.* Pensò a quello come il primo giorno. *Ella in veglia amorosa. Ella seduta di fronte al sepolcro. Due dipinti, stesso giorno.* Era forse il secondo giorno, ma non ne era poi così convinto. *Ella all'alba del nuovo giorno. Questo parla di un nuovo giorno. Sarebbe il terzo, quello della resurrezione?* Anche qui appariva poco convinto. *Ella la prima a recarsi di nuovo al sepolcro. Ella, in lacrime per aver scorto il sepolcro vuoto e la grossa pietra ribaltata. Ella che vide e riconobbe il Cristo risorto da morte. Ella con Gesù quando le affida l'annuncio del grande mistero. Quattro dipinti per lo stesso giorno: il quarto.* I conti non tornavano e si sforzò a ricordare le sacre scritture. *Che stupido, la resurrezione è avvenuta il terzo giorno dalla morte, quindi la crocefissione non si conta.* Si diede una pacca sulla testa. Nic e Jon, nel frattempo, seguivano le sue evoluzioni non capendo nulla di ciò che stava cercando. Santini esplose in un segno di rabbia quando entrò Baresi facendogli perdere la concentrazione.

«C'è la stampa che fa il diavolo a quattro, che devo fare?» chiese Baresi.

Santini lo fulminò con lo sguardo. «Sparagli!»

«Ah, ok! Ho capito, mi levo di torno.» E guardò il foglietto in mano a Santini.

A Baresi parve che la disposizione fosse errata e disse: «Non è così che li devi leggere! Devi togliere *Ella* e terminare le frasi in senso logico.»

Detto questo, se ne uscì senza sapere di aver trovato la soluzione. Santini fissò il foglietto. *Ma che diavolo...* Frenò i pensieri, non gli sarebbe costata molta fatica seguire le indicazioni di Baresi, anche se sapeva che le aveva sparate a caso, magari per fargli un dispetto o per fare il *so tutto io* come di solito, invece, veniva considerato lui stesso. Scrisse un nuovo foglio ridistribuendo le frasi. Saltò fuori una diversa sequenza.

1.  *PRESSO LA CROCE DI GESÙ; IN VEGLIA AMOROSA;*
2.  *SEDUTA DI FRONTE AL SEPOLCRO*
3.  *ALL'ALBA DEL NUOVO GIORNO; LA PRIMA A RECARSI DI NUOVO AL SEPOLCRO;*
4.  *IN LACRIME PER AVER SCORTO; IL SEPOLCRO VUOTO E LA GROSSA PIETRA RIBALTATA; CHE VIDE E RICONOBBE IL CRISTO RISORTO DA MORTE; CON GESÙ QUANDO LE AFFIDA L'ANNUNCIO DEL GRANDE MISTERO.*

Volle rivedere la soluzione.

1.  *PRIMO PUNTO (1), DUE DIPINTI (2); NON SI CONTA IL GIORNO (0);*
2.  *SECONDO PUNTO (2), UN DIPINTO (1), PRIMO GIORNO DALLA MORTE (1);*
3.  *TERZO PUNTO (3), DUE DIPINTI (2), SECONDO GIORNO (2);*
4.  *QUARTO PUNTO (4), QUATTRO DIPINTI (4), TERZO GIORNO (3).*

Li trasformò in numeri.

«Un cellulare, presto!» ordinò, Nic gli porse il satellitare.

«Non quello, uno normale.» Poi gli venne un'illuminazione, richiamò indietro Nic: «Fatti dare quello di Wolfang, forza!»

Nic corse a cercare l'Ispettore, gli prese il cellulare e lo consegnò al maestro. Santini digitò il numero *120211322443* e inoltrò la chiamata. Non successe nulla, riprovò, la linea cadeva come se il numero fosse inesistente o il telefono fuori campo. *Se il numero fosse inesistente o non attivo risponderebbe l'operatore.* Fece un nuovo tentativo, stavolta inviando un sms vuoto allo stesso numero. Sul piccolo schermo apparve il segnale di conferma della spedizione. Dopo pochi secondi si udì un rumore indistinto, l'altare della quarta cappella a sinistra si spostò di mezzo metro rivelando un'apertura. Santini, seguito da Nic e Jon, corse verso quel piccolo altare di pietra e scorse il buco sul pavimento. Dentro vi era adagiato un sacchetto di velluto rosso che conteneva un cilindro di acciaio con lo stemma papale impresso in oro. Capì in quell'attimo che la Turatti non era riuscita a recuperare quello che cercava: lui sì. Santini, infatti, stava tenendo in mano il contenitore del codice di Gesù: il codice che Cristo inventò insegnandolo alla donna, che amava più di altri, affinché Ella potesse scrivere il manoscritto.

Il Vangelo secondo Maria Maddalena.

# 58

Nic e Jon fecero ritorno al rifugio; la Casoni, Baresi e Wolfang a Roma. Santini volle essere scortato solo dagli agenti dell'unità speciale GSG9. In Germania la gente applaudiva gli uomini della squadra tedesca al loro passaggio, li consideravano eroi nazionali. Quegli uomini si erano prodigati nel mettersi a disposizione di Santini, sapevano che il successo dell'operazione era esclusivamente suo, come sapevano anche che lui doveva rientrare nell'anonimato, alla riservatezza di sempre. Riservatezza che tutti loro avrebbero garantito sia per la stima e il rispetto per l'uomo sia per i meriti sul campo, Santini era colui che aveva coordinato e organizzato tutto il lavoro. Alla richiesta di scortarlo fino alla Città del Vaticano, tutti si offrirono volontari, anzi, il comandante generale dell'unità mise a disposizione un potente Jet dell'aviazione militare tedesca. Una volta in volo, l'aereo fu scortato da due caccia tedeschi che, al confine italiano, furono sostituiti da altrettanti velivoli italiani. Quella sera, il cilindro con il codice di Gesù si trovava sulla scrivania del Papa; Santini era seduto proprio davanti a Giovanni Paolo III. Il Pontefice era entusiasta del modo in cui il Risolutore aveva svolto il suo incarico, mancava il manoscritto, che forse era ormai perduto, ma nessuno avrebbe potuto usarlo contro la Chiesa, almeno quell'eventualità era scongiurata. Anche se fosse saltato fuori in qualche luogo, a parte il valore di quel sacro testo, senza il codice o i frammenti era praticamente inutilizzabile.

«Hai fatto un buon lavoro, Tommaso» si congratulò il Papa, «non mi hai deluso, ne ero certo. È vero che il recupero del manoscritto era prioritario, ma non si possono fare miracoli, va bene così, continueremo le ricerche con meno ansia di prima.»

Santini si accomodò meglio sulla sedia. «Santo Padre, ho portato a termine la mia missione, compreso il recupero del manoscritto, o meglio, il suo ritrovamento.»

Il Papa, profondo conoscitore dell'animo delle genti, in quel momento cadde dalle nuvole. «Che intendi dire, Tommaso?»

«Che il manoscritto» rispose lui con sicurezza, «non si è mai mosso dal Vaticano, anzi, dall'archivio. Le spiego il mio piano, mi servirà la sua approvazione e fiducia, nessuno dovrà saperlo a parte io e lei, Santità.»

# 59

## Decimo giorno

*Città del Vaticano, ore 02.00*

Il tempo non trascorreva mai per le guardie svizzere, ma loro imperterrite e immobili continuavano a fare il proprio dovere che consideravano una missione divina. Quasi a ripercorrere una storia già vissuta, le due guardie al portale dell'archivio della Biblioteca caddero a terra senza vita. Il portone venne aperto dall'uomo in nero che lanciò una granata dentro lo spioncino delle altre due guardie che controllavano l'accesso dell'archivio. Subito si sprigionò un gas che uccise all'istante anche loro. L'uomo entrò nella guardiola con una maschera antigas e premette una serie di comandi, la porta principale si aprì e si udì chiaro il rumore dell'ossigeno che invase la struttura. L'uomo si tolse la maschera, si procurò un carrello e si avventurò fra gli scaffali leggendo ogni indicazione. Raggiunto il punto segnato su una sorta di mappa scelse una fila di ripiani che si incrociavano con altri a perdita d'occhio in un labirinto in cui vi era di tutto: documenti, libri, quadri, oggetti antichi e preziosi, icone, manoscritti, mappe e molti altri tesori. L'uomo si fermò davanti al primo scaffale della fila. Tradusse la scritta in latino: *TENEBRA*. Proseguì, innanzi al secondo scaffale: *BRAMOSIA*. Poi il terzo: *IGNORANZA*. E ancora, il quarto: *VELENO - GELOSIA*. Più avanti, il quinto: *PRIGIONE CARNALE*. Ancora un altro, il sesto: *SAGGEZZA EBBRA*. Poi ancora, il settimo: *IRA DI SAGGEZZA*.

L'ultimo, l'ottavo: ***NOUS***.

«Bene.» Controllò un contenitore: vuoto. Il secondo: vuoto anch'esso. Gettò a terra quegli scatoloni, tutti vuoti.

«Maledizione!» Disse. «Eppure sono sicuro, l'avevo lasciato su questo ripiano.»

«A te calzano bene il terzo e il quinto vizio capitale: l'ignoranza e la prigione, anche se non quella carnale!» Santini saltò fuori da un corridoio laterale, seguito da un nugolo di guardie svizzere armate di tutto punto e non con le solite inoffensive alabarde. Fra le guardie vi erano anche le due del portone e quelle della guardiola dell'ingresso. L'uomo le fissò allibito mentre lo immobilizzarono con le manette.

«Avevano un respiratore nasale!» disse Santini rispondendo alla domanda inespressa dell'uomo in nero.

«Come sei arrivato a me?» chiese l'uomo sotto minaccia delle armi.

«Semplice, mio buon Aaron» rispose Santini, «hai fatto troppi errori lasciando indizi in quantità, tu e i tuoi compari.»

Aaron Wolfang, l'ispettore generale della Gendarmeria Vaticana, era il contatto di Weiber e il misterioso amante di Angela Turatti.

«Quando lo hai capito?» chiese Wolfang ormai certo di essere perduto.

«Oh, non subito.» Precisò Santini. «Ho dubitato di te da quando ho saputo che avevi risposto a una telefonata della dottoressa Casoni, l'hai indirizzata al Monastero di Santa Caterina, a parte il tradimento della segretezza, che avresti dovuto rispettare, ma il problema non è questo: tu non sapevi che ero diretto proprio lì, io non te l'avevo ancora detto. Invece lo avevi saputo da Weiber, lui sì che ne era a conoscenza avendo intercettato la mia telefonata con il comandante Mohamed. Ho voluto sincerarmi telefonandogli, nemmeno lui ti ha più sentito da allora e comunque non dopo la mia chiamata. Sapevi che mi stavano organizzando un'imboscata e così avresti preso due piccioni con una fava, indirizzando la magistrata al Monastero sapevi che il Crepuscolo avrebbe ucciso anche lei, quindi vi sareste liberati delle uniche persone che potevano danneggiarvi.»

«Mi sembra un po' poco come prova, non credi?» disse Wolfang pieno di livore.

«Beh» rispose Santini consegnandogli tre foto in cui era ritratto Wolfang assieme ad altri. «Le ho copiate dall'hard disk del computer di Weiber ieri mattina. Questo sei tu e questa è la Turatti e questo signore è Weiber, tutti e tre stavate ridendo di quest'altro uomo.»

Santini indicò il corpo martoriato di Rob e proseguì. «Si chiamava Robert, era un mio uomo, un amico. Lo avete ammazzato come un cane dopo avergli spezzato le gambe e maciullato il cranio. Prima di morire gli avete fatto soffrire le pene dell'inferno.» Si riprese contenendo la rabbia. «L'ultimo indizio ieri pomeriggio a Bonn» seguitò, «ricordi che mi hai prestato il tuo cellulare? Ho fatto in modo che Jon eliminasse il software per la criptazione delle chiamate e ho controllato tutte le tue telefonate. L'apparecchio ha registrato un sacco di chiamate e risposte provenienti tutte dallo stesso numero, riconducibile a un certo nominativo che hai memorizzato come *amore*. Che dolce e caro ragazzo!»

Prese un apparecchio in cui vi erano registrate le comunicazioni fra Wolfang e la Turatti e premette play.

Angela Turatti: *"Amore, è tutto a posto, la zia non è più un ostacolo e la colpa ricadrà su Santini. Fra un paio d'ore atterrerò a Bonn, dobbiamo prendere il codice che quel verme di Weiber ci ha sottratto, tu raggiungimi appena puoi."*

Aaron Wolfang: *"Sto partendo ora, ma dobbiamo fare in fretta, Santini e la magistrata sanno della Cattedrale e hanno mandato degli uomini del Santo Consiglio a tenere sotto controllo la zona. So dove sono appostati e non sarà un gran problema eliminarli prima che arrivino Santini e gli altri."*

Angela Turatti: *"Il manoscritto è sempre al sicuro? Riusciremo a recuperarlo e fuggire in Brasile?"*

Aaron Wolfang: *"Ho già organizzato tutto, una volta recuperato il codice ed eliminato Weiber ci prenderemo il manoscritto e scompariremo dalla faccia della terra per rispuntare quando le acque si saranno calmate. Poi contatteremo il Vaticano e chiederemo almeno due miliardi di dollari, se rivogliono il manoscritto."*

«Due miliardi! Una bella somma, non c'è che dire. Non voglio insistere con il resto della conversazione» proseguì Santini, «non ti facevo così scemo, Aaron, da perdere la testa per una ragazzina viziata. Ma il bello è l'SMS che ho letto oggi. Dove l'ho messo, ah, eccolo!»

Trovato il foglietto delle intercettazioni, glielo lesse: *"Trovati all'angolo di via dell'Angelo a Roma domani ore 02.30. Recupero dall'archivio il manoscritto e frammenti, Ti amo, AW"*.

«AW?» disse Santini sarcastico. «Forse sono le tue iniziali, Aaron Wolfang? Ma ve ne sono altri, molto più, diciamo, intimi e altri ancora indirizzati a Weiber, dove riferisci tutti i miei movimenti, tutti i miei piani.»

«Ma come hai fatto a capire che il manoscritto non si era mai mosso dall'archivio?» chiese Wolfang.

«Ah, è stata la parte più semplice! Quando il commando è entrato nella Biblioteca dalle riprese si vede chiaramente che l'uomo, che poi abbiamo scoperto essere Weiber, era in compagnia di un complice che teneva in mano il manoscritto: eri tu Aaron, Paolini ti aveva riconosciuto, non è vero? Nelle riprese successive si vede quando avete trasportato il Vice Prefetto Paolini alla cripta del Papa nei sotterranei Vaticani. Ma durante tutto il tragitto il manoscritto non c'era più, troppo ingombrante per portarlo in giro? A che serviva, poi, portarvelo appresso, avevate il codice e stavate per riprendervi i frammenti dal Monastero di Santa Caterina.»

Una guardia consegnò un portatile, Santini diede l'avvio al filmato e lo mostrò a Wolfang. «Come vedi, Aaron, i video della sorveglianza li hai modificati tu, non è registrata nessuna fuga del commando, strano, non ti sembra? Le telecamere sono disseminate dappertutto e vi hanno ripreso in ogni luogo, ma una volta deposto il corpo di Paolini nella cripta, il vostro commando è misteriosamente scomparso, come volatilizzato, oppure, come fossero state cancellate le immagini successive.»

Chiuse il video e cercò un altro file facendo partire la scena successiva. «Ma non hai pensato alle telecamere installate a Castel Sant'Angelo. Come vedi ci siete tutti e portate con voi un piccolo oggetto: il cilindro metallico contenente il codice. Del manoscritto nessuna traccia.»

Chiuse il portatile e riprese la considerazione: «Quando le acque si fossero calmate vi sareste ripresi anche il manoscritto. Ma Weiber non trovò i frammenti quindi trucidò i monaci e ne torturò alcuni, per costringerli a confessare dove li avevano nascosti. Beh, sappi che erano nei sotterranei segreti del Monastero, custoditi dall'arcivescovo Dominas che li ha consegnati a me. Ho mandato a morire Denny per riuscire a portare in salvo quei frammenti. Quando li ho recuperati tu e io li abbiamo messi al sicuro in questo archivio. In quel momento ho visto le scritte sugli scaffali indicanti i sette stadi del viaggio dell'anima alla ricerca del Nous, come descritti nel Vangelo di Maria Maddalena. Ti ho letto il labiale, mi sono accorto che stavi memorizzando il percorso partendo proprio dal Nous e tornando indietro. Praticamente il manoscritto lo avete solo spostato di qualche metro rispetto a dove si trovava prima. In un archivio come questo, però, anche lo spostamento di un metro rischia di far perdere le tracce di qualsiasi documento, se non opportunamente registrato. Quando Weiber ha detto ai miei ragazzi che il manoscritto era in un posto dove nessuno avrebbe mai pensato di cercare, il più sicuro al mondo, ho capito che il Vangelo si trovava ancora qui, che non si era mai mosso dall'archivio, nel posto più sicuro al mondo, appunto! Sono venuto a controllare e l'ho trovato, arrivando per gradi, orientandomi come hai fatto tu. Anch'io ho memorizzato, come te, il percorso dell'anima. Bella trovata, complimenti davvero! E che genialità quella di nasconderlo proprio qui; come aveva giustamente detto Weiber: l'ultimo posto che uno penserebbe mai di controllare è proprio in casa del derubato.»

Santini fu interrotto. Una guardia gli si avvicinò comunicandogli una notizia che subito girò a Wolfang.

«Ti informo» disse, «che la dottoressa Sonia Casoni e il capitano Andrea Baresi hanno appena arrestato Angela Turatti proprio all'angolo di via dell'Angelo, qui a Roma. Sarà condotta in una prigione di massima sicurezza e verrà giudicata da un Tribunale italiano. Tu, invece, sei un cittadino della Città del Vaticano, quindi, sarai giudicato nel nostro Stato.»

Lo guardò con rabbia e non attese oltre. «Per l'autorità conferitami da Sua Santità il Papa e dalla legge dello Stato Vaticano, ti dichiaro in arresto, Aaron Wolfang. Sei accusato di gravissimi reati contro lo Stato: omicidio plurimo aggravato dalla tua posizione autorevole; atti di terrorismo contro lo Stato per aver tentato di destabilizzare le sue basi costituzionali; ma l'accusa più grave che incombe sulla tua persona sarà alto tradimento. Sarai posto in congedo dalla Gendarmeria con disonore e il tuo nome cancellato da ogni albo o registro ufficiale. Verrai ricordato come il simbolo del massimo disonore, che Dio ti perdoni.»

Wolfang ascoltava impassibile, anche quando gli spiegò le procedure legali a cui sarebbe andato incontro.

«Sarai processato per direttissima» concluse Santini, «domani alle ore quindici innanzi al Supremo Tribunale della Segnatura Apostolica in unica istanza. Ti sarà assegnato un legale d'ufficio, se ne troveremo uno che se la senta di assisterti. Se condannato sarai giustiziato, l'alto tradimento sarà considerato in base alla legge militare, per cui reato capitale. Sappi che ho ottenuto l'autorizzazione, se sarai condannato come spero, di eseguire personalmente la sentenza e voglio che tu sappia anche per me sarà un onore.»

Wolfang impallidì, supplicò Santini di dargli la possibilità di evitare il disonore di una condanna simile, gli chiese di lasciarlo libero di porre, lui stesso, fine alla sua vita.

«No!» Santini fu irremovibile. «Non vali il costo di una pallottola. Portatelo via.»

Lo condussero alle prigioni del vicino Castel Sant'Angelo. Santini uscì dall'archivio e si diresse verso la sala leonina ove ad attenderlo trovò il Papa e il Cardinale Oppini circondati da decine di guardie. Sul grande tavolo uno scrigno d'oro, un cilindro d'acciaio e un pesante manoscritto. Il Pontefice contemplava quegli oggetti accarezzandone uno alla volta.

«Dunque, Tommaso» disse il Papa, «sei riuscito nella tua missione. Abbiamo il Vangelo di Maria Maddalena completo, incredibile!»

«Sì, Santità» rispose lui rattristato dagli eventi, «ma a un prezzo orribile.»

«Hai ragione.» Il Papa si fece scuro in volto. «Però era inevitabile. Il risultato è stato grandioso, Tommaso, grazie a te. È stato funestato da così tante morti innocenti, ma ne dobbiamo prendere atto: il Vangelo ora è tornato nelle mani della Chiesa.»

Santini si pose davanti al Pontefice, con sguardo duro e impassibile disse: «Mi permette di chiederle una cosa, Santità?»

«Ma certo, Tommaso» rispose il Santo Padre, «chiedi qualsiasi cosa e ti verrà data soddisfazione.»

«Bene.» Prese fiato, sapeva di sfidare direttamente il Papa. «Mi prometta che aprirà, all'umanità intera, la strada della conoscenza del Vangelo di Maria Maddalena, che la memoria di quella Santa venga rispettata e onorata per quello che ci potrà insegnare. Vorrei che la Chiesa considerasse le donne al pari dell'uomo, che possano servire il Signore celebrando il ministero, professando la Fede come ogni altro fedele o ecclesiastico che sia. Vorrei che le donne entrassero a far parte della gerarchia ecclesiastica e che un giorno sia una donna a diventare Papa o Cardinale o qualsiasi cosa esse siano disposte a diventare. Per ultimo vorrei che questa opinione e percorso fossero condivisi anche dal Santo Padre.»

Il Papa lo ascoltò in reverente silenzio.

«Mio buon amico» rispose il Papa, «sei stato chiaro nella tua esposizione, presuntuoso e arrogante ma preciso. La Chiesa ti deve molto per i tuoi servigi. Ma attento a quello che dici e fai: il Papa non accetta ordini, spero tu mi abbia capito.»

Santini rimase sorpreso, ma non lo diede a vedere. «Certo, Santità. Mi perdoni se ho osato.»

Il Papa gli mise una mano sulla spalla. «Vedi che non hai capito nulla! Il Papa non accetta ordini, ma ascolta i consigli. Ne farò tesoro, su questo puoi contarci, Tommaso.»

Il Pontefice si allontanò sorridendo. Santini rimase interdetto per qualche secondo, poi gli spuntò un sorriso soddisfatto. Diede l'ordine di chiudere in archivio i tre componenti del sacro testo e finalmente uscì da quel luogo.

Fuori, all'aria aperta, raccolse i suoi pensieri immerso in quella fresca notte di primavera romana, anzi, Vaticana.

# 60

## Epilogo

Aaron Wolfang fu condannato a morte, dopo un processo durato ventiquattro giorni durante i quali la dottoressa Casoni, come pubblico ministero, fornì ogni prova a suo carico. Il difensore di Wolfang si appellò alla clemenza della corte senza porre in essere alcun contradditorio. La sentenza fu eseguita dal Risolutore, in gran segreto, tramite iniezione letale. Ad Angela Turatti, in isolamento in un carcere di massima sicurezza, la magistratura italiana mosse più di venti capi d'imputazione: dall'omicidio plurimo con ogni aggravante all'associazione per delinquere, al terrorismo internazionale e chi più ne ha più ne metta. Le furono congelati tutti i beni, anche quelli ereditati dalla zia Michela Rostellini. Tali risorse servivano per il processo ancora in corso a titolo di legittimo risarcimento a tutte le vittime. Infatti, si costituirono parte civile, oltre che un centinaio di parenti delle vittime, ben undici Stati (in molti casi corrispondenti alla nazionalità delle vittime): l'Italia, il Principato di Monaco, l'Egitto, la Germania, Israele, la Francia, l'Inghilterra, la Russia, La Grecia, lo stesso Vaticano e la Chiesa Greco-Ortodossa. La Turatti rischiava pene complessive superiori ai trenta ergastoli. Tentò il suicidio che, però, non andò a buon fine. Tommaso Santini venne fregiato del massimo degli onori, con la Medaglia dell'Ordine di San Silvestro e della *Milizia Aurata*, considerato il più antico ordine cavalleresco della Santa Sede. I suoi membri erano ristretti a una classe di Cavalieri composti da una decina di elementi sparsi in tutto il mondo. Tale onorificenza venne conferita *Motu Proprio*[20] dal Papa per meriti ritenuti *gloriosi* per la Chiesa. Santini volle, comunque, presentare le proprie dimissioni da Risolutore proponendo Nic al suo posto. Il Papa rifiutò categoricamente e respinse la domanda. Per questo Santini ricostituì il Santo Consiglio con tre nuovi componenti portandolo, così, a sette membri. Alla Casoni fu proposto di diventare Procuratore Generale Capo della Procura di Roma, ma rifiutò volendo rimanere a svolgere le sue funzioni di magistrato di collegamento presso la Santa Sede. Andrea Baresi, su indicazione di Santini, fu nominato Ispettore Generale del Corpo della Gendarmeria dello

---

[20] Nomina per iniziativa propria.

Stato Vaticano. Nel discorso, pronunciato nella cerimonia di investitura, Baresi fu indicato quale sostituto del generale Anthony Schwarz, ultimo Ispettore Generale ufficialmente riconosciuto dallo Stato Vaticano, anche se era deceduto vent'anni prima. Il nome di Aaron Wolfang non venne mai più pronunciato in nessuna occasione. I lustrini del comando vennero consegnati a Baresi direttamente dalla dottoressa Casoni e da Santini. Da quel momento Baresi chiamò anch'egli Santini con l'appellativo di *maestro*. Mali, Nic e Jon si concessero una vacanza di pochi giorni. Purtroppo per loro, il Risolutore li convocò quasi subito per una nuova missione.

Ma questa è un'altra storia.

Il Vangelo di Maria Maddalena fu tradotto e studiato da una commissione scientifica a capo della quale vi era il Papa, assistito dal Risolutore, unico deputato quale protettore e custode del manoscritto. Fra Pasquale compì, da lì a poco, centodieci anni in forma, a dir poco, spettacolare. Tutti si chiesero se per caso anche lui, a suo tempo, non fosse stato *degno* di superare la prova di Mosè bagnandosi presso la fonte. La storia d'amore fra la Casoni e Santini prese la piega sperata, con qualche limitazione riferita alla scelta di castità di Santini, pur avendo rinunciato a esercitare il ministero. Ma Sonia Casoni apprezzò il consiglio che le aveva dato il Papa e volle seguirlo. Conobbe così altre illimitate possibilità offerte dal vero amore.

*"VI SONO MOLTI MODI DI AMARE UNA PERSONA.*
*SE RIESCI A COGLIERE LA PROFONDITÀ,*
*OGNI MINUSCOLO ANGOLO DI SENTIMENTO*
*TI INSEGNERÀ UNA GRANDE*
*E NUOVA OPPORTUNITÀ,*
*SEMPRE DIVERSA E INTENSA.*
*TU AMPLIA LA FOGGIA DEL TUO AMORE*
*FINO A FAR DIVENTARE,*
*OGNI SINGOLO ASPETTO,*
*ASSOLUTAMENTE INDISPENSABILE E IRRINUNCIABILE!"*

Carlo Santi *(2010)*

# Note dell'Autore

Naturalmente il racconto è un'opera di fantasia. Però vi sono alcuni riferimenti veri, magari in alcuni casi non provati, ma pur sempre con un fondamento di verità.

Il Vangelo di Maria Maddalena esiste o esisteva, se ne sono perse le tracce secoli or sono. I brani citati nel libro, inseriti nella parte colloquiale fra il Papa e il Cardinale Oppini del capitolo 42 e seguenti, sono liberamente presi e riadattati da quello che si dice sia un estratto della testimonianza di quel Vangelo.

Il percorso dell'anima, così come descritto, venne dichiarato da Maria Maddalena agli Apostoli suscitando le loro ire perché Ella era a conoscenza di cose che Gesù non aveva mai insegnato loro. Nel Vangelo di Maria Maddalena si narra che, dopo l'ascensione di Gesù, Ella avrebbe raccontato agli Apostoli di aver avuto una visione: il Signore le avrebbe descritto il viaggio dell'anima attraverso i cieli e il modo di sottrarsi alle malvagie potenze celesti (i vizi o peccati capitali) per liberarsi dalla materia raggiungendo il Nous in modo da ricongiungersi con il Dio sommo. Inoltre, Gesù sospettava che presto sarebbe stato arrestato e crocifisso, perciò diede istruzioni a Maria Maddalena su come guidare la Chiesa dopo la sua morte. La Chiesa, naturalmente, sconfessa questa impostazione: in primo luogo perché tutto il Vangelo di Maria, dalla prima all'ultima parola, racconta eventi che si sono svolti dopo e non prima della morte di Gesù; in secondo luogo, perché non esiste alcuna scrittura che testimoni le *istruzioni su come guidare la Chiesa*. È fantasioso pensare che Maria Maddalena potesse aver ricevuto da Gesù istruzioni per fondare la Chiesa; questo, però, dovrebbe valere anche per gli altri Apostoli, compreso Pietro.

Una curiosità: si dice che alcuni frammenti del Vangelo di Maria Maddalena siano davvero custoditi presso l'archivio segreto del Monastero di Santa Caterina, nel Sinai. Sarà vero? Io ci sono stato varie volte, parlando con molti Monaci Greco-Ortodossi che vi abitano. Se avrete anche voi la medesima opportunità, chiedete loro se i frammenti del Vangelo di Myriam di Magdala esistono davvero.

Il Nous, invece, esiste eccome! È l'intelligenza divina che domina la materia e la controlla. È assodato che questa espressione evidenzia un chiaro concetto: quello della *creazione*. Colui (o coloro) che la possiede viene parificato a Dio.

L'anima è *Uno*, cioè unica. Questo concetto è buddista ed esprime la reincarnazione. Il Dalai Lama muore, la sua essenza o anima, quindi, passa a un altro soggetto che viene trovato dopo anni di ricerca. Quando il candidato ideale viene individuato, questi riconosce alcune delle cose appartenute al predecessore, in tal caso non vi è dubbio: è lui il Dalai Lama. Questo principio di reincarnazione ha senso se pensiamo all'anima come entità *Uno* per ognuno di noi. In tal caso chissà chi siamo stati o chi saremo?

Dio è *Madre*? Fu scandalo in Vaticano quando a specificarlo, con forza e determinazione, ci pensò uno dei Papi più amati di sempre ma che, purtroppo, ha regnato pochissimi giorni, esattamente trentatré: Papa Giovanni Paolo I o Albino Luciani, chiamato anche il *Papa del sorriso*. *Dio è assolutamente Madre*, affermò a quel tempo Luciani e Karol Wojtyla, Papa Giovanni Paolo II, ne fu altrettanto convinto quando, pur con una leggera correzione di rotta, affermò che *Dio è Madre e Padre ma, soprattutto, è Madre!* Ognuno di noi, nel proprio intimo, è libero di pensarla come meglio crede, a me piace contare su un Dio che sia Madre e Padre, come ha testimoniato il Beato Wojtyla.

La Cattedrale di Aquisgrana, sita nella Città di Aachen a Bonn, non è per nulla sconsacrata, anzi, è una straordinaria Chiesa, riconosciuta patrimonio dell'umanità dall'UNESCO e, probabilmente, sarà dichiarata una delle meraviglie esistenti al mondo.

La *prova di Mosè* e la fantastica fonte *ebbra di Spirito Santo* sono due passaggi inventati.

I comandamenti ebraici, come sono stati descritti e scelti dai protagonisti per superare il labirinto sotterraneo del Sinai, sono autentici, è il testo tradotto dall'ebraico.

Per ultimo il *Rifugio* dell'SCS presso il Monte della Madonna a Teolo – Padova, esiste davvero, almeno era quello che credevo quando, da ragazzino, i miei genitori mi portavano a fare i picnic proprio all'interno del parco del Monastero benedettino. Effettivamente vi sono antenne, parabole enormi, radar. Da lì partivano raggi gamma, cosmici e di luce. Forse vi era anche qualche arma di distruzione di massa, chissà! Ma questo era il mio gioco e pensiero da bambino, comunque sia, mi sono divertito a *giocarci* anche da adulto.

Un abbraccio a tutti quelli che mi hanno letto.

Leggi anche gli altri thriller storici con protagonista Tommaso Santini, il "Risolutore"

# LA BIBBIA OSCURA

**La Bibbia oscura** è il secondo capitolo della saga che narra di un'unità speciale e riservata del Vaticano: il "*Sanctum Consilium Solutionum*".

*Tommaso Santini, insieme al Sanctum Consilium Solutionum, viene chiamato nuovamente a risolvere un misterioso caso che mina le radici della Chiesa. Trentatrè anni prima, il seme di un ragazzo posseduto dal Demonio viene prelevato per fecondare una giovane donna, nove mesi dopo nasce Belial Bompiani. Una Setta satanica ha fatto di Belial il nuovo Anticristo, forte di un testo profano chiamato: La Bibbia Oscura. Una nefasta profezia renderà Belial, al compimento del suo trentatreesimo anno di vita, uno strumento distruttivo che vorrà colpire mortalmente la Chiesa facendo uso di quell'esecrabile testo.*

*Ancora una volta il Risolutore si troverà di fronte a un nemico indicibile, a lui e alla sua squadra viene dato l'incarico di ricercare chi può essere l'uomo che incarna il figlio di Satana e di ucciderlo prima che possa compiere il trentatreesimo anno di vita.*

# L'ARCA DELL'ALLEANZA

**L'Arca dell'Alleanza** è il terzo capitolo della saga che narra di un'unità speciale e riservata del Vaticano: il *"Sanctum Consilium Solutionum"*.

*L'Arca dell'Alleanza è considerata, da sempre, l'oggetto più importante della Cristianità. Dio ordinò a Mosè di costruirla per testimoniare la Sua divina presenza in mezzo agli Israeliti, destinati così a diventare il "Popolo di Dio". In essa dovevano essere conservate le Tavole della Legge, il bastone di Aronne e un recipiente con la manna. Dell'Arca si sono perse le tracce da millenni, in molti credono si trovi in Etiopia, custodita presso il nuovo Sancta Sanctorum di Axum, nascosta al mondo e avvolta da un inestricabile mistero.*
*Una tremenda scossa di terremoto, con epicentro ad Axum, devasta l'Etiopia portando distruzione, morte e malattie. Le perdite sono incalcolabili, ma il peggio deve ancora*

venire. *Poco dopo cominciano a registrarsi inspiegabili decessi causati da un'anomala presenza di radiazioni nell'aria, che rischiano di decimare ulteriormente la già martoriata popolazione.*

*Gli eventi successivi porteranno Santini e la sua squadra sulle tracce dell'Arca dell'Alleanza per scoprire un fatto ormai certo: il sacro manufatto è fuori controllo. Non solo il popolo Etiope, bensì l'intera Umanità potrebbe rischiare di perire sotto il suo terrificante potere distruttivo.*